赤·中国经验与文学湘军发展研究

人民文学：道路选择与价值承载

——文学湘军的深度阐释

聂茂 ◎ 著

中南大學出版社
www.csupress.com.cn
·长 沙·

总序：中国经验与文学湘军的赓续和发展

雷 达

一

习近平指出，推动文艺繁荣发展，最根本的是要创作生产出无愧于我们这个伟大民族、伟大时代的优秀作品。文艺是铸造灵魂的工程，好的文艺作品就应该像蓝天上的阳光、春季里的清风一样，能够启迪思想、温润心灵、陶冶人的情操，能够扫除颓废萎靡之风。文学创作与文学批评彰显出来的真善美和向上向善的力量，能引导人们增强道德判断力和荣誉感。向往和追求讲道德、尊道德、守道德的生活，实现中华民族伟大复兴的中国梦，文学创作和文学批评有着不可替代的作用和价值。

毋庸讳言，文学既有中心地带，又有边缘集群，即文学具有地域性，这是一个基本事实。一个国家文学的繁荣与发展是由一个个地域性文学的繁荣与发展支撑起来的。而地域性文学的发展，既与整个国家的政治、经济、文化的发展息息相关，又与一个地域的民族气质、审美情趣、生活习俗密不可分。《文心雕龙》称北方的《诗经》“辞约而旨丰”，南方的《楚辞》“耀艳而深华”时，就明确提及地域与文学的关联性。丹纳在《英国文学史》引言中，把地理环境与种族、时代并列作为决定文学的三大因素。地域性对20世纪以来的中国文学的影响非常深刻，如京派作家和海派作家等地域性作家群对中国现代文学的贡献是显而易见的。

世界与中国、中国与湖南原本就是互为彼此、互为关联的命运共同体。如何认识包括文学湘军在内的中国文学在世界文学大家庭的位置，某种程度上决定了今天我们对中国历史、现实和未来的理解；而我们对地域性作家群的认知，也取决于我们对中国文学乃至世界文学的合理想象。

湖南是一个拥有悠久文化传统和深厚历史根基的文学大省，湖湘文化成为许多湖南作家创作的精神资源和价值追求。湖南作家自觉地把“感时忧国”和“敢为人先”作为人生的要义，把“经世致用”和“文以载道”作为写作的基本原则，有着普遍的政治情结、现实关切和使命意识。沈从文、丁玲、周立波等一大批作家为五四运动以来的新文学谱写了浓墨重彩的一章。中华人民共和国成立后，经过近40年的积淀，至20世纪80年代，形成了老中青三代蔚为壮观的湖南作家群。改革开放最初的12年，湖南作家在全国性文学大奖中获奖的有30多人次。首届茅盾文学奖，莫应丰和古华双双获奖。全国优秀短篇小说评选中，周立波、韩少功、蔡测海、彭见明、何立伟等人的作品榜上有名，1979年至1985年，连续7届共9部作品获得殊荣，成为全国唯一的“七连冠”省份。与此同时，孙健忠、水运宪、谭谈等4人的作品获全国优秀中篇小说奖，湖南作家因此获得了“文学湘军”的美誉，这标志着湖南文学进入了黄金时代。

二

然而，20世纪80年代末及整个90年代，湖南文学进入一个沉静期。与此同时，文学陕军以及北京、上海等文学中心地带的作家佳作频出，风光无限。人们不禁要问：为什么在中华人民共和国成立之初，湖南作家创作的长、中、短篇小说接连斩获全国性大奖，崛起的文学湘军为中国文坛瞩目？为什么文学湘军的历史题材、民族题材和官场小说创作一直处于全国领先水平？为什么从20世纪80年代末到90年代的10多年时间里，除少数民族文学获大奖外，湖南作家的作品竟无一篇获全国性大奖？文学湘军究竟怎么了？

对上述问题的耙梳、厘清与回答，正是中南大学教授、博士生导师聂茂先生的“中国经验与文学湘军发展研究”书系创作的时代背景和书写初衷。老实说，我跟聂茂以前不熟，但晏杰雄是我的博士生弟子，与聂茂是关系亲密的同事，他俩共同努力，为文学湘军在全国发声做了不少工作。杰雄多次跟我说起聂茂的文学创作和学术成就。有一天，我收到一本聂茂赠送的《名作家博客100》一书，感觉作者眼光很独特，视角很新颖，是一部有较高学术价值的开创性的著作。接着我了解到聂茂本人从20世纪80年代开始进行文学创作，在《人民文学》《诗刊》等发表过不少作品，《散文选刊》《小说月报》和《读者》也转载过其不少作品，《文艺报》和《理论与创作》等报刊还发表过有关他作品的评论文章，他还获得过包括湖南省青年文学奖在内的一些大奖，算得上名副其实的文学湘军中的重要成员。1999年3月聂茂出国留学，2003年8月取得博士学位，2004 年 7 月被中南大学以海外高层次人才引进，当年即由助教直接破格晋升为教授、学科带头人。这套书系就是 10 多年来聂茂在教学之余集中思考的智慧结晶，非常有雄心，非常有勇气，也非常不容易。

某种意义上说，包括聂茂在内的文学湘军的这些经验、生活、故事就是中国经验、中国生活、中国故事的缩影。20 世纪 80 年代初期文学湘军的辉煌是中国新时代文学辉煌的一部分。而 20 世纪 80 年代末到 90 年代以来，湖南文学经历了 10 余年的沉静期，它是市场经济条件下文学失去轰动效应和作家日益边缘化的真实写照。喧哗与骚动之后，包括文学湘军在内的中国文学开始呈现平稳的态势，走向成熟，彰显从容与自信。这个时期全国涌现出一大批传播中国核心价值和文学理想的精品力作，唐浩明的《曾国藩》、阎真的《沧浪之水》、彭见明的《玩古》以及残雪、王跃文、何顿等人的小说融思想性、艺术性于一体，充分展示了中华文化和美学精神，为文学湘军赢得了新的声誉和尊重。而 21 世纪以来的 10 余年（截至 2016 年底），文学湘军又有 15 位作家的 16 部作品获得全国性文学大奖，其中，田耳的《一个人张灯结彩》、欧阳友权的《数字化语境中的文艺学》、王跃文的《漫水》先后斩获鲁迅文学奖，阎真和何顿分别凭借《活着之上》和《黄埔四期》成为备受社会关注的第一届和第二届路遥文学奖得主。

文学评论工作者应深入研究这些有筋骨、有血肉、有温度的作品，弘扬主旋律，传递正能量。聂茂抓住时机，顺势而为，聚焦“中国经验与文学湘军发展研究”这个宏大课题，对包括文学湘军在内的中国作家在历史进程中书写和记录中国人民伟大实践的优秀作品给予充分阐释和及时评判，积极为传承与赓续中华文化基因、实现中华民族伟大复兴的中国梦提供应有的学理支撑。本书系紧紧围绕“中国经验与文学湘军”这个主题，透视其丰富多样、特色各异的创作形态，将个体研究与群体融合、思想资源与现实际遇、文本剖析与路径追溯、精神辨析与文化解读、审美阐发与理性反思结合起来，探讨新时期以来中国作家为什么创作和以怎样的方式表达，形成了自己的文学热点；面对不断涌现的现实生活和文学理想，文学湘军又有着怎样丰富的内涵、复杂的创作心理和个体的审美追求，以及对国家未来、民族前途有着怎样的价值预判。这样多维度、多层面的深入研究，强化了问题意识、前沿意识、批判意识和整合意识，使得本书系既具学理深度、学术高度，又具现实针对性和实践指导意义。对于聂茂这样的创作动因和学术成就，我感到很欣慰，并为之鼓掌。

三

所谓经验，通常是指过去发生的事情。其隐含的意义在于：人在过去的所为在现在形成的与现在相关的“历史记忆”。经验既是国家的、集体的，也是民族的、个人的，是一种可供选择、自然积累的回顾、省思、体味与总结。所谓中国故事，当然是指发生在中国历史和中国社会上的一切事情，中国故事不只是中国作家的个人经验，它的读者也不仅仅局限在中国，而是面向全世界、面向全人类的。从这个意义上，文学湘军的写作不仅仅是局限在地域性上，也不仅仅是对湖湘文化精神资源的汲取，而是以更加宏阔的视野，去发现中国元素、中国气质、中国精神和中国智慧。换言之，文学湘军将以什么样的思想情怀和艺术立场为我们这个时代、为有着命运共同体的人、为整个世界提供精彩的生活样本、文化镜像和价值观念？对这些问题的考察和思考，正是聂茂学术聚焦和研究重心之所在。

可以说，“中国经验与文学湘军发展研究”书系是聂茂从事中国现当代文学特别是对新时代文学和文学湘军研究 10 余年的集中奉献；倘若算上他文学创作的前期积淀，则是其近 30 年置身文学现场，观察、感受、参与和见证中国人民的伟大实践、中国作家书写中国经验的总体思考和学术结晶。

该书系共由 7 部专著组成，分别是：《人民文学：道路选择与价值承载》《家国情怀：个人言说与集体记忆》《民族作家：文化认同与生命寻根》《湘军点将：世界视野与湖湘气派》《政治叙事：灵魂拷问与精神重建》《70 后写作：意境闳阔与韵味悠长》以及《诗性解蔽：此岸烛照与彼岸原乡》。这 7 部专著以国内外最新学术成果为基础，全方位、多角度、立体式地对世界视野下中国新时期文学的精神资源、叙事模式与创作风格，中华优秀文化的赓续与传承、家国情怀、人民文学与文学湘军的深刻关联，70 后作家的创作特点，以及改革开放以来文学湘军的文化记忆、生命寻根、文本特征、审美态势及创作成就、困境与突围等，进行了全面客观、深入细致的总结、阐释、评论和分析，回答了伴随着经济崛起的中国作家应当以怎样的文化自觉和文化自信来书写中国故事，彰显中国立场、中国道路和中国价值等重大命题，该书系对重塑科学、健康、锋利的文学批评精神具有很强的针对性、学术性、理论性和前瞻性，对中国新时期文学，特别是湖南文学的繁荣和发展具有重要的理论价值与现实意义。

据悉，本书系自 2006 年开始启动，各部专著既相互独立，又相互关联，既相互支撑，又相互印证。作者立足于世界视野下中国经验的思想结构与内在逻辑，深入探讨了中国作家无论是个人言说还是集体记忆所共同拥有的家国情怀，重点阐释了人民文学对中国作家道路选择与价值承载的重要意义，对民族作家心路历程所彰显出来的文化认同与生命寻根给予了积极的肯定，并从制度层面和诗性追求上对政治叙事中的灵魂拷问与精神重建做出了全面细致的学理分析。中华美学和中华优秀文化的赓续和发展，有助于增强中国人民的文化自信、政治自信和道路自信，这样的研究充分体现了问题意识与创新精神，为新的历史时期重塑国家形象、凝聚人心和提高民族自信心提供了理论支持。中国文学和中国精神之于世界意味着什么？可以说，历史上没有任何一个时代像今天的中国这样丰富而深邃，对中国经验与文学湘军的文化源头、内部机制、审美特征等全方位、多角度的深入分析，是文学评论工作者在借鉴、吸纳人类丰富经验的同时，更多地关注中国立场、中国智慧、中国价值的客观需要，因而本书系具有丰富的文学理论价值和重大的学术原创价值。

近年来，伴随着中国经济崛起和世界对中国的关注，有关中国经验的文学评论文章或专著不少，有关文学湘军的评论文章或专著亦有一批，但将中国经验与文学湘军关联起来并做全方位的考察和研究的则并不多见。同时，学界关于文化自信和世界视野下中国文学的发展现状、机遇与挑战等方面的学术成果虽有一批，但是，由于依据理论的偏颇和研究方法、解释框架、价值导向等方面的缺陷，这些成果存在明显不足：一是多以现代西方理论和方法作为阐释立场，而非依据中国理论的内在资源确定和解读包括文学湘军在内的中国文学的发展变化，对中国文学所呈现出来的鲜明的中国特色和中国作家对人民文学追求的价值导向等研究发掘得不够；二是多遵循现代学科知识逻辑，而非针对中国传统社会与现代学术的浑融性提出的整合性解释框架，因而在对澄明中国文学对社会、文化、政治问题等层面的思考与实践上缺乏自信，对文化建设与中华文化传承的重要性也认识不够；三是多坚持“检讨中国”的刻板模式与审美知识的自主性立场，贬斥国家主义和功利主义的政治美学理念，不能发现中国制度优势所蕴含的合理性和普遍性价值，对中国文学在全球化语境下所形成的中国模式、中国智慧和中国道路的诠释缺乏全局性眼光，对包括文学湘军在内的中国当代文学发展也缺乏前瞻性和针对性的指导意义。而“中国经验与文学湘军发展研究”书系力图弥补这些缺憾，聂茂十年磨一剑，他不仅对湖南作家的研究做出了创新性和开拓性的贡献，而且对全国其他省份的文学研究亦有积极的启迪意义。

四

繁荣文艺创作，离不开文艺批评的健康发展。聂茂作为一名作家型教授，对“中国经验与文学湘军发展研究”有着先天的优势和个性特色，其开阔的国际视野，深厚的理论基础，丰富的创作经验，为整个书系的质量提供了保障。

“中国经验与文学湘军发展研究”书系的可贵之处在于，它站在全球化语境下，以中国经验和中华诗学的艺术立场，对传统文化视域下中国当代作家与作品，特别是对湖湘文化视域下文学湘军的研究做一次总结，使之成为该领域研究的代表性著作，为日后学术同行的相关研究提供重要的学术资源。纵观整个书系，我认为作者主要从以下五个方面做出了积极探索和不懈努力。

第一，夯实了世界视野下中国当代文学研究的学理基础，提升了中国精神和中国优秀文化在世界图景中的重大价值与时代意义。作者以中国经验与文学湘军为切入点，把中国智慧、中国道路、中国模式置于世界文学视野下，对改革开放以来文学湘军的巨大成就、内部构成、创作特点、叙事路径、审美趣味，以及中华传统优秀文化与湖湘文化之间的赓续、传承与发展的动态过程进行整体把握和深刻阐释，深入分析中国作家如何在世界图景中认识自己，将中国精神、文化建设与中华文化传承等一系列关乎民族盛衰、国家兴亡的重大课题呈现在世人面前。

第二，探究了中国作家的家国情怀和对人民文学执着追求的心灵冲动。该书系立足全球化语境下中国文学的宏大背景和湖湘文化丰厚的理论场域，研究新时代以来中国作家为什么心怀家国情怀，对人民文学的创作诉求产生强烈的心灵冲动，并探寻包括文学湘军五少将在内的70后作家的集体崛起的社会深层原因。

第三，重新认识和发掘了中国制度优势与中华诗性对中国作家创作资源所提供的深厚底蕴与精神投射的启迪意义。该书系针对中国当代文学，特别是文学湘军的创作与研究、评价中存在的问题和困惑，以中国制度优势和湖湘文化为切入口，聚焦“诗性追求”及其时代认知这一具有共同性、源头性和枢纽性的考察角度，对中国文学在新的历史条件下如何塑造自己、中国作家如何为丰富人类的精神生活做出贡献进行深入思考，全面厘清文学湘军的政治地缘、创作特色与形成路径，审视当前小说创作为何出现丰富、复杂乃至矛盾对立的现实尴尬。

第四，探寻民族作家的心路历程，增强民族团结和民族文学的影响力。湖南是全国少数民族大省，沈从文等作家在现当代文学史上留下了厚重的一页，改革开放以来中国巨大的社会变革创造了丰富的中国经验，也带给中国民族文学取之不竭的创作资源。中国作家坚持自己的个性和品格，充分展示中华民族的精神命脉和命运共同体。作者以江华瑶族作家群为例，用“解剖麻雀”的方式，找出了他们的文化传承及其与汉文化的共生共融的关系，深入分析了他们作品的审美特征、身份认同和民族寓言等，着力思考面对强势文化的挤压，他们的文明何以保存，他们的文化何以弘扬，他们的文学何以生存。每个民族都有自己的梦想，“中国梦”当然也包含江华瑶族的作家群“作家梦”。通过从文学、民俗学、叙事学和传播学等视角对江华瑶族作家群及其作品的集中考察，可以获得探寻全国少数民族作家心路历程的钥匙，为民族文学的繁荣和发展提供实证意义。

第五，彰显了中国当代文学为实现“中国梦”的重要意义。该书系运用历史的、人民的、艺术的、美学的观点评判和鉴赏作品，聚焦人民文学的丰富性和家国情怀的书写启示以及70后作家写作的新的艺术特质，揭示了优秀作家应选择怎样的叙事路径，才能充分彰显传统文化价值和功能内涵，才能彰显文学创作和文学批评为先进文化建设和民族伟大复兴的“中国梦”服务的终极意义。

总之，本书系以马克思主义为指导，站在全球化视野下，立足中华传统文化特别是湖湘文化对文学湘军的影响这一价值目标，综合运用社会学、文化学、文艺学和传播学等多种方法，全面概括中国新时期以来文学湘军的总体特征和创作规律，探索应该怎样认识和表现颇具中国特色的地域文化及时代意义，为文化自信背景下如何讲好中国故事、如何建立健康有序的文学批评提供了新的研究视角，是当代中国文学特别是文学湘军研究的新收获。

（作者系我国著名文学评论家、中国小说学会会长、兰州大学博士生导师）

目　录

绪论：人民文学的现实境遇与理想情怀

文学湘军从不以凌驾生活的姿态书写当下，也不以漠视理想的态度表现苦难，一边假惺惺地掉两滴高贵者的眼泪，一边偷偷地幸灾乐祸失败者的遭遇。作家如果忘记了艺术立场的价值和意义，忘记了文学从哪里来，也就进入了"无物之阵"，诚如加缪所说："今天的作家不应为制造历史的人服务，而要为承受历史的人服务。否则，他将形影相吊，远离真正的艺术。"历史的殿堂为制造它的人带来了无尽的荣光，也让承受它的人不堪重负。作家的作用之一是平衡历史，为倾斜的力量天平增减砝码，从这个意义上说，文学湘军从不为权力的那一侧锦上添花。

勃洛克说："即便我们久已不再对人民顶礼膜拜，我们也不能背弃或不再关心人民，因为我们的爱和思想素来倾向人民。"[①]人民从来就不是高高在上的精英群体，也不是居于社会中心地位的财富阶层。杜甫笔下的卖炭翁、鲁迅笔下的人力车夫、老舍茶馆中的诸色人等，艺术家无不以悲悯的态度对其予以观照，这些作品无一不是人民性的典范，正如别尔嘉耶夫所说："全部的俄国民粹主义都起源于怜悯与同情。在70年代，忏悔的贵族放弃了自己的特权，走到人民中间，为他们服务，并与他们汇合在一起。"和谁在一起决定了作品的精神底色。韩少功《马桥词典》中的芸芸众生日出而作、日落而息，像蝼蚁一样，但是作家始终怀以同情和悲悯之心。在王跃文的《苍黄》《漫水》和阎真的《沧浪之水》《活着之上》等作品中，百姓的疾苦、底层的心酸、弱者的辛劳都获得了作家最大程度的尊重，反而是那些颐指气使的官僚丑态百出，心机用尽，徒成笑柄。文本的人民性寓藏在作家对人物的态度里，也体现在小说的每一处细节中。这是王跃文、阎真等作家能够在历经时间淘洗之后，依然占据着文学史重

① 刘小枫. 象征与叙事——论梅烈日柯夫斯基的象征主义[J]. 浙江学刊，2002(1).

要地位的原因之一。

“从哪里来，到哪里去”一直是文学的基本命题，也是人民文学的核心要义。对中国作家而言，人民文学概念的提出可以追溯到毛泽东《在延安文艺座谈会上的讲话》，在他看来，人民大众就是“最广大的人民，占全人口百分之九十以上的人民，是工人、农民、兵士和城市小资产阶级”①。在新的时代背景下，人民大众的内涵和称谓尽管已经发生了很大变化，但是“为了谁”的问题依然是中国当代文学的价值原点之一。解决了“为了谁”的问题，也要解决“从哪里来”的问题，“人民生活中本来存在着文学艺术原料的矿藏，这是自然形态的东西，是粗糙的东西，但也是最生动、最丰富、最基本的东西；在这点上说，它们使一切文学艺术相形见绌，它们是一切文学艺术取之不尽、用之不竭的唯一的源泉”②。扎根现实和脚下的土地，一开始就是中国当代文学的基因，也是文学湘军的价值基点。

文学湘军一直面向时代、面向脚下的这片土地，尤其是故乡，无论是物质意义上还是精神层面上，都是沉甸甸的。于他们而言，故乡从来不是思念中的乌托邦和精神的避难所，而是社会中的鲜活人物和自然界的绿色枝叶、繁盛果实。卡夫卡说：“我们生活在一个恶的时代。现在没有一样东西是名副其实的。比如现在，人的根早已从土地里拔了出去，人们却在谈论故乡。”作家已经不是人民，却在谈论人民、书写人民；他已经不爱自然。却在假装热爱自然、赞颂自然。这种背离人民的虚伪写作在文学湘军的作品中却十分鲜见。

作为中国改革开放的组成部分，湖南也发生了翻天覆地的变化，思想、文化、经济等领域发生了剧烈蜕变。但是不论世事怎样变迁，文学湘军总能秉持人民文学的立场，在“伤痕文学”“改革文学”“寻根文学”等思潮中标示出自己的高度。尤其在中国社会进入转型期之后，各种矛盾错综复杂，利益主体不断重组，官场、商场的价值伦理标准遭遇严重挑战。文学的表现领域、主题和方式都出现了前所未有的改变，湖南文学进入了大繁荣、大发展的时期。在一定程度上说，文学湘军的风起云涌早于经济领域的革新。在这样的历史背景下，文学湘军与现实紧密相连，与民众的呼吸紧密相连，产生了大批艺术性、思想性俱佳的力作。改革开放进入深水期之后，社会矛盾更加复杂，这为作家提供了极大的想象空间和丰富题材。文学湘军之所以能够异军突起，与他们以人民文学的艺术立场记录这个时代有着直接的逻辑关联。

---

① 毛泽东. 毛泽东选集(第3卷)[M]. 北京：人民出版社，1991：855.

② 毛泽东. 毛泽东选集(第3卷)[M]. 北京：人民出版社，1991：855.

文学湘军把笔触指向底层。在残雪的作品中，生存的迷茫、现实的伤痛、精神的恐慌都是底层人物的真实写照。小说中的传统文化之所以能够展现出惊人的愈合力量，是因为作家赋予了它强大的精神功能。人民性的重要表现之一就是指向底层，“文学的人民性自它产生的时候起就与社会阶层的贫穷和富裕的差距相关，就与知识分子的人民同情的人道主义精神相关。它虽然曾经被绑在阶级论的战车上，导致了虚假的人民性，但并不能改变人民性指向底层的本质”①。湘西文学虽带有浓郁的地域性，却因为人民性才使它具有了世界性意义。文学湘军的人民性还在于它的独立性。近40年改革开放的社会环境已使湖南文学发生了历史性的变化，它具有了独立的审美立场和思想境界，不再是被政治控制的工具，大多数情况下，作家不再是政治的传声筒，而是更切入现实生活，关注各阶层的生活状况。

维护社会的公平、公正和民主，也是文学湘军人民性的应有之义。他们从不耽于社会批判，也不规避任何权力阶层的道德堕落。韩少功的作品以一贯的方式对体制内的不合理之处进行了不动声色的批判。孙健忠在民族性的建构上浓缩了全球化语境下民族文学的精神变迁，是个人的经验，更是人民的集体记忆。王跃文的作品彰显了文学湘军的时代高度，作家对底层百姓表现出强烈的悲悯情怀，作品中的人物和生存环境是当下社会的另一种写照，从不同方面传达了现代社会转型期中国的现状。彭学明、刘永学和唐朝晖等人的书写跟文学湘军的整体风格相契合，其鲜明的时代特色有着丰富的精神内蕴，既揭示传统社会场域里的淳朴、真情和温馨，也不吝笔墨地暴露了国民的劣根性，与鲁迅先生形成了隔代回响。

文艺的繁荣、文化的兴盛、文明的前进离不开点滴的积累与创造，文学创作则记录着在此过程中中华民族的魅力与智慧，这也是中华文化得以代代承袭的重要保障。文艺是铸造灵魂的工程，好的作品就像蓝天的阳光、春季的清风，能启迪思想、陶冶人生，扫除颓废之风，这种潜移默化的社会效益不能用金钱来衡量。真善美是文学湘军追求的永恒价值。他们讴歌真善美和向上向善的力量，深刻描绘了人民的现实境遇和理想情怀。他们自觉站在人民的立场，同呼吸，共命运，承担了这个时代给予他们的苦难，也分享了这个时代给予他们的荣光。他们将和兄弟省市的作家一道，以更加坚定的步伐、更加饱满的精神、更加从容和自信的心态迎接世界文学视野下更大的机遇与挑战。

---

① 方维保．人民·人民性与文学良知——对王晓华先生批评的回复[J]．文艺急鸣，2005(6)：79－82.

第一章　韩少功作品的东方智慧

韩少功是文学湘军中的佼佼者，他与古华、莫应丰、谭谈、水运宪等人矗起了文学湘军的时代高峰。作为中国新时代文学颇具敏锐感觉和精神追求的作家，韩少功被瑞典皇家文学院诺贝尔奖评委、著名汉学家马悦然教授认为是中国少数几个有望问鼎诺贝尔文学奖的人选之一。韩少功博览群书，视野广阔，有着强烈的社会责任感和批判意识。他的创作主要经历了四个典型阶段：从《月兰》《风吹唢呐声》到《西望茅草地》《飞过蓝天》是韩少功创作的第一个阶段，从这个时期的作品中可以看出，从“伤痕文学”到“反思文学”，韩少功秉承了五四启蒙文学传统。从《爸爸爸》到《女女女》等被评论界誉为“寻根文学”代表之作的一系列作品，是韩少功创作的第二个阶段，在“文化热”和“方法热”的时代背景下，韩少功等作家要寻找的“根”究竟是什么样的“根”？是文化的、民族的还是道德的？韩少功等人是否找到了他们的希望之根？韩少功的小说用隐性的理念设计等方式巧妙地回答了这个问题。从《马桥词典》到《暗示》可以视为韩少功创作的第三阶段。《马桥词典》凸现了“普通话”和“马桥方言”之间的冲突和歧义，小说的本旨寄予了作家一贯坚持的对民族生存的深切关怀，是韩少功对中国文化理性资源挖掘的结果，实际上该小说也是作家对“寻根意识”的横向整理和纵向深化。在《暗示》中，韩少功曾是“知青”的叙述者，往来于不同的国家、阶级、时代、文化与历史记忆之间，这是《马桥词典》向未知方向继续探索的前奏。如果说，《马桥词典》是从“方言”的立场出发，去寻找那些散落在民间的、“普通话”所无法涵盖的“方言”的复杂含义，揭示“普通话”背后的语言、思维和生活方式，以及生存与价值图景，那么，《暗示》则是作家试图通过具象细节和发散化的感受，在“历史终结”的地方重新产生不满、怀疑、问题和变化，从而体现了小说的一种重要的民族精神气质。[①] 2008 年散文集《山南水北》的出版，以及 2013 年长篇小说《日夜书》的推出，是韩少功创作的第四个阶段。《山南水北》记录了作者对山野自然和民间底层的深入体察。韩少功细腻地勾画了生动的人物和传奇的经历，将历史的真相一步步揭示出来。作为一本对生活与文化不断提出问题的长篇小说，韩少功力图将被轻率删减的乡村的意义，融入迅速更新的对中国的想象和认同中去，这是《山南水北》蕴含的时代意义与文学价值。在 2013 年，韩少功推出长篇小说《日夜书》，笔者在阅读时常产生一种莫名的恍惚，以为自己正在翻阅的是作者精心打磨的一部回忆录，而更多的时候笔者又觉得，不，这只是一本有节制且有点散文化的小说而已，是近似于生活，又跳出了生活逻辑框架的小说。在这部作品中，作者时而融进小说之中，带领读者阅尽人间百态，时而脱离叙事情节和故事本身的内在结构，在小说之外舒缓淡定地讲述自我与他者、历史与当下、真实与虚幻的种种生命状态。

第一节　东方智慧：韩少功小说的核心竞争力

韩少功的创作是极具生命力的，从 20 世纪 80 年代至今，他在不同创作时期发表的作品总能深深吸引读者和评论家激动的目光。有评论家认为他是“考察中国当代文学的标尺性作家”[②]。作为中国当代文坛一位极具代表性与影响力的作家，韩少功既怀有强烈的民族情感与文化情结，又具有普世价值与全球视野。他曾经在一次访谈中谈到文学如何回应当代人类的精神难题是文学的至高追求，一个大作家的雄心应该是从对人类精神的永恒探索中、对人性的不断探究中，体会和获得文学的意义、写作的价值。他由此得出，文学的核心创造力“应该是揭示新的人性奥秘，哪怕得其一二也行”[③]。诚如斯言，以创作所达到的思想深度来说，韩少功笔下的文学正是具有这种典型的核心创造力特征的。

进一步结合韩少功的文学理论主张和文学追求，深入考察他笔下文学的核心创造力特征时，就会发现：这种核心创造力乃是一种结合了东方智慧的核心创造力，是在结合了东方智慧的基础上，对民族传统文化资源的深入挖掘，对

---

① 旷新年. 小说的精神——读韩少功的《暗示》[J]. 文学评论，2003(4).

② 廖述务. 韩少功研究资料[M]. 天津：天津人民出版社，2008：1.

③ 韩少功，王雪瑛. 文学的核心创造力[J]. 文学报，2016(9).

新的人性的不懈揭示与探索。韩少功曾直言要使这种东方式的感知方式、思维方式变成优势和长处。简言之，这种东方智慧在他看来是一种东方文化的思维和审美优势。具体来源于老庄哲学、禅宗思想、巫楚文化等传统东方文化，尤其是其中相对主义观点、直觉的思维方法、整体地把握世界的方法等给他的创作提供了极大的智慧。①

一、庄禅智慧的显现

韩少功对庄禅的哲学思想、宇宙观表示过由衷的欣赏与叹服，认为它是整个人类超时间、超空间的一种生存状态，一种生存精神，一种主观浪漫主义精神。

用老庄哲学、禅宗思想的思维整体地把握世界，采取直觉的思维方法，以相对主义质疑绝对主义，以非理性主义对抗理性主义，思考人生的困境和悖论，探索人性在社会中的异化现象，韩少功作品中的庄禅智慧得以如是显现。

在韩少功早期的创作中，革命现实主义是其奉行的主要创作原则，从《吴四老倌》《月兰》到《西望茅草地》等这一类的作品，主题鲜明突出，人物形象也较为单纯。真正发生变化是在20世纪80年代中期，韩少功在提出“寻根文学”的理论主张时曾多次谈到老庄哲学、禅宗思想对他的影响。文学观念的转向直接反映在他的创作中。

不同于初期作品，从20世纪80年代中期开始，韩少功的作品中出现了大量的“畸形人”形象。他塑造了大量的形陋者、痴傻者、病态者、残缺者，在现实、梦境、幻觉、人的潜意识深处穿梭逶迤，展示着人性的丑与善。最早可以追溯到《风吹唢呐声》中的哑巴德琪，这个样貌丑陋古怪的残疾人却拥有一颗正直善良的内心，从他身上人们才能找到正常的人性。《爸爸爸》中的丙崽是一个“未老先衰”却又总也“长不大”的小老头，顶着一个畸形的大脑袋，只会反复说两句话“爸爸”和“×妈妈”。《女女女》中的幺姑本是一位温良克己的女性，年老后的一次中风瘫痪让她产生了断链式的精神畸变，她毫无顾忌地展示着自己所有的自私与丑陋，竭尽所能地折磨自己和周围的人，将长期禁锢的自然本性与压抑在人性深处的病态意识以畸变的形态释放出来。这些“畸形人”形象引起了评论家们极大的关注。例如南帆就认为《爸爸爸》中丙崽所受到的待遇镜子似的反映出了鸡头寨的精神水平。这样，丙崽的精神畸变恰恰暗示了公众在另一种意义上的精神畸变。这就是韩少功从这个白痴身上观察到的人性。

---

① 林伟平. 文学和人格——访作家韩少功[J]. 上海文学，1986(11).

近年，韩少功创作的散文集《山南水北》中还出现了不少“异人”形象：《塌鼻子》中其貌不扬的神医可以说是巫医结合，既能给人治病又能预言占卜；《邻家有女》中的满姨是个盲女，但是却有异于常人的听觉；《笑大爷》中的笑花子有些痴傻却对事物发展有惊人的预知能力；《农痴》中展示了一位痴农摆脱了功利的生存方式与生命追求。这些“异人”的形象很自然地让我们联想起《庄子·德充符》中的王骀、申徒嘉、叔山无趾、哀骀它这几个虽然肢体残缺却是道德完美象征的人。当然，在庄子看来，这种道德完美是指“领悟大道，因循万物的变化，消除是非的观念，抛弃立德的动机”①。而韩少功作品中出现的这些“异人”颇有些《庄子》中所提倡的任随万物的意味。从其前期小说中以“畸形人”形象来暗示个人、公众乃至社会、文化的某种精神畸变，探讨人性的异化，到其近期散文中出现的不少“异人”形象，这其中既有作家的一种精神在新的时代的延伸，更有一个从文化寻根到皈依自然的回归过程。在异化问题更加突出的当下社会，韩少功试图通过复归山林的方式寻找本真的人性。因此比较而言，韩少功的前期作品在对异化的质疑中似乎有更多批判的锋芒，后期散文作品以复归山林来消解人性的异化，使人更多地感受到人性皈依自然后的圆融与自得。

老庄哲学中所包含的相对观念“物无非彼，物无非是”“因是因非，因非因是”也是韩少功作品一个重要的思维立足点。美洲《华侨日报》的记者夏云曾经问他道《爸爸爸》《女女女》这两部小说表现的主题是什么，韩少功说：“这些主题不是一些定论，是一些因是因非的悖论”，“这些小说是我的一些困境。道家有‘齐物论’，佛家有‘不起分别’说，也是困境……哲学、科学、文学，最终总是发现自己对着一个奇诡难测的悖论。悖论是逻辑和知识的终结，却是情绪和直觉的解放，通向新的逻辑和知识”。② 一切具体事物的存在、变化，包括所谓有无、大小、是非、理性非埋性等，都是有限的、局部的、不确定的。正如韩少功在《夜行者梦语》中所写的：善良中有罪恶的潜伏，罪恶中有善良的隐存。

这也可以说是韩少功对《庄子》中表现的相对观念的齐物论思想的重要体认。庄子认为，万物是齐同的，对万物的认识和评价也应该是齐同的，事物的彼此、认识上的是非，都是相对的。“不知周之梦为胡蝶与？胡蝶之梦为周与？”③从根本上说，一切都是道的“物化”显现，进而应该放弃一切对立和私心

---

① 曹础基．庄子浅注[M]．中华书局，2007：58.

② 韩少功，夏云．答美洲《华侨日报》记者问．钟山，1987(5).

③ 庄周．庄子全书[M]．昆明：云南出版社，2013：49.

成见。“夫随其成心而师之，谁独且无师乎？”[①]《归去来》中黄治先与马眼镜难分难辨，似是而非，扑朔迷离；《相遇》中“我”在赛龙舟的岸边与一少年相遇，恍惚间不知“我”是少年还是少年是“我”。这些都颇得“庄周梦蝶”的精义。《山南水北》中的《蠢树》《再说草木》《智蛙》《山中异犬》《寻找主人的船》，草木能听得懂人说话、青蛙和犬能明白人的意图、古船似乎在不停地寻找旧主人，这些看似不可思议的事情，其实都是基于作者打破物我界限，摒除师心成见后对世界的一种独特的把握。

在作品中，韩少功还善于运用禅宗的思维去表达对庸常人生的认识和参悟，通过禅宗智慧里非理性的直觉参悟去认识真实本体。

《女女女》篇末有这样一段话：

记得幺姑临死前咕哝过一碗什么芋头，似乎在探究人生的某种疑难。这句话在我胸中梗塞多时，而现在我总算豁然彻悟，可以回答她了：吃了饭，就去洗碗。就这样。

这个结尾颇有深意，幺姑至死都在探究的某种人生疑难，“我”竟然通过“顿悟”的方式直达本相。俨然让人联想起著名的禅家公案：

问：和尚修道，还用功否？师曰：用功。曰：如何用功？师曰：饥来吃饭，困来即眠。曰：一切人总如是，同师用功否？师曰：不同。曰：何故不同？师曰：他吃饭时不肯吃饭，百种须索。睡时不肯睡，千般计较。僧问师学人乍入丛林，乞师指示。师云，吃粥也未？云吃粥了也。洗钵盂去。其僧因此大悟。

禅宗讲究日用平常皆是悟道，佛法就是生活的当下，悟道只能在日常生活中自然地获得。幺姑的衰老与返祖、清醒与糊涂、善与恶、禁锢与自由，这一切相反相成，亦是通过一种“悟道”的方式达到个体感性经验的某种神秘飞跃。

韩少功的作品中还包含有佛教文化中因果报应与循环论的思想。《爸爸爸》中，传说丙崽娘因为得罪了绿眼赤身的蜘蛛精而生下丙崽，是冒犯神明的现世报应；《白鹿子》《当年的镜子》中愧对死者的人都得到了应有的惩罚；《女女女》中幺姑的病被当地人看作是讨账，认为她先前给别人多少恩，现在就要给别人多少难。这些都大大增添了作品的神秘色彩，从深层次上看，实则反映的是作者对事物间非逻辑的神秘联系的思考和重构。

同时，韩少功也对道家和佛教的消极因素持有相当的警觉，从作品中可以看出他更关注的是佛家普度众生的悲悯情怀、“大我品格”以及老庄的“回归自然”，因此，特别是在后期作品如《山南水北》中，他以更大的热情去探讨人与

---

① 庄周. 庄子全书[M]. 昆明：云南出版社，2013：92.

自然、人与土地的关系。

二、巫楚文化的浸淫

从湘楚大地走来的韩少功一直对这片土地上深厚久远的文化表露出浓厚的兴趣以及深深的敬意。他曾多次谈到巫楚文化，谈到屈原和楚辞、楚文化的主观浪漫主义精神，谈到原始的直觉思维。在他的作品中不难发现这些因素对他创作的深刻影响。

首先，巫楚文化特色和奇异传说丰富了韩少功的文本内蕴，提高了他作品的辨识度。在《爸爸爸》《归去来》《马桥词典》等小说中存在着大量的与巫楚民俗有关的方言、传说、民歌、风俗等。比如《爸爸爸》中鸡头寨和鸡尾寨保留了最原始的生存方式——械斗；寨子祭谷神必须杀人来祭拜；出门迷路是因为遇上了“岔路鬼”，得赶紧撒尿赶紧骂娘；妇女裸体在山岭上接南风以求孕；还有“奶奶离东方兮队伍长，公公离东方兮队伍长。走走又走走兮高山头，回头看家乡兮白之后……”这样的原始歌谣被寨子里的男女老少世世代代卖力传唱。这些原始而荒蛮的民俗民风最能反映出带有巫性色彩的生命原色。作者在作品中不仅仅展示了湘楚地区传统的民风民俗，更将其上升为一种人类文化现象，对人类生存样态进行了思考和探讨，文学的意义空间得以拓展。

其次，对巫楚原始文化中直觉思维方式的大胆使用，增加了韩少功作品的精神空间，拓展了他的文本深度。韩少功在回答《华侨日报》记者夏云的提问中谈到了巫楚文化和直觉思维之间的关系，他认为“一切原始或半原始的文化都是值得作家和艺术家注意的。文学思维是一种直觉思维……这种文学的元素和基质是直觉的。原始或半原始文化是这种直觉思维的标本”①。这种直觉思维的方式跨越了理性、打破了逻辑，使得他的作品呈现出一种“神秘”的色彩。但是这种“神秘”并未通往不可知论，而是更多倚仗创作主体对社会人生的直觉与感悟，即通过直觉思维的方式直接通往“现实”。就如同有人问及马尔克斯《百年孤独》中穿着布袋乘风飞走的女孩、长着猪尾巴的男孩这些情节是否都为虚构时，马尔克斯不假思索地回答道：没有一行文字不真实。韩少功作品《鞋癖》中父亲的神奇失踪和母亲的鞋癖，《马桥词典》中被砍掉半个脑袋却依然能行走的乡人……这一切似有逻辑又全无逻辑，似乎虚幻又全然真实，只是这种真实是另一个维度的真实，不是现象的真实而是心灵的真实，是通过直觉思维达到的真实。

---

① 韩少功，夏云. 答美洲《华侨日报》记者问[J]. 钟山，1987(5).

再次，对楚辞艺术手法的吸收与化用，夯实了韩少功作品的思想基石，提升了他的文本风骨和艺术纯度。韩少功的作品大体上呈现出一种强烈的主观浪漫主义精神，一种通过奇崛瑰丽的想象上天入地、时空交错的气度。韩少功曾认为楚文化奇丽、神秘、狂放、幽默、深广的特点是可以融入到创作中去的。①《谋杀》讲的是一位女会计在想象中成功杀人的故事，现实世界与想象世界的界限被打破。《余烬》中的知青李福庄二十多年后当上了局长，一张字条令一件当年看似荒唐而诡异的事件神秘而轻易地跨越了二十多年的时间，毫无缝隙地对接了眼前的实际情形。《山上的声音》讲的是二老倌飘魂出土的事，人鬼之间似乎并没有太大的界限。《暗香》讲了一个神奇的故事：很少有人去探望孤寂的老魏，除了一个自称为竹青的陌生人，每隔十年就虔诚地来看他一次。终于老魏想起竹青是他小说中的一个人物。后来老魏死了，竹青也随着小说稿纸的焚烧而死于一场火灾。在这里现实的时空与虚幻的时空交织在一起。在这些小说中，我们很难说清小说中故事发生的具体时代背景、地域空间，这些故事亦幻亦真，带有神秘色彩，作者秉承《楚辞》中一贯以来的不拘泥于形式与打破时空界限的传统，在上天入地的大胆而狂放的想象中消解着时代和空间的痕迹，书写着个人对时空、对民族、对社会历史最深广的理解与想象。

陈晓明在《现代性与中国当代文学的转型》一书中说道："陈忠实代表了中国传统文化中处于主流地位的儒家文化，而韩少功则代表了中国传统文化中散落在民间的巫性文化，二者结合起来才能真正体现东方文化的优势，才能真正解救现代科学理性的单面线性思维之弊。"②

通过作品反映对民族历史、现状和未来的深沉思索，不断揭示现代化进程中新的人性奥秘，试图用东方文化的智慧解救现代科学理性的弊端，这也许就是韩少功之于中国当代文学乃至世界文学的重要意义。

第二节　《爸爸爸》：中国文化劣根性的象征

《爸爸爸》是韩少功写的一篇寻根文学代表作，小说以一个只会说"爸爸""×妈妈"两句话的"小老头"丙崽为主人公，描写了一系列发生在他生活的地方——原始部落鸡头寨中荒诞不经而又异常真实的事件。作者用充满魔幻现实主义的笔调，向读者展现了一种愚昧的、落后的、封闭的民族文化形态。与此

① 林伟平. 文学和人格——访作家韩少功[J]. 上海文学，1986(11).

② 陈晓明. 现代性与中国当代文学的转型[M]. 昆明：云南人民出版社，2003：321.

同时，小说发掘了埋藏在历史深处的初民文化形态，揭示了民族文化的深层心理结构，表现了他对传统文化及其孕育出来的文化品格的审视和批判。

丙崽在《爸爸爸》中是一个关键人物，他是所有事件的牵引者。作为主要人物，其他的次要人物都与他有关，如丙崽娘，既是村落的接生婆也是丙崽的养育者，在她身上发生的故事不少。她和丙崽的爸爸德龙生了丙崽，但德龙却在丙崽生下来后离开了这个村落，离开了他们母子。仁宝他爹是丙崽的大伯，仁宝是丙崽的堂兄，这两个人也是文章的次要人物。文章还有很多其他人物，但多数是扁平人物，人物性格特征不明显，也不复杂，如那群喜欢欺负丙崽的小孩们，就代表着一种尚未明白自己处在封建落后文化中，顺承着这种愚昧文化的糊涂人。这篇小说中，作者韩少功通过描写这些生动的人物形象，以及这些人物所在的生活环境，表达了一些民族文化的劣根性和对传统文化的深刻反思与批判。

一、丙崽——封建民族文化的缩影

对于丙崽，书中是这样描写的："三五年过去了，七八年也过去了，他还是只能说这两句话，而且眼目无神，行动呆滞，畸形的脑袋倒很大，像个倒竖的青皮葫芦，以脑袋自居，装着些古怪的物质。"[①]这是一个典型的思维混乱、不会思考的形象，高兴的时候不管叫谁都是"爸爸"，不高兴的时候只会说"×妈妈"。很明显，丙崽的头形同虚设，似乎并不与他的身体神经相连，而更像是生硬地放在身上，不受身体的支配。作品中的丙崽是现代神话中的形象，因此他存在的身体和生理上的缺陷是古代神话人物的置换变形。在中国古代神话中，刑天的形象也是无头的，他以双乳为目，肚脐为口，右手操戚、左手持盾地舞蹈着。刑天的形象正好与丙崽的"假头"对应了起来。古罗马人梅拉在《宇宙位置》中描述道："布雷米雅人根本没有脑袋，他们的脸就是胸脯。"所以从古至今，古人不约而同地描述着无头之人，或许是因为从古至今人们多感叹"心为形役"的苦痛与无奈，人类的先祖们无时不在渴望着肉体冲破理性的牢笼，让生命力无限制地迸发。[②] 因此，"无头鬼"成为了丙崽与鸡头寨祖先刑天外形上共同的标志，但他并未因此获得村民的敬仰与尊崇。整个村落的人都喜欢拿他打趣，嘲笑他、侮辱他，认为他是一个智商不高、有点蠢的人，但是他却屡屡大难不死，逃过了祭谷神，从悬崖掉下来却没有死，等等，人们慢慢觉得他是仙

① 韩少功. 爸爸爸［M］. 北京：作家出版社，1989：131－132.

② 孔令俐.《爸爸爸》中丙崽与刑天的形象意义解读［J］. 文学研究，2013(6).

人，集体膜拜丙崽，称之为阴阳卦师，并通过他的占卦来决定是否对另外的寨子进行攻打。村民对丙崽态度的转变仅仅是因为迷信，从本质上来说和丙崽无缘无故对他人喊“爸爸”或者“×妈妈”并无差别。丙崽是因为头脑混乱，而村民则是精神愚昧，其头脑也是糊涂的。丙崽作为主人公，他的一举一动都牵动着村民的行为，他就是这个原始村落的缩影。如丙崽受到欺负时，只会翻一个白眼来躲避发生的灾难，而鸡头寨的人也只会用消极的方法来对待不好的事；丙崽抓狂了会“咬自己的手，揪自己的头发”，而鸡头寨的人在被打败之后就要迁徙，就要集体自戕；丙崽不会思考，只知道“别人笑，他也跟着笑”，鸡头寨的人更是不会思考，不会从科学的角度去考虑问题，出了事也只会相信硬币和牛头往哪边倒，甚至去相信那莫须有的谷神。这一切似巧合而又非巧合的事件，都表明着丙崽就是整个村落的缩影，是村落中那些封建文化的缩影。

丙崽一生只会说“爸爸”和“×妈妈”这两句话同样能够作为丙崽个人特殊的象征符号。面对一切外在事物无穷的变化和变故，即新文化影响原始文化和封建文化并试图改变这些落后文化时，永远不变的“爸爸”和“×妈妈”形成了丙崽对外界的两种感知形式并以此建构丙崽的心理格局。① 虽然看起来他以不变应万变，但事实上丙崽的思维简单愚钝，与日趋复杂化的现实形成了极为悬殊的差距。但丙崽作为一种生命形式的存在，他又不得不对周围的现实做出相应的反应，而这种带有强迫性的刺激与反应更加加重了丙崽所代表的文化符号的病态化。② 这不仅使本就痴呆的丙崽多了几分疯狂，也使他所象征的原始文化充满了荒谬。

作者对丙崽这一人物形象的塑造，代表的是愚昧的、尚未开化的、没有自己思想的封建文化，也可以说是代表那些对封建文化逆来顺受的人。丙崽不懂反抗，每个人都可以欺辱他；不会死，经历了那么多次大灾难最终顽强地活了下来。同时，他的存在也带有深刻的悲剧性色彩。泰勒曾说：“一定的文化应该是一定社会时代的文化。”鸡头寨所处的社会时代与现存文化的内涵是错位的，它的整个文化氛围实际上是原始初民化的残留与封建僵腐文化意识附身的产物—— 一种畸形文化。③ 但这种文化怪现象的存在不仅未受到人们的质疑、打压，反而延续不断且独立存在着，并总有生活在这些文化下顺承的子民崇拜它，用一种畸形的方式使它世代延续下去，让封建的民族文化继续保留，这不

① 方克强．阿 Q 和丙崽：原始心态的重塑[J]．文艺理论研究，1987(2)．

② 崔研．丙崽：文化与时代发展不同步的产物[J]．东疆学刊，1992(4)．

③ 崔研．丙崽：文化与时代发展不同步的产物[J]．东疆学刊，1992(4)．

仅是文化传承的悲剧，也是人性的悲剧。

二、丙崽娘与德龙——对封建民族文化的继承与反叛

丙崽娘在这篇小说中是以第二主要人物出现的。自从和丈夫德龙生下这个“怪胎”丙崽后，她就全心全意待在村落里，照顾、养育、陪伴着丙崽，这些都来自于一个母亲对儿子的包容心和责任感。即使丙崽经常犯错，经常受人欺负，丙崽娘也没有抛弃过他，只是对着丙崽或那些欺负丙崽的小孩骂几句话，发泄一下自己压抑的感情。丙崽娘经常骂丙崽：“你这个奶崽，往后有什么用啊？你不听话罗，你教不变罗，吃饭吃得多，又不学好样罗。养你还不如养条狗，狗还可以守屋。养你还不如养头猪，猪还可以杀肉咧。呵呵呵，你这个奶崽，有什么用啊，眶眦大的用也没有往后哪个媳妇愿意上门……”从这些话里，我们可以看到丙崽娘仍旧希望丙崽能传宗接代，仍旧把封建文化的根传承下去。丙崽娘遇到抽签祭谷神的时候，有一点幸灾乐祸地替别人开导，却没想到这种残忍粗暴的习俗应该要杜绝。这是因为她已经习惯了这种封建的民族文化，觉得很自然，应该去遵守。而丙崽娘在后来村落发生战乱，罗老八死掉后，心境却有了很大的改变，她发出哀鸣：“吾那娘老子哎，你做的好事呀！你疼大姐，疼二姐，疼三姐，就是不疼吾呀……”并告诉丙崽要去找他爸爸报仇，之后便离开了村落。离开村落的丙崽娘第一次想要丢掉身上沉重的包袱，想要找寻新的庇护所，这是对封建文化的一次微弱的反抗，但是结局却令人感到悲凉——“可以肯定的是，她的尸体一定被狗吃掉了。”丙崽娘对封建民族文化的继承已经是下意识的了，就像保护和养育丙崽一样。而最后表现出的反叛却并没有好结局，因为即使丙崽娘有了离开村落的意识，也只是为了寻找下一个同样充斥着封建文化的村落而已。

与丙崽娘不同的是她的丈夫德龙，也就是丙崽的父亲。在某种意义上说，德龙是一种新时代文化现象的象征。德龙在村落里唱了几十年山歌之后，就带着他的小青龙出去了，再也没有回来，彻底地离开了鸡头寨。德龙抛弃了丙崽母子，没有人知道他去干什么，也没有人知道他是否活着。德龙是唯一一个彻底离开鸡头寨，远离落后闭塞的封建民族文化的人。他的离开是对“根”的反叛，是对愚昧文化的反抗。但这种象征虽有生机却朦胧、幼稚、单薄无力。作品中“丙崽有很多‘爸爸’，却没有见过真实的爸爸”这句话含义深刻，反映出新文化光顾鸡头寨这个特定的社会时代环境时极其形式化，带有新时代气息的文化符号并没有真正地与时代结合并扎根落户，这说明具有新时代气息的文化本

身也是苍白无力或不够普遍深入。①

丙崽娘代表的是对“根”的无意识继承，而德龙代表的则是对“根”的无意识反叛。两种不同质的“基因”相遇是造成丙崽怪异愚痴的根源。而这两个具有象征意义的人的结合，在抽象意义上来说，代表了鸡头寨的旧文化与新时代新文化的格格不入，甚至在新的时代背景下，鸡头寨旧文化吞噬了新文化，并把它变成了一种枯朽丑恶的东西②，即丙崽的化身。不仅如此，丙崽娘和德龙双方都不能找出任何要待在鸡头寨或者要离开鸡头寨的理由，这种无意识，正是落后民族文化的特点之一。也许离开村落后，他们便可以解脱，便可以彻底使自己摆脱落后的民族文化，但这也只是个人的解脱，是少部分人的觉悟。更大的可能性是这群逃离“根”的人，最终只能找到另一个落后的封建村落，仍旧在这个庞大的而又落后愚昧的民族意识形态下生活。

三、仁宝——封建民族文化中的新势力

在这个落后闭塞的村寨中，仁宝的行为是有一些独特的。他喜欢和那些从山下来的人们套近乎，也喜欢自己下山去晃荡几天，“从山下回来，他总带回一些新鲜玩意儿，一个玻璃瓶子，一盏破马灯，一条能长能短的松紧带子，一张旧报纸或一张不知是什么人的小照片。他踏着一双很不合脚的大皮鞋壳子，在石板路上嘎嘎咯咯地响，更有新派人物的气象”。他带来一些新鲜玩意儿，操着一口官话，还时不时地嚷嚷“这鬼地方，太落后了”，“跺死也好，来世要投胎到千家坪去”③。他的这些行为和保守的鸡头寨人格格不入。最重要的是，在村民们说要杀人祭谷神之类时，他会认为这种祭拜神灵的方式是愚昧的、无知的。这一思想的觉悟是新势力的一个显著特点，开始有意识地排斥这种迷信的封建文化。但是同时，这种反对和排斥又只发生在口头上。仁宝只喜欢在口头上耍耍威风，惹得一些年轻的人十分“相信”他，“跟随”他，但是他却并没有做出实际的行动。在战斗快要开始时，他东跑西跑，却其实什么都没干；在鄙视村民的迷信时，他也并没有出声阻止，只是任由其发展。这种有意识却没行动的新势力，归咎其因都在于其本身的胆小与怯弱，还是没能从本质上摆脱封建文化，受了那么多年的封建文化熏陶，也并不能一下子全部根除或觉悟。

仁宝这一形象代表的是封建民族文化中懦弱的新势力，他们有了一点思想

---

① 崔研. 丙崽：文化与时代发展不同步的产物[J]. 东疆学刊，1992(4).

② 崔研. 丙崽：文化与时代发展不同步的产物[J]. 东疆学刊，1992(4).

③ 韩少功. 爸爸爸[M]. 北京：作家出版社，1989：27.

上的觉悟，却没能从根本上改变封建民族文化，力量太过薄弱。在庞大的落后民族文化中，他们形单影只，有环境的束缚，有亲人的束缚，结果就是这一点微弱的觉悟也只能在苟且偷生中慢慢泯灭。

四、仲裁缝——封建民族文化中的受害者

仲裁缝是仁宝的父亲，是丙崽的大伯。作为在村落中生活了半个多世纪的人，他是受封建民族文化影响最大的人之一。仲裁缝恨女人，爱说书，有气节，在村寨中说话有分量，对自己的儿子仁宝弄的山下的新鲜玩意儿恨之入骨。他保守、故步自封，妻子死后不再和任何女人讲话；他爱古书，总喜欢看一些先人的故事，并感慨“一代不如一代”；他信鬼神，看到棺材上的老鼠，坚信是老鼠精，将会带来厄运；他迷信，在鸡头寨收成不好的时候，他要请巫师来占卜；他疯狂，一直向往着坐桩而死，带着对卧龙先生的敬仰。这些愚昧的、封建的、保守的、疯狂的行为都是落后民族文化给人们带来的灾难。在他的世界里，文化意识与时代已经无法找到对应点，它们在各自的发展中相互错位而达到了与人类难以相容的地步。[1] 就如仲裁缝，面对种种落后愚昧的文化现象他盲目尊崇。总之，他对新时代的产物充满痛恨，批判和抱怨历史发展的不客观性，这不仅不是一种严肃审视历史的态度，而且还是一种非理性的冲动。即便如此，村子里依然无意识地出现了无数个“仲裁缝”并组成了这个封建村落，而封建村落继续把这种愚昧的文化传播给下一代人。仲裁缝在小说的最后带领着鸡头寨的老人们集体殉葬，结束了这场封建闹剧。这些在封建民族文化中受害的人们，以死来结束了这一代的愚昧。可是下一代呢？只要没有彻底铲除，根深蒂固的封建文化还将继续迫害更多的人。

韩少功的《爸爸爸》通过描写几个典型人物，用洒脱和犀利的笔触写出了原始、愚昧、落后意识的丑态百出和老态龙钟，展现了落后民族文化中的劣根性，表达了对这种落后的、封建的民族文化和冥顽不化的人们的批判和极端厌恶的情绪。同时，也希望更多的读者能够发现这种隐藏于现代文明中、生根于传统文化中的落后的民族文化，并在深恶痛绝中孕育出和蓄积起一种与之彻底决裂的愿望与意志。最后，我们应该要深刻反思这种落后文化，对这种文化进行批判，同时也要在吸收传统文化的时候，保持取精华去糟粕的态度，反对愚昧落后民族精神，传承优秀民族精神。

---

① 崔研．丙崽：文化与时代发展不同步的产物[J]．东疆学刊，1992(4)．

第三节 大写的自由属于人民

大隐隐于市，小隐隐于林。从古至今，人们对于隐居生活都是仁者见仁，智者见智。古有五柳先生陶潜“采菊东篱下，悠然见南山”，如今也有文化隐士、作家韩少功返景入深林，寄情山南水北，躬耕农牧，潜心创作自然与时代的乐章。余秋雨走遍了祖国的大好河山，探寻了一处处风景名胜的悠久历史，以一篇篇华丽又深沉的文化散文引领了散文界的潮流；散文的叛逆者祝勇拜访了老房子，闯入了西藏，以独具风格的文笔和开放的历史视角开创了“新散文”之风；而韩少功的散文既不属于文化散文，也不属于“新散文”之列，他的散文能够一枝独秀，其魅力何在呢？

韩少功在《山南水北》中以回归山林的方式，呈现了人与土地、人与自然的亲近关系，他认为人唯有在土地上的劳作中才能解放自己的灵魂。《开荒第一天》中他写道：“坦白地说：我怀念劳动。”这是禁锢后的释放，是诗意栖居的一种满足：“阳光如此温暖，土地如此洁净，一口潮湿清冽的空气足以洗净我体内的每一颗细胞。从这一天起，我要劳动在从地图上看不见的这一个山谷里，要直接生产土豆、玉米、向日葵、冬瓜、南瓜、萝卜、白菜……我们要恢复手足的强壮和灵巧，恢复手心中的茧皮和面颊上的盐粉，恢复自己大口喘气浑身酸痛以及在阳光下目光迷离的能力。我们要亲手创造出植物、动物以及微生物，在生命之链最原初的地方接管我们的生活，收回自己这一辈子该出力时就出力的权利。”①在这里所说的肉身回归与灵魂放飞实际上与个人自由、与思想放飞还不是同一层面的意思。自由，是一种天然状态；而放飞，有一种打开的过程，打开后才得以伸展，实现自由，它不是一种天然状态。不仅如此，这里也有碰撞与融合：因为“草木有性，山水有情”的田园生活是对都市心灵的净化，这种净化透露出都市与乡村不同的精神态势与舒适度。同时，我们也能从《瓜菜》《气死屈原》《相遇》中感受到现代都市文明对农村的侵蚀，以及传统与现代在乡土世界里的恣意结合。

作者笔下的山林田园是我们既熟悉又陌生的，这是自然与生命的审美关照。大山总是笼罩着神秘的云雾，草木心性各不相同，对瓜果的花蕾不可指指点点否则它们就会烂心……《遍地应答》中写道：“其实，这里还有很多人，只是我看不见罢了……我在无人之地从不孤单。我大叫一声，分明还听到了回

---

① 韩少功. 山南水北[M]. 上海：上海文艺出版社，2012：67.

声，听到了来自水波、草木、山林、破船以及石堰的遍地应答。寂静中有无边喧哗。”《在天空》中写道：“想一想，如果一个即将关闭和黑屏的大脑里没有一片浩瀚无际变化多端的深远天空，是不是显得过于贫乏和荒芜？”“我游到岸边，回到家里，回到来串门的两位邻居面前。我像一个小气的暴发户和守财奴，对自己的突然发迹秘而不宣。”①这一切的陌生与熟悉，都是缘于作者对自然、对人生采取了与常人截然不同的观照方式，打破了物我的界限，以完全开放的心灵坦诚地面对这个世界，因此作品得以呈现出陌生化叙事的艺术张力。

一、归隐：心灵的冲动

在中国，自古以来人们对于隐居生活就津津乐道，并各有各的看法。但对于隐居生活心向往之或是报以鄙弃而夸夸其谈的人，无疑都是些不会隐居的人。一般情况下，说到隐，大多数人对于隐居有着明显的地域分界。隐，必是身在远离城市喧嚣的偏僻乡村，或是隐姓埋名于繁华都市。如今城镇化的步伐已经在加速追赶现代人梦寐以求的城市生活，人们马不停蹄地忧伤，马不停蹄地快乐，马不停蹄地喜新厌旧，一如承载太多压力的大货车在惯性的作用下也无法瞬间刹车，来不及停下。人们来不及观看身边的美景，来不及热爱眼前的人，来不及记忆最近的故事……众多人置身人山人海之中，却鲜有人相识；众多人面对着面手牵着手，却戴着形式各样的面具。而这，又何尝不是一种隐？

托尔斯泰常年与平民百姓一起做农活并享受劳动的乐趣是谓隐，塞林格以《麦田里的守望者》一书一举成名后潜居山林拒绝访问是谓隐，梭罗名校毕业后独自一人在瓦尔登湖畔筑屋劳作写就著名的《瓦尔登湖》是谓隐，陈忠实一直以来生活于陕西农村苦心孤诣而作《白鹿原》是谓隐，而如今当代著名作家韩少功回到当年下乡时的地方生活时也被冠上了隐居作家的名号，尽管韩少功本人并不太接受这样的称号。在《回到从前》一文中，他写道：“还有记者说过，我移居乡下是出于对文坛的失望——这是指我卷入了20世纪90年代的一场思想冲突……其实，这位记者并不知道，早在风波发生之前，我已在山里号下了宅地，盖起了房子，与报复毫无关系。”②

人们追求着最好的：最好的服饰，最好的饮食，最好的房子，最好的电子设备，最好的工作，最好的福利，最好的制度，甚至最好的武器……然而最好的对每一个人而言不一定是最适合的。所谓适者生存，每一个人都有不同的个

---

① 韩少功. 山南水北[M]. 上海：上海文艺出版社，2012：102.

② 韩少功. 山南水北[M]. 上海：上海文艺出版社，2012：69.

性，因此也应该有最适合自己的生存之道。在笔者看来，隐与不隐，都是一种人类生存的最好方式。而对于“生性好人少而不是人多，好静而不是好闹”的韩少功而言，回到曾经的“故乡”正是找到了他最心仪最喜欢最合适的生活。同时也正是这令人惊讶的“隐”才为文学界注入了新鲜活泼的血液，无疑这行为本身也引起了更多人的好奇和关注。

二、山南水北：灵魂的栖息地

“寻根文学”一直以来都是当代文学的主流，而韩少功也是“寻根文学”的代表作家，其作品《西望茅草地》《马桥词典》《山南水北》等作品无疑都“根味”浓烈，充满乡土风味。在《山南水北》第一篇，作者就不吝深深的热爱和浓浓的真情，大笔一挥，一湖入眼，便扑通一声扑进了对于都市人来说遥不可及的山水画框里，从此这里留下的或是浓墨重彩，或是真情流露，或是平易叙述，皆有滋味在其中。

如果说《马桥词典》是作者为我们记录的一个特殊历史文化环境下的中国，那么《山南水北》无疑是作者时隔三十年后重返“故乡”的续集，既熟悉又陌生。如果说苏童为我们铺就了一条神秘悠长的香椿街，那么韩少功无疑为我们谱写了一个没有屈原效应、独具一格的汨罗。

重回八溪，作者瞬间被眼前的一泓碧波勾起了被淹没的回忆：在船下暗无天日的水深之处，有他熟悉的石阶和墙垣正在漂移，有他熟悉的灶台和门槛已经残腐；然而却有一座残碑，记录一段动荡不安的岁月和茶峒很多人的命运史；有他们既熟悉又陌生的山谷中令人惧怕而欣喜的空静；有荷塘里的蛙声一片和夜行阡陌的捕蛙人；有散发南瓜和石碾味道的淳朴，有别于都市人虚伪的笑脸；有曾经出现在《马桥词典》中村口的枫树和故事；有禾苗上、溪流上跳动的月光；有作者亲手栽种的各种花果树木；有鲜有人问津、荒草覆盖的坟地、鞭炮和香火；有农家三宝鸡、狗、猫；有清晨叽叽喳喳扰人清梦的小鸟以及小时候可望不可及的鸟窝；有热情而愚昧、可亲而可笑、好面子而迷信、自私而大方、传统而求新的村民；还有各式各样神秘玄妙的传说和故事……八溪的山与水，草与木，人与情，何尝不曾存在于众多地图上的微点中？何尝不曾出现于深夜熟睡在席梦思上离开故土的现代游子梦中？又何尝不曾成为一个个现代人心驰神往却没有勇气实现而独自咀嚼的回忆？作者身体力行，重返大多数人梦寐以求的“故乡”，真实地描绘了一个既有独特的农家野趣同时又有农村独特人常人情和奇特传说的八溪，同时留存在大多数人心中的关于蛙声、鸟巢、月光等也被作者赋予独特的情感和故事，无不让人在被作者笔下的乐趣和故事感染时还能回忆起儿时门前篱笆上的蜗牛。

在众多有着强烈思乡情绪的作家眼里，乡村是一个没有任何污垢、虚伪、冷酷、腐败、喧嚣的世外桃源，是一个人性美好、没有任何私心、淳朴善良的如沈从文构建的“边城”。但在农村生活过的人们都知道，真正的乡村并非作家虚构的梦幻家园，否则不会有那么多口口声声赞美着乡村却不愿回到乡村待上一夜的作家，也不会有那么多进城打工后，宁可蜗居在城市一隅也不愿再返回乡村的打工族。然而，尽管在韩少功笔下，读者们看到了乡村也有都市浮华和丑陋的真实一面，但依然能在字里行间看出作者对于乡土的热爱和寻找。正如他在《怀旧的成本》中所说：“这个时代变化太快，无法减速和刹车的经济狂潮正铲除一切旧物……”从某种意义上来说，这使我们欲望太多而情感太少，向往太多而记忆太少，一个个都成了失去母亲的文化孤儿。

三、都市文明与乡土世界的碰撞

同是描写农村题材，长篇小说《马桥词典》和长篇散文《山南水北》，尽管一部是小说，一部是散文，却给人以熟悉而又陌生之感：《马桥词典》是特殊时代整个中国的缩影，而《山南水北》则是这个缩影的变迁史。

改革开放无疑是中国发展变化的大契机，随后的全球化更加快了中国城乡一体化的进程。韩少功作为那个时代的知青，由城市转到农村，再由农村逃离到城市，最后又从城市返回了农村，这样一个亲身经历的过程，既从时间上见证了中国几十年来的沧桑巨变，又从空间上体验了更为丰富的人情冷暖。因此，与《马桥词典》不同的是，《山南水北》融入了更多现代都市文明对于传统和农村的抨击和侵蚀。

在作者笔下，在热闹繁华的都市里，曾经下乡的知青早已把“自由属于人民”变成了交流时的言不及义，早已把知识当作了市场化潮流下的利益载体，而聚居山里的老人也对当时的现状很不满意，“尤其痛恨世风日下，人心不古，伦常丧尽”；对比都市和农村的笑脸，作者明显地流露出对于村民放肆大胆、毫无拘束的笑脸的由衷喜爱，讽刺都市里一个个相似的、做作的笑容；当城市流行穿西装皮鞋时，为了追赶时尚，老农无论挑粪还是挑柴也身着西装；当避雷针进入农村后，雷击时不再有人相信“不做坏事就不怕雷打”的俗语，同时也不再有人敬畏上天而多了胡作非为之心；大量的农民工进城后，农村闲置的老人和小孩渐多，门前屋后杂草丛生野花遍地；“非典”时期，全国进入警戒状态，而乡下人却不以为然，甚至相信田间流传的疯言疯语；从前村民们私权观念淡薄，地里种的蔬菜都是半公共化的，而市场化经济观念普遍之后，村民间嘘寒问暖的少了，偷菜的却多了；当作者建议改善农村生活时，村民情愿回家打麻将也不愿意发展工业，用来帮助村民了解市场信息的电脑，却被用来放影碟打游戏；年轻人一心发展旅游业，推动农村国际化而村民却故意找茬……作者当年从民风淳朴的乡下逃离到繁华文明的都市之后，受到了良好的教育，接受了先进的观念和思想，却经历了都市交往中越来越多的无话可说和所谓的"上等人"的没心没肺、多愁善感。作者虽是城市文明进程的受益者，却在这个充斥着利益关系、虚伪麻木的大染缸里备受喧闹浮华的煎熬。带着现代思维观念，作者又回到三十年前所熟悉的地方，看到了农村在城市化和市场化影响下的巨大变化。作者保留下来的作品既把笔触追溯到三十年以前，又着眼于眼前的真情实感和所见所闻，过去和现在、都市和农村的时空变迁在一个个鲜活生动的故事传说和山水草木中碰撞出一颗颗闪亮的火花，直指人心。花草有性，山水有情。作者远离都市喧嚣，寄情于山水田园，亲近乡邻村民，不只记录了都市和农村的更新，同时也将人性的贪婪、欲望、愚昧、迷信、肆意妄为、喜新厌旧、附庸风雅、虚伪做作、趋利逢迎、懦弱、庸俗等暴露无遗。

四、陌生化叙事的艺术张力

陌生化一直以来便是诗歌作为最高文学艺术的特性之一，在作者的散文中，陌生化的诗意语言信手拈来，加上中国水墨画笔法的渲染，使其文章更加具有独特的艺术魅力。

"这使我想起了古典小说里的场面：好汉们穷途末路来到水边，幸有酒保前来接头，一支响箭射向湖中，芦苇泊里便有造反者的快船闪出……这支从古代射来的响箭，射穿了宋代元代明代清代民国新中国，疾风飕飕又余音袅袅——我今天也在这里落草？"作者置身湖边，从现代静景遥想到水浒梁山好汉惊心动魄的打斗场面，再由一支响箭穿越，把思绪带回到眼前这一汪沉淀着历史和回忆的湖水畔。动与静、虚与实、现代与古代被完美融合，画面感十足，令人想象无限。

作者在《月夜》里写道："月亮是别在乡村的一枚徽章。""山谷里一声长啸，大概是一只鸟被月光惊飞了。"不正与王维诗"月出惊山鸟，时鸣春涧中"异曲同工吗？《遍地应答》中，作者这样写道："我在无人之地从不孤单。我大叫一声，分明还听到了回声，听到了来自水波、草木、山林、破船以及石堰的遍地应答。寂静中有无边喧哗。"作者身处寂静无人的空山水泊中，宁静之处让作者体会到了无即是有、有即是无的深刻禅意，使人宁静和充盈。而《待宰的马冲着我流泪》更是一幅摄人心魄、催人泪下的白描山水画。《待宰的马冲着我流泪》

中，作者在面对着眼前这匹流泪的马时，其复杂情感无法用言语述说，从而领悟到“此时无声胜有声”以及大音希声的至高境界。该文除了题目，还留下空白一页，看似什么都没有说，但足以勾起读者的想象和创造，让人不禁调动所有的生活经历和感官体验去描绘一幅生动的肖像特写，同时也搜索形式各异的词汇，书写一篇令自己感动的文章。

第四节　精神的自觉与清醒的梦呓

纵观韩少功的创作不难发现：他是一个文体意识和创新意识都很强的作家，他的作品可证一切。特别是《马桥词典》《暗示》《日夜书》，他的文本实验、探索和创新精神异常强烈，每一本都风格独特、个性鲜明。在《日夜书》中，作者始终游走在传统小说的叙事边缘，像一个清醒的梦呓者，带着自觉与自警的触须，以清醒的批判者和寻找者的角色，对个人历史和集体记忆进行打捞。而在回眸与审视、悲悯与反思中，他又是一个清醒的呐喊者和质疑者。在“寻根文学”的大旗下，面对一样的社会责任和文化价值，一样的知青年代伤感的告别，一样的对青春逝去无法挽回的扼腕叹息，韩少功的作品没有阿城的那般物我两忘的逍遥境界，没有张承志的作品那种令读者手足无措的情感冲击，也没有莫言、贾平凹、王安忆等人的作品令读者惊喜跌宕的阅读快感，但他用一个个饱满的细节，一个个的场景，一个个现实的境遇，还原历史，追问当下，感悟生活，显示出优秀文学作品强大的穿透力和震撼力。本节主要就《日夜书》的文本内涵与艺术张力进行探寻，从自觉与自警、历史与记忆、回眸与审视、悲悯与反思四个维度出发，揭示韩少功独具特质的文学世界。

一、自觉与自警：清醒的批判者

韩少功丰富的写作经验所累积起来的写作底蕴自不多说，他在国民畸形人格的塑造和文化寻根的自觉与自警方面所表现出来的巨大勇气更令人钦佩。作为一个清醒的批判者，自《爸爸爸》问世，丙崽的智商不高和无用的大脑袋形象便成为中国文化之根和生命之根追寻的反讽符号。“眼目无神，行动呆滞，畸形的脑袋倒很大，像个倒竖的青皮葫芦，以脑袋自居，装着些古怪的物质”①，丙崽的畸形形象深入人心。

在《日夜书》中，人物群像的塑造仍是作者创作的最大着力点：大甲大话连

---

① 韩少功. 爸爸爸[M]. 北京：作家出版社，1989：131 - 132.

篇与顺手牵羊的坏习性却伴随着他所谓的“高雅”艺术之路越走越远；马涛在学术上走火入魔，熟悉生活和大道理，能言善辩，让身边的人容忍他的冷酷及自私自利，并甘愿奉献；郭又军讪讪的笑脸与老好人的形象难结善果，最终竟走上了自杀的不归路；小安子如同一匹脱缰的野马需要一片广袤的草原才能承载她心灵的不羁，她敢杀猪、敢吃蛇、敢在大冬天露着大白腿去游泳，她天生浪漫的性格永远也只有在那个飘渺的远方才能绽放；马楠提心吊胆的活法与一颗向善的心铸就了她对家人无下限的包容；丹丹与笑月的另类成长令人痛心；还有原场长吴三保降职后的不甘、梁队长的不顺历程，等等，《日夜书》中有太多太多命运不同的人物形象和个性特色。

应该说，这一系列人物群像都不是畸形的生命，他们比丙崽幸运，因为他们有健全的体魄，有能够正常运转的情商和智商；他们不用拖着大脑袋，挂着两行令人侧目的鼻涕幽灵般地游走各方；他们可以衣冠楚楚，能够生活自理，谈笑自如，甚至能够触及政治、艺术、哲学、人类学等许多高深的学问，或许在生命的硬件方面，他们超越了丙崽很多。然而，他们比丙崽幸福吗？他们比丙崽优越吗？丙崽有大脑袋却不自知，拖着长鼻涕却没有羞耻感，他只是生活在一个具有黑洞般幸福感的极乐世界里，身边的人徒劳地替他难过，为他悲哀。而对于生活在20世纪六七十年代的知青和当下的健全人，不论是下乡的知青，还是下乡之地的乡民，抑或是知青遗留下来的后代和乡民的后代，他们被生活硬生生地挤压着，然后脱离正轨，最终走上了畸形的人生道路。郭又军作为一个和事佬的笑脸人跌入到不知所措的生活中，结果出乎意料地结束了生命之程；马楠从一个容易“惊心动魄”的“懂懂”（不聪明的人一类的意思）日渐出落成一个对电视、对社会不断发泄愤懑的女性；丹丹从甜美可爱的花样少女的成长模式中挣脱出来，成为一个只会吃和取笑她老爸郭又军并不断叛逆的“坏女孩”；笑月如丹丹一样，没有和谐美满的童年，她流连于不属于自己的家庭里，将自己关闭在被抛弃的狭小世界里，最终从自虐的行径中解脱出来，奔向了自觉安全又无限幽深的死亡天坑。

韩少功这样写，其清醒的批判意义在于：这些看似健全的人其实并不比丙崽更幸福更优越，他们都是被生活挤压的畸形儿和可怜虫，空有着健全的外表，生活的跌宕坎坷并没有使他们成长、成熟，他们以异样的方式生活着，融不进这个社会；要说人生的磨砺，也只是磨去了他们对生活的耐心，磨去了他们本该有的善良和包容。

二、历史与记忆：清醒的找寻者

或许正如韩少功所说，人们的生活如同放电影。每个人的人生就是一部独立的电影，人一生的所行所感皆已被设定好，人们只需按部就班地演出，直至剧终。而在这部电影里，情感的线条变化亦有其固定的轨迹，但是人们却不自知，还一直致力于挣脱宿命的牢笼，企图冲破束缚，重塑一片天地。殊不知，或许这样的反叛亦是人们在人生道路上所要经历的关卡和寻找的风景。

在《日夜书》这部持续播放的电影里，各种命运蒙太奇随着人物的境遇而跳跃，情感的交织似乎具有了迎合宿命的味道。在给予他们疼痛的知青年代里，他们在不断地悔恨，同时也暗暗透露出些许的自豪。他们的生活里或许有一万个对知青年代下乡的悔恨理由，但是因为梦想，因为要寻找更好的生活方式，他们冲动了，尝试了。然而，下乡之前的豪言壮语与下乡后不堪入目的生活条件造成了心理的强烈落差，下乡后的吃不饱、穿不暖、住不好以及与身边人的无法沟通等现实境况，击碎了教科书上的美好景象，给了他们迎头一击。在困惑不安中，生活中的任何琐事都可能成为他们悔恨当初下乡的导火索，他们本不应该只属于面朝黄土背朝天的生活，本应与同龄人一起享受生活的各种情调，但一切的美好设想像肥皂泡沫般破灭了。于是，他们将悔恨表现得更为极端，变得懒惰，与当地农民打交道时也变得不诚实，遇见其他知青时，开始攀比，装深沉，背诵人生感悟或名人名言，什么“命运不过是一杯苦酒”，什么“不在沉默中爆发，就在沉默中灭亡……”因为一言不合即一拍两散，进而开始审丑比赛，互相攻击、谩骂，种种尖锐又刻意的情感和灵魂的阴暗暴露无遗，他们悔恨，悔恨命运的不公，悔恨生不逢时。

与此同时，因为经历，所以懂得；因为沧桑，所以丰满。基于此，他们又有着些许的自豪：为他们承受住了无人可及的受难强度，为他们能够拥有比别人更多的坎坷经历，为他们将无处安放的青春岁月最终寄托在那片贫瘠的、需要自己开垦施肥的土地。他们对属于自己的青春自始至终地灌溉与施肥，从而每个人都拥有了厚重的历史与记忆，拥有了属于自己的日夜书。他们在走过漫漫知青路后依旧会每年相约白马湖，怀着爱恨交加的心情诉说艰苦的过去与现在，感怀当下的苦闷与欢欣，但不论他们的相聚是为了抱怨还是追忆，数十年如一日的坚持至少表明了对那一段逝去青春的缅怀与祭奠。而在对后代的教育中，他们会时不时提及“我们当初”怎么样，“那个年代”怎么样，从而以一种年代不再的优越感自居，在现实面前那些过往的岁月如一尊佛像金光闪闪，照耀着他们剩下的生命之途。他们在后来的社会中扮演着各种角色：成功人士、官员、教授、小市民甚至小混混等底层角色，无论他们的身份是高尚尊贵，还是低贱卑微，他们都能够从四面八方奔赴聚会，奔赴一张友情的老照片，在一张立体化与活动型的照片里，在一张褪色发黄的集体留影里，在每年一度定期出演的温暖定格中，给自己的神经镇痛。这种疼痛已经注入了他们的骨髓，成为生命的重要部分，伴随着他们一同呼吸、一同生长，与地位无关，与高傲或谦卑无关，这种疼痛只牵系着他们的青春，牵系着时代大潮下他们共同的命运，这些经历是他们的生命得以前进的原动力，是奔腾在青春脉管里的血液。即便抱怨，即便悔恨，也成为他们相互温暖的一部分，也是他们找寻的对抗当下躁动不安的精神栖息地。

在韩少功笔下，对于过去充满了苦痛与艰涩的知青岁月，知青们又爱又恨。他们爱自己亲身走过的每一寸光阴，恨遗留在身上的每一处伤口，而除了穿越时空的留恋以外，如此纠结的情感也来源于他们对土地的留恋与深情呼唤。他们曾与土地如此亲近，曾将自己的生命交付给带有温度的大地，也许是在生活中与土地打交道的岁月让他们感受到了原始文明的深沉，也许是骨子里对神秘古老文明的向往，被沉睡已久、无法言说的知青生活所激活。于是，对青春年岁的缅怀，对原始土地的感激与崇敬，对文化地气的接纳与吸收，凡此种种，构成了推动社会前进的力量，和谐地交汇着，融汇并浓缩在知青群像里、多舛命运的时代背影里，成为文学作品中的独特风景。

三、回眸与审视：清醒的呐喊者

韩少功正是用知青岁月中形态各异的生命状态作为创作的切口，深情抒写了知青一代从开始到当下的心路历程。他像一个梦呓者，在对作者自我生命进行回眸与审视时，喃喃讲述着过往岁月中的种种不堪与精神上的特殊感受，他提醒人们，今天的生活着实来之不易。特别让人感动的是，韩少功清醒地意识到自己的幸运，从心底里呐喊出知青年代除了知青，还有村民，还有知青遗留的后代和村民的后代，他们的一切都魂牵梦绕着他的情感。

《日夜书》相对于其他知青文学来说，较为理智的地方在于它不仅描绘出了“下乡”时代里知青命运的跌宕起伏，还从侧面凸显出了同样在这个时代里摸爬滚打的农民们的辛酸，后者的辛酸只会更多，这也是知青们经常返往当年插队的地方进行聚会的原因所在，无论是感恩还是凭吊，都是他们真情的流露和表达。“知青”——这一中国特定时间里的特定词汇是从时代的旋涡里衍生出来的，但它并不完全独立存在。知青徘徊于城市与乡村之间，所及之处虽然尚未伤痕遍野，但大多被日益逼近的开发而伤筋动骨，充溢着新的伤痛。他们当年从城市出发，带着满腔热血与人生激情来开垦荒地，燃烧青春，但当他们真正立足下来，逐渐适应了乡村的生活之后，却又急匆匆地赶回城里。然而，在城市里的错位却让他们找不到继续前进的方向，他们怅然若失，没有根基的漂浮感使得他们不得不寻求生活的出口，他们大量使用媒体上的流行用语，“万劫不复”“暗无天日”“九死一生”等，似乎只有这样的词汇才能够解释他们生活的不如意，也只有这样的发泄才能够给予他们活下去的勇气。知青被城市决绝向前的时代洪流所震惊，由于知识缺失和青春不再，他们被迫接受命运的安排，一如既往地咀嚼着源自乡村的伤痛——这应该是所有知青命运的共性。

然而，在《日夜书》里，韩少功在诉说知青沉重精神史的间隙，通过知青“我”的眼睛，从“我”的心底里呐喊出这样一席话：“几乎忘了的问题是，白马湖的农民会这样说？他们当然也觉得知青崽很苦，离乡背井更是可怜，但再苦也就是几年，顶多是服了几年兵役吧，而他们在白马湖活过了世世代代，甚至一直活得更苦和更累，那又怎么说?”这种反问代表了没有话语权的农民利益。当“为民代言”的优秀传统越来越为某些作家所耻笑的时候，韩少功却坚守自己的信仰：“凭什么说三五年的农村户口就坑了你们一辈子?”这样的呐喊道出了世世代代生活在乡村的人民的心声。要知道，知青与城市的距离不过是几年之间的差异，而乡村里的农民与城市、与所谓的现代文明相隔着几千年的断层，这个断层是看不见底的深渊，是能够吞噬掉无数人希望的鸿沟。作者如此呐喊的目的在于，告诉知青们在鞭挞乡村的贫穷落后之时，不应忘记乡民们的付出，国家的亏欠，以及乡村本身所蕴含的世代负累。

当然，与知青有着千丝万缕关系的，不仅仅有铺满贫瘠土壤的原始村庄，也不仅仅有背负了无数伤痕的乡民，还有与他们更贴近的后代，以及他们后代的后代：知青与知青的结合、知青与乡民的结合、知青后代与乡民的结合，等等。这样的结合在希望幻灭之时产生，在他们重拾希望时却又成为了被丢弃的责任。知青的后代好像是有沉重心理负担的一代，他们的童年如同父辈们的青春一般，因为无处安放，所以怪异丛生。笑月将自己的手划伤流血是为了报复父母对她的漠视，自虐的行径是他们心理的孤寂与无助的释放。他们没有和平安逸的年代来安放童年，与父辈的不停寻找一样，他们在不停地期冀，直至最终期冀的破灭换来生命的终结，于是，也就不用再期冀了。

应该看到，知青在城市里跌跌撞撞之后，又投向乡村去寻找曾经走过的足迹，他们在城市找不到可以立下根基的土壤，找不到可以安身立命的安全感，他们期冀能够通过回忆、通过对过往的追溯找回他们的青春，然而殊不知，他们的伤痛却也触及了具有无限生命力的村庄、村民，以及知青和乡民的后代。

四、悲悯与反思：清醒的质疑者

在茫茫尘世里，大环境、小环境、各种现实压榨下的生命，千姿百态。我们始终在人海里寻找着身份的定位，只是在这寻找中有人逐渐清晰，轮廓顿现；有人困顿潦倒，死而迷惘；有人困而坚守，迷而坚定；有人迷途放弃，走上极端……人心如魔，各走殊途。人生因之百态，却不外乎殊途同归，恍若一梦。在《日夜书》中，韩少功游走在现实与回忆的边缘，做一个清醒的质疑者，在悲悯与反思中，展示知青岁月的历史温情和当下生活的人文关怀。对于书中的各类人物，无论是郭又军的突然死亡，无论是老场长吴天宝因为超生而丢了官帽，无论是小安子的性格因其七岁弟弟被邻居玩枪走火毙命而发生变化，正如作者所说，小安子“如果不投入一种更为迷幻的梦游，又怎能把日子过下去?”所有这些，都是知青岁月形成悲剧的一个个镜像。

在笔者看来，《日夜书》中最深刻也是最具悲剧色彩的人物是马笑月——一个十分美好的名字，一个大专毕业后不愿出国的女孩子，一个八年前有过被轮奸的惨痛经历而后习惯了吸毒 K 粉的颓废女子，因为怀疑作为姑爹的“我”翻看她的手机而枪杀了“我”，她自己也自杀于无名天坑。“我”虽然一直把笑月当成自己的孩子，却与她有着深深的隔阂和许多的误会，与知青年代相比，在当下资讯高度发达、无数渠道可以沟通的年代，人与人之间的心灵交流却是如此闭塞和困难。这是多么大的反思，又是多么大的讽刺。

值得一说的是，《日夜书》到第 49 章，“我”被笑月愤怒地枪杀，全书本可以就此结束。但韩少功又特地增加了第 50 和 51 这最后的两个小章，并以“死魂灵”的方式进行叙事。在第 50 章中，作者特地写到笑月从小就喜欢画画，喜欢红色，特别喜欢画太阳，她要把画出的太阳都种到地里去。这表明，笑月原本很乐观，有她那个年龄特有的思维和幻想，和很多家庭的孩子一样，单纯、可爱。但成年人非要把这种特有的思维和幻想用欺骗的方式上升到成人认可的虚妄高度。书中的对话很能说明问题：“为什么要种太阳?”“你们说过的，种苹果就会长苹果树，种桃子就会长桃树。”“月月的意思是，要长出好多太阳树，是吗?”“对!”这明显是一个谎言，大人们不仅不去揭穿这个谎言，反而还为这个谎言找到了合理的解释，认为“这孩子找到了一个对付停电的好办法”，赞赏孩子有“天才想象”。大人们既没有教给孩子辨别现实世界的真实本领，又鼓励和怂恿孩子以幻想的、不切实际的方式迎接残酷现实的挑战。在此境况下，悲惨的结局几乎是可以预见的。笑月对种到地里的太阳一盼再盼还没有长成太阳树后，也曾发出过一次次质疑，“太阳树发芽了吗?”“怎么还不发芽呢?”“什么时候才能发芽?”以及“我们是不是还要去浇一点水?”这种质疑的过程，其实就是一种成长的过程。在成人之前，孩子们产生的像笑月这样类似“种太阳”的幻想，不知道还有多少。可遗憾的是，大人们对笑月的质疑和失望置之不理。大人们一次又一次失去了拯救孩子沉湎幻想的机会，也一次又一次失去了与孩子沟通和教会他们如何认知残酷、真实世界的机会。一次又一次的质疑和失望，给孩子心灵增加的是一次又一次的郁闷、烦躁与惶恐，他们的压抑不能从长辈那里得到释放，困惑不能从学校那里得到解答，焦虑也无法从社会激烈的竞争中得到转移。比起他们的长辈来，孩子们的物质生活可能越来越丰富，但他们的心扉却越来越封闭，心情越来越灰暗，精神越来越萎靡，他们越来越独自承担原本与大人们可以分担的一切。最终，笑月由一个乐观向上的单纯孩子成长为一个冲动型的弑父式罪犯，这是她个人的罪过，还是她长辈的罪过，抑或是整个社会的罪过呢？作者提出的这个严肃命题，值得每个人去反思、忏悔。十年树木，百年树人。人，才是文学或文化的根本。如果说，十年“文革”摧毁了人们与传统文化的血脉关系，打乱了人们对真实世界的认知，让人们习惯了与谎言为伴，习惯了与虚伪打成一片，习惯了在潜规则与非理性的环境中生活，那么今天，人们还津津乐道于拜金主义吗？人们破除了个人崇拜却又树立起GDP 崇拜，人们也许走出了笑月“种太阳”的幻想却又陷入了新的“种太阳”神话，人们健康的价值观和人生观应该是什么？人们最迫切的任务难道不是寻找一种优越的制度、一种反思的方式和一种文化的冲力去打通、联结华夏文明源远流长之血脉的阻隔吗？孩子是人们的希望，是人们的未来，是人们的“命根子”，那么，作者特地辟出这么一小章写这个像是多余的故事，笔者认为，这正是韩少功的高明甚至是伟大之处，是他一以贯之的文学寻根与文化重建的继续和深化。

书中还有一个悲剧，叙事者“我”，也就是小说中的“陶小布”，为了五十张饭票，与姚大甲打赌吃下了死人骨头。这个情节毛骨悚然。当年，鲁迅先生在《狂人日记》中写道：“我翻开历史一查……每一页上都写着‘仁义道德’几个字。我……仔细看了半夜，才从字缝里看出字来，满本都写着两个字：‘吃人’!”历史前进了半个多世纪，人竟然退化成吃尸骨的怪物！看来，《爸爸爸》中的丙崽在鸡头寨的精壮男女全部迁移，而他喝了毒药不死反而治好了头上疖子的怪物顶着个大脑袋摇晃着到了这里，并且“进化”得比鸡头寨吃人的狗还要疯狂。这种触目惊心的事实难道真的在人世间发生过吗?

小说第 51 章，即最后的一小章中，叙事者“我”到这里变成了一个刚刚诞生的死魂灵。在茫茫天国中，看到了地球上那些“直立行走的活物”，那些被叫作衣服的薄片、被叫作房屋的盒子等包裹着一个个可怜的人，灵魂升天的“我”在传说中的天堂里感觉真“美好”，因为这里自由、公平，每一朵花、每一个动物都可以以自己的方式生存，都得到了太阳和月亮同等的抚慰。显然，这彰显了作者浓重的悲悯情怀。在他看来，在人间的日子，大家都比较麻木，过着“生不如死”的生活而不自知。当曾经害怕的死亡最终变成永恒的天堂这个事实的时候，解脱肉体羁绊的“我”既庆幸自己获得新生，有了永恒的归宿，又同情那些仍然还在人世间忙忙碌碌的芸芸众生，像迷途的羊羔，不知道从何而来，向何而去。小说的最后是对当下社会“物质化、技术化、格式化”生活后遗症的清醒认知，也是最直接、最辛辣的批判。

第二章　孙健忠小说的民族性建构

孙健忠是湘西大地的儿子，在他的身上，凝结了湘西人家世代流淌的直率血性和浪漫气息。生于湘西长于湘西的童年经历给他的文学世界带来了一份自然纯朴和恬淡宁静，土家族的文化熏陶更是在他身上沉淀为一份对故土的相思和眷恋。即使后来他告别这片未经尘世污浊沾染的净土，远离了湘西世界的安详与宁静，置身于汉文化浸染的中原大地上，亲近繁华喧嚣的都市，但无论身处何地，他笔下始终晃动着家乡故土的身影——那片苍翠的树林、美丽的土家族阿妹、夕阳西下的土楼中袅袅升起的炊烟，还有故乡中的新气象。故乡美景构建了他笔下的湘西世界，来自土家族文化的精粹更是浸润了一方文化的沃土。故土的美和土家族的特殊身份造就了他的灵韵，他也用文字构建了记忆中的湘西世界。孙健忠的作品中蕴含了鲜明的土家族文化特色和浓郁的湘西色彩，这与他成长环境中接受的民族文化息息相关。他曾说过："我的每一篇作品，都离不开我的故乡和我的民族。我并不主张狭隘的地方主义和民族主义，我只认为，作为一个少数民族作家，理应把反映本民族人民生活作为自己最神圣的职责。"①在文学领域，他始终未曾踏出过这片神圣的故土，总是不断回首民族的过去并用自我的生命去开辟这片神秘之地的未来和出路，肩负起民族文化代言人的重任，用笔开辟民族的未来和出路。正是由于对民族的热爱和对自我生命的执着，孙健忠凭借小说中独具特色的湘西文化和带有土家族生活气息的少数民族文明开辟了当代文坛一方纯洁而未曾被污染的圣地，在当代文坛描绘出极少有人书写的景色。他笔下的湘西世界不仅在当代少数民族文坛中占有举足轻重的地位，而且对中国当代文学也产生了十分重要的影响。

---

① 孙健忠. 乡愁[M]. 长沙：湖南人民出版社，1983.

第一节　民族文化对作家创作的影响

作为文化主体的民族成员在自己的生活中，形成了民族宗教、民族禁忌、风俗习惯、道德规范等，表达了他们对外界事物的感受和体验，在长期的历史积累中逐渐形成了他们多样性的民族文化。在1938年出生于湘西吉首的孙健忠身上流淌着土家族的鲜血。美丽的湘西滋润着土家族世世代代的子民们，幼年的孙健忠在这承载着神秘文化的净土中尽情吮吸着其中的文化精髓，一山一水滋养了孙健忠的文学灵性，土家族的直率血性、风土人情也在他的小说世界留下了绚烂的一笔。孙健忠融合了土家族自身独特的文化渊源，在湘西地方文化和土家族少数民族文化的交流与融汇中，他的小说世界呈现出自然清纯的山野色彩、土家族儿女的直率血性和浪漫气息。二者的交流与融汇在孙健忠的笔下汇聚成了一股生气蓬勃的文化动力，并深深镌刻在他的小说中，为中国当代文坛中独特的湘西文学创作增添了一道亮丽的风景。

历史上的湘西文学，主要指受湘楚文化影响而创作的文学作品。湘楚文化是战国末期以来融合中原正统汉文化，集少数民族楚蛮文化于一体的一种复合文化模式。张正明指出："楚人迁居江汉地区历时既久，栉蛮风，沐越雨，潜移默化，加以与他们的先祖作为天地神与人的媒介的传统未能忘怀，由此，他们的精神文化就比中原的精神文化带有更多的原始成分、自然气息、神秘意味和浪漫色彩。"①楚文化推崇英雄主义，崇尚艰苦奋斗的精神，弘扬个人自由意识，富有丰富的想象力。在楚文化的熏陶下成长起来的世世代代的子民具有热情豪放的性格特征，有着崇尚巫风鬼祀的风俗习惯，并且敢于蔑视权威。这些围绕着楚文化的习性而附带的文化特征在上古文学作品中就有所体现，屈原的《楚辞》就是其中之一，蕴藏着丰富的湘楚文化风韵。在巫觋文化滋养的湘楚大地上，诞生于此的《楚辞》开创了雄奇瑰丽、灿烂多姿的浪漫主义文风，文中对曼妙多姿的山鬼的描写，具有浓郁的浪漫风韵。湘楚文化还是一种包含诗意的魅力文化，"历史上人的幻想情绪，必然孕育在这种环境中，方能滋长成为动人的诗歌，想保持它，同样需要这种环境"②。因此，孙健忠文学创作中呈现出的独特的感悟力，与诞生于湘水流域的湘楚文化存在着必然的内在联系。

生活在湘楚文化盛行的土地上，孙健忠从小就受到它潜移默化的影响。他

---

① 张正明. 楚文化[M]. 上海：上海人民出版社，1987：36.

② 沈从文. 沈从文集[M]. 广州：花城出版社，1984：36.

在蕴藏了无限生机而又神秘莫测的湘西世界汲取生命的养料，又从浸润了湘西地域风情和土家族民族特色的文化沃土中收获了传承文明的文化因子，并从湘西文学中发掘湘楚文化的遗存，创造并延续了湘楚文化的神秘之境——湘西。无论是他生命渊源中独特的土家族血脉，还是他笔下的湘西世界中特有的唯美与惬意，孙健忠的精神上自有一股浪漫主义诗人的潇洒与不羁。孙健忠的小说中有对湘西地域旖旎风光的大量描绘，在展现了浓郁的自然原始风貌的同时，也蒙上了一层湘西生活中特有的“山味”和“野味”的文化气韵。在他的湘西世界中，有河水旁的吊脚楼、随风飘荡的渡船、沉淀了豆谷清香的水碾，还有锈迹斑驳的瞭望台一起勾勒出一幅自然恬静的田园牧歌式的湘西风景图，山清水秀的旖旎风光到处洋溢着浪漫的色彩，就连面目丑陋狰狞的猖鬼都能唱出魅惑的船歌，勾走土家族少女的心，还能变成翩翩少年与情人相会。这些情节都吸取了湘楚文化的精华，极具浪漫主义特质。

民族习俗是展现民族风貌的重要手段之一，风俗是历史的沉淀，民间风俗的形成与文化因素息息相关，湘西文学作品中经常可见带有神秘文化色彩的当地风俗习惯。在土家族文化环境熏陶下的孙健忠，将土家族民间传统习俗也渗透到他的文学作品中。哭嫁习俗、摆手舞及上梁仪式作为土家族传统文化的亮点，经常浮现在孙健忠小说的字里行间，向人们展示了湘西土家人的民风民情、文化传统、文化精神。在湘西地区，对唱山歌是土家族阿哥阿妹间用来传达爱慕之情的形式。孙健忠将这纯朴而直白的倾诉方式运用在男女恋爱情节的描写中，其中的传情达意真诚而炽热，增添了一份具有原始自然韵味的生动情趣。

在小说《醉乡》中，孙健忠描绘了一场别开生面的民间上梁仪式：老木匠和副队长黑豆子，各端一张垒起米粑粑的茶盘，爬到梁头上坐起，依照老辈人传下来的方式，开口说梁木的来源、砌屋的根古和对主人的祝愿……文中不仅展示了上梁仪式的详细过程，而且对土家族演唱的歌谣进行了记录。在《舍巴日》里，孙健忠对土家族歌舞的壮观场面进行了大量描绘。土家族语“舍巴日”即跳摆手舞之意，《舍巴日》呈现的场景与沈从文在《神巫之爱》里描写的跳傩祈福的场景相类似，所不同的是《舍巴日》中的女主人公掐普演唱的并非原始歌谣，而是土家族的远古传说：滔天的洪水退了，世界上没有人了，只剩下葫芦船上的两兄弟，阿哥叫布斯，阿妹叫雍尼。在孙健忠笔下的湘西世界里，土家族其他少见的风俗习惯也一览无余，如三月三家家户户要用糯米掺蒿菜做粑粑、请媒提亲要拿“团圆伞”、深夜“抢亲”等习俗。孙健忠从神秘而久远的湘西世界的沃土中汲取营养，进而又将湘西土家族的纯朴风俗在笔下进行生动演绎。湘西文化与土家族文明浇筑了这片神圣而清新的文学圣地。在湘西地域文化和土家族少数民族文化的交流与融合中，孙健忠将二者的独特魅力发扬光大，进一步丰富了湘西世界的文学内涵，并将这份自沈从文以来便一以贯之的湘西世界的神秘色彩和土家族文明的纯朴自然格调延伸到了山外的现代文明社会。

湘西世界中富饶的物产资源给予了孙健忠的文学创作以强壮有力的生命力，源远流长的湘西文化为他构筑的小说世界带来了一片幻想奇特的世外桃源。孙健忠笔下奇幻多彩的土家族文明，不仅来自这片文化沃土的一山一水和一草一木，还来自那些为湘西文明的富饶和繁荣贡献了一己之力的文人墨客，正如别林斯基所说："一位伟大诗人对其他诗人所起的影响，并不是见之于他的诗反映在后者的笔下，而是见之于他的诗在后者身上激起了他们固有的力量；就像阳光照在大地上的时候，并不曾把自己的力量给予大地，而只是激起了潜藏在大地内部的力量。"①别林斯基的话引起托尔斯泰等一大批文学大师的共鸣，他们的创作经验和深刻感悟都彰显出伟大作家对后世作家的影响是潜移默化的。正是基于无数前辈的辛勤耕耘和努力创造，后世作家才得以站在巨人的肩膀上重新审视这片神奇的湘西大地，在汲取前辈们文化精髓的同时，也将这股融汇了深厚的文化底蕴和富于创见的时代感带入了湘西世界的璀璨文明中，在赋予湘西世界时代意义的同时，也让这片神奇之地更为魅力无穷，也更意义深刻。生于斯长于斯的孙健忠带着湘西人的纯朴和土家族的血性感受着来自湘西大地的原始魅力，在文人墨客笔下构筑的那个充满神奇幻影的湘西世界里感受着来自远古文明的深切召唤。在《文学与乡土——代跋》一文中，孙健忠曾谈到自己"在前辈作家的影响下，从民族特色和地方特色的孜孜追求上，开始了自己的创作"。在文学创作中，沈从文的《边城》、艾芜的《南行记》及周立波的《山乡巨变》都让孙健忠站在了巨人的肩膀上收获了眼前的辽阔，并将前辈们的创作经验运用到了自己的文学之路中。通过阅读这些极具地方特色和民族风韵的文学作品，孙健忠从中收获了强烈的创作欲望。他将这来自于土家族自然生活和民族文化精髓的创作动力投注于文笔之间，开辟了一段极具传统民族文化色彩和浓郁地方风韵的文学道路。

第二节　民族性：中国的魂魄

20 世纪初正值民族危难时刻时，鲁迅先生曾说过这样一段话来阐述民族

① 〔苏〕别林斯基. 别林斯基论文学［M］. 梁真，译. 上海：新文艺出版社，1958：79.

性的内涵："他以新的形，尤其是新的色来写出他自己的世界，而其中仍有中国向来的魂灵——要字面免得流于玄虚，则就是：民族性。"①换言之，无论作品是以何种姿态出现，只要内容中包含了中国民族的魂灵，就是华夏儿女的率真本性。纵观中国当代文坛，少数民族作家已成为一支不容忽视的力量，他们以弘扬本民族的优秀传统文化为使命，审视本民族的精神特性，在实践与反思中重铸中华民族新的文明长城。俄国哲学家别林斯基曾说过："每一个（人物）都必须属于一定的民族和一定的时代，因为如果超乎民族性之上，就不是现实的生物，而是抽象的概念。"②民族作家作为本民族精神的代言人，不仅仅是一种称谓，更是自我身份和民族价值观的认同。他们必然从本民族的优秀传统文化中汲取文化精髓，用富于民族特色的语言和表现形式来展现本民族文化的独特魅力和人文风貌。

在创作中，孙健忠将不为大多数人所熟知的土家族生活和文化精髓带入了中国当代文坛，为土家族文学的书写开辟了新的篇章。谭桂林教授曾高度赞扬了孙健忠，认为孙健忠与沈从文是20世纪"文学史上最痴迷也最有成就地描绘湘西文化"③的两位作家。如果说沈从文是20世纪上半期最成功地将湘西文化推荐给中国文坛的文化巨匠的话，那么20世纪下半期的孙健忠则站在了巨人的肩膀上，重新审视土家族文化恢宏的历史变迁，深入思考人类自身的文明进程和文化演变，将土家族文明展现在更为辽阔的文化领域。

孙健忠作为一名身上流淌着土家族鲜血的文学作家，他的肩上承担了发展和繁荣土家族文化的重要使命，他曾说过："我是一个土家族文学作者，理应为繁荣本民族的文学做出自己的努力……理应把反映本民族的人民生活作为自己最神圣的职责。"④也正如他自己所说，在几十年的文学创作之路上，孙健忠始终坚持为土家族的文化繁荣而写作。在用湘西地域文化和土家族精神文明浇筑的小说世界里，孙健忠展现了这片神奇大地的自然风光，描绘了土家族独具特色的风俗民情，歌颂了土家族人民安详和睦的幸福生活。孙健忠站在文化巨人的肩上重新审视土家族文化恢宏的历史变迁，深入思考人类自身的文明进程和文化演变。他执着于将湘西土家族的民族生活和民俗文化作为自己小说创作的

① 鲁迅. 鲁迅全集[M]. 北京：人民文学出版社，1981：411.

② [苏联]别林斯基. 别林斯基选集[M]. 满涛，译 上海：上海译文出版社，1980：202.

③ 谭桂林. 守着土地，也守着那份浪漫与真情读孙健忠《倾斜的湘西》[N]. 湖南日报，1991－06－19：3.

④ 李忠斌. 民族精神与土家族传统文化[J]. 民族论坛，1995(1).

中心内容，运用熟悉的民族民间语言，以细腻的笔触描绘了湘西秀美恬静的自然风光，展示了土家族独具特色的风俗习惯，发掘出当地人民的可爱和善良，也看到了他们的愚昧和落后，在书写中体现了民族风格和民族气质。

作为民族文化的代言人，孙健忠的创作代表了本民族的精神价值和文化风貌。对湘西世界的热爱和土家族文化的弘扬，不仅要求作家能深入湘西世界的本真，关注作为民族个体的土家族人民的现实生活和精神状态，从日常作息中发掘潜藏在土家族人民精神内质中的文化本质和价值观念，更为重要的是，还应从民族集体无意识的角度，通过对独具民族个性的心理、情感、性格的描写，挖掘民族历史文化的深刻内涵。正如孙健忠所说："我义不容辞地以繁荣本民族的文学事业为天职，决心用自己的笔，记录下土家族的历史与现实，以强化本民族的自我意识。"他的小说创作始终坚持反映土家族人民的生命、生活，探索土家族的文化渊源，展现土家族人民在不同历史时期的生存状况和精神面貌，凸显了土家族的民族性，彰显了民族文化的自觉意识。

一、湘西秀丽恬静的自然风光

在孙健忠的小说中，对民族性建构最为直接的表现为对湘西地域的旖旎风光的呈现。湘西地域的旖旎风光成了孙健忠小说中民族性建构的最真实的反映和最深刻的表达。每个民族都有属于自己的生活方式和地域文化。据考证，土家族先民发源于湘鄂川黔的峡江流域和溇水流域，其居住区域多属武陵山区，山高林密，野兽出没，人烟稀少。① 土家族世世代代都居住在湘、鄂、川、黔交界地区，这片土地与世隔绝，独占一隅，它秀丽、恬静，丛林茂盛，鸟语花香；也拥有高山峻岭，激流湍河，有恶劣、艰险的一面。不管湘西风光是宁静秀美还是奇险恶劣，这些都是土家族人民赖以生存的自然环境。

作为大地的儿子，孙健忠总是与大自然的美好风光有着无法割裂的血缘联系。他总是用赞美的眼光来看待湘西大地上的一山一石和一草一木。他文中的土家山寨和沈从文笔下的湘西世界有着异曲同工之妙，诗意而富有情趣。那里都被湘西大地的自然恬静和奇峻险恶赋予了一份田园牧歌式的舒适安逸和苍翠欲滴的原始气性。正是由于湘西奇峻险恶的地形地理，才给这片家园带来田园牧歌式的舒适安逸和直率血性的原始气性。孙健忠在《娜珠》中的书写，笔下的月色显得如此动人："岸上的夜晚是那么美，月亮大大的，团团的，月光如水银

① 曹毅．土家族民间文化散论[M]．北京：中央民族大学出版社，2002：112．

一样，在楠树和凤尾竹的叶子上流着。”①《月下马蹄声》中，月色是“银粉粉的”，黎明中清脆的马蹄声“踏破了如霜的月色”。孙健忠用温柔的文字，勾勒出如此令人沉醉的月夜情景，这正是湘西大地凭借独特的自然风光浇筑出的一个“美”的世界。

在《甜甜的刺莓》中孙健忠这样描写道：“春日的山坡上，树叶儿发了青，到处都绿得放亮。头天落过雨，岩板路滑滑的。她踩着那些透明的和半透明的鲜草，又松又软，鞋帮上染上了许多绿绿的染汁。路两边，开满了野花，星星点点，黄白杂间，那色彩一点也不惹人注意，但香气却浓郁得很，比杨梅酒还醉人。”湘西大地上的一切都充满了蓬勃朝气，呈现出一片欣欣向荣之貌，读者仿佛身临其境，沁人心脾的杨梅芬芳扑鼻而来，令人心醉而神驰。除此之外，在小说《醉乡》的开头，一幅清新迷人的山水图景也呈现在了孙健忠的笔下：“龙溪坪今天逢场，渡船上热闹、拥挤了一天，现在冷落下来了。月亮从山巅上爬出来，又落进渡船的河水里……河上白蒙蒙，雾气在月光下升腾，河水在雾气下流淌。南岸的望月峰，比白日里显得更挺拔，北岸的寨子里都融进夜色中了。”②如此安详纯净而不掺杂一丝污秽的湘西世界让读者们看到了土家族人民生活中的另一处世外桃源，令人神往之余，也充满了无限期待。土家族人民就生活在这片桃源之中，安静却又充满生命的力量。

然而，土家族人民的生活环境并非总是秀美而恬静，他们生活的地方同样存在着艰难与险恶。

例如孙健忠在《猖鬼》中写道：“甜儿不知道门前这条易涨易落、时浊时清的大河，是从什么地方流来，还流到什么地方去。它神秘得似乎没有源头，也没有终点。但它湍急而又汹涌，到得紫草潭这里，大约已经流得很累，才稍微舒缓下来，需要歇歇脚儿，喘口气儿。”这条大河时而宁静，时而水流湍急，如同无法预料的何处何时将会出现的险境，衬托出湘西地域的神秘及凶险。

小说《滔天浪》中也有这样一处奇险的境地：“老远就听见白浪滩宏大的涛声了，山势陡然险峻起来，一刀切的岩壁，山猴子也怕不进去，沅水上常见的水鸟也不见了。在这里，既没有为它们准备下栖息的场所，也没有为它们安排下嬉戏的地方，而那滔天的大浪和狮子般咆哮的涛声，对它们又是很不客气

---

① 彭继媛．共同的忧患，不同的构筑——韩少功与孙健忠、蔡测海笔下的湘西世界［J］．中国文学研究，2004(4)．

② 孙健忠．醉乡［M］．上海：上海文艺出版社，1986：3．

的。”①土家族人民就在这样的岩壁上竖起了杉木皮吊脚楼，与河风浪声做伴，在埋伏着凶险的地形上开始自己的生活。

在孙健忠的小说中，湘西大地的山山水水都被别具匠心、鬼斧神工般地书写，他用写实的手法展现了土家山寨的生存环境，流露出对湘西大地的一种热爱和对土家族文明的一种执着，并在这种热爱和执着中带领人们走入了那片与外界隔绝、安静落后却又美如仙境的世外桃源。正如《舍巴日》中所写，这里“到处都是生命的跃动，是力的流泻，人和自然完完全全地融合为一体”。在他的作品中，环境描写不仅展现了作者心中的自然形态，更多的是构建出一种氛围，衬托出人物的内心活动，寄予作者真切的情感表达，是民族魂魄的源泉。

二、深邃久远的风俗展现

湘西地界闭塞的地理环境，为其中土生土长的土家族文化提供了一片得天独厚的文化屏障，亦是土家族文化得天独厚的地理屏障。在这片不受外界干扰的文化净土上，延续数千年的风俗习惯得以完好无缺地保存下来。孙健忠笔下的湘西世界，土家族的风俗习惯的展现构成了其小说中展现风土人情的重要文化因素。孙健忠着重描写土家族的风俗习惯，通过质朴而直白的语言，表现了湘西世界的风土人情和民族特色，在文学世界中构筑了湘西世界的自然生动和土家族人民的勤劳朴实，来自原始生命的自然生动和勤劳朴实带给了读者源自心灵的悸动和感悟。例如，在春节“调年会”要跳“摆手舞”（即舍巴日）；土家族人不吃狗肉；在三月初三要吃蒿粑；在提亲和结婚时媒人手上要拿一把“团圆伞”；深夜“抢亲”；老人去世了，儿女为逝者的魂魄升天而跳“撒尤尔嗬”。他将湘西人民丰富多彩的生活还有土家苗寨特有的习俗，用细致的笔触一一刻画下来，他是民族习俗的记载者。

小说《舍巴日》描绘了土家族跳“摆手舞”的场景。古老的土家族要在每年正月举行的祭神大典上唱“摆手歌”，跳“摆手舞”，具有浓郁的土家族文化风韵。来自原始生活状态的土家族少女掐普教会了农耕社会的里也人身披西兰卡（土家被面），手持梭镖和齐眉棍，在呜呜作响的牛叫声中翩翩起舞。他们围着古老的桂花树，在几十堆篝火旁，男女相携，一会儿单摆，一会儿双摆，一会儿跳“拖野鸡尾巴”，一会跳“打蚊子”“起野猪”，一会跳“犀牛望月”“水牛打架”。掐普还为了抢回自己的丈夫而跟别的女人比试“投剑”“划土船”等神判类武术活动。《舍巴日》中斑斓多姿的民俗召唤着原始先民的记忆，令人为之叹

① 蒋静编．茶子花派与中国文艺[M]．长沙：湖南师范大学出版社，2006：48．

服。这种对古风遗存的追忆，一方面展现了土家文化的博大精深，另一方面也增添了文化寻根的意味。

孙健忠的长篇小说《醉乡》，集中展现了土家族人们当下生活中仍然流传至今的民情风俗，可谓土家族民俗的集大成者。在小说中，请客送礼、山歌传情、起屋上梁、婚丧礼仪、提亲说媒、吵架斗殴、偷情捉奸、敬土地菩萨等迷信活动以及日常生活场面将"厚实与繁荣程度，真令人叹为观止"的民俗栩栩如生地呈现在读者面前。其中最为精彩的莫过于对天九家新屋上梁的描绘，生动有趣而富于文化韵味。文中首先描写了老木匠说上梁词，包括交代梁木的来源、砌屋的根古和对主人的祝愿等。接着描绘了土家族人们最期盼的抛梁粑、抢梁粑场面，"在热闹和喜庆的氛围中，坐在梁头上的老木匠与黑豆子，抓起茶盘里的粟米做的金子粑，粘米及糯米做的银子粑，一个接一个往下抛。等着抢粑粑的伢儿们，一拥而上，吵吵嚷嚷"①。在一片欢乐而热闹的土家族上梁风俗中，土家族的风土人情被表现得淋漓尽致，并由此可见土家族文化的博大精深，令人叹服。

孙健忠将土家族的风俗习惯第一次较为完整地展现在了中国当代文坛，进一步丰富了中国民族文学的文化内涵。小说中对极具民族风情和湘西地域风貌的文化习俗的描写，不是简单地增强作品的民族意味，民俗风情作为文化因素根植于湘西文学的文化内涵和现实价值，对它的描写不仅是作品所需，还是创作作品主题所需，是文化价值的体现。正如列夫托尔斯泰在他的日记中写道："小说家的魔力有以下两类：第一类，在于事件配合的趣味……第二类，在于以历史事件为基础的风俗习惯的描绘。"孙健忠怀揣着对湘西大地的热爱和对土家族生活的无限眷念，书写了自己记忆中的湘西，来自湘西大地深处的土家族传统习俗给予了孙健忠的小说一丝与众不同，小说中对土家族传统习俗的描写给作品增添了浓厚的文化意蕴和情感基调，也提升了作品的思想深度，这其中寄予了作者对土家族文明乃至整个人类文明的深刻思考，有着最真挚的民族情怀和最深沉的思索，饱含了作者自身强烈的民族建构意识。

三、语言：民族血脉的生命基因

在文学领域中，语言不仅是作为传情达意的工具而存在，也是民族血脉的生命基因，语言中蕴含了作者对现实生活的深入洞悉和理性思考。斯大林就曾说过："民族是人们在历史上形成的一个有共同语言、共同地域、共同经济生活

---

① 孙健忠. 醉乡［M］. 上海：上海文艺出版社，1986：359.

以及表现于共同的民族文化特点上的共同的心理素质这四个基本特征的稳定的共同体。"[①]对于民族作家来说，他们的语言形式受到来自所处的时代背景、自然环境和社会环境的影响，语言的形成也反映了一定时期的文化渊源和价值观念。任何一位优秀的民族作家都肩负着代言本民族文化的伟大使命，无论身处何地，无论时代运转指向何方，他们都在寻求着以最精准的词句传递本民族的文化内涵和价值观念。例如鲁迅之于中华民族，列夫·托尔斯泰之于俄罗斯民族，他们的语言受民族文化的熏陶，凝结了先辈们的智慧。

作为一名土家族作家，孙健忠也在努力寻求适合土家族语言特色的表达方式来弘扬本民族文化。土家族口头语言是承载着精神内涵的文化因素，是民族性建构的重要方式。孙健忠意识到这点的重要性，坚持寻求适合土家族语言特色的表达方式来弘扬本民族文化。土家族使用的特有的民族语言叫作土家语，它属于汉藏语系藏缅语族，有南北两大方言片区。因为两个片区的方言差异过大，不能直接进行交流，"北部方言区主要以湘西永顺、龙山为代表，而南部方言区主要分布在湖南泸溪县境内"。[②] 孙健忠所使用的土家语属于南部方言片区的土家语。尽管语言交流出现了障碍，但随着时代的发展，湘西地区与外界的交流日渐增多，沟通交流的文化窘境得以打破。然而，文明的开化不仅意味着本民族文化的输出与传播，还带来了外来文化的入侵与威胁。土家族文化不可避免地受到了来自汉文化的强势冲击，在全球化的语境中，随着中国城市化与现代化进程的加快，各种现代性因素的冲击导致越来越多的新一代土家族人不会说土家语。语言学家戴庆夏在他主编的《中国濒危语言个案研究》一书中将土家语认定为一种濒危语言。孙健忠作为一名优秀的少数民族作家，他在关注土家族人民生活状况的同时，也充分认识到土家语需要得到更多的关注和保护。因此，他有意识地在小说作品中加入土家语的文化因素，以此自觉地在文学领域构建富有土家族文化特色的文化小说。

例如，在短篇小说《木哈达的狗》一文中，孙健忠将原生态的土家语直接搬进了文学作品中这不仅使人们通过与文学作品接触来了解土家语、传播土家语，也为作品增添了一份来自原始文明的独特魅力。小说中，楼玛（土老司）、阿米妈妈（土家人信奉的一种菩萨）、哈力（狗）、啰瑟（对儿子的爱称）[③]等丰富

---

① 斯大林. 斯大林全集(第11卷)[M]. 北京：人民出版社，1953：286.

② 田德兴，何天贞. 土家语简志[M]. 北京：民族出版社，1980：1.

③ 杨新友. 植根湘西大地　演绎民族进程——论孙健忠小说的土家族主题[D]. 重庆：西南大学，2008：30.

的土家语在小说中构成了一道独特的风景，为作品增添了一丝民族韵味。小说《一只镶银的咚咚喹》中，同样也使用了土家语，如毕兹卡（土家族人自称）、麻麻崽（姑娘）、翁巴崽（后生）、牙打欧牙尼搓岩（你跟我走，我给你引路）等。在白话中掺杂土家话，不仅传播了土家语，还让人们在接触和了解土家语的过程中感受到来自原始文明的独特魅力，从中加强了小说的民族特色。

另外，孙健忠还精心选取了湘西土家山民的方言土语注入小说作品中。在《甜甜的刺莓》中，有一段对毕兰大嫂去后园找女儿的情景描写："毕兰大婶是来后园找她的女儿，看看竹妹为哪宗摘了这么久的南瓜？走拢园门边，听见里头有人悄声细气讲话，老人家觉得蹊跷，是哪个绕开她的前门，又在这样的时候，溜进她屋的后园里来了？尖起耳朵听听，那声气太小，听不出落头。"

小说中，出现了"为哪宗""走拢""尖起耳朵""落头"等词语，这些极具民俗色彩的方言土语使人物形象更具真实感和亲切感，别有一番风韵。在其他作品中还出现了"虾公"（虾）、"夜饭"（晚饭）、"搭伴"（做伴）、"坡坡路"（有点坡度的路）、"捡了好多见知"（增长见识）等方言土语。孙健忠将极具地方特色的方言土语融汇在文学世界中，不仅克服了人物形象刻板的弊病，而且使文中的农民形象显得更为真实、亲切，增添了生活趣味和民俗特色，同时也凸显了作者建构民族性的自觉意识。

对于土家语和方言土语的使用，作者孙健忠并非只是简单地照搬和罗列。正如作者自己所言："我力求在作品中写出那么一点湘西味，那么一点山味和野味，同时，也想磨炼出一种属于自己的语言。"文学是语言的艺术，孙健忠注重以土家族的方言和口语为基础，将其活学活用，再加以修饰、筛选和提炼的同时，独创性地形成富有个人特色的表达形式。例如：

躺在窄小的舱篷里，温暖又舒适，一身疲劳顿觉消散。游子终于回到故乡，枕着这迷人的合流，闻着这各种熟悉的气味，听得见水响、虫鸣和寨子里狗的吠声……舱门没有关，望出去，月光一片白，远近的山，朦胧中极有层次，河上的雾气，时大时小，时聚时散。后来，虫不鸣了，狗不吠了，水似乎也不响了。这给人一种异样的感觉：这个世界正在死去，正如冰凉和僵直，再也不会复苏了。（《醉乡》）

作者在文中采用大量口语化的表达方式，朴实亲切的语言描述符合湘西土家人的日常生活表达，富有节奏感和生活韵味地书写了矮子贵二回乡后眼前呈现的寨子的美景。这种对口语的运用方式符合湘西土家人的日常生活表达，是一种朴实亲切的语言描述。"消散""枕着""闻着""冰凉""僵直"等词语都是作者在土家族口头语的基础上，再加以文化修饰提炼而成的，具有浓厚的文学色彩。作者通过形象生动的场景描绘和朴素清新的语言运用，勾勒出恬淡宁静的月色美景，展现了一幅自然朴实的土家雀儿寨的朦胧月夜图。这几笔简约而生动的勾画，恰到好处地描绘出湘西夜景的风貌及人物的心情，字字在理，句句传神，具有动人的土家风味。孙健忠对土家语和方言土语的使用为作品带来了一丝独特的民族气韵和厚重的文化氛围，传承了土家族精神的文化内涵，展现了自身在民族和大众化思潮中的思维历程。

四、民族性格：中华美学的重塑

孙健忠在小说中对民族性的建构，主要是通过对土家族人物的形象刻画和土家族精神的深入描写来完成的。孙健忠曾这样写道："我爱我的故乡，我爱它地上的高山、溪河、丛林以及天上的云朵，但是我更爱生活在它怀抱中的勤劳、悍勇、质朴、善良的人民。"①对湘西人民的热爱让孙健忠将这份难以割舍的情怀置入小说世界的构筑中，以民族性格书写完成对中华美学的重塑。

土家族世代居住在秀丽奇峻的湘西大地上，因地域上的闭塞和交通的不便，那里远离现代都市文明的喧嚣，未曾沾染过俗世的污浊，土家族人民们还保留着最本初的自然人性。那里山高坡陡，野兽横行，他们深知一个人的力量太单薄，人们必须团结一致才能抵御险恶的环境威胁，这便养成了土家族人民忠厚老实、团结合作的性格。孙健忠笔下的土家族人民纯洁善良、坚强豪爽，温柔与刚强的两相交融形成了土家族人民勤、纯、直、倔的性格特征，融汇成中华民族的优秀品质。

土家族的"勤"体现在他们踏实肯干、勤劳务实的精神上。在中篇小说《甜甜的刺莓》中，孙健忠塑造了一个"三牛"的人物形象。三牛人如其名，拥有强劲有力的体魄和勤劳肯干的毅力。文中写道："他为人老实，心地却很坚强，什么痛苦和不幸都压不倒他；他讲话蛮少，做事却蛮多，他不是拿嘴巴而是拿行动去讲话的。"②三牛的勤劳质朴、憨厚朴实通过寥寥几笔便勾勒出来，三牛的形象一下子跃然纸上。然而，特殊年代带来的疾风暴雨没能让这样一个勤劳憨厚的小伙子过上幸福的生活。因为政治迫害，三牛的父亲很早就离开了人世，三牛也因为出身不好而遭人唾弃。因为父亲的自杀，三牛从小就被贴上标签，生活不顺、没有"政治前途"的三牛并未因此唉声叹气，他身上勤劳朴实的干劲让他摆脱了政治上的尴尬局面，兢兢业业、踏踏实实、勤勤恳恳的处世原则让

---

① 孙健忠．乡愁［M］．长沙：湖南文艺出版社，1983：381.

② 孙健忠．甜甜的刺莓［M］．长沙：湖南文艺出版社，1997：121.

他重新开辟了自己生活的广阔天地。“他培育的杂交苞谷眼看就要成器了，中稻谷也长得很好，早的正在壮浆、黄边，迟的也起始怀胎、抽穗了。……一个古来没有的好年成就要到手哪！”①三牛积极向上的生活态度和绝不屈服的精神品格凝结了土家族人民勤劳刻苦的精神气度。无论生活多么艰辛，他们都能凭借勤劳的双手来开辟新天地，过上理想的生活。

土家族的人民是至“真”至“纯”之人，他们重情重义、毫不势利、淳朴善良、坦荡真诚。孙健忠在小说中塑造了众多女性形象，力图以这些鲜活灵动的形象来表现土家族人民的纯洁善良。小说《乡愁》中的少妇“她”没有名字，尽管虚无缥缈，却是最“真”之人，“她”的身上汇聚了土家族阿妹的美，心地善良而不掺杂一丝杂念。因为满怀着对自己丈夫以及对一切“社会主义的人”最深沉的爱，致力于解开人与人之间的心结和消除人与人之间的隔阂，让湘西大地恢复往日的安详与宁静，导致“她”不顾旁人的指责，救助了一名奄奄一息的陌生青年。坦坦荡荡的“她”对自己的行为问心无愧，她集淳朴、自然、善良的人性于一身，当“对立派”到她家来搜查时，她挺身而出、举起铁锄喝退来人。无名的“她”已经成为千千万万个善良纯朴的土家族人民的化身，他们敢于为爱痴狂。这种“爱”是大爱，是最高尚的“爱”，是美的化身。

土家人的“真”和“纯”还体现在少女天真无邪的烂漫中。《甜甜的刺莓》中，孙健忠对竹妹的描写、塑造具有典型意义。竹妹人长得标致，脸盘儿像十五的月亮那样皎洁，一双大眼睛像两池清澈而又看不见底的湖水，她的美凝聚了日光和露水的精华，在风吹口晒的劳作中出脱得分外美丽。竹妹的美丽和纯洁更是来源于土家族与生俱来的精神品性，不仅人美，心更美。她从未和寨子里的土家族阿哥们红过脸，也从未伤害过弱小的生命，如同一朵含苞待放的花骨朵儿，在阳光与水露的滋润中散发着生命的激情与蓬勃朝气。即使在文中后半部分，面对丈夫向塔山的以死相逼，竹妹依然拒绝写材料举报自己的母亲毕兰大婶。孙健忠笔下的竹妹是如此纯净可爱，她与三牛之间朦朦胧胧的爱情读来沁人心脾，与母亲之前的亲情读来温情脉脉。纯洁、善良、真诚的竹妹代表了无数个正处于青春年华的土家族阿妹们。湘西用大地灵气滋养了以竹妹为代表的正处于青春年华的土家族阿妹们，使得少女们美得如此真，如此纯，如此动人。

小说中“直”是土家族极具特色的性格特征。土家族的人民说话不拐弯抹角，做事不拖泥带水，说一是一，敢作敢当。短篇小说《甜甜的刺莓》描绘了一

---

① 孙健忠．甜甜的刺莓［M］．长沙：湖南文艺出版社，1997：121.

位“直肠子”——毕兰大婶。毕兰大婶是一名基层党员干部，尽管自己拥有体面的政治地位，但她说话做事直来直往，从不隐瞒和顾及面子。当记者问到她关于学习毛泽东著作的感受时，她毫不隐藏地说自己没有什么学习体会，当记者问她是如何理论联系实际，把毛泽东思想运用到领导工作中的，她直言不讳地说自己是个“大蛮人”，是个“土蛤蟆”。毕兰大婶不打官腔，不说客套话，典型的“直肠子”性格让采访的记者苦恼不已，但正是她率真的本性展现，让人们从她身上看到了土家族人民的直爽气性。小说《舍巴日》中，岩耳是一家面店的老板娘，商业文明的污浊并未污染她的率直本性，她并不唯利是图。当穷困潦倒的宝亮难堪地摸出只够吃碗光面的钱时，岩耳却端来一碗肉面，以后只要宝亮来这，她都会端来一碗肉面给他并且分文不收。岩耳的善良大度展现的是土家族儿女直率大方的性格特征。

“倔”也是孙健忠笔下人物性格美学的主要着力点，体现了土家族人民粗犷豪放、顽强不屈的个性特征。例如小说《醉乡》里的大队党支部书记坎脚阿公，在极“左”路线的高压政策下，他承受了许多不公平的待遇。但他毫无怨言，将所受的委屈全往肚里咽，始终拥护共产党的领导。坎脚阿公的胸怀如大海般宽广，内心如磐石般坚定，无论面对多少挫折和艰难，他都坚强不屈、宁折不弯。《醉乡》中另一位主人公矮子贵二，他的“翻身史”也体现了倔强的韧性。矮子贵二因为被人诬陷身上带有定时炸弹而遭受了歧视和侮辱，被迫离开故土，孤身一人来到城市流浪。在听说雀儿寨实行承包责任制后，他回到家中却发现不仅土地没有他的份，自己的老屋也被拆除。如此走投无路的情形，矮子贵二却没被困难吓倒。他找寨子里的人多方面沟通，虽然还是未能分到田土，但他仍然毫不气馁，在改革春风的沐浴下，他白手起家开办了寨子里的第一家油坊和粉坊，凭借自己的顽强打拼成为了寨子里的首富，还娶了雀儿寨第一美女香草为妻。可是好景不长，香草在她前夫大狗的引诱下私奔，还带走了矮子贵二所有的钱财。矮子贵二面对人财两空的悲惨现实，却依旧挺直腰杆，向着更美好的未来重新开始。不管是坎脚阿公还是矮子贵二，土家人的血液让他们身上拥有一份与生俱来的倔强气性和不甘服输的抗争精神，他们顽强拼搏、坚毅倔强，展现了千千万万个土家族人民最朴素的生活真谛。

土家族人民勤劳朴实、纯洁烂漫、率真勇敢和坚贞不屈的性格特征为他们的生活带来了蓬勃的生气。难能可贵的是，孙健忠并没将笔墨停留在一味赞颂土家族人民的幸福生活上，同时他也注意到土家族存在愚昧、麻木、保守、狭隘的性格弱点。在小说《死街》里，主人公石顺就是一个思想异化的落后愚人。他失去了独立思考问题的能力，把自己当作家畜牲口，男女老少都可以指使、他，只要是他能做到的事他样样都能干。还有《舍巴日》里的独眼老惹，对传统的农耕方式有着病态的坚持，他排斥先进的现代农业劳作，极力反对自己的儿子出去闯荡，阻挠他们追求新生活的自由，老惹的行为保守、目光狭隘，荒唐可笑之余也令人心寒。湘西是一片钟灵毓秀的净土，在历史演进的过程中，它仿佛就是一处世外桃源，不受时代更迭的影响也不受现代文明的开化。事物具有两面性，他们善良、淳朴，但闭塞的生活环境也拘束了他们思想的自由和观念的进步。长期处于原始文明中的土家人恋旧守常、故步自封，他们的生存早已脱离了时代前进的步伐。在与现代文明格格不入的原始文化面前，他们赖以生存和繁衍的文明精髓和精神之源注定要被滚滚向前的时代洪流所吞没。

第三节　孙健忠小说的人民性与民族性

民族文化给作家创作带来了重要影响，而作家作品中表现出的“民族性”更是体现了中国的魂魄。孙健忠的小说可贵之处不仅在于文本中的民族性建构，更在于他对“人民性”和“民族性”之间关系的深刻理解。这两者之间看似具有矛盾性，实则互通具备同一性。在表现“人民性”上，孙健忠通过对民族的细微刻画来完成，他注意到民族智慧和民族心理，用极富民族表现的艺术形式总结书写，以“民族性”表现“人民性”。而“人民性”也并不仅仅是被“民族性”表现的单向度关系，正因为有了“人民性”，“民族性”才具有更为普遍广泛的意义，才能走向世界。在人民性和民族性的话语交织中，孙健忠不仅将土家族人民生活比较完整地带入中国文坛，还在更高的层面上书写民族文化图景，实现了民族的荣耀。

一种文化的最后成熟，是以民族的形成为标志的。所有的文化都是以民族为前提、通过民族这一载体来体现的，民族又会因为依托了文化这一坚实根基而更加牢固和紧密，也会成为民族身份的象征和精神的烙印。孙健忠认为文学评判存在着两个标准，一个是文学标准，一个是民族性标准。在他的作品中，“民族性”和“人民性”一样，都是不可或缺的要素。在土家族文化的发展历程中，它们形成了不同于其他民族的语言、工具、文字、符号等个性特征，这就是民族性。但民族文化本身是抽象的，只能借助于具体的形式来表现。属于人民的，才是民族的。孙健忠将人民当成描写对象，将土家族在长期的历史发展中沉淀下来的历史传统、生活方式、价值观念这些具有独特的价值传统和观念总结书写，真实反映了属于土家族人民的生活，也通过民族自有的魔幻手法反映了新的国民性的成长过程，完成了对民族性的构建。

《醉乡》中，作者将书面语与土家族口头语结合，描绘出了山村美丽的景色与极富传奇色彩的土家族乡民，诗画一般的风俗画面与人物性格在字里行间相映生辉。孙健忠书写的意义也在于此，他用文字记录民族特色，将湘西土家族文化景观呈现在世人眼前。土家族拥有不同于其他民族文化的个性特征，孙健忠自然也要反映它们不同于其他民族成员的主体需要和价值取向，以及生存智慧和所处的社会发展阶段下实践的历史性特点。孙健忠的文中体现的细节往往令人感动：《留在记忆里的故事》中来顺阿公眼前的世界是黑森森的一片，但他心里却有着光明，在寻找孙女幺姑的途中遇上了桶匠的狗，他自己只留两个苞谷粑却把剩余的全给了那狗；《醉乡》中坎脚阿公将好土地分给大家，自己仅留下一块荒山，这时原本因为土地闹得不可开交的乡民们主动提出要将好土地匀出来给他；《水碾》中向巴五的阿爸收养无家可归但素不相识的田荞子，待他如亲生儿子。朴素美好的人性令人无比动容，土家族人民的形象也就此在文学世界中被树立起来。通过承接和弘扬传统的民族精神，孙健忠将自己的文化积淀结合当时的语境，不断提炼充实，最后获得“民族性”。

除了上述直接对民族包含的丰富内涵进行书写，孙健忠在20世纪80年代后期创作方式的改变也极富意味，是“民族性”得以体现的方面之一。时代的变化、对民族文化认识的加深和视角的改变是他艺术嬗变的重要原因，为了配合这种艺术嬗变，他采用当时文坛颇为流行的“魔幻现实主义”描写手法。而面对这种描写手法的“民族性”质疑，他给予了回答：“我是传统的，因而也是民族的。我的荒诞是我们文化基因中固有的荒诞。”①他认为自己采用的魔幻手法是体现民族性的重要特征，不是拉丁美洲的舶来品，而是地域性和民族性、现代性和艺术性融合的寓言，是我们民族自己的魔幻。

作者对魔幻的运用首先体现在对时间维度的描写上，当亘古的客观被扭曲时，所有的存在就变得缥缈虚无了。在现实主义作品《醉乡》中，作者也有对时间的描写：“这群人早忘记了时间，谁也不留心黑夜早就到来了。整个世界上，光明和色彩都消失了，只剩下黑漆漆的一片，和这一堆鲜红的吐着长舌头的野火，以及围在野火周边的一群东摇西晃的野性十足的醉汉。”这里的描写与《死街》的风格截然不同：“太阳仍然歇在天角上不动，使人觉得始终是早晨的样子，时间停止了。”一个是诗意的美好乡村，一个却是凝滞的死气沉沉，同一块景观呈现出来的时间因为夸张显示出不一样的风格，体现了魔幻的奇特效果。

运用魔幻的意义在于以魔幻表现现实的人民。作者在《舍巴日》的叙述中

① 孙健忠．魔幻湘西［M］．长沙：湖南文艺出版社，2013：613．

让读者看到了一个民族的历史变迁，其中对民族劣根性的批判，不仅是湘西土家族的民族史诗，也可以是人类的历史寓言。《舍巴日》中怀旧书写的意味还比较浓烈，但在《死街》中，作者将对故乡的深情掩埋在内心，行文中对民族劣根性进行了严肃的反思和深刻的批判。不止于此，孙健忠笔下的魔幻也掺杂了民族远古神话、传说、民间故事的原型，很好地展现了湘西民族文化的特征，体现了“民族性”。

葛兰西提出的“民族—人民的”文学观表明“只有属于人民的文学，才能是真正的民族的文学”[①]。文学作品中的“人民性”，是俄国进步作家为了区别“贵族性”而提出的概念，它要求表现人民生活，反映人民思想、感情、愿望和利益。对于年轻的中华人民共和国而言，“‘人民性’成为新的国家论述和文学话语”[②]，自中国当代文学产生以来，“人民性”也是一直贯穿始终的中心话语。孙健忠从早期描写社会主义新人到后期创作的丰富，表现人性之美，并且理性地看待时代滚滚巨轮下新生活给乡民们带来的变化，对国民性进行真实而深刻的描写，在内容上和形式上兼备“人民性”。在内容上，他着重书写人民表现人民，反映人民的思想感情、共同愿望和集体利益，将人民作为民族的代表，将民族性中最具有代表性和生命力的人民性展现出来；同时在形式上，他也用民族形式反映民族生活，在民族文化的自觉书写过程中，展示了封闭的人们如何面临传统民族认同和现代民族认同的紧张关系，由于其高度上升到人类学，超越了民族文学意蕴，作品由此具备了人民性。

孙健忠的第一本小说集《娜珠》，由于特殊时代的原因，倾向于为政治服务的“理念化写作”。在这里面他将“工农兵”当作自己的描写对象，塑造了社会主义新人。虽难以避免人物塑造“假大空”的时代通病，但从某种角度来说他也记录了土家苗寨的新人新事新风貌，人物形象鲜明，极具地方色彩。《春水长流》中彭青树和彭青泉两兄弟为生产队走哪条路更好有了分歧，但很快又为龙溪寨和好如初；《木哈达的狗》中客家干部刘超为措塔尼生产队“赶走旱鬼”，日夜劳累生了场大病；《“老粮秣”新事》中王发生同志聪明睿智，提前完成了洛塔崖的任务而赢得全县赞赏……在《娜珠》后记中，孙健忠说自己是“更好地扎根

---

① 周兴杰. 人民性与民族性的统一 ——论葛兰西的“民族—人民的”文学观[J]. 湖南科技大学学报，2012(4).

② 李祖德.“人民性”与“人民国家”主体想象——中国当代文学“人民性”话语历史考察之一[J]. 重庆师范大学学报，2014(4).

于故乡的泥土之中”，要“更好地记录下故乡人民在新长征中留下的一个个脚印”①。由此可见，一直以来他都将记录人民、表现人民当成自己的创作理念，这体现出“人民性”。

人民性描写的深刻程度是判断真正人民性的标尺，到底是以工农兵为主要描写对象，还是以人性之美为主要描写对象，孙健忠的创作之路体现了对“人民性”的探索。小说时代背景并没有改变，但《娜珠》和《留在记忆中的故事》两者相比，后者明显更耐人寻味也更容易心生感动。人性美和人情美成了第二个阶段孙健忠想要表现的主体，他以现实主义为创作原则，冷静客观地来表现特殊时代特有民族的人民。《甜甜的刺莓》中竹妹、三牛、毕兰大婶集真诚、善良、勤劳于一身，真切感人；《水碾》中巴五老庚和荞子老庚虽然没有血缘关系，也曾因为立场不同闹过不愉快，但巴五出走后的两人重逢还是令人热泪盈眶；《乡愁》中“她”对陌生人不计报酬的救助，让人肃然起敬……在20世纪七八十年代的写作中，孙健忠通过表现人性来表现人民，标志了他文学创作的成熟。

20世纪80年代后，孙健忠的写作是对魔幻现实主义的借鉴和发展，他主要通过对国民性的辩证看待来表现小说的“人民性”特征。20世纪80年代“寻根文学”兴起，和这些作家一样，孙健忠开始尝试对浮在生活表面的现象进行文化上的解剖和透视，《死街》由此诞生。作者将发生在窝坨街停滞不动的太阳下的一系列事情记录下来：无所事事在抓虱子的老乞丐和小乞丐、从未出来见过人的十八家的女儿、似牛非牛的石顺、总是勾起脑壳看泥地上的蚂蚁的五召，在这里每个人都是荒诞的变形，每个人的身上都透露出隐隐可见的国民性。这种对民族劣根性的反思和批判并不只存在于《死街》，在《猖鬼》中作者也刻画了愚昧狭隘的族民，甜儿的遭遇让人想起沈从文笔下萧萧的悲剧；在《官儿坪遗风》中，龙生买官让人哭笑不得；在《舍巴日》中，回不去的“十必掐壳”，被商品浸染的“里也”让人痛心。作者将封闭落后、精神麻木、愚昧可笑的人民用荒诞、魔幻的手法表现出来，从中可以看出他的深广忧思和思想自觉，这是体现作品“人民性”的重要方面。

在许多语言里面，“人民的”和“民族的”是同义词，在俄语中，“民族性”与“人民性”这两个概念甚至可以互换。在中国当代文学展开的关于人民性的话语建构中，“人民性”与“民族性”也出现了话语交织。“民族性”是文化的重要特点，“人民性”是文化民族性的人学本体。在文学中，“人民性”是描写民族的

---

① 孙健忠. 娜珠[M]. 长沙：湖南人民出版社，1979：201.

最高艺术，也是“民族性”的源泉，“民族性”的构建也必须依赖“人民性”的完成。孙健忠的小说，既有“人民性”又有“民族性”，可以说是历史的、现实的、民族的、人民的。“民族性”表现在他没有离开传统，也没离开地域，他将湘西地方性的经验和形态放入了作品中，用新的艺术形式来表现自己对文化冲突、价值错位的思考；“人民性”是他在作品中以人民为对象来表现人民，他经历了时代变迁以及自我创作嬗变，但是依旧不放弃对人民的生存境遇和精神状况做出分析。在这两个话语交织中，他完成了对本民族文化的探索，抒写了湘西土地上人民的命运，抒写了对民族历史和民族未来的思考，不仅表现了土家族的“民族性”，还完成了“人民性”的主题升华，是中华民族的价值延伸，更是要完成中国梦必经的心路历程。

第四节 《醉乡》：土家族人民的中国梦

孙健忠是继沈从文之后，出现的又一位大力描写湘西的作家。从他的文学作品中也可以看到和沈从文相似的文学命题——对美丽湘西的描写，对淳朴民风的赞颂。但是，毕竟他们的生活环境和人生经历都有所不同，活跃在新时代文学创作中的孙健忠与沈从文的创作存在着一定差异。湘西在不同的时空选择下，经过不同文化背景的人，这块景观也有着不一样的呈现，沈从文想构建的是理想世界，是唯美的、富有诗意的湘西；而孙健忠描写的是在湘西土家族人民身上发生的富于时代感和历史感的故事，从而表现湘西土家族人民的勤劳勇敢、艰苦奋斗、富有理想。在对湘西土家族的社会风貌进行描绘时，孙健忠将关注点放在新时代进行的生产建设运动和火热沸腾的改革生活中，重在反映湘西土家族儿女丰富多彩、热情洋溢的社会生活，以巨大的热情来歌颂改革开放带来的翻天覆地的新变化和新风貌。

《醉乡》代表了孙健忠现实主义创作的最高成就，具有强烈的时代感和新鲜的生活气息。“那是一九八一年秋天，农村里因生产责任制的推行，发生着翻天覆地的变革。广大农民获得掌握自己命运的权利，这是生产力的大解放，是人的精神大解放，从我的故乡不断传来令人鼓舞的喜讯，使我坐立不安。”①孙健忠听到要实行生产责任制的消息后十分激动，急切地想了解生产责任制将给人们的生活带来怎样的变化。因此，在1981年的冬天，他回到故乡，花了近半

① 杨新友. 植根湘西大地 演绎民族进程——论孙健忠小说的土家族主题[D]. 重庆：西南大学，2008：30.

年的时间来了解生产责任制的来龙去脉。孙健忠通过考察农村实行生产责任制后人们生活上的变化，将这些积累的文学素材运用到小说《醉乡》的创作中，并在上海《小说界·长篇小说专辑》创刊号上发表。它的发表，标志着孙健忠新时代的小说创作迎来了新的高峰，并宣告“结束了（当代）土家族文学创作与现实生活和文学主潮相比‘慢半拍’的历史”[①]。《醉乡》是从真实的生活出发来反映农村实行生产责任制之后中国农村的巨大变化的。作者将笔触深入到历史转折时期湘西地区的一个小山寨，反映了湘西土家山寨人民是如何从极“左”错误路线中摆脱出来，详细记录了人们发展经济、发家致富的艰难过程。这是土家族人民在艰难的改革道路上唱响的一曲激情四射、斗志昂扬的时代之歌，深切体现了作者想要加快本民族改革步伐的热切期盼。

关于《醉乡》的主题，孙健忠的初衷“只是把那半年在故乡的所见、所闻、所感，如实地描绘出来”，他自己认为，只要“读者看了我的描绘，若能感受一些山区少数民族新生活的气息，便是我的满足”[②]。作为一个土家族作家，孙健忠心中怀有着对家乡故土的热爱和殷忧，怀着为改变土家山寨的落后面貌而写作的历史责任感。他背负着民族落后的沉重包袱，将目光投向生活在最底层的人们，特别是那些曾有过不幸遭遇的土家族人民。形形色色的小人物在文中活灵活现，生产力的大解放一定程度上也带给人们精神的变动，他们在新政策面前进行了艰辛探索，在对命运的抗争中赋予了小说强烈的生活气息，给小说镀上了一层时代的光环。小说写出了土家族人民在改革中生产关系的改变，人与人之间的关系也随之发生了变化，歌颂了土家族人民勇于打破常规，乐于艰苦奋斗的精神。

《醉乡》围绕一个充满时代色彩的人物——矮子贵二来展开，以他的发家史为线索来讲述一个土家山寨的底层农民如何办油坊、开粉坊并成为雀儿寨首富的艰辛历程。孙健忠选择矮子贵二作为《醉乡》的主人公还赋予他提高土家族经济水平的重任，用矮子贵二来表现土家族底层农民的生存现状和精神状态。

矮子贵二是时代的开拓者，是改革的带头人，但事实上，他的出身并不好，父亲早死后母亲改嫁，等同于孤儿的他还因为身材矮小、劳动能力不行而在雀儿寨受尽欺凌，走投无路的他最后只能背井离乡去外地闯荡。当听到改革的春风即将刮到他家乡的时候，贵二鼓起勇气重返家园。老天爷并没有眷顾他，匆匆赶回雀儿寨的他面临的却是田地已被分完，老屋也被拆除的尴尬处境，没有

① 彭继宽，姚纪新. 土家族文学史[M]. 长沙：湖南文艺出版社，1989：526.

② 孙健忠. 醉乡[M]. 上海：上海文艺出版社，1986：411.

生计来源和栖身之所的他最后只能寄居于乔保大叔的渡船上。当他在河边宴请上说出自己的发财愿望时，众人不以为然，他们想：“矮子贵二要发财，太阳、月亮一齐出来，公鸡跟在母鸡背后屙蛋，黄牛、水牛去请老猪婆犁田。这几多有味哟，笑煞了雀儿寨的人哟！”①虽然矮子贵二的想法不被人理解，但他并未气馁，凭借着自己在外闯荡增长的见识和聪明才智，在乔保大叔、公社彭书记、大头猫、龙灯等人的帮助下，最终成功地走出了一条发家致富的路——办油坊、开粉坊，摆脱了卑微的阴影，披上了成功的战袍。

其实，矮子贵二的成功并非一路无阻，天九和大狗代表着农村改革中的两种不同经济形态，与主人公展开了较量。贵二与天九、大狗之间的较量，代表了农村改革中三种不同经济形态间的斗争。天九是生产队保管员，手中握有权势，是小私有派的代表。在他身上体现了自私自利的秉性，在办油坊前天九骗取贵二的两百块钱，又使用“美人计”别有用心地把妹妹香草嫁给贵二，自私自利的秉性一览无遗。大狗是个彻头彻尾的地痞流氓，是社会的“畸形儿”。他好逸恶劳、贪图享受，又时常揭贵二的历史伤疤，恐吓威胁他，还怂恿香草将贵二的钱财席卷一空与他私奔。作者安排天九和大狗的出现，彰显了在农村进行改革的过程中存在着重重困难，同时更让读者们钦佩贵二不怕困难、越挫越勇、勇于开拓的精神。

《醉乡》中矮子贵二办油坊、开粉坊的艰辛过程，正是象征着20世纪80年代初期土家族人民开展农村经济改革历经的艰难曲折。不是一开始就能收获成功的，而是历经重重艰难险阻后才能抵达，正如孙健忠所说的：“醉乡不是温柔富贵之乡，并不因为新政策的实行，石头变成了米和肉，泉眼里流出油和酒。在新的生活天地里，更加需要艰辛的劳动，需要革新的勇气和科学的计算。”②湘西土家族生活的地区偏远闭塞，当地人民思想落后保守，固守着自给自足的自然经济，但随着现代文明的涌进，市场经济竞争的加剧以及民族内部冲突的加剧等因素的交叉影响，土家族经济改革之路愈发举步维艰，时代的改革者只能缓慢地迈着坚毅的步伐艰难行走。孙健忠怀着对民族的强烈责任感，歌颂了民族的不惧困难，将笔触深入到民族的变化以及人民观念的变化上，表现了土家族的社会新风貌。

---

① 孙健忠. 醉乡[M]. 上海：上海文艺出版社，1986：79.

② 孙健忠. 醉乡[M]. 上海：上海文艺出版社，1986：411.

第五节 《舍巴日》：民族史诗的艺术转型

随着改革进程的进一步加快，在偏远闭塞的山村也开始兴起商品经济，如何正确处理市场经济文明与原始农耕文明之间的关系也随之困扰着湘西人。面对这一难题，孙健忠进行了深入的思考，并于1984年创作出《云里，雾里》。小说的故事发生在20世纪80年代初期，讲述的是一对土家族父女——阿爸老晃与女儿婶妹人生选择的矛盾和价值追求的异同。小说中的锦鸡岭代表富足的原始农耕文明，20世纪80年代初期的龙尾街则象征着开始萌芽的市场经济文明。两代人对于农耕文明和市场文明有不一样的价值追求，阿爸老晃作为原始农耕文明的守护者，本能地反对龙尾街的生活，拒绝市场文明的浸入，他认为“做阳春才是根本”，他只愿家人和他一起在锦鸡岭过世外桃源的生活；女儿婶妹却非常向往龙尾街的生活，想做龙尾街人，她是市场经济文明的追求者和渴慕者。孙健忠在小说中为我们描绘了“一幅土家族生活风情画，墟场风貌、男女相恋、请媒提亲、父女矛盾、日常家庭起居，都充满生活实感”①。作者还对湘西地区同时存在的两种经济形态生出预感——阿爸老晃尽心尽力固守的封闭自足的原始农耕文明在时代的发展进程中，必然逃脱不了被现代市场经济文明所取代的命运，不管农耕文明处于多偏僻的地方，也不可避免地会受到来自市场经济文明的冲击，改革的步伐是无法阻挡的。

完稿于1985年秋的中篇小说《舍巴日》，于1986年发表于《芙蓉》第1期，这标志着孙健忠后期的小说开始进入艺术转型期。自此以后，作者的小说创作开始走入“一种新的境界，一种新的思维方式和结构方式之中”②，他自觉地走上土家族文学寻根之路，将土家族的历史和文化纳入写作的范畴。孙健忠创作于1985年之前的小说，更多的是紧跟时代的脉动，以他本人的生活经验和生命感受为基础，并加以艺术的加工而产生的，而随着写作经验的积累，孙健忠愈发认识到自己作为土家族作家身上肩负的使命，他将眼光扩展，开始深入土家族历史内部，“从民族发展的历史背景下游动地、钻探式地、深层次地反映本民族的命运变化，进行纵向的追求……力图有朝一日写出属于整个民族的史诗性的作品”③。

---

① 吴正峰，毛炳汉. 孙健忠评传[M]. 长沙：湖南文艺出版社，2008：145.

② 胡良桂. 蜕变转型　超越现实：孙健忠《倾斜的湘西》系列小说描述[J]. 当代文坛，1991(6).

③ 余开伟. 崇高的艺术追求——著名作家孙健忠一席谈[J]. 文艺生活，1986(5).

孙健忠在《舍巴日》中客观展示了土家族社会生活历经的四种不同的社会文化形态，即原始生活形态—农耕文明社会—传统商业文明—现代文明。在小说中，作者刻意穿插了许多具有土家族特色的神话传说和史诗民歌等，他在对土家族的历史和文化的回眸中，向人们清晰地描绘出土家族千年历史文化进程的脉络，对土家族历史和文化进行了文学性建构。小说还从民族文化和民族精神变迁的角度出发重点聚焦本民族文化传统中的劣质成分和民族精神在时代发展中暴露出来的劣根性，这表现出孙健忠对民族的历史文化变迁及民族精神裂变深度的思考。可以说，《舍巴日》是土家族当之无愧的一部民族变迁的民族“史诗”。

《舍巴日》主要描写了来自“十必掐壳”原始部落的土家族姑娘掐普嫁到象征农耕文明的“里也”，成为独眼老惹的三儿子宝亮的媳妇。但没有想到的是，这里的世界已经受到了现代文明的影响，由于不能适应这里的生活，她最终选择退回到“十必掐壳”，却再也找不到梦想的家园，找不到她的部落和亲人了。掐普本意指“花儿”，其读音与“土家语呼祖父‘阿谱’和‘爬甫’的读音相近，‘掐普’还有比其本意‘花儿’更深的含义，指老祖宗，指民族历史、文化的远源”①。掐普的出嫁之路可以看成是土家族历史的变迁过程，正如孙健忠自己所言：这原是一个民族所走过的路。同样一条路，这个民族走了几千年，而她只走了几十天。掐普从象征着人类最初层次的原始社会文化形态的“十必掐壳”原始部落出发，经过了啊撮（岩洞住屋），来到了象征农耕文明的“里也”，并通过自己的丈夫宝亮感受到传统商业文化和城市文化的冲击和碰撞。象征着土家族原始文化的掐普不能适应这里的生活，她的行为也不被这里的人们所理解，“面对现代性和现代人的生活，她无法适应，只能仓皇地逃遁，退回到远古洪荒中去”②。可是时代在不断进步，社会在不断发展，重回“十必掐壳”的掐普困惑了，她在那里未能找到自己的部落和亲人，仿佛“十必掐壳”一直就不曾存在，只是一个虚幻的梦境。在这里，作家将土家族的历史文化纳入小说，写成一个如史诗般宏大的小说，表现了原始文化在传统文化和现代文明的面前是可笑的存在，必将淹没在时代的潮流中，逃脱不了灭亡的命运，也必然会从人们的生活中渐渐远去。

独眼老惹是做阳春的能手，他代表的是固守传统农耕文明的老一代。大儿子宝光和二儿子宝明决心走一条和父辈不同的人生之路，他们出走到山外世

---

① 谢友祥．土家族文化寻根中的未来关怀——重读孙健忠的《舍巴日》[J]．民族文化研究，2001(3)．

② 谢友祥．土家族文化寻根中的未来关怀——重读孙健忠的《舍巴日》[J]．民族文化研究，2001(3)．

界，那里则是现代文明社会的象征。而留下来的三儿子宝亮禁不住诱惑去了马蹄街，那里市场经济开始萌芽，象征着传统的商业文明社会。小说主要围绕掐普、宝亮、独眼老惹、岩耳四个主要人物展开，掐普与丈夫宝亮的感情纠葛，掐普与情敌岩耳间的冲突，老惹与儿子之间的观念及价值的碰撞，这多种矛盾代表了原始文明同农耕文明之间的激烈冲突以及农耕文明同现代文明之间的尖锐对立。这几对矛盾的交叉演绎，推动着故事情节的发展，也向人们昭示了现代文明的脚步势不可挡，原始文明必将从历史的舞台上退出，土家族及其整个人类的文化正发生着巨大的变化。

孙健忠不仅用他敏锐的眼光看到了土家族社会现状的改变，认识到社会发展的必然规律，还觉察到土家族人民在由原始文明走向现代文明的过程中，民族精神不可避免地发生了变化，这是用丰厚的物质生活换来的沉重代价。人们在享受物质文明带来的优质生活时，却伴随着直率情感和纯洁心灵的失去。“里也”这块农耕土地相对“十必掐壳”来说，真诚和平等的品质被削弱了。这里已经有了欺诈和争夺，大老王会打独眼老惹视为命根的水田的主意，将之占为己有；老惹的儿子不按照父亲之命行事，执意违背父亲的意愿去外面的“花花世界”闯荡，父子之间存在激烈的矛盾和冲突。出现市场经济萌芽的马蹄街经济水平明显得到了发展，比“里也”更富裕也更文明，但同时丑陋和虚伪行径层出不穷。例如，马蹄街的人做生意不讲商道，为了获得最大的物质利益，在酒里兑水，称盐不够数，就算酱油生蛆、糕饼长霉了也照样卖给顾客，以次充好；面店的猫老板不仅对自己的亲生儿子无情无义，视其为长工对待，还把儿媳当摇钱树，剥削压迫她；没本事的西尼嘎大叔整日狐假虎威，仗着有一个当局长的舅舅和当主任的侄儿撑腰，白吃白喝，调戏妇女，陷害无辜的人。宝光和宝亮去的所谓现代文明的世界也没有比这里好，那里是一个被金钱极度异化的世界，他们的心灵也在其中受到了污染。过年时候，宝光和宝亮回到家像两个梦游人一般，不和父母说一句话也没看他们一眼，呼呼大睡了七天就急着离开，当母亲出口挽留的时候，他们关心的是汽车“摆一天就要损失一大把钱”，亲情的价值已经从他们心中抹去，物质利益占据了主导地位。读者们从小说中惶恐地感觉到，在现代文明的进程中，许多美好的事物和善良的人性都面临着致命的威胁，人在现实的面前，显得如此无奈，对这些现象也如此无能为力。

孙健忠一方面认为社会发展的必然规律是新事物代替旧事物，代表原始文化的掐普注定找不到原来的归宿，象征着农耕文明的独眼老惹也注定逃脱不了现代文明的影响。另一方面，他并未回避现代化进程中出现的矛盾，忠实于现实生活，摆脱了政治视角的他更多地从民族文化的变迁以及民族精神变化的角度来看待问题，用纵深的开掘意识来发掘这几个社会文化形态之间存在的差异，深入思考现代文明与传统文化之间的关系，探索维持民族精神和民族心理健康发展的文化整合方式。和沈从文一样，孙健忠怀着对本民族的一腔热爱之情对湘西民族文化和民族精神的变迁投入了大量的思考。对待民族文化和民族精神，他们既爱又恨，由于对湘西这块土地爱得深沉，因此面对这里出现的丑陋现象和卑鄙人性则衍生出了更深的责怪，爱与恨在小说中融合夹杂。但两者存在明显的不同，沈从文追逐的是湘西大地上最纯粹的人性之美，梦想能用人性的神庙来重塑民族的理想品德；而孙健忠则紧跟时代发展的步伐，力图凸显民族文化的变迁和更新。沈从文深深担心的是湘西民族愚昧无知、固步自封、不思进取的生活面貌；半个世纪后由于所处的时代语境的不同，孙健忠痛心疾首的是湘西土家族在现代化转型的历程中，新旧思想之间的斗争以及民族精神中失去的纯朴、和平、友爱。但不管他们对湘西这片土地进行怎样的批判和痛斥，他们总是深深地爱着这片养育了他们的土壤，那是他们魂牵梦绕的家园，是永恒的心灵栖息之地。

第六节　全球化语境下民族文学的精神变迁

孙健忠的小说具有浓重的土家族文化特质，他是名副其实的土家族文学的奠基者，他第一次较为集中地、全面地展现了不为外人熟知的土家族人的生活状态、民俗习惯、民族文化变迁历程，填补了土家族书面文学的空白，将土家族文化推介到中国的文坛。龙长顺评价孙健忠，说他是土家族历史上第一个有影响的作家，历史的要求和自身的努力把他推上了土家族文学奠基者的地位。翻开孙健忠的作品，感受到的是一股扑面而来的浓郁的“湘西味”和“土家族风味”，就如他自已所言，他力求在作品中写出那么一点湘西味，那么一点山味和野味。正是这样的创作追求，孙健忠始终立足于湘西，扎根于湘西，坚持怀着对故乡的眷念之情和对土家族人民的挚爱之情在进行他的写作。

孙健忠如是说：“我爱我的故乡，我爱它地上的高山、溪河、丛林以及天上的云朵，但是我更爱生活在它怀抱中的勤劳、悍勇、质朴、善良的人民。”①孙健忠作为土家族的一员，从小在土家族的聚居地长大，他于 1951 年考入国立茶洞师范就读，这里的学习更激发起他对文学的兴趣和热情。1955 年，孙健忠离开家乡去溆浦县的一个小学担任教员，1956 年又改业担任《溆浦报》报社记者，后

① 孙健忠. 乡愁[M]. 长沙：湖南人民出版社，1983：381.

来他又被调入湖南文学艺术联合会工作，虽然孙健忠在身体上远离了故乡，但他在精神上仍然深深地牵挂着那片生育他养育他的故土。1960年，孙健忠当上湖南省作家协会的专业作家后，举家搬迁到湘西龙山县的洛塔，近距离地接触土家族人，了解当地的民情风俗。虽然在1980年后，孙健忠被调往长沙任职，但他仍然坚持重返家乡，深入土家族的生活，了解当地的习俗，更深入地考察土家族人的心理变化。这些素材和生命体验的积累，为孙健忠创作出具有民族风味的小说打下了坚实的文学基础。

孙健忠在小说中描写了湘西美丽而神秘的自然环境，勾勒出一幅幅具有土家族特色的民俗画卷。例如，在春节举行的"调年会"要跳"摆手舞"（即舍巴日）；土家族人和狗有深厚的感情，从不吃狗肉；在三月初三要吃蒿粑；提亲和结婚时媒人手上要拿一把"团圆伞"；深夜"抢亲"；老人去世了，儿女为逝者的魂魄升天而欢乐地跳"撒尤尔嗬"——古老的跳丧舞。孙健忠在中国的文学史上，第一次用文学作品的方式，将土家族种类繁多、方式独特的风俗习惯再现在人们眼前，进一步丰富了中国民族文学的内容。孙健忠对土家族民俗的书写，寄托了他对于土家族文化乃至整个人类文化的理性思考，更包含着他自身强烈的建构民族性的文学意识。

孙健忠在他的小说中描绘的湘西自然风光和大量的土家族风俗习惯并不是简单地再现土家族的地域特色或是特色文化来增强作品的民族性，这些书写是为刻画土家族人民的性格和民族心理服务的。一方水土养育一方人，一方文化也成就了一方人。在纯洁美丽的湘西成长的土家人心地善良、重情重义。他们互帮互助，计较的不是利益，而是情谊的深浅。《甜甜的刺莓》中，三牛默默地承受着命运带给他的不公，却不向恶势力屈服，勇于跟恶势力抗争；《醉乡》里的老乔保善良、正义，他无私地帮助矮子贵二，帮助他筹钱开粉坊、开油坊；《乡愁》中的无名少妇"她"为了拯救一名严重受伤的男子，不顾众人的非议，将男子收留在家中治疗，当有恶人来伤害他时，"她"奋起反抗勇于斗争……体现了一个元气充沛的民族和美好善良的人民。

孙健忠并不是一味偏袒土家族，他同样敏锐地看到了湘西土家族人民的保守、恋旧、固执、愚昧、狭隘等民族弱点。《舍巴日》里的独眼老惹，在时代的潮流冲击着"里也"这片地域时，他不为所动，不仅自己仍然坚守落后的农耕生活方式，还拼命阻止自己的儿子们去外面的世界开创新生活，显示出守旧行为的可爱与荒谬。当历史的发展已经提出革新要求，他们却一门心思守常恋旧，最后不得不品尝到精神上的痛苦。孙健忠更是在《死街》里对湘西民族的劣根性进行了严肃的反思和深刻的批判。他笔下的窝坨街的生活犹如一潭死水，这里封闭、贫困、落后，这里生活的人民一个个精神麻木地痴望天空，没有丝毫的生命意识，他们对社会历史的巨变显得十分冷漠。孙健忠深入骨髓地批判了这个民族的劣根性，爱之越深，恨之越切，体现出他强烈的民族责任感与焦灼的忧患意识。

孙健忠的小说中还有大量的具有土家族特色的语言，令人眼花缭乱。例如，在短篇小说《木哈达的狗》一文中，他将原生态的土家语直接搬进了文学作品中，让人们通过接触文学作品来了解土家语，同时也为作品增添了一层艺术色彩。孙健忠还精心选取了湘西土家山民的方言土语注入小说作品中，出现了“起疑”“打栏”“背时的”“虾公(虾)”“夜饭(晚饭)”“搭伴(做伴)”等极具土家风味的语言，用民族语言来表现民族性。

孙健忠的土家族文学创作离不开前辈作家对他潜移默化的影响。他自己就说过“我就是在前辈作家的影响下，从民族特色和地方特色的孜孜追求上，开始了自己的创作”①。沈从文的湘西小说、周立波的《山乡巨变》，以及孙犁、艾芜等老一辈作家创作的作品，这些都有利于孙健忠的土家族文学创作，是使他能成为土家族文学的奠基者的推动力。他们给予了孙健忠创作的灵感并激发了他创作的激情，通过深入土家族生活，并有创新地借鉴老一辈具有乡土气息的创作，孙健忠在了解当地本土文化的同时也获得了更丰富的生命体验。

第七节 “美”的国度：湘西文学的世界意义

谭桂林先生曾经说过：“从沈从文与孙健忠这两个本世纪文学史上最痴迷也最有成就地描绘湘西文化的作家之间似乎有一种冥冥中的心灵默契：他们都把自己最精彩的笔墨，最浓烈的情谊，最深沉的思索奉献给了同一代湘西人。确实，自沈从文第一次将湘西文化整体地展示给读者直到现在，岁月已经流逝了半个世纪。当年的龙朱、傩送、翠翠、萧萧这些湘西后生倘若健在，恐怕与《倾斜的湘西》中的老辈山民难分伯仲了。正是在这一代湘西人身上，我们从沈从文笔下看到了他们旭日东升的璀璨与蓬勃，又从孙健忠这里猜想到他们黄昏暮年时的惶惑与感伤。在湘西文化从半原始状态到现代形态的蜕变过程中，历史注定了要让这一代湘西人独自承受文化裂变和整合所必然产生的欣悦与痛

---

① 孙健忠. 乡愁[M]. 长沙：湖南人民出版社，1983：393.

苦、亢奋与失落……”[①]谭桂林先生把孙健忠放在一定的高度来与文学大师沈从文进行对比，这是对孙健忠小说创作给予的高度肯定。

沈从文是把湘西推到世人面前的第一人，他的一生都在寻梦，企图寻找到一个重塑民族品德的梦。他把笔触深入到湘西世界的自然风光和湘西人的纯美人性中，他执着于对人性的探讨，为后人的寻梦提供了一条可行之路。“美”这个字眼可以作为切入沈从文湘西文学的关键字眼，他用清新明丽的笔调来书写湘西的自然美和人性美，将人们带入了一个“美”的国度。

沈从文毫无疑问是20世纪上半期开创湘西文学的鼻祖，孙健忠也可以称得上是20世纪后半期繁荣湘西文学的重要力量。与沈从文一样在湘西长大的他，同样也满怀着对湘西世界的执念和眷恋，他不仅继承了沈从文的艺术经验，还拥有自己的创作经验。在孙健忠前期的小说创作中，主要是学习沈从文的创作特色，着力于描写湘西的自然景观、民俗特色，并大力颂扬湘西人民的善良朴实、重情重义；但随着写作经验的积累以及人生阅历的丰富，他具备了超越自身原有的创作理念和更加深邃、敏锐的目光，在文学创作中开始进行实践的创新；在后期的小说创作中，他试图将笔触深入到文化变迁和湘西人民族心理的嬗变中，进一步剖析了湘西人民族精神上的弱点，为当代湘西文学的繁荣发展，做出了积极的贡献。

在20世纪中期，湖南这片美丽的地域出现了一位大文学家，他就是苗族作家沈从文。沈从文第一次揭开了湘西的神秘面纱，并构筑起一个四周围绕着爱意、情意、暖意的“湘西世界”。继沈从文之后，又出现了一位将笔触伸向湘西的作家，他将情感熔铸于湘西。孙健忠始终带着书写故乡的热情，将对故乡的眷恋化作自己文学创作的源泉，并为自己的作品打上了土家族特色鲜明的文化烙印，书写了一大批独具民族特色的文学作品，给中国当代文学增添了一道亮丽的风景。

孙健忠的创作可以被明显地分为两个时期。在他前期的作品中，大都是颂扬土家族人民的勤劳善良、描绘土家族地理风情的美丽和独特的内容，而后期的写作则以自觉的民族文化寻根意识，深入土家族的历史内部，对古老的土家族文化之根进行深入的探索和发掘，并毫不留情、赤裸裸地对土家族文化中存在的“劣根性”加以揭露和剖析。孙健忠对土家族文化劣根性深层次的批判与超越，最终上升到对整个国民和整个人类的批判，从而实现了人类终极关怀的

---

① 谭桂林. 守着土地，也守着那份浪漫与真情——读孙健忠《倾斜的湘西》[N]. 湖南日报，1991－06－19：3.

文学目的。

孙健忠曾说："我愿做一盏小灯，纵然不能照彻别人灵魂的黑暗，也可带给读者一点温暖的气息，细微如豆的光明。"①作者就是怀着这样的希冀坚持文学创作的，因此，其作品中显现出了独具特色的民族色彩和鲜明的地域特征。

孙健忠始终未脱离自己的故土，在回望民族的历史和自我的过去中，他致力于探索湘西的未来和出路。他的小说中不管是从形式上还是内容上都显示出了明显的民族性的特征，也正因此，孙健忠的小说凭借具有鲜明民族特色的作品在当代文坛崭露头角，鼓舞着一批又一批的民族作家来为本民族写作，做一名优秀的民族文学代言人。

孙健忠的小说创作，还清晰地展示了湘西土家族人民的社会生活和精神心理面貌，描绘了一幅当代湘西土家族社会的全景图。在地域文化和地域文学意识日益突出的今天，孙健忠小说创作研究及其土家族主题研究，对湘西文学的发展显然有着不可忽略的理论价值。

孙健忠的小说创作在繁荣了湘西文学的同时，也吸引了更多的后辈作家们为湘西文学不断耕耘，如蔡测海、彭学明、田瑛、田耳等。这些深深扎根于湘西的本土作家们满怀着对故土的热爱，将目光凝聚于自己的精神家园——湘西，致力于为人们展现一个瑰丽多姿、民情淳厚并富有时代气息的魅力湘西。

不同的阶段、不同的作家怀揣着不同的情感、不同的理解，用他们各具特色的文学作品对湘西地域的景和人进行了不同的诠释，这些跟湘西息息相关的文学作品让湘西文学的内涵变得更加丰满、厚重、绚丽多姿。执着于湘西文学书写的作家们，只要能沿着沈从文、孙健忠等老一辈优秀作家的脚步，并加入自己独特的生命体验，融入自己对湘西文学的理解来进行文学创作，那么湘西文学就会越加繁荣，文学的道路就会走得更加宽阔。

---

① 吴正峰，毛炳汉．孙健忠评传[M]．长沙：湖南文艺出版社，2008：28．

第三章　残雪小说的先锋性与世界性

残雪是先锋派的代表作家之一，从第一篇小说《黄泥街》开始，残雪就引起了文学界的广泛关注和褒贬不一的评论，其小说深入挖掘内心潜意识，文本形式及文本思想都具有极致的先锋性质(尽管她将自己的小说称为所谓“新实验”小说)。其小说独特的魅力在于通过构建一个虚拟的异质世界来与世俗抗争，并立志将这种抗争进行到底。她的小说在形式上极具先锋特征，内容上极端荒诞，某种程度上称得上是中国乃至世界文学史上一种独特景观。在小说文本背后，我们发现了她以现实社会逐渐遗弃的价值意义和终极关怀为己任，不断地对人类精神世界进行深层探索，以期引起世人对灵魂叩问的努力。而先锋小说是20世纪80年代遗留下来的产物，在褪去社会政治因素以后，残雪仍将其作为创作的指导延续下来，说明了其存在一定的现实意义。

一方面，残雪受到西方现代派的巨大影响，将现代主义的创作手法融入了自己的创作实践中，并对中国的文学传统与中国当代文学的大多创作实绩不以为然。她曾坦言：“我不能搞现实主义，将来也如此，我只能进入一种超自然的状态来创造，我必须提起我的精神沉浸在最狂野的遐想之中。我的所有的人物与事件都是我的创造，它们不需要符合一般人能够理解的那种现实，我故意使它们与现实作对。我将聚集起我的全部情感和想象来反对现实的铜墙铁壁。”①这也正道出了她的作品出现如此多争议的深层原因，通过一种潜意识式的“自动写作”，小说文本看起来超出我们普通人的日常生活与阅读习惯太多，令众多读者乃至评论者望而却步。而在众多的西方现代派作家中，最常被人们拿来与残雪进行比较的无疑又是卡夫卡，两者不约而同地以一种荒诞的呈现手法对人的生存状态进行展现与反思，构成了中外文学史上一次扣人心弦的心灵互

① 萧元. 圣殿的倾圮——残雪之谜[M]. 贵阳：贵州人民出版社，1993：363.

动。当然，残雪并不着力于模仿任何人，而是形成了自己独特的文学风格，她本人也曾有“超越卡夫卡”的豪言。

另一方面，在吊诡的形式与荒诞的文本的背后，残雪又确乎试图构建一个自己苦心孤诣追寻着的精神世界，以期达到与现实世界分庭抗礼的目的，并且希望读者能够走进她的精神王国，与自己成为精神上的“同谋者”。或许是出于作品时常不被理解并遭遇非议的苦恼，希望通过“提示”的方式给试图接近其艺术王国的读者提供一把钥匙，或许是出于对个人文学创作观的表达欲望，她曾多次谈到自己写作欲望的源头是：“我们的民族，是世界上最善于遗忘的民族。通过遗忘，我们可以化解自己内心的所有矛盾，让黑暗的‘生’与澄明的‘死’在内心搅和成一片混沌。于是晕晕乎乎，得过且过，而这被称之为‘活’。”①正是出于对这种被现实与苦难麻痹已久的人格的隐忧，迫切需要时时进行精神的探索，在精神的荒原上突围，残雪才说出了这样的话：“我的作品全部是向内部深入的，我总是将自我放在危机四伏的境地，不断地对他加以拷问，促使其生命力的爆发，将探索不断地进行下去。”②

第一节　西方话语下残雪小说的叙事路径

在中国当代文学史上，先锋派文学是受到学界广泛关注的热点之一，曾一度以一种荒诞乖戾的印象独树一帜。对于先锋文学的定义，很难有确切的结论，“有人认为先锋文学只是一种纯粹的话语游戏，其形式的实验性远远大于精神内涵，有人觉得先锋文学是对艺术传统的一种故意割裂，是创作主体为了彰显自身艺术个性而采取的一种极端化的艺术行为……”③而在 20 世纪 80 年代中后期，先锋派小说实现了突破性的跃进发展，涌现出了以徐星、刘索拉、莫言、马原、残雪、扎西达瓦、张承志等为代表的一大批先锋小说作家，掀起了一股反规范、创新形式的审美风潮。其中的“残雪文学”更是一种无法回避的现象。残雪的人生经历颇带传奇色彩：她出身官宦和书香门第，父母兄弟身世浮沉，尝尽世态炎凉。残雪本人当过待业青年、医疗站学徒、机械厂工人、个体裁缝，最终成为专业作家。残雪从事写作三十年，几乎每年都有作品在国外出版，她的作品被翻译成十多种文字，主要有英语、法语、德语、日语、瑞典语、

---

① 残雪．残雪文学观[M]．桂林：广西师范大学出版社，2007：25.

② 残雪．残雪文学观[M]．桂林：广西师范大学出版社，2007：25.

③ 洪治纲．守望先锋——兼论中国当代先锋文学的发展[M]．桂林：广西师范大学出版社，2005：2.

意大利语、越南语。迄今为止，共有近三十个外文版单行本。国外多家主流媒体对她和她的作品有过大量报道，欧美、日本知名评论家对她的作品不吝赞美之词。日本还成立了残雪研究会，创办了《残雪研究》杂志。

相比较余华、格非、马原等人，残雪的作品有着更大的争议，她的小说之费解已经达到了令习惯于在前因后果的文学叙事和意图明朗的故事情节中找寻意义的读者难以接受的程度。怪异的表现手法，夸张、荒诞的人物性格，梦魇般的气氛，故事内部时间的断裂、空间的交错等，都为残雪的小说打上了鲜明的无法与他人作品混淆的印记，也给读者和研究者造成了审美上的巨大冲击。由此，研究残雪也已经成了当代文学研究者们不可回避的也非常感兴趣的一个课题。

本节主要梳理了关于残雪文学作品评论的三个时间分段，20 世纪 80 年代的争论质疑期、20 世纪 90 年代的阐释分析期以及 21 世纪的宽容期，其中包含了国内外对其文学作品的不同评论看法，整理了海内外学者发表的相关论文著作等。

一、20 世纪 80 年代国内外残雪研究状况

20 世纪 80 年代文学方兴未艾，各种学说涌入中国，残雪作品虽说从属于先锋派，打着割裂现实的旗号，但其颇为极端的风格还是难以受到保守国人的认可。1985 年残雪在《新创作》的第一期上发表了自己的处女作《污水上的肥皂泡》，将一种“异类化”的文学创作形式带入大众视角，其被称为“新实验”文体。而后，她发表了第二篇小说《公牛》，关于这篇小说的评论分两次共六篇集中发表在《作品与争鸣》上。持肯定态度的沙水认为，这是一种新的社会思潮的反映，持否定态度的伍然认为作品失之于病态，过于狭隘。唐俟在《中国》上撰文《真的恶声》声援沙水，陈家琪也从哲学视角撰文讨论过《公牛》的象征意义和哲学寓意，肯定其创新意义。

1986 年，在发表《黄泥街》《苍老的浮云》等作品后，残雪在国内引起了更大的争论，虽得到唐俟、胡宗健、吴若增等的肯定，但还是被划分到一种独立开来的另类文学范畴中去。1987 年，残雪作品被卷进了国内“真伪现代派”的讨论当中，既作为创新失败的典型予以批评，又受到国内外某些媒体、评论家的肯定。

1987—1989 年间，残雪研究则逐渐步入正轨并走向深化，这与西方理论书籍大量涌入中国不无密切关联，而残雪的小说似乎契合了现代主义的某些观点而成为新批评派的试验田。这一时期出现了一批较有新意较为系统的综合性研

究论文。如赵玫《残雪的方式》就细致地考察了残雪小说的主题意蕴和表现手法，指出它们在精神上与西方生存理论的内在关联。王绯在《在梦的妊娠中痛苦痉挛》中，则运用弗洛伊德心理学的理论分析了残雪笔下的人物形象，指出他们多具有不健全的神经质人格，并认为残雪现象实质上是一种沉浸于纯主观精神的文学现象，它与世界性的现代艺术潮流相默契。

1988 年，吴亮在《当代作家评论》上发表《一个臆想世界的诞生》，陈述了文坛接受残雪的过程及影响这种接受的某些心理因素，认为残雪的世界已从个人化走向类化，“残雪的想象危机已经来临了”。该文的出发点无疑是深刻而严肃的，其中不乏精辟的见解，但论者不无武断的预言则直接导致了其后的论战。1988 年 8 月唐俟致信吴亮挑起论战，在双方的通信中，除了对个别事实的辩疑，还就如何阅读残雪、如何评价残雪展开了探讨。这些探讨对于深入理解残雪无疑是有积极意义的。其后沙水的加入使得论战硝烟弥漫，在咄咄逼人的声讨中，吴亮选择了沉默，论证不了了之。

而就国外学者及港台学者的研究来看，也对残雪本人及其作品颇感兴趣。1987 年日本东京中央大学国学院汉学家近藤直子女士专程到长沙与残雪沟通交流，并将残雪的多篇作品译成日文出版，多次发表关于残雪文学作品的评论。台湾评论家叶洪先生也对残雪的作品《山上的小屋》进行了阐释，认为“这是一个魔幻般的世界，每个人都疯了，这是人类最大的悲剧”。

对比国内外，20 世纪 80 年代对残雪的评论在国内更多的是质疑和否定，而国外则持一种欣赏和包容的态度。

二、20 世纪 90 年代国内外残雪研究状况

进入 20 世纪 90 年代，国人心态日渐开放，不再纠缠于残雪作品好不好看，看不看得懂，文学界对残雪的解读趋向多元化，一般而言，集中研究残雪作品的梦魇意象、诗意内涵、文本形式和域外文学比较研究等几个方面。在某些著名教材如洪子诚编写的《中国当代文学史》中，就对残雪存而不论；而立足于创新意义的教材则给予残雪以较高评价，如陈思和的《中国当代文学史教程》，施可训主编的《中国当代文学概论》，田中阳、赵树勤主编的《中国当代文学史》等。总体来说，20 世纪 90 年代对残雪的评价趋向正面和肯定，但对残雪的创作手法和艺术成就褒贬不一。

残雪的 20 世纪 90 年代的作品语言趋向平实，描写的场景和细节已完全日常化，似乎少了几分先锋的锐气。但事实上她从来没有放弃对人的精神存在的执意追问，没有放弃对现实处境的深层困惑的持续关注，往往在与现实极其贴

近的语境中营构一种整体氛围的荒诞，其极端的写实的表象世界里遮蔽着一种极端的抽象的深度思考。

首先，20 世纪 90 年代出现了一批论及作家本人与前期重要作品的综合性研究评论，如唐俟的《残雪评传》、萧元的《残雪论》、沙水的《论残雪：1988 年》。《残雪评传》是国内第一篇系统介绍残雪身世、性格气质、创作经历、海内外影响以及作品评析的作家论，帮助研究者更好地了解其创作的经历及文化内蕴。

其次，20 世纪 90 年代的文学批评研究的视域大为开阔，方法也丰富多彩，出现了一批颇见功力的批评论著。其成果最先表现为残雪研究论文的结集出版和四卷本《残雪文集》的问世。1993 年萧元主编的《圣殿的倾圮——残雪之谜》是残雪研究的第一部论文专辑，该书收录了自 1986 年至 1993 年间国内外较有代表性的评论 19 篇，还有残雪本人的随笔、创作谈或访谈录共计 9 篇。这本集子是残雪研究前期成果的一次集中展示，再现了评论界当年对残雪的争议和分歧，为后来的研究者提供了资料整理的便利。与之相呼应，日本河出书房新社 1995 年出版了近藤直子主编的《残雪作品评论集》。1998 年又有四卷本《残雪文集》面世，第四卷亦收录了部分重要的相关评论。这些专辑与文集的出版，在整个批评界走向无语与沉默的重要关口时无疑有着十分积极的意义。

而谈到比较研究的方法，较有代表性的文论有：王彬彬的《残雪、余华：真的恶声?》，该文对残雪、余华及鲁迅的创作进行了比较，认为他们都表现出了人性的“恶”，但残雪、余华的基本态度是肯定恶赞美恶，进而认为残雪小说并不是像有的批评家所说的是鲁迅所谓的“真的恶声”。姜燕在《两种病态人格的心理透视》中比较了残雪与张爱玲笔下的母亲形象。另外姜云飞在《突围表演》中将写小说的残雪和写诗的伊蕾进行对照，探讨了两位女性作家表现“困兽意识”的不同方式。由于他们的努力，即使在 20 世纪 90 年代的迂回与冷寂中，残雪研究也取得了某些突破性的进展，这从另一层面彰显了残雪文本的价值与魅力。

20 世纪 90 年代的海外残雪研究也风生水起。1991 年美国西北大学出版社出版了残雪小说集《苍老的浮云》，美国评论家夏洛特 · 英尼斯在英文版前言中说：“残雪那种超现实的、创新的写作如此不同于传统的中国的现实主义，是一个异端。”丹麦学者魏安娜曾说“这是中国文学风景在 20 世纪 80 年代最值得注意的现象之一”。因此可见，在 20 世纪 90 年代，对于残雪文学的研究更加系统化、多维化，也突显了更为广阔的研究空间。

三、21 世纪国内外残雪研究状况

进入 21 世纪后，残雪的小说逐渐为大众接受，对残雪的研究也出现了深度和总体上的突破。对残雪研究出现的新视域和新动向，主要表现在两个方面：首先，许多研究者不再把残雪视为一个文学个案，而是将她纳入更为宏阔的历史背景和文化背景中，以此审视其作品与世界文化或地域文化的关联及意义。这方面堪称代表的是戴锦华教授的研究，他在《残雪：梦魇萦绕的小屋》中从文化学的视角切入，发掘残雪文本的文化蕴涵，指出残雪作品揭示了人内在灵魂的无妄，且明确告知救赎的虚无，对于外部世界而言，残雪小说亦可被看成是对权力与微观政治的阴郁与暗示。另外，也有论者试图从地域文化的影响中寻求残雪文本的本土基因。如谢南斗的《残雪现象与湖湘文化》一文认为“残雪现象是十分典型的湖湘文化现象”。谭桂林先生亦在文论中认为，残雪的创作思维方式如梦魇的展示、呓语独白等更接近巫楚文化的本质特征，并且把巫楚文化的特征推向了极端，其结果是造成了一种独特的叙事方式。而湖南省社会科学院文学研究所所长卓今对残雪研究的成就尤为突出，她以《残雪评传》获得国家社科基金一般项目立项并出版了该著作以及她的另一部《残雪研究》等著作，这些研究从残雪的童年、家庭环境、早年的人生经历一直到她走上文学创作道路，再具体阐释、分析其文学创作风格形成的过程，剖析她的作品背后蕴藏的精神层面的对人性的探究。

其次，比较研究的视野更加开阔，残雪与西方文学传统在精神上的关联与默契被越来越多的研究者注意。早在 20 世纪 80 年代，就有论者指出残雪的创作深受西方现代主义作家尤其是卡夫卡的影响，而透过她 20 世纪 90 年代叙事风格的转向，人们不难找出博尔赫斯创作观念的痕迹。残雪文学带有鲜明的西方现代主义文学特征，而残雪也从不讳言她对西方现代主义文学的追随、她在创作手法上对西方现代主义文学方法的借鉴和发展，如但丁、莎士比亚、歌德等都成为残雪心目中的“现代主义”文学家。在创作思想上，残雪汲取这些作家的丰富营养，在创作手法上，卡夫卡、博尔赫斯和卡尔维诺等作家的创作成为残雪学习的对象。以罗璠的《残雪与卡夫卡小说比较研究》为代表，将残雪文本与卡夫卡文本进行了全面的比较分析。还有一些研究者对残雪的小说提出了质疑，如阎真《迷宫里到底有什么——残雪后期小说析疑》指出：“残雪的前期小说偏重于意象性象征，后期则由于人们指出其意象过多重复，而转向事件性象征。”残雪后期小说指向模糊，这是“残雪之谜”的“谜”之所在。应该清楚，难以解读并不意味着超人的深刻性所在，而有些人正是以这样一种眼光去看残雪的。

2001年5月人民文学出版社出版了日本著名的汉学家近藤直子的评论《有狼的风景》，用了两章的篇幅对残雪的作品做了细致的解读。美国的苏哲安认为，残雪通过异想天开的丑陋意象和不合乎逻辑的手法，建立一个完全属于自己的田地，田地周围是高不可攀的围墙，这是残雪小说给读者设立的圈套，又是小说人物泛滥分裂的自我象征。

纵观20多年来的残雪研究，国内外学者的研究思路和态度都经历了一个漫长反复的演变过程，虽然这其中不乏研究的论文著作，但对于其具体文本解读的论题还是较少。而且在20世纪90年代市场经济的狂潮中许多的先锋派作家偃旗息鼓，但是残雪一直坚持在先锋小说的道路上前进，并且在21世纪兴起这样一种说法："1999年读余华，2000年读残雪"，可见其作品背后渗透出的精神内蕴多么值得现代社会的人们深思。特别可喜的是，残雪在海外的影响在2015年集中呈现出来，一连获得三个有国际知名度的奖项，一是入围纽斯塔克终生成就奖（此奖被誉为美国的诺贝尔文学奖）。二是长篇小说《最后的情人》获得美国最佳翻译图书奖，成为获得这一奖项的唯一中国作家。三是英国伦敦的独立外国小说奖。①

当代文学中的一些作家曾放言自己主要是在西方文学影响下成长起来的，但他们最终还是承认以鲁迅文学为代表的现代文学传统对其创作的决定性影响。在鲁迅小说中风格鲜明的复仇话语也在残雪的创作中得到延续，残雪语言的超时空性也可在鲁迅文学中找到渊源。

本章试图在前人做的大量的有关残雪文学作品研究的基础上，探讨其荒诞乖戾字句背后潜藏的深刻精神内蕴，包括残雪小说描写的世界之肮脏、人性之丑恶、人伦之颠倒的背后，是否以追求丑恶来达到审美的目的。包括其与鲁迅文章所展现的"吃人本质"和"看与被看"模式的承继。

第二节　创作溯源：家庭的趋光运动

要更好地理解残雪文学创作的源泉以及其具体文本中出现的令一般人匪夷所思的场景与意向，不得不对其家庭与成长环境进行溯源。残雪，原名邓小华。1953年出生在长沙的一个知识分子家庭，家庭文化氛围浓厚，用她自己的

---

① 卓今. 残雪海外传播及研究情况[J]. 湖南文学，2015(11).

话形容，“父母都是那个年代的所谓理想主义者”①。1957年，残雪的父母被划为右派，父亲被关“牛棚”，母亲被下放劳改，幼时的她遂跟随外婆生活。小学时接触文学，小学毕业后适逢“文革”而主动辍学。残雪在自传《趋光运动：回溯童年的精神图景》中描述了那个对她影响至深的年代——童年，由于童年家庭的亲子关系和天生的个性直接影响着个体的自我价值认知和将来的生活模式，残雪自童年起就表现出与众不同的气质，拥有一种孤独敏感的特立独行的文学气质。

残雪在《趋光运动：回溯童年的精神图景》中形容“家”既亲切又处在焦虑感中，在寻找“家”时，那个真正的“家”总能轻易地被内心充满渴望的残雪找到，即使家只是外表看起来一样的房子。② 当然这里的“家”不单单指残雪的生存环境，更应该指在她成长经历中遗失的“家人”。家人中首先给残雪重大影响的是她的父亲邓钧洪，父亲是残雪童年时期文学上的引导者和精神支柱。在残雪的描述中父亲即使在劳教期间也会一有时间就坐在书桌前读书冥思，父亲的书籍引导着幼年残雪对文学的最初渴望。从童话故事到历史故事，从革命小说到所谓的“严肃书籍”，残雪从小就是在书籍中长大，在阅读书籍时继承了父亲的“冥思”体验，总能轻松地进入作者描述的境界扮演其中的角色，并通过这种不一般的自我阅读体验建立起一套阅读体系。父亲在艰难时期通过书籍找寻精神追求的清高和倔强给了残雪效仿的可能，使她身体力行地践行着父亲的追求，由关注外在转而关注精神内质。外婆是残雪7岁前最依赖的人，外婆的言传身教对她神经质的性格影响最深，而这种性格又表现为一种神秘莫测的特质进入残雪的作品。外婆总用独特的异乡口音讲着梦一般的故事，那些故事没有确切的时间地点和情节，徘徊其中的是一种忧伤而幽默的调子，幼年的残雪将外在的语言剥离，仅把握住了这种调子。这不就是残雪小说中一贯坚持的写作模式吗？她讲述的故事没有时间地点的限制，情节缺失，语言混乱，却在模仿着外婆的口气总结生活，避开现实生活的烦琐而走向梦境。父亲和外婆给残雪提供了另外一种生活的可能，但真正促使残雪走上文学之路的可能是面对现实时发自内心的恐惧，在与外界无法沟通的情况下她可以在创作中发挥超人的精神力量来消除恐惧。这种恐惧可以是对“蛇”的生理恐惧，也可以是对“人际关系”的心理恐惧，更难以磨灭的是面对死亡而无法逃避的恐惧。外婆饿死、弟弟意外溺死、父亲心脏病去世，残雪生命中最亲近家人的死亡，造成了她在现

---

① 残雪．趋光运动：回溯童年的精神图景[M]．上海：上海文艺出版社，2008：212.

② 残雪．趋光运动：回溯童年的精神图景[M]．上海：上海文艺出版社，2008：247.

实和文学创作中都无法释怀的死结。她唯有在梦中与亲人相遇，上演各种不可能的戏，通过写作在文学中造梦以改写死亡释放恐惧。家庭因素促使残雪发现文学，而自身独特的气质和经历形成了最终的导向。残雪宣称自己的作品是用儿童的眼光观察世界，追求的是一种纯儿童的回归。这可以用弗洛伊德关于意识、前意识和潜意识的心理结构理论来解释。意识表现的不过是人格中的冰山一角，潜意识才是构成人性最根本的部分，而潜意识只能抽象显示，最有可能完全保留的就是婴儿的人格。丢失了童心的成年人会不时以“憧憬”“怀念”“美好”等词汇悼念童年，但对于那些能够保持童心一生不变的成人来说，童年不等同于纯真，而更准确的是弱小、迷茫、无助，是对现实的反戈一击。残雪自幼身体虚弱，患有严重的风湿、肺病，疾病的体验使她更加注重身体锻炼，在与身体的斗争中反而促成了精神的发展。小学毕业后残雪主动要求退学，原因是她在交流和人云亦云的教条方面太薄弱，没能受到集体教育使她的天性得以完整保留。残雪声称自己“不懂事”，与同龄人相比有一个“延长了的蒙昧期”[①]。笔者并不这么认为，她不但不幼稚，反而在文学方面显得更加早熟，这种早熟表现为一种觉醒的执着。残雪与外界格格不入，害怕与人相处，在人际关系方面有着天生的缺陷。在迷茫和无助中为了得到友情交流和认可，她付出过努力，但最终失败，而不服输的个性又促使这种渴望更加迫切，在重复的挫折中引起心灵激荡，将抗争诉求于创作，使作品表现出一种先知先觉的自觉意识。

第三节　精神源流：西方的交汇与东方的融通

除开家庭背景与童年成长经历带来的影响，如本章开头所说，对残雪的文学观念以及小说创作产生更直接冲击的无疑是西方文化与西方文学，特别是西方现代派文学。残雪称：“开始创作的时候，接触到西方现代派，受到很大的冲击，才知道自己要写什么。”[②]她明确地指出自己的创作与西方现代派有着很深的渊源。当然，当时的先锋派代表都明显受到西方作家的影响，如马原的“叙述圈套”[③]、格非叙事迷宫的构建等。但残雪的独特性在于“广种薄收”，即有勇气将西方文学中自古代文学起至后现代文学的代表作家纳入品评体系，在评论

① 残雪. 趋光运动：回溯童年的精神图景[M]. 上海：上海文艺出版社，2008：86.

② 残雪. 为了报仇写小说——残雪访谈录[M]. 长沙：湖南文艺出版社，2003.

③ 吴亮. 马原的叙述圈套[J]. 当代作家评论，1987(3).

中源源不断地吸取营养。残雪在《艺术复仇》中详细解读了但丁、莎士比亚、歌德、卡夫卡、博尔赫斯等对其有直接影响的西方作家。① 在残雪看来，创作和评论都是内省的过程②，唯一不同的是选择的方式，一个是通过自己反省而另一个则是通过别人来反省。她的创作之路没有断层，是由于源源不断地从西方经典中学习，尤其对于西方哲学的吸收使其创作能够突破事物表象而寻找真理。其中，最有代表性的就是创作中处于指导性质的"逻各斯"和"努斯"意识，即理性意识。这也是进入20世纪90年代后先锋派逐渐式微而残雪能够独领风骚的原因之一。

当前评论界谈到残雪与西方的交汇时不约而同地会与卡夫卡、博尔赫斯等联系起来。《百年文学与后现代主义》中阎真教授提道："残雪也相当明显地受到了西方作家的点化，特别是卡夫卡和博尔赫斯……很多人注意到了残雪与卡夫卡的关系……在我看来，她在精神上更接近博尔赫斯，以制造迷宫为基本的叙事方式。"③"迷宫"是博尔赫斯小说意象和叙述结构的主体④，残雪在《艺术复仇》里对《曲径分岔的花园》中迷宫的理解是"迷宫的本质也许就在于那连环套似的幻想，谁具有这样的能力，谁就可以进来，这是人面对死神所进行的幻想营造，也是用迷来解谜的永久的游戏"⑤。其小说《归途》里"我"无法走出的房子、《表姐》里永远走不出的旅店以及《新生活》里述遗为自己选择的顶楼全都有"博尔赫斯式迷宫"的影子。关于残雪与卡夫卡的关系，用残雪在《中华图书报》答记者问时的回答可以概括："我同卡夫卡的关联当然很大，我自己认为是一脉相承，都是来自伟大的西方经典文化。"在其对卡夫卡的解读中，影响最大的应该是对《城堡》独特的解读，"残雪对卡夫卡作品的解读是非常独特的。她笔下的那个冷峻、变态和噩梦般的世界也一直难以为人们所理解和接受，然而，她在一个十分遥远的国度里却发现了卡夫卡，这便有了她那部《灵魂的城堡》"⑥。显然，残雪是通过分析"城堡"、分析人物以及情节背后的象征意义来为她笔下的那个不为人理解的灵魂世界寻找同盟。

然而，残雪自认为与博尔赫斯、卡夫卡甚至更早些的但丁、莎士比亚的关

---

① 残雪．艺术复仇——残雪文学笔记[M]．桂林：广西师范大学出版社，2003.

② 残雪．残雪文学观[M]．桂林：广西师范大学出版社，2007.

③ 阎真．百年文学与后现代主义[M]．长沙：湖南教育出版社，2003：63.

④ 吴晓东．从卡夫卡到昆德拉[M]．北京：北京三联书店，2003：42.

⑤ 残雪．艺术复仇——残雪文学笔记[M]．桂林：广西师范大学出版社，2003：189.

⑥ 曾艳兵．卡夫卡研究在中国[J]．外国文学研究，2003(2).

系并非“师承”，而是一种平等的关系，这和阎真教授在《百年文学与后现代主义》中对残雪与其他先锋作家不同之处的解释不谋而合，他认为“残雪借鉴西方作家的痕迹较少，形成了自我风格……她毕竟凭着自己的才华和个人气质，在一定程度上脱离了前辈的窠臼”①。残雪在《残雪文学观》答近藤直子问中明确指出：“我的小说是属于自古以来就有的一种……说不清道不明的、有点奇怪的时间与空间里头，让笔先行。”这是残雪一再强调的“自动写作”，在她看来，这种方法并非她独创，而是“自古以来就有的”。“自动写作”的方法确实有例可循，其中具有代表性的就是美国作家亨利·米勒的“超现实主义创作”。亨利·米勒继承并发展了前人的超验写作技巧，他将自己的创作变成了一块实验场，广泛地、交替地、不停地使用“自动写作”“梦幻记录”等技巧”。然而，残雪却认为西方的“自动写作”是“浅层次的”，她一方面说自己的创作类似“巫术似的自动书写”，另一方面又认为这种书写是不可能自动写出来的，究其原因，首先是从根本上说残雪的创作确实是独有的，是使用自然和理性与文学交合的方法而进行的潜意识的描述，其指向是涉及人的潜意识发掘和被隐蔽的生命基质的，而不是单纯以潜意识为指导的“做梦式记录”。另外，这与残雪不断以新的更契合的理论支撑为自己的小说宣誓的探索有关，在持续的哲学、理论研究以及实践写作中，她关于文学的认识也在逐步地深入。可见，残雪式“自动写作”要求叙述内容必然是涉及人类潜意识的，也必然是具有哲学构建的。残雪既然选择了这样一种独特的意识流形式对自我潜意识进行深究，就不得不需要承受比描写现实经验生活更大的压力，因其先锋性必定是超越现实存在的，而先锋性也是文学存在的价值之一。

残雪小说自觉地将日常生存现状与超验精神追求对立统一而形成一种生活智慧，这种智慧具体表现在作者本身的哲学理念和小说中透露的辩证思维。从外在条件看，不论是社会文化环境还是自身经历，无不挤压着残雪走向孤独，这是日常体验的孤独，在每个人身上都有可能会发生。而真正的孤独是来自本能的压抑，艺术就发生在压抑后的勃发，“艺术工作者就是将本能通过强力抑制以达到最高发挥的人”②。残雪为了进一步展开对人的生存状态的思索，一再使用哲学思维来表达孤独。她将孤独体验转而上升为对抗的哲学观，以强烈的战斗意识进行“自我”向“他者”的反叛，在战斗中唤醒灵魂深处某种被压抑

① 张群. 花自飘落水自流——论亨利·米勒的超现实主义“自动写作”法[J]. 英美文学研究论丛，2008(2).

② 残雪. 艺术复仇——残雪文学笔记[M]. 桂林：广西师范大学出版社，2003：52.

的潜意识，从而引导着创作的走向。

孤独是抽象的，在残雪的作品中，孤独普遍存在于与黑暗联系起来的不被理解的疯狂上。《污水上的肥皂泡》最早发表于1985年湖南杂志《新创作》的第一期，后收录在小说集《种在走廊上的苹果树》和《从未描述过的梦境》中。小说中描述的是一向凶恶、贪婪的母亲经过"我"的"谋杀"变成了污水里的肥皂泡。母亲时常会抱怨或示威，甚至依靠出卖自己的孩子向上级讨好卖乖，而"我"在母亲、小科长和外来人的相处中是被完全孤立的。在忍无可忍之下，"我"终于下定决心，使母亲变成了肥皂泡。这个结果不是一蹴而成的，至少经过了两个阶段，首先是希望母亲煤气中毒，无果后以"脚痛"的借口企图唤起母亲的同情，两次努力失败后，压抑的情绪终于爆发，"杀母"行动形成。"杀母"是为了"救母"，因为文中的母亲冷血、唠叨、贪婪，是人性中最丑陋的代表，"救母"以达到"自救"，因为血缘关系是"我"在世俗中最不可能摆脱的阻力。但由于欲望强大的生命力，以及"我"对世俗母亲依然存在某些幻想，导致"杀母"不彻底，母亲变成了污水里的肥皂泡后，依然对"我"指手画脚。在"杀母"也不能完成自救的情况下，最后"我"只能靠"吃人"排解压抑，以更疯狂的报复完成与世俗的彻底割裂。小说的前半部分处于争吵、压抑的苦恼中，当报复真正开始实施以后，小说进入了高潮。"不在沉默中爆发，就在沉默中灭亡"，残雪选择最决绝的方式奋起反抗。"孤独"是一种创作的动力，使作者能够深层次潜入写作中，同时也是精神层次发现自我找到自我的导火索，是对人内在灵魂的反思。

第四节　世界视野与中国经验

残雪小说在形式上的先锋性创新有着深刻的文本意义，首先一定范畴的陌生化形式有助于引起更广泛的关注和研究，对先锋理念的传达有着推动作用。另外，先锋精神的表达可通过独特的形式更深刻地表现出来，先锋形式是创作者的必然选择。陈思和教授主编的《中国当代文学史教程》中提到，残雪就是在寻求合适的感觉表达时选择了先锋性的形式。[①] 同时，形式的探索也是先锋性文学探索的一部分。

某种意义上，"语言是文学创作过程中主体审美意识得以物化的媒介"[②]，

---

① 陈思和.中国当代文学史教程[M].上海：复旦大学出版社，2008：292.

② 欧阳友权.文学理论[M].北京：北京大学出版社，2006：27.

语言是文学形式的重要表现要素。不管什么目的，传达理念或者自说自话，也不管接受者的身份地位，文学必定是写出来给读者看的，否则就失去了其存在的价值。即使先锋派小说极力排斥语言的传统存在，但它们终究无法摆脱语言的束缚，能做的只是寻找最自由的表达方式而已。所以，对文本的语言分析是有现实意义的。残雪的小说之所以普遍表现出语言的不连贯和无逻辑，主要是因其描述对象——潜意识的特殊性，可以说是小说“创造”了语言；同时这种“梦呓”语言形式的自由性充分契合了残雪的选择，语言又完成了小说。在残雪式独特的语言范畴里，表述者确实自由了，她可以将所思所想用任意的语言形式表述出来，为自己的本意披上一件又一件外衣来迷惑听众，并在真话与假话、此物与彼物间来回游走，但这不只欺骗了虚构世界里的听众，也迷惑了向残雪小说靠近的读者。这种自私利己的选择可能是作者的有意为之，她在锻炼自己精神力的同时，不忘对读者抛出烟雾弹，以期获得具有“火眼金睛”的读者群。当语言的传达与接收处于不平衡状态时，就会产生自说自话或对牛弹琴的焦虑，也就是梦呓与交流的矛盾。

梦呓般的语言致使语义模糊或语义缺失，造成传达层面与理解层面的不对等，使文本中人物对话失效。“梦呓”可以通过多种形式表现出来，首先是在与世俗的对话中对比显现。《公牛》中“我”和老关的对话就是这样的。

“我看见了一点东西，”我用不确切的语气告诉他，“一种奇怪的紫色，那发生在多少年以前。你记不记得那件事？……”

“你看，”他朝着我呲出他的黑牙，“这里面就像一些田鼠洞。”

……

“那个东西整日整夜绕着我们的房子转悠，你一次也没看见？”

“有人劝我拔牙，说那样就万事大吉。我考虑了不少时候，总放心不下……”①

很显然，老关对“我”的提问总是不理不睬，自说自话，他唯一关心的是被虫蛀了的牙齿。老关看似有明确的生存目标，实则浑浑噩噩地生活在低俗的追求中。与之相对应的是“我”的话里充满了“梦呓”式虚幻的美好的东西，也就是“真理”。有人在评论《公牛》时认为小说的主题在于展现一种异质的夫妻关系，认为残雪将夫妻二人置于最大限度的不相容，将他们置身于对抗的地位②，

① 残雪.残雪自选集[M].海口：海南出版社，2004：56.

② 蔡之国.黑夜中的灵魂之舞——试探残雪的《公牛》[J].阅读与写作，2001(4).

或者认为夫妻二人的交流形不成对话，是没有意义的①。但笔者认为对话虽然存在矛盾却是有意义的，只是对话的个体处于不对等的地位，作者就是要以“我”的“梦呓”拯救老关的堕落从而深化表层的夫妻关系以达到救赎的目的。这从“我”不断以问句的形式与老关对话可以看出来，但正是因为“梦呓”是个体偶然的灵感闪现，甚至自己都还不能明确地把握，又怎么会轻易得到他人的回答和认可呢？所以即使“说了一通夜”，直到小说的最后，老关举着大锤，向那面可以反映并引导“我”认识内心的镜子砸去的时候，“我”依然没能拯救老关，而老关的龋牙也会越来越严重，“皮肤皱缩地如八十岁老人”。透过这种对比形式的语言，可以看到残雪要传达的理念：“梦呓”是更高级的语言形式，是自我在不满于现状而寻求精神层次的满足时才会闪现的灵感。“梦呓”是难以达到的，甚至常常陷于孤独境地而无法与外界达成共识，但“我”没有放弃，残雪也没有放弃。

“梦呓”式的先锋语言表现为作者叙述中使用的奇特的比喻。她经常把人比作各种物象，可以是动物、食物或者东西。如《山上的小屋》里她将父亲比作发出凄厉嚎叫的狼，狼是在梦里才会出现恐怖的意象，这里的狼是经历了特殊遭遇后人的异化，主人公能够看到父亲狼的形态，能够感受到父亲在与母亲的相处中受到的压制，象征着主人公能够与父亲摆脱一般的交流而进行精神交流。《路边人家》里阿娥将自己比作松树林里的蘑菇，并且认为这个比喻很漂亮。如果没有看过残雪的自传，读者很难想象她的比喻指向哪里。在自传中残雪提到过，她幼时最喜欢跟外婆去岳麓山采蘑菇，蘑菇是那段艰难岁月里自然馈赠的礼物。联系下文全家抵制房屋拆迁，可以想见，阿娥可能是作者幼年的化身，期待通过遥远的回忆回到故乡。还有《雾》里母亲说父亲只是一件外套，并且多年后才发现这个真相，“外套”与人的肉体相关、与灵魂相对，在母亲眼里，父亲的实质消失，只剩下表象的形象，说明母亲与父亲只是维持了象征性的夫妻关系，直到母亲出走她才觉悟出这种关系的不正常，而这种不正常的夫妻关系在现实生活中是普遍存在的。从残雪的小说来看，解决问题的关键是个体独立意识的觉醒。

文学之为文学的意义之一就是创作者与接受者的对话，此种对话通过具体文本完成，同时也受制于具体文本。创作者通过多种形式的语言叙述表达，文本的价值通过接受者的主体经验和价值判断实现。从文本中人物语言及叙述语言的分析看出，残雪是有意使传达阻滞的，但通过仔细分析，又能从中找出迫

---

① 孙德喜．病入膏肓世界的梦呓——残雪小说语言论[J]．中南大学学报（社会科学版），2005(1)．

切交流的痕迹。首先是有些文章由大段大段的对话组成，这在《公牛》《雾》《天堂里的对话》中都有所体现，如果交流没有必要或者没有意义，从人物嘴里说出来的句子就毫无用处，甚至可以忽略不计，这显然违背了残雪的创作初衷。另外，有些看似没有意义的交流可能正是作者设计的陷阱。如《突围表演》中X女士面对观众进行的无意义演讲，她明明知道演讲不会达到传达的目的，依然奋力地想说出来，在两败俱伤里寻到出口。最后不得不提到的是，残雪可能正是要以梦呓的不交流来呼唤精神的深层次交流。《最后的情人》中丽莎与文森特总是处在一个追一个躲的尴尬的夫妻关系中，夫妻对话失效，但就是在各自经历了不同的人生体验后，他们找到了自己，最后也在精神的“长征”中相遇。从上述分析中可以得出，残雪的语言不是毫无意义或者拒人于千里之外的，虽然从语言的接触意义来讲，作品中的语言失去了基本的交际功能，但从整部小说的话语系统来讲，却实现了残雪创造新语汇的追求。

第五节　生存的悲剧和人性的丑陋

当对残雪的小说进行整体风格与先锋性的品评并尝试对其中的人物形象进行具体分析时，常常会遇到阻碍。因其小说的主体并未涉及社会人的属性[①]，而是创作者本人潜意识中的个体分裂，分析人物形象及人物身份等都是行不通的。但是，小说中的人物并不是独立存在的，必然会接触到“他者”。美国社会心理学家舒茨在人际关系方面提出的“人际关系三维理论”认为，包容、支配和情感的需要是个体在人际交往中的三种基本需要，人际交往中个体的行为以及个体对他人行为的反应都是被这三种人际需要支配着的。例如，当个体成长中的包容需要得不到满足时，可能出现低社会行为，在与他人的交往中呈现出孤僻、独立以及排斥群体的特点。这种“三维”不足的人际关系在残雪的创作中被大量表现出来。如果对残雪大规模的小说做一个比较，不难发现小说中普遍存在一种人与人之间异化的关系，这种关系存在于孩子和成人、夫妻、情人甚至自我之间，人物关系呈现出简单的“二维对立”特征，这种特征并不涉及一般小说中描述的是非曲直和人情世故，表面上看是残雪对人际关系的自我化认识，实质上更是对隐藏在经验生活下的人的本质的挖掘，当群体普遍呈现出不理性或疯狂状态时，人只能把希望投向个体本身，人的本质就是突破种种苦难压制

---

① 阎真．百年文学与后现代主义［M］．长沙：湖南教育出版社，2003：68．

活下去，是一种“活的冲动”[1]。

残雪小说中最普遍的应该是大人跟孩子的矛盾，当然这种大人只包括成年人，老年人在其小说中通常与孩子划为一类，这在《路边人家》《爱思索的男子》等文中都可以找到例证。至于原因，笔者猜测，在残雪的眼中可能只有成人既脱离了儿童的单纯又无法达到老年人的精明，所以才会处于混沌中接触不到真理。《山上的小屋》讲的就是孩子与成人之间不可调和的矛盾。“我”的抽屉是小说隐含的一条线索，“我”无时无刻不在想着整理好那个抽屉，仿佛那是唯一值得做的有意义的事情。当然在笔者看来，整理抽屉只是某个影像的代表，从个体体验和儿童的感受来讲，更像是人们幼年时的隐私，这样的解释更符合人类的集体意识。而这个“我”珍视的“抽屉”并不安全，最终被妈妈以不正当的手段打开并搞得乱七八糟。情节发展到这儿，已经能够看到这里边的理所当然的成分，许多人小时候遇到过这样的情况：有自己以为永远不会被发现的小秘密，却被父母或者别人轻易窃取。当读者们以儿童的心思去看待这些时，就会理解在“我”的眼里妈妈是可恶的，而“我”又时刻处于紧张状态的原因了。同时，不断整理抽屉与妈妈觊觎抽屉的矛盾就像是重建秩序对固有秩序的抗争[2]，孩子在大人面前总是弱小的，这一努力希望渺茫，但对生存之恶动态的抗争才是生命应有之义。

与此同时，爱情也是残雪善于描述的方面，在看待夫妻、情人关系的问题上，残雪并没有丝毫手软，还将人们认为的高尚美好的爱情拉入世俗。《公牛》全篇讲夫妻之间的琐事，开篇丈夫就用“我们真是天生的一对”来讽刺。尤其是当“我”想要触碰梦里的公牛时，碰到的总是老关冰凉坚硬的后脑勺，委婉地表现了“我”美好的梦想总被冰凉的现实所阻，世俗的爱情是不可信的。这在现实的生活经历中也会经常遇到，人们得到了爱情，就以为得到了所有，将所有的精力和热情都用在与另一个人的纠缠当中，以致迷失了自我；当遇到偶然的机会人们重新寻得当初的美梦时，却已经被爱情牵绊住了出离的脚步。在理想与现实的对抗中，老关代表的世俗现实取得最终的胜利，夫妻关系是否会土崩瓦解尚未可知，但无非有两个结局：“我”对老关开始新一轮的拯救，或者老关堕落。从残雪的态度来看，前者可能性更大，因为活着就是抗争的过程，没有胜利，唯一的胜利就是死亡。“我”对老关的救赎是一种自我献身的使命，老关是

① 邓晓芒. 灵魂之旅[M]. 武汉：湖北人民出版社，1998：56.

② 陈思和. 中国当代文学史教程[M]. 上海：复旦大学出版社，2008：274.

“我”在现实的映照，而只有打破层层的自我局限才能从内部获得精神力量。①

在夫妻关系的拉扯中还存在一种“自我”与“自我”的特殊关系，这种关系多以肉体与精神的对抗来展示，即灵肉冲突。在文本里具体表现在老关拔牙与不拔牙的矛盾中：

有人劝我拔牙，说那样就万事大吉。我考虑了不少时候，总放心不下。我一想到拔了牙之后，再没有什么东西在口里窜来窜去，心里就“怦怦”直跳。这样看起来还是忍一忍为好。②

虽然最后老关拔了几颗牙，但这里值得注意的是老关不愿意拔牙的理由，本来蛀牙已经给老关造成了不小的困扰，可是在长时间处于这种困扰以后他居然习惯了，一旦改变就会害怕。在拔掉蛀牙以后，他把牙用玻璃罐保存起来，以便时时拿出来观察，这种变态的行为背后是紧张不安的情绪，灵魂的惰性表现在固有的状态稍稍改变就会使人陷入迷茫之中。残雪把生存的悲剧和人性的丑陋本质展示在对人性的解读当中。生活中不乏老关之类随遇而安的人，可能这正是人的惰性和不敢为的软弱，是“救赎缺席”③的根源所在。在人际关系的展开中，总有一对或几对世俗人与动态人即拯救者与被拯救者之间不可调和的矛盾，除此之外，其他人物都只是这两种人的化身。所以，残雪小说中展现的人际关系都是简单明了的，但简单的人际关系背后却是个体与个体的矛盾冲突，一方面是残雪写作重点关注人心导致，另一方面也展现了另一个非理性世界的人生百态，简单中透着让人难以理解的复杂。

第六节　吊诡的结构与形式的意味

残雪的小说在结构安排上有其独特性，短篇多跳跃式结构，情节破碎，充分表现出避开外在形式束缚而达到精神自由的特征，长篇则像是由多个短篇拼凑而成，形而上的理念至上而情节其次，在情节的无限跳跃中形成整体。从具体文本和访谈中可以发现残雪的创作并不注重叙事结构的刻意安排，而是以意识流的形式自动涌现，难以使用逻辑分析得出结论。

短篇小说多随着情节的跳跃而发展，情节与情节之间并没有一般小说中强调的过渡承接，而是潜意识片段的拼凑，联系片段的可能仅仅是一个物象或者

---

① 邓晓芒. 灵魂之旅[M]. 武汉：湖北人民出版社，1998：26.

② 残雪. 残雪自选集[M]. 海口：海南出版社，2004：98.

③ 戴锦华，残雪. 梦魇萦绕的小屋[J]. 南方文坛，2000(5).

一个人物，而此种物象与人物都可能是作者虚构出来的。以《爱思索的男子》为例，钟大福是一个沉默寡言的青年，他每天大部分时间都在思索，全篇以大福买菜、大福学棋、大福进出警察局几个明确的事件组成。围绕大福身边的不过神秘的姑姑、围棋老先生、看似威严的民警三个人物，其中的围棋老先生还只是像个隐形人。从开篇到大福买菜回来，卫生间里的异象、水库等看似不相关的想象情节都是以大福的思索联系起来的，这也说明了残雪在叙事方面的转变，至少可以使读者轻易明白。直到大福被警察抓起来，情节就变得扑朔迷离了，大福的思绪变得更加零散，有围棋老头、藤萝、草鱼、民警，不禁使人想弄清楚这些意象是靠什么连起来的，它们背后的象征意义在哪里。进出警察局的情节更加混乱，贯穿其中的只是一头臆想中的老狼，而读者不能完全理解的是老狼的出现对于情节发展的意义在哪里。针对情节的缺失，高玉教授在《论残雪小说的"读不懂"与文学阅读的"反懂"》中给出解答，即不能从传统层面去分析残雪小说的逻辑，而应该摒弃情节、结构等概念，以直觉来把握。[①] 分析中有值得思考的部分，因为以传统小说理论来分析残雪小说是不可行的，只能寻求另一种解读方法，但给出的方法仍然是形而上的，"直觉"毕竟不能形成系统，还可能陷入狭隘的个人体验里，同时也不能解决大部分读者的阅读障碍。笔者认为，残雪小说与传统小说并不是泾渭分明的，对其结构、情节的分析存在现实意义。

与短篇小说相映成趣的是，残雪的长篇小说多是虚构出经验以外的世界，这个世界里的人和事都带有神秘的特点，在开辟空间方面有重大意义，通过文本的细读，还会发现短篇里少见的精心安排的叙事结构。此特点在《最后的情人》中表现明显。从目录中就可以发现，虽然章节之间并无逻辑联系，但以一种人与人之间虚构出的关系来连接，比如"玛利亚的爱好""丽莎的秘密""文森特去赌城"和"乔决心出走"，玛利亚和丽莎因为同时遇到了家庭问题而自然走到一起，文森特与乔是在各自的生活中感到了厌倦去寻找新的刺激而出走，纵向来看，由"玛利亚的爱好"到"玛利亚去旅行"再到"丽莎和玛利亚两人的长征"，清晰地展现了玛利亚的转变过程。从文本内容来分析，由于内容间的联系并不紧密，使每一章节的情节都可以延展出一个"童话"来。从第九章"埃达的逃亡生活"来看，作为小说的一部分，埃达对现实世界的逃亡是必不可少的，但她的逃亡也完全可以独立成篇，作为一个小短篇的形式存在。整章写的是埃达在一个家庭酒吧里的场景，她逃出情人里根先生的橡胶园，在城里一个叫

① 高玉. 论残雪小说的"读不懂"与文学阅读的"反懂"[J]. 中国现代文学研究丛刊，2012(6).

“绿玉”的酒吧帮忙，在与老板女儿的相处中发生了一系列诡异的事情。在这个“幻想的城”里，老板女儿养了至少一百只白鼠，她经常从桌上跳下来吓唬地下簌簌发抖的白鼠，还宣称是锻炼它们敏捷逃生的能力。在白鼠眼里，老板女儿就是上帝，掌握着它们的生杀大权，“逃亡”成了白鼠们活下去的唯一选择。埃达有感于白鼠的遭遇，想到自己在家乡泥石流中逃生出来，有种“回老家”的感觉。埃达逃亡的原因就在这个小寓言里显露出来，从灾难里逃出来的她更加感到生命和家乡的可贵，但里根先生却霸道地想从身体和灵魂上占有她，这让埃达感到恐惧，她理智上无法出卖家乡和自己，所以才有了这次的逃亡。从后文来看，埃达并没有忘记里根先生，反而在感受到老板女儿和其男友的关系后更加清楚地认识到对里根先生的怀念，才真正正视自己的爱情，所以直到最后，埃达虽然开始流泪但还是离开了酒吧。可见，虽然结构是零散的，但精神的追求和回归却是浑然一体的，以哲学的角度引导读者进入人隐秘的内心世界从而深刻认识自我。

第七节　残雪的先锋与世界的迷局

前文提到，先锋派的崛起与西方现代派的影响有着直接关系，先锋小说是20世纪80年代后期出现的一种文学现象，广泛意义上的“先锋”指现代性范畴下出现的前沿的文学艺术现象。[①] 洪子诚教授在《中国当代文学史》中给出的定义是：“先锋小说”由以往的重个人主体追求和历史意义的确定转而重视文体的虚构和叙述形式，主要探索的是小说形式和叙述方式。[②] 在《中国当代文学史教程》中，陈思和教授给先锋精神定义，认为“先锋精神意味着以前卫的姿态探索存在的可能性，以及与之相关的艺术的可能性，它以不避极端的态度对文学的共名状态形成强烈的冲击”[③]。前者从先锋小说具体内容及外在形式上给予解释，后者则从精神文化层面深化先锋小说的内涵，从两种定义来看，先锋小说在文学史上的实验探索性和战斗性是毋庸置疑的，也是文学界普遍认可的。然而，先锋小说作为一种文学现象却像是文学史上一颗绚丽的流星，在惊艳后很快黯淡下来。残雪是先锋小说的代表人物，尤其在20世纪90年代先锋作家纷纷由前卫的探索姿态转向生活化叙事后，残雪的先锋选择显得更加难能可

① 阮南燕. 孤独者的自我毁灭——先锋之悖论[J]. 当代文坛，2005(2).

② 洪子诚. 中国当代文学史[M]. 北京：北京大学出版社，2010：293.

③ 陈思和. 中国当代文学史教程[M]. 上海：复旦大学出版社，2008：291.

贵。她将自己的创作定义为“新实验”文学，认为此类文学是描写本质的文学，是在保留传统语言基础上的关于文学内部的颠覆，不仅在形式内容上进行创新性颠覆，更本质的是在自我的否定和抗争中认识自我。[①] 其中的先锋性显而易见，但与20世纪80年代的先锋小说又有着明显的区别，虽然保留了其中最根本的探索性，但“先锋”已经发生了变化，可以说，“先锋”并未消亡过，反而以更前卫的姿态出现在残雪的创作中，“创新—否定—创新”的创作模式决定了“先锋”是动态的先锋[②]，也必然因其无尽的循环而无法达到。此类“先锋”类似于《最后的情人》中的“长征”，每个人都在各自的精神旅程中找回了自我而得以在“长征”的途中相遇，但“长征”不会消失，故事永远没有结局。创作者在先锋性实验中同时扮演着探索者和领导者的角色，存在超前而认识滞后的矛盾使“先锋性”难以真正实现。

卡夫卡曾说过，写作就像是死人的事业，为此他需要孤独。这同样可以用来形容残雪的创作。残雪的先锋性实验是孤独的，为此才需要不断的访谈、自我解读或评论来宣扬，但宣扬的结果尚不尽如人意，知道残雪的人不多，真正了解残雪的人可能只有她自己。对于普通读者而言，残雪是阅读的困扰和无法猜透的谜，谜底的指向永远是形而上的。

关于残雪的先锋创作面临了两方面无法回避的问题：从残雪本身来看，首先是需要了解，她要表达的东西真的通过她选择的并津津乐道的方式表达出来了吗？是否造成了过度陌生呢？如在《布谷鸟叫的那一瞬间》里反复出现了一个穿着蓝衬衫的白皙的孩子，笔者联系《趋光运动》“男孩”篇章里残雪幼时在球场遇到的漂亮的男孩儿，猜测前者就是后者的化身，主观性认为《布谷鸟叫的那一瞬间》讲的就是作者初恋的感觉。假设这种猜测符合作者原意，那接下来的问题是如果不知道作者的那段往事，可能猜测就会走向另一个方向，而下一个方向又是不是作者的原意呢？所以，从笔者的经验以及查无可查的资料来看，残雪要表达的东西可能还没有完全表达出来。其次是残雪一再强调的人类深层精神世界的书写是否可以抵达？残雪的个人化经验可以作为残雪不为大众理解的原因，是否可以作为其可能代表全人类普遍经验的原因呢？既然以个人特殊经验为基础创作，挖掘的也只是个人的灵魂而已，在带有明显个人化的作品中很难说烙印了普遍的人类精神世界，否则就会引起更大的共鸣来。可能由于外在因素，这种共鸣还不能立刻显现，这在历史中也是有先例的，比如西方

① 残雪. 残雪文学观[M]. 桂林：广西师范大学出版社，2007：126.

② 阮南燕. 孤独者的自我毁灭——先锋之悖论[J]. 当代文坛，2005(2).

很多经典著作都没能在创作初始就引起广泛的关注，但却在后世被奉为经典而永存。面对残雪的作品，可能时间才是最好的检验真伪的工具。

残雪小说始终面临无法抵达读者的问题，这可以说是其小说一开始就存在的特点。从读者的处境来分析，首先考虑到的是阎真教授提到的一个问题“读者是否有必要弄清这些暧昧事件的意义？”①残雪小说中到处都是意义模糊的词汇、句子组成的事件，残雪声称“这里头确实有些神秘的东西，同每个人的语言系统有关”②，就是说这是残雪从自己的语言系统里拿出来的东西，是不为外人道的。当然，人的想象力是无穷的，读者在进入小说后必然有不同的阅读体验，是遵循自己的阅读习惯还是弄清残雪的写作意图呢？如果说传统的阅读都是不可信的话，那么，所有的读者面对残雪的作品都变成了小学生，都要重新学习她的那套“语言体系”。其次，在笔者个人的阅读体验中，发现阅读残雪的作品必须平心静气，只有在一个安静的环境里才能进行，而这也只是要进入小说的一个充分条件，复杂的场景变换、虚无缥缈的人物以及含义模糊的物象等等，都对阅读者提出了这样一个必要的要求。看似简单的要求在现实中却难以满足。处在“快消时代”，读者渴望从文学中获取休闲娱乐而不是微言大义，人们已经没有时间和精力去找到安静的处所，尤其没有资本去消费这样一种精神至上的文学。这是时代的悲哀，也是创作者和读者共同的悲哀。笔者认为残雪的小说确实是存在某种深意的，但读者也确实遇到了要阅读的难题，怎么搞清楚这些难题是读者遇到的第三个问题。读者在遇到残雪作品时，基于社会或个人的复杂原因，读者的“期待视野”③完全受挫，被创作者或者某些学者要求必须进行“感知、体验、精神”层面的阅读，而绝不能像传统阅读那样根据已有规则找到答案，那么，所有的疑问没有人来帮助解答，一切都要靠自己的猜测，如果阅读一直处于“猜”的状态，完全有可能形成“文字游戏”，那真理要到哪里去寻找，难道残雪就是要把读者置于这种状态来进行操练吗？如果是，那么可以说这种操练在目前是不成功的，因为疑问依然存在，而且会随着残雪不断的创作而延续下去，这又导致了残雪和残雪阅读者的双重孤独。

残雪一直致力于先锋性的继承与延续，并将其小说定义为“新实验”小说，执着地将先锋实验进行到底，这是残雪与众不同的重要原因之一。论文从三个方面论述了残雪的先锋性：一是先锋创作的动力溯源，从童年影响及理论构建

---

① 阎真. 百年文学与后现代主义[M]. 长沙：湖南教育出版社，2003：69.

② 残雪. 趋光运动：回溯童年的精神图景[M]. 上海：上海文艺出版社，2008：4.

③ 佘丹清. 从读者期待视野看残雪及其创作[J]. 广西社会科学，2005(3).

两个方面得出，残雪的先锋创作并不是偶然，而是受到个体及外在的双重影响的。二是结合具体文本分析对前人关于残雪小说的先锋性研究进行了补充，论述了先锋特质的形式探索，包括文本语言、文本人物的关系以及文本结构的创新。三是先锋性的超前创作所面临的困境，包括先锋性本身的难以接近、现实与理想的固有矛盾以及创作者与读者之间难以调和的矛盾等，并在其中总结了残雪小说需要解决的一些疑问。当然，按文中所论，先锋的含义是随着文学的发展无限延展的，那么残雪在坚持先锋写作时必然面临突破传统、突破自己两方面的难题，而且，虽然残雪小说的文学价值是毋庸置疑的，但其先锋姿态必然不会受到大部分读者的追捧。印第安人有这样一句谚语："别走得太快，等一等灵魂。"这句话反过来用在残雪的小说中恰恰合适。当先锋的意义指向越来越不明确时，做出部分让步可能是解决问题最好的方式。

第八节　小说的荒诞与人类命运的终极关怀

既然提到残雪的先锋性和世界性，那么就绕不开一个贯穿其作品始终的关键词——荒诞。作为发轫于20世纪整个西方现代主义及后现代主义文学艺术的一个重要范畴，无与伦比的荒诞既成为残雪小说一种特有的景观，又是将其与所谓先锋与世界连接的一个基点。

然而，与20世纪80年代以降受西方现代主义思潮影响而心潮澎湃，开始着手展现荒诞但又先后选择撤退甚至放弃的多数中国先锋派作家不同，甚至与西方的荒诞主义大师诸如卡夫卡、加缪等人也不同的是残雪作品荒诞的彻底性与极端性。梦呓般的语言，看似空洞无效的对话，夸张的情节与幻觉，传达出作者对人的存在状态的最富个性色彩的直觉与荒诞意识。"卡夫卡的荒诞意识是'大框架的荒诞和细节的真实'，而残雪的荒诞却是大框架和细节的双重荒诞"①，在残雪的小说中，读者们读到了一种从意象、人物对话、事件到小说细节的全方位的荒诞。

小说在意象选用中透露的荒诞感，从开始阅读残雪作品的那一刻起就铺陈在每一位读者面前，这尤其表现在其前期的一些作品中。在《黄泥街》中，意象的荒诞体现在其极度的肮脏和污秽上，泥巴、烂肉、阴沟、腐尸、垃圾，这样的种种令人作呕的场景，竟完整地构成了黄泥街上人们生存的日常图景。如果说

---

① 司见南. 卡夫卡与残雪小说中荒诞意识以及呈现方式的比较[D]. 呼和浩特：内蒙古师范大学，2008.

作为残雪的第一部作品，残雪在《黄泥街》中的“丑”的意象的选用模式还让人有迹可循的话，在稍晚，也是在作者本人看来更成熟的作品中，意象的选择除了给人以荒诞感以外，还表现出了更大的模糊性。比如《苍老的浮云》中反复出现的杀虫剂、蚕豆，《黑眼睛》中的“黑眼睛”，《饲养毒蛇的小孩》中的“毒蛇”，等等，不论是从意象本身，还是从同上下文的联系来看，读者们似乎很难颇有信心地找出这些意象除了代表荒诞以外还代表什么确切的指向。

除此之外，在残雪的小说中，人物之间对话的荒诞或许是最令读者们摸不着头脑的。从小说中的大量对话里，读者们读到的唯一主旨似乎就是语言的苍白与意义的缺失，这愈发让人感觉到荒诞。几乎在每个文本中，人与他人或者说他者之间都出现了大量的近乎自言自语或胡言乱语的无效沟通。以在本章第四节中已经提及的《公牛》中的这种失效的对话为例，这里再另举几例。如在《雾》中“我”与母亲的对话：

母亲跌倒在一棵老槐树底下，两眼像瓷器一样骨碌转动。我跑过去扶起她轻飘瘦小的躯体，看着她的脸部渐渐泛蓝。

“在崖洞边上，我找到了一个蛋，你看。”我吃惊地看着她朝我伸出空无所有的细爪，喉咙一阵阵发紧。“我追那些一闪一闪的白影子，累得胸膛都破碎了。”

“这雾，把我的眼睛完全弄坏了，我看不见你。”

“在那边的树林子里，有一些人影，你就不能感觉到这个？”

……

“白母鸡到底是怎么回事？”

“我在这里闻一种气味，它们发生在泥土里面。整整一早晨我都在干这件事。要不是这些雾…… 玉兰花的每一个瓣儿里…… 还有那些胖胖的地蚕。……”

“你的父亲，”她又说，“是一件外套。那个时候，他穿着外套来到我们家，就是睡觉也不脱下。一天夜里，我鼓足勇气伸出手在那件外套上一摸，发现里面什么也没有。直到多年之后我才弄清事情的真象。”①

在整篇小说中，“我”不管同父亲还是母亲都自始至终进行着看起来完全不在一个维度上的无效对话，“我不能把我要讲的事讲清，哪怕一点点”②，所有的对话和沟通似乎也被文中反复出现的大雾所遮蔽，变为一团“更浓的雾”。

---

① 残雪. 残雪自选集[M]. 海口：海南出版社，2008：351－352.

② 残雪. 残雪自选集[M]. 海口：海南出版社，2008：351－352.

同样的，在《苍老的浮云》中，答非所问、意义被不同程度消解的对话出现得更为密集。如：

“妈妈，我们大祸临头啦！”

她严厉地盯了他一眼，她的眼光像两把锥子将他刺了个透穿。鸽子“咕咕”叫着，弹棉厂的碎花像密密麻麻的一群群飞蛾一样从窗前飘过。她鄙视地看着他，庄严地端起痰盒子，用力朝里面吐了一口痰。

“我从前是一个小姑娘来着。”

“是，妈妈。”

“我胸口有一个肿块，已经长了十年啦，近来它里面发生了脓肿，一跳一跳地痛得慌。我一听到你对我说话就难受得要死，精神上失去平衡，你不要轻易对我开口，这对我的神经很不利。我有一个建议，我们将中间这道门钉死，各自从自己房里的门出进怎么样？这样一来就可以防止相互打扰，可以保持内心的平静。”①

从更善无、虚汝华两家人以及他们两人之间的对话与行动中，读者们不仅读到了邻居之间甚至家人之间沟通的困难，也看到了人与人之间紧张而相互提防的关系，以及对改善人际关系所做的徒劳无益的努力，不论更善无尝试着说或做什么自以为可以取悦他们的事，结果都是令其陷入更大的僵局中。

这既是一种对语言的不信任，也是一种对他人的不信任，萨特“他人即地狱”的论断似乎在此得到了强有力的确证。体现在混乱对话背后的是人与人之间关系的极度紧张以及无处不在的误读和误解——无效的对话，无处不在的猜疑与窥视，似乎所有的这些都告诉我们，人与他人或者说他者之间是以一种极端对立的姿态相互作用着的，而这种巨大的鸿沟是简单的言语交流所难以弥合的，这种孤独和对立是不可消解的。其实，进一步而言，这又何尝不是一种“自我即地狱”的孤独？与其说“我们”难以同“他人”进行对话，不如说“我们”其实同样难以理解自身的存在，因此摒除了精神探寻后，“我们”想要以一种自以为是的日常对话模式来同灵魂做有效的言语沟通是徒劳的。

在残雪的后期作品中，或许是出于对“意象过于重复”的批评论调的反击，大量的荒诞意象逐渐被荒诞的事件所取代，出现一种“事件性象征”②的转向。在《断垣残壁里的风景》中，“我”和“他”在断垣残壁中日复一日地等待着另一个人的到来，但如同戈多一般，“我们”要等的人始终不曾出现，“等待”成为全

---

① 残雪. 残雪自选集[M]. 海口：海南出版社，2008：45.

② 阎真. 迷宫里到底有什么——残雪后期小说析疑[J]. 文艺争鸣，2003(5).

文唯一重要又无效的事件；《历程》中，老单身汉为一个不知道存在与否的姑娘煞有介事地赴约，却只见到了一个老婆子，结果便再也找不到回家的路。在这些荒诞的事件中，一种面对着世界却无法触碰与改变任何现实的无力感压迫着我们。我们读到了《等待戈多》中的荒诞，也读到了《西西弗斯神话》中的徒劳："这个世界，我能触摸它，而且我还能断定它存在着。我的全部学识就到此为止，其余的需要再建设。因为，如果我试图把握这个我确定的'我'，如果我试图给它下定义并要概述它，那就只会有一股水流从我手指间流过。"①

通过对这些文本的探析，已然感受到了深埋在作者内心的深刻的荒诞意识，但问题在于，当一个作家确乎感受到了这一点，看到人与现实世界、人与人之间的对抗姿态之后，他是选择单纯地展现荒诞，随后同它一起下沉，或者貌似不经心地消解荒诞，还是选择奋起反抗，用一种无与伦比的内心力量和坚毅人格对抗荒诞，重新寻找灵魂的栖息地？换言之，残雪的故事迷宫背后是否仅仅是一个由语言和形式表面的荒诞包装而成的，并不包含作者任何反抗姿态与精神追寻的空洞文本？

事实似乎不是这样。首先，残雪的小说中虽然透露出无边的荒诞与绝望，但这并不是她文学世界中的全部。"极端性，使残雪构筑了一个独特的小说世界，并继续在那个世界殚精竭虑地营造，来与人们固有观念和模式中的世界对抗。反抗性又使残雪具有当代作家难能可贵的真诚和勇气。而过多地、极度地陈列或展示丑恶之象和邪恶之性又难以使读者感受到存于残雪灵魂深层的'美丽的南方的骄阳'。"②当人们读到《约会》，读到《布谷鸟叫的那一瞬间》，读到《天堂里的对话》，就欣喜地发现了这确乎存在的骄阳，发现了原来哪怕现实世界的一切都是丑陋而荒诞的，残雪仍旧在苦心孤诣地搜寻着一个澄澈透明的理想天堂，在那里，她高坐在灵魂的王位上，与我们进行着惊心动魄的"天堂里的对话"。

残雪多次表示，她一切的写作，都是同灵魂的对话，都旨在引导读者进入自我，找到自我。那么，这个自我究竟是什么？"每一个人都以独特的自我通向精神世界……自我就是精神。"③于是，为了抵达这种所谓的精神真相，她决心冲破表面的"真实"，用一种"自动写作"的方式最大程度地表现自己内心的境况，试图呼唤每一位读者打开内心深处那扇因久处于重复、荒诞而麻木的现

① 加缪. 西西弗斯神话[M]. 上海：上海译文出版社，2010：61.

② 王芳. 80年代小说与西方荒诞思潮[D]. 北京：中国社会科学院，2003.

③ 残雪. 残雪文学观[M]. 桂林：广西师范大学出版社，2007：22.

实世界中而紧紧关闭着的通往精神王国的大门。在她的小说中，每个人都不是在与他者对话，而是在与自己的灵魂博弈；黑暗与荒诞的只是现实的表象，而人内心的精神世界则充满了理性与阳光。“我向读者提供一个美丽的心灵世界，这个世界比表面的所谓‘现实’重要得多。这个梦幻般的世界比我们的‘现实’更大、更深，人类永远在探索它，但永远不可能把握它。”①在这种对精神的探寻中，残雪其实始终不遗余力地关照着人的存在、生死、永恒精神的宏大命题。这或许也正是为什么当多数本土“先锋”作家都由一开始的展现荒诞并表现极端的反叛变为渐趋油滑的幽默与对荒诞的退避、消解，或者干脆放弃先锋姿态，放弃荒诞意识之时，残雪仍旧坚守在她的精神战线上，以决绝的姿态突围危机四伏的境地，对现实世界展开情感与艺术的“复仇”的原因。

最后，也不得不说，残雪这种所谓的“赤手空拳、乱搞一通”的极端个人化的小说书写方式的确令大部分读者望而却步，其实这也是所有现代派作家不得不面对的一个悖论：“当现代派作家出于对世界和人生的终极性关怀，在作品中展开着诸如‘世界是什么’‘我是谁’之类硕大的、形而上的谜题，他们已经从这里背离了作为社会组成的多数的‘俗众’。在任何形态的人类社会中，多数人尽管持有不相同的人生观念，却总能有心有肠地活着。无论艰辛和困苦，无论千劫百难还是九死一生，都并不能使他们接受关于世界的不可理解性与荒诞性的解释，都并不能使他们体认深层意义上的生存危机与精神危机。因此，作为多数的‘俗众’难以参与现代性作家的终极性思考。‘现代派’与社会的距离由此拉开。”②不仅如此，残雪小说中荒诞迷宫的具体指向性的隐匿也令众多专业的文学评论者既心有不甘又无从下手。但当通过平心静气的阅读而进入作者的精神王国的哪怕一隅时，人们会惊异于那样一种波谲云诡的文本中独特而摄人心魄的精神气质，会为作者对于普通人生存状态的荒诞又原生态地展示，对于个人的潜意识与精神世界孜孜以求的探寻，对于全人类精神与命运的终极关怀所做出的努力而惊叹不已。这时，一种关于结构、技巧等方面的逻辑清晰的批评的缺席似乎又不是那样令人搔首踟蹰了。

---

① 残雪. 残雪文学观[M]. 桂林：广西师范大学出版社，2007：25.

② 刘纳. 诗：激情与策略——后现代主义与当代诗歌[M]. 北京：中国社会出版社，1996：134.

第四章　王跃文小说的文学能见度

从20世纪末开始，王跃文凭借官场题材的长篇小说《国画》进入公众视野，在小说界大放异彩；到后来他陆续创作推出《朝夕之间》《亡魂鸟》《梅次故事》《大清相国》《苍黄》等官场小说，蜚声文坛，得到主流评论家的一致认可，甚至被称作“官场小说第一人”；再到2014年斩获第六届鲁迅文学奖的中篇乡土叙事小说《漫水》，以及近年来创作的不同于以前专注讲述官场与事业，转而聚焦人到中年的情感危机及世情百态的情感作品《爱历元年》等，每一部作品都是他的诚意之作，每一部作品都是他创作过程中坚持用心创作的不断尝试和创新，这些使他的文学能见度在中国文坛上达到了一个空前的高度。

文学界时常把王跃文称作“官场小说第一人”，尽管这是以市场的眼光以及通俗的文学标准来衡量其作品的结果，固化和矮化了对其文学价值的认识，但从某种程度上来说，他的作品的确奠定了中国当代文学史上官场题材小说的基础，这一点毋庸置疑。就作品而言，官场小说在王跃文的创作中确实是占多数的，《国画》《大清相国》《苍黄》《朝夕之间》《亡魂鸟》《梅次故事》都是其官场小说的经典作品。这些作品将官场的种种积弊巧妙地分散到每个人物的活动中，并由于作者将自己的一些个人经历也融入其中，所以使小说更贴近现实生活地向人们展示了在看似平静的官场之下，背后暗流涌动的现实。阅读其书，置身其中，读者们感受到的不是那种高高在上的官场，而是一个几乎能触摸得到的官场，其中蕴含的都是官场中官员们最真实可感的生活状态。

王跃文的官场小说创作忠于生活，但在此基础之上还对生活进行了艺术的解构和重构。这种解构和重构“并不仅仅表现在正视生活的真实，不回避现实中那些阴暗、荒谬和苦难，更表现在对官场中人性缺失的挖掘，对官场文化形成原因的思考和挖掘”[1]。他基本排除了主流意识形态和政治因素的干扰，摒弃了“革命文学”和“反腐小说”常见的阶级性表述和仪式性场面，将目光对准官场中的小人物，开辟并拓宽了“底层叙事”的场域，“通过官员日常生活的展示和命运际遇的演绎，对中国国民性予以深入的解剖和挖掘”，并“以爱为底色”[2]，在对官场现实和官场文化的批判和反思中，表达其对现实的忧患和责任。然而，“官场”并不是王跃文小说创作的重心，官场仅仅是为表现人性选取的一个特殊场域，他真正要探求的是生命的本质和人性的真实。一如王跃文自己说的：“我最感兴趣的还是探求生命的本质和人性的真实，探求人类生存状态的真实。我的写作过程其实是我不断探求思考人的生命、人性、人类的生存状态的过程。只是恰好我选择了官场这一领域作为我的探求对象。正是通过对官场人生的精神性书写，我看到了生活的荒谬、无奈和人性缺失的荒凉。我写小说好像没有什么‘最终追求’。人，人性，人类已然的生存状况和应有的生存状况，永远是我关注的主题。”[3]所以，面对“官场小说第一人”的标签，王跃文自身也并不完全认同：一个作家或作品被标签化、被划分，不是表扬而是一种批评。他对自己的文学创作也有着清晰的定位，他认为他的小说涉及官场、历史、情感、乡村，他就是一个作家。

《漫水》是王跃文乡土小说的代表。《漫水》集包括《漫水》《我的堂兄》等七篇中短篇小说。在这些作品中，王跃文逐步隐去官场小说中的锋芒，转而用质朴温馨的笔调记叙了20世纪六七十年代其家乡漫水农村的现实生活，在肯定和赞颂人性之美与善的同时，也不乏对压抑人性破坏人性的时代、政治、历史、文化的有力批判，和以鲜明的现代意识与忧患意识对现代文明是如何破坏和影响传统乡村文明的深刻揭示。《漫水》的乡土世界，是诗情画意的风景与纯真质朴的风俗民情的交织，在这幅画面上，传达的是人与自然的和谐，人与人的和谐，是一个在现代文明冲击下似乎早已淡出人们记忆的乡土世界。所以“小说叙事娓娓道来，散淡家常，古老的乡村、纯净的心灵相得益彰，诗意的乡愁在日复一日的寻常生活中跃然纸上”[4]的《漫水》在2014年获得了第六届鲁迅文学奖。这也是对王跃文乡土小说创作的肯定。

王跃文的乡土小说作品数量不是很多，但风格鲜明，特色各异。总体来

---

① 王跃文. 王跃文官场小说的六个关键词[J]. 湖南工业大学学报(社会科学版), 2010(4).

② 王跃文. 王跃文官场小说的六个关键词[J]. 湖南工业大学学报(社会科学版), 2010(4).

③ 易清华. 王跃文：我是最不像作家的作家[J]. 芙蓉, 2009(9).

④ 王跃文：第六届鲁迅文学奖授奖词[N], 文艺报, 2014-09-22.

说，王跃文笔下的乡土世界，既有孩童记忆中的历史隐痛、经济大潮中传统价值观念衰败的感伤，也有精心建构的让人心向往之的诗意和温暖。在某种程度上，王跃文的乡土小说，给人们还原了一个丰富多元的乡村世界，在显示出历史隐痛的同时张扬了健康的人性之美。之后，王跃文试图在文学创作题材方面实施转向，不仅有在乡土小说方面的实践，还有在都市情感小说方面的探索，如《爱历元年》。在这部作品中，王跃文从家庭这个最基本的社会单位切入，观照当下生活与社会现实，深刻而独到地展现了当代社会的世俗群像，并以中年人特有的柔软描绘出了大时代背景下一群人关于背离，关于救赎的悲欢离愁。小说通过对孙离与喜子这对知识分子夫妇及他们周遭的人的情感生活轨迹的描摹，实现了对过去二三十年间中国人精神走向、情感状态、灵魂浮沉的跟踪和回望。其对现实的关注，体现了作者对于从乡村走向城市的中年一代知识分子的人性关怀以及对整个社会的深刻思考。尽管创作题材大变，但在《爱历元年》中，仍然可见王跃文一贯的深邃思想、细腻文风，正如评论家卓今所言："无论在对生活细节的铺叙、对人性深层的揭示，还是对社会风尚的嬗变、对传统道德的回归，《爱历元年》这部作品都体现了作家本人对自我创作突破的有效实践。"①

从事文学创作近 30 年，王跃文笔耕不辍，创作多元。无论官场、乡土还是情感题材，王跃文的文学世界都能与社会现实、社会历史构成有效的对应关系，并对人性进行深度挖掘和探索。他的叙述从容沉稳，人物描摹、情感表达细腻，具有深刻的现实主义精神和忧患意识。他对复杂人性的深度透视、对生命意义的深邃思考，都体现出深沉的家国情怀与使命意识。小说家的责任感包括社会责任和艺术自律，两个方面密切相关，不可分割。王跃文就是一位社会责任感和艺术使命感兼具的作家，家国情怀和使命意识使他的作品既有对现实矛盾的锐利揭示、对故乡的深情回望，又有对情感的思考和对人性的探索。但无论哪种类型，王跃文的写作都满怀深沉的忧患意识，显露着凌厉的批判锋芒。

第一节　从《国画》到《大清相国》：官场文化的转型

《国画》于 1999 年首次正式出版，之后的两三个月时间内再版五次。盗版《国画》遍布全国，不同版本多达几十种，《官场春秋》等中短篇小说集热销不

---

① 徐海瑞．王跃文《爱历元年》研讨会在长举行[N]．潇湘晨报，2014－10－29．

衰。一时间，王跃文声名鹊起，蜚声文坛。这一年竟有“王跃文年”的美称。究其原因，《国画》的尖锐性深刻性是其赢得市场的主导因素。文本讲述某市综合科副处级干部朱怀镜在争权夺利中的宦海沉浮。作家对各色官员微妙的心理和言行举止进行了细微刻画，对官场气氛的烘托上展现出惊人的艺术才华。《国画》之后，读者们对作家的官场题材作品充满期待，但他的小说创作却遽然转向，历史小说《大清相国》即为转向后的主要代表作。

《大清相国》以清代官员陈廷敬为原型，以他充满智慧的生存之道和为官之道为线索，塑造了以其为代表的君臣群像，“反映一个特定历史境遇中官场人物的人格、道德和行为的艰难选择，再现三百多年前的官场风云”①。《大清相国》与《国画》迥然不同，却“超越了简单的解构和批判，而在对官场的解构中建构，更为理性地完成了对于官场‘政治’的解读，更新了我们的审美期待”②。王跃文曾一再表示，不喜欢别人称其作品为“官场小说”，并且对官场题材这一划分类型持有异议。有作家曾指出“人们对权力意志和权力的崇拜”是政治文化小说热门的内在原因，而且这种心理是我们民族历史文化积淀的“对权力的一种无意识”③，从晚清的《孽海花》《老残游记》《官场现形记》等小说来看，文人对政治的热情一以贯之，这种心理情感有着充分的历史沉淀。有作家指出，晚清谴责小说“主要为了满足人们对官场内幕的窥视欲，揭露官场黑暗，发泄对官场腐败的不满”④，批判不深刻，品质不高。这与作家追求的创作主题——通过对“书写官场这一特定领域人生的一种特殊的生存方式与生存环境”表现官性与人性，思考政治文化对一个民族和人类的意义截然不同。

王跃文的小说创作一直聚焦官场。在《国画》出版前，他创作了诸如《今夕何夕》《秋风庭院》《夜郎西》等优秀的中短篇小说，在《国画》出版后、《大清相国》出版前有长篇小说《龙票》，并且拍成了电视剧。《国画》出版后，王跃文在声名鹊起的同时，也遭受了诸多侵扰。《国画》的热销引起不法商人的注意，作品的盗版书遍布全国，甚至有假借“王跃文”之名出版小说，如《官画》《市画》《国风》等，明目张胆地在书市上大肆叫卖，混淆视听，欺骗读者，侵害作家的合法权益。几年之后更有利欲熏心者与一家出版社“造出”另一个“王跃文”，将其推向舆论与法律的浪尖，不得不与之对簿公堂，追讨权益。纵如此，种种

① 王跃文. 大清相国[M]. 石家庄：花山文艺出版社，2007：1.

② 吴义勤，方奕. 官场的“政治”——评王跃文长篇小说《大清相国》[J]. 创作与评论，2007(6).

③ 聂茂. 日常生活的寓言特质与政治文化的诗性消解——与王跃文对话[J]. 芙蓉，2007(1).

④ 聂茂. 日常生活的寓言特质与政治文化的诗性消解——与王跃文对话[J]. 芙蓉，2007(1).

风波还不是让作者身心疲惫的真正原因。《国画》的有些读者对书中的某些人物“感兴趣”，试图和作者争论出人物原型等。“文学是以‘真实’为生命的”，但是文学创作的艺术真实和生活真实是迥然不同的，“文学之真是对生活之真的超越与升华”[①]。这些人的真正目的不是要讨论文学问题，许是作品反映的内容与他们的经历有相似之处，触发了他们的敏感，感到了生活的压力。米兰·昆德拉在《小说的艺术》中说：“小说家一旦扮演公众人物的角色，就使他的作品处于危险的境地，因为它可能被视为他的行为、他的宣言、他采取的立场的附庸。”这恰是作者创作官场政治文化小说的尴尬写照。现实生活一方面为文学创作提供素材，另一方面可能束缚文学创作。文学创作的成功对作家的意义是复杂多面的。书写与被书写的双重身份让王跃文在复杂的环境中进退两难，直到现实生活的沉重打击让王跃文一度跌落到生活的低谷。他在机构改革的一次干部分流中下岗，其中原因不言自知。丢了工作，没了事业，作家的现实生活也开始动荡不安。《国画》将作家王跃文推向文坛的高处，也将身处官场的王跃文推下生活的低谷。总而言之，选择书写当代官场，作家赢得了市场，付出了现实的代价，也为其选择题材的转向提供了可能。

王跃文的历史题材小说起于《龙票》，小说讲述了晚清山西商人祁子俊成就金融霸业的奋斗史。这部作品在作家的创作转变中具有承上启下的意义。《龙票》证明了选择历史题材写作的风险可控性。诚如肖仁福在他的小说《仕途》中有这样一句话“现实生活或是关键时候，政治仍然是中国最大的事情”，可见作家对自己创作的政治文化题材有着清醒的认识。王跃文创作《国画》自知“冒险”，但是出于对良心的无愧：“我浸染官场太久，耳闻目睹，亲见亲历，感觉时常有种巨大的悲悯和哀伤在胸口激荡。”[②]坚持用灵魂真诚面对写作。即使《国画》不断招来各种风波，但作家面对现实，没有愤恨怨气，仍旧气定神闲，甚至说“失去的并不是我需要的，甚至是我想竭力摆脱的”[③]。

一、写作的冒险与市场的催逼

随着中国的市场经济体制的不断发展和完善，消费文化兴起，社会环境的变化对作家的生存方式以及作品的生产流通产生了深远影响。“由国家推动的‘文化经济’的形成，和文化产业的运作方式，重组、拓展了社会文化空间。文

① 欧阳友权. 文学理论[M]. 北京：北京大学出版社，2006：240.

② 聂茂. 日常生活的寓言特质与政治文化的诗性消解——与王跃文对话[J]. 芙蓉，2007(1).

③ 聂茂. 日常生活的寓言特质与政治文化的诗性消解——与王跃文对话[J]. 芙蓉，2007(1).

学与政治权力、与市场之间，建立了一种既抵御、又同谋的复杂依存关系。”简言之，文学所处的内外部环境更加复杂多变，趋于市场化的文学在作家创作的定位、价值取向的选择、“灵感”的来源、对“产品”预期的市场效应[①]等方面有了深刻的变化。

外部环境对作家创作的影响之一就是文学的市场化倾向，20 世纪 90 年代不断有文学文本“触电”，影视改编高潮迭起。“20 世纪 90 年代以来，中国大陆电影和电视剧制作前所未有地将众多当代作家的作品搬上银幕和荧屏，‘触电’几乎成为一个作家得到文坛认可和取得成功的标志……二月河、刘震云、刘恒、苏童、李冯、余华、王朔、杨争光、朱苏进、海岩、麦家等作家都是这方面的楷模”[②]，这样的现象在文坛已不再新鲜，所以说身在文坛的王跃文考虑“触电”不足为奇。作为大众传媒之一的电视，除了承担消费文化的制造和传播，引导消费者的生活方式[③]，也参与到文学的生产和流通中，为文学多元价值的实现提供了新的方式。王跃文的《龙票》早在 2004 年就拍成了 44 集电视剧，在央视 8 套播出，同名小说也同步出版发行。这次“触电”的尝试让王跃文再次引起关注。虽然电视剧的反响不大，但作者严肃的创作态度仍得到学界的肯定。

《大清相国》选择了比较热门的清史题材，读者基础较好，更适于与市场亲密接触，有利于挖掘其潜在的商业价值。虽然作者在一篇创作谈中提到自己选择《大清相国》的历史题材是偶然的，没有跟风，但热播影视剧和文学作品多以清史为题材，如电影《末代皇帝》、电视剧《康熙王朝》《雍正王朝》《铁齿铜牙纪晓岚》等，在电视剧热播同时推出的文学剧本无不畅销，而且一些作品接二连三推出续集，“触电”背后的持久诱惑力离不开利益的驱使。有了《龙票》剧本创作的新鲜体验、名声和利益，选择历史题材的《大清相国》同样具有“触电”的可能，其潜在的商业价值不可低估。

作家总是试图超越自己，王跃文也不例外。如果说对当代题材作者已经驾轻就熟，那么当他偶然接触到有关陈廷敬的历史题材，深入了解和思考之后，作家的敏感和兴趣促使他决定挑战自我。他在《日常生活的寓言特质与政治文化的诗性消解——与王跃文对话》中即谈到创作长篇历史小说“对我的理解力、

---

① 洪子诚. 中国当代文学史(修订版)[M]. 北京：北京大学出版社，2007：328.

② 郑崇选. 镜中之舞——当代消费文化语境中的文学叙述[M]. 上海：华东师范大学出版社，2006：53.

③ 郑崇选. 镜中之舞——当代消费文化语境中的文学叙述[M]. 上海：华东师范大学出版社，2006：25.

想象力提出了尖锐的挑战”，并进一步说明创作历史题材小说所要具备的条件“既要具备充分的当代意识，又要有丰富充足的历史知识，掌握与小说内容相关的历史资料，在小说与史料的对比中挖掘出作品的意图和旨趣”。细读《大清相国》文本，读者们不难发现，作者正是按照自己提出的要求来创作的。

其一，历史小说的当代意识。虽然写的是历史人物，但作者仍然聚焦官场，只不过是历史上的官场。王跃文曾说过，“根据我个人的了解，中国官场上一些最基本的规律性东西是千古一律，所以我在写古代的时候，联系到当下觉得其实差不多”①。这道出了小说中的当代意识。

其二，丰富充足的历史知识。这可以从书中繁复的典章制度、机构设置、官员配备、饮食起居、官称、人与人之间的交往习惯、办事程序等各类古代生活场景看出。这点符合历史小说贴近历史本色的特点，使读者阅读起来有厚重的历史感。典章制度在小说中突出的表现就是有关科举制度的历史再现，比如科考前考官游街习俗的描写，不仅为人们展示了几百年前科举取士的风貌，更为小说的情节发展做足了铺垫。清朝官员办事程序的历史痕迹更是处处可见。如山西乡试出了闹府学、辱圣人的舞弊贿赂案，清廷派遣的钦差大臣必须和当地的巡抚共同审讯办案，这条办事程序为卫向书救陈廷敬于水深火热中提供了历史基础。

其三，历史小说的想象力。“按照福科的说法，我们今天所说的历史包括‘历史本体’和‘历史认识’两部分，前者属于文献知识，后者属于意义知识。只有将文献知识上升为意义知识，历史小说才能在史实还原的基础上表现出一种重释历史的价值判断的意义指向。这也是现实主义的本质规定之所在，是历史小说创作的一个根本要旨和难点。”②这种拔高需要合理适度的想象和叙事安排。

《大清相国》与《曾国藩》《雍正王朝》《康熙王朝》等历史小说不同的一点是，“它有意避开康熙王朝的大事记，如铲除鳌拜、平定三藩、收复台湾等，而是选取鲜为人知的小事串联全篇，对陈廷敬力挫贪官污吏、管理户部钱法、因亲戚贪赃受牵连等史实予以浓墨重彩的叙述，详尽地讲述了他为官一生的三起三落。”③这些事件有的来自史料，有的纯粹出于作家的想象，作者在尊重历史

① 王小迈.“官性”是如何抹杀人性的[J].黄金书屋，2007(7).

② 吴义勤.文学评论：当代历史小说中的明清叙事——中国新时代小说研究资料(上)[M].济南：山东文艺出版社，2006：429.

③ 吴义勤，方奕.官场的“政治”——评王跃文长篇小说《大清相国》[J].理论与创作，2007(6).

史实的基础上重塑了陈廷敬这一形象，使其成为个性化的历史产物。

王跃文转向历史题材的创新和尝试还表现在人物语言刻画上，其特色是文白交杂，雅俗共赏。虽说《大清相国》是历史小说，语言上却未采用全篇文言文，而是根据行文需要，分配恰当文白语言。人物对话多遵循古人说话方式，注重场合，讲究辈分等礼仪对人物身份的影响，叙述语言则是较为浅显的书面语，多以四字为句，通俗和文雅的巧妙转换令人读来轻松又有意味。

与此同时，对方言的适当运用，展现出王跃文作品中地域文化特色的风采。《国画》的故事发生的荆都市是一个虚拟的城市，联系作家的生活背景，有湖南地区方言的影子；而《大清相国》主要发生在京都和山西，二者属于我国的北方方言地区。作者注意到方言区的不同，在文字表达上力求精益求精，如《国画》开篇朱怀镜与画家朋友李明溪的对话中出现句末语气助词"哩"，相比之下《大清相国》开篇"眼巴巴儿""半里地儿"的儿化明显带有北方方言的特色。

二、灰色人物朱怀镜与官场完人陈廷敬

从文本角度看，王跃文的小说创作转变还表现在人物形象由灰色人物朱怀镜到完人形象陈廷敬的倾力塑造。从某种程度上看，朱怀镜这个人物比陈廷敬更复杂，亦正亦邪，姑且称之为"灰色人物"。灰色介于黑白之间，即代表朱怀镜并非完全的好人或坏人，而是一个现实中的人。这个人既是我们普通大众的一员，又是官场的一分子。

首先，作为个体为了生存采取一些手段为己谋利可以理解，社会从不缺乏实用主义者。文中种类繁多的公关技巧、处世守则足以让读者们眼花缭乱。这与官场中的游戏规则大体同源。朱怀镜的"灰色"主要表现在他小人物的虚荣贪利心理上。初次和宋达清、雷拂尘在龙兴大酒店吃饭时，朱怀镜没有经历过那么大的排场，却要表现出对此的不屑和习以为常。比如他馋酒的心理过程很微妙：虽然很想喝茅台，却根据自己平时察言观色和听说的礼节——"他知道市里一般有身份的人物，喝酒总喝得含蓄，总显出不胜酒力的样子，他也只得忍了。"[①]碍于面子和官场架子，他选择了矿泉水。当然有机会他会竭力追求目标的实现，最后借机花言巧语终于喝上了茅台。再比如对于频繁更换没有吃完的好菜，他还"真是不舍"。这也表明此时的朱怀镜虽然懂得官场的潜规则，却没有真正融入官场大戏的演出中。这是为官的初级阶段，他想为自己谋利，但

---

① 王跃文. 国画[M]. 北京：人民文学出版社，1999：278.

是还没开始主动运作。

作为灰色人物，朱怀镜的“非黑”表现在他拥有一群精神高尚道德完善的朋友——愤世嫉俗的曾俚、超然物外的李明溪和无欲无求的朴未之，他们的存在是为了对照朱怀镜丑陋不堪的官场钻营，也表明朱怀镜并非完全的“坏”和无可救药，他也有或者曾经有过理想的精神世界和高尚的人生追求，只是这些美好的东西就像他的这些朋友一样在慢慢变样、消失。所以笔者把朱怀镜定义为这样一种“灰色”人物。

其次，身为官场人，朱怀镜想拥有近水楼台先得月的权势，一方面可以让自己的老婆轻松地换工作，给予亲人(表弟四毛安排工作)各种便利，甚至只是可以近距离地仰望市长的“后脑勺”，每天忙碌着向市长汇报工作，而不是梳理头发、擦桌子、抹柜子、拖地板和看资料，不断重复这样单调无聊的时日。另一方面，即是官员权力带给他的虚荣和欲望的满足。四毛的被打成为朱怀镜官运转变的契机。他在与派出所所长宋达清的交往中无意膨胀了自己的权势，意外得到宋达清、雷拂尘的交际关系。朱怀镜开始堕落，玩女人，养情人，骗老婆，喝酒应酬，他终于如他梦想般“忙”起来了。这忙碌不是在工作时间内，而是在更加丰富诱惑的八小时之外。

《国画》琐碎细微的生活场景和细节使读者如临其境，真实可感。官场的神秘内幕就这样被徐徐拉开。从某种程度上看，朱怀镜不是变质，而是为了生存开始进入另一个领域，却不料这个环境给予他物质和权力的同时，也改变了他，偷走了他的人性、良知、责任感等，而他并未意识到。这是灰色人物的双重内涵，有小人物的为己逐利的心理，遵循适者生存的法则，同时官员的身份和官场的环境诱发他对权力、金钱、女色无止境的迷恋和索取，最后他得到许多也失去很多。作为一个官员，他最后是成功的，名利双收；但作为一个真正的人，他是失败的，没有抵住官场的各种不良诱惑，人性丧失，道德沦丧，家庭瓦解，可悲可怜。

尽管都是富有艺术魅力和经典意味的人物，陈廷敬较之朱怀镜，更趋于完美，无论是他的人品胆识还是为官之道，无不彰显这个人物的独特性。作家似乎特意为他的官员人物长廊树立一个完美的典型形象(作者的其他作品中正面意义人物较少)。陈廷敬的“完人”形象从开篇就已经树立。“才学上，他天资聪颖，勤奋好学。科场上可谓一帆风顺。从童子试、乡试、会试到殿试，他卓越的才华无不显露。人品上，他善良宽厚，乐于助人。主动搭载一起赶考的张汧，帮助家境贫寒的李瑾支付房费。胆识上，他有勇有谋，机智沉稳。他铤而走险，冒死参加会试，面对皇上的质问面无惧色，据理力争。谋略上，则存在一个渐变的过程。”[①]由年轻气盛，盲目追随府学闹事，不谙世事被释放拒不悔罪，看破官场自暴自弃，不思进取，到傅山再次访问未被劝降，反而劝说傅山归清。后来，受庄亲王儿子被杀的影响，三年沉默庶常馆，到为幼帝讲王莽篡汉未被重用几十年，陈廷敬的稳重和隐忍是岁月磨炼出来的内功。到最后索额图、明珠、高士奇、徐乾学等高官互相告状，陈廷敬作为幕后的真正高手，将整个局面掌握手中，笑到最后的“聋”老汉用智慧和人品，终于如愿安享余年。所以说官场为他提供了锻炼和成长的舞台和机会。“五字诀”——等、忍、稳、狠、隐俨然成为其人生为官生存的哲学，亦是人生哲学。

朱怀镜这个人物是一个具有双重内涵的立体人物形象，除此之外，还有一种悲凉的色彩。作者在诸多创作谈和采访中都提到作品中的“悲凉”。他在《拒绝游戏》中说：“我原本是一个理想主义者，可现实逐渐让我明白，理想主义是最容易滑向颓废主义的。理想似乎永远是在彼岸，而此岸充斥着虚伪、不公、欺骗、暴虐、痛苦等等等。”“我的小说是一曲官场的人性‘悲歌’。”“我觉得，‘悲凉’这两个字更接近我作品的底色。”[②]朱怀镜就是这样一个悲凉的人物。他的出场在自我调侃中有怨愤，对现状不满足，无能为力又无可奈何。如果说陈廷敬和朱怀镜都在官场和人生途中遇到挫折，那么陈廷敬对待挫折是有力而为的。他自己有主动性，或有高人相助，比如卫向书，几次将其从危难中救出，或凭借自己的绝佳运气和圆滑智慧；身居相位后，设计功成身退的完美都是他自己的策划。但是朱怀镜对身处的环境没有这样的可能，他只有等待机遇眷顾。官场的环境熏染是可怕的。从这个程度上说，朱怀镜不是小说的唯一主角，他和诸多的官员一起作为群体像，浸染其中的习气，游戏人生。权力就像一张神秘的网，把他们统统罩于其中，最初因为呼吸的不适他们还会想逃离，但熬到一定年头，生存的本能促使他们努力争取更多的空间来呼吸，这种本能是环境改造出来的。“人性是脆弱的。现实生活强大的逻辑力量逼迫或者引诱着人们把生存利益放在第一位。”[③]人性就这样被官性掏空和置换。朱怀镜和他身边官员的悲哀之处在于，他们没有意识到自己被官场掏空和置换。大到荆都市长皮德求，小到乌县县长张天奇，金钱与权力的交易在官场中不断上演。真正拥有高尚品格的李明溪、曾俚、卜未之则疯了、穷着、死了。他们无罪却遭受着社会的异样排挤。官性与人性的纠缠斗争中，胜利的似乎总是官性。

---

① 吴义勤，方奕. 官场的“政治”——评王跃文长篇小说《大清相国》[J]. 理论与创作，2007(6).

② 聂茂. 日常生活的寓言特质与政治文化的诗性消解——与王跃文对话[J]. 芙蓉，2007(1).

③ 夏榆. 王跃文：我不在意什么标签[N]. 南方周末，2005-01-20.

更为悲凉的是，朱怀镜在变化过程中伴着挣扎和痛苦。比如他对桑拿房里的丑事有着复杂的心绪，文本几次提到他有想哭的感觉，那是他良心的谴责和自我反省的意识。他也有心情特别灰暗的时候，感慨“可这世界找不到一个哭泣的地方”；他也有心软的时候，对伪造四毛的伤病情况感到后悔，对联手医院敲诈龙兴酒店感到不好意思，对火车站真实的民众生存状态愤慨忧虑，流露出真诚的同情之心。朱怀镜在一步步走进官场的圈子时总伴着心灵的激荡和灵魂的叩问，只是过于清醒的功利心促使他忘却挣扎，重新投入新的斗争中，昂扬自得、义无反顾地继续前行，令人悲戚之至。

王跃文作品人物形象意义的转变源自其创作立场的改变。作家创作立场的转变由非民间、非官方的自由立场和隐性的民间立场转到显现的民间立场。《大清相国》中，陈廷敬为官为民的思想几乎贯穿全书，他是除了卫向书外被百姓认可的又一个好官。这从他对傅山反清复明的历史观不能苟同中可以看出。傅山本意劝其参与反清复明的运动，他却从天下百姓的利益出发反劝傅山放弃。例如面对山东百姓自愿捐粮案，他刚刚被重新启用，就力排众议大胆上奏，提出对山东百姓自愿捐粮的质疑，并担当调查处理的重任。途中几经波折，最后查出实情，减轻了百姓的沉重负担，但也遭到同僚的陷害排挤，为民之心，可见一斑。勇于直谏，是他年少时轻狂气盛的延续，也是未被泯灭的人性之光的闪耀。

历史题材的选择在一定程度上也约束了作家的创作。他必须在历史的基础上展开合理虚构。这是历史小说的约定俗成。根据《清史稿》关于陈廷敬的记载，有关户部钱法治理、自然灾害后对百姓休养生息政策的建议，都反映出陈廷敬的为官为民之心。当然从封建制度的根源来说，陈廷敬的为民谋利也是另一种意义上的忠君。读者们从史料中无法全面了解陈廷敬，但是作家没有忽视对历史的尊重，在史料记载的基础上塑造了真实而又丰满的陈廷敬。

《大清相国》以历史为衣冠，发挥历史小说鉴往知来的功能，为现代人提供一面借鉴的镜子。作为镜子本身，就像榜样一样，必然要求其正派纯粹。同时，回归了作者的创作目的“历史小说的写作应不止于还原历史，而更在于为当下提供借鉴”①。这是人物意义转变的根本原因。

三、官场潜规则与权术中的人生哲学

官场潜规则由权术上升为人生哲学，《国画》的成功除了塑造了一群众生百

---

① 聂茂. 日常生活的寓言特质与政治文化的诗性消解——与王跃文对话[J]. 芙蓉，2007(1).

相的官员形象之外，还为读者展现了官场这个特定领域内的游戏运作，其中对官场权术的细致刻画精彩绝伦，尤为读者称赞。

作品主要以朱怀镜的视角观察官场，洞悉潜规则。察言观色是基本手段。这种察言观色除了后天特殊环境的培养熏陶之外，更来自天生对细节的敏锐观察和关注。“朱怀镜平日很注意观察一些领导同志的细微之处，觉得蛮有意思。”①加上性格适之，官场日日如年、年年如日的熏染，练就此本领并非难事。书中对握手细节的描写可以品出官场微妙的潜规则之一种。如开篇朱怀镜与画家朋友李明溪约好看球，见面便习惯性伸手，被李明溪臭骂官气太足。官场中人见面握手，告别握手。握手的力度大小和随意程度都是学问。例如皮市长的秘书方明远对待朱怀镜和他的上司刘仲夏，一个是随便拉了手，一个是习惯性的握手告别，这里暗示一种关系，即他与朱怀镜不是一般同事交情。小小的握手演变成人与人之间权力、关系的外在写照。

朱怀镜为官之道渐进佳境的模式为“近—送—从”，即接近领导，给领导送礼，顺从领导。这个模式可以看作官场权术的一个缩影。② 除了朱怀镜，其他官员也把这个潜规则当作金科玉律。比如张天奇，他只是朱怀镜原来所属乌县的县委书记，借乌县驻荆都办事处“研究”市级官员的喜好需要，拿借汇报工作送朱怀镜、皮德求皮衣一事来说，知道市里各级领导官员穿衣穿鞋码数这一细节折射出要想接近领导也要做足工作，有眼色，有机会，才能稳扎稳打，步步为赢。皮衣只是需求的一种，更难的是不断了解领导的需求变化，适时满足他们。张天奇在这个方面做得相当出色。再如他根据各级领导官位大小送上美色程度不一的“保姆”，并配以秦宫春的壮阳酒，了解到这么深层的需要，做到这么周到的服务可谓煞费苦心。顺从领导，自然不必多说，这是前提，也是一直要做的基本功。朱怀镜是通过四毛被打接触到宋达清，又通过宋达清受袁小奇之托拜访皮德求，才有机会走近皮副市长。接着果断拿出通过四毛被打讹来的钱“孝敬”皮德求，才有机会接触到皮德求圈子的中心，为其效劳卖命，听之任之，结果就是权势和利益双收，情人和妻子并存，他成功了。

这只是官场规则的一部分，书中相关描写处处可见。相比之下，陈廷敬的官场成功之道是由“等、稳、忍、狠、隐”五字诀铺就的，底线是人性不能沦丧。对于古代的知识分子来说，官场和人生是紧密相连的，人生的理想和追求始终寄托在仕途上。陈廷敬为官为民，忠诚于君主，做人宽厚，处事老到。简单五

---

① 王跃文. 国画[M]. 北京：人民文学出版社，1999：342.

② 李颖慧. 论王跃文《国画》事业情节模式[J]. 才智，2008(10).

字诀包含由官场人生悟出的哲学。陈廷敬的官场哲学是由官场的潜规则和做人的原则结合提炼而成。伴着创作题材的拓展，创作目的的深化，由官场权术到官场人生哲学的升华来自作家对政治文化的新思考。陈廷敬与朱怀镜等证明了在人性与政治环境的斗争中，胜利更在于人自身的努力与坚守。

第二节 《朝夕之间》：生活的原点

一、“桃园”的隐喻

这本小说让人看得惊心动魄：关隐达从地委大院里走过，忽听身后有人议论：“秘书是最容易学坏的。”故事就是这样开始的。起初，读者总觉得很突兀，好像凭空出了这么个人，这么个情景。慢慢读下去，一直分不清故事的主人公是谁，关隐达？陶凡？关隐达还只是一个大学毕业不久的学生，然后做了秘书。“陶凡的的确确是一位令人敬佩的领导，从他身上，我看到了想象中官场上的自己。陶凡有自己为官的原则，他的‘虎威’正源于他的原则，他的宁折不弯。每个领导都会有一个被神化的过程，都会有着被人崇拜的吸引力。关隐达打心底里敬佩陶凡。陶凡处理事情总有自己的办法，比如他从不在家中接待客人，很有文人墨客的风骨。小说中的老干部陈永栋，陶凡或许是能理解他的，陈永栋仍生活在自己之前的那个时代中不能自拔。”“陈老真诚、善良、质朴，可他说的确实另一个世界的话。这就是所谓的代沟吧。代沟不是隔阂，而是进步，当然进步是有代价的。”①这让人不禁心里一惊，于是陶凡就做一个倾听者，听他倾诉他记忆中的生活。陶凡不像其他领导干部对陈永栋敬而远之，而是敢于去接近，这本身就是陶凡独特的方法，威严又平易近人。这应该是为官时最对得起自己良心的做法了，但求坦荡、无悔。

文人风骨在官场中毕竟不合时宜，事情并非非黑即白。陶凡不愿如此，所以，他最辉煌的时候也终将过去，陶凡再也不在西州大院里踱步了。“孤帆一片日边来”，这是陶凡无法与人言说的孤独，关隐达却看得透。像是受尽朝奉的神仙忽然被贬下凡，再也看不出他的与众不同。当陶凡惯性走到自己的办公室时，他醒悟了，今非昔比，他一定要承受这些失落。越是有能力有原则的人，让他们放下一切就越是艰难，纵然淡泊如陶凡，也不免一次次在心中哀叹。不论是“时势造英雄”，还是“时无英雄，竖子成名”，陶凡的时代还是要过去。于

---

① 王跃文. 朝夕之间[M]. 长沙：湖南文艺出版社，2012：94.

陶凡而言，官场成败皆枉然，能留下的怕也只是那一抹浮名。人们又把注意力转向新的领导，把自己的猜测与讨论用到新的领导身上。下一任总是比上一任有能力。西州又来了一位好领导。张兆林又被认为是西州历史上最能干的地委书记。

在官场中，秘书、司机于领导是一种暧昧的存在。之前的陶凡、关隐达、刘平，而今的张兆林、孟维周、马杰，一班人马下去了，新的一班人马马上就出现了。张兆林之前似乎只是很一般地存在着，但好像自从当上了西州地委书记之后就成了十分有想法，做起事来一套一套的人。人处于不同的地位就会有不同的反应和表现，官场尤其如此。

小说的传奇性和市场性恰好在于官场权斗。从关隐达那里有非常实用的八个字：谨言慎行，历练老成。“上级领导来了，你汇报要简短，最多十分钟，留下时间由他提问题。人家领导多问几句，就是调查研究了。”①关隐达总是看得通透，懂得喜怒哀乐不形于色，了解却不揣度领导的意思。这也许是孟维周不及的一点。然而，的确是“成也陶凡，败也陶凡”，本以为关隐达的故事就此终结了。孟维周应该是新一代的可造之才，在张兆林的举荐下步步高升，与关隐达形成了鲜明的对比。孟维周也不再口无遮拦，跟随着张兆林，小心翼翼。小说中有一个十分有意思的地方，就是孟维周对司机马杰的称呼。“叫小马，人家比自己大；叫老马，人家并不老；称马兄，有种江湖气，在县以下机关还可以这么相称，在地以上机关就显得不严肃了；直呼其名，似又欠尊敬；最后决定还是叫马师傅，平常些，不带任何感情色彩。”②这称呼上的字斟句酌如同古代的宫斗剧，中规中矩中透着无限心机。

权力转移的象征是桃园再也没有桃树了。张兆林从西州地委书记到副省长，再到省委副书记，他的飞速发展让孟维周更有少年得志的意思。都说“朝天子一朝臣”，张兆林毕竟是陶凡提拔上来的，借着陶凡的威望稳定局面，效仿陶凡神不知鬼不觉地安排自己的人，甚至更为高超，充分利用一切向权力靠拢的官场法则。人到了一定地位以后或许真的是不一样了。政治上的手腕实在是不懂，不得不感慨小说里官场的明争暗斗是如此激烈。“越是落后地区，干部搞政治斗争越是有瘾。说是政治斗争，实在是抬举，不过是蝇营狗苟罢了。”③有些情况并非是争斗，但是仍有人演得有滋有味。司机马杰彻彻底底对

---

① 王跃文．朝夕之间［M］．长沙：湖南文艺出版社，2012：29.

② 王跃文．朝夕之间［M］．长沙：湖南文艺出版社，2012：62.

③ 王跃文．朝夕之间［M］．长沙：湖南文艺出版社，2012：312.

孟维周心悦诚服，就是在孟维周自导自演所谓的帮助事件之后，无中生有之事反被孟维周利用，这有利于自己的发展。官场没有非黑即白，只看你如何对待一件事情，政治头脑也需要长期培养和熏陶。

政治斗争是不同利益群体和人脉关系双方的争斗。正如孟维周与张兆林，又如关隐达与陶凡。成败似乎都相互牵扯，相互关联。“人面不知何处去”，铁打的营盘流水的兵，官场又何尝不是如此，风水轮流转，却不知何时是自己，只留下过来人的空自哀叹。

二、“大道如青天，我独不得出”

“大道如青天，我独不得出”，李白的两句诗是关隐达官场生涯的写照。故事的发展总是出乎意料。人生的“达”与“隐”又有谁能看得透？一个人倒霉久了，自己都会受不了，所以一有机会就不愿放过。这可能太过急切，会使人犯错，但也可能使人就此摆脱倒霉的生活。关隐达就是如此。生活哲学充满着矛盾、荒唐和悖谬，关隐达在仕途长期低迷之时却出乎意料地被人们选为县长，可谓“水能载舟，亦能覆舟”！最惊心动魄的地方是关隐达将告密信送给宋秋山。这是关隐达的选择，为了突破自己的困境，必须奋力一搏，不管能不能成功。妻子陶陶不能理解，与他有了矛盾，可是为官而为之也就只能如此了。谁又想得到向在远会自杀？这又使得关隐达出乎意料地和这起命案有了关联，但事已至此，怕是终生难以心安了吧？当关隐达想起当他还是陶凡的秘书的时候，书法比赛上的那首《念奴娇·洞庭青草》是什么感受，“表里俱澄澈”“肝胆皆冰雪”，现在是不是又添了众多的无奈呢？失意时落寞，挫折时想起自己的家乡，想起自己生长的地方，想起自己又将缘散何方。每天虚伪地面对一群自己不想讨好却不得不应付的人是一种怎样的痛苦？他没有了欢乐。尤其在低谷的时候，乡土作为一种情结给他安慰。官场中人或许没有这么可怜，但确实是少了正常人之间的温情与自由。龙飞的出现一如当初的关隐达，又回到最初的起点，关隐达又会选择怎样的人生呢？是否仍会投身官场，谨言慎行？还是一开始就将“青山不墨千秋画，流水无弦万古琴”的诗句置于心中？

王跃文的这篇现实主义小说是平民生活日常化的映射。全篇既反映现实，又讽刺现实，主人公关隐达的喜怒哀乐，全然身不由己，这就是官场，能坚守自己的原则，已实属不易。故事的结局更是笔锋一转，令人有“山重水复疑无路，柳暗花明又一村”的感慨。带有讽刺兼喜剧意义的收尾给人无限回味，更令人深思。官场之人就要谨言慎行、历练老成；口无遮拦之人，无以立官场；“不要怀疑自己不懂的东西”；易喜易悲都是不成熟的表现；“领导的讲话一定非常重要，下级的意见通常值得肯定。这是官场一条重要的游戏规则”；“一切向权力靠拢，这就是官场法则”；“认认真真搞形式，扎扎实实走过场”。官场法则纷繁复杂，让读者觉得靠多读一些官场小说也许能学会为官之道。如陶凡的做法，虽然终身难有大成，但至少于人于己都无愧。官场上具有文人风骨的人，多少有点像古时抑郁不得志的文人墨客，虽想入朝为官，造福百姓，一展宏图，可是只有到了官场之后，才会明白官场更像一个笼子，而自己则是笼中之鸟，没有自由，四处受限。“久在樊笼里，复得返自然”，陶渊明不就是最好的例子吗？肖荃说：“星星想逃脱万有引力，就只有化作流星，但这是死亡。”关隐达说：“死亡的流星也逃脱不了万有引力。这是宇宙的终极宿命。”这是关隐达与肖荃关于万有引力的讨论。也只有青春年少时才会有心情讨论这些问题。“我寄愁心与明月，随风直到夜郎西”，这朦胧的情愫如影随形，跨越时间与空间，伴随了他们两个人一生。在王跃文的另一部作品《无雪之冬》里，刘仪和张青染，虽然是夫妻，彼此爱着对方，但“贫贱夫妻百事哀”，总免不了相互猜忌，更确切地说，是张青染一个人的无端猜忌。相比之下，正是关隐达与肖荃的距离，才使得他们这么多年即使不再相见，也相互挂念，保持着最好的关系与状态。可是对于大多数的人来说，既然相互爱恋，谁又甘心仅仅止步于朋友关系呢？爱情这只幽灵，谁都听说过，可又有谁真正见过？谁又曾抓到过？轰轰烈烈总在一时，归于平淡才是最真。默然相爱，寂静欢喜，这可真算得上是最好的情诗了，也是相爱的人之间最好的状态了。

官场之人要想不让权与钱腐蚀自己的灵魂，失去自我，必须有自己的精神资源，“人生芳秽有千载，世上荣枯无百年”。《朝夕之间》里有一个名词“灰色收入”。张青染想，这些官员们一个个穿名牌，戴名表，好像不是名牌就会有损他们的身份。可是作为一个小小的官员，哪有那么多工资挥霍？哪有那么多的灰色收入？在作者理解，“灰色收入”便体现“人脉”二字。渐渐地，越来越体会到，“关隐达”确实有两种理解：一是“官瘾大”的谐音，另一个则是关于人生的“达”与“隐”的抉择。主人公也一直面临着这样的问题，他并非官瘾大，只是既然踏入官场，要想有立足之地，就要层层攀爬。当真正实现一切之后，他所留恋的、念念不忘的，其实只是那一抔乡土，只是那一抹皎洁的月光，只是那一双永含温情的眼睛。“诗万卷，酒千觞，几曾着眼看侯王”，若人人都有李白这般放达，也不至于因官卧病，郁郁寡欢，直至最后追悔莫及了。

第三节 《亡魂鸟》：共同的宿命

一、“亡魂鸟”的宿命与见证

在长篇小说《亡魂鸟》中，亡魂鸟是矢志不渝的爱情的见证，也是爱情的坟墓，但并非爱情的终点。“亡魂鸟，谁也没见过，都是天黑了才出来叫。它是湖里淹死的人变的，是人的亡魂。老辈都说，亡魂鸟，一个鸟一个样。”①权力与金钱扭曲的人性背后，成为北湖之上的亡魂鸟或许是最为美好的归宿。“有的人越活越清醒，老了就大彻大悟；有的人越活越糊涂，老了就昏聩顽钝。”②故事在陆陀的担忧中开始。他不知道不惑之年的自己是否会像陆家的“惯例”一样疯掉，于是觉得自己时刻都会疯掉。陆陀的可能会疯掉为维娜的出场做了铺垫，见过维娜之后，“他原本惧怕的梦，如今却有些依恋了”，毕竟维娜的出现对陆陀来说是如梦如幻，不可思议的。陆陀从维娜的口中听到了维娜与郑秋轮缥缈的爱情，这是让他震撼的故事，而戴倩、吴伟、罗依、李龙这些人让陆陀心有戚戚。

小说里面始终贯穿着追寻不到的爱情和纷繁复杂的欲望，情欲、金钱与权力缠绕在一起。正如维娜的感慨：“生活中的悬念同你们作家在小说中的悬念并不一样。生活中的悬念，是因为命运的无常；小说中的悬念，是你们作家的艺术匠心。”③只一个命运无常，道尽了几多辛酸。陆陀安静地倾听，从维娜十六岁的初恋，到因政委郭浩然的卑鄙伎俩导致她与心爱之人分离直至阴阳相隔，再到她与吴伟、李龙、罗依、戴倩这些人的重逢与际遇。维娜是一位奇女子，饱经上帝的恶作剧，却依然不怨不憎，用美好的心去看待世界、看待爱。又是一个黄昏，又是紫蓝包厢，“谈文学是上个世纪轻薄文人引诱少女的俗套”，可维娜却被深深感动，因为她从陆陀身上看到了另一个人的影子，淡淡的馨香氤氲着维娜眼底的湿润，那是一个遥远的太过美好的梦啊。他们相恋时，她十六岁，他十九岁；他是唯一一个喊她的名字“维娜”的人，她是唯一一个能认真听他讲大套的政治理论的人；他们的恋爱多是在黑夜的湖边奔走，却像已相爱几个世纪那么长。生活在那个有话不敢说、权大压死人却又无处可说的时

---

① 王跃文．亡魂鸟[M]．长沙：湖南文艺出版社，2012：42.

② 王跃文．亡魂鸟[M]．长沙：湖南文艺出版社，2012：120.

③ 王跃文．亡魂鸟[M]．长沙：湖南文艺出版社，2012：79.

代是无奈的，正如维娜与郑秋轮在北湖农场里纯洁却没有结果的爱情，正如同为农场知青的戴倩多年后才敢说出的郭浩然对自己做出的无耻行径的隐情，正如姐姐维芸宁可同归于尽也不愿带着丑恶的龚厂长的血脉苟活于世的决定。时隔三十年，本以为早先的经历已经够了，谁又料得到上帝就是这样戏弄着每个人。农场知青聚会重逢，李龙、吴伟、罗依……太多的早年的人又从生命的交叉路口出现，似是要一生相关。

这是《亡魂鸟》中的一部分。作家将往事与当今穿插，两个故事平行推进，交叉对比，给人以淡淡的惆怅与忧伤，充溢着浓重的悲剧感。他们都只是平凡的芸芸众生，也是当时社会所有人的缩影。《亡魂鸟》给了读者美妙的梦境，却也揭开了残酷的现实。这些残酷与丑恶我们未曾经历，却时常看到。社会并不黑暗，只是那残酷的一角总需要有人来揭起，然后带出一大片的活生生受苦的人。大概只有故事成了悲剧才能警醒世人，给不幸的人以慰藉。

顺着时光的小径走下去，美好的梦总是轻轻触碰就会碎。在那个时代，维娜与郑秋轮是无力的存在。“她讨厌他拍肩膀，分明隔着衣服，却总感觉他的手黏糊糊的，很不舒服”[①]，郭浩然是政委，为了得到了维娜。他也无所不用其极，用尽让人很难想象的卑劣手段得到了维娜。他整天义正词严地标榜着“我郭浩然仇恨一切反动派，美帝国主义手上沾满了我郭家的鲜血”，而他最终竟然可笑地向维娜道歉，然后带着自己的女儿投奔了美国。是利益驱使，也是人性使然，出乎意料，却又合情合理。郭浩然可笑的同时，也极尽讽刺之意。维娜和姐姐维芸都是悲剧，不同在于，维芸不曾有美梦，在经历了龚厂长及其老婆给予的噩梦之后便与世长辞。而那四声枪响虽然狠狠击碎了维娜的心，但因为雪儿的存在，让她的梦断断续续绵绵滋长。

二、“故人何在，烟水茫茫”

在权力、金钱、欲望交杂的官场世界里，夫妻间的相互背叛，朋友中的相互欺骗，感情上的放纵，都让自欺欺人的行为自以为找到了好的理由。吴伟的出现，故意接近，让维娜少女心泛滥，她享受着与吴伟相处的美好时刻，虽然内心也曾倍感煎熬，但其实对于沉迷其中的人来说，伤害总是后知后觉的。维娜如此，先毒死双性恋的小明星男友，自己再赴死的罗依如此，包养小白脸最终反被捅上一刀以致终身残疾的戴倩也是如此。整篇小说贯穿着悲情，故事中的人物一个个走向灭亡，而那些没有走向灭亡的人也备受折磨，然后渐渐淡

① 王跃文. 亡魂鸟[M]. 长沙：湖南文艺出版社，2012：120.

去。就像李龙，就像梦泽，就像消失在火海中或是投身北湖的蔡婆婆。“是啊。我同你说过，我是越来越宿命了。人一辈子，好像一切都是事先安排好了的，你只管照着上天编好的脚本演出就行了。你们作家写小说，匠心独运，事先布设伏笔。真实的人生，伏笔早在上辈子就埋下了。我事先没有想到，自己十六七岁碰上的那些人，不光郑秋轮，还有郭浩然、戴倩、李龙、吴伟，等等，都会同我终生的命运有关。有时候他们从我的生活中消失了，可突然有一天，他们就像从一条岔路上蹿了出来，拽住了我的肩膀。同所有人的故事，事先都不会知道要到哪一天了结。后来，社会环境变了，我的生活也变了，生意上很成功，我想把握和改变自己的命运。我主动设计自己的生活，却屡不如意。因为早年生活的奇特，加上后来我有条件很自信地体验新的生活，我的经历就变得更加扑朔迷离，更加坎坷。有时候也想，也许是自己把生活弄糟了，可回头一看，原来都是命该如此。”①只有饱经命运之苦的人才会有如此深沉凝重的思绪，从青春年华的无尽美好憧憬，演变为如此的宿命，自然经历了很多的无奈与徒劳的反抗挣扎。最终应也只剩下“故人何在，烟水茫茫”的感慨。虽然思念不尽相同，但总是有怀念之意，无论是对故人还是旧事。“物是人非事事休，欲语泪先流”。物是人非，对她来说重要的人都已离她而去，先是姐姐、母亲，然后是父亲、郑秋轮。直到维娜也成了一只亡魂鸟。陆陀没能成为维娜生命里的另一个郑秋轮，他始终都是维娜的倾听者，包括维娜日记里对他的源于郑秋轮的爱恋。维娜的心一直追随着年少时的爱，终于，他们成了双宿双飞的亡魂鸟，虽是意外，但维娜再也不用只身一人听耳畔的凄惨哀鸣，一如那时的蔡婆婆。如同梁祝化蝶，这寄托的是先人们对现实爱情的希冀。有情人在现实里不能终成眷属，便寄托在这美丽的比翼双飞之中。中国古代四大爱情故事：梁祝化蝶、孟姜女哭长城、白蛇传、牛郎织女，无不如此。这篇小说里也寄托着作者未完待续的爱情。

母爱和爱情是永恒的主题。余华的长篇小说《第七天》中，惨淡的镜头感不断萦绕。《亡魂鸟》与《第七天》对现实感和对爱情、权力、金钱、欲望等讲述的感觉类似。“我们仿佛行走在这样的现实里，一边是灯红酒绿，一边是断壁残垣，或者说我们置身在一个奇怪的剧院里，同一个舞台上，半边正在演出戏剧，半边正在演出悲剧”②，这样的文字形容得很真切，并且对《亡魂鸟》也同样适用。“半边正在演出戏剧”，不是“喜剧”，因为现实生活中没有那么多的喜剧。

① 王跃文. 亡魂鸟[M]. 长沙：湖南文艺出版社，2012：151.

② 余华. 第七天[M]. 北京：新星出版社，2013：132.

没有人从出生到归于尘土都生活在喜剧之中，但又不是谁都是悲剧的典型，因而“戏剧”二字就再合适不过了。半边戏剧，这就是平淡而真实的生活，有喜有忧，有真有假，这里的人们都是小人物，却拥有最宝贵的情与爱。至于半边悲剧，便是撼动人心的力量了。在余华这里，也给少数的悲剧赋予荒诞的成分，“我对他说，走过去吧，那里树叶会向你招手，石头会向你微笑，河水会向你问候。那里没有贫贱也没有富贵，没有悲伤也没有疼痛，没有仇也没有恨……那里人人死而平等。”“那是什么地方？”“死无葬身之地”[①]。这与现实的荒诞形成了对比。身处余华所营造的死亡世界时，读者甚至一瞬间也希望自己是那个世界中的一员，那里美好、宁静，没有纷扰，没有争吵，“人们”淳朴、可爱，“宠辱不惊，闲看庭前花开花落；去留无意，漫随天外云卷云舒”，这种静谧似乎只有在那个世界才能得到。看着鼠妹被净化的场景，觉得自己也被净化了，那是多么美妙的感受。这是《第七天》最为奇妙之处。但是，《亡魂鸟》的“战线”拉得更长，不仅仅是描述青年人艰难生存的考验，成长追求的伤痛，更将这些延伸到人的中年、老年甚至生命的尽头。给人的不仅是成长路上的跌跌撞撞、坎坷艰辛，更是一生的模板与警示。

艺术源于生活，高于生活，但最终也要回归生活。纵观郑秋轮、维娜、戴倩、李龙的一生，在北湖农场做知青时，他们和现在的大学新生一样的年纪，热血沸腾（尤以郑秋轮、李龙为代表），胸怀天下，渴望通过自己的努力，改变当时那个荒唐虚伪的社会，解救天下千千万万的老百姓。“秋轮当时完全是一颗赤子之心啊！”维娜多年后发出这一声感叹的时候，心里是有着沉甸甸的痛楚的。那时的郑秋轮，何尝不是青春年少的年轻人，可是，时代在前进，社会在变迁，今时早已不同往日，人亦如此。郑秋轮死后，确切地说是标榜着“我郭浩然仇恨一切反动派，美帝国主义手上沾满了我郭家的鲜血”的郭浩然被美帝国主义分子掳走，生死未卜的舅妈来接他去美国的时候，这个社会就已经发生了巨大的变化。人年轻时大概都会像郑秋轮一样，然后就会像维娜一样了，学会妥协，学会逢场作戏，变得现实，即使和好友的丈夫偷情也可以变得理所当然，甚至是打抱不平。这只是客观的陈述，无所谓对错，因为当一种现象变得普遍之后，就没人在意了。当你改变不了的时候，就会去试着适应。陶东风曾在《好人只有变坏才能活得更好》里感慨，当今这个“少数服从多数”（可与新闻学中的沉默螺旋理论相比照）的社会之中，很多人看见他人都这样做，于是认为自己这样做也理所当然。比如维娜起初还为自己与戴倩丈夫吴伟偷情的事自

---

① 余华．第七天[M]．北京：新星出版社，2013：94．

责，但是，当她得知戴倩、罗依都是如此的时候，这一切就顺理成章起来，无所谓对错了。用文章中的话来说，“现实社会存在鼓励学坏的土壤或鼓励作恶的环境”，这会引导人们形成一种普遍认同的社会心理。坏和恶变得普遍了，人们就习以为常了，更不提善恶、道德了。这是值得每个人深思的地方。

文学虽然源于现实，但绝对不能复制、粘贴现实，当文学以艺术的手法把这种现实融汇于自己的作品中的时候，读者的哲学观和价值观再次遭受洗礼。时间终于带走了一切，当有情人都成为北湖之上亡魂鸟的时候，当初那个可笑、可悲又可怜的“脏兮兮的猪”竟然成一老叟，“颤颤巍巍地下楼来”，两个平行前进中偶然交错的故事终于画上了句点，从他开始的悲剧竟又以他终止。怕也只能令人高呼“噫吁嚱！”而后再叹“悠悠苍天，此何人哉！”上帝确实是个喜欢恶作剧的坏小孩。

第四节 《梅次故事》：官场的哀伤与人性的光辉

王跃文说：“现在人们惯于把庄严和崇高当作滑稽可笑的事了，真正的庄严和崇高被漠视和嘲弄，而种种伪庄严、伪崇高却被一部分人很职业地装扮着。”这段话是《梅次故事》昭示人们的某种况味。

一、官场中的“潜规则”

潜规则是“中国社会在正式规定的各种制度之外，在种种明文规定的背后，实际存在着一个不成文的又获得广泛认可的规矩，一种可以称为内部章程的东西。恰恰是这种东西，而不是冠冕堂皇的正式规定，支配着现实生活的运行”①。中国官场，几千年的传统习俗，几千年的前赴后继，几千年的文化沉积，激发了士子们的升官欲望，也造就了中国官场的“潜规则”。只是他们面对这样或那样的官场“潜规则”时，有着许多难堪与无奈。部分官场小说把中国官场描绘得满眼皆黑，“清官”都拥有完美的人格，不食人间烟火。其实，有血有肉、有情有义、有爱有恨、有好有坏，才是人性的全部。朱怀镜刚到梅次地区不久，就有一个县长乘其醉酒之机给他送了十万元钱。其后，虽然朱怀镜对于直接送钱的都是坚决拒收，但许多人把钱装在烟酒盒子里，让其防不胜防。按照他的本意，无须考虑，理所当然应当上交。可是如果将这些钱上交，会有什么后果呢？第一，“至少有人会说，天知道他收了多少钱？上交个十万元做样

---

① 吴思．潜规则：中国历史中的真实游戏［M］．复旦大学出版社，2009：245.

子，只怕是个零头”[①]。王跃文写的朱怀镜这段内心独白，一语双关，朱怀镜的顾虑和官场环境尽收眼底。第二，官场讲究心照不宣。当大多数人面对这些来路不明的钱保持沉默时，只有一个人把钱交了上去，他将被视为异类，被整个官场所不容。而如果将这些钱留下来，“收第一笔钱时，我也很害怕，但后来发现什么事也没有，而且，官越做大了，越没有人来监督你，于是后来胃口就越来越大……”[②]这也是人之常情，因为只需挥一挥手便能获得大笔的金钱，而且这种交易的风险又非常小，为什么不做呢？面对诱惑，又如何能不让手握大权的人心动呢？然而，正如小说所描写的那样，官场中并非每个官员都是贪官，还有很多正直的、廉洁的、有责任感的“清官”。朱怀镜不想要这些贿赂的钱，但他又深知不能堂而皇之地将钱上交，于是在着实费了一番脑筋后，他以“洪鉴”的化名将钱捐给了残疾人基金会，而这些捐款的收据将随着故事情节的发展成为朱怀镜表明自己“没有问题”的重要证据。朱怀镜没有因违反潜规则而受到“枪打出头鸟”的惩罚，是一种更高程度的圆滑。

二、为官的生存之道

小说的高明之处在于通过朱怀镜的精通官场之道，不动声色地展示了一个好官在夹缝中生存的艰难状态，折射出了官场的种种弊端与无奈。朱怀镜这名字就有多种况味，令人寻思。古人有“以铜为镜、以史为镜、以人为镜”这一说，这寓意着一面镜子。其实，朱怀镜在故事中就是怀揣着这样一面镜子，时常拿出来观照内心，审视官场的险恶和人的丑陋灵魂；也时而在不同的人面前，摆出不同的嘴脸。朱怀镜有投机取巧、处事圆滑的一面，更是一个有血有肉的真实的人。与其说他在官场中混得是八面玲珑，满面威风，不如说他在官场夹缝中生存得极有智慧。他不是事事较真，而是睁一只眼闭一只眼，借花献佛屡见不鲜，但他自始至终清楚为官的底线，也一直尽力坚守。所以，在他得知顶头上司王莽之的公子从各项重大工程中谋取私利的行为时，并没有像陆天一等人一样，为了保住自己的仕途而任其抽取私利；相反，朱怀镜选用了独特的方式，让对方碰了钉子，既保持了官员的立身之本，又让自己常在河沿不湿脚。他的这一举动，将自己的命运推到了风口浪尖上。是上是下？是走是留？是绝处逢生还是面临灭顶之灾？这也让读者在不安中猜测着朱怀镜最后的结局。小说临近尾声的时候，提拔他的腐败顶头上司王莽之出车祸死了，他那无

---

① 王跃文. 梅次故事[M]. 长沙：湖南文艺出版社，2012：320.

② 王跃文. 梅次故事[M]. 长沙：湖南文艺出版社，2012：321.

恶不作的儿子王小莽失去了庇护伞，天网恢恢，疏而不漏，坏人坏事终于暴露在光天化日之下。朱怀镜，在王跃文笔下不是一个被妖魔化的仙人，而是一个有血有肉，有着七情六欲，食人间烟火的活生生的人，是如此亲切、如此熟悉、如此感人。所以他的结局，也让人感到些平衡与欣慰。

王跃文擅长通过细节折射官场的风气。小说中有关官场的一些细节描写相当精彩到位。朱怀镜戴上了一顶市委书记王莽之送的礼帽，得到了王莽之的器重，于是梅次地区的官员都戴上了一顶礼帽；而当朱怀镜因高速公路招标之事与王莽之闹翻时，梅次官场再也见不到一顶礼帽了。从这一顶小小的礼帽着手，王跃文将官场阿谀奉承的媚态、趋之若鹜的歪风刻画得栩栩如生，入木三分。作者对地委书记缪明的揉肚子习惯的描写也非常传神，“此公个子不高，肚子挺大，满腹经纶的样子。他不知学了哪门功法，总好拿手在下腹处摩挲，顺时针三十六次，逆时针三十六次。只要手空着，便如此往复不停”①。而且在小说中经常会看到缪明的这些动作。缪明的不求变革、得过且过、无原则无主见的性格态暴露无遗。还有一段描写也十分新颖：“有次在火车上同邻座闲聊，越聊越热乎，简直快成朋友了。就在他准备递名片给人家时，猛然间想到：谁知道这位仁兄是什么人？他马上打消了递名片的念头。这不过是一件谁都可能碰上的小事，却让他感悟到了某种关乎人生的启迪：火车上，只要求邻座手脚规矩就行了，免得你打瞌睡的时候他扒你的钱包；工作中，只要求同事能与你配合共事就行了，不在乎他是否真诚高尚等等。他越来越怀疑人是否能真正了解别人，他甚至时常觉得对自己都不太了解。那么有什么必要在乎这些温文尔雅的同僚和下级是些什么人呢？”②由火车中与邻座的相处之道延伸到工作中，揭露出官场中的冷漠与自私，人人都能随时变换出不同的嘴脸以逢迎上级。

三、官场奴性的形成

小说中于建阳这个宾馆经理堪称典型。他对领导百般殷勤，对下属则颐指气使，典型的奴才相，但马屁拍得总不是地方，弄得领导心里很不舒服，自己还没有一点自知之明。这样的人对权力有一种天然的恐惧症，对拥有权力的人则顶礼膜拜，极尽讨好巴结之能事。其实这种人在现实生活中很多。

鲁迅先生曾经对国人的奴才习性做过深刻的揭示：国人几千年来只不过经历了两个时代，做稳了奴隶的时代和求做奴隶而不得的时代。鲁迅深刻得近于

---

① 王跃文．梅次故事[M]．长沙：湖南文艺出版社，2012：1.

② 王跃文．梅次故事[M]．长沙：湖南文艺出版社，2012：6.

刻毒，人在他的利笔前无处藏身。国人甘愿被奴役，其原因不外乎有四：一是迫于生计；二是迫于权势的威慑；三是与生俱来的软骨头；四是藏着一个有朝一日也要做主子让别人当奴才的肮脏心思。所以套用鲁迅的时代分法，在官场中的国人还要加上一个时代，即对主子的位置垂涎欲滴而不得的时代。

伴君如伴虎。现代官场虽然下属在领导面前不至于惶恐到畏如老虎，但很多人在领导面前还是战战兢兢的，哪怕领导是金玉其外败絮其中，你也要保持表面上的恭敬，得保持沉默。《梅次故事》中的地委副书记朱怀镜虽然抱着造福于民的心思要当地委书记，但他最后还是得通过北京李老部长的关系，给市委书记王莽之施压才如愿以偿。这就是中国官僚体制的弊端，对上负责，对下敷衍。在领导面前唯命是从成了机关中人现实而又无奈的选择，既不会呈现奴才相，又不会因为牢骚满腹喋喋不休，不至于被别人抓住把柄，就很好地保护了自己，在领导和同事面前也恰到好处地保持了自己做人的尊严。

四、妥协中的呐喊

在《梅次故事》中，朱怀镜真诚与善良，成熟与稳重，堪称官场的一抹亮色。上任梅次地区副书记以后，朱怀镜就以更高的标准严格要求自己：为老百姓做事，为人民疾苦而呐喊，与农民陈昌云交朋友，主动下基层调研，切切实实想为农民做点事；为振兴地区经济而奔走，为企业解决困难，并和黑天鹅大酒店的老板刘浩成为很好的朋友；平衡领导班子内部的关系，支持组织安排的工作，并暗示前来的记者崔力撰写关于领导班子内部团结一致的文章；坚持正义不畏权势，敢与有恩于自己的市委书记做斗争……作家不动声色，并没有特意去贬损或褒扬哪个人或哪件事。小说虽然披露了许多官场的阴暗面，但却没有让读者沮丧和失望。他在呐喊，在鼓呼，在摇旗，虽然有时是在妥协中呐喊，但这个社会毕竟还有正气与正义……朱怀镜尽管把个人的政治前途放在首位，但心中还有善良和真诚。商人势利，但还有陈清业、刘浩、成义、吴弘这样至情至性的企业家，他们有自己的生意利益，但从不为私事麻烦朱怀镜；服务员低微，可处处存在刘芸这样的温柔体贴之人，把朱怀镜当父亲当哥哥，照顾得无微不至，让朱怀镜感受到了亲情的温馨；就连梅园宾馆经理于建阳这样对领导百般殷勤，对下属颐指气使，平时令人讨厌的人，在生死关头也能为朱怀镜出主意，想办法，为扳倒陆天一立下了汗马功劳……

朱怀镜的成功，不仅是组织的栽培、机遇的垂青、贵人的帮助，而且是朱怀镜人性善良的回报、人格魅力的使然。朱怀镜能得到农民的拥戴、领导的提携、部属的尊重、朋友的肯定、女人的倾心，是因为他的做官做人的成功。正如他自己对市委组织部长范东阳所说的："我只要看到那幅画，总会想起你上次说到的五墨，其实那就是人生哲学啊。做官就是做人啊，要学会浓淡相宜，干湿得法，深浅有度。不讲章法是不行的。"朱怀镜尽自己最大努力在官场中游刃，尽可能做一些善事，真诚地待人和处事，想要做一个好官，对得起自己的良心，这是在他权术之外，带给读者的一些希望、一些安慰。"朱怀镜成熟以后更加刚毅和决断：既然这么做了，就没有什么可怕的了。"朱怀镜从来没有像现在这样觉得自己是个男子汉。似乎就是从这个礼拜六开始，他笑得更从容了，骨子里却更加刚毅起来。再难决断的事，他处理起来都轻描淡写。他看上去总是满面春风，说出来的话却是警察手里的棍子："外面看着是橡皮，里面包的是钢铁。"朱怀镜不完美，存在着这样那样的缺点，但也有自身的人格魅力。他揭露官场丑恶，弘扬浩然正气，还带给了读者一抹亮丽之色，一股鞭策之风，一种人格魅力。

第五节 《苍黄》：官场生态的真实镜像

一、语言的乌托邦与官场的生态

《苍黄》写出了县城官场的生态和机制，写透了一个县委书记的蜕变，也写尽了那无可逃避的压抑和悲凉。《苍黄》写出的不是对权力斗争的失望，而是对权力运作的叹息，对基层社会失调的感伤。无论是县委书记不可逆转的跛扈，还是换届选举口是心非的形式，对于中国最重要的单元结构的病态，《苍黄》扎下了狠狠的一针。

小说有多重审美意蕴。小说的扉页中引用了《墨子·所染》的一句话"子墨子言见染丝者而叹曰：染于苍则苍，染于黄则黄，所入者变，其色亦变"。单从字面本身理解，这句话是说素丝染色，可以染成青色，也可以染成黄色。"所入者变，其色亦变"则揭露出本质：事物变化不定，反复无常。李济运回到乡下时想起鲁迅先生的《故乡》中的一段话："我冒了严寒，回到相隔二千余里，别了二十余年的故乡去。时候既然是深冬；渐近故乡时，天气又阴晦了，冷风吹进船舱中，呜呜的响，从篷隙向外一望，苍黄的天底下，远近横着几个萧索的荒村，没有一些活气。我的心禁不住悲凉起来了……"①可见，苍黄指颜色，带着点青的黄色，有点苍茫的意思。这是小说的基调和底色，不明快，也不灰暗。

---

① 王跃文. 苍黄[M]. 长沙：湖南文艺出版社，2012：96.

“苍黄”两个字也是作为环境的一种辐射和影响。墨子是到大染坊里看到那个染色的过程发出感叹，丝本来没有颜色，放什么颜料进去就变什么颜色。在强大的现实面前，个人的抗拒非常有限。小说中以李济运为代表的几位有理想、良知未泯的官员，及舒泽光等不甘随色而变，或无奈或抗争的悲剧人物一样，他们一直坚守自己的底线，尽力抗拒官场中的黑暗，然而最后的结果却不尽如人意。透过《苍黄》，看到当下，看透社会的本质。

小说描写了大大小小二三十余人，虽然着墨程度不一，但是在作者笔下，每一个人都特点鲜明。有嚣张跋扈、为所欲为的县委书记刘星明；有有理想，良心未泯，以“怕”字为底线的县委办主任李济运、宣传部长朱芝、县长明阳等人；有清白正直的县物价局局长舒泽光；有与县委书记同名不同命的乡党委书记“刘差配”刘星明；有以各自方式誓死护卫丈夫的陈美、宋香云；有无话不说的老同学到后来强硬的顶头上司、原市物价局局长熊雄……朱芝是宣传部长，年轻热情干练，管理网络方面的各种问题，并负责和各种媒介进行周旋。面对《中国法制日报》驻省记者站站长成鄂渝吞金般的“鳄鱼大嘴”，在忍无可忍的情形下，她不仅不随色而变，而且团结部属同心协力揭露这条“成鳄鱼”。而她与主人公李济运的关系是全书温暖的亮色。朱芝与李济运从惺惺相惜到暗生情愫，从都“怕”到无奈，从有所抗争到有所逃避。在描写对流氓记者成鄂渝的抵制时，朱芝没料到这位在乌柚县开天价横行霸道、时常要挟她的“名记者”，居然要来当市委宣传部长，成了她的上级，朱芝“惊得脸色发白”，软弱中她只得求助于李济运了：“哥，我不敢往前走了”。[①] 这份官场中的男女私情一直有礼有节地发展到此，水到渠成地成了志同道合与同病相怜。这是颇具人性光辉与诗性的一笔，也是苍黄中的绿意。作者对两人关系的描述，干净而不落情色俗套，也没有道德的简单化评判，而是给予同情之心，理解这份情缘，很有节制地没让他们继续暧昧而止于友情，没有随色而变。对生活有所敬畏而又无奈的他们，丰富着小说的现实意义又飞扬起一抹浪漫精神。

熊雄是李济运的老同学，新任的县委书记。在小说的前半部分他是市物价局局长，第一次出场是为了安慰被诬陷贪污却实则清白的县物价局局长舒泽光。当他得知舒泽光被诬陷嫖娼时满腔愤懑，对县委书记“刘半间”没有丝毫好感，义愤填膺，认为“刘半间”小肚鸡肠，自我膨胀。面对老同学李济运，他知无不言，亲如兄弟，甚至直言不讳地说：“我相信很多人都知道刘星明故意陷

---

① 王跃文. 苍黄[M]. 长沙：湖南文艺出版社，2012：262.

害，怎么就没有一个人站出来说句公道话？”[①]这让我们看到了一位正直、不随色而变的官员形象。他时常向李济运坦言：“老同学你就别取笑我了。我自己看得清清楚楚，只是个业务型干部，运气好的话，临退休前解决个副市级空头级别。”[②]然而，当他当选县委书记，成为李济运直属上司的时候，一个星期之内对李济运的称呼就从“济运兄”或“老同学”，到“济运”，再到“李主任”。官场如同大熔炉，进入的人都会被权力的欲火焚烧，同流合污。随着二人的关系进一步恶化，距离也越来越远。尤其是舒泽光自杀一案，李济运同熊雄的关系也几乎达到了冰点。书中还有这样一段描写：“李济运叫了起来：‘熊雄，想不到你会说这种话！人家命都搭进去了！这个事，我会过问到底！’”可是到小说结尾，熊雄配合公安部门将贺飞龙抓捕才峰回路转。他一直在韬光养晦，明升暗降地保护李济运，以及让市里抓贺飞龙等都是一种官场规则下的担当与不随色而变的挣扎。这是一抹人性的暖色。

小说中的“乌柚”是“无有”的谐音，是作家用语言乌托邦对官场生态的现实寄寓，好像做了一个梦。这也与书的扉页声明的“本故事纯属虚构，如有雷同，实属巧合”相暗合。有人说乌柚县就是作者王跃文的家乡，这个倒也未必。毕竟，每部小说都需要有自己的背景和故事发生地。那么，作家为什么选择以小县城为小说的背景呢？王跃文曾说：“我的生活一直同中国最基层的乡村联系在一起，慢慢的后来我发现，国家对农村的管理可以说是越来越不用心，或者是放任了。”除此之外，其实县级就是一个很完备的官场。以县级为基础，除了立法权，中国官场所具有的所有功能就几乎都齐全了。官场应该呈现出来的种种姿态也好，种种悲喜剧也好，都能在县级官场里显示出来。而且县级官场和上一级官场不同之处在于，它直接和基层群众联系，这样展开故事更能以小见大，深刻揭示我国官场的全貌。

小说运用了丰富的“乌柚土话”穿插其中，使乌柚县这个背景更加生动逼真。但是作家使用土话的篇幅并不大，不同场合的土话都有不同的艺术效果。作者在李济运想让乡党委书记刘星明当“差配”那段中运用了几个土话，如“盘宝”“宝钱”“哈卵”“抬起”等。这几个词都是借“刘差配”的老婆陈美之口说出的，一方面反映出陈美之为人心直口快、有话直说的性格特点，体现出她对自己丈夫的关心与爱，另一方面则体现出“刘差配”老实朴实的品质，并暗示下文他因担任“差配”而被逼疯的悲剧命运。还有几处土话是在描写赌场的情节

① 王跃文. 苍黄[M]. 长沙：湖南文艺出版社，2012：123.

② 王跃文. 苍黄[M]. 长沙：湖南文艺出版社，2012：255.

中出现的，如“盘宝”“强盗宝”等，巧妙地写出了乡下成群赌博的不良风气以及个别官员与黑帮相互勾结、不理政务的现实情境。还有李济运被称为“运坨”等。这些土话大多为湖南南部的方言，或许有一些为作者家乡的方言。这些方言的运用使作品的乡土气息更加浓郁，人物形象更加鲜明，也显示出作者语言风格的变化。

不仅如此，作家还善于使用民间段子，让文本抵达生活现场。小说中有这样一段话：“李济运要调到省里来了，手续都还没办完，他乘车经过家乡的大桥，突然叫司机停车。司机觉得奇怪，这座大桥可是禁止停车的呀？可领导叫停，那就停吧！田副厅长披着军大衣，缓缓地下了车。夜幕刚刚降临，他一叉插在腰间，一手抚摸栏杆，远望万家灯火，饱含深情地说，家乡的变化真大呀！”①此外，这段话还在书中被引用过两次，只不过换了人物的名字而已。这段话是对官员荣调之后的嘲讽，读来令人发笑。但群众对于官场的运作其实并不了解，也并不清楚所谓的荣调或许只是挂职而已，民间流传的段子也都不过是老百姓茶余饭后的闲谈罢了。从更深处来说，这其中所反映的也是为官者的一种态度和举动。老百姓总以为荣调省里，日后定会衣锦还乡，其实不然，为官者在官场的挣扎与沦落，愤懑与悲凉，都有许多的无奈之情。表面看似风光无限，实际在官场中要同各种人斡旋，徒有虚名。

小说完整地描述了一个“县委书记是如何变成‘皇帝’”的。光是从县委书记一声令下，就能让医院伪造病历，从而让上访者被关进精神病院，甚至家属都不能去探望，这一情节就足以让人从心底感到恐惧。王跃文在面对《晨报周刊》记者采访时说道：“据我的观察，不只是县里，我们目前每一个单位，每一个地方，都是以单位和地方为单位的集权。他给不给下面这些人分权，就要看他的个人品德、性格。一个单位一个部门里面，都是一把手说了算。很多地方所谓的民主集中制，民主是假的，集中是真的。集权是一种无孔不入的文化。”市委书记同县委书记一样，都是一个缺乏有效监督的一把手。诚然，小说中必然有一部分内容是虚构的，可是它所影射出的一些观点却又有一定的真实性，它呼唤着现实要从源头上解决问题，加强、健全权力运行的相关机制。《苍黄》里的故事大约横跨两到三年。在这两到三年里，整个乌柚县的头头脑脑几乎什么事都没有做，倒是有“创卫”，有旧城改造，不过这些事情都被轻描淡写地几笔带过。书里的芸芸众生每天做的事几乎都是为了升迁，为了官位。就连其中的高潮段落——三大班子实名检举县委书记，也是因为当中的利益分配不均而

① 王跃文. 苍黄[M]. 长沙：湖南文艺出版社，2012：271.

导致。而《苍黄》里唯一算得上好官的县长明阳，他上任时热情十足，却一直不被提拔，最后甚至还被贬，导致心灰意冷打算混个主任职务就等着退休。明阳是部分有抱负、有理想官员的缩影，这样的人并非少数，他们得不到重用，最终只能走向平庸。

如果要研究21世纪中国官场的生态，《苍黄》是一个很好的切入面。小说里所有的地名和人名都是虚构的，但能让读者切实感受官场的方方面面。阅读小说之后，当读者在电视新闻里看见那些肥头大耳、西装革履的领导故作严肃或者笑容可掬时，或许会想起李济运，想起刘星明，想起熊雄，想起文本之外的《苍黄》故事。

二、"怕"：人性深处的敬畏与命运沉浮的玄关

《苍黄》在写实的同时，也充满了写意色彩。书的前言部分描写了一幅油画，这幅挂在小说主人公李济运的客厅，并时时警醒着他的画，名字叫《怕》。王跃文说："我们现在这个政策环境下，为什么会发生很多不应该发生的事情，为什么我们不愿意看到的人间惨剧会发生，就是因为有些人心里太没有怕了，没有恐惧，没有敬畏。"是啊，官场苍黄，人们若想不随色而变，必须有"怕"。

"怕"的禅意与现实性贯穿全书，这本书中总共有7处描写到了《怕》：

第一处描写是在书的前言部分，"我似乎总怕那花瓶碎落一地，忍不住想伸手去扶。可是，扶正了花瓶，画框歪了；扶正了画框，花瓶又歪了……"①短短的几句描写，简练却又蕴涵着禅意，"菩萨怕因，凡人怕果"，常怀敬畏之心可以时刻提醒人们坚持本心。于是，开篇的描写也起到了开篇点题的作用，引人一探究竟，增加了读者的阅读兴趣，为下面小说的展开也埋下了伏笔。

第二处描写是在书的第12页，通过描写李济运与他的老婆舒瑾的对话，一问一答间进一步暗示着画中的内涵。画中展示的仿佛是一个瞬间，瓶子将倒未倒，而倒下去就要碎了，正像是古人所说的战战兢兢、如履薄冰。这一处描写出现在李济运提出要让老同学刘星明（外号"刘半间"）当差配之后，笔者认为在这里提出《怕》这幅画，也许是为下文描写刘星明在会场上突然发疯以及之后的情节发展做铺垫。

第三处描写是在书的第87页，作者借主人公之口第一次提出应该将画命名为《怕》。这处描写是在县物价局局长舒泽光被诬陷贪污进行调查后却发现他是清白的，县委书记刘星明在李济运的劝说下邀请市物价局局长熊雄前来安

---

① 王跃文. 苍黄[M]. 长沙：湖南文艺出版社，2012：1.

慰舒泽光，这样一个背景下插入的。其中，舒泽光的一段话令人深思：“我在里头，你说不怕吗？也怕。我怕什么？我是后怕。我有机会受贿吗？有！我缺钱用吗？缺！我想钱吗？也想！我不是说自己如何廉洁，如何高尚。我是胆小。”[①]这句话正是从侧面揭示出“怕”字在官场上的作用，人心多一个“怕”字，便会常怀一颗敬畏之心，正如小说中的舒泽光一样，他的廉洁与清明与他的敬畏之心是分不开的。

第四处描写是在书的第 92 页。通过描写李济运与熊雄之间的对话，隐晦地表达出县委书记“刘半间”的忘乎所以、自我膨胀，从侧面展现出“怕”的重要性，多些抑制、多些收敛、多些宽厚，如此才是为官之道。

第五处描写是在书的第 139 页。通过描写舒泽光被诬陷嫖娼之后，其妻子宋香云怨恨在心，便在幼儿园的伙食中下毒被抓，李济运向“刘半间”报告之后，主要是为了进一步突出“刘半间”没有惧怕，利用自己的职权对舒泽光进行陷害。通过写李济运想将画取下来擦灰尘却又擦不得这一看似与内容无关的举动，暗示出李济运内心还具有“怕”意，但却已经有些开始转变，已经有些为时已晚了。

第六处描写是在书的第 171 页。李济运家中亲戚遇到一些麻烦，弟弟开的赌场出现命案、自己老婆将要被迫辞职等事发生后，他心想帮忙，却无法做主，正在他郁闷之时插入了对《怕》的描写。

最后一处描写是在书的结尾第 442 页，描写李济运梦见老婆将《怕》丢下来，红红的玫瑰碎了，很像血。实则是暗示他的老同学“刘半间”的跳楼自杀。在这里，人生的幻灭和悲凉跃然纸上。

书中这几处对于“怕”的描写一直在强调一句话——“菩萨怕因，凡人怕果”。而在书中的描写：“李济运突然流了眼泪……想来真是心酸，刘星明怎么今天跳楼了呢？他真不该死啊！贺飞龙被抓了，实在是个好消息……”[②]这一悲一喜也因此使“怕”有了因果，有了道义，也有了温暖。这里没有简单的道德评判，而是一种既有惨淡人生又有温情悲悯的交相辉映。紧接着是小说的结句，“今天仿佛四处有人在悄悄说话”[③]。王跃文用“于无声处听惊雷”的低语暗示着暴风雨即将到来，他真切而平静地告诉读者官场的规则还在继续，而在官场的疯狂与恐惧中还是有以“怕”为底线的李济运、朱芝、明阳、熊雄等人，他

① 王跃文. 苍黄[M]. 长沙：湖南文艺出版社，2012：87.
② 王跃文. 苍黄[M]. 长沙：湖南文艺出版社，2012：444.
③ 王跃文. 苍黄[M]. 长沙：湖南文艺出版社，2012：444.

们斗争的结果如何，仍旧还是一个未知数。

总之，从谨小慎微的县委办公室主任李济运，到刚愎自用的县委书记刘星明，到性格直率的县长明阳，到野心不小的县人大主任李非凡，甚至是行事铁腕官至副厅级的田家永……书中的每一个人都深陷“怕”的磁场中。官场人生就如李济运家墙上那幅颇具深意的画——一个摇摇欲坠的花瓶，仿佛马上就会倒下去碎掉，战战兢兢、如履薄冰。这也正是书中主人公李济运一直以来的心态。

那么，官场中人怕的究竟是什么呢？

首先是怕说话。这应该是游走在官场中的人的普遍心态，在领导面前怕说错话，在媒体面前怕说话，在朋友面前不敢说心里话，甚至在亲人面前也不敢多说。书中提到，在领导忙碌的时候，就算看到领导很累，也不能说“您太累了”，而必须说“您辛苦了”，因为领导是一心为公，不会喊累的。所以，李济运在说每一句话之前，都是在脑袋里转了无数个弯的。这句话该不该说，应该怎么说，能不能当着这么多人说，都是经过深思熟虑的。

官场上的人，在媒体面前说话也是要小心再小心，谨慎再谨慎的。正因如此就催生出了拿钱便可消灾的无良媒体，书中的成鄂渝（外号“成鳄鱼”）就是这类媒体的代表。他借着采访的名义，向乌柚县的宣传部索取利益。他不是为人民说话，而是把“为人民说的话”当成要挟县政府的把柄。宣传部长朱芝把自己称作“消防员”，每天的任务就是监督网上的言论，把“乌柚在线”里所有负面的言论都变成“网尸”。同样李济运也担任着“消防员”的任务，每次在开“两会”的时候，他就负责蹲点，把上访的群众截回县里。

其次是怕出头。主人公李济运熟谙官场潜规则，在县物价局局长舒泽光因不愿做差配得罪了县委书记刘星明，便因此“被贪污”“被嫖娼”“被癫了”后，尽管他对刘星明的刚愎自用很不赞同，也为舒泽光的遭遇感到痛心，但是他除了以不显山不露水的举动提点舒泽光之外，他还得背负骂名，执行刘星明的命令将舒译光送进精神病院，他的内心是煎熬的。他也想不执行这个命令，于是将行程一拖再拖；他深知舒泽光的品性却不能在上级面前表示出对其一丝的好感；甚至在舒瑾将自己帮舒泽光说话一事告诉宋香云时，他是惶恐的，担心自己这一举动会被人认为是与刘星明作对，从而影响自己的仕途。有德之人无论做官还是闲居都不做违背道义的事，所以问心无愧。李济运没有做到，这是他身居官场的无奈选择。道义和公平这些本是基本的品德却在官场“潜规则”的影响下渐渐沉寂。他们日夜承受着内心的煎熬，却不得不受制于官场运行的秩序，之前的正义感与强出头的勇气也在时光的影响下越埋越深。

第三是怕上级领导。虽然我国民主制度正在日益完善，官员的任职、提升、罢免等都有一定的民主程序，官员履行职务的行为也受到各方面的监督。但真正决定着官员政治命运的，有时并不是官员手中权力的源头——人民群众，也不是履行参政议政民主监督的民主党派，而是上级主要领导。也就是说，上级主要领导的看法、提议等，往往起着“一锤定音”或“一票否决”的作用，决定着下级官员的提拔或罢免。“官大一级压死人”也是官场潜规则。官员由于行为表现不符合领导的“胃口”而被“冷落”，或者由于“得罪”了领导而走“倒官运”，或者由于得到了领导“赏识”而平步青云，甚至一再“带病提拔”的都可谓屡见不鲜。县物价局局长舒泽光，为官十几年没有贪污过一分钱，这与其属下利用职权大肆获取权益的行为形成了鲜明对比。然而老实巴交的他不愿服从上级让其作“差配”的决定而出口顶撞了几句就“被贪污”“被嫖娼”“被癫了”，最后被当作疯子送进了精神病院。他知道没有机会重见天日了，于是选择了自杀，以此获得国家赔偿留给女儿。这一悲剧就可以看出上级领导权力的威力，也就可以明白那些费尽精力讨好上级的下属有多么无奈。又如朱达云，在成鄂渝被朱芝等人冷落一旁、撇在一边、孤独落寞时主动提出用自己的车送其去车站，博得好感，所以在成鄂渝升任市委宣传部部长时，大力排挤朱芝，而对曾经帮助过他的朱达云进行提携。这一结果与舒泽光的悲惨结局形成了鲜明的对比。

第四是怕媒体。媒体信息高度发达畅通，官员们深知舆论监督的惊人能量。在许多情况下，官员们往往因为舆论“歌功颂德”而赢取大量政治资本，甚至平步青云，也由于受到舆论的谴责贬斥而“威风扫地”，甚至丢了“乌纱帽”。中的县委宣传部部长朱芝的主要任务就是负责管理县上网络方面的各种问题并负责和各种媒体进行周旋。在县长选举时，明阳落选又举行第二次选举，以及差配刘星明误以为自己当选了副县长，当场发疯这两件事使得两条关于乌柚县政府换届选举的帖子在网络上疯传，另一条是《乌柚县两次选县长，不选明阳不让过关》，一条是《乌柚县选举副县长，差配干部当场发疯》。报道出来后各地纸媒记者也飞赴乌柚县，小县城被紧张的气氛笼罩着。由此可以从侧面反映出媒体的及时性与时效性。又如朱芝为了应对《中国法制时报》驻省记者站站长成鄂渝对乌柚县的“敲诈”，拍摄其佩戴的价值数万元的名表并写成文章发到网上，引起了巨大反响，甚至使得《中国法制时报》副总陈一迪来到乌柚与李济运、朱芝一行商谈这个由媒体舆论带来的不良影响。媒体舆论可以使腐败言行一览无余，舆论本身也是一种监督。政府有关部门必须面对网络的监督，网络既是一个重要舆论阵地，又是一个极好的战场。人民群众可以通过网络发布揭发腐败问题的信息，进而参与到反腐败斗争中去，让腐败官员彻底暴露，让腐败官员不敢腐败。中国的反腐败斗争进行得越好，中国社会越风清气正。

第五，也是最重要的，怕案发。书中清正廉明的县物价局局长舒泽光有一段话令人深思："我在里头，你说不怕吗？也怕。我怕什么？我是后怕。我有机会受贿吗？有！我缺钱用吗？缺！我想钱吗？也想！我不是说自己如何廉洁，如何高尚。我是胆小。"这并不是说明他有多么胆小，而是显示出他的睿智。这体现了他的一种敬畏意识，一种害怕东窗事发的忧患意识。陈毅诗曰："手莫伸，伸手必被捉。"这是人们经常引用的名言，意在印证"天网恢恢，疏而不漏"。只要拿了第一次，就进入了贪的轨道，开启了一种惯性，要撤很难。而贪的目的是为了满足私欲，花钱的过程比贪拿的过程风险更大。"官有所畏，业有所成"才是"官畏"的应有之义。为官者有所怕，才能兢兢业业，有惧怕，方能勤勤恳恳。有了如临深渊、如履薄冰的心态，官员们就不敢为政不勤，敷衍塞责；就不敢狂吃乱食，奢靡腐化；就不敢结党营私，任人唯亲。正是因为有了落马官员的前车之鉴，绝大多数干部才变得更谨慎、更勤勉、更清廉。

第六节 《漫水》：乡愁里的中国

一、乡村经验的诗意想象

《漫水》这部中篇小说获得了第六届鲁迅文学奖，是体现王跃文作品在中国文坛能见度的一个显著标志。这不仅是王跃文一个人的荣誉，也是文学湘军的荣誉，更是乡村经验诗意想象的胜利。以此为名的这本中篇短小说集，不仅收录了《漫水》，还收录了作者其他乡村题材的小说。

小说《漫水》的现实原型是王跃文的故乡溆浦县漫水村。这个村落古时就叫作漫水村，后来20世纪50年代后，有些干部为了方便书写便将村落名字由"漫水"村改成了"万水村"。王跃文的《漫水》让这个湘西古老而偏僻的村落一时间出了名，吸引了不少的投资，许多人也来到这里想看看他笔下的漫水，于是"万水村"又再次改名成为"漫水村"。

小说写得十分从容：漫水地名是怎么来的，村里没人说得清。要是去城里查县志，地名肯定是有来历的。但漫水人不会去想这些没用的东西，他们只想把日子过得像闲云。心思细的，只有余公公。他的儿女们都说："老爹要是多读些书，必定是了不起的人物。"说到余公公这个人，他三观正得像是北方路边笔直的白杨树。他有着农村人特有的淳朴与勤奋踏实，割老屋、扳瓦角，手艺活儿好得全村有名，与此同时他说出的一些话、思考的一些事情，更不像是一个土生土长的农民，而像是一个读过书、受过高等教育的人。他做什么都是一副不慌不忙、从容不迫的样子，对于农家事也是熟稔于心。

小说是围绕着余公公和慧娘娘等人展开的乡村故事，以往事与现实两条线索交叉的方式讲述。慧娘娘也是一个很有才能的人，能给死人化妆，能接生，是远近闻名的赤脚医生，她还会做寿衣，同时也与人为善，村里的大多数人都受过她的恩惠。两位都是村里头德高望重的老人，年轻时便是熟识的好邻居，他俩关系密切却从未惹过闲言闲语。两人之间的情感却似乎已经超脱于世俗情感之外了，像是友情，却又超乎友情，更像是亲情，是知己。另一个主要人物强坨是慧娘娘和有慧的儿子，小时自是聪敏，但长大了之后却是没有什么大出息，新修的砖房也只有一个空壳。嘴巴上又常不饶人，因而在村里的人缘也不好，大家觉得他对母亲也不好。现实中平淡而温馨的生活故事因为龙头杠的丢失，而发生了转折，慧娘娘执意认为是自己的儿子强坨偷了龙头杠去卖，慧娘娘生性耿直，自然是看不惯这种行为的，于是一气之下病倒在床上，不久之后便逝世了。出殡那日，余公公拄着棍子，追着灵棺，哭喊道："老弟母，你好走啊！飞龙拉着你腾云驾雾，你一路莲花上瑶池！"读到这段时，心中不禁有满满的感动，两位朴实的老人以知己之心相知相伴多年，临走时亦是给对方最美好的祝福。小说的故事贯穿了大半个世纪，从临近解放开始到改革开放后的几十年，王跃文以独特的视角审视着这个乡村以及人们的观念在历史长河中的裂变。

《漫水》的措辞都十分具有湘西地方特色，如"漫水这地方，公公就是爷爷""不叫做老屋，也不叫置老屋，叫割老屋"，说话时总喜欢用"莫"代替"别""合伙"说成"打伙"等，这种接地气的句子会让读者感到很踏实，感到实实在在地触碰到了这土地。读者甚至能感受到余公公和慧娘娘他们对话时的语气和腔调，蛮横的语气中透露出一丝耿直，时不时发出爽朗的笑声。每一个不同地区的农村，都会有它的地方特色。不仅仅是语言上的特色，还有一些环境习俗上的特色。陈忠实和莫言笔下的农村是黄土高坡上的野性驰骋，周立波笔下的农村是东北松花江畔的血性斗争，而王跃文笔下的农村是湘西山水的随性淳朴。

二、"漫"与"土"的乡愁中照出的人性之美

《漫水》这本书中除了收录《漫水》这部中篇小说，还有《我的堂兄》《也算爱情》《桂爷》《乡村典故》《冬日美丽》等中短篇小说，故事都围绕农村人的生活展开。乡土文学总是会让人联想到惬意的田园生活，土地、老人、劳动都似

乎成为乡土文学中的标配，也成为大多数人对乡土文学的固有印象。在这些故事中，很多故事的发生背景都是还在“记工分”的年代，有着那个时期鲜明的特色。

《我的堂兄》便是在这样的一个背景环境下展开的。“我”的堂兄是舒通，“我”叫他通哥。就像名字一样，他通晓很多事情，给人一种“上知天文下知地理”的感觉。在村里，他就像是一种有文化的象征，一种知识的符号。通哥喜欢戴着一顶帽子，帽檐又压得低低的，走路的时候使劲儿地昂着头，看不清脚下的路，于是腿就抬得高高的。他是一名语文老师，时常给大队里出“批林批孔”的墙报。但他似乎又不仅仅是因为这样而显得和大家不一样。他悄悄地告诉“我”孔老二是老师的祖师爷，告诉“我”那些赛诗大赛写出来的东西不能叫“诗”只能叫“顺口溜”，他在那个“出生成分”大过天的年代里勇敢地追逐属于自己的爱情。他就像那个时代里的一个不和谐的音符，却也因为他与众不同的才能而弹奏出了真实的曲调。

故事里有一个情节，说的是通哥编排的《插秧舞》在送往省里参加演出前由一个大老官审查时，大老官却说：“这是开历史倒车！这是给社会主义脸上抹黑！”只因节目表现的还是原始的人工插秧而不是机械化插秧。通哥被大老官劈头盖脸地训骂一番之后，表面顺从，实则依然是让最初版本的《插秧舞》去参加比赛，最终在省里获了奖。就是这样一个内心正直的知识分子，在经历了多次高考不中、老婆阳秋萍给他戴“绿帽子”之后，也开始慢慢地变得丧失自我，不再像最初的他，直至最后竟因行窃而坐牢，不禁让人讶异。在读小说的前半部分时，读者以为通哥的结局会很美好，至少不会改变初心，这样的结局大大出乎了读者的意料。但这却也是很现实的一个状况。生活中的许多人本来正直无畏，在历经挫折和厄运之后会堕落、迷失自我，甚至连自我都觉得陌生，再难以寻回最初的自我。小说中的幸福，亦叫福哥，外号“王连举”。因为他一年四季总是爱拿手摸自己的西式头，把自己摸得像是王连举。他亦是小说中很关键的一个人物，如果没有他，说不定上大学的就是通哥了。福哥与通哥的关系一直都不是很好，甚至可以称得上是“死对头”。在小说的后来，也是因为阳秋萍与福哥有染，才使得通哥与阳秋萍的感情走到了尽头。

但小说中也不乏关于乡村淳朴爱情的描述。一开始阳秋萍和舒通的感情很干净、很纯粹，就像是清晨林间的阳光打碎了散落在两颗年轻跳动的心脏上，爱情的滋养让他俩之间甜得像溢出的蜜糖。就像那个年代里都会有的故事一样，两颗年轻的心走到了一起，虽然阳秋萍的母亲一直想让她嫁到城里去，但是两人经过努力终于喜结姻缘。尽量最终还是分开，但爱情是美好而纯粹的。

王跃文笔下的乡村故事在快要结束时就会发生转折，看似突兀没有任何预兆，但如果细细品味，就会发现之前一定有伏笔和线索。比如在《漫水》的前半段便讲述强坨并没有什么大出息，甚至难以拿钱为自己逝世的父亲置办一口好的棺材，还得用余公公的钱。这可以看出王跃文的个人风格，笔锋犀利、一针见血、寥寥几句便可直达人性的最深处。但同时在其中也体现了一种人性美、乡村美，弥漫的是和谐美好的生存方式。《漫水》被王跃文总结为“乡愁写作”。他说，在作品细致入微的刻画背后，透射出的是他对业已失去的乡村美好生活的温情缅怀，表露的是一种乡愁。比如说小说中写到生死，“死生亦大”是中国传统文化中的东西，在乡间的日常生活中是非常庄严的。人们庄严地对待生与死，贯穿在生动的细节中，成为乡村生活方式的“仪轨”。

《桂爷》的故事也发生在农村里。桂爷原是村里的老支书，辈分高、年纪大，谁见了他都得叫声爷。然而他却并没有真真实实地当过爷爷，七十多岁仍孤身一人，没有老婆孩子。于是，大发便谋划着给桂爷争取一个五保户的指标。然而村里唯一的五保户指标给了四喜叔，只要他还活着，这指标便不是桂爷的。桂爷是一个很实在的农村人，硬撑了一辈子，不肯服输。对于大发一开始要为他争取五保户的时候，他内心并不乐意，甚至抗拒，他说：“我不吃五保！我自己有双手!”但是四喜并不这样认为，四喜是一个不知好歹，得理不饶人的人，他觉得桂爷是在咒他死，于是经常跑到桂爷门前咒骂。在四喜的不断挑衅下，桂爷的心理也发生了变化。他变得格外在意这个五保户的指标，随着他身体机能的衰退，脑子也开始有些糊涂，分不清真假，后来甚至出现幻觉，认为四喜已经死了，而到最后桂爷也不堪心理的重负。小说中的大发夫妇是一对善良的夫妇，时刻为桂爷着想，不仅为桂爷争取五保户的指标，而且到最后实在没有办法的时候，他们干脆自己为桂爷置办钱粮，假装是上面给他们村多添了一个五保户指标。这是人性的大美，大发夫妇像是那时大多数淳朴的农民一样善良。

文本也刻画了一些悲剧性的人物。《冬日美丽》中喜英嫁到桃坪的有钱人有银家，没过多久就被飞扬跋扈的丈夫给整死了。但这不是悲剧的结束，而是开始。丈夫一家人欲瞒天过海，说是她自己喝农药自杀身亡，幸好娘家人已经看出来了。但他们没有到更高一级的司法机关诉讼，请求得到公正合理的解释，而是轻易地被一笔钱所收买，配合他们演这出骗局。这给读者带来了深深的震撼：难道一条人命只值万把块钱吗？生命何其卑贱！这篇小说虽短，但它带给读者内心的震撼非常多。故事也展现了阴暗面，这些阴暗面有时体现在极少数的村民身上，但更多的时候是体现在官员身上。《我的堂兄》中身上来审核

《插秧舞》的大老官，看似认真负责，实际上只是为了迎合上级的口味，为了能够让自己的官位更稳；《桂爷》中，县长郑重其事握着桂爷的手承诺会给他的五保户指标一个答复，回到县城里便把这件事情抛之脑后，桂爷直到逝世也没有得到所谓的答复；《乡村典故》中丢了一头牛的满叔，被警察口中所谓的办案费、案值评估费胁迫，被迫上交了与一头牛价格差不多的一千一百块钱，以致满叔没好气地说，他的牛“被贼偷了一头，被强盗抢了一头”。

王跃文官场小说注重官场中人的心理状态和情绪变化。而在乡土小说里，村民才是戏的主角，一切故事围绕着他们展开。他们大多淳朴善良，像世世代代生长在这片大地上的植物一样，深深植根于土地之中。将农村人的淳朴与生存在官僚体制之下的丑恶嘴脸形成鲜明对比，显现出官场的丑恶。

王跃文长于场景描写，常常寥寥数笔便能将一些场景描画得跃然纸上。不仅仅是场景再现的真实，而更多的是一种对于内心世界描写的真实。《漫水》让读者领略到不同于莫言笔下的北方农村风情，亦不同于沈从文笔下的湘西美景。沈从文笔下的湘西是安静的、未被污染的一片净土，而王跃文笔下的农村更增添了一些现实的因素。

第七节　《爱历元年》：成长的伤痛与救赎的艰辛

一、成长的迷茫与爱的回归

由于中国独特的生存环境，当代文学走了很长时间的“政治巨人压倒个体小人”的曲折历程，直到20世纪80年代中期以后，作家们才开始真正表现个体的生存价值，个人的成长才回归于日常生活中。这种成长小说，一方面使得“个人性”与“历史”通过主人公的成长达成了既对抗又共生的结构关系，另一方面更让“成长史”成为社会变革史或者说“历史大事年表”的文学注解，其文本特征是个体的人经历痛苦的“成人”蜕变，获得重生。20个世纪90年代，特别是进入21世纪以来，由于更年轻一代作家的崛起，中国式的成长小说得到了长足发展，作家们总是在不经意间窥视到人性的深处，探究历史夹缝中所隐藏的秘密，揭示文学与时代互相生成的本质特征。①

在这样的背景下，王跃文新近推出的《爱历元年》②完全可以被看成是一部

---

① 施战军. 论中国式成长小说的生成[J]. 文艺研究，2006(11).

② 王跃文. 爱历元年[M]. 长沙：湖南文艺出版社，2014.

中国式的成长小说。《爱历元年》既不同于西方经典的成长小说，如歌德的《少年维特的烦恼》、狄更斯的《大卫·科波菲尔》、马克·吐温的《哈克·芬历险记》、塞林格的《麦田守望者》等作品，主人公因为不满和失落而进入到社会的“大熔炉”和生活的“大课堂”，经历种种困苦，最终长大成“人”；也不同于中国现当代文学中知识分子的成长故事，那种“革命+恋爱”（如杨沫的《青春之歌》）和“麻木+觉醒”（如卢新华的《伤痕》）的文学模式，在王跃文笔下见不到丝毫“互文”的影子。[①]《爱历元年》更多的是真实细致地描写主人公在精神、心理、社会、道德等各个层面的发展历程，作者以独特的艺术感觉执着于日常生活的世俗叙事，着力于主观印象的建构与客观氛围的营造，生动细腻地讲述着当下普通市民的一个个悲怆的生命故事。一个人的成长折射出一代人的成长。小说艺术笔触的冷峻和精细的描写使它上升到普遍意义的高度。

主人公孙离原本是一个中学老师，后来成为畅销书作家和一个有担当的丈夫和家庭的男主人。喜子原本也是一个中学老师，后来成长为大学图书馆馆长和一个负责任的妻子和家庭的女主人。儿子孙亦赤是在医院里错抱回来的，从小性格桀骜不驯，跟喜子亲情淡薄。孙离的弟弟孙却从小叛逆，长大后却成了一个成功商人，但一次重病后悟透人生，开始义务支教。随着情节的展开，两对偷情的人也突然醒悟：李樵不再和孙离联系，就像一颗流星划出了孙离的世界；喜子亦将自己的孽缘画上句号。侄子大山的到来，朋友马波的家庭闹剧，尼姑妙觉的大情怀，亲子错抱的打击，小英在城中村的出现……家庭、道德、爱与宽容的力量，使得孙离与喜子重获涅槃，两颗倍感伤痛和孤独的心终于得到救赎。这样的书写，完全摆脱了对巨型历史和特定事件依傍的惯性，回归到日常生活中，叙写“成长中”的状态或“成长的破碎”的状态。

《爱历元年》有着一般成长小说的叙事特征，更有着“自我成长小说”的特征，主人公并不是在一种逆境中成长，而是在迷茫中摸索，在摸索中错位，在错位中成长。

作为该书独创性的关键词：“爱历元年”原本是孙离确定与喜子“耍流氓”（即性生活）开始的，孙离说：“从我耍流氓那天开始吧。”这是男人对物质的现实的反映，而喜子不愿意把时间确定在这个节点上，说：“这么庄严的事，就得重新考证。”结果是往前推进三年，从全班男生出现“光头事件”那天开始，显示了女性更追求精神上的享受和浪漫的情怀。他们吵了三年后，才结婚。但领

---

① 徐秀明，葛红兵. 成长小说的西方渊源与中国衍变[J]. 上海师范大学学报（哲学社会科学版），2011，40(1).

了结婚证出来，孙离竟“突然觉得喜子非常陌生”。这是成长过程中的困惑与迷茫，也为后面故事的发展埋下了伏笔。结婚放鞭炮没放好，结婚照放大看起来像是遗像，于是没有挂在家里，许多错位的事情都暗藏在心里。结婚证成了“女巫手里的魔杖”，把两人的生活变糟了。喜子生完孩子回到家，儿子跟她不亲，一到她怀里就哭，喜子就怀疑孩子是不是抱错了。

之后孙离找了一个年龄比她小十岁的李樵做情人，而喜子也找了一个年龄比她小十多岁的博士谢湘安做情人。这也是在迷茫中“瞎碰上”的。而孙离的好友马波与尼姑妙觉为知己，他的妻子叶子因为误会而痛苦万分，四处告状，结果失去了自我，更失去了婚姻。

叶子虽然出场不多，但她却很能代表当下一大批受过教育却失去自我的女性。这些女性，也是因迷茫而错位的：她们的生活从一开始就是物质的、世故的，她们不能体验一段浪漫的人生，不能安于一种面向心灵的生活方式，她们所做的所谓捍卫爱其实是伤害爱并最终失去爱。也许她们还能与那个人生活在一起，但有些事情却永远变不回原来的模样。她们的时间、精力、理想，她们的青春岁月，就在欢笑与泪水之中渐渐逝去。她们爱过一个人，想要把这个人当成自己永远的依靠，但就是在依靠的日子中，她们忘记了还有她们自己。曾经的颠沛流离、曾经的卧薪尝胆、曾经的豪情万丈，在追逐的过程中渐行渐远，直到最终彻底消隐。她们大多数满身伤痕，喊着弱者的名字哭泣，但在她们觉醒时会恨自己怎么会变成这样的人。为什么不会想到既然爱一个人就是要让他快乐和幸福，如果因为种种原因，这个人会离你而去，你也不应该寻死觅活，这个世界上没有任何一个人会因为另一个人的离去而活不下去的。须知，再深的感情也敌不过缘分的交错，因此如果缘分已尽，不如选择放手。在未来的天空和清净的岁月里，偶尔回忆起自己的人生，你仍会觉得，有一个人住在你的心底，虽不会时时想起，但每次想起仍会感到无力与悲伤。但这种饱含苦涩的辛酸正是你成长过程中的代价，总有一天，你会释然。

就是这样，王跃文通过对孙离和喜子这类知识分子夫妻情感婚姻轨迹及家庭生活境况的描摹，完成了对中国人过去二三十年的精神走向、灵魂沉浮、情感形态等的深情回望，同时完成了对过去二三十年间中国社会的种种变迁的生动勾勒。小说不但以生动的人物描写和惊心动魄的历史事件给一个时代进行了画像，而且通过爱的回归，主人公经历了一系列的沉沦和逃避，最终找到了自己的救赎之路。

二、孙离的成长：背叛的激情

背叛居然产生激情，这是正常心理的悖论。但孙离的成长，就是这样的真实。

首先是，孙离竟然被没文化的邻居宋小花欺负，认为她的妹妹小英怀上了孙离的孩子。宋小花的流氓弟弟老虎蛮横无理，还打上门来，要求孙离赔一千元私了。最后孙离的弟弟孙却不顾孙离的劝说拿了八百元花钱消灾。因为这件事，许多学生家长写告状信，说不能让这样道德败坏的老师来误人子弟，所以孙离不能继续留在学校任教了。校长刘元明也没有办法，只好让孙离去做保安，去敲钟。孙离很生气，却又无可奈何。作者写道："刘元明用拇指和食指比划着告状信的厚度，孙离想到的那正是八百块钱的厚度。一年半的工资啊！"这里既有心酸，也有对无缘无故赔这么多钱感到的心痛。这些铺垫为孙离的背叛埋下了伏笔。

弟弟孙却出八百元平息事态，表面上看是不可能的。孙却也是在社会上混并且很吃得开的人，对付老虎这种小流氓，他有的是办法，所以他应该不会成全老虎的无理取闹。但他就是这样做了。实际上这是作者在暗示，孙却认为哥哥可能做出了对不起小英的事情，但又碍于情面不好说，觉得孙家理亏，所以愿意出八百元了难。孙离就是在这种有理说不清的尴尬下开始投身于一种偷情行为的实施中的。

而当孙离第一次遇见他的情人李樵时，作者是这么描述的："据说人的情绪，实际上是一种物质，它是可以被测定的。情投意合的男女待在一起，他们身上会散发出一种气流，这种气流相互缠绕，绵绵不绝。用某种特制的仪器来观测，可以看到这种气流呈现美丽的绿色。两个相互讨厌的人待着，他们身上散发出来的则是黑色气流。如果把这种黑色气流搜集起来注入金鱼缸里，可以把鱼活活毒死。假如把那种美丽的绿色气流搜集起来，埋在玫瑰树下，花儿会开得更加鲜艳。"简单的一段文字让读者的想象飞升起来，更让孙离忘却了发生在自己身上的种种不快和积累起来的沉重的压抑。

小说中其他的对于孙离和李樵见面的描写也十分生动，例如，孙离第一次约李樵吃中饭，李樵拿着菜单，"一页一页慢慢地翻，不像在点菜，像是在看书。她的胸脯匀和地起伏，沉静得像夏天树荫下看书的女大学生"。还有，孙离第一次与李樵开房，李樵进房后，"她长长地摊开双臂躺在床上，眼睛不松不紧地闭着。她放松得就像一摊流沙，散漫在宽大的床铺上"。完事后，"孙离抚摸着李樵的背，想起中午在山谷里看到的嫩绿的禾苗。风一吹，那禾苗一浪一浪的，绸缎似地飘着”。就像命名“爱历元年”一样，以后，孙离把两人的约会叫作“充电”。这样诗一般的描写，只能描述偷情的美好，为有忤道德的背叛在激情的幌子下作了辩护。

小说最后写到孙离似乎放下了李樵，“孙离很想告诉喜子，他至今不敢想起一个女人，一想起，他胸口就会钝钝地痛；但他和她的故事早已结束”。显然，这是孙离的无奈，似乎不是他真正彻底释然了，而恐怕是李樵再也不愿意跟他联系了，倘若哪一天，李樵突然回心转意，读者很难想象孙离能否决然地拒绝同李樵的见面。与其说孙离斩掉了背叛，不如说李樵收敛了激情，她这样做，既成全了自己，也成全了孙离。

三、喜子的成长：一路恐慌

艺术在于创新。创新的东西，沉淀下来就是后来人的精神养分和文化源泉。王跃文的这部小说，可圈可点的是创新意识强。即便是写喜子的恐慌、写她的成长代价也颇费心思。

喜子读研究生寒假回来，孙离做过几次原本她最喜欢吃的土豆烧牛肉，但喜子没有动筷子。孙离知道，喜子“在上海半年，口味已经变了”。喜子到上海读书后的第二个学期放假回来，孙离去火车站接她。由于情感上发生变化，喜子的心理也发生了明显的变化。作者写道：“喜子看见孙离了，目光只一闪，头就低下了。铁栅门口很拥挤，喜子让着所有的人……她紧紧缩着肩膀，眼睛警惕地朝两边望……生怕被人碰着，好像身边全都是刺猬。”这些成长的过程，层次感清晰，包含着多重意义，有象征，更有隐喻。

第一次出差到凤凰开会，在一个酒吧里，喜子说：“湘安，你的眼睛里有红灯笼呢。”谢湘安也看到屋檐下灯笼投射到喜子的眼睛里，但他说：“我在你眼里看见的是玫瑰。”这分明是调情的话，但却意味深长，恰到好处。喜子与谢湘安做爱后，喜子轻轻地说：“小安子，你把我照亮了！”一个是情感浓极了的称呼“小安子”，一个是情感释放后的快活“照亮了”，这文字用得真神啊，将偷情的恐慌顿时压了下去。从凤凰回来，喜子心情很好。“樱花仿佛偷偷约好，一夜之间骤然绽开笑颜。”这都是一语双关的话，有着明显的暗示，新鲜又充满诗意。

谢湘安第一次自作主张是他要与喜子一起去欧洲玩。喜子怕孙离有想法，故意说学校组织暑假去欧洲旅游，同事都希望孙离去。但孙离的回答既是喜子喜欢的，他不去，又是让喜子伤心的，即喜子明白孙离不在意她。后来喜子又故意说不去了，孙离问原因。喜子说：“本来有五个同事一起去的，今天有三个人说不想去欧洲，改去日本。”孙离说还有一个同事可以去欧洲啊。喜子特地说：“男的，小谢。他是执意要去欧洲，说一个人也要去。”孙离便说，既然如此，你由小谢陪着去，不是挺好吗？这一步一步扯谎，喜子百感交集。

喜子读完博士后回到苍市师大教书，孙离只能在师大附中教初中，两人之间的差距拉开了。孙离很焦虑，这也体现在与喜子的性爱上。作者写道：“喜子脱光衣服，扯过毛巾被盖着躺下，发呆似的望着天花板。孙离也在脱衣服，刚脱到一半，突然有了尿意。”每到关键时刻想尿但又尿不出，每次上床前都要跑一趟厕所，但多是无功而返。“他自嘲这是心尿，并不是真要拉尿。”这里有一个有意思的细节：“他没有拉出尿来，仍取下淋浴龙头，坐在马桶上冲洗。他只是想让喜子听到冲洗的声音，不好意思刚拉完尿就那样了。”这里含义很丰富，表面是写孙离的紧张，其实更是对喜子内心世界矛盾的展示。

在接下来的描写中，王跃文又有一个“小发明”：孙离形容自己做爱“永远是一部很好的长篇小说，只是序言有些冗长”。结果，“那个晚上，喜子读完他长长的序言，发现他的长篇小说还算得上引人入胜”。对性爱的描写各种各样，但以长篇小说的内容来形容做爱的过程，这样的原创是头一回读到。

小说的最后，“喜子自己的故事，却永远不想让孙离知道。喜子只想安心地守在孙离身边，变得越来越老，朝着他傻笑”。这也是一种自我安慰。因为在喜子的成长中，类似这种爱的场景多次出现过，但最终却被谢湘安猛烈的突如其来的爱击得粉碎。所以，喜子的恐慌暂时因为搂紧了孙离而释然，但谁敢保证她未来的生活不会发生变化？

四、集体的成长：传统文化的愈合力量

每个人都有着自己的爱历元年，可许多人在经历其中时都忘记了这一点。而之所以忘记，就是因为一般人都没有找到治愈心伤的能力。在《爱历元年》中，几乎每个人物都有着独自的成长历程，并都能找到治愈的办法，传统文化的愈合力量与人性的自我完善表现得十分充分。换言之，成长的路径主要有两个向度：从文化意义上看是传统文化愈合力推动的结果；从人性发展的角度看是经历“中年危机”和“情感放逐”之后的“收心与回归”。

喜子与谢湘安的相遇颇有点英雄救美的感觉，这是传统文化的出发点，是小说前进的动力。那天喜子在图书馆正大门台阶上摔倒，是谢湘安扶起她的。而谢湘安作为计算机专业的博士，比喜子小十岁，在图书馆数字图书馆部任职。第二次摔倒，正好也是被谢湘安碰上，那是在爬山的时候，谢湘安还用他的方格手绢替喜子擦了汗，并且把手绢留在了喜子那里。喜子把手绢洗得干干

净净，用的是薰衣草香味的洗衣液，并把手绢放进一个信封里，准备还却因为忙忘记还了。这些细节，都很细腻、很丰富，情节生动、逼真，画面感强。

小说中孙离的亲生儿子郭立凡有着“原罪”的特点。他出场很少，唯一的出场就是在医院里。他的出生没有什么过错，真正有过错的是医院导致他被没有血缘关系的他者(郭姓夫妇)错抱回家。为了回归到亲生父母身边，作家让他得了一场重病，需要换肾才能得救，而救人者正是他的亲生父亲。这里也隐含着传统文化中“血浓于水”“血缘和亲情高于一切”的观点。

小说始于爱历元年，终于爱历元年。但此时非彼时，此景亦非彼景，而重生的爱历元年已经经过了岁月的锤炼，已经变得牢固、饱满而悠长。王跃文将现代社会婚姻的现状投射到小说中，以此来思考人性、思考人生。婚姻，其实就是一纸书文，约束你的其实是你内心的原则。当人到中年，危机四伏，可怕的诱惑不期而至，这时候谁能抵挡得住？实难说。作者最后对这段婚姻，以及所有的事情给出一个圆满的结局，更多的是对中国传统家庭婚姻观念的忠实捍卫，对整个人类的祝福。弟弟孙却的病得到治愈；好友马波的媒体事件得到澄清；喜子的亲生儿子得救；养子孙亦赤受了刺激离家出走，全家人担心忧虑，最后在新年到来之际，孙亦赤给喜子发信息，忏悔自己的过错，最终全家人释怀。满心温暖溢上心头，有大伤痛，亦有大温暖。

妈妈，在拉萨/泪水把天空洗得更蓝
雪山多么辽阔/格桑花让我念想亲人
万千句经文中/你独能听出/我是哪一句念诵
万千盏酥油灯/你独能认得/我是哪一朵灯花
我以为我找不到家了/昨夜，我梦见一双软软的鞋
妈妈，与其让你如此牵挂/不如你带我回家

这首诗写得太美了，美得让人感动，让人心酸，让人流泪。这是孙亦赤的成长故事。通过自己的出走，以及出走后经历的挫折和由此历练出的醒悟，他最后回归到温暖的家庭，回归到爸妈身边，完成一个成人仪式。非常态的生活状态中的成长凸现了家庭的力量，个人的成长史成为一代人的集体镜像：孙亦赤们生长在物质丰腴的环境下，没有人引导他们成长，只能和自己的同伴们在情感上相互取暖，彷徨在成人世界的大门外。富裕的符号是父辈提供给他们的，他们不可能冒着失去物质享受而叛逆赖以保护的长辈们，他们还在成长的过程中，还没有真正长大成人，因此不愿意创造属于自己的天空。遇到困难，他们无力独自面对，无一例外的处理方式是逃避或出走，“出走—归来—长大”成了少年成长的基本叙事模式。

但同样是少年的成长，与孙亦赤成长轨迹不同的是江陀子——这个社会最底层的小人物，像符号和幽灵一样在文中出现，他的降生像鲁迅先生笔下的阿毛，既不合情又不合理，但却是无辜的。江陀子一直要寻找母亲，希望把苦苦挣来的钱孝敬母亲，但最终却也是他把母亲推向死亡。他成长的代价十分反常，有着黑色幽默的反讽特质，十分沉重。更沉重的还在于，他宁愿坐牢，也不愿意孙离去疏通关系，为他减刑或缓刑，因为那样，拆迁公司会扣他的钱。这样的成长太辛酸！

谢湘安的成长是以母亲的逝世作为代价的，以参加母亲的葬礼作为成长仪式的，这个成长仪式甚至延伸到熊芸带着谢湘安来看望孙离时，从夜场上看到喜子因为连续的家庭打击变得苍老的长相而变得彻底破碎。这时，谢湘安泪流满面，新婚妻子熊芸很惊慌，谢湘安却说“想起了死去的母亲”。至此，他觉得自己对喜子的纠缠不再是爱，而带有一种对“母亲”的冒犯，所以他要赶紧“收心”。这反映了传统文化中“母亲崇拜”和“不能乱伦”的社会法则。

孙离与喜子双双红杏出墙，他们的独生子却不是自己的骨血，喜子在医院生下的儿子却被一对郭姓夫妇抱错了。20 年后，因为儿子得肾病要动手术，郭姓夫妇才找到了孙离夫妇，请求救治儿子。家庭亲情这些传统文化的元素最终战胜了世俗的诱惑，上升为这部小说的肯定性价值。孙离无偿地捐了一个肾脏，救活了儿子，让儿子重生，自己也获得了重生。因为他不仅救赎了自己的肉体，更洗去了自己的罪孽，升华了自己的灵魂。这里反映出传统文化“救人一命胜造七级浮屠”的观念，何况这个被救者还是自己的亲生儿子！

而李樵断然地离开孙离，也是传统文化力量起到了决定性的作用。因为有一天，李樵看了泥石流的事故报道，一辆小车被泥石流淹没，而淹没的地方正是她与孙离曾经约会的地点。这成了李樵挥之不去的阴影，她认为这是上天发出的警告，从而决心离开孙离，结束这不光彩的偷情生活。这其实反映了传统文化对“偷情者不耻、执迷者遭报应”的说法。

在某种意义上，《爱历元年》揭示的是一种现代性的危机，其解决的办法也只能借助于文化的力量。只有让认知的真理性、道德的正当性和表达的真诚性重返日常生活领域，才能彻底拯救个体的灵肉分裂、清除社会的肌理病变。① 王跃文说：“无病之病，是为大病。我们从身体到心理，从精神到灵魂，是不是有病？我们还会不会懂得痛？我想同读者朋友们一起喊一声痛，一起面对我们

① 步蓬勃，韩秋红. 现代性的救赎——谈哈贝马斯“交往理性”范式转换的哲学逻辑[J]. 中南大学学报（社会科学版），2014(1).

必须面对的人生。这部小说会叫人感觉到疼痛，却又有温暖，有爱和救赎。”王跃文是具有大爱之人，对人性中的一些劣根性充满了包容与宽恕，这种集体的成长和传统文化的愈合力正是温暖和希望的所在。

正如王跃文在接受采访时所说的：“最近三十年，中国社会发生了一些重大的变迁，一方面是波澜壮阔，一方面是艰辛曲折；一方面是欣欣向荣，一方面是纷繁复杂；一方面是经济发展，一方面是矛盾凸显。社会经济向前飞速发展的同时，各种社会矛盾积累得也非常多。面对如此尴尬的社会现实，文学不能漠视……一方面，我个人对文学的态度是相当包容的，每个人有每个人的写作自由；另一方面，我也认为目前中国最需要的是紧贴现实的现实主义文学。我认为文学必须真实地反映生活，文学必须对现实问题和历史问题作出思考和回答，文学必须承担其社会责任。”①的确，王跃文就是这样一位作家，有着抵御喧嚣与浮躁的定力，有着真正的家国情怀和使命意识，始终怀抱着对文学的虔诚与敬畏。他的小说创作通过心理现实主义和历史现实主义丰富了19世纪以来的批判现实主义小说的叙事。他的创作过程既是在对现实进行提问，同时又是在试图通过自问自答的方式寻求问题的答案。他借助笔和文字实现的是寻找并张扬理想人性和人格的探索。这样的探索在他的作品中体现为从专注现实到在历史与现实间穿梭，从单一的官场人物的人性探索到历史与现实生活中多样人物的人性探索。生活表象上的纷繁复杂始终遮盖不了藏在生活背后的灵魂的丰富，对精神问题进行的深入剖析和对理想人格、人性的探索，使得他的作品充满生命的张力、生活的厚重，同时也兼有人性引导的力量。

所以，读者们应该相信，也完全有理由相信王跃文作为一个用心创作的写作者，不屑于去创作缺乏灵魂的僵死文字。在未来的创作历程中，他还是会继续他对家国情怀和使命意识的坚守，继续他对文学的虔诚与敬畏，继续他对理想人性和人格的探索。读者们期待着怀着虔诚的心态创作的他，一直将个人的写作与历史时代相结合的他，写作视角能在“官场”“历史”“乡村”“情感”之间收放自如、自由切换的他，在今后的创作中能继续实现他所要达成的蜕变，实现他精神剖析和人性探索的理想。王跃文的作品值得读者们期待，好的作品值得读者们等待，毕竟文学经典是“慢”的产物，慢工出细活是文学创作的基本规律。

---

①　钟润生. 面对尴尬而强大的现实，文学不能漠视[N]. 深圳特区报，2012-08-16.

结　语

历史终将证明，无论在中国文学的历史长河中，还是在文学湘军的庞大阵营里，王跃文都是一个独特的存在，都在某种程度上代表了文学湘军在中国文坛乃至在世界文学舞台上的能见度。

很少有作家像王跃文这样在纯文学和通俗文学两界都能长袖善舞，拥有巨大的影响力，也很少有人像王跃文这样在争议和质疑声中不断创新，奋勇前行。王跃文在拥有庞大读者群的同时，又具有纯正的文学品格，《国画》本身就是个民族寓言，却又有着多重隐喻，含蓄隽永，意味深长。中篇小说《秋风庭院》，特别是小说集《漫水》中的几乎所有篇什都堪称精品，结构精巧独到，感情浓淡有度，更为重要的是关注生命与人性，对底层有着透彻的理解和感同身受的情感。他从不隔靴搔痒，或者无病呻吟，而是表现生存的困境和存在的意义，紧贴底层的痛点、官员的弱点和人性的优点，以诗性叙事观照芸芸众生，以诗意情怀看待一切苦难，入乎其里，出乎其外，在写实与写意、批判与赞美、悲剧与诗意间取得了可贵的平衡，以创作实绩奠定了他在中国文学中的地位。

王跃文是少数被专业研究者和普通读者都高度认可的作家。他的经历很特殊，既不是书院派的技术型作家，也不是靠自学自悟成才的半路出家者。他毕业于大学中文系，在只能以书为伴的年代里，无以为乐，也无所牵绊，遂浸润在文学的殿堂里，阅读大量原生经典，思考形而上的问题。毕业之后他进入官场，"一入侯门深似海"，见证了人性、人情、人欲的裂变与重生，看到了欲望诱惑下官员的无所不用，感受了权力的无所不能，也在下岗之后感到了无可奈何。"赋到沧桑句便工"这一切让王跃文成为一个能够书写多个题材、辐射多个领域、涉及多种问题的多面型作家。

在很多作家笔下，官场权斗是招招见血、刀刀毙命或如钝器搏杀、狼烟四起、杀声震天的。王跃文不属于其中任何一种。他的叙述像手术刀，锋刃所及，刀过无痕，许久才能看到鲜血微微渗出，但骨已分，肉已离。所以，王跃文作品中的权斗很少直面对决，而是找到对方软肋，在常人不可思议处出手，一击致命，之前则是韬光养晦，积聚力量，是人品和学识的较量。不可否认，因为官场文学，因为《国画》，因为一些秘而不宣的潜规则，他在小说界大放异彩，赢得了市场的青睐和读者的拥护。但王跃文作品的艺术品位并未因为市场性和传奇性而有所衰減，相反随着读者年龄和阅历的增加，当他们走在人生的路上，蓦然顿悟，正在发生的一切如同昨日旧梦，这是他们从更深层次上读懂了王跃文，在若干年之后与昨日的王跃文相遇。这是他作品的深刻性与预见性，也是文学自身不可湮灭的力量。

王跃文总是有多套笔墨，除了书写机关丛生的官场权斗，还书写乡村的世界，在这里，人们善良淳朴，自然灵动，一如沈从文笔下的湘西世界。民间是王跃文内心最柔软的世界，从这个视域出发，爱情的醇美和感动，亲情的温暖和至美，透出了纸面。2014 年，他的中篇乡土叙事小说《漫水》斩获第六届鲁迅文学奖，人们看到了另一个向度的王跃文，也验证了王跃文作品的文学性与纯粹性。《国画》之后，王跃文又相继写出了《大清相国》和《苍黄》等一系列作品，把官场文学从当下回溯到历史，从省市下渗到县乡，把对官场的书写推到了崭新的高度。

有热血、有情怀、有思想、有诗性，这是王跃文小说的品质所在。王跃文的作品会随着时间的淘洗而更有光泽、更加熠熠生辉，会有更多的读者在细细品味作品纹理之余颔首沉思，会心一笑。人们有理由期待王跃文作品的能见度将会有更大的空间和更加美好的辉煌未来。

第五章　人民文学的乡村原点

作为上层建筑中的意识形态，文学是对当下社会图景的映现，它洞悉芸芸众生的匆匆脚步，穿透浮华的迷障，展现生活的褶皱。但是优秀的文学作品更能准确预言社会发展的方向，充当历史的哨兵和时代的先哲。随着社会的进步，现代人的追求已经发生了很大变化，除了舒适的物质生活，还希望享受纯净的世界和安静的空间，享受大自然的鸟语花香、湛蓝的天空和碧绿的清泉，与现实达成默契，去感受四季变迁中的凋零和复苏，思考生命轮回的淡定和从容。在此背景下，自然主义文学重新回到中国读者的视野，《香樟年记》则像一泓清澈的溪水，润泽读者干涸的心灵，它的出现只是一个开始。它以自然主义的书写恢复世界的安静，咀嚼自然的美丽，洋溢着自由和美好。

在工作的间隙，蒋祖烜看着窗外的香樟树，感受都市中的清新与自然，刘先国则让思绪回到乡村。乡村经验是刘先国作品的关键词，他以枫树、井水、草垛为物象，写农事和故里亲人。在那片文化记忆里，朽木树蔸、堆土坯、水稻、秧苗、月亮、青蛙、芭芒花、夜路上的狗，共同构成了一副充满仪式感的温情画卷，自然闲适，给孤寂的灵魂以无尽的抚慰。让读者在不由自主中沉醉其中，感受生命的味道和传统的张力。

美丽的湘西从来不缺陶醉于此的歌者，湘西的土地也总能培育出一拨又一拨的文学之子。沈从文、黄永玉、彭学明、姚子珩等，一脉相承，从未断代。他们以自己的灵气和才情，把湘西的风情、土地和山水的神韵传递给全世界的读者。姚子珩的诗歌大多写故乡湘西的自然风貌，山水、花草、鸟虫、明月清风，闲暇之至。乡情、亲情、真情，情真意切。在以利相交盛行的当下，情感似乎成为奢侈品。但越是稀薄，越是珍贵；越是被遗忘，越是要重现，所以姚子珩以对故乡的缓缓思念之情、对父母的悠悠感激之情、对社会的浓浓关怀之情打动了读者。彭学明（土家族）的作品《娘》的出版已经成为一个文化现象，它以忏悔的方式写出人子之痛，倾注了作家全部的情感，评论家和读者都给予了高度评价。读者群体涉及各个群体、各个行业、各个层次，但所有人在作品面前都去掉了身上的符号和外衣，或感动，或流泪。甚至不少单位纷纷对该书进行团购。原因在于作品契合了历史语境、时代语境和政治语境，在文化语境和审美语境上取得了巨大成功。

当人们从宁静的乡村逃走，义无反顾地奔赴喧嚣的世界，为了生活和欲望疲于奔命，在撕咬和斗争中伤痕累累，在物质的重压下扭曲和异化，在欲望的炙烤下迷失了方向，蓦然回首，发现以前拼命摆脱的世界并非总是落后、丑陋和原始的，还有合乎人性的美丽与温情，简单生活，简单爱，与自然和谐相处，或可解决物质和精神危机。

在现代社会，人为物所役，为情所困，为名所累，甚至被异化和奴化，高度发达的现代文明让人们忘记了自然的本真模样，繁荣奢华的都市生活给了人们投身其中的无限欲望，当人工智能取代了人工，智慧生活取代了智慧，人自身的感知又在哪里？文学在其中又该充当什么样的角色？文学湘军用创作实绩给出了响亮的回答。

乡村叙述一直是文学湘军创作的重要题材和精神资源，但是经过作家的诗意想象，摆脱了外部的物质诱惑，诸如乡村的炊烟、如血的残阳、勤劳的父母、锄头、田埂、牧童、浣衣女以及若隐若现的欢笑或哭声等等，作家都赋予其神性气息和独特韵味。他们对中国传统文化进行了重新认知，比如在中国的文化传统里，落叶是凋敝的象征，是生命周期的终点，意味着秋的肃杀，而对他们来说则是一种难得的诗意，是生命轮回的另一种形态，是大自然的重要组成部分。

人们总说乡村才是梦中的故乡，但却义无反顾地蜗居在城市；人们总是在城市中享受四季恒温的人居环境，却又向往夏之绚烂和冬之凋寒。于是人们驾驶着机械性能卓越的四驱越野车，穿越路况复杂的青藏线，奔赴崎岖险峻的异乡，只为仰望一下传说中的蓝天白云。据说那里的天真的很高，云真的很蓝，没有任何东西阻挡人们肆意眺望。但那只是异乡，看看就行；那不是你相濡以沫的足下土地，想想就好。人们总是向往诗意的人生，但关键是他们能否发现身边的美。

生在长沙，却不曾注意到香樟树上的灰喜鹊，树与鸟构成了一个充满生机而又朴素清净的自然世界；长在乡村，想到古朴幽静的青石板路，每次踩着它过去，却不曾感受它细腻的纹理；回到故乡，险峰奇石，灵洞秀水，已是熟视无睹；与娘相处，漠然视之，已忘记了昔日的恩情和屈指可数的未来岁月。而这，正是蒋祖烜、刘先国、姚子珩和彭学明等带给读者的世界。

所以，问题不是城市或者农村，而是那种退可体味乡村之趣的自然幽居，随心、随性、随缘；进可分享都市文明的现代智慧，人性、物性、天性。

四位作家都充满了清新的自然气息，无论乡村还是都市，风景还是亲人，这是笔者把他们放在一个章节的原因所在。而且他们共同回到了人民文学的乡村原点，这里的乡村不是地理意义上的坐标，而是诗意的人文底色、栖息的精神田园和至臻的亲情记忆。从这个意义上说，人们会随着城市的繁荣而日益回归乡村，乡村被怀念，被追寻，被珍视，从而与现代社会的物质文明互为表里，既背向而立，又遥相辉映。

第一节　自然主义文学的中国书写

自然主义文学与乡村叙述有着先天的亲缘性。蒋祖烜的叙述场景是长沙，但在《香樟年记》里，长沙从未以都市的面貌出现。宋代诗僧惠洪在《冷斋夜话》中记录了黄庭坚的一段话，后来成为诗论经典。“山谷云：‘天下清景，初不择贵贱贤愚而与之，然吾特疑端为我辈所设。’赠僧曰：暮鼓朝钟自击撞，闭门孤枕对残釭。白灰旋拨通红火，卧听萧萧雨打窗！人以山谷之言为确论。”①这段话的大意是，天下景色，皆为“有心人”而设。那些对周边环境漠不关心的人，即便身处奇观妙景中，也感受不了大自然的美丽赠馈。因而，在《香樟年记》的视角里，作为省会城市的长沙不再是那个风情万种的娱乐之都和车水马龙的喧闹城市，而是一个诗意的栖息之所和自然的和谐之地。

与其他作家将叙述和抒情的视角直接聚焦乡村不同，蒋祖烜的观照背景在城市。只不过他选择回归自然和传统价值，以此作为创作的原动力和精神诉求。

与中国传统散文追求的“亲近自然，率性而为”的精神内蕴相类似，欧美自然主义作为一种文学思潮，其创作起点是以 1877 年左拉的《小酒店》的发表为标志，以 1880 年左拉、莫泊桑等六位自然主义作家合写的中篇小说集《梅塘之夜》的发表为滥觞。或者说，自然主义文学，起源于 17 世纪，奠基于 19 世纪，发端于法国，盛行于美国，属于非虚构类文学流派，主要聚焦和表现人与自然的关系，以细腻写实的书写风格，描述由人文世界融入自然环境的身体和精神的双重体验。“本质论上的真实性原则，认识论上的科学主义追求，方法论上

① ［宋］欧阳修，惠洪．六一诗话·冷斋夜话［M］．南京：凤凰出版社，2009：29.

的实验主张。”[①]自然主义作家试图通过“非个人化”的努力对浪漫主义过度膨胀的个性表现进行矫正，并由此形成一种“深沉而内在”的个性表现。从法国的左拉和福楼拜，到美国的爱默生、约翰·巴勒斯、约翰·缪尔以及科尔、苏姗·库珀、玛丽·奥斯汀和迪拉德等一大批作家都十分推崇自然主义文学，这些人在写作中，冷静、客观、弱化叙述、强化描写。他们的叙述是沿着纵向情节轴线以高度凝练的方式展开的，而描写则吸收了绘画的手法在横向的断面上铺排展开。这种描写悬置了任何理性判断的个人感觉或直觉体验，指向当下的、直接的、鲜活的、尚未沉淀为“理智”之观念形态的感官或意象。体验的个人性不但保证了“描写”内容的感性性质，而且注定了其叙事视角的个人性。[②]

蒋祖烜像一位考古专家那样，对香樟等普通植物做了为期一年的近距离观察和记录，以自己的哲学底蕴、生命感悟、艺术才情和情感积淀，写下了这部风格独特、清新脱俗的《香樟年记》。[③] 作为长沙市民选中的市树，人们在香樟的庇荫和滋养下生长繁衍，在作家看来，长沙这座古城的一草一木似乎都如黄庭坚所说一样“专为自己所设”，而香樟更是作家生命中的图腾符号和文化基因：一年四季，樟树的“这些叶子为我演绎一次生命全过程”。作家认真地观察着、感悟着：“我直观地近距离凝视生存，同时也直视死亡。不懂得死亡是不会真正懂得生命的。”由树及人，由外向内，提升了作者的精神境界：“它们从来都是轻言细语，你听到过它们的争吵吗？在它们的示范下，我几乎学会了沉默。”可以说，这是一部散发着茎叶断面清香的散文集，宁静、恬淡而富有智慧，寓含着作者简单的生活方式和人生态度。在现代社会，人为物所役，为情所困，为名所累，甚至被异化和奴化，而作者却在与窗外樟树的对望与凝视中看到了或体验了生命的另一种形态。

一、香樟：人与自然关系的隐喻

在喧嚣的世界里，人们为了生活和欲望的满足而疲于奔命，物质的重压造成了人性的扭曲和异化。在欲望炙烤下迷失了方向的人们，或者从宗教里寻求灵魂的慰藉，或者从未知的远方寻找精神的灯塔，很少人真正体会到美丽自然之于人类的真切意义，人们总是荒谬地认为自然界仅仅是被人类征服的对象，

---

① 蒋承勇. 欧美自然主义文学的现代阐释[M]. 上海：复旦大学出版社，2002：4.

② 曾繁亭. 文学自然主义研究[M]. 北京：中国社会科学出版社，2008：30－31.

③ 蒋祖烜. 香樟年记[M]. 长沙：湖南科学技术出版社，2011. 在分析文本时，所引文字皆出自本书，不再一一标注。

其实人们仅需简单生活，与自然和谐相处，即可解决物质和精神的双重危机。蒋祖烜的《香樟年记》就向读者们说明简单不是奢侈品，人类可以在正视物质的同时享受世界的安静，咀嚼自然的美丽。在作家的笔下，灰喜鹊变成了樟树的花朵，鸟与树之间的关系是那么和谐，樟树俨然成了“树林的小女儿”。在这样的环境中，洋溢诗意的生命是多么的快活、自由和美好：“三只两只喜鹊降临在枝叶间，跳跃着，歌唱着，朴素而清静的林间，有了一种可爱的生气。让人赞叹的是它们羽毛的颜色——灰色又瓦蓝，美得让人揪心。”喜鹊为什么会是这种独特的颜色，作者一语道破玄机：“那是因为生命。在那些轻盈优雅的羽毛上，闪烁着生命的光泽。”

也许现代都市无法带给人无污染的澄净空气，因此人们向往那种至空至明的清澈，而实际上，这也许是叶公好龙，如果真正抛弃安逸的现代生活方式，置身于荒蛮的原始森林，或者萧索的瓦尔登湖，绝大多数人恐怕无法忍受那种离群索居的生活，无法忍受彻骨的寂寞，因此这种境界只是一种想象。也就是说，现代人在追求舒适现代生活的同时，希望享受纯净的世界和安静的空间，享受大自然的鸟语花香、湛蓝的天空和碧绿的清泉。人类总是在寂寞时渴望喧闹，繁忙时渴望宁静，希望宁静和喧闹招之即来，挥之即去，而这种纠结无疑是一种贪婪。真正的简单生活就是人们与现实达成默契，去努力感受和寻找窗外落叶随风而动时的优雅，体味四季变迁中的生命凋零和复苏，思考生命轮回的淡定和从容。在冰冷堆砌的世界里，让零度以下的漠然、无助被温情的人性融化。现代人一出生就在钢筋水泥砌成的森林中，一生都在这样的迷宫中穿梭，感受不到四季的缤纷，想象不到奇妙无穷的大自然，在知识武装的进程中被格式化，世俗与功利、舒适与便利剥夺了现代人感知四季的能力，而《香樟年记》则无疑像一泓清澈的溪水，润泽读者干涸的心灵。

文学作为上层建筑中的意识形态，是对当下社会图景的映现，它能够洞悉芸芸众生的匆匆脚步，穿透浮华的迷障，展现生活的褶皱。优秀的文学作品更能准确预言社会发展的方向，充当历史的哨兵和时代的先哲。《香樟年记》不仅呼唤人与自然的和谐相处，更预兆一种简单生活的到来。在某种程度上，自然与人的关系似乎总在奴役与被奴役中交替，最初被自然奴役时，敬畏自然、崇拜自然，之后征服自然、改造自然、奴役自然，后来终于发现，这种从被奴役到奴役的置换中没有胜利者，人类在征服自然的同时，又为自己埋下了生态陷阱，遭到了自然无情的报复。因此给自然留一寸空间，就是给自己留一条生路。对自然的敬重有多大，决定了人类生命的宽度和广度。现代生活在物质上给人类提供了几乎随心所欲的舒适，但这并不是生命意义的全部。

当斗争和挣扎成为许多现代都市人当下生活常态的时候，《香樟年记》的作者却在工作之余，卸下精神的重负，把全部心思放在窗外的樟树上。文本的可贵之处在于，作者没有像梭罗和笛福那样，称自己为“文明世界的过客”，排斥现代文明，与现代生活方式抗衡，借此获得一种鲜明而独特的生命体认，以远离都市的喧嚣和感官的刺激作为精神的自我放逐。梭罗和笛福都知道个人无法与时代趋势抗衡，但却希望以虚拟的想象为人类构筑灵魂的避难所，以及心灵的故乡和精神的家园，实际上这种虚构离人们很远，甚至在某种程度上类似于远古的神话故事。而《香樟年记》则是一个生活在现代都市中的凡夫俗子对自然的原生态感受，是在场的、真实的、原汁原味的，也许这正是该部散文集的特色和价值所在。与某些标榜“远离都市、拒绝文明”却因抵抗不了世俗的诱惑而最终迷失于闹市中的人不同，作者选择生活在现实中，做亲历者、见证者、记录者，他既不为功利所扰，也不被喧闹所占，而是卸去欲望的重压，舒筋活络，看门前花开花落，静静地思考，恬淡地行走。正如作家在《后记》中所说，“我以一种桃园隐士般的心态，捡起历史上生物学家和自然文学家的传统方法，以感知与观察为主要手段。对一种名为香樟的普通植物做了为期一年的近距离观察和记录。这种古老和笨拙的做派，实在有些不合时宜”。这种夫子自道，确是一般都市人难以做到的。“在与樟树的对视中，可以逐渐建立一种新的观察世界的方式。”这是作者前行的力量，更是作者的创作诉求“在树的昭示下为我洞开，对直观感受的捕捉、分辨和吟味，思量和表达，成为我自觉和乐趣无穷的功课”，这种日复一日的坚持进而“演化为生命的态度。”

换句话说，面对瞬息万变的现代文明社会，作者无意于做一个遁世的隐者，无法像梭罗那样隐居湖边，远离世俗和喧嚣，体味简单的真正自我。时代发生了变化，文学创作也有了新的审美需要。作者在《后记》中引用约翰·米切尔的话很好地说明了自己的初衷：“只要你长着一双好奇的眼睛，只要你观察细节再认真一些，只要你稍稍提高对季节变化的敏感度，那么，即使是单单透过卧室的那扇窗，你也能找到一个名副其实的‘凯伦盖蒂花园’，你需要做的，只是学会观察。”真正的简单其实不是离群索居，而是作为芸芸众生与社会、自然和谐相处，正是秉着这样的人生态度，作者才能在长沙这座快速发展的都市生活中排除杂念、凝视香樟，深刻体悟到人与自然的时代隐喻。

二、自然：人类共有的精神家园

在我国，多年来一直致力于推介自然主义文学的著名学者程虹曾在自己的专著中从思想与自然、心灵与土地和文化与田园等多个维度对欧美自然主义文学进行过令人信服的深刻阐释，她认为自然主义文学的核心是自然与心灵的交融，追求“宁静无价”的终极意义。程虹写道：“提到美国，人们往往注重它的‘现代化’和‘高科技’。在人们的眼中，那是一片躁动的、急功近利的、崇尚‘时间’就是‘金钱’的国土。”然而，当她以访问学者来到美国时，程虹却发现了宁静的一面：“在我的心中，那里依然有着一片与物欲名利无关的精神之风景，存在着一种植于土地与大自然之中的价值观。”①

同样的发现存在于蒋祖烜对香樟的凝视中。在《香樟年记》的扉页上，作者引用了普鲁斯特的话，“我曾经长久地凝视一株开花的李子树，贪婪地留恋着其中的真理”，这暗示了作者对喧哗和骚动之下的“宁静”的发现。真理和自然的关系其实就像人与自己的影子，具有同质性，因为所有的感悟都源于自然，所有的生命都拥有同一种形态，所有的表象都拥有同一种本源，万物同宗。如同普鲁斯特笔下的李子树一样，香樟就是蒋祖烜对宁静无价的渴望与呈现，这种人文与自然本应合一的关系，却被功利的当下人割裂开来，厚此薄彼。中国文学缺乏对生命的尊重、对自然的敬畏，人们赖以自豪和骄傲的人文无非是伟人故居、圣人旧址、历史遗迹，历朝历代的过客都在凭吊这些已经作古的荣光，但是历史的体温早已冰冷，风干的遗迹也不再温润，所有的思想、理念和制度随着历史背景的置换早已香消玉殒，而人们还在仰望这些已经消逝的星空，尽管他们曾经群星闪烁。因此人们不仅从社会和历史中寻找信仰，更应该把自然作为人类共有的精神家园。

蒋祖烜真切地写道：“每当我手忙脚乱、大呼小叫、血压增高的劳作之后，转头张望窗外的叶子，是那么平和、沉静，仿佛什么也未曾发生。不由得生出一丝羞愧。”在抗生素一类的药物四处泛滥的今天，真正能够医治焦虑和根除心病的却是窗外的一片叶子，这是多么残酷的事实，却又是多么值得警醒！英国作家普里斯特利认为：“世界上再没有什么比无所事事地凝视大自然更能使人心灵净化，更能使人健康了。”大自然不仅赐予人们粮食、水分和各类宝藏，而且赐予人们愉悦的心情、濯尘的心智与健康的心灵，还有什么比这些更值得人们珍惜的呢？

再看看书中对于野鸽的一段描述：“今天一早她就来了，看得出她心情很好。选择在我的这棵香樟上……细致探望。”接下来作者写这只野鸽与另一只野鸽的“激烈的缠绵”与恩爱，过程曲折、荡气回肠，令人感动与回味，其观察之细、感受之强、用情之深，委实非常人所能比。正因为此，作者以“绿色”语

---

① 程虹. 宁静无价：英美自然文学散论[M]. 上海：上海人民出版社，2009：46.

言的独特方式，“用最纯洁和真实的文字”为樟树“立传”。作为一名工作繁忙的公务员，作者坦言“没有勇气去做一名梭罗式的勇士，写一本新《瓦尔登湖》”，但他希望用自己的笔，写一部新时代的中国式的《瓦尔登湖》，这种书写，没有任何功利因素，仅仅是因为热爱。“热爱自然不需要理由”因为热爱会“尊重一切自然孕育的生灵，尊重那上天赋予所有人及生物的权力。”即便对待一片落叶，也是如此。

众所周知，在中国的文化传统里，落叶是凋敝的象征，是生命周期的终点，而在《香樟年记》里，落叶不是垃圾，而是一种难得的诗意，是生命轮回的另一种形态，是大自然的重要组成部分，“大雨过后，飘零散落在柏油路面上的樟叶，给人的整齐划一增添很多不规则的自然情趣，往来的脚步，踏在半焦的落叶上，发出沙沙的响声。可惜这些落叶被清扫了，刻板的城市容不下散漫的诗意”。这种描写是极具人文情怀的。在蒋祖烜看来，即使在现代人看来已经失去了实用价值，落叶的境况就像在农耕社会曾经辉煌过，而今却隐身在公历之外的农历一样，它们的价值依然存在，因为农历不仅是农耕社会的纪年方法，而且代表了先人对自然规律的总结，即使在今天，人们与自然的和谐相处也依然离不开凝结着智慧结晶的农历。“二十四节气造就了农耕文明，其成就不亚于四大发明。如果用公历来记载自然的变化，到了来年是无法进行比照的，而农历，却更接近自然的真实和规律。香樟年记如果是以农历为基准，该多有意思。”实际上，农历不仅是时间的酒杯，更是传统文明的暗喻。与其说作者重视农历，将其作为中国传统文化的一种象征，毋宁说他重视的其实是对当代人被现代文明异化的担忧。当过度的砍伐和环境的破坏日益严重的时候，大自然这一人类共有的精神资源却在呻吟中日益走向枯竭，那些不能说话的树，有多少人给予它们应有的关注和尊重？“如果把树的树叶比作人的四肢……断肢之痛是一种撕心裂肺”，作者想起那些“被残暴砍断了四肢的香樟”，他感觉彻骨的寒冷，可怜得很。面对自然的隐忍和沉默，如果没有了树，没有了脚下的一片片落叶，人们的生活将会是一个什么样子呢？

三、简单：作为一种生活的态度

美国作家约瑟夫·W·鲁奇说：“梭罗自己所习得并愿意能与大家共用的智慧可以浓缩为一个词，那就是简单。”①《瓦尔登湖》是对美国现代文明背景下人们生活方式和精神世界的反思，梭罗崇尚简单，标举“极简主义”，这种生活

① 李京文，程虹. 低调治学不留影[J]. 香港脸谱，2013(13).

方式是对消费主义的对抗和反驳，而消费主义以攫取财富为目的，以物质消费为社会发展的基本动力，以享受舒适的极致化和欲望满足的最大化为旨归，在这样的动力推动下，为了获取最大化的利润，产品和服务的提供者不断制造新的需求。随之，幸福生活被定义为消费水平，消费不再是满足某种需求的特定行为，而是被贴上了幸福的标签，成为展示名牌崇拜的话语平台，消费中心主义甚嚣尘上，农耕社会田园牧歌式的宁静被贪婪的躁动所取代。于是，人们开始反省生活的本质意义，反思物质究竟是提高生活品质的手段还是生活本身。

毋庸置疑的是，生命是精神与物质的和谐、灵魂与现实的统一，而事实上，人们经常置精神和灵魂于不顾，在物质的追赶中遗忘自我，在财富的堆叠中消泯人性，异化与消费主义成为与生俱来的孪生兄弟，信仰缺失、道德滑坡、人性泯灭等现象时有发生。因此只有回到简单，以明净的视角和高远的智慧洞悉人生，在“简单”成为消费主义的时代背景下把握现代社会的重要维度。这也是蒋祖烜在品读《瓦尔登湖》时印象最深的地方：“首先是考虑了人的灵魂和时间的重要性。只要能持续生存便足够了。决不为了贪得无厌地交换更奢侈、更昂贵的物品，去耕种超出需要的所得，去像牛一样或同牛捆绑在一起。”

与之类似的是，中国经过半个多世纪的发展，现代文明突飞猛进，各种现代“都市病”“文明病”初现端倪，财富阶层的消费能力已经走在了世界前列，但是这种消费基本上以符号化的奢侈品和声色犬马的享受为主，消费的不是产品本身，而是LOGO所代表的符号意义，以此作为身份的象征和炫富的资本，而且消费结构中的文化消费比重较低，交响乐、歌剧和话剧等高雅艺术曲高和寡，公共图书馆门可罗雀，消费中心的位移造就了时代背景下的独特景观。在欧洲，很多人终生没有消费一件爱马仕或者LV，而在人均收入水平逊色很多的中国，却有一个人口比例不高却数量庞大的奢侈品消费群体。

当然，蒋祖烜的生活哲学和梭罗的极简主义有一定的差别，梭罗认为葡萄酒没有泉水好喝，乘坐汽车没有步行舒服，蒋祖烜显然没有让这种态度成为信仰，而仅仅是把它作为一种生活态度，在《香樟年记》中，作者经常从办公室的窗外看着伫立的香樟树，品味青草茎叶断面的淡香，体会简单生活带来的心灵慰藉。

这种慰藉在自然主义作家安妮·林登柏格笔下得到了强有力的体现，她在《大海的礼物》中写道：“最先舍弃的自然是衣物，我发现生活中少了那些原本认为是非常重要的种种对象，其实是件多么令人愉快的事。这就是返璞归真的简朴生活。大海不会馈赠那些急功近利的人。为功利而来不仅透露了来者的焦躁与贪婪，还透露了他信仰的缺失。耐心，耐心，这是大海教给我们的。人应如海滩一样，倒空自己，虚怀无欲，等待大海的礼物。”而美国作家亨利·詹姆士却由简单生活上升到精神创造，他郑重其事地指出：“人们需要长长的历史才能产生出小小的一脉文学。”①如果说，物质的堆积是GDP的增加和财富的增值，那么，精神和思想领域的成长则是一个长久的过程，社会文化尤其是精神产品领域的发展与经济并不同步，中国经济在改革开放三十年的时间里取得了巨大成就，三十年仅仅是历史上的短暂的瞬间，而在这三十年的时间里，中国从一个勉强满足温饱的国家，演变成为世界上最主要的奢侈品消费国；从一个自我封闭的国家，发展为全球最主要的贸易国；从自给自足的农耕社会，过渡到市场经济机制基本确立的现代社会。这种大转变在经过三次工业革命洗礼的欧洲用了四百年，而在中国，却仅仅是一段青春的记忆，来得如此突然，就连想停下来思考一下的时间都没有。在人们的意识里，这种日新月异的变化每天都在发生，历经千年风雨依旧故我的地理风貌，一夜间夷为平地，之后迅速以现代建筑的身份来到人们面前，容颜不曾老去，一切都已沧海桑田。

物质生活的丰富仅仅是文明的一个维度，它并没有从根本上重构国人的心理定式和思维特征，所有这些变化的背后蕴含着更多的不变，亿万富翁坐着飞机去拜佛烧香，人们身临江河却无处寻觅一瓢干净的可饮之水，公众衣食无忧却换不来宁静的内心，欲望的炙烤让失去了精神灯塔的人们备受煎熬，于是人们回过头去，回溯遥远的时间之轴，在传统的思想大厦里寻求心灵慰藉和精神资源，但那些曾经带给无数人宁静内心世界的思想，毕竟只是农耕社会土壤里生长出来的花朵，历史脚步不能停顿，社会形态不能逆转，因此人们需要时间，让时间的沙砾磨砺为作家笔下闪耀的珍珠，毕竟，伟大的叙述和深刻的思想不仅是历史的艺术再现，更是时代断面的生动展示，只有时间的沉淀才能生长出文学的绚烂之花，由此，只有长长的历史才能产生小小的一脉文学，以及这脉文学对于精神日益匮乏的人们的重要性。

优秀的精神产品如同思想的火种一样如此弥足珍贵。美国作家玛格丽特·米切尔一生仅有一部长篇小说《飘》，唐代诗人张若虚则只有被称为“孤篇横绝、竟为大家”的《春江花月夜》，诗作虽然是挥毫而就，却融入了诗人的生命体验和对宇宙的理解。伟大的文学作品既是历史沉淀到一定程度的必然结果，也是作家的生命体验、哲学观照和艺术才情的凝结。蒋祖烜以半生的经历凝结成了这本规模并不庞大的《香樟年记》，却承接了源远流长的历史文脉，也注定能够给忙碌奔波的当下人以思想力量和精神慰藉。

---

① 李京文，程虹. 低调治学不留影[J]. 香港脸谱，2013(13).

在“雾霾”“沙尘暴”等环境污染日益严重的今天，《香樟年记》的出现，为现代社会的消费无节制和享乐无度敲响了警钟，作者呼唤以简朴的生活和宁静的思考铺就崭新的精神复苏之途，应视为当下社会泛滥消费沉疴的一剂良药，这对于新世纪人类精神的健康发展，无疑具有重要的启迪意义。因为，人们总是希望在物质的消费中证明存在的价值，在喧嚣中麻痹空虚的灵魂，而实际上，人只有在孤独中才能真正感受到自我的存在，因此蒋祖烜在物质层面尽量简化，就像他在书写时对于遣词造句的严苛，他在简化中找到完整的心灵以及内心灵魂与外部世界的和谐：“那群熟悉又有点陌生的樟林，给我亲切、信赖、宁静与宽容，种种与家联系着的纯真的情感。那是我的香格里拉。”对故乡的依恋和追忆成为蒋祖烜对抗都市躁动症的防火墙。在他看来，现代文明虽然在科学技术方面取得了革命性进步，但自我精神的世界却并没有得到更加合理的建构，甚至在某种程度上还出现了衰退，这种物质丰富化和精神贫困化并存的现象有一定的内在联系，那就是人类在追逐物质财富的道路上忘记了沿途的风景，真正的人生不是以终点的高度作为评价成功的唯一标准，不是因为追赶终点而脚步匆匆，而是为了欣赏人生而信步从容，因此只有简化生活，才能找到个体存在的意义和物质世界中个体存在的精神性，让无限的个体消费欲望让位于澄澈的内心世界，让乡愁的美丽和诗意的清辉永远悬置在都市的天空之上。

四、为香樟立传：自然主义的中国书写

在欧美自然主义作家笔下，创作的审美诉求“不再把兴趣放在依据某些规则来构思并展开的一个寓言里面”，而是从个体真切的生命体验入手，用“体验”的“意象弥漫”取代“观念”的“主题演绎”，用“体验”的“合理虚构”取代“观念”的“说理杜撰”。[①] 作品是对人和自然的强有力追述，其动力源于作者的体验和观察，感知来自观察，书写始于感动。自然主义文学强调体验，这种体验不但带有鲜活的“个人化”属性，而且强调“当下”的“瞬间性”。[②] 比如，左拉提倡创作上的实证主义，即是把自然法则作为文学创作的支配性力量，但蒋祖烜所推崇的自然主义文学，并不是对生活进行艺术加工和概括，而是截取生活的片段，还原自然的本真状态，甚至直接以自然作为书写对象，其作品在与西方自然主义相通的同时，也是接中国地气的。中国传统文论强调“言为心声”，叶燮在《原诗》中说：“诗是心声，不可违心而出，亦不能违心而出。功名之士，决

① 朱雯. 文学中的自然主义[M]. 上海：上海文艺出版社，1992：236.

② 曾繁亭. 文学自然主义研究[M]. 北京：中国社会科学出版社，2008：28－29.

不能为泉石淡薄之音；轻浮之子，必不能为敦庞大雅之响。故陶潜多素心之语，李白有遗世之句，杜甫兴‘广厦万间’之愿，苏轼师‘四海昆弟’之言。凡如此类，皆应声而出。其心如日月，其诗如日月之光。随其光之所至，即日月见焉。故每诗以人见，人又以诗见。使其人其心不然，勉强造作，而为欺人欺世之语；能欺一人一时，决不能欺天下后世。究之阅其全帙，其陋必呈。其人既陋，其气必茶，安能振其辞乎？故不取诸中心而浮慕著作，必无是理也。"①

当然并非所有的"诗"都是内心的真实写照，比如无病呻吟和矫揉造作，还有涂脂抹粉的惺惺作态，或者低眉颔首的矜持其实是东施效颦，宏辞滔滔的凛然也只是虚张声势，至于以放浪形骸自诩的狂狷更像是癫痫，徒有狂放其行，而无自由和舒展的内心，文心凋敝可见一斑，淳朴的人性和简单的自我被淹没在虚拟设定的陷阱之中。其实叶燮所说的"诗是心声"是对自己的要求，而非文学的标准，谨小慎微者可作浮夸之辞，苟且营生者也可奏大雅之声，因此文学与人品并非各安其位。文学不仅仅是一种技巧，需要高水平的艺术表达能力和艺术形式的精雕细琢，更重要的是真挚的情感，这才是"言是心声"的意义所在，那些堆砌的句式和华丽的骈辞必将被历史所遗忘。

在《香樟年记》中，质朴的情怀随处可见，真情的流露比比皆是："昨晚，我梦见自己变成了一棵樟。一只毛虫钻进我的心里，起初是痒，接着是疼，钻心的疼，几乎让人痉挛以至休克。我不能把它甩掉，也没有人帮我撵走这讨厌的家伙，汩汩的树汁，血一样从创口流溢。"作者观察香樟久了，竟梦见自己变成了樟树，并且由树及人，进行深刻的反思："人类的打斗不止，争执不休，而树不能。"面对伤害，作为一棵树，它能做什么？它"不能呻吟，无法喊叫，没有外援，最多只能摇一摇树叶，缓解那难以忍受的折磨。许多日子过去，创口已经结痂，隆起一个粗硬的树疤，记述着岁月的伤痕。与人类相比，那是多么伟大的坚忍"。这样的赞美，表面上看是针对一棵树，实际上是对默默生活在底层、有伤自己舔、像树一样坚忍的弱势群体之礼赞！

与此同时，自然主义文学特色还表现在艺术表达上，蒋祖烜的《香樟年记》可谓是简洁、朴素的典范。《香樟年记》虽然运用了诗歌、信件、日记、书评、札记等各类表现手法，却井然有序、错落有致，文本中很难见到作者刻意为之的修辞和句式，很难找到多余的形容词和副词，偶有议论和抒情，也十分节制和内敛："一年之中，固定地与这棵香樟、与整片香樟树林相对相伴，逐渐建立了一种默契。我肯定是更多地理解了这群无言的兄弟。"这样的书写，与作者在

① ［宋］［宋］叶梦得. 石林诗话［M］. 长春：时代文艺出版社，2000：69.

散文中所崇尚的生活方式是一致的，简洁的语言和简朴的生活构成了《香樟年记》的形式与内容，两者和谐统一，具有内在的同质性。“城市的水泥森林和人流物流的多路纵队，这时刻，似乎是可以忘却的彼岸，遥矣远矣。”长短句式的交错丝毫没有矫饰的痕迹，一如王荆公“意与言会，言随意遣，浑然天成”①。

总之，这是一本值得在夜深人静、万籁无声之时细心品味的床头书，简洁透明，从容淡定。香樟因长沙而枝繁叶茂，长沙因香樟而暗香袭人。虽然，“给这种普通的植物写一份文学年鉴，其价值是很有限的”。但作者因此获得的是一份“深刻的生命启迪”，读者获得的是精神生命的一泓清泉，对于建设“美丽中国”具有重要的现实意义。这是该书的价值所在，也是自然主义文学的中国书写值得推崇的原因所在。

第二节 乡村经验的诗性叙事

刘先国的作品以乡村为对象，以诗性为原点，以人性的光辉观照芸芸众生，为人民文学的维度增加了崭新范例。当人们对宠物疼爱有加时，刘先国的作品中就有了“畜生也有七情六欲”的人物语言；当人们为生命的尊严和人性的本质喋喋不休时，刘先国就让人物说出了“别叫它枉活了一回”的真情。这些话平实简单，但振聋发聩，令人鼻酸泣下。把自己置于至高无上的地位，无视其他生命的尊严，反而以虚伪的爱心作为掩饰一己之私的借口，这些都是对文学人民性的误解。他的作品中有人性、有人情、有人气，人不是理念的符号和价值的工具，按照作家的指令随意挪动，而是在人性、人情、人气的内在驱动下释放出勃勃的生机。在这里，动物、植物、庄稼都有自己的生命，他们和人一样在乡村这个背景下迎着阳光和雨露挺起生命的骄傲。所以，刘先国作品的人民性突出体现在悲悯的情怀、平等的尊严、至臻的情感等方面，在诗性的叙述中散发出独特的韵味。

一、乡村经验的文化意义

刘先国不属于以笔为旗和标新立异的作家，二十多年来，他之所以对文学割舍不断，源于他对生育他和养育他的那片故土的痴爱。他的写作跳出了功利性，发乎心、止乎情，真诚、实在，不追求形式和技巧，听凭于自己的情感走向，执迷于内心的审美诉求，他的文字简洁生动，像树荫下的村庄，朴素而

---

① ［清］叶燮. 原诗［M］. 济南：山东文艺出版社，1991：58.

安详。

可以说，乡村经验成为刘先国诗性叙事和意义原点的动力所在。其意义原点见证他对故土祈祷的还愿和深沉的感恩之情，其诗性叙事昭示他找到了精神表达的出口。这种诗性叙事是一种审美的人生态度和境界，是过滤了浮嚣和喧闹之后自我心灵的舒张。他用“我手写我心”最为简单的方式，努力挽留日益褪色的故土情结，并通过这种挽留使个人的精神品性得到充分的锤炼和升华。在这里，乡村经验成为都市生活的心灵底片，枫树、井水、草垛、农事、故里亲人，一种不带有感官追求和物质主义特征的原生状态，像母亲苍老的手，挥之不去。

作为大山的儿子，刘先国的创作状态不受制于外部的物质诱惑，而是源自内在的精神冲动；不是生存的意义替代，而是追寻的价值体认。因此，其文本的内涵表征了精神“主我”和物质“他者”的和谐统一，这种统一的符号旨归于：灵与肉、主体与客体、人与自然、个体与社会、内容与形式等各个层面的高度契合，从而实现情感积累的大释放。

在某种意义上，“乡村经验”早已成了刘先国生命的指纹。因为这种指纹的存在，他便不能不通过记忆来营造或描述这一带有指纹意义的文化记忆，诸如乡村的炊烟、如血的残阳、勤劳的父母、锄头、田埂、牧童、浣衣女以及若隐若现的欢笑或哭声等。这种创作带有某种神性和不可复制的独特韵味，它是丰富的、内敛的、持久的，与时间、土地、哲学、生命和血液相联结，如春暖花开，张扬人性的善恶。

在《满爹与黄骟牯》一文中，这样的描写就充满人情味和文化仪式：“这年开春，给黄烧牯喂了鸡粑不久，生产队长找到满爹商量：‘把黄烧牯骟了?’满爹说：‘再等一个春天，也让它尝一次味道。’队长为难了，说：‘队上等着犁田呢。’满爹坚持道：‘畜生也有七情六欲，再等等，别叫它枉活了一回。’”刘先国文本中这种独特的韵味乃至主体精神的张扬首先是通过温情和怜悯的语境来完成的。在这样的一种语境中，他通过自己独特的笔触来表达自己对乡村家园的近距离体验和远距离玄思。如果说，满爹的去世意味着黄骟牯最后命运的话，那么，缺女的不幸，就是命运之外的悲剧，凸显了特殊年代人性的丧失，发人深省。洪二娘残害缺女的伤痛让她针刺一辈子，而她顶撞起队长的话：“穷，不是节约，是丢人!”却声犹在耳。刘先国用手术刀轻轻地划开历史的伤口，他在捕捉乡村经验时，往往会产生独到的审美发现和丰厚的精神联想。

这些血液中的发现与联想，和与生俱来的苦难意识、色彩斑斓的民俗风情、悠久的文化积淀、神秘的自然力量以及质朴庄重的符咒仪式一起，带着“历史沧桑”的底色，极其灼痛地在传统思维、伦理观念和道德依存层面上引发了人们情感和思想的共鸣。

二、浪漫而忧伤的审美感受

刘先国总是试图寻找某种和解的话语姿态，用“调停”式的叙事策略，来妥善地解决他所精心营构的审美世界。他习惯于选择生活的真实作为叙事的重要参照，将所有的叙事智慧统领于经验的认知层面，以事无巨细的方式来展示新的历史之重或生命之重。乡村给了他愤世嫉俗的一面，也给了他温情善良的一面，甚至还给了他浪漫而忧伤的审美经验。所有的叙事均隐藏在白描里，不动声色，却有着难以言表的伤痛和悲哀。《祖坟的秘密》就是这种悲哀的代表：世代以来跪拜的荣光，竟然不是自己的祖坟。这种残酷的发现居然还是通过不谙世事的儿子不经意间指认出来的，真是莫大的讽刺。虽然可悲，虽然错误，但既然家人能够在此得到慰藉，又何必要戳穿他们的信仰呢？因此，文章的结尾，作者的温情恰到好处：“我不敢把真相告诉大家。这一共同血缘的象征，刘家人虔诚地崇拜和跪拜了几十代，几百年，我没必要去摧毁他们的信念。人人都想有一个值得炫耀的血统，毁坏这种幻想是多么残酷。只要传统和精神在，坟茔里躺着的人是谁并不要紧。”

刘先国自称是“挤进城的农民”，因为他毕竟已在城市中生活了二十余年，这样一个时间段足以更改或磨灭一个人的任何乡村经验。但是，在刘先国那里，乡村经验犹如一块坚硬的木刻，它总是硬硬地存在于繁闹的城市生活中，照着他的灵魂，以及他那份通过血汗打拼出来的足以令他的家人和故土亲朋都为之骄傲的事业。这份事业的取得除了他个人的天资和勤奋外，还与大山和故土给予他的养分有关。他是一个懂得回报的人，这就决定他的创作不是应景式地追赶怀旧的时髦，更多的是一种精神内省，是追念和感激，即便是曾经有过的创痛也要显示忧伤而不绝望的精神。在这样一种精神下，刘先国有关家园文化的乡村记忆便不是绵软而是坚硬。喝酒，吃饭，热热闹闹，临走，还要带上家里的土产。这些原本平常的事情，在作家笔下却是如此温馨动人。双亲不在了，大哥自觉地承担起“父亲不在，长兄为父”的美德，这是对中国传统文化的弘扬。不仅如此，在刘先国看来，城里很热闹，可那是别人的热闹，自己的热闹要靠亲人和亲情来支撑，没有这些，就没有意义。试想，有谁日复一日在家门口盼望着疲惫的自己从外面归来？这种望眼欲穿的情愫真如故乡那茂密的水稻一样厚实啊！

刘先国所有关于乡村经验的近距离体验，在某种程度上都是通过远距离的冥想来实现的，一面是城市的繁华，一面是乡村的苍凉。这就构成了他文本的张力，它凝聚了太多的力量之美，感动的、记忆的、碎片的或者完整的，都是他个体生命的一部分，都是城市生活赖以扎根的基石。这样的作品在撼动人心的同时，也使另一些人的精神失重。文学评论家张柠先生曾说过这样一段话："诗是柔软、温情、单纯、犹豫；历史是坚硬、无情、污秽、决绝。当人向自然发出第一声赞叹时，诗就诞生了。那时，历史尚未开始。而历史的过程，就是人的声音变异的过程，人性复杂地扭曲化的过程……诗比历史更永久！"

刘先国的诗性叙事也在温情、单纯中行进，但他决不柔软和犹豫，他总是直接从土地中汲取灵感，站在拥有土地的劳动者一边，站在故土野地的亲人一边，站在弱者一边，满怀感激和敬意："从此，蔡家湾少了一道醒目的标志，像缺了门牙的老人，再也说不清话。那棵朽木树蔸，那堆土坯，就像长在美丽山村乳房上丑陋的疮疤，每次见过，都引起我的伤痛。但在我心中，我的亲娘依然是那么健旺，郁郁青青，活灵活现。她给予我的慰藉，必将滋养我的终生。"(《亲娘枫树》)他认为，这一切的一切，都源于他的乡村经验，源于那片永不褪色的土地，以及孜孜以求的生命之美。

三、守望乡土的灵魂

刘先国深情地写道："我觉得自己就是山里的一只小虱子，悄悄地叮一口，吸一丁点血。等我长大了，我要做一头骆驼，把山背回家里。"这种许愿式的表白情真意切，令人动容。每个人都有属于自己的乡愁，在刘先国的世界中，无论地位怎样变化，生活怎样变迁，都市怎样喧嚣，他永远只是大山的一只虱子，静静地爬着，却有着重重的骆驼般的愿望。他创作的主题离不开"故乡"或"故土"，这是一种文化情结，虽然作者在都市里摸爬滚打了二十余年，但能够让他安放灵魂的仍然是那一片永不褪色的精神家园。在《见证水稻》中，他写道："秧苗刚插在田里是青色的，经太阳的烘烤，变成黄色，叶尖枯了，卷了。一些叶子伏在水中，烂了。我看着心焦，生怕它缓不过劲来，死去。"笔者喜欢这种冷静的、带有质感的文字，喜欢作者不经意中流露出来的对生命的敬重，以及对赖以生存的水稻的珍爱。

而在长篇自传体纪实散文《生命的流域》里，字里行间除了彰显农村人淳朴与愚昧交织的价值观以外，揭示更多的则是荒诞的"文革"时期对于普通人的伤害、影响，以及对人性中"善"的抹杀。许多乡村题材的文学作品所表达的都是一种回归乡村、返璞归真的思想主题，在物欲横流的当今社会，依旧朴实纯真的乡村就成为人们心中的最后一片净土，但是很显然，刘先国给人的感觉却并非如此。在这部三十多万字的厚实散文中，刘先国在对于景物和日常生活的描述上，语言风格偏向于透明的诗化，对细节的描写也十分精准。例如，作者使用大量的笔墨渲染了他童年时对捕捉一只雪鸟的渴望，那只始终也捉不到的雪鸟似乎带有某种神秘的意义，象征着作者无比向往却再也回不去的年代。身处错误的年代，人们的生活和精神都处于极度压抑的状态之中，这种反差性很强的画面和语言，给人留下的印象尤其深刻，也说明作者内心深处有着一种对逝去岁月的尊重和暖意，它充盈着一种湿润而质朴的地气和人气，反映和刻绘的是乡村之间生动新鲜的人生景象，读来心动，难忘。特别是像笔者这种农村出身来到城市里打拼的人，其共鸣的情感更是汹涌而来。

与此同时，刘先国表达更多的是对故乡之深情、对父母兄弟之爱、对朋友之义、对恋人之情，每个字眼、每个情节，都流露着这种情愫，似乎故乡的花草树木、故乡的山山水水、故乡的人和事，通通都融入了作者的血液里、骨髓里。例如，作者写母亲的赤脚板让人为之动容，母亲出去借钱为儿子交伙食费，赤脚出去被划破了脚，血染了一脚，就拿了两个蜘蛛茧敷在伤口上。当母亲在学校送钱给“我”之后，一深一浅地迈着脚回家，“我”的泪一下子涌了出来，“很多苦难，正在经历时，并没觉得太苦。经历过后，才觉得不堪回首，不愿重复。但，时间久远了，那记忆在遥远处若隐若现时，又有了一种新的味道”。这是发自肺腑的心灵独白，是最质朴的感恩，也是最能打动读者的地方。

创作上，刘先国不玩弄技巧，不搞花架子，老老实实地表达真情实感，让人们再次看到了朱自清笔下苍老而动容的“背影”，简洁、生动，过目难忘。绵密精致的细节描写和若隐若现的诗意流露，以及对于各类意象的独特运用，增加了文本的叙述张力。月亮、青蛙、芭芒花、手电筒的光照、夜路上的狗叫以及各种色彩等等，这些意象都是人们生活中平凡常见的事物，也没有什么奇情异趣和变形夸张，每一笔都是严格意义上的写实，然而，由于作者能在意象营造上独具匠心，融入人物的主观感受及自身对生命的感悟，使原本无生命的事物获得了超越本体的象征意义，令读者能在这些常见事物构成的意象中感悟到生活的某些本质，透露出一种难能可贵的坚实的诗意。比如，在山谷里不断传来的儿时伙伴的古风呼喊中，“我突然觉得心中悟出什么来了。我的酒碗里映着一碗月亮，我望了很久，没敢喝。我们都醉了，趴在桌上，月亮照在我们背上，我们什么都不知道”。这里，月亮与人的情感不再只是一种融通的关系，更成为一种共生的关系，月随情生，情随月长，扩大了月亮这一意象的内涵空间。那映在酒碗里的月亮，那照在背上的月亮，给了每一个孤寂茫然的灵魂以无尽的抚慰。

美在于发现，但美的发现却离不开个人独特的感受和体验。东晋时，桓温异地为官，途中看到以前栽下的一棵柳树，不禁抱树流涕，说：“木犹如此，人何以堪!”是啊，百年、千年之后，人、树在哪里呢？但真正的美却是无法消逝的。因此，于刘先国而言，他的散文创作，与其说是执迷于沧桑岁月中栽下的一棵“柳树”，毋宁说是都市漂泊者的精神还乡！因为乡土就是一坛老酒，越放越醇，越贮越香。多年以后，蓦然回首，多少尘封往事已经定格在时间隧道的那一头，但乡土的记忆却像一坛老酒深深地埋藏在思想的地窖里。有时间取出来细细品味，总觉得这坛老酒是香甜的，有时候也感到有些苦涩，但更多时候感受到的是唏嘘、留恋和欣慰。乡土如酒，贮放着就需要有人守望，一如大海上的航船需要灯塔导航。刘先国用散文来守望乡土，他的散文像一盏不灭的灯火，牵引着远游人羁绊的步伐，照亮着迷途者归家的方向。

四、触摸曾经有过的温情

刘先国的散文守望乡土，不是静态地、静止地描写乡土的历史和景观，而是把自己也完全融入了乡土，变成一株深深扎根于乡土沃壤的树。在刘先国笔下，乡土变成了一杯酒，酝酿着故乡的山山水水、花草虫鱼，愈酿愈醇，愈醇愈香。读他的文字，仿佛可以触摸到一股来自山乡的吹面不寒杨柳风，又仿佛可以闻到一缕芒种时节新翻田垄里的泥土清香。他写老屋，写狗命，写荒地，写泥鳅，写星子山，写小院中浓浓的桃花香，写大山里酸酸的藤栗果，写土墙上的狗尾巴草，写朝门前的青石板路，写满阿姆的“煞水”，写大舅爷的“渡命桥”，无一处不带着款款深情，无一字不散发出缕缕土地芬芳。

散文如诗，富含哲思。刘先国守望乡土的散文，语言朴素优美，自然流畅，意境深远，富有哲思。“荒地上最长的是马鞭草，从坟堆到坪地，马鞭草织了一层毡子，把黄土盖得严严实实的。”(《荒土》)“水是蓝的，水底像一个锅底，那是天空的倒影，有云在锅底行走”“山里人的生活，犹如鸡一样悠闲，有干不完的事，也很少有急着要干的事，所有的事都慢慢来，比如起床，吃饭，都要比山外晚很多。”(《山宴》)“父亲又说，孩子，不能贪心。这山呀，田呀，河呀，是通人性的，每次去取，它都会给一点，但不会多给的。”(《人与泥鳅》)这些诗意化的灵动文字，宛如深山老林中的一泓清泉，清新甜美，沁人心肺，读之神清气爽，心旷神怡。

乡土虽不是刘先国散文的全部，但肯定是其中最为重要的组成部分。在刘先国的众多乡土散文中，最牵动笔者思想情感的，当数叙述了作者早年真实生活轨迹的十几篇作品，包括《背路》《荒地》《山宴》《人与泥鳅》《老处方》《狗命》等。这些文章笔调清新，节奏轻柔，开头漫不经心，叙事不紧不慢，细致入微地把他和亲人朋友们所经历的许多乡土事迹，原汁原味地娓娓道来，然后自然而然地把他对乡土的复杂思想感情，细腻清晰地抒发出来，不留一丝痕迹。但在这种了无痕迹背后，总有一种力透纸背、四两拨千斤的力量，震撼着我们，感染着我们。

这一种力量通过细节来实现。对任何一部作品来说，令人心弦震动的总是细节，令人感到敬畏的也总是细节。刘先国的乡土散文非常注重细节。他对生命的尊重，对母爱的升华，在散文《狗命》中通过细节得到了充分体现，“大黄狗前爪爬在庙的砖墙上，不停的抓，想爬上去。大黄狗和小狗崽都叽叽地叫唤着互相寻找。小狗崽从瓦背上滚下来，掉在小圳里，被水推着，一沉一浮。大黄狗跳入水中，把小狗崽叼上岸，一路跑回柴屋”。狗犹如此，人何以堪？生命诚可贵，母爱价更高！《山宴》中，父子情深，羡煞旁人，亲情细节跃然纸上：“父亲悄悄告诉我，在大山的深处，有一个洞，洞口长了两棵大树，一棵是梨树，一棵是杨梅树，都很老很老了，比爷爷的年龄还大好多，没有人知道。等我长大了，把那个地方告诉我。我太高兴了，我说：千万不要告诉两个哥哥。父亲同我拉了勾，用指头在我鼻尖上刮了一下。”《背路》中的红蜻蜓细节，飞扬着童年的天真无邪，“我惦记着蜻蜓，装了一碗饭，夹了一些菜，就奔朝门口去。佩兰早已坐在石板上。我挨过去坐着。佩兰家吃酸海椒炒油渣，我看着就想吃，没等我开口，佩兰就夹了两块放进我碗里。我家吃血粑，我把碗递过去，佩兰夹了一小块。我说还夹一块，佩兰又夹了一块”。两小无猜，青梅竹马，童年的红蜻蜓一如绯红的朝霞，装点金色天空，幻化人间神话，令人心驰神往，回味无穷……其实刘先国的每一篇乡土文章，总会出现大量容易让人忽略，但又令人倍感温暖或凄怆的细节。通过这些细节，散文中浓浓的乡土气息，真挚的情感和真、善、美的价值取向栩栩如生，跃然纸上。

每一个人的内心深处，都有一种乡土情怀，或者说乡愁。因为几千年前，人们的老祖宗都来自大山，扎根乡土，那时只有男女之别，没有城乡之分。这种古老的记忆烙进了人们的内心，随着时间的流逝，这种烙印潜移默化成一种本能——回归，人们渴望回归母亲的胎盘，回归乡土的怀抱。这种回归的本能潜藏在人们的内心深处，也许平时很难察觉，但迟早某一天会因某个人、某件事或者某件物品而唤醒，这就像潜藏在大地深处的休眠火山，沉睡多年无人晓，一朝春雷唤醒，喷发怒吼天下皆知。刘先国的散文，像唤醒沉睡火山的春雷，唤醒了人们的乡土情怀，也引发了人们内心潜藏着的回归的本能冲动。这也就不难解释为什么刘先国的散文能引发那么多读者的共鸣，能让一个又一个读者泪流满面。

在这个喧嚣浮躁的年代，民族文化正逐步流失，乡土文学也日渐淡化。刘先国数十年如一日坚持乡土散文创作，十分难能可贵。他就像一轮守望乡土的月亮，吸收白日阳光，照亮夜空方向，洒一地月光如水，给喧嚣浮躁的年代几分清凉。也正因如此，刘先国的散文才显得更加弥足珍贵，或许多年以后，山寨消失了，老成方没有了，青石板路不在了，但人们依然可以通过刘先国的散文，去触摸曾经有过的温情记忆。

第三节　原生态世界中的惬意之美

姚子珩作品的气质神似于同样来自湘西的作家沈从文的作品，这种相似与地缘性关系密切。湘西的灵山秀水滋养了文学的土壤，丰盈了作家的才情，吸附着生于斯、长于斯的湘西人，不断创作出形神俱佳的原生态作品。沈从文一直以“乡下人”自居，其实这种姿态和意识没有丝毫的任性使气，也没有任何的层级观念色彩，甚至与自卑和自嘲都搭不上边。作为一个现代文学经典作家，他深刻地知道自己的根在哪儿，作品的价值原点在哪儿，所以“乡下人”与其说是一种自嘲，不如说是一种立场。姚子珩同样如此。这是湘西文学的传统和基因，也是人民文学这棵大树上开出来的绚烂之花。

一、乡村趣态的清亮悠远

险峰奇石，灵洞秀水。“一方山水养一方人”，从沱江里流出的沈从文是那样的温润如玉、谦逊随和。许是承接了这位文学大师的地脉，生于斯、长于斯的姚子珩骨子里也有着如山一般的稳重、敦厚与执着，亦不乏儒雅、气质与灵动。

听姚子珩用笔说话的声音，感受他真实世界的脉动与旋律，是一件很温馨的事情。翻开《乡村趣态》，一股久违了的乡村气息扑鼻而来，其间或嬉笑怒骂、荒诞无稽，或情真意切，无不牵动着我的心弦。

姚子珩为文洒脱、大气，笔底凝结着丰富的人文内涵。他感受生活，品赏文化，闲谈人生，举重若轻。在他的笔下，审视社会，展现情感，剖析伦理，独具匠心。他的文笔纤巧细腻，深沉传神，凝练生动。姚子珩笔之所至，就是兴之所至、思之所至、情之所至，他的文字值得细细品读，久久回味。

做文字工作的人都知道，文字越短越难写，更何况是塑造人物性格特点，展示人物心理活动的微型小说呢？它需要写作者具有高度凝练的语言能力和丰富海量的生活阅历，同时需要写作者用犀利的目光和细腻的思维去洞察生活万象，将人、景、事等要素浓缩刻画出来。

姚子珩的工作性质决定了他对微型小说的钟爱。他在篇幅极短的文字里，寥寥几笔，就将典型的人物形象跃然纸上，这样的功夫不是人人都能做到的。《厂长与黑猫》讲的是乡食品厂刘厂长为了省下自己家养猫的开销，在厂里成立灭鼠队，并让自家的黑猫担任灭鼠队队长，主要负责出谋划策和宏观调控，由厂里补贴伙食费并发放工资及奖金的故事。《女婿·丈人·牛》讲的是女婿为了凑齐丈人索要的八千块结婚礼金，被迫偷了老丈人家的牛并卖掉，在结婚宴席上被警察抓获的故事。讽刺与无奈的结局，让人不禁莞尔，心底又带着些许感伤与疑惑。

微型小说的奇妙和意想不到的效果，在这本集子里有了很好的展示和凸显。姚子珩始终以高度的社会责任感，积极乐观的批评态度，对人物和事件进行筛选，客观冷静地审视。《工作餐的故事》《艳事巧遇》《识时务与官运》等篇目描写了县市、乡镇这些基层官场的荒诞、丑陋，投机取巧或瞒天过海。在这里，真实就是力量，作者并没有粉饰现实生活中残酷的事实，不避讳现实生活中的某些丑陋与荒谬，这是一个正直作家的社会良知。

姚子珩的目光是敏锐的，视角是独到的。即使在一些原本很平常的故事里，他也往往能够通过自己的触觉和笔调，揭示出另一种人生内涵，展示出另一种生活的景象，让你不得不佩服作者透视生活感悟理性的能力，同时也体现出现实的批判性。《孽根情异》表现的是生活中伦理与观念的冲突；《老牛的悲哀》描写的是一头牛从出生到被送往屠宰场的点点经历，这其中掺假等恶劣手段比比皆是。这种批判性在他的诸多篇目里都有所表现。

姚子珩创作上的另一个亮点，就是借创作这个平台展现对生活现实的感悟与对身边众生的人文关怀。《鼎罐二佬升辈记》里的柳铭鼎发财后用金钱要求家族给他升辈分；《李老汉赶集》讲的是两位在政府做官的儿子合伙贩毒被抓前后，李老汉在赶集时所受到的不同待遇的故事；《农夫与蛇新传》说的是人与自然互帮互助、和谐相处的故事。对一个作家而言，创作不仅仅是一种简单而重复的文字劳动，而且是一种对心灵家园的守望、对内心深处的呼喊，更是对现实世界的真情把握和无限展露。姚子珩通过创作，既表达了自己对精神世界的理解，对物质世界的感悟，同时也对社会下层，特别是对弱势人群给予了一种深深的关注与怜惜。这在他很多作品中都有所流露，他的笔触所及，表达的总是对不同生存群体的尊重和理解。

人生是一段漫长的旅程，创作亦然。人在经过一段艰难的跋涉之后，需要有个驿口停靠，洗洗身上的风尘，喂喂疲惫的老马。小憩的过程既可对过往的日子有个交代，有个总结，又可积蓄力量迎接下一段旅途，扬帆前行。姚子珩作品的结集出版，无疑是一个很好的交代。无论是浮世杂烩、清风朗月，还是情归何处、爱在何方，抑或是戏剧人生、跌跌荡荡，清澈而悠远，深邃且湛蓝，每一段都值得好好总结与回味。

二、梦绕故楼的深情回眸

如今的社会，诗歌创作已不被人们重视，写诗的人甚至被嘲讽为“酸秀才”，但仍然有人坚持诗歌创作，在落寞中为追寻心中的那一轮明月继续前行。姚子珩就是其中一个，他用诗歌展现自己最真实的内心感受，用诗歌记录生活的点点滴滴，无论是瞬间的心灵感动还是巨大的灵魂震撼，他始终坚守着对诗歌的那一份热爱，始终执迷于创作的那一份喜悦。

《梦绕故楼》是姚子珩辛勤耕耘三十年的一次总结，一个“情”字贯穿始终，其乡情、亲情、真情深深触动着我的灵魂。

一是深深乡情。姚子珩是最早参与“新乡土诗派”诗歌的创作者之一，诗集中的不少作品都描写的是他故乡湘西的自然风貌，有山有水，有花有草，有鸟有虫，还有故乡的那一轮明月。他用诗歌的语言方式向读者再现了故乡的美丽多姿，那些美丽的语言背后是作者深深的故乡情。

“梦中常现一朵白云/牵走了我思乡的灵魂”，这朵梦中常现的《白云》是作者故乡的一个象征，它是灵动的，是深切思念的化身。读这首诗，眼前仿佛浮现出一幅温馨宁静的乡村美景。画面中有棉花、山溪、百花、烟讯，呈现出了乡村的一片和谐安详之貌。“憧憬与天真”“欢乐与恋情”“火热的心”，从这些话语中，读者们能品读出诗人丰富的内心世界，那是对故乡的向往和眷念。

再来看另一篇诗作《山道》：“如同古老的纤绳，从山里汉子的肩上，连着这座山腰，系着多少吊脚的山村。”这是作者记忆中的一条山道，他用平实的语言向读者们述说了一条山道的故事，并在平淡中讲述了山道的不平凡，读者们看到了山道的蜿蜒曲折，绵延不绝，最终消失在云霄，看到了在山道上为了生计而奔波的勤劳淳朴的山民。山路和山民的身上都体现了一种坎坷而不挠的秉性，不为命运屈服，是在艰难的环境中的一种真实存在。故乡的山路是如此亲切，故乡的人民也是如此的亲切。

读姚子珩的诗，就像你我在阳光下与诗人对坐。读者们在一旁静静地听着诗人描绘他那美丽的、宁静的、淳朴的故乡，那些故乡的景物仿佛在读者们的眼前灵动起来。

二是悠悠亲情。人间亲情是诗歌经久不衰的永恒话题。一首好诗应有真挚之情。虚假、矫饰、作态皆是诗之大敌。姚子珩十分看重亲情。《父亲》就是这样一首真情流露、抒写亲情的诗篇。在这首诗中，作者用“山”“船”“树”“鞭”等意象，展示出父亲人生道路上的艰难苦险。这些都是充满现实生活的意象。父亲是儿女的守护神，为了儿女任劳任怨，甘愿奉献自己，勇敢地对抗艰险的环境，只为儿女能够平安健康。父亲永远是儿女心中最伟大的存在，可最终父亲抵挡不了时间的齿轮，变成了“一掊土”，这充满了命运的象征意味，以及对于人的生命的无限感慨和怜惜，再次得到了有力的收束和无限的升华。虽然父亲已然逝去，但“父亲”这一职责在作者及更多的男性身上得到无尽的延续。

同样，阿妈的那一句“踮起脚尖做人”的家训闪耀着母性的光辉。她踮起脚尖送别自己的子女，这其中蕴含着阿妈对子女的依依不舍，她内心始终挂念着儿女，希望多看几眼自己的子女；她踮起脚尖做人，虽然自己也不富裕，却尽自己所能帮助他人渡过难关，这是一种大爱，一种天底下最无私的爱。阿妈是朴素的，是善良的，她的那一句“踮起脚尖做人”是一种伟大的、崇高的精神力量。作者用这首诗将自己对阿妈的崇拜之情表现得淋漓尽致。

这些描写亲情的诗歌让人们能想起内心深处的一些最根本的情感，让人们不禁为父亲和母亲的伟大而感动，作者用自己最朴素的语言来引起人们的共鸣，触动人们的内心。

三是浓浓真情。诗歌创作生存的重要性，强调诗人要直面当下，表现生活现实。用诗来书写生活中的喜悦和欢乐，让人们看到社会的发展和生活的美满，巩固人们对生活的信心；用诗来痛斥战争和邪恶，激起人们的忧患意识，促进人们建设祖国、改进生活的脚步，给人以精神抚慰，也给人以斗争之心。姚子珩的诗歌就做到了表现生活现实，他关注时代，用心灵去感受社会，写出真实的心灵感受和生命体验，表达出一股正气与真情。

1999 年我国驻南斯拉夫大使馆被炸之后，职业的敏感和强烈的爱国情，促使诗人挥笔写下了《不朽的笔碑》来纪念遇难的三位记者同胞——邵云环、许杏虎、朱颖。英雄的死让诗人愤恨，他用笔撕开了那个所谓“人权”的外衣，让人们看清了那层外衣下的实质是霸权、灾难、食人魔，他用文字唱响正义之歌，让那些狡辩都成了苍蝇的无力呻吟，作者用这些文字发出了他的呐喊，同时也写出了读者的心声。姚子珩从自己真实的心灵出发，观照了更为广泛的读者和大众。读者不仅感到语词飞翔的快慰，而且体会到了诗人字里行间流露出的真情实感。

诗人还将笔触深入到生活的时代大潮中，用朴素的语言陈述朴素的道理，语言虽不振聋发聩，却能让心灵洁净，明晰生活的真谛。例如，在《生活是水》中，诗人写道：“生活是一锅开水/人生是一勺茶叶/与开水打成一片/放散出无限香气/生活是一条溪水/人生是一块石头/要么变成圆闪闪的玉器/要么变成细如泥的沙粒”。这样的诗句呈现给人们的是作者对于生活和人生的独特感悟，他用自己丰富的阅历凝聚成这些诗句送给读者，让读者能够领悟生活并能更好地生活。他诗意地看待人生，诗意地阐发哲思。

诗无达诂。谢榛在《四溟诗话》中认为“诗有可解、不可解、不必解，若水月镜花，勿泥其迹可也”。用他的话说，诗作或繁或简，浓妆淡抹，各个相宜。姚子珩的诗歌正是做到了这一点，姚子珩的诗歌朴素，真实，一字一句总关“情”，即使是咏物、写景，也是“情”的外化，特别是对故乡的缓缓思念之情，对父母的悠悠感激之情，对社会的浓浓关怀之情皆是情真意浓，诗意盎然。概而言之，作者用诗歌的形式最终传达给读者的，还是情感，用深深的真诚的情感，来打动读者，因而也必然会引起读者情感的强烈共鸣！

三、足涯无疆的美的发现

在中国的文学史中，游记也许是作者向外界表达自己心灵追求与见识广度的一种最有效的手段，也是大部分人足不出户体验“读书即行路”乐趣的主要替代方式。虽然世界上绝大部分人一辈子的生活范围都不会超过自家烟囱里的炊烟所能飘散的范围，但人在本性中确有一种迥异于其他生物的特性，那就是乐于体验变化，在旅行中这意味着对各种互不相同的环境的品位——地理上相隔万里，却并不妨碍在另一个时空神交已久。早在 20 世纪 80 年代末，余秋雨便怀着崇高的想象开始印证他心中的“文化苦旅”，他说：我心底的山水并不完全是自然山水而是一种人文山水。台湾学者赖瑞和人到中年终于回到祖国大陆，开始“坐着火车游盛唐”，走访长久以来一直只存在于史料之中的“杜甫的五城”，这些都成为文坛美谈。

毫无疑问，姚子珩的《足涯无疆》属于另一种游记，它倾注了作者太多的感情。就像罗伯特·彭斯将心遗落在苏格兰高原一样，作者对于“美”的发现、理解以及诠释都带上了浓重的个人色彩，他笔下的丽江摒弃了对于其风景的描述，反而是将温暖琐碎的民生生活渲染出了勃勃生机；西湖美景的精巧别致引人眼球，可最后话锋一转，说起了岳王庙前秦桧夫妇颈上联语牌，这足以体现出作者立足于世间的清濯人格与闲时雅趣，作者说到自己的创作动机时，有这么一番话：“近 30 年来……见到许多富有地域特色的自然风貌、民俗风情、古迹景观、趣人轶事。不少见闻是此前闻所未闻的。有些让人心驰神往，有些令人乐而忘返，有些使人忧戚神伤。总之，这些足履下的痕迹，眼眶里的印象，迫使自己必须诉诸笔端，你不吐不快。”如果说丰富的阅历为作者提供了取之不尽的创作素材，那么精神上无止境的追梦探寻才是作家情感永不枯竭的源泉。

文笔体现审美情趣，作者善于在其走过的众多名山大川中分辨出它们各自不同的美，然后巨细无遗地一一描述，这种细致的笔韵是在很多游记中都看不到的。

“美来自生活”这句话用于描述姚子珩的文章也是极为恰当的，在游览凤凰奇梁洞时，他生动地为人们再现了那大自然的奇思妙景：“嗬，真是名不虚传！眼前展现出令人眼花缭乱的仙境：‘天街’上云雾翻腾，灯火明灭。左边兜率宫檐牙高琢，器宇轩昂；右边凌霄殿金碧辉煌，星汉灿烂。那偷吃月亮的天狗被玉皇锁在皇宫旁洞内，似乎在‘嗷嗷’哀声求救，然而，有谁愿解救吃掉人间光明的孽障呢？朦朦胧胧，隐约看到仙女们在御花园扑蝶采花，逗鸟嬉戏，素手纤腰，神情怡然。这位仙女怎么不顾苍天春寒，花径风冷，独凭玉栏？”这篇游记散文的基调从极其口语化的“嗬，真是名不虚传！”开始就已奠定了它轻快活泼的感情基调，而之后对于洞内仙境“天街”的形容，则借用了郭沫若《天上的街市》的典故，这段不到两百字的描述中，拟人、比喻等修辞手法不露痕迹地嵌入文章，“润物细无声”地使读者身临其境地感受到了洞中美景。只是这一段，就足以展现作者深厚的文学造诣以及圆熟练达的文字功底。

姚子珩的这本游记，最大的特点莫过于作者内心深处对当地人文环境的探寻溯源以及不经意间透露出的心怀天下的思想诉求。

在《泸沽湖畔走婚族》中，本着对人文文化溯源的渴求，作者并没有草草地描述当地风景民俗就了事，而是除了介绍读者们都大为感兴趣的异族神话和摩梭族人特殊的“走婚”民俗风情之外，还细致地讲述了他与当地居民张阿妈的交谈过程，深入地解剖了传统“走婚族”的思想观念，试图洞察出摩梭族人走婚的奥秘：“当华夏大地整个母系社会已成为历史时，这里为何还能存在一块母系社会人文活化石的完整形态？是什么元素让这种社会结构历久独存？是相对封闭的自然屏障？是淳朴友善的纳西民风？是富庶美丽的泸沽湖的养育依托？”一连串的问号，代表了作者对于尚未发现规律的事物的慎重态度，这是作者代替社会，代替这个奇特民族发出的疑问，他关心着素不相识的摩梭族人，也关心着这个民族的未来。

作者对于能引人深思的景观景点总是特别感兴趣，胡雪岩的故居本是浩如烟海的苏州园林之中的一景，而姚子珩把它单独提了出来，还写了一篇篇幅较大的游记，这并不只因为它是“江南第一豪宅”，也不仅仅因为它的结构特别精巧，构造特别典雅，关键是作者从一代富商胡雪岩辉煌而坎坷的一生中所感悟到的哲理。对于胡雪岩早期的兴荣与晚年的衰落，作者感慨不已，他发出了“盛何忽兮衰亦勃”的慨叹，对于朱镕基总理在胡宅的题词，他做出了这样的总结：“朱镕基先生极少题词，观此豪宅后竟文思泉涌，忧思难抑。我猜想他是在惋惜古人之际，亦在告诫今人，可谓用心良苦啊！今人若观瞻此宅，难道有谁可不戒乎？”姚子珩身为一介书生，却心怀天下走四方，其拳拳之心，报国之意，由此可见一斑。

除了对于“美”与“真”的追求之外，乐观积极，崇尚自然的生活态度也是这本游记的重点之一，这样的感觉在对于国外景点的描述中或许体现得更多，欢乐的语言，顺其自然的旅行足迹，对各种文化海纳百川式的接纳包容，对天下大同，和平永驻的热切期盼，无一不深深地打动着读者的心灵。

人的一生，总是为了生命中各种各样的追求，而走在漫长的旅途上。每个人看到的世界都有微小但决定性的差别，因为你的视界决定了你所看到的世界会是什么样子，而你的追求决定着你的视界。面对人生分岔路时，给予人们鼓励与勇气的，可能不是谁曾说过的话，而是那曾见过的风景。

珍惜自己拥有的，追寻自己渴求的。前行无悔，追梦无疆。这是姚子珩这本书的真谛，是笔者乐意品读并记下点滴感受的全部理由之所在。

第四节　在寂静中探寻与怀旧

彭晓玲属于那种文静淑婉的女子，有着清醒的自知和良好的修养。她自小热爱文学，阅读了古今中外的大量名作，积累了丰富的生活经验和知识储备。在阅读之余，她每每产生创作的冲动，但真正提起笔来写作则到了1999年，她最初致力于散文创作，偶尔涉及小说写作。她的作品以清澈、明丽的风格，杂以细腻和诗意的叙述，她的文本有着较强的个性化和抒情化的特征。她先后出版了散文集《红石头的舞蹈》《挂在城市上空的忧伤》《苍茫潇湘》《民歌婉转润浏阳》等。

作为一个善于思考的作家，彭晓玲力图证明自己的多面写作能力，在散文创作之余，她也尝试着小说创作和非虚构写作。而长篇报告文学《空巢》的出版，又让人们看到另一个彭晓玲，看到她柔弱中的坚强、淡然中的狡黠和从容中的担当。《空巢》在朴素的描写中展示出一种鲜活的力量。作为一份社会调查报告，这部作品是对传统道德和社会现实责任的呼唤和期待，也是对生命的珍爱和善良积极的扶助，文本中的呐喊与沉默、痛苦与欢愉、聚首与别离都是当今社会生活真实的写照，是转型时期中国农村与城市阵痛的双重缩影。

当然，给彭晓玲带来声誉的主要还是她的散文。本节主要以她的散文集《挂在城市上空的忧伤》为例，从忧伤之美与远去的家园和浏阳河畔的精神寻根两个维度上分析文本的内在品质，从中窥探彭晓玲在文学道路上的审美选择和艺术表现上的创新追求。

一、忧伤之美与远去的家园

岁月的潮汐不停地奔流，所有的昨日皆定格为遥远的画面，总是有人忍不住对过去进行回想，就在如今繁华的城市之下，人们也许早已不知道掩埋过多少昔日的建筑和其中悲欢离合的故事。人们不得不感叹生活的快速发展，却依旧对物质与精神的追求感到怅惘。迷茫、困顿、精神无处安放，这正是彭晓玲以及活在城市中人的忧伤。无论是在浏阳河畔还是在大城或小城之间，彭晓玲都在寻找着陈旧的故事，书写对人间的情怀。

"文学艺术是一种表意实践，通过符号及其意义的传递，构成社会的意识形态和价值观念。"[①]彭晓玲的散文有一种别样的追求，她只是在探求，并引导读者与其一同探求。虽然这部散文集大多数是以历史、回忆为题材，但她的目光却是现代的。《挂在城市上空的忧伤》一共分为四辑，除了第二辑《且行且思》外，其他都在围绕着浏阳河的人与事进行描写。她的态度是鲜明的，她不仅仅沉湎于过去，她也对中华文化在长期的历史发展过程中形成的独特价值观念、情感态度和心理有着极大的关切。

和其他城市一样，彭晓玲笔下的小城也不断地受着现代化的冲击，陈旧的老城区免不了被征拆的命运，无论是懒散灰暗的旧巷，还是小巷里的某座寺庙，或是街头的咖啡馆，总能牵动她怀旧的情绪。纵是万般留恋，旧城已经离人们的现实越来越远。彭晓玲用文字写出她的忧思："我明明知道，空地的安静只是暂时的，过不了多久，这里肯定又是一片繁华的街市，而曾经所有的故事便会毫无疑义地掩埋于繁华之后。但我依然觉得心上爬满了沉甸甸的思绪。"[②]当下的建筑不断覆盖着曾经的故事，现代文明冲击下的城市已经丢失了小城原本的特质，习惯生活在安静巷陌中的人们怎样安放他们的情绪呢？在《远去的老街》中她写道："站在寂静的废墟上，满地残缺的青砖青瓦胡乱堆积，

① 王充闾. 作为现代性表意实践的王充闾历史散文[J]. 文化学刊，2012(1).

② 彭晓玲. 挂在城市上空的忧伤[M]. 长春：吉林人民出版社，2010：11.

几台大型推土机停在几堵残墙跟前，几位老人在废墟中缓缓地游走。晚风吹来，老人们的背影孤独落寞，如响在旷野上的鸟鸣低沉而突然。”对于安土重迁的老人而言，他们依旧怀念废墟上的故事，他们也因为曾经的生活模式被打乱而几度回望。曾经世俗生活的经典画面已难寻，取而代之的将是涌动的人群，一道道时尚与浮躁的风景，喧哗的人群中，又有几个能体会到原来的城市依然停留在部分人的梦中？面对废墟，彭晓玲因怀念而走近、因忧伤而离开，温暖美好的旧城图景只是一幅旧画。她记忆中的图景经不起岁月的冲刷，她对旧城的温情回望，最终走向了幻灭的哀伤，但她仍然执着地寻找古老传奇与新传奇的链条。

彭晓玲的怀旧情怀是显而易见的，无论是行走在自己生活的小城抑或是其他的城市，她总在探寻着城市的古老气息和漂浮的人文气息。彭晓玲并不停留于自己的小城，她热爱行走，在行走中探寻精神的家园。《旧梦依稀》这篇散文写她走进周庄，在高高低低的老房子中倾听古老而神秘的声响，寻找流淌在历史深处的文化：“远在时间的深处，远在黑夜的深处，一扇扇古老的雕花木门，轻轻悄悄地打开，如水般淌出声声吱呀，弥漫着温暖与慰藉。”在《赤壁寻梦》中，彭晓玲怀念关于赤壁的风云人物，于是三国周郎赤壁自河水的深处升起，浮现在脑海中挥之不去。《行于湘水之滨》写她在湘江之滨以深深浅浅的足迹穿越齐白石展馆、贾太傅祠、杜甫江阁、岳麓书院，发现悲苦孤独的灵魂和湖湘文化独有的特质。

她在祖国大地上进行一次又一次的旅行，完成了精神家园的探索。她把历史与现实融合，不仅仅停留在表面，而是由此进入更为深邃的人文世界与精神世界。无论王昌龄还是纳兰容若，她都把他们心灵化了，成为与读者共享的心理事件，并且对现实进行反思。她在另一部散文集《苍茫潇湘》的后记中说道：“文化曲折前行由来已久，在我看来，自是与悲凉相伴而行。于是，我试图以自己的观点去观照这些历史人物，关注他们悲剧性的命运，及他们于文化的贡献，如何促进并丰富湖湘文化的内蕴。当埋头于历史故纸堆时，我的心总是陷在一种深刻的悲凉里不能自拔，好在悲凉又转化为一种力量，令我于世事于人生于社会的思索得以渐渐深入。”抚今追昔，翻阅历史，温习历史，谁能够不感惆怅？彭晓玲在创作中体现出来的现代性反思特征更多指向的是对一种文化处境、文化身份以及文化行为的反省，是她由现代社会回眸传统文化时所做的深层思索。如今，她看到的是纷繁喧哗的世界，看到的是商业文明对人们平静生活及心态的冲击以及当代人内心价值观的动摇与失衡。她希望能借优秀民族文化背后的历史因缘，来唤醒人们走出浮躁，回归平静的内心。

除了历史与人文气息深厚的城市外，彭晓玲也向我们描述了自然的心灵栖居地。她行走于纳木错，感受湖水的圣洁与美丽，思索玛尼石背后的神圣与虔诚，找到灵魂的栖息之处；在入秋的草原上，迷恋天空的湛蓝，沉浸在似是虚幻的青青草原；在蓝绒绒的天池边，感受隐藏于天池的浓郁的孤独与神秘。“自然世界既经转化为主体生命的一部分，就具有了主观的、情绪的和幻想的色彩。”彭晓玲的心灵一次次受到自然的洗礼，安静而又从容。这是她想象的心灵状态，所以当她离开自然回到繁华的都市时，不免发出内心的感慨：“我知道，湖水此时此刻已如一滴晶莹的泪水，忧伤地躺在莲花般的群峰之间。正是在这一瞬间，我发现了自己未曾拥有过的过去，也发现自己已然失却了一种遥远的未来。”从未拥有过的心灵状态在自然中实现了。

她留恋原始和安宁的状态，寻觅人与自然的奥妙，不断地思索着人类的命运，抒写出对自然和人类博大、深沉的爱，也对城市生活的浮躁和处于自然的安宁落差中提出了自己的忧虑。正如她在《葱绿的园子》中写道：“看来，为了所谓城市的繁荣，为了所谓文明的生活，人们是不惜毁灭最自然的物事与景致。城市文明似乎总是排斥原始的、野性的、生动的美丽。”城市文明一方面排斥着自然的景致与物事，也使生活在喧嚣城市中的人们逐渐远离自然，生于自然的人又怎能安顿自己的心灵？

二、浏阳河畔的精神寻根

这位生活于浏阳河畔的女子，尽管她驻足在城市的钢筋水泥群里，羁留于都市的声色繁华之中，却以一种平静的笔调，描绘了孕育自己生命、伴随着自己青春成长的故乡的山水草木、刻画这块土地上的人与事。“浏阳河流过水草丰美的地方，渐渐地孕育起无数美丽的传说及浪漫的气质，其浪漫的精神，随着温暖的河风，缓缓吹向葛家大地。”浏阳河流淌过的浪漫，遗留在这块土地上，这里的人们勤劳、质朴，他们爱看戏，也爱日常的悠闲，他们与彭晓玲一样，在观望着家园的风景，也在体味百态人生、创造美好而浪漫的生活。

当人们回忆童年的时候，一些印象深刻的事物便浮现在眼前：梦里调皮的麻雀、挑起味蕾的竹笋、挂满丰硕果实的柿子树、让人寂寞和恐惧的山脊、清香扑鼻的蒸菜……在她的回忆中，这些事物都是不可磨灭的。然而童年并非都是快乐的，自幼母亲去世，父亲对她冷漠，甚至施加暴力，她从小就体会到了生活的不易与艰辛。她回忆的文字里既有童年该有的纯真，也有恐慌、寂寞与委屈。故乡就是由种种复杂的情感交织在一起的地方，当她远在老家的哥哥打电话高兴地对她说老屋被拆准备建新屋的时候，她并未感到兴奋。她知道梦里倒塌的旧屋，梦里的人和事也将渐渐淡出人们的生活，这种无法阻挡的变化让具有怀旧情结的她十分忧伤，现已不在那片土地生活的自己只能把一切的美好藏于梦里。

在《青青竹笋》的结尾，彭晓玲回味道："走在乡村的小路上，偶尔看到路边冒出来的小笋时，我心里竟会涌上一阵阵难言的惆怅。我知道，我没有忘记青青的竹笋，也没有忘记遥远的村庄。"关于故乡的回忆会让人感到忧伤，却又止不住不时去回忆。在《乡村记忆》中，彭晓玲在结尾中写道："老家的一切常常不由自主地浮现在我的梦里，敲打着午夜的无眠。我知道我对老家一直心存感恩，它给了我孤寂，给了我委屈，但也给我思索与力量，让我能得以从容不迫地面对命运的平淡和曲折。"她感恩那孕育她身体、赋予她性灵的故乡，怀念那里琐碎的人和事，那是她的根所在。即使有些回忆并不是愉快的，却以种种方式教育"我"，故乡是每个人记忆中不可缺失的一部分，正因为与故乡结成难忘的情节，于是有了心灵的家园。彭晓玲以一种怀旧而又惆怅的笔触，或是在个人与命运的故事中书写生命之流，或是描写因现实失落而存在精神中的困顿与缺失，都是通过自我的生命体验去追寻梦想中的精神家园。

被彭晓玲视为神秘和神圣的浏阳河，构成了她生命和情感不能分离的事物。"一条河执着地走进我的生命，在我的生命里率性地流淌。对于一条河的出现，我心怀感恩，其哗哗之声是一曲动听的天籁之音，好似母亲的切切叮咛。"河水宁静而达观，柔媚而有灵气，愈深邃愈宁静。受河流文化的影响，许多中外诗人和作家在其创作中书写着河流、湖泊及发生在湖泊之滨的故事。英国浪漫主义诗人华兹华斯的"湖畔"抒情、美国作家梭罗的"瓦尔登湖"沉思、中国当代作家韩少功"山南水北"的思索等，无不说明自然河流湖泊与文学创作的紧密关联。美丽动人的水的故乡正是浸染彭晓玲生命的摇篮，她的情感与心态与水的品性极其相似。她善于思考和幻想，情感流动而不凝固，既能对眼前人事进行抽象概括，又能凝眸未来，在虚幻与现实的世界里驰骋，她以如水的柔情、纯洁无私的心灵关照人事，凝眸自然，思考人生。"在以后的日子里，每每想起浏阳河，河水便忽而近在眼前，又忽而远在天边，让我更深地懂得河水的智慧与宽容，懂得命运的无常与有常。"即使在尘世的漩涡里沉浮，河水的宽容与从容亦让她对现实、命运保持清醒的认识。

浏阳河给予她思想的灵动，也赋予她沉稳的气质，所以彭晓玲笔下的文字起伏变化又不失平静。她善于营造出一种神秘的意境，无论是如诗如幻的边塞风光，还是古老的文化信息，总体呈现出一种张力，既有对现实处境的忧虑，又有对自然的赞美。她就像山间的浏阳河一样，在思考中浅吟低唱，奔向现实的大洪流。她更多的是从精神世界去解读风景、感叹人生，从源头挖掘现实中人们的精神困顿的源头，以自己略带忧伤和禅意的文字，为当代迷失于精神世界的人们探寻精神出路。

第六章　现实世界的文化韵味

文学湘军的散文创作者已不再属于“新作家”或“写作新手”的范畴，他们将近或者已过天命之年，总体上体现出内容的亲历色彩和风格的节制特征，这与他们的经历有着直接的关系，所以将他们的散文姑且暂命名为“天命湘军散文”。他们的散文经常上升到形而上的哲学层面，散发出思想的锋芒，追寻社会氛围、道德伦理乃至人类精神的文化批判，揭露社会阴暗面，鞭挞生活中的丑恶现象，凸显了散文湘军的价值取向和文化良知。藉由强烈的社会责任感和崇高的价值观念，他们把“个人的情感”上升为“人类共有的情感”。

所以这类散文作品大多具有强烈的亲历色彩，把目光放在身边的生活中，那些与哲学难分难解的深奥道理，显得世故有余，而烟火不足；遥远的历史纸堆和对历史遗迹的凭吊，更显得矫情，对他们来说，写作只是一种惬意的人生表达，不是职业，更不是谋生的手段，所以就少了一份限制，多了一份洒脱，少了一些功利，多了几分从容。身边的生活就是一座富矿，或者说，生活就是写作题材本身，作者从生活中搬一块物化成文字即可。

节制是文学湘军散文创作的另一个重要特点。他们的起承转合非常圆熟，这种圆熟不是技巧上的圆润，而是自然而然的巧若天成，整体风格的洒脱、散淡、从容。刘永学在和母亲的对饮中，回味母子间无拘无束的畅快，这种情感融合了亲情和友情，没有格式严谨的所谓孝道，没有礼数繁复的人子之责，而只是人性的回归、亲情的回归、自然的回归。刘克邦同样如此，狂风暴雨的时代背景被羽化，情感表达平和，情绪表现节制，繁华褪尽，百花齐放，落英满地，生命大美。尽管有灾难，有残忍，有盲目，但又能怎样呢？遗忘？回避？生命已经走过了那个哭天抢地、椎心泣血的年华，遗憾、美丽、无奈和宽容在他们的散文中浮现，若隐若现，提纲挈领。天命散文湘军开启的是一个洗尽铅华的人生空间和崭新的审美范式。刘永学、刘克邦、卢年初皆是如此。

总体上看，文学湘军的散文创作没有偏离“形散而神不散”的创作传统，尖锐的批判与无所顾忌的率真并存，深刻的思想追索与赤子之心并存。作品富于思想张力，即便是日常生活中的琐事，也往往承担着文以载道的慷慨和为民请命的情怀。他们交融历史与现实，互通诗、思、史，反思逝去的历史时光，在挖掘史实的过程中探析那些潜藏在历史暗角深处的人性与文明的光泽，显现出深沉的艺术力量，引领读者的兴趣，开拓读者的审美视野。

他们已经适应了周遭的一切，与周围的一草一木、一街一巷产生了深厚的感情，他们的散文对生活有细腻真切的心理感受，对于过去，对于自己周围的人和事，他们总能怀着一种坦然淡定的心态去面对、去追忆，对于生活中普通的事物总能发现其中的闪光点。这类作家的生活阅历较为丰富，把作品当作人生的附属品，少了激越的心态，也少了艺术上的试验色彩，以丰厚的人生感悟和宽广的世界视角书写，对于这类作品而言，人生的宽度和厚度决定了文字的境界。他们的文字纯净而凝练，纯净并非空白，而是落英满地的深沉，是经过了时间洗礼的岁月沉淀，经过了苦难的磨练，当然也打下了深深的时代烙印。时代风雨的变幻无常和残酷际遇的刷洗使他们的人生经历了巨大的潮起潮落，亲人、好友、同学的命运大多在这段时间里都有了跌宕起伏的变化。

第一节　现实的歧途与诗意的风景

一、在岁月的河流上歌吟

一个善良的人必定是有很多记忆的人；一个经常翻开记忆的人，必定也是一个善良的人。刘永学就是这样一个人，他坚持利用业余时间写作，以闪光的片断在岁月的河流上歌吟，用记忆的方式在时间的帷幕上跳舞。

刘永学的文字能给读者一种温馨的、触及内心脆弱的感受。灵性如水、感动如水，善良的心脏是暖的、是湿的，所以能够洗去时间的尘埃，让那些过往的影子重新浮现。这样的时候，善良和灵性是一种幸福，汩汩流动的幸福。人会感觉到，能有一些回忆，能够安静地回忆，看着过往的一切静静地发生是一种幸福。正如刘永学在这本书中说的：“生活充满了阳光，于是就笼而统之地说日子过得幸福无比，那便很容易造成误会。阳光和幸福是两个概念，绝对不能等同。鼹鼠们躲着太阳生活，你不能由此作出它们不幸福的判断。鼹鼠在黑暗中快乐着，而我们，需要生活明丽的影像，就像美人需要镜子，仅此而已。”刘永学清楚地告诉我们，生活是一个多棱镜，有鼹鼠的一面，那一面藏在背光面，也有明丽灿烂的一面，后者裸露在阳光下。我们说，我们在阳光下采撷一切明丽或者不明丽的影像，然后，拿到阳光照不到的地方，像鼹鼠贪吃收藏的果实一样，去珍藏、经营和品味一些明丽的生活的影像，这样，人才能摆脱鼹鼠一样的自我尴尬局面。

就这样自言自语，就这样上善若水。仿佛是不经意中，刘永学像一个久违的好友，跟你轻轻地叙说，让你在繁华的都市里停下来，想一想过去的岁月，回忆一下属于自己的激动或伤感的人生片断。刘永学的散文没有过多的说理，没有堆砌的词藻，没有玄奥的噱头。读者可透过他质朴的表达充分感受到在他营造的悠悠天地里，洗尽铅华，寂静的夜里，听着自己的心跳，看着自己的生命，一切都在下沉，沉到时间的河里，任记忆的影子在时间的帷幕上跳舞，往日的点点滴滴慢慢浮现，这个时候，灵魂洞穴里的鼹鼠开始幸福地啃着食物。人会在这个时候发现，原来我是这样的，原来一切是这样的。

某种意义上来说，过往的记忆才是人的生命，拥有一些真正的记忆，真正去回忆一些记忆，人才能安稳地生活下去，才能觉得自己是真实的。真实的生命状态是一种“无主题叙事”，其价值和意义在哪里？或者只能采撷、只能追忆、只能让往昔岁月的影子投射到时间的墙壁上，这样才能确定，我来过、我经历、我存在。

基于这种理解，刘永学写道：“常见到一些人感叹生命空虚，无非是值得记忆的事情太少，生命的口袋里曾经装入的幼稚、浅薄、疑问、困惑、期冀、愿望、友谊、爱情、财富、狂欢甚至疾病、灾难、仇恨、遗憾，都在生存的跋涉中一件件遗漏了，临到了却晃着个空空的口袋面对夕阳叹息惆怅，不知道这辈子是怎么过来的，哀莫大于此。”刘永学的笔触直抵灵魂，他的写作，着眼的不是宏大叙事，他的文本力量恰恰来自无处不在的生活的细节，以及由这种细节的回忆带来的洞察力和穿透力。

更为重要的是，刘永学不仅告诉我们要善于发现生活的细节，还指出怎样让过往的一切细节在时间的秩序里找到自己的位置，确立自己的意义；又怎样在暗夜里、在时间的缝隙里犹如鼹鼠悄无声息地咀嚼食物一样清晰地看见那曾经的一张张脸、那一件件事情的经过和那一道道风景的背影……这种发现，需要用心——耐心和真心，还需要拥有发现美的眼睛。

刘永学把他的所见所闻所感所悟以“不着一字，尽得风流”的微观方式真实地呈现于读者面前：“我们正是在生活中筛取着数以万计的这种微尘，然后将其锻造成我们的金玫瑰。”也许，在生命中，每个人都有过自己的金玫瑰。这金玫瑰有如西方人心目中的“圣杯”，是象征，更是信仰。这金玫瑰能否找到或者发现，并不仅仅依靠运气，也不仅仅依靠汗水，更需要一种执着，一种真诚，一种追求，一种豁达以及沉淀或者说积累。

刘永学有着复杂的人生经历，他先后在机关单位爬摸滚打几十年，做过基层小职员、省府领导的秘书，对官场生态极为熟谙。刘永学的写作不带任何功利性，他既不靠写作赚钱以养家糊口，更不把写作当“敲门砖”。他执迷于自己的写作，完全听凭灵魂深处的呼唤。这是一种精神，也是一种品格。一个人的品格绝对是在无关紧要时形成的，这是真谛。攸关紧要的事情总是在阳光下发生，在众人的注视之下，人被附加了很多外界的附属品，附属品不是属于个人，而是属于个人所处的环境和位置。人自觉或不自觉地戴上面具或者说套上一个壳，掩盖了真实的自己和生活的本身。

刘永学揭开了这个“壳”，将其还原成一个真实的“自我”。真实的“自我”与真实的“生活”是自相矛盾却又奇特地融合在一起的。比如很多酒场上的笑逐颜开，每个人都清楚那是逢场作戏，但是还必须做下去。工作是生活的一种，但不是生活本身；身份是人的一种本质，但不是人本身。作为一个丈夫、父亲陪在妻子和儿女身边一天或者更真实，像一个普通市民在菜市场转一天与小贩讨价还价或者更真实，一个人在夏日的黄昏坐在自家的阳台上对着夕阳安静地喝一杯茶或者更真实，背上行囊在天地之间漫无目的地行走着注视一草一木或者更真实。因此，刘永学的生命拥有“琵琶”、汪三拳、杨大盖这些人，拥有奥斯陆、哥本哈根、巴黎这些风景，以及更多的书和感悟。这些正是他书写的主题，是他将心目中的“金玫瑰”分解出来，给出一个个场景，一个个细节。这些场景和细节构成了他艺术世界的自觉和自娱自乐，这也正是他要在书里表达的跟官场生活不一样的风景。拥有这些场景、细节和记忆的风景，让他感觉生命更丰富，也更真实。

刘永学的文字很能勾起人们许多不经意的痛感或者思考；他的文字很能撩拨人们难以忘怀的闪光的细节。他引领人们深入灵魂的洞穴，并真切感受到记忆的鼹鼠总在那里蠢蠢欲动，总是试图找回那从未丢失的自我，让一些影子在时间的帷幕上跳舞。正是从这个意义上，读者们深信，刘永学是一个善良的人，善良的人容易满足，因为满足，所以幸福！

二、故乡：作为叙事的歧途

近年来，刘永学接连出版了《心灵的风景》《寻找金玫瑰》和《天凉好个秋》①

① 刘永学.心灵的风景[M].长沙：湖南人民出版社,2002.

三部散文集，并成为中国作家协会会员，这在官场上是很另类的，是禁忌的，甚至要冒着某种风险。刘永学知道这些创作很难为他的仕途锦上添花，相反还会听到诸如“不务正业”之类的杂音。但因为热爱，刘永学顾不上这些杂音。他有一个原则：工作一定要做好！这不仅关乎饭碗问题，更关乎民生、责任和职业道德问题。在工作之余，他不去歌厅、舞厅和洗脚城等休闲娱乐场所，而是回归自我，将碎片化的时间整合起来，做坚定的读书人和写作者。他的作品很杂，几乎没有长篇大论，大多是一二千字的短文，且很难归于哪一个类别。他既有写乡愁一类的传统意义上的散文，又有写历史文化的所谓学者性散文，还有各类随笔、游记、时评和人物勾勒等，这种状况与他的创作诉求和职业特点是相一致的。

总体上看，刘永学的散文作品没有偏离“形散而神不散”的创作传统，但文章的起承转合又不是追求四平八稳，忍俊不禁的幽默掩饰不了尖锐的批判，无所顾忌的率真每每彰显出他的思想个性、赤子之心和艺术特质。首先，作品富于思想张力：刘永学虽也写闲适，但小猫小狗的嬉闹、风花雪月的怨怼、小花小草的呻吟无法进入他的笔触，即便是聚焦吃饭、喝酒这类日常生活中最不经意的小事，他的书写也往往承担着“文以载道”的慷慨、真诚与正义，这是他的可贵之处，也是其深刻之处。其次，作品富于哲理内力：刘永学从不“玩文学”，就像他做人一样，踏踏实实，认认真真，他的创作散发着智慧的灵光，弥漫着学者的气息，他从不会在谋篇布局上玩花样、炫技巧，而是让自己的创作随着思想的涌动、灵感的闪光而流向精神的高地。再次，作品富于审美感染力：刘永学不喜欢转弯抹角，而喜欢一剑封喉，直刺心灵最细嫩的部位，让你感觉到辛辣，感觉到刺痛，感觉到痛极之后的酣快。最后，作品富于敏锐洞察力：刘永学的文字冷峻，却能把人的情绪调动起来；他的行文简练，却能把人的思绪撩拨起来；他的语言质朴，却能把人的端绪激发起来。他的高明不是表现在情节的离奇、文字的怪僻、结构的曲折上，相反，他写的就如他讲的，他写的就是他想的，是从心底流淌出来没有经过加工的自话自说或自言自语。他的神奇在于，他写的虽是普遍意义上的生活流或日常琐事，却往往于不经意处落下纤毫，这纤毫有如针灸，让读者的关节感受到酥麻，感觉到舒展，让读者惊悚、停留、咀嚼，进而引发读者情感的共鸣和灵魂引爆后那如烟花般的绚丽多彩。因此，笔者把刘永学的书放在枕边，随便翻开一页，不仅可以慵懒地读下去，而且可以获得一种看似平常却惊心动魄、看似平顺却跌宕起伏、看似平淡却引人入胜的奇妙感觉。

季羡林在其散文《月是故乡明》中不无深情地写道：“每个人都有个故乡，

人人的故乡都有个月亮。人人都爱自己的故乡的月亮。”是的，每个人都有自己的故乡，都有故乡中最圆的月亮。对作家而言，故乡，更是他们精神的港湾，灵魂的疗养地。无论是鲁迅的《故乡》还是沈从文的《边城》，无论是马尔克斯的马贡多，还是福克纳的约克纳帕塔法，故乡无不成为作家们创作的发光源，成为作家们叙事的引爆点。然而，刘永学虽然也有自己的故乡，作品中也写到了故乡，但是，故乡是遥远的燕赵大地的他却一直生活在异乡衡阳，并自觉地把异乡当成故乡。美国作家托马斯·沃尔夫说过：“我已经发现，认识自己故乡的办法就是离开它，寻找到故乡的办法，是到一个异乡去找它。”①刘永学祖籍河北，却在衡阳一个十分封闭的矿山长大。作为一个“矿二代”，在改革开放和社会转型中，他没有迷茫，而是努力承续父辈的光荣：“甘愿把青春和生命融入黑暗，把汗水和鲜血当作显影液，洗印出一幅鲜明而又强大的民族形象。”衡阳不仅是刘永学生活的地方，更是他文化乡愁上的精神纽带，是“一处若隐若现、停泊小憩的港湾”。(《却把他乡作故乡》)

直到多年后，刘永学回到了自己的出生地。他对故乡的历史底蕴和民间传奇充满惊讶、温情和敬意，他在《进太行》中写道：“儿时在家，常见一老妪在夕阳下肃立，脸上皱纹纵横，如雕似刻。人说：她的三个儿子，在抗战时期血洒太行。”不久，又“遇到一年迈的妇人，肩扛柴草，步履蹒跚。人道：这就是当年名震十里八乡的妇救会长”。故乡如此厚重，却又是如此平常。平常就如夕阳下的老妪，平常就如无名的妇救会长。然而，故乡这片热土，真的是那么平常吗？作者不无骄傲地指出：“延安成熟了我们的党，而太行山则壮大了我们的‘枪’，延安和太行，以这样深刻的内涵，诠释了中国革命的走向。”作者在这里找到了根，并留下了自己的呼吸、思考和魂魄，这是对故乡的最好思念。

与故乡的拟态化怀想不同，衡阳这个异乡，包含了刘永学生命的意义和全部的梦想，这里有青春的萌动，有少年的惆怅，有成长的烦恼，有夜半的渴望、欲念、杂想和希冀，这些细腻的情感和回忆的碎片，组成了《欲望之舟》《昨日诗旅》《岂知书剑老风尘》《俱乐部》和《无名河》等一幅斑驳的时代拼图。在刘永学的这些作品中，故乡只是一个隐喻，一个无法看清却又时时飘在眼前的符号，因此，他只能以现实生生不息的残垣断枝为出发点，来追述曾经的过往、时代的变迁，感叹个人命运与国家命运紧密相关的神奇力量。作者以敏锐的文化感悟，揭示了改革开放后中国社会焕发出来的勃勃生机，激发了民族自豪感，有助于民族文化和民族精神品格的重建。例如，他写《无名河》：“这是一

---

① [美]托马斯·沃尔夫.一部小说的故事[M].黄雨石，译.北京：三联书店，1991：28.

条很聪明的河流，它知道与它厮守的孩童们眼界还不够辽远，因而以玲珑的身躯与这些少儿们为伴。水流是异常的清澈……石头的缝隙蜷缩着不少小螃蟹，被投下的石子一惊，张牙舞爪地四处逃窜，水面上顿时留下细碎如银的波纹。”这样的描写惟妙惟肖，生动逼真，美轮美奂。当时的物质生活很贫乏，但精神生活却很富有。作者得出的结论是：“这就是无名河，美丽得令一群少年痴迷陶醉。”在那里，“我是观赏一切美丽景色的皇帝，我的权力是绝对的”。如果不是爱得深沉，是写不出这样发烫的文字来的。

美国学者马克·斯洛宁在谈到帕乌斯托夫斯基的散文集《金蔷薇》时说：“与其说是情节，倒不如说是抒情的风采、情感的一致性、一种不间断的音符，使他那不连贯的散文具有一种统一性。”[①]刘永学有自己的乡愁，这种乡愁也是不连贯的，是宁静时刻的闯入者，是引诱他不经意地陷入一种叙事的歧途。著名作家王跃文在一篇题为《永学散文中的乡愁》的评论中写道：“永学散文里的乡愁不同于落魄游子对故乡的悲吟怅望，也不同于旧派文人乡愁里的矫情怀旧，而是有大格局，大气象，既亮烈，又绵厚，是寻找个人生命与文化皈依的别样乡愁。”笔者以为，这种评论是贴切的，中肯的。

三、都市：无以安魂的家园

与许多从山区进入都市打拼的人一样，刘永学对都市也有一种心灵上的“区隔”，这并不是说，他不能融入都市生活中，而是指情感上、精神上还固执地保留着山区生活的某些本质。换句话说，都市只是空间意义上的变化，但它不是自己安放灵魂的家园。因此，他对都市里的某些生活（比如长沙的夜生活）并不习惯，也从不到酒吧这样霓虹闪烁、人声鼎沸的场所释放自己。他善饮，喜酒，甚至爱酒，但习惯于跟三五好友一起品酒闲聊，谈天说地，他写下了一些喝酒时发生的趣事：如《酒话闲说》《酒怕牛肉饭怕鱼》等。而在《酒史泛录》中，更是有一幕温馨而难忘：“我母亲亦善饮，时常是，母子对坐，白酒一瓶，猪耳朵半斤，子斟母饮，母劝子喝……其乐何极！”这是刘永学骨子里向往的简单生活。

刘永学广交朋友，他既有燕赵多慷慨悲歌之士的豪情，又有湖湘文化经世致用的才情。他喜欢以文会友，他好读书，天文地理，无所不包。他不是读完了某书扔掉即罢，而是喜欢琢磨，并写点感悟。比如，他读白居易的诗，就写下《江州司马青衫湿》；读纳兰性德的词，就写下《山一程，水一程》；读宋时野

---

① ［俄］帕乌斯托夫斯基. 面向秋野［M］. 张铁夫，译. 长沙：湖南文艺出版社，2008：62.

史，就写下《登龙有术》；读徐渭和袁中郎小品，就写下《明末的浴火凤凰》和《打破樊篱归自然》。他“躲成小楼成一统”，专心致志来读书，就是把都市这个漂移的空间固定到“书房”这个小小的避难所里，这样能让精神免污，这样不让思想蒙尘。朋友王平评价刘永学：“对于浸淫官场多年的人而言，能保持头脑清醒，洁身自好、不图名利已属难上加难之事，而永学厕身其中，还能写出如此干干净净、清清白白的文章来，则堪凤毛麟角了”。笔者喜欢“干干净净、清清白白”这八个字，刘永学其人其文也的确配得上这个评价。

都市之所以无以安魂，是因为它更多的只是一个光怪陆离的职场，充满了许多禁忌、荒唐、低俗和撕裂心灵的事情，而这些事情还常常贴上了功利的标签，以文化的名义，大行其道，而人们麻木不仁，见怪不怪。例如，在《寻猴记》中，作者写到自己的属相，喜欢猴而寻猴，当然不是要寻找山中的野猴，而是有关猴子的制品或饰品。作者先是在长白山下发现了一个猴饰品，系马上着一猴，售者鼓动舌簧：“猴上马上，取马上封侯之意。”而作者的解读是：“马上能封侯不假，可跟在马屁股后面白须亦能封候。人生的不少‘功夫’在诗外，这是叫无数英雄扼腕的根本原因。”不久，又得一制品，乃猪上着一猴，售者道：“猪封猴”，作者则道：“从未听到什么‘猪封猴’一说，要究其寓意，应该是‘诸侯’才对。”即拜相封侯，入了大官的名录罢了。不久又在长沙见到三只骨制猴像，其突出特点是三只猴子“均在面部器官上着力，一蒙眼，一捂嘴，一遮耳”。小贩眉飞道：“它隐含着人生的三大哲学，不该看的不看；不该说的不说；不该听的不听！”对于如此牵强的解释，刘永学不屑，一语道破机关：“这充其量是官场上的诀窍。”类似的故事，都在市里天天上演，这究竟是职场的悲哀，文化的悲哀，还是都市的悲哀呢？

刘永学的散文大多属于平和委婉之文，这与他的性格温和、遇事豁达不无关系。但通读他的作品，你会惊讶地发现，在他那温敦儒雅的表象之下，竟也暗藏一股勇不可挡的锐气，其淋漓痛快、尖刻泼辣、甚至剑拔弩张之文仍然不在少数。他的文章，村言俚语比比皆是，极具个性。有时，诙谐之极的反话甚至超出了幽默的适度，变成痛心疾首的呐喊了。比方他说：“宋江在郓县撑死是个科级干部，官不大，下三滥的权术却运用得精熟。”（《跟屁虫宋清》）；又比如：“有些有点一官半职而又喜欢涂涂抹抹的人，经常粉墨登场，打扮成大佬状，自吹自擂，自娱自乐，显得几多聪明。”（《精神的舞蹈》）；尤其是他在《寻找金玫瑰》的后记中写道：“有些有点钱、有点职务的人物，看人的眼光，已经没有了慈祥、温和、仁爱、友善的内容，而是充满了那种咄咄逼人的野性。以我相当浅陋的动物学知识，也十分明确地感到缺失了仁爱和宽厚的目光已经近乎是兽性，发散的是猎杀和追逐的寒光和快意。在这种目光的扫射下我很惶惑，并且真心实意地为他们脸红。”因为这些人原本也是“出身寒门，看尽了别人的脸色。可是，一旦处境发生了变化，便以十倍的劲头把那张铁青的脸施之于人”。刘永学感叹道：“这是人生的悖论，更是人世间的大悲哀。”这样颇具人文情怀的表达难道不是一种揪心、悲痛、甚至是带血的呐喊吗？

刘永学骨子里是孤独的。都市的喧嚣无法释放他的孤独，相反，还会加重他的孤独。幸而，他有一帮朋友，酒友、侃友、书友、诤友等等，皆被他奉为良师益友，无论是作家王平(《王平先生》)，薛媛媛(《人生若只如初见)》，还是评论家龚旭东(《旭东写意》)以及一帮新闻界朋友(《报为媒》)，都可以成为他的书写对象。他像是一个拉胡琴的老手，常常把音符调得很高，却又不经意地突然拉回，形成一种紧张的空白，这是他对抗孤独的办法。比方，在《王平先生》这篇短文中中，刘永学写道：“值得王平骄傲的就是他有一个温馨的家。”这是基调，他马上调高音符：“可要说他有一个伟大的家，就有些言过其实。”然后又不经意地拉回：“我执意用这个词，主要是指他有个好太太。”文章把名叫“小妹”的王平的妻子烧得一手好菜写得出神入化，最终印证王平有眼力，“他的颈根上长着一个与别的脑壳不一样的脑壳”，也印证了作者为什么要称“王平为先生”的理由。思考带来孤独，孤独反过来深化思考。刘永学用书写的方式定格他的思考，而他手中的笔、桌上的电脑和灵活的鼠标则是他释放孤独的唯一利器，只有写作的时候，他的思考才会升华，他的灵魂才会安宁。

四、行走：穿越时空的追寻

读万卷书不如行万里路。如果读书成了刘永学修心养性、滋养灵魂的生活习惯的话，那么，行走在旷莽的大地上则是他穿越时空、追寻生命价值的自觉行动。刘永学去过许多地方，特别是那些文化底蕴深厚、饱含丰富历史的地方，他认为，这样的地方，是慰藉心灵的地方，是心灵的风景得到印证的地方。他边看边想，用思考充实自己的行囊。例如，在《青海湖》，开篇就是：“这就是青海湖了。”接下来是单独的两小段：“整整几十年的时光，在我心里遍遍摹画她的模样。身临其境，心中还是泛起巨大的惊喜。”此为第一段，是简单的描摹，隐含着个人巨大的喜悦。第二段则是：“天在湖中，湖在天上，云卷云舒，恍若幻象。而人，仿佛悬在空中，穿行云端，轻松飞翔。”这样诗一般的语言，这样辽豁的景观，让笔者徒徒生出一种“举重若轻，大器晚成”的感喟。人只有到了这样的地方，才会感到在都市中的那些计较是多么卑微，在职场中那些争执是多么无意义，这是一种洗濯心灵、提升境界的行走。

而在《走边城》中，刘永学写下的第一句竟然是：“人到边城，已近黄昏。”这样的开篇虽然古朴冷峻，却实在有石破天惊之感。作者在对凤凰进行一番游览后，竟突然产生了一种恍惚：“之前我到底来过边城没有？记忆中竟是一片迷茫。”也许作者以前并没有去过凤凰，但因为读过沈从文的书，因而又对边城里的人和事感到熟悉而陌生。也就是说，如果你爱一个人，经过千百次的思念，你实际上已完成了对这个人的爱；如果你思念一个地方，经过你千百次的想象，你实际上已完成了对这个地方的思念。刘永学一边走，一边追寻沈从文笔下聚焦过的地方与眼前的现实进行对照：“‘河里小小白石子，有花纹的玛瑙石子，全看得明明白白。水中游鱼来去，全如浮在空气里。’那个士兵叙述的是，是酉水在艳阳高照下的情形。而此刻的酉水之上，几只早已脱了漆的旧木船泊在岸边清清的水招摇着油油的水草，和绵绵的雨丝遥相呼应。”文中的“那个士兵”显然指的是沈从文，刘永学用这种俏皮来表达自己对大师的热爱，进而表达对大师描绘的地方，乃至诞生过大师的整个凤凰的热爱。

优秀的散文需要作家将历史与现实交融，将诗、思、史交融，通过反思打捞逝去的历史时光，在挖掘史实的过程中探析那些潜藏在历史暗角深处的人性与文明的光泽，从而显现出深沉的艺术力量，引领读者的兴趣，开拓读者的审美视野。基于此，刘永学把在国外的感受和反思也如实地记录下来，他写下了《行走在挪威的诗人》《渥太华之夜》《布达佩斯的夜色》《走进彼得堡》和《感受阿根廷》等异国见闻。例如，在《芬兰的声音》中，他写到了这个国家的音乐之魂西贝柳斯，写到了西贝柳斯的《芬兰颂》，并认为“这曲撼世的交响”的“每一个音符都是属于芬兰的，对这篇悲怆的音乐史诗，芬兰人民理解每一个章节，甚至每个休止符”。而在奥斯维辛这部“无字的大书”面前，作者“首先明白的便是‘惨不忍睹’四个字的真正涵义”。三个同行者“实在看不下去，一个在风中抽缩颤栗，一个冲出老远呕吐不止，还有一个脸上的肌肉扭曲得变了形”。作者痛心地写道：“人类经过数以万年的进化，曾经创造过最美好、最辉煌的东西，但这种进化还远远没有完成，蒙昧和兽性还蛰伏在一些人的身体和灵魂里，那是一种比魔鬼还可怕的力量。”在刘永学这些游历性的散文中，读者们可以窥见其悲剧化的历史意识，一颗慈悯而颤抖的心灵，以及对于生命尊严的执着护卫和对涂炭生灵之野蛮行径的强烈谴责。

有论者指出：作家不但要有雄视古今的大视野，而且还需具备穿透历史迷障的理性眼光以及强悍的哲学品格，以便对历史文化做出合乎今人审视品位的辨析与评判。对于一位追求尊严写作的作家来说，思想是其作品深度的一种标志。[①] 笔者是认同这种论点的。刘永学在游历异国他乡时，从没有放弃对人类命运的思考和对人性的拷问，他没有走马观花般对异国情感进行涂鸦，而是联系历史，叩问大地，追寻正义，高举人文理想大旗，没有丝毫“为赋新词强说愁”的做派，有的只是一脉相承的反思、启智和批判。著名散文作家王充闾先生认为：“散文作品中如能恰当地融进作家的人生感悟，投射进史家穿透力很强的冷隽眼光，结合显示风物的描述，对历史背景作审美意识的同化，便能把读者带进悠悠不尽的历史时空里，从较深层面上增强对现实风物和自然景观的鉴赏力与审美感，也会使丛残史迹平添无限的情趣。”[②]某种程度上，刘永学的创作做到了这一点，因而在笔者看来，他“执迷不悟”的书写是灵魂救赎的主观选择，他穿越时空的追寻是实现生命意义的客观途径。

五、思考：人文深处的亮光

生活中，刘永学是一个很认真的人；工作中，刘永学是一个很用心的人。唯其有心并且用心，才能做好工作，并在工作之外写出漂亮的文章而没有影响到自己的工作。应该说，这种凡事认真和用心的作风是多年来刘永学思考并付之实际的结果。刘永学是一个善于观察的作家，一个善于透过表象看到本质的作家，一个喜欢琢磨、擅长思考的作家。在《万事当用心》中，作者写道：“我们对中华文明和古老文化的传承，有相当一部分是对心灵的关注和诠释。比如说，将志向高远称之为雄心壮志，将有所感悟喻之为心领神会，将忠诚不渝比之为赤胆忠心，将团结一致引申为万众一心。就是这样许许多多嵌入了‘心’字的比喻，构成了中国独有的、魅力无穷的心字诀，给人以深刻的启示和无限的联想。”正是因为用心，他能够从《婊子与牌坊》《才华与德行》和《智商与情商》等关联中发现隐藏在表象之外的真相，这些杂评类的文章，虽然没有成为他的创作主流，但毕竟彰显了一个优秀作家对于正义、道德和理想等宏大话语的深刻诠释。

机会只给那些有准备的人。在阅读了刘永学几乎全部的作品后，笔者突然觉得他自身的经历竟也有励志性。原以为他在职场顺风顺水，来到省城不久即幸运地成为省领导的秘书，从而官运畅达，其实这只是表象，甚至是误解。刘

---

① 杨荣昌. 文明废墟上的行吟——论夏坚勇的历史文化散文[R/OL]. (2005－12－05). http://www.chinawriter.com.cn.

② 王充闾. 沧桑无语[M]. 上海：东方出版中心，1999：293.

永学从没有跟笔者谈及自己在工作中的得失，他今天能临危不惧、宠辱不惊其实也是在无数次的痛苦失败中历练出来的。在《万物生长》中，刘永学坦然地讲到自己在北京参加“改变命运”的一次经历，“在被非常公平地暗算了一次之后”，他没有沉沦，也没有张扬，而是守在宾馆里，听相声和河北梆子唱段，用文化修为来润滑自己的心灵。“在将近一个月的时间里，我反复消磨在相声和戏曲里，让那两只略显粗糙的手抚摸内心。”最终豁然开朗，“一马越过了西凉界”。文章最后的感悟是生命的哲理：“大地能够负载，能够催生，也能够沉陷，能够毁灭，每时每刻都有巨大的喜悦和巨大的苦难，但生命不会止息，一代又一代莫不如此。把个人的些许苦痛放在这架巨大的天平上来衡量，轻微得几乎可以忽略不计。”这种深刻的感悟拜命运所赐，这种人文深处的亮光是经过了黑暗的摸索而看到的风景，是放手后的得到，是失去后的拥有，是真正迈过人生坎坷后的弥足珍贵。

刘永学的散文闪耀着思想的锋芒，他不仅把思考上升到哲理层面，而且把思考下沉到生命的质地，他的作品凸显得更多的是社会风尚、道德层面乃至人类精神的文化批判，他毫不掩饰对社会阴暗面的质疑、追问与嘲讽，从不放弃对生活中丑恶现象的无情鞭挞，他的创作诉求凸显了他的价值取向和一个作家应有的良知。从刘永学的文字中，读者们不仅看到了他率真的行为和逼人的锐气，而且看到了他赤诚的心灵与可敬的勇气。因为，真正的作家不能一味沉溺于自娱自乐的“个人情感”之中，而应具有强烈的社会责任感和崇高的价值观念，同时还要通过思考，把“个人的情感”上升为“人类共有的情感”。唯其如此，散文创作才有可能成为一种自由的审美创造活动，并最终成为文学的最高形式和范本。①

如果说，韩少功的散文在揭露与疗救、找寻与倾诉、平等地与民间对话方面表示得十分突出的话②，那么，笔者认为长时间浸润着湘风楚雨的异乡人刘永学，他的散文是针刺与警醒，是既与他者，也与自我进行的对话。例如，在《与丫丫的对话》中，作者带女儿去钓鱼，面对女儿的躁动不安，他说出了这样的一番话：“在这个池塘里，每个人放下的都是一根钓竿，我们面临的都是同样数量的鱼，机会对大家是均等的。你要做的是看准自己的鱼漂，旁人怎么钓、钓多少条与你无关，即使你的钓竿没有鱼上钩，你仍能钩回一份不懈和努力，要知道，这可是生活中一条很大的鱼。”这样的态度，这样的思考，带着思想的

---

① 陈剑晖. 论20世纪中国散文的文体变革[J]. 中国社会科学，2001(5).

② 林尤超. 韩少功散文随笔的艺术魅力[J]. 新东方，2011(1).

火焰和智慧的闪光，给人启迪，催人奋进。

六、写作：生命意义的凭借

写作，不仅是刘永学精神生活的一部分，更是他生命意义的凭藉。原《散文》杂志主编贾宝泉先生在刘永学散文集《心灵的风景》的序文中说，“永学先生以布衣之心写布衣之人”，继而是唱“布衣之歌”，“他乐于运用酣畅淋漓的笔墨为普通人作传，这大概反映了他由从政转为从文的心理肌微”。而湘籍作家何立伟认为，“刘永学的心是善感的。他对他感知的一切人与事，都细加揣摩，体味着礤中的人世沧桑，体味着生命的慨叹和悲欣。”笔者以为这些师友的评价都是知人论世、切中肯綮的。

刘永学很清醒，他从不拔高自己，更不处心积虑地往“著名作家”上靠。他既没有写作上的“雄心壮志”，又没有把写作当成“经天纬地”的大事情。他在《关于写作》中是这样说的：“写作，对我来说是一件很随意的事。”确乎如此。他就像一个漫无边际的游荡者，既不勤奋，也不执着，甚至没有坚定而崇高的目标，偶尔冲动起来，就写几篇，不为稻粱谋，更不奔大奖而去。周作人在谈到他的创作经验时，将自己的闲适归之为“不切题”，即尽可能地笔随人意，兴之所至地自然流泻。他解释说：“这好像是一道流水，凡有什么汊港湾曲，总得潆洄一番，有什么岩石水草，总要披拂抚弄一下子才往前去。”①这不仅是周作人的创作动因，也是他的行文风格，即尽可能表现一种“笔墨趣味”。这种将雅趣与野趣的融合是周作人散文的个性和灵魂。刘永学不是周作人，也没有要去刻意学习和模仿的意思。但他在写作的动因和行文风格方面，却又意外地承续了前辈大师的精神血脉：笔随人意，想写就写。有一天，刘永学突发宏愿，正儿八经地告诉笔者，他要把水浒中的重要人物、特别是一百零八个将领统统解构一番，用时下最新最潮的语言，写出最具刘氏特色、也最具争议和欣赏的文章。很快，笔者就在第一时间读到了《冤大头王伦》《撮巴子宋江》《呆鸟卢俊义》《闷骚者林冲》《无厘头李逵》和《快男高俅》等一批幽默辛辣、颇接地气的文字，搞笑但不搞怪，更不胡搞，而是结合生活和观察，写出最切入社会肌肤的疼痛来。

评论家龚旭东说：“刘永学读《水浒》、品《水浒》，其实质是读人心、品人情世故，是读历史、品古往今来的官场文化，是读曾经的和当下的社会，品文

---

① 郑永涛. 永恒之美——周作人散文与时代性写作[R/OL].（2010－07－12）. http：//blog. sina. com. cn.

学与社会的深层关联，这正是文学的真境界。同时他的文章中充满了对人生和人心的发现与领悟，表现出对社会、历史、现实生活，对人心和人性的深刻理解力、感受力、把握力。”刘永学配得上这样的评价，例如，在《冤大头王伦》中，他肯定王伦读了书是他一生中的最大亮点。因为，“他能够发现梁山泊，归根结底还是身上那点文化基因起的作用”。认为“作为一块根据地的首创者”，王伦并不是“头脑简单的草莽勇夫”。而探寻“王伦被诛的原因”，刘永学明确指出，最关键的症结是“夺权”，为了保全自己的“草头王”，他拒绝林冲等英雄好汉是“本能的反应”。笔者以为，这样的见解，新鲜而中肯。而在《快男高俅》中，刘永学不无幽默地写道：“高俅在担任太尉之前还没有什么各类民间职务，诸如音乐家协会会员，书法家协会会员，美术家协会理事，相扑队名誉教练，国家气球队总教练等头衔。”以古讽今，以史为鉴。刘永学的这一招是对时下一些领导同志喜欢附庸风雅、沽名钓誉进行的辛辣讽刺。而在《画符子潘金莲》一文中，刘永学认为“潘金莲不是盏省油的灯”。当她“屈嫁”武大郎后，她“行走在云端”的美梦眼看就要破灭了，这时碰到武松，她本以为可以用自己的柔情感化他，做些美梦，得些便宜。然而，武松是何等的英雄，他岂能干有损兄弟和道德的事情？此时潘金莲如能醒悟，做个良家妇女，英雄未必会亏待她。但她一条道走到黑，竟然暗通西门庆，而西门庆这是一个什么样的人呢？“西门庆无学历、无文凭、无道德、无廉耻、无目标，是个办了几个小企业，五毒俱全不差钱的土老板。”刘永学这样的调侃，影射现实，针砭时弊，可谓深刻而生动。尤其重要的是，刘永学的这种书写是站在新的历史坐标下，结合时代语境而对潘金莲悲剧命运做出的深刻分析。文中特地写到，潘金莲与西门庆偷情被郓哥知道了，“若是赏他几两银子，再给他买套保安服，放放游动哨，安全系数会成倍提高，哪里还会出现他和武大郎联手捉奸的糗事”？作者认为潘金莲是犯了“左”倾盲动主义的错误。这样的书写既俏皮，又幽默，令人捧腹，甚至能笑出眼泪……笔者原以为刘永学会沿着这条路子，把他的宏伟理想表现得淋漓尽致，哪知道，他写下十四个人物，并在《芙蓉》等杂志推出了一批，产生了一些影响后，便骤然停笔，不再进行下去。笔者多次催问，他闪烁其词，顾左右而言他。后来笔者不再问，知道他兴趣过了，写作的瘾也过了，也就算了。如果笔者再去问，就有逼债的意思了。“我从来没有刻意地寻找过什么主题与意义，更没有指望自己的收成会喂饱别人的肚子。”这是他的诚实。他记录的只是与自己有关的人和事，因为这些人和事是“我生命的一部分”。刘永学从不装深刻，笔者喜欢他朴实自然的文风，从自己的真情实感出发，任意而谈，信笔而写，不贴标签，不树目标，就像踏雪寻梅的旅人，顽皮而去，兴尽而返。而最终是否找到梅，是否闻到了梅的暗香，不是他所关注的，他感兴趣的是寻梅的过程。生命的意义不正是在这样的过程中慢慢呈现的吗？

刘永学一直保持自己的个性与空间，与他的文学风格一样。他每天很忙，随着工作岗位的变化，他接触到的人和事也越来越重要。他与笔者的见面并不多，笔者甚至尽量不去找他，偶尔见面尽量不多说话，只直截了当地说明来意，但每次短暂的见面，他那真实的微笑和热情的问候无不让人感觉温暖，进而打消了顾虑。笔者知道他是一个不忘旧情的人，更是一个不愿用虚情假意来应付求助者和对待朋友的人。一句话，他仍然是一个书生，一个文人。他的创作带有个人的职业特点，又浓缩了他的心路历程。他把笔触伸入转型时期当下中国的社会现实，林林总总，方方面面，人性的幽暗与沉重、个体的挣扎与焦虑、底层的艰难与窘迫，无不牵动他的心。他不能冷眼旁观，更做不到漠然处之，流出笔端的一文一字，是他谛听、思考和呐喊的结晶，是作为当代知识分子深沉的人文情怀和忧患意识的最好见证。

一篇古老寓言讲述了一条蜈蚣的尴尬：习惯于多足行走的蜈蚣有一天突然犯了愁，原因在于它有四十只脚，每只脚应该怎样依次向前爬行呢？它左思右想，一无所获，竟然连已经学会的奔跑方法都给忘了。这个寓言值得作家们警惕。笔者的老师张铁夫先生曾经说过，自然表达让散文成为最富亲切感的文体，作家书写时几乎不必考虑词语或文辞的张扬，不用防备文采文风对心灵本真自然流露的掩盖，真实是散文的根本特征。张老师还说，散文写作最能完好保存并凸显作者被触动的瞬间感觉，保存并凸显作者深入思考的原初状态，使笔下的文字成为与他人的对话的同时也和自己对话的最优选择。这样的作品是"载道"，但不是说教的；它"言志"，但不允许矫情。散文的最高境界是融"载道"与"言志"为一体。① 笔者深以为然。那么，在创作上取得较大成就的刘永学下一步将会做什么？笔者不知道，也无法预测。但有一点笔者能肯定，刘永学不会炫耀并沉迷于自己的成就，面对扑面而来的诱惑，他很清醒，不会步入现实的歧途，相反他会听命于心灵的呼唤，把握好创作的冲动，自信且自觉地展示未来人生的曼妙风景。我们拭目以待。

---

① ［俄］帕乌斯托夫斯基. 面向秋野［M］. 张铁夫，译. 长沙：湖南文艺出版社，2008.

第二节　生活褶皱中的一汪深情

一、走进灵魂的旷野

刘克邦的散文对生活有细腻真切的心理感受，对于过去，对于自己周围的人和事，他总能怀着一种坦然淡定的心态去面对、去追忆，对于生活中普通的一草一木总能发现其中的闪光点，这样的温润心态支配着他写出了一篇又一篇的散文佳作。

当然，笔者宁愿把刘克邦的散文作品当作这种人生态度的附属品，人生的宽度和厚度决定了文字的境界。刘克邦的文字是纯净而凝练的，这种纯净经过了时间的洗礼，经过了苦难的磨炼，当然也打下了深深的时代烙印。他的青少年时代从“文革”开始，时代风雨的变幻无常和残酷际遇的刷洗使他的人生路程经历了巨大的潮起潮落，亲人、好友、同学的命运大多都在这段时间里有了跌宕起伏的变化。

刘克邦文字带来的感动也有一些好像与时代无关，完全是一种人性的礼赞。例如，少年同学廖传丰在挽救别人落水时牺牲了，这种人性的壮美深深地震撼了年少的刘克邦，在那段如诗如画的岁月里，廖传丰曾经是他奔跑中的标尺，他们后来又结下了纯真无瑕的友谊，而今，面对吞没廖传丰身体的堤岸，流水还在，斯人已去，怎不令人鼻酸泣下？

值得一提的是，读刘克邦的散文，读者们既看不到狂风暴雨的时代背影，也感受不到情绪上的大起大落，这种在节制感上恰到好处的把握显然不是刻意为之，而是繁华褪尽的深沉，百花竞放之后，落英满地，灾难的残忍和时代的无情并没有在回忆中成为主色调，生命中的遗憾、美丽、无奈和宽容在刘克邦的散文中若隐若现地散发出来。这就好比不同人生阶段的人穿衣服，年轻人的衣服上经常会有很多的饰品和花样，或者做出不同于常人的所谓个性化点缀，但是，成熟之后，衣服常常会中规中矩、趋于平淡，不会在穿着上追赶新潮以吸引别人的眼球，但是西装和衬衣的美感不会因为少了别出心裁而削弱，相反会因为成熟、庄重、自信而飘逸、洒脱。

读刘克邦的散文，适合在窗明几净的房间里，选择一个无风雨也无晴丽的下午，慢慢品读。当一天的喧嚣沉静下来，平坐床榻之上，开启温馨灯光，伴随着轻轻翻动书页的声音，进入那个在文字中轻轻流淌出的世界。这样说是因为，年少时的轻狂完全淡去的之后，才意识到，刘克邦散文开启的是一个洗尽铅华的人生空间，这并不是一种崭新的审美范式。但是，在当下的散文创作中，却是一个相对稀少的品类，毕竟，年少的单纯难免幼稚，天命之年的平淡必然啰嗦，刘克邦的散文填补了两者之间的空白地带，契合了散文写作的审美原则——从生活的肌理走进灵魂的旷野。

二、生活成为写作“他者”

刘克邦是学会计出身的，他每天和各种各样的数据、表格打交道，在笔者认识他之前，认为他肯定是一个严谨得近于刻板的人，因为职业是能够影响一个人的，如果有足够的人生经验和社会阅历，就能从一个人的性格中窥测出他的职业，同样也能从职业中推断出这个人性格的大致轮廓。所以，当笔者读到这些作品时，心生疑惑，为什么刘克邦会有如此迥然不同的两幅笔墨？一面是严谨科学，不容许有一丝一毫的偏差；另一面是文字中的诗意人生，富于创新的质感和审美的弹性张力，直到最后一页书稿翻过，笔者的这种疑惑才终于悄然释解。

原因在于，生活以不同的形式体现在各个领域中，数字是对生活的一种解读，文字也是对生活的一种解读，散文就是刘克邦解读生活的一个通道，一种精神表达，一种心灵的追寻，但是很多作家刻意地忽略了生活与散文的距离尺度。

散文与生活的距离保持一个什么样的尺度才是合适的？有时，人们的散文离生活太远，口号的罗列在喧嚣过后迅速离开时代的文学中心，消失在历史的烟尘之中，甚至没有“边缘化的趋势”这样一个常见的发展过程。被称为 20 世纪 60 年代散文三大家的杨朔、秦牧和刘白羽创造了散文写作的模块，关键之时峰回路转，然后柳暗花明；想要赞扬就先厌恶，然后虚晃一枪，是所谓欲扬先抑。这些套路曾经盛极一时，夸张、煽情的语势把读者卷进滚滚洪流，在语流裹挟下完成阅读的暂时快感后没有留下任何的痕迹，就像跟着上街游行的队伍走了一圈一样，情绪高昂却不知所以。

有时散文离生活又太近，近得与生活没有了距离，零距离的接触被作为原生态的生活加以渲染，似乎生活中的一切都和浴缸结下了不解之缘，浴缸中的感觉被写到了无以复加的地步。作协的性质是亦官亦民，这样，以写作为业的作家们常常在写作的套模中来回游走，与生活的关系变得很尴尬，生活不再是身边的一切，而是采风和嘲讽的对象，生活与写作不再是水乳交融的一体，而是真正的“表现对象”，是写作的“他者”。

刘克邦的散文把目光放在身边的生活中，不去讲述那些已经与哲学难分难解的深奥道理，不在遥远的历史纸堆中低首徘徊，也不沉迷于历史遗迹的凭吊，他不刻意地去挖掘什么写作资源，写作于他而言只是一种惬意的人生表达。对他来说，写作不是职业，更不是谋生的手段，所以就少了一份限制，多了一份洒脱，少了一些功利，多了几分从容。身边的生活就是一座富矿，其实，写作并不是作家的专利，很多时候，经典的作品是那些文学票友写出来的。

当散文走向名山大川，走进闺房阁楼，走进历史的纸堆，就是不能走近人们身边的生活，不能触摸生命中的灵魂，人们散文的写作现状经常不是离人们的生活太远，远得没有了人间烟火的味道，就是离得太近，近得超越了文学的表现限度。这个时候，文学票友的散文写作似一股清风吹皱了文坛的一池春水。国外没有我们国家类似作协这类的组织，也没有专业的作家，但是这并不代表我国的专业水准要高过其他国家，我国的文学所体现出的力度和深度与西方文学对比就没有优势。事实情况是，在诺贝尔文学奖这个平台上，我们的记录仍然是一片空白(2000 年高行健意外获奖，他在法国获奖，代表法兰西民族，似乎与真正意义上汉语作家的获奖挂不上边)。也许我国的散文爱好者们会说，诺贝尔文学奖怎么能作为评判一个国家文学成就的尺度呢？这个奖的清单上难道就没有次品？所有的诺贝尔文学奖得主都可以进入世界文学史的序列？但一个不争的事实是，我国新时代文学的发展现状和取得的成绩就连我们自己都不能满意，作品经典化的问题虽然屡次地被提出来，但是哪些作品去挑起经典化的重任？哪些作品能众望所归地构建一个当代文学的殿堂，一直没有！我们讨论的问题是，票友写作能否成为我们散文创作中的一种有益补充或者改变格局的力量呢？

三、“别样的美丽”

刘克邦的散文有时会有一种直刺内心的力量。《少年同学廖传丰》让我想起卢梭的《忏悔录》，每个人在群体中展现出来的只是一些点的组合，都会以光鲜的面貌出现，当然这也是一种美德，体现了对别人的尊重。但是，作为本能，很多人对于过去的一切会有一个筛选，选取那些值得回忆的东西在脑海当中反复再现，言谈中也会得意于那些辉煌荣耀的往昔岁月，甚至点点滴滴都能准确地出现在该出现的场合、该出现的位置。

实际上，那些不堪回首的伤疤在记忆中才有更深的刻痕，灵魂深处的内心世界并不是一个单纯的透明体，每个人都有自己的心灵禁区，这个禁区不容许任何人去触碰，包括自己，多数人在提及自己的那一片心理禁区时会刻意地回避，纵然如此，人们也会表示理解，毕竟这是人性使然，自我解剖的精神和勇气少之又少，在《忏悔录》中，卢梭对少年时代因为无知和狂妄而犯下的错误做了毫无顾忌的坦白，使人们感受到了一种新型人格之美。后来读到巴金的《随想录》，对于在“文革”中自己没有勇气站出来捍卫正义和真理而感到深深的遗憾，甚至是歉疚和惭愧，巴金没有找任何的理由为自己辩解。在刘克邦这里，首先是强烈的自我解剖精神，这是一个真正有思考能力的知识分子表现出来的精神，在细微之处，通过儿时的一段往事，回到生活的深处，作者没用任何华丽的词语和句式，文本中的“我”（实实在在的作者本人）和廖传丰因为交往中的普通小事：罗盘的丢失导致“我们”之间产生了摩擦和矛盾，后来，时代的大潮把每一个人卷起，而后放置在了不同的海滩之上，“我”在长沙，他在湘西。多年以后，当“我”再次回到湘西，面对似曾相识却已经今非昔比的家乡，面对廖传丰因为救人而落水的那个堤岸，思绪随着罗盘回到那个遥远的从前……无须宏词大调，无须煽情夸张，一切都是那么自然而真切，这种自我深情的回忆，使读者们不会感到丝毫做作和伪饰，还有一种童趣丧失之后的伤感之美。

尽管刘克邦是一个公务员，但是，从骨子里讲，他觉得自己就是芸芸众生普通百姓当中的一个，没有觉得有什么特殊之处，这是一种朴实的人文情怀。《门诊遭遇记》中的刘克邦去掉了身份头衔，离开了自己的专业领域，到了医院里，他就只是一个普通的患者，这就如同将军和士兵脱了衣服，跳到澡堂子里边，大家都一样，肩章上的繁复图案所代表的身份符号被完全拆解。在医院排队、挂号，等护士叫，然后才能一睹医生真颜的过程是非常艰苦的，因为每一个在焦虑和无奈中等待的患者都抱着同样的期待，希望医生的一纸处方能够成为切除病痛的利剑，希望用那些白色的药片和倒挂的液体瓶能抚慰漫漫长夜中呻吟的灵魂。这种经历和心态如果不是亲身感受，很难在生活和工作中体会出“以人为本”的真正含义，所有的呐喊都只是口号。正因为此，我觉得刘克邦的作品虽然没有鸿篇巨制，但那些作品的意义都有着别样的重量，它们的风景有着“别样的美丽”。

第三节　旅行者的文化关怀与生命追问

一、旅行者的文化关怀

人从何处来？要到何处去？生命的意义到底是什么？这个关于生死的原初命题，源于阿波罗神庙上的碑铭——“认识你自己”，苏格拉底、柏拉图将它演绎成哲学命题，但古今中外，概无定论。鲁迅先生在《过客》中写了三个人：老翁、女孩和过客。面对朦胧的前方，老翁见到的是“坟”，女孩见到的是“野百合和蔷薇”，而中年过客见到的却是“开满野百合和蔷薇”的“坟”。鲁迅先生用这样的故事，叩问生命的意义，并将它投射在过客的形象上。然而，天地之间，谁又不是匆匆的过客呢？面对“过客”的终极命运，大千世界却让个体的生命在追寻的过程中呈现各式各样的生存原态：有的人浑浑噩噩，到生命终结之时仍然不能对生活有所感悟；有的人虽有所想，却懒于动手、动心，最终随同生活的大潮庸庸碌碌地走完一生；可也有人能在闹市里守住明镜般的心，不急不躁，探寻生命的真义，丰富精神的内心，充实而安详。

欧阳斌虽生活在浊世的名利场里，却心如明镜，能将出现在生命中细微的人或事定格成各类意象，感动自己和他人。他带着深厚的人文情怀，承载着历史的沧桑，不断地发出超越生命的叩问，问天、问地、问人、问情、问生命，欧阳斌问了世间一切能问的东西，或许，他并没有刻意去追问什么，只是细腻地接纳并敏锐地感知身边的一切动静，眼见青山，耳听流水，怦然而心动，他要叩问无边的宇宙，叩问自己的心灵，叩问沉重的历史。

欧阳斌不是生活的冷漠者和旁观者，而是参与者、见证者、感知者和发现者，他一直在观察，在思考，在叩问。一花一世界，一叶一菩提，万事万物尽收眼底和心中，都要被审视和探究。欧阳斌善于从最真实的自我出发，将身段和姿态放得很低，他没有抛开生活的原生态而泛泛而谈，而是以一些生命中司空见惯的细节作为发问的基点，用发散思维扩充开来，他能从蜗牛的悠然自得中叩问出个体生命能够在江湖中进退自如、以小博大、无为而胜的真谛(《蜗牛的江湖》)；能从全日食的自然现象中感受到日与月相距五百年拥吻的旷世爱情(《五百年一次的相拥》)；能从树的生长过程体验出人的成长要向树学习其倔强的性格和奉献的品质(《向树学习》)；能从蚂蚁卑微而执着的态度中顿悟到热爱生活、敬畏自然的大道理(《为众生辩之四：蚂蚁的王国》)；能从弱小的蚕，成茧、成蛹、成蝶，一代又一代在桑叶中编织自己的梦幻与真实的生命过程中探寻蚕与禅的某种关联(《蚕》)……欧阳斌这一系列的体味与追问无不来自他最本真最朴实的内在冲动，他聚焦的虽是人间的万事万物，彰显的却是丰富多彩的内心世界。通过对天地间大大小小生命的观察与念想，欧阳斌见微知著，能在他者身上寄寓自己的美好愿望，充满温情的人格力量。

可以说，欧阳斌的创作可以看成是一种生命游记，这种游记，不仅仅是地理上，更是精神和心灵上的。换言之，欧阳斌一直处于一种旅行的状态，他用来旅行的不仅仅有他的身体，更有他奔腾的心灵，他自由自在地行走在地理上和思想上的两端，从历史长河中拾起一片又一片珍珠般的光芒，并细细打磨，然后将这光芒折射进人们身处的现世之中。

二、生命的大爱与追寻

旅行是一种遭遇，一种丰富阅历的遭遇，一种以他者的眼光与陌生现实进行交流的遭遇。这种遭遇不仅给生活带来震撼，更给经历者带来沉重的启迪和全新的感受。欧阳斌告诉笔者："旅行的本质就是越出本土的局限和已有的视界，用全部身心来感受外部世界。"这种感受可以作为心灵体验而形诸文字，旅行文学便发端于此，它是从形而上到形而下地对生存经验进行真实的记录。一个从未到过湘南的人绝对能够从这本集子中领略到独特的风光，作者以旅行者真诚的眼光引导邂逅者，使之感受醇厚丰沛的潇湘文化。在欧阳斌的生活当中，不仅仅只有小事物能触发他感悟生命的神经末梢，即便看上去平平淡淡的山山水水，他也能透过表里，看懂历史，读懂人生。他走过濂溪，却想起"濂溪先生"周敦颐；他仰望阳明山，敬重的是山的历史与文化；他路过孤山，竟怜惜起孤山对众山峰的叛逆，进而望见了从屈原到商鞅，从岳飞到袁崇焕，从谭嗣同到彭德怀这些背影在历史长河里迥异的特殊身份，也明白了孤山的叛逆并不是真正的叛逆，"而是一种忠，是一种需要勇气，也饱含情感的忠"。他行走凤凰，为凤凰城千年的守望而醉心；他倾听沱江，用沱江的水来涤心洗尘。他将凤凰城一城的斑驳历史、一城的风花雪月、一城的人物传奇都渗进涓涓流淌的沱江水里，从流淌的沱江水里听出"远古人类的伐木声""古代边地的征战声"以及来自"天籁的音乐"。欧阳斌说："倾听一个人的说话，有时只要几秒钟；倾听一部音乐剧，也大多只需要一两小时；倾听一条江，则往往需要一生的痴情。"的确，文学大师沈从文先生做到了，欧阳斌也希望把一生的痴情给予沱江，从天地的大美里让沉重的身心得以释放。

不仅如此，旅行是一种时空变幻的过程。这种变幻产生的新鲜感和时空的交错感给疲惫的生活增添乐趣和诱惑。在旅行的过程中，时间与空间有着复杂多变的意义。时间维度在旅行文字中常常会切入历史的层面，构成旅行家自身的传统时间层面与所到之处的当下时间层面相织的纠结。空间的转移不但有地理形态的骤变，而且有人文环境的巨大反差。这种反差为旅行者自己的思想安放找到了生命的空间。更为重要的是，通过旅行的观照，旅行者自己所属的社会和文化与所到之处的社会和文化之间构成了复杂的对比关系，激发旅行者对已有的生活做出反思，对自己所属文化及其身份进行深刻的体认和追问。欧阳斌的《幸福是个什么颜色》和《独立独秀》等，大体上可归属于这类文字。正如唐浩明先生在序中所指出的那样，作者以一颗敏感的心灵在与天地对话，"他从天地的博大中感受着人世的博大，从天地的苍茫中感受着人世的苍凉，从天地的变化中感受着人世的变迁，他在与天地的对话中，感悟着人类生存与幸福的真谛”。无疑，这种评价是切中肯綮的。

诚然，有爱的人是幸福的，欧阳斌便是一个幸福的人，因为他的生活有爱，他爱着人，同时也被人爱着。盛开在暴风雨里的母爱朴实得像脚下的这片泥土，但正是这简单的爱为他撑起了一片天空；父亲的爱是不能用语言来表达的，安静得像一座永不爆发的火山，但正是这默默无言的爱却给他传递着做人的态度。正是爱，为欧阳斌筑起了一道生活的屏障，使得他风雨兼程中始终保有一颗宁静的心来感谢生命，感谢爱。例如，在《五百年一次的拥吻》《燕舞》《2008，一片雪花的疼痛与忧伤》《世上几人能识牛》等文章中，欧阳斌都是采用第一人称的手法，将日月、雪花以及动物赋予人的思维与感情，从它们的角度来反观我们人类，从而深刻地指出了人类某些不合理的行为习惯，辛辣尖锐地讽刺了一些人的狂妄无知，具有很强的针对性，闪烁着批判现实主义的思想光芒。

第四节　自我警醒与精神洗尘

一、思考的境界：从主体精神到生命意志

人之所以为人，就在于人能够思考。但能够思考与善于思考是不可同日而语的。人为什么要善于思考？其意义和价值体现在哪里？怎样才能称得上是善于思考？德国哲学大家狄尔泰把善于思考上升到主体精神和生命意志的高度，认为这种思考主要体现在三个层面上——“体验—表达—理解”。“体验”隐含着“自我警醒”的意味，“表达”是对自我提升的释放，而“理解”则为“精神洗尘”创造了条件。这样的思考就有意义，就有大的境界可言。

换言之，人为什么要善于思考？因为生命是感知、评价和确定各种目的之过程的出发点，由于人们是无法把生命带到理性的审判台面前进行实证式的切片分析的，因此要认识和把握内在和外在的世界，就必须展开具有指向意义的意向性体验。而善于思考主要体现在“我化”了的外在对象世界与主体是“合一”的。由于语言、艺术、科学乃至花园、工具、机器都是精神的客体化物，因此建立在为人类精神基础上创造出的外在世界，与人类的终极目的有着共同的精神本质。这样，“思考”活动就是引出他人及有关生命的各种“表达”的“理解”过程，借助他人及有关生命的“体验”，人们的精神才能在更高层次的阶序

上重新发现自己，也才能在自我、他人以及整个精神共同体中理解生命的深邃与博大。① 也唯其如此，展开“思考”活动的人才真正实现对人类精神世界的洞悉。这种思考不仅极大地丰富了生命主我的个体体验，也为生命他者的精神疆域打开一个全新的世界。

以上是笔者在品读刘明的政论散文集《大题小论》②后所引发出来的一些联想。这部大著共分上下两册，每册19篇文章，举凡追求、历练、倡廉、品行、导向、担当、荣辱观、人文关怀和人文精神等宏大话语尽纳眼底。全书格调清远，纵横捭阖，气势雄浑，其笔墨之沉稳、逻辑之严密使素纸生辉；其规模之宏大、观点之新颖，非常人所及。作为一部“食古而化，超迈入神”的准学术文化论著，该书融中西之理，通古今之变，既有着演讲般的文风和散文式的精妙，又有着与时俱进的思想光芒，平实处荡漾着灵动、智慧中蕴含着幽默，传递给人们的是会心一笑的心灵感应，是如醍醐灌顶的文化积淀和温醇厚重的精神食粮。

大凡写书作文，有两种方式最为常见。一类为“大题大作”，如《中国文学思潮纲论》《西方美学流变简论》等，这类著作开口很大，往往就某一个历史时期出现的独特现象进行分析、归类和总结，而在阐释过程中，各章节之间，逻辑严密，各有所归，或阴或阳，或柔或刚，或开或闭，或驰或张，变化无穷，追求的是庞大的信息量，是问题的广度和宽度。另一类则为“小题大作”，如鲁迅的《友邦惊诧论》或毛泽东的《纪念白求恩》，这类文章角度很小，主要就某一特定事件或个别现象进行阐述，其文字之间，或讽刺，或温情，审定适中，虚实有度，可开而示之，亦可阖而闭之。行文周密之贵微，而与道相追。捭阖之道，依崇高，依卑小。以下求小，以高求大。总之，这类著述追求的是焦点、刀锋，是问题的深度和精度。

而刘明的《大题小论》从写作的技术层面来说，是很犯忌的。因为“大题”本身就很空泛，难以找准切口，而“小论”的篇幅规制也更是难以把问题论述得透彻、深刻。这是笔者捧书之后首先为刘明捏一把汗的地方。

然而，拜读完这部著作后，笔者又不得不佩服作者的高明和聪明。因为书中的每一篇文章，题旨的确都很宏大，但作者从自身的知识积淀、文化背景和个性化的理解、经验出发，从“小”处着眼，以理为据，举事实、讲道理，其论述

---

① 谢地坤. 走向精神科学之路：狄尔泰哲学思想研究[M]. 南京：江苏人民出版社，2008.

② 刘明. 大题小论[M]. 北京：人民出版社，2010. 本节在具体分析过程中所引用的文本皆出自该书，不再一一注明。

的锋口往往针对主题的某个侧面，或议或论，无所不出，无所不入，无所不可。可以说人，可以说家，可以说国，可以说天下。这不是普通的写诗作文，也不是为稻粱谋式的挖空心思“做”出来的利益之作，更不是“为赋新词强说愁”式的呻吟之文。这本书可以归类为领导艺术才情的即兴之作，是作者把学习、工作和生活紧紧结合在一起，经过深层次“悟”之后的精神产品。

正因为此，文中的“小”，首先，体现着作者的“创造性”，是真善美在现实活动中的自由创造性。“真”是把握规律，在规律中创造升华，升华到艺术境界；“善”就是要符合政治理念，寓教于乐；“美”是指高质量的工作和生活使人愉悦、舒畅。其次，文中的“小”还体现着作者的“有效性”，即每一篇文章都有着极强的现实针对性与侧重点，都有着思想的引领作用和实用的功效。此外，文中的“小”还有着作者的非模式化和非规范性、随机性和灵活性的审美特征或写作特点。也就是说，作者不守墨规，不据陈见，灵感所至，即兴阐发。当然，文中的“小”还隐含着作者自谦的说辞。至于书中的“大题”，也是实实在在的。许多论题如《论追求》和《论思考》之类完全就是哲学的命题，这些命题都是人类自身智慧的体现，只有通过对这些命题的不断探讨，才能不断发掘人类自身的智慧。

必须指出的是，一切哲学命题都没有固定的形式，所有的命题也都没有终极的、唯一的答案。作为思考的对象，哲学体现人对于宇宙生命无穷无尽、完美无缺的认识，也是人类发展中最重要的东西。思想摩擦出的火花是最神圣和美丽的。所有这些，都是本书“大题”的审美价值之所在，也是作者思考的境界之所在，更是作者写作的意义和该书出版的意义之所在。

该书的一个突出特点，就在于作者善于从形而下的学习、工作和生活中探讨形而上的哲学和领导艺术学命题，这是书中的亮点，也是一大特色。这是一本与时俱进的书，一本弘扬主旋律的书，一本理论与实际相结合的书，一些内容如“两型社会”和“学习型机关”等都是作者的讲话、报告。

比如，作者站在全球化语境的时代大潮中，从经济生活、文化领域、干部作风、个人成长和日常生活等五个方面，阐述浮躁病的种种表现，进而分析出现这种现象的思想根源，探讨其危害，指出新的历史时期克服浮躁的必要性和紧迫性，以及如何戒除这种时代病。作者指出：“在工作和生活中，我们要时刻对照党纪国法和道德规范，牢牢把住政治思想、道德品质的底线，自警自省，慎独慎微，勿以善小而不为，勿以恶小而为之，坚决抵御各种落后思想和腐朽文化的侵蚀，心无旁骛地投身到火热的工作中去。”（《论戒浮躁》）而在《论担当》一文中，作者认真梳理了中国传统文化的精神脉络，不仅高屋建瓴地区分了普通百姓、仁人志士、有志者和国家与民族的“担当”之不同层次和视界的深刻内蕴，生动传神地阐释了承载使命、履职尽责、超越自我和建功立业需要“担当”的可贵品质，彰显这样的品质为人类社会的快速发展提供了丰富的理性资源，而且从担当全局、担当领率、担当道义、担当创造和担当危难等五个维度来阐释自己的思考观点，指出担当之人要有睿智、气魄、品格和风范，这样一层一层剥笋般地深入分析，带给读者的是开蒙、启智和激励。

“我思故我在”是法国哲学家笛卡尔提出来的哲学命题，这个至高的形而上的命题，在时间的拐弯处，在思考者的心中，无处不在，它越过世纪的尘埃，在人类精神的花园中，生成一片长青的叶子。因为只有思想的光芒一路照耀，人的精神才能愉悦，人的胸襟才能博大，人的气度才能浑弘，人的境界才能高尚。

刘明穿越苍凉的历史，与时代同行，与思考同在。这些思考因处处凸显独具个性的真知灼见而起到了浓缩历史、升华当下之“滴水折射太阳”的作用。这是一种大视界，更是一种大境界。在作者这里，不仅有忧患意识和全局意识，更有民族精神和爱国情怀，以及思考者无处不在的精神锋芒、审美力量和新颖可感的“在场性”。这种“在场性”主要体现了时代观照、民族气节和现实关怀。这是作者长期以来的学养积累，也是他孜孜以求的认知和经验的积累，更是他为国为民的高度责任和担当意识的自然呈示。作者及时捕捉了思想深处的灵感闪动，叩开了隐秘在历史机要处的重重玄关，以知识精英的自觉冲动对已经发生的历史和正在进行的现实生活进行及时跟踪和研究，他没有受制于后现代社会里碎片化的文化审美之影响，追求表面性或片段式的瞬间把握，而是以非常个性化的宏观视野以及介入角度和价值参照的独特性，站在社会与时代大变革的精神高度上来考察生命的意义和人的价值。例如，在《论公仆之德》中，作者对“忠诚之德”“负责之德”“谦虚之德”“和合之德”“非私之德”和“创新之德”作出深刻的分析，这种分析不仅引用了中西方大量的生动例子和精彩文字，而且透过思想史的角度，对儒者所面临的“内圣”与“外王”抉择的理论背景，即道德与政治的关系做出深层的考察，以此厘清儒家思想史上道德与政治的发展关系。而在细节的处理上，作者抓住“养心”一词，从养敬畏之心、感激之心、羞耻之心和愧疚之心等四个切面做出具体的意蕴分析，认为人必须“守正”才能“一身正气”。而要做到“守正”就必须从慎微、慎好、慎独出发，才能正大光明，才能浩气长存，才能对得起“人民公仆”之崇高称谓，也才能对得起自己的良心，对得起人民的信任和赋予你的权力。这种以道德的力量来扶持进而提升政治的境界，以“道”来提升“势”的认真思考颇有创新精神，委实深刻，发人深省。

二、一个民族必须有关注天空的人

应当说，这是思考者的境界。这种思考不是个人的物质生活，而是精神的向度和终极的追问，即人生的意义究竟是什么？

刘明认为，一个真正有信念的人应该洗尽浮华，追求更高的宏大境界。黑格尔说，一个民族必须有一些关注天空的人，他们才有希望；一个民族只是关心脚下的事情，那是没有未来的。刘明也是这样思考的。这本书就是这种思考的结果，它凸现出一种自觉选择、自警意识、自省精神和自励品质。正如作者所讲的，书中的每篇文章所讨论的都是“大题”，要把这些“大题”说清楚，实属不易。但是，在生活和工作中，这些“大题”又是不可回避的。对“大题”作答，是领导者的责任。作者认为，他写这些文章并依此讲话，作报告，是在履行一种责任。

例如，《论追求》一文开宗明义写到，“追求”是“理想＋行动＋坚持”的组合体，没有理想的追求只能叫躁动，没有行动的追求只能算空想，没有坚持的追求只能叫试探。有了这个组合体，就能组成一辆无坚不摧的“越野车”。理想是“方向盘”，行动是“车轮”，坚持是“燃油”，从而产生巨大的动力，驱动人们不断向前。这样的论述，既有比喻，又有象征，把大而泛、泛而虚的论题阐释得生动形象，触手可及。

接下来，作者深入探讨了人们应当追求什么，为什么要有这样的追求，应当防止什么样的追求，以及如何积极行动，实现正确的追求目标。这里的逻辑和结构十分清晰：先是提出问题，进而分析问题，再而发散问题和深化问题，最后是解决问题。从中可以看出作者为人为官为文的心路历程。书中没有大话、套话，有的是真知灼见，是深思熟虑，是认真思考。

这种大境界说到底就是“一种感受、气氛，一种情调，一种心灵空间，一种感觉，一种艺术的高度、精神的高度，一种人的生命自由的状态与体验”。作者对宇宙人生的思考，真正实现了王国维在《人间词话》中所说的“须入乎其内，又须出乎其外。入乎其内，故能写之；出乎其外，故能观之。入乎其内，故有生气；出乎其外，故有高致”。

这种“高致”与其说是思考的境界，毋宁说是自我警醒与精神洗尘更恰当。因为思考的过程更是耕耘的过程，这种耕耘是对思想和精神的耕耘。有了这种幸福，思考就不会枯燥；有了这种耕耘，幸福就不会虚飘。同时，思考的境界决定着耕耘目标的大小和幸福指数的高低。有高目标、有大追求境界的人，即便生活充满坎坷，也会把跨越坎坷、战胜自我作为一种奋斗的幸福。这种幸福有如双目失明而又丧失希望的俄狄浦斯发出的震撼人心的声音：“尽管我历尽艰难困苦，但我年逾不惑，我的灵魂深邃伟大，因而我认为我是幸福的。”

这种自我警醒也可从刘明自我独自中体现出来：“对我来说，写作确实是一种生活方式的延续，一种原始生活方式的新的实现形式。我只有不断地读书，不断地写作着，心里才觉得踏实，心情才感到快慰，不然会惶惶然而不安，就像一个农民不种田时的不安与无所适从一样。同样，写作也给了我快乐、充实，使我的心灵得到慰藉。”正因为此，该书的每一篇文章都融进了作者对人生理想的思考，对真善美的追求，对国家、民族的热爱，对人类自身的关怀，以及对当下生活的深切眷恋。

如前文所提及的《大题小论》中作收录的文章都是作者的一些工作报告和讲话稿以及一些办公室培训的讲义。由于工作的需要，作者每年都要作几次报告，每次只讲一个问题，然后汇编整理，最后编辑成书。

书中每篇文章，用“论”字引领，除了言简意赅、提点主旨外，主要因为所谈内容系“讨论”或“议论”，是一种个人思考，是一家之言，听(读)者可以就所“论”的对象进行商榷。这样，从创作艺术上，也体现了作者自我警醒的审美追求。

有了这样的自我警醒，有了这样的精神洗尘，就必然会换来心灵的坦然、胸怀的博大、境界的开阔，这是“一日三省我身”之中国传统优秀文化的具体展现，是作者大智慧、大顿悟的升华与定格。作文与做人有其内在的相通性，所谓文如其人，讲的就是这个意思。换言之，人法地，地法天，天法道，道法自然。这是生存规律，也是艺术规律。海纳百川，兼收并蓄，是提升个人修为的必由之路；举轻若重，大巧似拙，是个人处世方式、人生追求、审美情趣、超越精神的至高境界。

应当说，这种至高境界是作者刻意或努力“追求”的结果。正如他在《论追求》中对自己的提问那样：一代人有一代人的使命，一代人有一代人的追求。当今，我们应该追求什么？随即，他又自己给出了答案：追求真理；追求卓越；追求和谐；追求健康；追求幸福。这些并不是他自己简单的个人追求，他引用普列汉诺夫的名言说出了自己的追求：“道德的基础不是对个人幸福的追求，而是对整体幸福，即对部落、民族、阶级、人类幸福的追求。”马克思也曾对此作了精辟的论述，他说：“如果我们选择了最能为人类幸福而劳动的职业，那么，重担就不能把我们压倒，因为这是为大家而献身；那时我们所感到的就不是可怜的、有限的、自私的，幸福将属于千百万人，我们的事业将默默地，但是永恒发挥作用地存在下去，而面对我们的骨灰，高尚的人们将洒下热泪。”论及此，刘明总结说：“我们应当牢记自己的使命，矢志不渝地为广大人民谋幸福，并在为民造福的过程中实现自己的幸福。”

同时，这种至高境界也是勇于“担当”的结果。正如作者所思考的：担当与人们的关于责任、良心、价值、奉献、牺牲、勇气和才干等联系在一起，被赋予了丰富的内涵。领导的“官本位思想”，就该是“在其位、谋其政”，“先天下之忧而忧，后天下之乐而乐”。就如作者所悟：担当是时代的呼唤，承载使命要担当；担当是品质的彰显，履职尽责要担当；担当是意志的锤炼，超越自我要担当；担当是价值的体现，建功立业要担当。而且，人们更要勇于担当全局，担当领率，担当道义，担当创造。孔子云“君子喻于义，小人喻于利”，道义的担当是中国传统文化中薪火相传的宝贵品格。担当更得有“我不入地狱，谁入地狱”的牺牲精神。刘明深知只有优良的素质才能担当得起来，他对自己提的要求是：担当之人，要有把握时势的睿智；担当之人，要有舍我其谁的气魄；担当之人，要有自强不息的品格；担当之人，要有脚踏实地的风范……也正是出于担当精神，刘明才会把自己的所思所悟结集成册，与人共商，与仁共勉。

再比如，在许多人看来，入党即是为了做官，刘明对入党又有另一种感悟，他在《论思想入党》中写道：“思想入党，是马克思主义建党学说的重要原则；思想入党，是坚持无产阶级先锋队性质的重要要求；思想入党，是推进党的建设新的伟大工程的重要基础……”由此可见，那些把入党当作当官垫脚石的人是多么可耻，他们在思想上还远远没有入党。

不难看出，刘明是从政治情怀和领导学的角度来看待追求的目标，他是以为民谋幸福为出发点，认为只有清楚地洞悉百姓疾苦，才能对名利糊涂，让自己清白，也才会自然超然，问心无愧。

作为一名人民公仆，不仅要善于思考，还要善于总结。刘明有着高超的概括和总结能力。在《论追求》一文中，他总结出培养健康心理要记住“一三三”法则。一就是感恩的心态。两个“三”：一是“三乐”，助人为乐、自得其乐、知足常乐；二是“三点”，对自己阳光一点、对家人糊涂一点、对别人宽容一点。这种总结不仅是经验的归类，是工作的心得，是知识的升华，更是智慧的凝聚，是灵感的闪光。

笔者的确很想跟作者商讨一下，虽然书中精彩之处比比皆是，但也有一些不足和累赘。例如上面提到过的《论追求》一文，在作者总结出“一三三法则”的时候，如果把“三三”改为“二三”、即“一二三法则”可能会更好一点，所谓“二”就是“二点”：对自己阳光一点、对别人宽容一点。因为笔者不大明白、也不大赞成“对家人糊涂一点”的提法。由于作者没有对此作出有效的、合理的解释，容易让人产生歧义。而且，“一三三法则”读起来也远没有“一二三法则”简单明了，易于传播。

尤其令人不解的是，书中的注释既不规范、不科学，又很随意，且有些多余，特别是一些常识性东西，如马克思、列宁、孔子、周恩来、高尔基等，而且注释的大多是名人，既然是名人，公众对他们的了解就有了基础。如果对这些名人的注释有一些新的鲜为人知的内容，也未尝不可，但很遗憾，在这本书中，读者们没有看到新鲜的内容，这样的注释不仅没有使该书增加应有的学术含量和文化底蕴，没有起到应有的、锦上添花的积极作用，相反，有些画蛇添足、不伦不类和应付之感，甚至授人以柄，被不怀好意者以“注水”视之。

因为笔者认真地算了算，仅上册中的19篇文章，注释小到1页，多到5页，全书共有注释45页之多，占到整个书近五分之一的篇幅。此外，如能删掉下册中的《论党的先进性特征》《论机关作风建设》《论创建学习型机关》《论建设“两型社会”》《论改革开放》等几篇文章，再去掉大部分无关紧要的注释，把两册内容合成一本，再进行适当的删改（如《论满怀激情干事业》不如《论激情》来得干脆利落）这本书无论是品相还是内容，都会更加底蕴丰沛，质地纯正，沉稳大气，精彩粉呈。

刘明在《大题小论》中处处“以己度人”，以己对国家的热爱、对事业的忠诚和对生活的乐观，来感昭同仁。笔者认为，他这套文集出版的目的，就是“以己”来“律人”。这样的标杆人生，自然会有大批追随者。这套书，也自然会有众多有识之士欣然赏读、品味，一起达到自我警醒与精神洗尘的澄明境界。因为思考，所以有了灵魂的升华；因为耕耘，所以有了宁静的幸福；因为幸福，所以有了诗意的境界。这就是笔者在拜读刘明的《大题小论》一书时所获得的思想共鸣和深刻启示。

第五节　都市女性的书生情怀

20世纪90年代以来，随着乡村文明形态逐渐退出社会生活的中心位置，都市社会也不再仅仅承担着相对纯粹的政治与文化功能，经济力量的迅猛增长无疑改变了都市文明的内在属性，赋予其更为具体的消费与经济内涵。新兴物质力量的崛起不仅改变了人们的生存境遇，同时也冲击了人们的价值观念，人们逐渐相信唯有经济利益与消费主义才是生活的全部意义。在这种情况下，坚守“精神生活”存在的可能性与必要性便成为有良知的作家们迫切需要解决的问题。方雪梅便是这样一位始终坚持“良心”写作，执着于传统文人精神的守卫者。

作为一名现代都市的独立女性，方雪梅以其特有的敏感性和细腻性去考察日常生活的方方面面。无论是对于历史人物内心世界的真实还原，还是对于自我思想境界的深入剖析；无论是对于自然山水本真状态的深情抒写，还是对于异国人事的独特发掘，方雪梅始终能在自然天成的生活状态里触景生情，又因情成境，因境兴诗。她的散文创作不仅沾染了淡雅朴素的文人气息，而且蕴涵着自身独特的生命哲思。从她的作品中能够充分感受到她的书生情怀，这是一种内在的书卷气和墨香气，有着难能可贵的自省与自警，没有雕饰与花哨，只追求一份宁静与从容，在喧嚣的世界一角找到属于自己的生活趣味和精神慰藉。她的作品既流露出中国古典传统文学所赋予的“哀而不伤”的美学风格与空灵的审美意境，又展现出外国文学名家笔下对于人类灵魂的深刻揭露与善美生命气质的永恒呼唤。可以说，这种融汇了中西文化内在力量的优秀特质深深影响着这位现代都市知识女性的心理、情致与思想。因此，她自觉承担起维护人类精神家园的责任意识，用自己的文字展现出自然万物的真实状态，在抒发自己人生感悟、愉悦人们心灵的同时净化人们的灵魂，努力达到“以善美观照人心，以思考回望历史”①这一至高的理想与追求。

一、文化场域的诗意书写

根据布迪厄的场域理论，“场域是由社会成员按照特定的逻辑要求共同建设的，是社会个体参与社会活动的主要场所”②。场域既为社会群体提供了价值选择的可能性，同时又限制着人类的行为实践活动。从社会心理学的角度来看，社会成员总是会不自觉地受到行动发生场域的内在影响。在这个层面上，方雪梅散文中风景的诗韵之美正是中国传统文化场域作用下的结果。由于家庭环境的影响，她从小就被要求背写诗词、阅读古典文籍，经常一个人待在图书室的角落里静静阅读，这使她骨子里透露出书香气质。正是因为她时时刻刻生活在这样一处浓厚的传统文化场域中，她的文学创作才会受到根深蒂固的传统文化影响。因此，她笔下的风景描写通常展现出中国古典诗词特有的境界，就连普通的云彩也往往呈现出独特的审美意蕴：“我看见的云端，是晴云似絮的云端；是飞霞半缕的云端；是流瀑、融冰、轻烟、堆棉的云端；是让我想起‘暮

① 罗长青. 基于生活体验的女性叙事——方雪梅访谈录[J]. 创作与评论，2015(9).

② 李全生. 布迪厄的社会结构理论述评[J]. 济南大学学报(社会科学版)，2008，18(6).

云湿人衣，断云发山色’的云，天光蓝着，流布到我目光最远的边际。”[①]（《云端读青霄》）寥寥数语间，就将云朵缥缈、轻柔、清透的状态展现在读者面前，自然地营造出一种静谧、悠远的诗意境界。

一方面，现在的社会时时处于动态的分化过程之中，经常会产生诸如经济、政治、文化等子场域，而“每一个子场域都具有自身的逻辑、规则和常规”[②]。这也因此决定了每个个体在不同的子场域中都要遵循不同的规则，选择不同的处事方法。另一方面，处于社会场域中的社会群体并非仅仅局限于某一个具体的子场域之中，事实上，每一个社会成员都难免受到两种或两种以上子场域的影响。方雪梅的散文创作便是文化场域、经济场域、政治场域三重子场域共同作用下的产物。但身为一个坚定的“艺术本位者”，方雪梅的文学创作虽然难免受到政治体制与市场经济的制约，例如她曾写过：“看看我们的生活水平，建设速度，以及言论的自由度，都在向着阳光迈进呢。”（《一梦长啸》）这样带有明显赞美性质、契合主旋律的文字，但是她的作品本质更多地是充满温暖、情感真切的，有着淡雅含蓄的诗意之美。她始终能坚守自身的艺术创作，深深扎根于文化场域中，以一颗真诚、纯粹的心去回味历史，感知现实。

王昌龄在《论文意》中说道：“思若不来，即须放情却宽之，令境生。然后以镜照之，思则便来，来即作文。如其境思不来，不可作也。”作家总是喜欢向人们揭示“意”与“境”的内在统一性，强调艺术境界创造的一种自然状态。方雪梅自幼受到传统文学的滋养，在创作中十分注重艺术创作的率性自然、随性而为，向往天然去雕饰的境界，从不愿“为赋新词强说愁”，更不像其他作家那样为了迎合市场利益和经济需求而打破自己艺术创作的诉求。她的创作是非功利性的具体存在，是现实处境下真实心性的自然反映，在某种程度上亦与王昌龄所提倡的“置意作诗，即须凝心，目击其物，便以心击之，深穿其境”的创作旨意相契合。在《桂花迟了》一文中，读者仿佛可以顺着她的文字嗅到桂花淡淡的香气：“那几棵灌木丛高的桂花树上，白黄色的花，细如碎米，披了满树。阳光在花叶间，温暖地流淌。”短短几句却将桂花细小、繁多的姿态呈现在读者面前。“温暖地流淌”则是借阳光的温热暗示出生活中充满温情的人事和大自然所赋予人类温厚的关爱，生动地营造出一种淡雅而温情的美好画面，充满了中

① 本节在分析过程中所引文本内容，均出自方雪梅散文集《谁在苍茫中》（团结出版社 2015 年版）和《寂寞的香水》（团结出版社 2012 年版）等作品中，不再一一标注。

② ［法］皮埃尔·布迪厄，［美］华康德. 实践与反思——反思社会学导论［M］. 北京：中央编译出版社，1998：142.

和的诗意之美。又如《屋顶上的梦》一文，方雪梅描画出了一个平淡度日、忙于工作的人物形象，向读者展现出现代都市生活膨胀的物欲与人们精神空虚的状态。然而，当“我”无意间看到对面房屋屋顶上爬满了一架架绿色的藤蔓时，鲜明的色彩感便立刻将冲淡了积压在“我”心中的寂寞与感伤，显示出“我”内心的浪漫与欢欣。“蓝帘收卷，便见着一大丛绿，生生地悬在玻璃窗外。其间，似乎点缀有黄的，白的，红的颜色，星星一样。”作者巧妙地借助植物本身所呈现的丰富色彩构造出一片充满诗意与朴素的梦想“田园”，也自然表露出作者自身对于朴素生活的向往之情。

二、自然酣畅的情感净化

“净化”一词，又称“卡塔西斯”，即拉丁及 katharsis 的音译，起初是指古代宗教祭祀活动所导致的一种感情作用，即通过热烈的歌、舞、乐将内心的激情模仿出来，从而使灵魂得到解脱。由于艺术的种类性质不同，因此便会使得所激发的情绪有所差异。对于方雪梅而言，文学创作在某种程度上即是她用来“宣泄”自我情绪、调节自身情感的重要工具，但是更重要的则是使读者从她的文字中得以“净化”心灵，感受到生活的本真状态与美好意义。

方雪梅的作品显示了“净化”一词的情感特点。面对母亲离世，方雪梅遭受了巨大的情感创伤和精神打击，内心饱受着极大的压抑和痛苦，于是在她的文字中时常弥漫着一层悲伤与哀愁的情绪：例如，在《这些日子》一文中，她直言“没了母亲，就像一首好词，丢失了上阙”；在《烟熏茶》一文中，作者睹物思情，“我”坐在母亲的遗像前，“烟熏茶成了带着悲情伤意的往事”；而在《独自》一文中，作者更是将自己心中的伤痛直接撕裂开来：“我除了痛苦得不停地抚摸她渐渐变凉的脸，只能泪如泉涌，看着她独自走向那个无法开启的世界。”作者将一种“寻求生死大问而不得的深沉疼痛”以文学的方式“痛快”地宣泄出来，却又从这种悲痛中得出人生虽路漫漫、却需独自前行的深刻道理，从而使自己的思想境界得到了提升，读者也得以从这种自然流露的悲伤中实现灵魂的“净化”，从而能够更加乐观、坚强地面对苦难与死亡。

方雪梅虽然能通过文字将自身的消极情绪宣泄出来，但是同时也难免会受到“文字”本身的复杂状态所带来的不良情绪的影响。在《无关文章》一文中，作者描述了自己近年在单位的月评因未能获奖的遭遇而感到闷闷不乐，转而开始质疑自己文字已经“日落西山”，后来才得知事情并不是自己所猜想的那样。在这篇文本中，作者通过“文字”本身的不足而“宣泄”出自身对于文学的实际看法，实际上则是表达出自己不慕名利，醉心于文字创作本身的一种非功利性创作态度，即“至于文章之外的风起霜生，不过他家心事，不足上心也”。作者在另一篇文章《笔端闲话》里同样“宣泄”出自己能以笔墨为生的幸运，对她而言，“在笔下自觉传递真实、善美的东西，是一种本性与责任”，这种自觉的责任意识不仅使得作者能在文学创作中保持一种自然、随性的创作心境，同样也能使读者从她的文字中感受到一种真诚、温暖的力量，从而得以在日益浮躁的生活中静下心来，实现精神“净化”的功能，从而真心、坚定地对待自己内心深处的理想和梦想。

除了宣泄式的净化方式之外，方雪梅还努力通过优美的文字描写为读者提供视觉享受，为读者营造一种舒适的情感氛围，从而使读者的心灵觅得片刻的安宁，达到净化读者精神和灵魂的目的。在《谁在苍茫中》一书中，作者通过记录自己同家人或友人前往佳处小游的经历向读者呈现出自然的博大、清秀和壮美。在《花色浏阳河》中，绿意延绵的大围山狭藏着清瘦的浏阳河，花色浩荡的密林小道中游人顺势穿梭；在《麓山听雨》中，熟悉的岳麓山在梅雨季节焕发出不一样苍绿，半山凉亭洗净蓬莱事，入山心境澄如水；《湿地看绿》中，城郊庞大而柔美的绿色湿地，从容的牛群悠然地吃着嫩草，作者“想要变成一枝花草间的蝴蝶”。类似的细节、场景和描写在方雪梅文本中随处可见，这一幕幕淡雅、别致的画面自然而然地将读者引入一片宁静美好的“世外桃源”中，使得读者跟随她的脚步去感悟自然界的本真形态，学会用崭新的眼光看待世间万物，从而在阅读中实现灵魂的净化与升华。

三、回望历史的责任意识

方雪梅爱讲古人的轶事趣闻，以古喻今；也喜欢在满街灯火中去寻访古旧的城墙，引发思古之幽情。她渴望远离现代都市的喧嚣与尔虞我诈，盼望重新回归旧日的宁静与温情。她秉持着传统文人特有的责任意识，将目光穿过时光的帷幔，用笔下的文字去探索那些逝去的故事。她认为，“一切都倚杖文字而活着。一切在文化的幽谷里才能不枯不谢”。那一段段古典诗文深处蕴涵的都是生生不息的民族之魂，那一个个沉淀在历史深处的动人故事背后承载的都是人们内心深处最真挚可贵的生命风景，这些才是历史深处最值得挖掘与细细品味之处。

某种意义上，方雪梅笔下的女子，虽“顶着悲凉的风尘”而来，卑微柔弱，却凭借着出尘的才华在唐诗中留下了光辉灿烂的一笔。她着眼的并非她们不亚于男儿的才情，而是这些女子表面看似幸福、欢愉的生活深处所含有的忧戚和疼痛。即便是深得武后喜爱的上官婉儿，也有“书中无别意，惟恨久离居”的哀怨与孤独；作者笔下的杨玉环，也并不似人们所想象的那般幸福，那般集“万千宠爱于一身”。作者试图以客观的笔触去探求杨玉环的真实内心，向读者们展示出一个无奈与寂寞的可怜女子的真实处境。世人只看到了君王对她的恩宠与溺爱，却无法体会到她内心深处的幽怨与凄清，只有作者看出了她的不快乐，看透了她身居幽宫、无法自由选择爱人、随意被牺牲的凄凉际遇。可以说，同为女性，作者写作的真实目的并非是想为历史上卑微的女性“正名”，她只是试图理解这些女子的伤痛，想要将这些女子最真实的生存状态与历史遭际呈现在读者面前，还原她们最真实的形象，展现自己对于人事的真实认识罢了。

与此同时，方雪梅也希望能从万千的历史记忆中，寻找到一份“人伦的温暖”。她十分敬慕庄士敦与溥仪跨越国别、种族、血液的挚交，感慨于他们这段照亮了晚清大地的最后的人性之光的温暖情谊；面对爱情，她又用饱含深情的笔触展现出才女卢隐勇敢追逐爱情，无视年龄差异，与自己的所爱之人李唯建的一段轰轰烈烈的悲壮爱情；此外，还有为爱放弃达赖喇嘛的仓央嘉措；被命运压迫得几乎窒息仍然敢于用手中的笔诉说女性悲喜的烈女子苏青……这一份份熠熠发光的人性温情，使现代都市人冰凉、冷漠的内心获得了些许安慰，使他们在沉重的生活中重新拾起那份沉淀在灵魂深处的勇气与生命力。

总之，方雪梅怀揣着书生情怀和责任意识，淡然而坚定地行走在独特的文学大道上。她不但以自身的文学实践坚守着文化场域的诗意表达与人格独立性，同时还身怀发掘人性善美与净化人心的精神情怀。她的散文，不仅展示出现代都市知识分子日常生活的真实状态，而且透露出历史过往中的优秀文化精神和自然万物所呈现的生命本真。她以一个都市女子特有的艺术境界和生存感悟来书写传统文化中的优秀内核，无疑具有极为积极的现实意义和历史文化价值。

第七章　理想的情怀与人民的颂歌

赛珍珠曾经讲过，她如何发现了自己向西方介绍中国的本质与存在这一使命。她根本没有把这当作一种文学专业去从事，这使命是自然而然地落到她身上的。“是人民始终给予我最大的欢乐与兴趣”，她说，“当我生活在中国人当中时，是中国人民给了我这些。人家问我，他们是什么样的人，我答不出来。他们既非这样也非那样，他们就是人。我叙述他们跟我叙述自己的亲人一样。我跟他们太亲近，跟他们在一起生活得太密切了。”没有理想的情怀，没有对人民的真诚歌唱，很难写出动人的诗歌。

“在心为志，发言为诗。”谭仲池、彭崇谷、李梓民、舟挥帆、唐朝晖、胡丘陵等人的诗歌继承了传统诗学的血脉，回溯历史，触摸当下，以灵魂的密语和生命的歌吟让人文精神魂归，在纷繁复杂的诗坛中极具辨识度。

第一节　感时伤国的灵魂之痛

谭仲池从“个体”角度出发，引领读者聆听历史遥远的回声，张扬人文主义的理想情怀，思考时代困境以及生命存在的意义，在刚柔相济中抒发了感时伤国的灵魂之痛。

一、诗人的内驱力

任何时代的优秀诗人，他们的创作都是具有内在动因的，这种内在动因说到底就是诗人的内驱力。孔子所说的“诗言志”是对这个内驱力最简洁的诠释。朱自清先生说过：“诗言志”是中国传统诗论的“开山纲领”，较早的《诗大序》中关于“诗言志”的名言云：“诗者，志之所之也，在心为志，发言为诗。”也就是说诗是志的外化，在心里的叫志，用语言外化出来的就叫诗。①

当然，孔子的"志"主要包含"情"和"意"两个方面。《诗经》之作是"饥者歌其食，劳者歌其事"。"歌其食""歌其事"，成为诗歌的生存要求。而屈原的《九章》不仅包含着"意"的一面："悲回风之摇蕙兮，心冤结而内伤。"（《悲回风》）而且抒发了强烈的情怀："惜诵以致愍兮，发愤以抒情。"（《惜诵》）到汉代，"诗言志"进一步被人们所认识，司马迁在《史记·屈原贾生列传》中说屈原是"忧愁幽思而作《离骚》"。班固《汉书·艺文志》提出"哀乐之心感，而歌咏之声发"，并认为乐府诗的特点在于"感于哀乐，缘事而发"。《毛诗序》更从诗学理论角度明确提出了诗歌的特质，即"情动于中而形于言，言之不足，故嗟叹之。嗟叹之不足，故咏歌之。咏歌之不足，故不知手之舞之足之蹈之也"。并提出"吟咏情性，以讽其上"；"发乎情，民之性也"等。② 可以毫不夸张地说，在中国传统审美和主流文化的视域中，诗人的内驱力自孔子以降，彰显的都是夏志清所说的"感时伤国"的创作态势。

中国被称为诗歌的国度，从《诗经》开始，到屈子风骨、太白诗仙、子美诗圣，再到近代谭嗣同的以身殉法，中国诗人所植根的疆土是"人民"，所牵系的情感是"家国"。无论是现实主义诗歌，还是浪漫主义诗歌，传统的中国诗歌均可被称为"人民诗歌""民族诗歌"，传统的中国诗人亦可被称为"人民诗人""民族诗人"。就这种传统的概括来说，诗人的情怀和诗歌的特征是"忧国忧民忧天下"。从另一方面来看，传统中国诗人的主体多为"官员"，无论"官衔大小""官龄长短"，"为文"和"为官"是一个相互促进和供养的过程。中国古代帝王重视招贤纳士，"贤士"的标准以"文之长短"定论，"以文选人"成为"学而优则仕"和"写而优则官"的精神动力。因此，胸怀天下的文人均有追求仕途的价值取向，即便成为"官员"，依然秉持"文人情怀"和"为民代言"的创作冲动。

而从"人民诗歌""民族诗歌"的角度讲，首先，"为官者"诗歌创作的物质条件相对较好，写诗不为稻粱谋，这使他们的创作更接近艺术的本质；其次，由于"为官者"独特的阅历和生命体验，其视域更宽、责任更大，因而更能胸怀天下、心系国情，这也是造就其诗歌创作所植根的"人民土壤"和"民族土壤"更为深厚的原因之所在。所谓"诗言志"，在中国传统诗歌里可以表达为"抱负"，或者说是"文人对国家和人民的责任感"。于是，中国古代诗人在"郁郁不得志"之时留下了大量诗歌，因为他们觉得客观环境无法让他们施展经天纬地之

---

① 陈子善. 朱自清《诗言志辨》[J]. 文汇读书周报，2008，18(6).

② 孙犁. 传统与理智——对传统诗学的思考[R/OL]. [2008-07-03]. cn.bbs.yahoo.com.

才、无法实现安邦定国之志。屈原、李白、杜甫、白居易、王安石、苏轼、谭嗣同等等，皆不能免。这种郁郁不得志所喷发的“诗情”正是“诗言志”的内部表征。

与此同时，“诗言志”的外部特征则突出表现在国家和人民陷入灾难之时，这些诗人和人民、家国连成的“生命共同体”，无论是屈原的“路漫漫其修远兮，吾将上下而求索”、杜甫的“朱门酒肉臭，路有冻死骨”、文天祥的“人生自古谁无死，留取丹心照汗青”，还是谭嗣同的“我自横刀向天笑，去留肝胆两昆仑”等等，均为这种“诗言志”的深刻表达，正是这种内外交织的精神脉动，才使中国优秀诗人的“内驱力”具有强烈的历史穿透感。

这种中国优秀诗歌的“内驱力”，经过几千年的历史，伴随着华夏文明的传播与沉淀，生生不息地流淌下来，影响着每个中国人，更影响着每个中国诗人。诚如《作品》文学月刊副主编、著名诗人杨克说：“中国人的文化里，有一种诗教的传统，关键的历史时刻都会大量的呈现出来，起到物质起不到的作用。”“灾难来临的时候，只有诗能够表达情感的沸点。比如美国的‘9·11’之后出了很多诗歌，现在很多人还经常聚集在一起朗诵，诗歌在此时能够起到表达内心、宣泄感情、抚慰心灵、相互关爱和支持的作用。”①

“汶川地震”是一场突如其来的国家灾难，面对这场灾难，每个中国人都感觉到一种责任，不论是诗人、政府官员，还是普通百姓。而作为拥有“诗人”和“官员”双重身份的谭仲池所感受到的责任尤为强烈，所引发的“内驱力”尤为沉重。正因为此，诗人“怀着敬爱之心和悲悯之情”，“白天除了上班，我所有的休息时间都融入悲怆、祈祷、感动、振奋、敬仰、礼赞和歌唱的诗行。尽管这些诗，成其之匆忙来不及精细修改和冶炼它应有的精神内核和艺术光华，但我是真诚的。我将自己视为一个志愿者，将心献给灾区，用写作来参与一线抗灾工作”。谭仲池用时12天写出20万字的诗集《敬礼，以生命的名义》②就是受“内驱力”的驱使，敢于担当的时代见证。

“黑暗消失，太阳升起，森林和天空将一样蔚蓝。我们总是生活在希望中——因为我们彼此爱着，爱能拭去悲伤的泪水。由于这一刻，痛苦、鲜血、灾难、抗争、挺立铸就了生命和生命的灵魂，思想、音乐和诗歌。”在诗集的扉页上，谭仲池醒目地写下这段话，把自己的创作动因进行了深刻的诠释。“灾

① 桂杰. 灾难面前，诗歌成为全民“心灵火把”[J]. 中国青年报，2008(6).

② 谭仲池. 敬礼，以生命的名义[M]. 长沙：湖南人民出版社，2008. 在分析过程中，所引诗歌文本都出自该书，不再一一注明。

难过后，希望我的诗歌能够慰藉痛苦中的祖国和人民，能够成为在灾难中孕育出来的一份文化财富。”不难看出，这本诗集承载了他的悲痛、惦念、抗争，以及无限的悲悯和祈愿。

孩子 我愿替你走
我不怕生活就这样停止
世界不再有阳光 欢笑和空气
因为 我也曾经受风霜雨击

——《我愿……》

读完《敬礼，以生命的名义》这部诗集，一种强烈的感受是：“诗言志”的诗学传统和精神血脉再一次得到回归。这部诗集收录了作者72首诗歌，全书共分三篇：《第一篇 祖国 我们不哭》着眼的是宏大叙事，从整体上对汶川地震带来的国家之殇和民族之痛进行抒怀；《第二篇 挺进 我们高举着圣火》从“意”的维度切入叙事中心，突出大灾面前高高飘扬的“不抛弃，不放弃”的精神旗帜和“万众一心，共克时艰”的集体意志；《第三篇 敬礼 以生命的名义》是从创作主体、受叙客体和传播对象等多种视角出发，聚焦一幅幅场景、一个个细节，以“情”动人，张扬人文主义的理想情怀。诚如诗人所言：“当看到地震灾区幼小的生命被震魔掠夺，我流着泪，哭泣着写下这一首首诗歌……我内心多么希望能代替孩子们走，换来他们如花的生命啊！”这种令人动容的忧患意识和丰沛的大爱之美是诗人创作之内驱力的审美延伸。

二、审美主体的价值选择

诗歌是情感的宣泄与凝结。所谓“诗言志”里的“志”同样是一种情感。情感，是一种有质感的“物质”，爱情、亲情、友情皆可入诗，触景生情亦可，广为传诵的一句话是“爱情与死亡是诗歌永恒的两大主题”。但在中国传统诗歌里，诗人们更注重大爱，对人民之爱，家国之爱。大爱无疆所体现的正是中国诗人一向拥有的历史使命感。进入现代社会，西方文学充斥着大量的现代流派，诗歌流派纷繁复杂，仅仅20世纪初就出现了“象征主义”“未来主义”“阿克梅派”等等，诗人们特别注意从“个体”角度出发，去思考生存的困境以及存在的意义，哲学作为一切知识的基本原理，吸引着文学以及文学中的诗歌向其靠拢。这种诗歌的思潮可以追溯到波德莱尔的《恶之花》，象征主义的出现和风靡，使得诗歌创作越发成为一种“个体事件”，诗人在一定程度上都是哲学家，诗歌和哲学，乃至文学与哲学彼此紧紧缠绕，甚至达到哲学凌驾于文学之上、哲学对文学的权力进行剥夺的地步。诗歌的“神性创作”开始出现，里尔克的

《杜依诺哀歌》则成为这种创作的一个顶点。

面对西方现代主义思潮，中国诗人受到的影响颇深。叶维廉就曾经这样描述他的诗写作："一首诗的产生，……起码这一点我们是与三四十年代的诗人不同的，他们的主题几乎在脑袋里构想得非常清楚，知道写些什么，写给什么样的对象看，然后再在意象上推进一步。对我来说，不是这样，有时是一个意象将我捉住，使我迷惑，然后由意象而发展成一首诗。或者有时是一种非常郁结的感觉和心情引起，开始写，写出了一两个意象之后，再由这些意象引发写出整首诗来。所以郁结了一段时间之后，一写差不多就写出来了。"①显然，当诗歌更多地成为中国诗人的"个体情感事件"时，中国传统诗歌的"人民家国之大爱"情节则被一点点销蚀了。这就是中国诗歌界乃至文学界出现的"传统"与"现代"的冲突，怎样审视这种冲突呢？

艾略特认为，说到传统就不得不说到历史的眼光，具有这种眼光的作家，不仅以深藏于他内心之中的现代精神从事创作，并且会有一种历史的感觉，这就是赋予传统性的因素，同时它使作家敏锐地意识到，他在时间上所占的地位，如他所以成为现代作家的理由。当然，作为这个时代的诗人，处于一个文学变革的年代，一个新诗发展的微妙关头，对于"传统"和"现代"，"继承"和"西化"，需要进行一番深沉的打量。②

"传统"与"现代"本身就是一个诗歌的价值选择问题。诗歌不是无病呻吟，不是愤世嫉俗，不是颠覆和叛逆。当然，诗歌也不仅仅是一段字斟句酌的华丽辞藻，或者独具匠心的意象堆积，或者隐喻暗语的具体运用。诗歌的本质应该是真挚情感的自然流露，诗歌的源泉应该是生活，是心灵的震颤，是内心与"外物"的碰撞或应和。诚然，现代西方的优秀诗歌同样是清澈的情感，但是，应和对象与中国传统诗歌不同。可以把《杜伊诺哀歌》看成是一个诗人与宇宙、时间的应和，是茨维塔耶娃所言的"我属于所有世纪"。这可以被看作诗人向精神内部的探求，这里的诗人所追求的是"人的存在"，情感底线是"良知"。而中国诗歌则是自内向外的探求，是自我与所处时代、社会的应和，也就是诗人的大爱使命，其情感源泉来自人民和家国的责任感。如前所说，屈原、李白、杜甫等就是最富担当精神的群体，他们也皆因此而立足于中国乃至世界诗坛。因

---

① 叶维廉．与叶维廉谈现代诗的传统和语言——叶维廉访问记 诗的语言［M］．合肥：安徽教育出版社，2002：357.

② 孙犁．传统与理智——对传统诗学的思考［R/OL］．(2008－07－3)．载 cn. bbs. yahoo. com，2008 年 7 月 3 日查阅。

此，可以看出，尽管诗歌的现代步伐在中国是不可避免的，但是，这并不是意味要颠覆一切传统。相反，传统是无法被彻底颠覆的，中国传统诗歌的价值选择伴随中国文化沉淀并流淌下来，深深浸淫着每个中国诗人，它会在某个时刻爆发出来，这次爆发的启动点正是家国之灾难。有了这样的灾难，诗人的价值选择便不言自明。

正如笔者在一篇评论中所指出的那样，谭仲池创作的价值选择着眼于一种精神立场和诗歌理想，它是对该时代的信仰、价值、尊严和审美等方面的诗性揭示、指认、承受、赞美、命名和呈现的一种精神向度。①

敬礼 小手在推开扇扇向生之门
敬礼 幼稚的心在唤醒天地
敬礼 你以生命的名义向死神和一切毁灭宣战
敬礼 废墟下孩子翻开的课本
也能掀开石砾的沉重和残忍
天不再昏暗 光明不再遥远

——《敬礼 以生命的名义》

谭仲池本来就是推崇传统诗歌价值的，这一次，传统诗歌价值更是在他这里得到了彰显和爆发。上面这首诗，意象简洁，文字质朴，气韵生动，连续运用四个“敬礼”突出生命的不屈和大灾面前的坚强与自信。也许，中国诗人自己都未曾预料，这一次的传统诗歌价值的爆发是集体性的，传统诗歌的内驱力让中国诗人向传统诗歌价值选择靠拢，众多的诗人都投入到这场抒写“国殇之痛”的运动中，中国的诗人们看清楚了这一点。诗人田歌说：“诗歌其实也需要和生活紧密相关，但日常生活往往不是激动人心的生活，只有激情澎湃的社会内容才能给诗歌供养，地震是整个民族县全整个人类的灾难，是我们共同的情感焦点，诗歌一下子就蹦了出来，成为抗震救灾中人性凸显的一部分。”《中西诗歌》主编黄礼孩说：“这大概是30年来，中国诗歌最为动人的景象。在我看来，优秀的诗歌，一直存在于人们的心灵之上，她是担当、道义、关怀、仁慈、照亮和力量，只不过，在衣食无忧的日子，人们漠视了她。”凤凰卫视主持人邱震海也认为，在过去的十几天里，诗歌作为一种表达人性、表达人的真情实感的东西，复苏了。② 显然，这些观点，与谭仲池的创作不谋而合——

诗人用血泪/写着不忍写的诗/那些词汇 句子/是那样的悲惨 沉重/那些意

① 三耳.用饱满的激情磨砺诗歌的锋芒[J].中国朗诵诗，2008(3).

② 桂杰.灾难面前，诗歌成为全民“心灵火把”[J].中国青年报，2008(6).

念 影像/是那样的伤痛 凄凉/他的手一直在颤抖/他的喉咙一直在哽塞/诗人不敢读自己的诗/诗人不敢看自己的诗/他坐在那里凝固了/凝固成一尊雕塑

——《无语的诗人》

在诗中，诗人直白地宣称自己的创作浸泡着“血泪”，正因为此，那些“词汇”“句子”都显得“悲惨”和“沉重”。那么，为什么忍受着如此巨大的痛苦，诗人还要写作呢？这恰恰是诗人内驱力的彰显和创作价值的选择。因为在空前的浩劫中，人们的心灵需要慰藉。所以，诗人要写作，即便是“颤抖”“哽塞”，也决不停息。写完后，因为太痛了，诗人居然自己都不敢看，更不要说朗诵或者阅读这些文字了。原因在于，诗人沉浸其中，他的心仿佛被撕裂，一如灾区的废墟，他“凝固了”，连同他创作的诗，成为灾区伤口上的一滴泪。

通过上面的分析，不难看出，从诗歌的价值选择看，中国传统诗歌更倾向于儒家文化，而就诗歌的创作理念和审美观点来说，更多的诗人则遵循道家的“道法自然”。中国传统诗歌的创作理念和审美观点是老子和庄子所推崇的“天地自然乃最纯粹的审美对象”；是“文章本天成，妙手偶得之”；是李白所言“清水出芙蓉，天然去雕饰”。例如张籍的“鸡声茅店月，人迹板桥霜”就是“文章本天成，天然去雕饰”的佳句。这种审美观点，可以更直接地表示为俞平伯于1920年于12月14日在杭州写的《诗底自由和普遍》的结论：“诗人原不必有学问，更不是会弄笔头，只是他能把他所真感着的，毫无虚饰毫无做作的写给我们。”①俞平伯的旨意在于：生活是最高明的艺术，情感是最真实的诗歌。从这一点说，还原生活和尊重情感则是最高明的诗人。当诗人的情感突遇一种大灾，产生感时伤国的崇高倾诉时，儒道合一，其诗歌必然凸显出一种大美，激荡着一种浩然之气的力量。

他的眼前 断墙塌楼还冒着尘烟/耳边仿佛还听见一声声凄惨的呼喊/他止住了脚步 他在凝望倾听/凝望他揪心痛心的悲惨世界/倾听他惦念的父老乡亲骨肉同胞/他是一个带领七千多万党员的伟大领袖/他的胸中正蠕动整个宇宙

——《中南海的灯光》

在这首诗中，谭仲池的聚焦对象是党和国家领导人，受叙对象的崇高身份决定了诗作者的创作绝不是琐碎孤寂的心灵镜像或“为赋新词强说愁”的伪情宣泄，只能是情真意切的直抒胸臆，只能是巨型语言和宏大叙事的表现技巧。首先，诗人从客观场景入手，“断墙塌楼还冒着尘烟”，表明灾区一线的危险性。而在这样危险的境遇中，受叙对象深入地震中心，与灾民同呼吸，共命

① 俞平伯. 诗底自由和普遍［M］. 上海：上海书店，1986：75－76.

运——这是一种实写。其次，诗人用推己及人的方法，再现受叙对象的内心风暴，他“听见了一声声凄惨的呼喊”，这呼喊，引起受叙对象的“揪心”“痛心”，他停了下来，“凝望”“倾听”，因为，引起作者揪心和凝望的正是废墟下热爱他的人民、他的父老乡亲——这是一种虚写。再次，每一个生命都是大写的，诗人要表达的恰恰就是气壮山河的“不抛弃”“不放弃”，这是国家的意志，人民的呼声，这种意志和呼声要由一个代表来体现，诗人找到了这个代表——“一个带领七千多万党员的伟大领袖”，全国总动员和共产党员的先锋作用为“不抛弃”“不放弃”大救援作了注释，当“伟大领袖”在“中南海的灯光”下运筹帷幄，“胸中正蠕动整个宇宙”而引发全国人民的心灵共振时，一种全民族空前的团结所释放的凝聚力和爆发力必将让全世界人民感动得泪流满面——这是“实写”与“虚写”的结合。这种结合既是诗歌的力量所在，又是“灾难兴邦”的价值所在。

诗歌是艺术中的艺术，是艺术中的化石，在最短的文字和最短的阅读瞬间爆发出无穷的力量。在《你能给我时间吗》里诗人急切地写到，“他知道自己追不上儿子/但他知道一定要追上时间”。这里的时间不是静止的时间，更不是逝去的时间，而是像洪流一样滚滚向前的时间总量。任何人的生命长度，只能是时间总量中的一部分。当受叙者无法追上儿子——因为时间在儿子那里停止了——他没有绝望和气馁，而是怀着大爱精神，去追赶属于别的生命的时间。短短的一句诗，带给读者的却是无限的联想和无穷的回味。

语言是一个民族存在的必要工具，也是一个民族文明的载体。诗歌是人类语言最为古老的艺术形式，所以布罗茨基在诗歌创作上得出“时间崇拜语言”这条“定律”。诗歌赋予语言最古老和纯粹的生命，而语言则赋予生命时空以精神和意义。虽然诗人看似语言的主宰者，但是布罗茨基不认为是这样。这位诺贝尔文学奖获得者郑重指出：“诗人，我重复一遍，是语言存在的手段。或者，如伟大的奥登所言，诗人就是语言赖以生存的人。写这些诗句的我不在了，读这些诗句的你们不在了，但写出那些诗句的语言和你们用它阅读那些诗句的语言却将留存下来，这不仅是由于语言比人更为长寿，而且还因为它更适应于突变。”①在布罗茨基看来，语言的生命和内在逻辑早已经存在，诗人只是发现它的工具和手段，在这里诗人并不具有主宰地位，反而是语言的陪衬。以庞德为例，庞德说过：“诗人的责任是净化该民族的言语。”他是这样认知的，更是这样实践的，他的文体意识及诗体意识在学生时代就觉醒了，其最大的成就就是

---

① 布罗茨基. 诺贝尔文学奖获奖词[M]. 长沙：新世界出版社，2003.

坚持认为语言艺术是先于社会意识的，只求内容而不求写作技巧。在庞德那里，人们看到，诗人要做的是“尊重语言”，语言自己会赋予诗歌以写作技巧和社会意识。①

同样，也只有真正“尊重语言”，诗歌才会迸发出最大的情绪张力。特别是国难当头，这种张力会带着尖锐的灼伤和沉重的痛感，重塑情感的秩序。而当语言真正完成诗歌创作的“使命”时，语言自我反而消失了，消失在诗歌的“意”之下。而此时，人们发表更多的语言是为了记住语言表达的“意”，而非表达“意”本身的语言。这种情形恰如刘熙载之于杜甫的评论：“杜诗只‘有无’二字足以评之。有者，可见性情气骨也；无者，不见语言文字也。”

对诗歌语言极其讲究和重视的谭仲池，在突如其来的灾难面前，创作无法精雕细琢，更谈不上“炼词”“炼句”和对诗歌意象的反复“推敲”，他需要做的更多的是跟随内心的跌宕和情绪的涌动，像一个被意念攫取的画家，只顾尽情地挥毫泼墨，别无杂念。因此，谭仲池的这部诗歌，总体上看的确有语言粗糙和不够细腻的地方，这在一定程度上削弱了诗歌应有的艺术张力。尽管如此，诗人在“性情”“气骨”和“传神”上还是做出了巨大努力，并取得了有目共睹的成绩。不妨来看看这首诗——

留下了一颗心
留下了一片情
留下了母性全部的爱
留下了女人一生最后的魂
别删去
永远别删去
不是留在手机里
要留在心坎上
留在生命的记忆中

——《妈妈留下的信息》

这首诗用“重述”的方式讲述了发生在地震中一个感人至深的故事：一位伟大的母亲用生命保护了怀中的小宝贝，并将“妈妈爱你”这闪烁着人文质感的最后的遗言留在手机短信里。谭仲池重新讲述这个故事时，当然不能用新闻速写的话语模式，而只能通过话语的转型，用诗歌的话语符簇进行艺术的再现。因

① 叶维廉. 与叶维廉谈现代诗的传统和语言——叶维廉访问记 诗的语言[M]. 合肥：安徽教育出版社，2002：360－361.

此，他选择了最能触及人们心灵深处最疼痛的情感——“心”和“魂”，借助的载体却是人们最能共鸣的语言文字——“情”和“爱”。现实中的手机信息是随时可以删去的，但作为诗化后的手机信息，不仅对于受叙者的“小宝贝”有重大的珍藏价值，而且对于普通的受众也有“爱的传递”之凄美的记忆。

由此可见，诗歌力量的张扬不仅仅需要叙事的技巧，而且必须追求技巧的艺术性和新颖度。在所有的文学形式中，诗歌是内蕴最为丰富的一种，在时间和空间的范畴内，以语言为度量尺度，诗歌的方式是以有限创造无限。诗歌是文学与音乐、绘画、雕塑、建筑相结合的艺术。一首成功的诗歌，同时是一首音乐、一幅绘画、一尊雕塑、一幢建筑。诗歌的音乐美在中国传统诗歌里曾经有过辉煌的体现，汉语言系统独具一格的“四声发音”为诗歌的音乐性提供了更为广阔的空间，一首李白的《静夜思》，在诗歌的节奏美方面“麻雀虽小，五脏俱全”，读来让人仿佛在欣赏音乐，确实也有当代歌手把这首诗歌改为流行歌曲，广为传唱。“长河落日圆，大漠孤烟直”则是诗歌绘画美的典范。诗歌的雕塑性和建筑性，自古皆有之，“绝句”“律诗”“七言”“五言”，中国传统诗歌十分讲究叙事的句法工整、对仗，追求对称美。现代西方诗人虽然打破了“对称美”，但是，仍旧有自己的建筑特征，比如马雅可夫斯基的“阶梯诗”，比如茨维塔耶娃在诗歌里反复利用的“破折号”，均可被认为是诗歌的建筑手法。因此，可以说诗歌是以嘴唇、手、眼睛和耳朵等身体语言为媒介共同“发声”的艺术。一首优秀的诗歌，其力量的张扬，不仅有赖于内容，也有赖于形式。而从诗歌的形式美分析，西方学者特别重视诗歌的视觉效果。他们甚至是把具象诗或图像诗称为“为眼睛而写的诗”。现代诗因为分行排列而更讲究诗形。“在通常意义上，形式指一件事物作为整体的设计图样或结构布局……采用非定型形式的诗人通常自由地使用空白作为强调，能够根据感觉的需要来缩短或者加长诗行，诗人让诗根据它的进程来发生自己的形状，如同水从山上流下，由地形和隐形的障碍物来调整形状。过去的很多诗采用的是定型形式，现在美国诗人更愿意采用开放形式，尽管韵律和节奏已经没有它们过去那样流行，但是它们仍然明显存在。”①

谭仲池深谙此理。在他的文本中，诗歌联通多种艺术，用最少的材料，建成一种坚固的结构，这种结构不是僵硬的，而是刚性美和流动美的兼得。他从现实主义的审美立场出发，不仅尽可能地让自己的诗歌充满音乐美、绘画美、

---

① 叶维廉．与叶维廉谈现代诗的传统和语言——叶维廉访问记 诗的语言［M］．合肥：安徽教育出版社，2002：359－360．

雕塑美和建筑美，而且尽可能地让创作的触觉在逼真的细节中充满“诗意”。诗意是诗歌或者语言内在的意向和情绪，任何主题的凸显和放大都将影响诗歌的艺术表现力。因此，在解读诗歌的形式美时，西方就有“细读”之说，即从解读其结构形式入手，发现其内在逻辑和深层含义。这种内在逻辑和深层含义是激活诗歌力量的试金石。不妨再看这首诗——

读诗的人哭了
听诗的人哭了
写诗的人哭了
诗也哭了
窗外的山水 土地
树木 花草在哭泣
天空的云雨中的雾在哭泣
就连书桌上的文字 笔墨也在哭泣
我真不知道 如此巨大的悲痛
该如何倾诉 如此壮阔的救援
该如何表达 如此顽强的生命
该如何祈祷
诗歌呀 你的脸色怎么这样苍白
是不是心口上也有巨石压着
无法让自己平静 思索 呼吸

——诗在哭泣

首先，诗歌力量的张扬，取决于语言。谭仲池的这首诗，语言是直白的，充满感情的，一句“笔墨也在哭泣”表达了诗歌语言的生动传神，以及由此带来的震撼和力量。其次，诗歌力量的张扬与形式有关。乍一看，这首诗的形式有些随意，但当“读诗”“听诗”和“写诗”的人都“哭了”之后，“诗也哭了”，这让人感觉到一种“紧张中”的不对称，一种无法承受的生命力量重重地压在了读者的胸口，这是“倒金字塔型”的形式美带来的力量，这种力量在第三节诗中有同样的效果。而在第二节中，虽然“山水”“土地”“树木”“花草”等大自然都在“哭泣”，但在最后一句长长的文字排列，让整个“哭泣”的重心有了厚实的依凭，它暗喻了全国人民共同抗灾所产生的巨大力量。在最后一节中，谭仲池把受叙对象锁定在诗歌本身，他采取拟人化和设问的表现手法，使诗歌创作者本人的内心世界恰如其分地呈示出来。与其说是诗歌被“巨石压着”无法“呼吸”，毋宁说是诗人汹涌的内心无法“平静”，他在“思索”自己如何去帮助灾民，如何参与灾区的重建，直到与灾民心连心，共“呼吸”。更为重要的是，写下的诗可以哭泣，但诗人自己却会擦干泪水，同全国人民一起，以实际行动投身于抗震救灾的大军中去，成为历史的参与者、抒写者和见证者——还有什么比这种力量更让人动容和难忘的呢？

三、国殇中的精神抚慰

历史选择谁来发声？希腊诗人埃里蒂斯说：“诗人是宇宙中一根柔软的纤维。”诗人是最敏感的一个群体，同样，最纯粹的灵魂和最原始的感动在诗人那里都有一种天然的“情感的回归”，人类的“情感的回归”在诗人那里表现得最为强烈。回归，可以是人性的回归，可以是爱情的回归，可以是良知的回归，可以是思考的回归，可以是生命的回归，可以是文化的回归，这种回归是独特的发声，是宣言，也是标识。

即使说诗歌是“文学之王”，也不足为过。历史的变迁、社会的动荡，首先都会映射到诗人敏感的神经上。诗歌这种最古老的文本形式在任何时代都会成为最具有标志性的工具。中国文学经历了这种轨迹：从陶渊明到李白，从杜甫到王安石，从文天祥到谭嗣同，历史逐步前行。西方文学同样经历了类似的轨迹：从荷马到但丁，从莎士比亚到歌德，从拜伦到普希金，从波德莱尔到里尔克，文明逐渐伸展和深入。世界现当代文学史，曾出现过两大独特的“诗歌现象”和“诗人阵群”：一个是19世纪俄罗斯的“白银时代”，代表人物有勃洛克、古米廖夫、阿赫玛托娃、茨维塔耶娃、曼德尔施塔姆、帕斯捷尔纳克、叶赛宁、马雅可夫斯基等，另一个是20世纪在中国崛起的“朦胧诗群”，代表人物为北岛、舒婷、杨炼、顾城、于坚、海子、西川等，这两个诗人群体很好地说明，特定的时代造就诗人，当社会处于转型期时，思想首先在诗人那里沸腾，诗人首先发声，诗歌成为文学的主要表现形式。

诗歌的“情感的回归”，在一个主题上应该归于人类的本性，这个方向是跌向“从前”，向“原始”，向“自然”，向“宇宙”，是“个体”的“自我回归”，是灵魂让诗人发声，这个时候的回归是“灵魂的净化”，是“阴柔之美”。当荷尔德林与歌德对峙，像幽灵一样在人间游走时，人们说，他可能比歌德的成就更高。虽然，艺术的高低之说，没有定论，但是，人们不会忘记这样的声音：“人将以神性度量自身，诗意地栖居在大地之上。”一个人应该感觉到的是善良，是行走在宇宙之中的感恩，感恩生命的可贵和星空的浩渺，正像康德所说：“最让我敬畏的，一是头顶的灿烂星空，一是人内心的道德自律。”荷尔德林的声音丝毫不比康德的名言逊色。人、道德、感恩、时间、宇宙、存在等古老的话题均囊括在这句诗歌里。诗歌的情感回归，在另一个主题上应该归功于社会，他体现的是时代让诗人发声，诗歌的本质让诗人必须发声，因为要体现正义、良知、责任感和浓厚的人文主义的道德情怀。这个时候，诗人完成的是“自然个体”向“公共群体”的回归，体现的则是“雄性之美”。史泰因所谓的“人们对自身身体完整性的感受，和对团体(例如：国家)疆界完整性的感受具有领域等同性”①为这种“雄性之美”找到了理论注脚。

早在盛唐时期，诗人更多的是歌咏，这个时候，诗人的终极目标是为了实现天下太平，大国强国的梦想，诗人具有一种优越感，诗歌就是权杖，是荣耀。到了白居易所生活的年代，唐朝国运急转直下，这个时候，诗人不再仅仅局限于理想，诗歌开始出现“指涉性”的改良和批判，诗歌创作有了自己的审美“纲领”。白居易在他的《策林六十九》中说：“大凡人之感于事，则必动于情，然后兴于嗟叹，发于吟咏，而形于歌诗矣……”可以说，白居易、元稹已重新审视诗歌的意义，并自觉向《诗经》和魏晋乐府的古风看齐，主张抛弃盛唐留下的浮华、躁动和过分的理想主义，让诗歌回归到古老的形式，真正为民代言，为国抒情，真正载“大爱”、载“大义”、载“大道”，真正为沸腾的现实发声。而艾青早年在《诗论》中写道：“叫一个生活在这年代的忠实的灵魂不忧郁，这有如叫一个辗转在泥色的梦里的农夫不忧郁，是一样的属于天真的一种奢望。”②基于此，他写下了感人至深的诗句：“为何我的眼里常含泪水？因为我对这土地爱得深沉。”诗歌成为“心灵火把”毫不为奇。

然而，人们不会忘记，在物质膨胀和工业文明的共同淬火、挤压、锻打和砥砺之下，中国传统的诗歌之力、风度之美受到驱逐，诗歌成了某些人的心灵秘事和情感隐私，或以面目可憎的“口水诗”面世，或以谁也弄不明白的“荒诞诗”现身。诗歌的容颜变得苍白，诗歌的声音变得喑哑，诗歌的骨力变得脆弱，诗歌的精神变得混乱，诗人的位置也逐渐被边缘化。自20世纪80年代末期以来，随着“大众娱乐”“快餐文化”的兴起，严肃的诗歌艺术沦为极少数人默默坚守的“个人行为”。很长时间里，诗歌的本质、诗人的使命被遗忘在偏远的角落里。人们很难从诗歌中找到“集体”的价值回归和“个体”的精神追求，更遑论社会责任和担当意识。

值得注意的是，汶川地震灾难的降临使诗歌野性的生命力从民间潜伏的精

① Howard F Stein. The Scope of Psycho - Geography: The Psychoanalytic Study of Spatial Representation[J]. The Journal of Psychoanalytic Anthropology, 7(1): 24

② 刘东. 路遇艾青[M]. 沈阳：辽宁教育出版社，1996：28 - 33.

神土壤中脱颖而出，成千上万的诗歌创作者——无论是专业作家还是普通百姓，都怀着巨大的热情，借助于网络平台、民间报刊和主流媒体的力量，积极投身于慷慨悲歌的“诗歌复兴运动”中。诗歌洗去厚厚的污垢，重新焕发出光泽。像以往的时代一样，诗歌应有的责任和诗人承续的使命，在整个民族陷入地震所带来的巨大悲痛之时，成为全民情绪的“火山口”，成为最活跃的“精神烈焰”。诗歌的情感指向和审美价值也再次得到了回归，回归到“个体”与“整体”的时代共振中。

在这个数不胜数的创作群体中，无论是诗歌的数量还是艺术的质量，谭仲池都无愧于“佼佼者”的称谓。他情感投入之真挚、现实感悟之透彻、创作热情之高涨、艺术追求之执着，都是令人感动的。在他的心目中，这一次创作的大爆发是对灵魂之痛的抚慰，是哀思之中的坚守，是大爱之中的定格——既然不能上前线，就让我以创作的姿态参加战斗吧——

孩子 你怎么不跟妈妈说一声
就这样快走了
你没有带书包
和爸爸给你买的电子琴
还有妈妈给你抱回的福娃
你走了 你的爸爸也走了
只剩下妈妈这盏孤独的灯
微弱的光闪耀在倾斜的家

——《孩子 天堂冷吗》

读着这样的诗句，人们分明感觉到，在这样的国难中，任何一个人都不再仅仅属于他自己，而是属于一个整体。所有的灵魂、所有的情绪、所有的力量、所有的价值、所有的关爱，都朝着一个方向汇聚，朝着一个方向流淌，那是呜咽，更是偾张；是抚慰，更是宣誓；是疼痛，更是旗帜——那旗帜是诗歌家族与生俱来的、巨大的人文关怀和人道精神的旗帜。人性里最真的悲悯和爱得到了最快和最有力的传递，人性中最珍贵的社会责任感被重重地放置于每个人的胸口上。这里的一首首诗、一行行文字都在对灵魂进行有效的安抚和慰藉。它的力量昭示着：地震可以坍塌地表，但坍塌不了中国人的意志。因为，这不是某个集团或某个诗人的呻吟和独语，而是由整体触发的情感力量在全民族那里得到映射和喷发，这个时候，诗歌体现的情感汇合，是真正的“不是一个人，而是所有”。正是在这个意义上，诗歌的力量越过了疆域、族界和国别，它可以让国殇之中以及了解这种国殇的所有人产生心灵的共振，从而迸发出无限的悲痛和巨大的力量。这悲痛、这力量，是地震带给诗歌的“生命之火”，也是诗人谭仲池带给读者的“精神之塔”。

四、历史的诗化与信仰的激情

在文学越来越边缘化、诗歌越来越私密化的今天，政治抒情诗更多蜕变为应景之作，与其说这样的作品是诗，不如说是政治更为准确。因此，谭仲池写《东方的太阳》首先面临的是一种挑战，一种战胜世俗的挑战，一种超越自我的挑战。作者在后记中说：“所读之书，所访之处，让我深受教育启迪，每每被感动得夜不能眠，彻夜挑灯倾吐心中的感想和激动。”笔者确信这样的文字是诗人的肺腑之言。写这类诗歌不仅需要胆略，需要真诚，需要激情，更需要责任与担当。

显然，作者把《东方的太阳》当史诗来书写，而史诗可以分为两大类，一种是创世史诗，一种是英雄史诗。《东方的太阳》是两种史诗的完美结合。因为中国共产党带领中国人民以气壮山河的伟力，打碎旧世界，建立中华人民共和国，这是开天辟地的大事，具有“创新纪”的文化特征；而推动这一伟大事业阔步前进的是一大批慷慨激昂、彪炳千秋的英雄。

基于此，笔者认为，《东方的太阳》视野开阔，主题宏大，全诗的主色调是赤诚的红色，基准音是激昂情绪的流泻，主旋律是中国共产党的风雨历程，而推动全诗前进的动力是信仰的力量。作为一份厚重的献礼，谭仲池用浩浩荡荡的六千多行诗歌告诉读者的是，在“太阳”已经落下的时代，“太阳”仍旧照常升起。前一个“太阳”和后一个“太阳”已经不再是同一个概念。原因在于，一个人的“太阳”可能会熄灭，无数人的太阳则只会更加剧烈地燃烧。东方的太阳一直都在，它不再是一个神话，而是一个我们始终都能感知，都能看见，都能聆听的一个群体，一种声音。

首先，历史的诗化是一种主题的诗化，它需要对主题进行大胆而合理的重构。谭仲池用宏大的视野将历史统一架构在“太阳”这个核心意象之中，这是从来没有过的，这是对人们曾经的信仰——“太阳”这个文学符号的再造，它是一种“打破”原初寓意的再造，是一种延伸，一种重构。全诗共分为序诗、尾声和六个“乐章”，作为诗歌的主体部分，六个“乐章”分别鲜明地描述了各个历史时期的重大政治事件：第一章为中国上下五千年的文明，尤其是书写了鸦片战争之后的中国历史；第二章书写中国共产党的横空出世；第三章写国共合作期间中国的沉浮；第四章是中华人民共和国成立后的曲折前行；第五章是改革开放的复兴图强；第六章则奏响了新世纪的强音。

诗人在《序曲》中开门见山地提出，“太阳”有着怎样的存在和它的意义：“一切一切的企盼 呼唤 绝望/一切一切的沉浮 颠簸 飞扬/一切一切的风霜 雨雪 雷电 冰暴/一切一切的矗立 俯仰 匍匐 凝望/一切一切的坠落 经典 崩裂 辉煌/都在你燃烧中的火焰中涅槃呵”。

——《序曲》

诗人梦幻般地描述了一轮红日从云雾中腾然升起，那充满力量的金色光辉喷薄而出的一刻，那样漫长的等待，期盼，沉浮，崩裂，正是我们这个伟大而又命途多舛的民族曾经遭受过的苦难；饱含着泪水的呼唤，正是中华儿女们流过的血泪，在那样深切自豪的渴望中，我们看见，我们的祖国正像太阳一样冉冉升起。

“日出”印象奠定了这篇长诗的主题，第一章诗人认为，清末落后的中国，是黑暗的，令人绝望的，置身于其中的人们感受到的是耻辱和痛苦，这是一种关于空间的体验。从第二章“喷薄日出”开始，出现转折，后面几章则是一种升华和继续。诗人感到这个世界是全新的，变化产生了，进步产生了，这是祖国新生的神圣的瞬间。至此，诗人划分出了过去与现在。过去代表着黑暗、苦难、屈辱，现在则意味着光明、幸福与光荣。这种对立的转化，关键点是信仰，信仰催生革命，革命带来暴风骤雨，革命带来除旧布新，革命的意义便存在于这种变化中。因此，革命者便是为了世界能发生这种变化而奋斗献身的人。在革命中，生命以更加壮烈、更加辉煌的形式实现，它满足了人性自我张扬、自我扩充的要求。诗人显然对祖国在革命中的蜕变和更新寄予了乐观的希望，这散发出作者独有的思想光芒。

其次，历史的诗化还在于语言的诗化，它需要对传统“太阳”形象进行大胆的创新。今天，在诗歌领域或者情感世界，高唱“东方红，太阳升”已经显得不合时宜。基于相似的情感信仰及其精神碰撞，谭仲池直抒胸臆：“请你在诗歌的天空深情凝望啊/东方圣母的明眸里/一定会出现一道比梦想/更灿烂的彩虹。”他向人们展示了另外一个“太阳”，它更温情、更博大，也更炽热、更感性，这是更符合现代情感的诗歌语言，从某种意义上讲可以把它看作是对传统政治抒情诗语言的时代再造，它给了我们另外一种审美想象的可能。

再次，历史的诗化还在于事件的诗化，它需要对人们耳熟能详的事件进行创作审美的诗化。《东方的太阳》的重点在于“诗”，是因“事”而“诗”，表现为由“诗”而“事”。比如陈独秀与孙中山商谈国共合作，诗人是这样写的：“烽火 血迹 炼狱 悲愤 刀痕 信念 理想 哲学 忠信 坚勇”，一连串看似不相干的名词排列在一起，却是造就了跌宕起伏的历史风云际会最真实、最简洁的再现，让人们对事件本身拥有更加丰富的联想空间，事件也就变得魅力无穷。再比如李大钊迎接被捕的陈独秀，诗人是这样写的，“播火者李大钊/在迎接被捕的陈独秀时献诗道：‘你今天出狱了！/我们很欢喜/他们的强权和威力/终究战不胜真理/什么监狱什么死/都不能屈服了你/因为你拥护真理/所以真理拥护你’”，在这里，诗人的艺术表达十分娴熟，充分彰显了“诗”活了，“事”活了，“人”也跟着生动起来，真理也就鲜活了，唯其如此，诗才能抵达现代人信仰最隐秘的空间，才能触及现代人情感最深刻的部位。

五、政治抒情诗的人民性

诗歌因情感而发，政治抒情诗同样是情感的产物。它的本体是政治，最终的指向，却是抒情。没有抒情的政治绝对不可以被称为诗歌，最多只能算口号，或政治符号的张贴画。一个诗人必然懂得抒情。《东方的太阳》一诗在情感上具有强烈的感染力，这源自于作者的忠诚和真诚，也源自于作者的真情与激情。表现在诗歌中，最明显的例证就是叙事主体人格序列的变化。文本中，第一、二、三人称，单数人称与复数人称都被大量使用，且起承转合无比自如。同一个人物，同一件事情，也存在这种人称变化。

一般而言，第一人称表达的是诗歌中人物与历史的事件共鸣，这是“真实再现”；第二人称传达的是诗人与诗歌中人物的心灵或精神共鸣，这是“真情流露”；第三人称突显的则是读者与诗人的情感共鸣，即单复数人称在淡化集体与个体的共鸣中形成诱导性或倾向性的差异，这是“强制皈依”。例如，在直抒对毛泽东的崇敬、感激之情时使用第二人称“你”，如：“毛泽东呵/你是上帝也是神/你总是这样举重若轻/……”而在描摹毛泽东的形象时用的是“他”，“他是舵手/他是领航人/他的手中的罗盘/装着一个伟大的国家和亿万人民”前一句中的“你”即后一句中的“他”，这样的自然转换带来了一种亲切、信任，消除了各种人物间由于精神、思想和信仰不同所产生的距离感。这种面对面式的倾诉感一方面是由创作艺术本身决定的，即一定时间内发生的特定事件本身就具有一定的现场感和对不同时空的凝聚作用；另一个更为重要的方面则是由于人物个体差异的有意淡化，使群体的具象更加突出，集体的力量得到加强。

事实上，在中国现代新诗的创作中，这种自我分裂意义上的“我”“你”对话非常少见。在徐志摩、戴望舒等人的诗歌中，“你”往往实有所指，往往意味着诗人心头飘过的一个清丽曼妙的女性姿影，造成诗人有意为之，产生“吞吞吐吐”的效果，与两性关系的私密性以及现代派诗人所追求的含蓄、婉约、蕴籍有着相当大的关系。在这种情况下，“你”“我”之间并没有形成问和答，同意或反对关系，“我”作为诗歌的核心力量而存在，因而也没有形成真正意义上的“对话”。郭沫若的《女神》就是这种自我张扬的最佳例子：“我飞奔，我狂叫，我燃烧……”这样的诗句所释放出的情感力量虽然在那个特殊时代产生了强烈的冲击波，但时过境迁，置身于当下语境，这类诗歌由于集体的隐遁而显得苍白、空洞和无力。

与此同时，读者们从《东方的太阳》文本中看到，第二、第三人称频繁地出现于诗歌之中，但这并不意味着形成了真正的对话，而更像是圆形剧场里的多声部合唱。由于共同的信仰和共同的命运，广大人民群众从苦难走向胜利的过程是公共的、公开的，他们与中国共产党的信仰和命运是一致的，所谓“同呼吸，共命运”莫过于此。在强大的集体力量的支配下，个体的消泯或隐遁在作者的创作中留下了清晰的印痕。例如，在生动瑰丽的第六章中，谭仲池写道：“我们要懂得在万籁无声中/听到细微的波动和喘息/我们要明白在美丽的风景中/望见落叶的枯黄和冷漠/……/这时光的瞬间/正是最好的预兆/更让我们读懂了壮丽和辉煌的艰辛……”这种无边无际、无所不包的情怀是令人心醉神迷的，诗人对融入群体所带来的幸福感的热烈拥抱和由衷感激表达得淋漓尽致。

应当看到，中国现代诗抒情主体人格秩序的变化由来已久：从郭沫若诗歌中的“大我”，经过“新月派”“现代派”的“小我”，到“七月派”的“无我”，再到20世纪80年代初“朦胧诗”中重现的“主我”，这种艰难的变化是历史的产物，时代的镜像，更是诗人“寻找——迷茫——再寻找”的心路历程和精神变迁。谭仲池对这种变迁有着真切的感受，他希望抵达的是诗歌的灵魂，是诗人与读者共享的独特的生命感受和审美体验，其重要特征是集体性话语早已藏掖或包容了个人性话语的表达欲望。《东方的太阳》充分发挥了诗歌所能赋予一个诗人特有的情感权力，其最终的抒情指向是：诗歌的政治情感表达很容易传播历史和时间，将事件和人物拉到所有人面前，放进人的心里，情感深处，以一种立体化的叙事结构，多角度切入到人的信仰空间，消除个体差异，以实现诗歌政治抒情的感化效果、影响力和审美体验的最大价值。

六、用激情磨砺诗歌的锋芒

不同的信仰让不同的人聚集在一起。那么，信仰怎样作用于人，怎样在人的灵魂深处建立无法企及的丰碑，怎样让人无论何时何地都能执着、狂热地追随，及至幸福地献身？这恰恰是信仰的神奇力量之所在：它矗立起一座庄重、威严、高高在上、主控个人命运的“神像”。

人们经历过“神化”，文学作品中“神化”的蜕变物直到今天依旧不鲜见。

可贵的是，《东方的太阳》注重的是“神性”消解，是真实的再现历史，即便再现的历史并不光明、再现的人物并不完美，但是，却是那么有血有肉，那么亲切、感人，同时又没有淡化主题，相反，它通过抒情的力量，融化为真挚的情感，强化了“太阳”的温情和热度。

具体地说，全诗体现的是一种人性化的宏大叙事，读者们看不到传统意义上的英雄，也看不到标榜的“伟大、至高无上”和形式主义的浮浅。例如，孙中山作为一个伟大的革命者，他在上下求索中九死一生，最终留下的不是“革命尚未成功，同志仍需努力”，而是深情地对宋庆龄呼唤的一句“达令”而抱憾地魂归天国；陈独秀也不再被简单地定性为“右倾主义”，他在痛苦中思考，在困顿中前行；尤其是对蒋介石的描述，其人性化的视角更为突出，作为曾经“统一”了中国，并成为国家最高领导人的蒋介石，面对内忧外患的形势时他也拥有一个中国人应该有的荣辱观和忧患意识，他也在为这个国家奋斗，他“卧薪尝胆/冰雪不惧”“九死其未悔”，但是，“一种盗世欺名的欲望冲动”驱使其成了一个“独裁者”。聚焦这些人物时诗人都是本着尊重历史、本着对历史负责和对历史中的人物充满温情的态度，这样的描写实际上是对毛泽东、邓小平等共产党卓越领导人的出场做好了铺垫。

政治抒情诗必然要拥有旗帜鲜明的主旋律，这是时代特征和创作倾向性所决定的。诗人在描述毛泽东和邓小平时是虔诚的，尤其是对毛泽东这位曾经被冠以“太阳”称号的历史功勋人物来说，情感的浓烈令人动容。毛泽东“通过枪杆子透视了蒋介石/又从蒋介石认识了中国革命”，从此中国的未来拉开了大幕，“他走在浩荡洪流的涛头/他最先看到了那片绚烂的风景/他高声说出心中的联想和感情的涌动/他用诗歌般美丽的描述，表达日出的壮美/它是站在海岸遥望海中已经/看得见桅杆尖头的一只航船”。

在这里，诗人用高度诗化的语言，表达出了内心真挚的情感，突出了一种真正的纯粹信仰，他也将毛泽东从“太阳”的“喻体”变为“寻找太阳”的“人”。这是“神性”消解的重大转变，它强调的是一个过程，一种集体的力量。由于这个过程和集体的存在，最终诗人还是肯定地说：“他是中国人民的太阳”，这样的表述就理所当然和合情合理了，使毛泽东由“神格”变成了“人格”，由神坛走向大地，与青山绿水和自己热爱的人民融为一体，这是毛泽东的信仰，是中国共产党的信仰，也是中国人民的信仰。

总之，这是一幅浓墨重彩的巨幅画卷，随着它的徐徐展开，呈现在读者面前的是一段段辉煌而艰难的历史，这里有痛苦，也有喜悦；有悲愁，也有欢乐；有郁闷，也有骄傲；有忧患，也有歌唱。

最后应当指出的是，《东方的太阳》这一书名，与其说表达了诗人对历史时空变迁的敏感和体认，毋宁说隐含了作者对中国未来最美好的祝愿与期盼。那就是，经过了革命和新时代改革开放的洗礼，中国这头“睡狮”已经雄起，中华民族已经以全新的、和平崛起的姿态屹立于世界民族之林。如果说，中国共产党像“太阳”一样，驱除了黑暗，给中国大地带来了光明，给中国人民带来了幸福的话，那么，伟大复兴的中国和中国人民，就像“东方的太阳”一样，带给世界和世界人民的必然也是阳光，是花朵，是岁月之河绵长的福音。

此外，谭仲池的《祖国赞美诗》也是一首饱含深情、高唱真情、洋溢豪情、充满激情的诗歌。诗人从“天安门上的太阳”这最能抓住受众心灵的具象写起，通过对“古老的岁月，带着闪电雷霆和春风雨露，为我们铸造了一个充满阳光的广场”的情感指认，满怀敬意地讴歌了“一个智慧、勤劳、勇敢的民族和无数带着美好渴望的炎黄子孙”。这种讴歌不是空洞乏味的抒情也不是煽情，而是通过“血汗、智慧、青春”和“充满蓬勃力量的手臂”这些意象来表达，寓永恒于刹那，融大千于微尘。诗人引领读者聆听历史遥远的回声，感动于时代巨大的变革，磨砺诗歌的锋芒，为精彩的时代和生活放歌。可以说，谭仲池的这首诗以强烈的历史穿透感、文字的张力和蓬勃的韵律美，引起读者“以史鉴今、托古喻新”的阅读兴趣。

在诗的第二节“歌唱的海洋”中，诗人从四季的轮回、天文地理、古老的传说入手，切入当下波澜壮阔的现实生活。在这里，隐喻、象征、反复、跳跃、省略、空间交叉等多种表现手法频频互用，让放飞的意识在浪漫而高昂的情绪中穿行，让奔腾的旋律布满历史的沧桑和时代的皱褶，让古典的诗歌之美在朗诵的命途中得到传承与回归。这种传承和回归是诗歌精神的确立与生命意识的回归。有学者指出，生命意识是指个体生命的信仰、价值、尊严、情感的本体性觉醒，它强调个体生命意识的主体性释放和重构，这种释放和重构直接标志着时代进步和开放的纬度。而诗歌精神是一个时代的诗歌写作应该确立和传承的一种精神立场和理想，是对这个时代的信仰、价值、尊严和审美等方面的诗性揭示、指认、承受、赞美、命名和呈现的一种精神向度。可以说，这首《祖国赞美诗》就是对一个时代及其主体生命诸多层面的彻照和关怀。

第三节是“愿祖国永远年轻”。这是对未来的祈愿，从虚象的颂词到具象的塔楼、土地、原野、港湾、哨所，从大江南北到长城内外，一次次升起，又一次次腾越，文字温润，充满质感。诗人带着强烈的乐观主义和浪漫主义情怀：“我们采万缕春光为你编织凤冠/我们摘万片彩云为你描画容颜/我们移万座高山为你撑起肩膀/我们牵千条江河为你添注血液”。这些反复吟唱的意象都是宏大话语，是黄钟大吕式，给人力量，催人奋进。诗人通过这种对一个时代心灵存在的发现和指认，确立了诗歌的立场和向度。他着力要表达的就是对一个时代人文精神内核的开掘和主体价值向度的引导，以及对个体生命的反复追问和重新命名。他让读者们看到了诗歌的力量即：拯救心灵，恢复人的主体意识。这是诗歌的使命，更是这个时代赋予诗人的神圣使命。

第二节 生命高昂的史诗

彭崇谷秉持着一种积极的入世思想，把笔触置于时代风浪中，用真诚和感恩的心去捕捉生活中的真善美，将理想情怀和乐观精神寓于宏大叙事中，写景状物，意境壮美，气吞山河，在当下文坛成就了一道靓丽的风景。

一、中国立场的诗意彰显

诗歌是我们民族文化的艺术瑰宝，古典诗歌和词令更是瑰宝之上的王冠。那么，如何才能创作出一首好诗，或者填写出一阙好词呢？一千三百多年前，新乐府运动的倡导者白居易就曾秉笔直呼“文章合为时而著，歌诗合为事而作”，并自觉地把诗歌当作“补察时政”“泄导人情”的思想武器。白居易提出的“为时”“为事”，指的就是“救济人病，裨补时阙”，追求的是作品对社会的影响和对读者心灵的震撼。那么，在今天，人们将怎样面对当下风云变幻的世界？诗人将如何拥抱生活、审视这个波澜壮阔的大时代？对于创作者而言，胸中无风雷，长吟亦无声。只有真正的诗人才会为时代歌吟，只有真正的诗人才会为心中的理想歌吟，只有真正的诗人才会为美好的世界和愿景歌吟。真正的诗人不仅认真审视所处的时代，积极投身于沸腾的生活中，而且及时发声，用自己的激情、才情、气度、胸襟和抱负感染和影响他人。这样的诗人站在时代和审美的双重视点上，是实干家也是观察者，是欣赏者也是创作者，他们不仅积极行动，而且善于观察和思考，并把思考上升到精神的高度、理性的深度和艺术的纯度。

彭崇谷就是这样一位出色的诗人。

作为从基层摸爬滚打出来、位居领导岗位的公务员，彭崇谷并没有受过系统的写诗填词教育，这并非坏事。相反，他因此少了一些藩篱，多了一份洒脱和从容。诚如他自己所说，他只是在读书期间，学习过毛泽东的诗词，通过戏曲唱词、庙堂楼宇的楹联、碑匾等传播载体，欣赏、揣摩和品味过一些妙言绝句，而长期以来对唐诗宋词的热爱和受到的浸淫，也使得他的创作基调带有强烈的盛世叙事和乐观向上的精神态势。由于工作忙碌，彭崇谷没有多少时间去专一研究诗词创作的技巧，对于宏大话语、内在结构、审美理论或一些细节也不大关注。但是，他率真而为，厚积薄发，倾心而作，一鸣惊人。他用真诚和感恩的心去捕捉生活中的真善美，去感受时代大潮带来的心灵冲击。他不做观潮者，而做冲浪者，因而他能纳兰吐秀、气吞山河，写出“千里湘江滋楚地，集时代才俊，兴神州伟业；万尺衡岳立乾坤，顶世纪风云，壮华夏河山”的雄浑诗词，这种“四两拨千斤，举重若轻”的淡定和大气，又岂是躲在象牙塔之内的创作者能够冥思苦想得出来的？窥一斑而知全貌。彭崇谷内心深处藏着的不是一股“为赋新词强说愁”的矫情，而恰恰是一腔诗人的挚情，以及一个诗人滚烫的灵魂。

诗歌首先是一种气，这是由诗人的灵魂和精神境界自然生发，气生诗情，诗催才气，风骨由此可见，品格由此而成。所谓气韵生动，讲的也是由灵感的涌动创作出来的作品才能够鲜活逼真，气势尽现，气概毕呈。读着彭崇谷的这些作品，笔者品味着，欣赏着，满心欢喜。这种欢喜缘于他创作的无技巧，缘于他表达的真性情，更缘于他心中拥有的美好的诗歌存在，以及对诗歌创作的敬畏和痴情。数十年来的风风雨雨和不同岗位的工作经历给了他非同常人的博大胸襟和豪迈气节，那种高瞻远瞩的视界和胸怀天下的情怀真正体现了湖南人敢为天下先的大气、舍我其谁的霸气，加上他创作的诗词内蕴与传统的中国优秀文化一脉相承，更彰显了“唯楚有才、于斯为盛”的豪迈和才气。如形容张家界的雄伟山川之句“万千石笋滚滚来”“雄风万丈冲天台”；形容黄果树瀑布水声之大的诗句“十里遥听响炸雷”。这里的“万千”“雄风”“冲天”和“炸雷”等，无论是名词还是动词，无论是数字还是声音，都展现的是磐石一样的骨格和力透纸背的壮美。

纵观彭崇谷的诗词创作，归纳起来，笔者认为主要有以下几个鲜明的特点：

第一是题材广泛，视野开阔，意境雄浑。当前的一些诗歌创作，为什么引不起人们的阅读兴趣？主要的原因是创作者缺乏生活积淀，写作题材过于单一，喜欢专注于一些风花雪月或鸡毛蒜皮的事，聚焦的更多是个人的伤痛或私情的表达，共鸣的东西不多，尤其是视界狭窄，情感苍白，文字纤弱，意象陈旧。而彭崇谷从一开始就把诗歌跟国家和民族的命运联系起来，跟自己的工作与生活以及自己熟识的环境联系起来，他努力把自己的笔触置于时代的大风大浪中，他诗词的取材既有对祖国秀丽河山的吟咏，又有对有意义重大的社会事件的讴歌；既有对人生真谛的揭示和人性志向的激励，又有对社会消极腐朽现象的鞭挞，这是彭崇谷与一般创作者最大的不同之处。这样的认识起点保障了他创作的诗词有着不俗的品质和旺盛的生命力。

衡量一首诗的品质是好的还是差的，关键在于诗歌表现的意境。王国维在《人间词话》中提出"境界说"，认为"词以境界为最上，有境界则自成高格，自有名句"。先贤们写诗词是很注重意境的，如同中国画重写意多于重达形，意境是诗的灵魂，或者说是诗词的本质，就好像是一个人的思想品德、能力、体魄一样，具有标志性文化符号的意义。彭崇谷的诗歌创作显然是把聚焦、提升或挖掘诗词的意境放在首要位置。如《鸟巢》一诗中写到，"孕育鲲鹏旋万里，长天广宇任逍遥"，诗人没有就事论事，他并没有单纯停留在把鸟巢作为一个比赛场馆来写，而是站在全球的高度，通过写鸟巢中的比赛而写中国体育健儿，喻指中国体育事业的腾飞以及中华民族的强大。而在《新年》一诗中，他呼唤"战马急鞭奔擂台"，他不满足于简单地写写新年的欢乐景象，而是引申出"时光易去，人生苦短，应惜时为金，抓紧干事创业"这样的人生哲理。即便是写早晨闻布谷鸟叫，也抒发的是他要"唤醒国人辞梦境，为强华夏早耕耘"的伟大抱负。写《岳阳楼》他则想到"为官当思民忧乐"。彭崇谷诗词中的意境，既有浪漫主义的"造境"，又有现实主义的"写境"，两种境界互为交织，大大拓展了诗歌的精神空间，使文本的内蕴在深度中含韵味、在广度中有思想。

第二是豪迈的理想主义情怀和昂扬的乐观主义精神。彭崇谷创作的理想主义情怀的最大表现在于他诗词中的浪漫气势和无处不在的宏大叙事。浪漫主义的书写往往容易生发诗词的气势，有气势的诗句方能荡气回肠，使人激情奔放，从而大大增强诗词的感染力和震撼力。比如，他写毛泽东《沁园春·长沙》一词的影响力，用"一词千古壮中华"来渲染其意义之深远，用"一路青山千幅画，几点白云万里天"来描绘高速公路沿线风光的秀丽，用"极目湖湘万里春"句来形容岳麓山峰之高以及所见景观之美。而他在写《大围山》组诗时，用"耳闻湘水渔歌韵，目极湖湘万里川"来形容山之高峻，范围之广大。诗人还用"龙泉腾跃冲云梦""一泻东海誓不回""一溪飞泻楚吴川"等诗句形容大围山溪水的气势。在《石榴花》一诗中，他用"山蜂醉困花馨里"来渲染石榴花之盛之香。在许多不同的诗词中，他还多次采用"万里""千秋""百世"等词汇来形容时间之久远，视域之宽广。以上种种，都体现出彭崇谷诗词君临天下、一泻千里的磅礴气势和豁达大度、乐观进取的人生态度，从一个侧面彰显出创作者不同凡响的精神追求。文如其人，有什么样的诗词，就会有什么样气概的创作者。这些荡气回肠的诗词，恰恰是诗人激情澎湃的内心世界的一种彰显、一个缩影。

第三是写景状物，直截了当，笔墨细腻，恰到好处。彭崇谷的诗词具有洪钟大吕式的政治意向，却也不乏精雕细琢式的花鸟虫鱼。诗是形象的语言，以叙事写物为主。所以诗对事物特别是景物的描写应具体细致，写事物既要注重于写其外观，更要注重事物的本质和灵魂，用词遣句上不绕圈子，不故作高深，要让人一看就明白是写什么。他在创作中正是这么做的。他写一个地方既注重其自然山水，也注重其历史人文，重大事件等主要特征。比如，他写衡阳，既写衡阳三水交汇的地理特征，又写岣嵝峰禹王刻碑、石鼓书院、朱熹讲学、王船山著书育人、衡阳抗日保卫战等重大历史事件；他写长沙、湘潭、岳阳、常德、湘乡等也是这样处理的。又如写《春游农家》，他不仅写春天的艳阳、暖风、树翠、花红等自然景观，又写下棋、打牌、钓鱼等人物活动。更写鸭逐鱼虾、鸡寻虫蚁、鸟跃高枝、犬戏羔羊等动物活动，这些历史的跨越和人物景观的转换，给人一种岁月的穿透力和历史的厚重感。一些读者看完这些诗词后的评论是“入境入画”，这是非常贴切的。特别是书写大围山雨后景色的时候，他用了烟飘、云行、天光、鸟唱、风爽和“玉珠滴叶”等意象和意境；他写蜻蜓是“黑冠黄身细瘦腰，透纱四翅扇飘飘，高低来去圈圈舞，问柳寻芳不畏劳”，让读者似乎看到了、听到了、触摸到了蜻蜓就在眼前飞舞。这样细腻生动的描写，给人的印象非常之深，致使一些读者一看到他的诗就爱不释手、赞不绝口。

第四是意象奇特、丰富，语言通而不俗，透明而不单薄。诗用高度精练的语言来表达意境，如果太直观就没有回味，如果太晦涩则读者难理解。诗写得再好，如果没人欣赏或别人不会欣赏又有什么用呢？梅圣俞先生说得好：“作诗无古今，欲造平淡难。”诗贵在既有意境又能使人懂，语言通约而不俗套，意象透明而不单薄。这些东西，是彭崇谷在创作时特别注意到的。比如，他写张家界的《宝峰湖》，其中的咏翠岭、白云、鱼龙戏虾、快艇游舟这些意象让人一看就明白，它们准确生动地呈现了宝峰湖的景色。而在写大围山夜景时，写山的“阵阵风”“淡淡云”“山山静”“汩汩声”，这里有动有静，有实有虚，有感有观，有闻有形、有思有想。用这些词语来描绘大围山夜之幽静，好读易记。再比如，他在写《荷莲》时，则用“蓝蓝湖水”“绿绿琼盘”“朵朵红葩”“亭亭玉立”等叠声词和对称句来描写荷莲品格之高雅，形状之清雅，景色之艳丽，诗、诗人和自然景观合而为一，由此联想到人(创作者和阅读者等)的风格和情怀，从而实现了由景而诗、由诗而人、由此及彼的创作目的。

第五是形式灵活，手法多样，多角度揭示了诗歌的深层内蕴。诗词创作主要是写景、抒情、咏志等，所谓“诗言志，歌咏言，声依咏，律和声”，讲的就是把诗词创作当成是人的心灵的真实表现。由于事物的多重属性以及人们对事物不同角度的观察，“横看成岭侧成峰，远近高低各不同”，因而在写作中，诗人就必须依靠形式灵活、手法多样的技艺来努力开拓诗词的意境。正因为如此，彭崇谷的大部分诗词都有比较详细的注释，他还创造性地对部分诗词写了一些创作感悟。这些注释和感悟是对诗词精神内蕴的丰富，是另一种形式的创作，或者叫延伸创作。这种延伸创作不仅让读者更易于欣赏诗词，同时也更易于理解诗人为什么要写作此诗，以及写作此诗的精神状态，从而激发读者强大的共鸣。彭崇谷尤其注重从一些自然规律及自然景观的特性中提炼总结做人做事的哲理。譬如写梅花，他从梅花客观上总是驱寒送暖的特性揭示出人要有社会责任感，尽力报效社会；写春笋，他从春笋破坚而出引申出人们要不畏艰险，敢于攻坚克难方能遂愿成事；他写荷莲昭示人们要出淤泥而不染，拒腐蚀，永不沾；他写金鱼的欢乐时告诉人们要淡化昨天，珍惜今天，科学把握明天，这样从新的高度深化了诗的意境，丰富了诗词的深层内蕴，启迪了读者的思维，增强了诗词的可读性。

对于诗词创作，彭崇谷始终是谦虚的。他说只是在工作之余才作诗，他把写诗填词当作增知益智、修身养性的一种途径，作为一种娱乐爱好和精神享受。尽管工作十分繁忙，他总能见缝插针挤出时间写诗填词。同时，在实践中他注意学习先贤们咏诗的经验技巧，思考总结一些带有规律性的东西，并大胆加以运用。笔者在与他交流时，每次都能被他那种爱诗的激情所感染。谈起诗词，他眉飞色舞，喜形于色，手舞足蹈，令人感叹不已。由此可见，诗歌带给他的愉悦是无以替代的。他对用词成句是非常讲究的，刚开始写诗填词时，不大注重音韵和平仄，现在的创作越来越成熟，他对以前的创作总是反复修改，有时甚至改得面目全非。常常，一阙词，要在他心中反复吟唱；常常，一句诗，要在他心中反复推敲。有时深夜入睡前想到一妙句，他会急忙披衣起床，赶紧记下。无论是在散步，还是在坐车，抑或是在坐飞机出差的途中，都无碍他在心中写诗作词。他的生活充满诗意。因为诗，他的精神是饱满的，身心是健康的。他总是笑眯眯地跟笔者谈诗，谈他对当前诗歌的一些看法，不少观点让笔者这个专业评论工作者都自叹弗如。他对文字是敬畏的，对诗歌是感恩的。

总之，笔者认为彭崇谷的诗词创作有着贾岛式的“推敲”，有着东坡式的“豪迈”，有着陆游式的“细腻”，有着稼轩式的“激情”。笔者从他那淡定的创作、执着的追求以及谦逊而温和的人生态度中，深深地体悟到一颗博大、宽广的心，他的容纳百川的气度和诗情，真可谓是“胸荡风雷好吟诗”。因为爱诗，我们成了好朋友；因为爱诗，笔者相信彭崇谷将会给广大读者带来更多的佳作、更多的惊喜！

二、浪漫主义的价值回归

“湘楚多娇，日出韶山，浪涌洞庭……四水渔歌荡九霄。瞻衡岳，正直冲星宇，雾滚云飘。儿郎自古英豪，看万里神州任舞腰……国有急难湘人挑。”

好一曲洋洋洒洒的《沁园春 · 湖南》，好一首势纳万象、气吞山河的湖湘史诗。湖南历来出大器之才，他们既有“我报路长嗟日暮，学诗谩有惊人句”的才气，也有“坐看云起，傲视群雄”的豪气，更漫溢着“羽扇纶巾，谈笑间，樯橹灰飞烟灭”的霸气。诗如其人，湘人彭崇谷的诗词联创作即是明证。

关于诗歌的气势之道，清代著名学者刘熙载在《艺概 · 书概》中说过：“书要兼备阴阳二气。大凡沈著屈郁，阴也；奇拔豪达，阳也。高韵深情，坚质浩气，缺一不可以为书。”又说：“书要有金石气，有书卷气，有天风海涛、高山森林之气。”由此可见，为诗不可无气势也。对彭崇谷来说，湘人骨子里的才气、豪气和霸气让他在诗词联创作中高扬起“气势”的风帆，成就了他独具魅力的诗歌境界、魂魄和品格。

诗由情生，情由气催，气由势定，有了这气势，写出的作品，必然是一泻千里的浩然大气之作，而诗人的开阔之胸襟又滋润并激发创作的非凡气概。

读彭崇谷诗歌，天工开物般的磅礴风貌出其不意地扑面而来，让你目不暇接。那里有春天的“一行春色千幅画，几点白云万里天”，湘江的“逐波腾浪三千尺，一浆轻飞万里江”，有武陵源的“百里画廊为君开，万千石笋滚滚来，鬼斧神工削峭壁，穿云破雾射天台”，有青藏高原的“骄阳碧镜白云翩，千里冰封雪域连；山顶白纱山底绿，尺寻相距两重天”，有遨游天宇时的“破雾穿云射太空，逐星追日驾长风”。当你登上张家界高峰，有“青剑九天立，“极目楚湘川”的惬意。当你站在大围山上“耳闻湘水渔歌韵，目尽赣吴万里川”“一溪飞泻楚吴川”的气势已到了无与伦比的境界。在彭崇谷的诗歌国度里，读者们尽可以上天入地、心旷神怡而毫无心灵的负担。

再读之，读者们不但要领略那高人云端般的胜利之感，更要为诗人高瞻远瞩的视角、胸怀天下的情怀和舍我其谁的气度所折服，彭崇谷从不回避对作品气势的偏爱与追求。即便是抽象的哲学思考，也要“人生应是转圆轮，不转停息万事空。转动飞轮旋滚滚，一冲万里展雄风”。一首短短的七言绝句《人生》，便道尽了湖南人敢为天下先、不舍昼夜的崇高理想、道义与抱负。又如湖南广揽海内外人才一事，他赞叹“普天诸才俊，潮涌入湘来”，十分精巧地将“青青子衿，悠悠我心”升华为动人的盛世情怀。变幻的是灵巧的吟哦角度，不变的是诗人积极入世的精神气度。

彭崇谷的大气之作，还氤氲着一种像酒一样浓烈的韵味，而这种韵味不仅可以零距离靠近，而且越品越兴奋，越品越着迷。如在《过念青唐古拉山口》一诗中，他写到，“万里苍山万里天，白云万朵舞悠然；芳菲万顷新平野，万点牛羊醉绿川”，诗人对于“万”字的偏爱不但毫无粗糙之嫌，让人不耽于内心的吟哦，而且还要把那“万”字响亮地念了一遍又一遍，唯如此，才不负那广袤的和谐气象。诗人经常对旅途观感有着精彩记录，乘飞机本是司空见惯之事，敏锐的诗者对此却能奇思妙想，佳句如泉。“朗云广宇素云追，万壑千山展翠微。一望长川黄绿紫，神州万里尽朝晖”，这是一种对信仰的膜拜；“铁鹰夜幕辞星沙，一箭横空跨海崖”“穿云破雾山川过，一晃湖湘入目来”这是一种时空的追味与守望；“铁燕掠波逐浪过，疑为泛艇荡江川”……真是行在味中，味在诗中。

气势恢宏赋妙诗。气势，于彭崇谷诗歌创作是自觉的，更赋予其作品饱满的血肉与铿锵的精神向度。彭崇谷的诗歌是情感的火山，总以热烈的喷发而动人心魄。“秃笔万枝枯墨海，不登诗境誓无回”“岁趋花甲志无衰，不恋荣华恋砚台。挥舞狼毫抒意气，方寻纸上滚春雷”，在这些诗中，诗人不单呼应着古人“老骥伏枥，志在千里”的千年咏叹，更为读者们展现了当代社会精英那充满智慧与谋略的生动面孔。千年不变的中秋赏月，在诗人眼中，也变成“如洗碧空宝镜开……万寻银束扫天台”类似的作品，在这本集子里比比皆是。所谓“气势不凡”“气韵生动”，莫过如此。

三、中华美学的自觉传承

“意境”是我国美学思想中的一个重要范畴。它体现了诗词创作的艺术美，以及诗词作者的胸怀与情操。在艺术创作、欣赏和批评中，人们也常常把“意境”作为衡量艺术美的一个重要标准。作品有没有品（品味），作者有没有格（格调），看的就是作品的意境。意境是客观（生活、景物）与主观（思想、感情）相熔铸的产物。换句话说“意境是情与景、意与境的统一”。

唐代大诗人王昌龄在《诗格》中指出：“诗有三境。一曰物镜：欲为山水诗，则张泉石云峰之境，极丽绝秀者，神之于心，处身于境，视境于心，莹然掌中，然后用思，了然境象，故得形似。二曰情境：娱乐愁怨，皆张于意而处于身，然后驰思，深得其情。三曰意境：亦张之于意而思之于心，则得其真矣。”

读完《彭崇谷诗词联选集》，笔者产生了对意境的种种联想。毋庸置疑，彭崇谷的作品是有宏大意境的，这种宏大意境不单是指作品的题材之大，作者的视界之高，以及其所反映的思想之深，还是作者的胸襟、抱负、格调、情趣、精神和境界的集中体现。原因在于，“意”是诗人主观的情意，“境”是客观的物境。诗歌是诗人主观的情意和客观物境的遇合与契合。诗歌中的意境，不是简单的“意＋境”，而是主观与客观的融合，是其中有限的形象和无限的抽象相结合。意境可以引发读者产生无形的想象，开拓出丰富的、说不尽的思想内涵。彭崇谷作品所体现出来的时代壮美和丰富内蕴就是大视野、大意境的具体彰显，它带给读者的是美的享受和情的激发。因为美好的意境能在物态景象之中注入脉脉的情愫，在尺幅寸图之内蕴藏丰富的思想内容，更体现出了意境的无限的魅力与醉人的美感。

例如，彭崇谷的《沁园春·湖南》，虽然只有短短的114个字，却道尽湖南历史与人文风流，囊括了湖南的绮丽山河，突显了数十代湘人的英雄豪气。

彭崇谷工作之余，在湖湘诗词王国里不倦地耕耘，收获颇丰。收在这个集子里的作品可以看成是对诗人呕心沥血的一次大检阅。这是一部充满个性色彩的优秀诗词集。充满个性色彩，是诗词乃至一切文学艺术的真正价值所在。也就是说，在他的诗词中，读者们能够看到他的身影，听到他的声音，读到他的心跳。他的诗词集隐含了他自己独立的人格、丰富而完整的世界。

彭崇谷出生在曾国藩的故乡，是土生土长的湖南人，多年来的湘风楚雨，使他的诗词总是充盈着原汁原味的湘阴味、湖南味。他一遍又一遍地醉心于岳阳楼的“波涌洞庭舟竞渡，翠叠君岛鸟悠翔”，悟道南岳“磨镜论禅夸怀让，存石飞鹤誉夫人”，他不厌其烦地徘徊于湘江故道，赞叹其“逐波腾浪三千尺，一浆轻飞万里江”，他喜欢闻“樟香”，听“鸟歌悠”，感受“岳麓鸣钟”与“龙鱼戏浪”的神秘交会，向往“论道朱张留胜景，画诗宋米竞风流”的率性生活。当他置身武陵源百里画廊时，全身浸入大自然，分享那“鬼斧神工削峭壁，穿云破雾射天台”的神奇；就算是极其普通的人围山龙溪泉，他也于隐逸之境发掘出“排山移岭千钧力，一泻万里誓不回”的伟岸力量。在武陵源袁家界，他对着美景描绘出令人回味的情趣图，“前行一步几回头，后看群花满岭开。翠树悬空鸣彩鸟，又闻阿妹唱郎回”，湘西的地理人文之美沁人心脾。“冬日暖山窝，溪泉静淌流。草黄蝶点舞，樟绿鸟歌悠。鸡闹荒茅地，鸭忙碧浪波。犬呼迎贵客，东岭晒牛羊”，赏读《冬客农家》，读者们又会为一位回乡者对于故土的依恋与热爱感同身受……

品读彭崇谷诗词，读者们很容易回归文艺创作的原始母题：故乡是一个人最初成长的地方，更是一位优秀诗人精神和心灵栖息的地方！

诗歌是情感的火山，只有猛烈地喷发，才会产生动人心魄的效果。如前所述，彭崇谷的诗词创作追求着一种大视野与大气魄，正因如此，当读者们吟哦这选集中的任何一篇，都会情不自禁地在胸中翻涌起长江大河，它能荡涤一切，包容一切！彭崇谷所作的楹联也是雄壮而激情奔放的，如他给湖南省图书馆作的楹联“馆藏古今中外，室陈春夏秋冬”，寥寥数字便将博物馆珍藏之物进行了纵贯古今、横贯中外的概括，工整而大气；他为田汉故居嵌名联“田耸山岳，汉歌长天”，区区八字便将一代大家田汉在戏剧界的地位、影响等全囊括其中。

在诗词创作中，彭崇谷灵感汹涌，常有神来之笔。例如，当他带你欣赏西藏高原雪景时，他高歌“骄阳碧镜白云翩，千里冰封雪域连；山顶白纱山底绿，尺寻相距两重天”；带你遨游天宇时，他欢呼“破雾穿云射太空，逐星追日驾长风。一飞跨越三千里，片刻京城笑谈中”。不得不说，数十年来的风风雨雨和不同岗位的工作经历给了彭崇谷非同常人的博大胸襟和豪迈气概，那种高瞻远瞩的视角和胸怀天下的情怀真正体现了湖南人敢为天下先的大气和舍我其谁的霸气。

读罢选集，读者们仿佛看不到一丝的悲伤与苦累。即便偶尔吟哦的“一夜西风唤醒秋，几虫忧唱几虫休”，纵然使人体会到了秋时的肃杀，纵然使人看到凋敝的百花苦等来春再开放，诗人却傲然惊呼“仍有紫薇亮彩球”——着一“亮”字，境界全出，这是何等的欢悦与鼓舞！原来，创作的愉悦是可以将一切悲苦抛弃到九宵云外的，这恰恰表明彭崇谷对艺术的执着与坚贞，而这也是古今中外真正的诗人们对于创作所持的一种严肃态度。

赏读彭崇谷诗词，读者们也时常为其中的情趣所感染。“小小荧屏银彩装，东西南北古今藏。秋冬春夏旋星月，军政工商展荣昌”，他认为电视机这个大众文化载体于社会发展有着不可估量的价值，结尾却又幽了一默“朝陪暮伴超亲友，不亚深闺养二房”；他不喝酒，却将酒中豪杰刻画得入木三分“清香甘醇香气飘，助君英武展妖娆。武松过岗十八碗，我笑武松量不高”；他甚至不吝为老鼠立传“利牙尖嘴几根毛，偷骨摸瓜忙夜宵”…… 连这类事物都可以入诗且读来饶有情趣，让人不得不佩服其大巧若拙的智慧与才情。读者们或许分不清这究竟是彭崇谷乐观的个性使然，还是他精心恪守的一种独具魅力的艺术追求，却可以十分肯定地说，读彭崇谷的诗词联，莫若说读的就是一种真性情。

彭崇谷诗歌的真性情还有一说，那就是他喜欢在诗歌创作中把玩一种刻意的重复。除去不厌其烦地描摹湖湘的山山水水，他也经常对旅途观感有着精彩记录，如《乘飞机从拉萨返重庆》《夜赴台湾》《乘飞机从台湾返长沙途中感怀》等，乘飞机本是司空见惯之事，敏锐的诗人却心潮澎湃地感叹“一望长川黄绿紫，神州万里尽朝晖”，这是一种信仰的膜拜；“铁鹰夜幕辞星沙，一箭横空跨海崖"，这是一种时空的守望；"远望西来湘楚到，只缘陆岛共一宗"，这是一种不变的期许。即便是在同一首诗内，彭崇谷也不时营造一种重复的氛围，如在《过念青唐古拉山口》一诗中，他写道"万里苍山万里天，白云万朵舞悠然；芳菲万顷新平野，万点牛羊醉绿川"，诗人对于"万"字的偏爱不但毫无粗糙之嫌，而且还会让人一再回味那清新自然的和谐气象；又如《观北京蟹岛度假村庭院植蔬粮瓜果有感》中的"阶前瓜滚麦吐香，堂上蟹爬茄紫黄"，短短 14 个字里便出现了阶、堂、瓜、蟹、麦、茄六个意象，更有"滚""吐香""紫黄""爬"等词将动静、色彩与嗅觉相结合，使得寻常事物透露着一番不俗天地！

由此，读者们很容易联想起享有"全才""鬼才"之誉的黄永玉曾说的快人快语"我写诗，自命不是诗人"，彭崇谷亦是一再自谦，从不认为自己是大诗人或优秀诗人，当一些人在看电视、打麻将甚至洗脚等休闲娱乐时，他心里想的却是诗词，把写诗、填词当作自己益智、修身养性的一种途径，作为一种精神享受。

行文至此，笔者想，以同样的真诚去理解他真诚的表达，是对一个诗人的最大尊重；相反，拿严格的诗歌创作标准去点评一个从不自诩为诗人的句子实在是自找没趣。有些评论家所谓"不和音律""没有诗的结构""语言太过直白，太接近口语，少了些味道"云云，倘若按其标准"更正"过来，恐怕彭崇谷的"味道"早就消失殆尽了。在诗词联创作过程中，彭崇谷从来无意将美感模式化。他的诗歌不是盆景或者根雕，而是自由生长的树木和野草，他在有意无意间打破一些诗歌写作的条条框框，因为玩文字游戏的做法不是其诗歌写作追求的目标。

《彭崇谷诗词联选集》里共有 245 首诗、6 首词、106 副对联，作者只用短短三年间便潇洒赋就。在关注到这一事实的同时，让人不得不审视一个问题：在功利浮躁的现实社会面前，诗歌的生存环境其实是不容乐观的，官员吟诗作赋更易背负附庸风雅、不务正业之名，第五届鲁迅文学奖评选中有关"羊羔体"的无谓争议便是一个例证。彭崇谷生活在官场，却素来乐此不疲地论诗、诵诗、想诗、写诗，似乎从未有被当作另类的担心，他乐于保持一颗天真的对于诗歌的爱恋之心，于他而言，诗歌艺术能净化人的灵魂，让人更好地看待社会与人生，积极而乐观地生活。对于有过多年从政经验的彭崇谷而言，他能够从更高更开阔的角度看问题，他笔下的文字便于时时呼应时代的动人脉搏，这呼应时时闪耀着一股宝贵的人性关怀与社会主人翁意识。

彭崇谷一贯秉持着一种积极的入世思想，注意用诗歌反映现实生活，不喜欢无病呻吟。在任衡阳市长期间，有一次当地一家报纸在新闻报道中误将其职位写作“副市长”，报社负责人为此深感自责，他却宽言相慰之，对于此事，他后来在诗中写“有志为民写春秋，无意官职名誉留。权位忘却多务事，苍生惟夸孺子牛”，为官者自勉自律如是，赤子之心跃然纸上。他一再歌咏现代化都市那再平凡不过的居民小区，陶醉于新兴小区夜景，他情不自禁地唱“妙曲轻歌飞野外，温馨快乐溢千家”。于春日下乡，面对“水绿山新秀满川，车贪胜景不思前”，他喜不自禁地说“蜂追蝶闹逐花浪，农父催牛快舞鞭”。欣闻湘江沿线渔民告别世代舟楫荡浪之苦上岸定居，他感叹“喜来盛世遂民愿，庭院家居渔子安”。在第一时间获知省政府决定兴建廉租房的消息时，他以“万户千门福到日，杜公含笑展欢颜”告慰那“安得广厦千万间，大庇天下寒士俱欢颜”的千年呼喊。“北立碣石馆，南设黄金台。普天诸才俊，潮涌入湘来”，这是主政湖南省劳动人事厅的彭崇谷对于人才工作的拳拳之心。

“文以载道”“诗三百，一言以蔽之，曰思无邪”，这些绝对是永远不变的规律与真理，中国的诗歌从《诗经》以降，凡是能影响社会、被人广为传诵的，一定都是很好地反映了社会生活的作品。诗人不囿于小我，诗歌创作不耽于表面华丽的东西，走进生活，群众自会喜闻乐见，彭崇谷豪情满怀，诗潮汹涌，意境壮美，他的诗词创作在当下文坛成就了别样的风景，树立了新的真实的标杆。这是诗人的幸事，也是这个时代的幸事。

四、气势如虹的时代颂歌

彭崇谷创作的《三江源赋》，入选了高等教育出版社新版的《大学语文》教材，笔者十分惊讶而兴奋。子曰：“诗，可以兴，可以观，可以群，可以怨。”孔子的意思是，好的诗词赋歌不仅可以激发志气，观察天地万物，洞烛人情世故，而且可以抒发情感，或悲或怨，或颂或歌，净化心灵，与时俱进。韩愈提倡文以载道。不同的时代，有不同的“道”。优秀的诗人，应该聚焦这样的“道”，高举这样的“道”，否则，空泛的诗赋，徒有其表，空有其名，既无教化之意义，也无欣赏之价值。

《三江源赋》的成功之处就在于作者高举爱国主义的“大道”，但这种高举并不是一堆苍白语言的堆积，而是激扬文字的匠心独运。三江源位于青藏高原青海省南部，是长江、黄河及澜沧江之源流，彭崇谷聚焦这条河流，既为读者展现了高原雪域的旖旎风光和气势磅礴的自然景观，又高唱了三江是“国为根本，族之母亲”的时代强音，全赋洋溢着强烈的浪漫主义精神和“万众一心，壮我中华”乐观进取的英雄主义情怀，这样的创作诉求，无疑具有重要的现实意义和深远的历史意义。

众所周知，赋是介于诗歌和散文之间的一种文学样式，其文学色彩更浓一些，在行文上注重描写、铺陈、夸饰等文学手法的运用，《三江源赋》不拘泥于具体的“现实和真实”，而是发挥想象和联想，运用一系列比喻来彰显三江源的壮观，视界由远而近，气势由弱而强，最后情感的抒发如江河澎湃，一泻千里。作者通过这些比喻，把无形无影、不可捉摸的思绪和想象，通过声音、波浪和各种景观具体化、生动化、形象化了。这样的抒写，既有感性的认知，又有理性的分析，使全赋情景交融，动人心弦。

古人写文章，讲究“起承转合”，追求峰回路转、豁然开朗的神奇效果。《三江源赋》的第一节，开门见山，为赋定调：“三江圣源，华夏胜境”。一个“圣”字，突出三江源的神圣、肃穆、庄严，也反映出三江源在作者心目中沉甸甸的分量和崇高的地位。作者站在古今交汇的时空背景上，瞰看三江源的风物地貌，“林显秀色，草拥鲜卉”，一望无涯，奇情异景，相逼而出，虚实相间，互为映衬。作者文笔跌宕，情感澎湃，不仅把三江源上升到一个空前高远的境界，而且把它比作像长江、黄河一样哺育中华民族的古老河流。“冰川卷玉澜，雪岭映银辉。”凡是游历此地的，“谁人思回归?”大都是心旷神怡，乐不思蜀，表面上写的是游人的心情，其实也是诗人自己的心情。作者用雄奇的字句，诗意的笔法，充沛的情感，写出了三江源时间的久远、历史的悠长和自然风光之壮观，使人置身于雄浑苍凉的现实情景中。“珍鸟翅舞，奇兽奋追。”抒发了作者面对祖国大好河山油然而生的飘然欲举和昂然之乐，其情其景已经达到水乳交融的境地。“蓝天一洗白云点，碧原千里牛羊肥。”读了这样的文字，眼前呈现出天高地远，牛羊成群，物草丰美，气象万千的壮丽景色，读者犹如跟随在诗人身旁，有着同样摄人心魄的感觉。

如果说，第一节是该赋的“起”的话，那么接下来的这一节，就是“承”上启下的内容。作者先是答问：正由于有三江源之圣，才有三江历千年而不衰竭。这样的答问，既有历史的追问，又有现实的思考。这一节主要是从五个不同的角度来描写三江的：一是写三江之势，二是写三江之奇，三是写三江之雄，四是写三江之幽，五是写三江之美。写势，先是展开三江广阔而高峻之全貌，诗人不仅用上了“远”“急”“飞”“激”之动感极强的词汇叠现，还毫无节制地使用了诸如“三千里”“万里霹雳”“九霄溅飞”和“九天直下”等数字来烘托气势之磅礴。写奇，则突出三江之险、之仄、之陡、之峻，再加上“两岸常猿啼”和“青峰托云出”的描绘，令人身临其境，触目惊心。写雄则用了“金沙飞越横断，川流劈开三峡”的诗句，由此开始，述其来历，梳其源流，阐其成因，一如盘古开天，虽鬼斧神工而拜天神所赐，不仅如此，诗人还用“天雷”“春流滚”和

“送舟飞”等诗性抒写，绘声其喜怒，绘色其神态，绘意其雄奇。写幽，潮起潮落，月亏月盈，乃生命常态，三江源既是生命之源，澎湃之际必有其安静的一面，于是，风吻“清波”，月印“碧浪”，天地静穆，五国疆域沉睡历史中，与现实的血脉“一线连”，此时的三江，“静如少女韵笛”，文雅而幽远。写美，诗人或歌或吟，兴致勃勃，既有“黄河九天直下，壶口瀑泻浪激”之壮美，又有“柔如仙女，美如画卷”之优美，这些描写用墨如泼，用笔如刀，极尽铺陈夸张之事，充分体现了赋体的特色和写作者的艺术功力。这一节是“承”，是对第一节的补充，是延伸，更是拓展，这五个方面的生动描绘是为接下来的“转折”作铺垫。

第三节是全赋的“转”，主要是分析，是溯源，文章把中华民族“五千载豪雄承传”归功于三江和三江源。作者发思幽之古情，抒爱国之壮志，既为华夏文明曾经的兴盛而骄傲，又为当今正在崛起的大国而激动，认为三江源是“国为根本，族之母亲”。这是中华民族历千年而不衰之原因所在。这一节中，诗人夹叙夹议，随机生发，既诗蕴隽永，又意味深长，其感情的起伏以修辞顶真的方式层层递进：“水泽则土润，土润必地灵，地灵乃人杰”，颇有一种“大珠小珠落玉盘”、众声喧哗的紧迫感，以此为总领，提出三江源与华夏复兴的血脉关系这个时代命题。诗人从炎黄尧舜、秦皇汉武到唐宗康乾一路写来，昭示出五千年华夏史就是一部奋斗史，也是一部血泪史，更是一部英雄史。彭崇谷慨慷悲歌地对历史人物进行深情凭吊，探寻到“功归何处？斯三江也”的深层动因，激发炎黄子孙对脚下这方热土的无限热爱。面对当前复杂多变的国际环境，特别是一些周边国家亡我之心不死，不断制造种种嘈音，作者振臂高呼“护吾三江，匹夫有责”。诗人触景生情，借情抒怀，凭怀喻理，以理服人，使诗情、画意、哲理三者自然完美地结合在一起，波澜起伏，摇曳多姿，这是该赋的意义原点，更是作者的赋旨所在。

最后一节是“合”，是全赋之眼、之魂，是合唱的高潮，也是奏鸣的结束。在作者看来，每个人都如一滴水，一滴水可以折射太阳，倘能紧紧相连，涓涓细流遂可汇成江河。诗人的政治情怀与高远的境界在此节得到充分表达：“邦国之固，在于民族之合；民族之合，缘于民众之和。”华夏复兴，国人圆梦，不是停在口头上，而是付诸行动。团结一心，万里长城永不倒，众人拾柴火焰高。否则，一盘散沙，没有凝聚力，有如昙花，再美的梦、再好的想法，也终究落入一闪即逝的命运。本节跳出了就事论事的景物描写，在精神层面上升到民族大义、国家情怀，结合作者自身的人生阅历和文化积淀，主要是讲道理，充满哲学意蕴，文质动人，文气沛然，文辞优美。文与字，意与符，浑然一体，胜意迭出。诗人发出了“吾炎黄子孙，务必同舟共济，同建家园，共护疆土”这样富有哲理又充满激情的抒写，完全不同于一般的说理文。“同力者史碑颂之，异心者全民诛之。九万里神州共鼎，十三亿民众同心。”这里既有告诫，又有警醒，具有强烈的现实针对性。作者通过生动的比喻，用江河、邦国、民族、家园等宏大话语，讲出家与国、集体与个人的逻辑关系，在抒情中说理，在说理中含情，拳拳之心，令人动容。最后，作者对全赋进行形而上的总括：“三江系吾国，吾国赖三江：江宁国泰，国强民康。吾爱吾国，吾爱吾江。世代同心，中华永长。”三江源，这是老祖宗留下来的宝贵遗产，我们炎黄子孙都有守护它的责任，也有决心建设好和保护好它，这是五千年文明源源不绝的精神咏叹，是每一个炎黄子孙发自心底的深情歌唱。

多年来，彭崇谷利用业余时间，努力发掘和弘扬传统优秀文化，坚持诗赋楹联的创作，出版了《西行诗集》《衡山新语》和《南洋诗话》等多部诗赋楹联选集。彭崇谷对赋的创作尤为执着，成就突出，写下了《衡山赋》《长白山斌》《永州赋》《左宗棠赋》《南海赋》《五指山赋》和《欧阳询赋》等近二十篇赋文，并大多刻石置于各地风景名胜区，深受读者和游客的好评。《三江源赋》可以视为他的代表作。

诗赋的境界在于真，艺术的优劣亦在于真。所谓真，即诗人取诸自然，与心灵相生发，给读者以“顿悟”的感受，此为写景。若写情，则取诸己心，以己度人，天人合一，让读者产生情感共鸣。诗人对大千世界，须入乎其内，又须出乎其外。入乎其内，故能写之。出乎其外，故能观之。《三江源赋》的最大成功就在于“真”，作者毫不掩饰情感的倾泻：我来了，我看见，我被征服。这是何等的壮美！

《三江源赋》的艺术特点，一是境界宏阔，其意象的空间之阔、数量之多、力量之巨，叹为观止，诗境在广阔的背景上铺展，刘勰所谓“精骛八极，心游万仞”，莫过如此，这样的境界当然产生激荡人心的效果。二是大量运用精妙的比喻，生动贴切，朴素形象，表现了作者高超的像声、状物和驾驭语言的能力。三是以景说事，以理喻人，把飞舟、涛声、雪域融入历史和人文视野中，使文本达到了优美、和谐、深刻的高度统一。四是结构上摇曳多姿，起承转合，层层推进。既有实写，又有虚写，既有观察，又有感悟，不仅把三江源的景致写得生动鲜明，而且从描写中发掘意趣和哲理，把“爱江”与“爱国”调到同一琴弦上，开掘了文本的精神深度。五是情感充沛、深沉、高亢、激昂，感染力极强。作者运用传统诗赋的表现手法，抓住激流、天雷、碧浪等景物，分别就三江的动与静、色与容、气与意等方面进行了细致的描写，不仅遣词造句上富有音乐美，而且大量运用铺陈排比、骈词俪句及设为问答的抒写方式，增加了抒情意味，提升了艺术品质。

盛世感怀献长赋，气势如虹奏颂歌。诚如中国工程院院士罗锡文先生所指出的，如果说，光未然的《黄河颂》在中华民族最危难的时刻，提振了四万万同胞的民族自豪感、激发了抗日军民的斗志的话，那么，彭崇谷的《三江源赋》应是《黄河颂》的一种延伸，它不仅是浑厚恢宏的天籁之声，而且是新的历史时期奏响民族团结、维护国土完整、共襄强国伟业的时代强音。

第三节 舞榭歌台风流起

李梓民以本土化创作、生活化题材、现代化形式开辟了词的新天地。他的词将个体自我精神放诸社会关怀中，又以儒释道文化浸染和熏陶，用饱含着的血与泪，对生活进行深沉歌吟，在新制词创作中具有代表性。

一、旧时王谢堂前燕

谈到湖湘词人，在笔者脑中闪过的少之又少，除了近代衡阳的王夫之，就非开国领袖毛润之莫属了。一上百度词条，更是寥寥无几。诗词同源，古已有之。词源于汉乐府，因为词与乐府诗歌都具备句式参差不一和能够入乐歌唱两大特点；词产生于齐梁时代，音律依附于隋唐燕乐体系而概括、产生，在一定的时期内，对词作的填制起到了重要的规范作用。“词乐合一”一直是创作上的典范，词的形成与隋唐时期产生的燕乐有重要联系。词体作为音乐文学样式，本为合乐应歌而制。但是，伴随着燕乐的逐渐失佳，词乐原貌难以复现，多数文人填词已难依音律。湖湘地区自古以来，词的创作甚少，可以说不成气候。

湖南当代作家写新诗的不少，写旧体诗作且写出影响的也不少。除前面的彭崇谷外，李梓明创作的词本《紫蓝》也令人眼前一亮。《紫蓝》令笔者对湖湘的词文化的发展有了更深的认识，仿佛看到一片新的田野，闻到一股清新的香味。

李梓民，湖南安乡人，土生土长的本土作家。由于家庭的良好氛围，他从小就对诗词有种特别的领悟力。他在诗词创作这条道路上持之以恒，不断创新。其代表作有《李梓民诗文集》《惠通》和《紫蓝》，这些都可谓是先生的呕心沥血之作。先生的诗词多为生活即景，创作的源泉大都来自于现实生活。在创作中，他坚持把格律诗词放在首位，兼顾语体诗，以此作为诗歌创作的格局，并以现代的形式开辟了词的新天地。新制词即是代表，称得上是我们这个时代生活的艺术典范。

“新制词，是诗人或词人为反映现代社会生活而根据一定格律创制的现代版词本。它具有词牌新、语言新、意境新等三大特征……新制词以现代汉语言为载体，以时代语言志抒情，以通俗语营造全新的现代语境。”李梓民先生在自己的文章《新制词——词体形式的创新》作过阐述，这篇文章被收录在《紫蓝》一书中。《紫蓝》一书分三个部分：传统词、新制词、诗论。单从语言风格和内容来说，总体上传统词与新制词没有很大的区别，都是关乎生活，语言现代性强，但词牌有很大不同，传统词沿用以往唐宋词牌名，新制词有自己的创新，词牌更加新颖，贴近现代生活。比如传统词的开篇《菩萨蛮·北京第十一届亚运会》：“北京亚运争神武，九州上下齐关注。函电满天飞，深情不可摧。黄河儿女俏，勇猛如狮豹。举手亮金牌，低头向未来。”更有《临江仙·验钞机》《凤箫吟·农民工那段记忆》《一剪梅·治污》等。而新制词的词牌多以《农家乐·“十里香”农家乐见闻》《娃娃调·丑娃》《盘中味·食品安全隐患》这一类的生活气息浓厚的词语为牌。起初，这些词牌的风格和语言对笔者的冲击很大，因为看惯传统古典诗词风格的笔者的思维定式一下子转换不过来，就像生活在古代的人穿越时空来到现代感受民俗风情一样的怪异，但也有一份新奇。

一般而言，作家的生活背景多多少少会影响到其一生的创作，很多本土作家的作品里大多描述的都是家乡的风土人情，这也是本土文化影响的一种表现。词人在创作上也是这样，环境与文化差不多决定着诗词的风格。中国文化大体上是儒家占上位，但佛、道二家也独标旗帜。儒家美学偏重个体与社会的和谐，注重现实的人伦之和，即人和；禅宗美学偏重个体与自我的和谐；道家美学偏重个体与自然的和谐。儒释道三种文化的不同，自古就影响着诗人词人在创作上的风格倾斜，典型的，儒，如杜甫、白居易，深忧国家天下事，夜不能寐；释，如王维，诗风空灵、宁静、淡远；道，如李白、李贺，一为诗仙，一为诗鬼，词类风格大胆奇特，天马行空。

二、飞入寻常百姓家

正所谓“旧时王谢堂前燕，飞入寻常百姓家”。时代不同了，诗人的情感和创作主题与方式也在不断的变化中。

处于中国传统文化的氛围中，李梓民创作上的本土化，题材的生活化，风格的多样化，正是个体自我精神的满足实现与社会关怀的一种体现，也是儒释道文化熏陶的结果。如：“大呼锣鼓喧喧，更红旗猎猎，撑着蓝天。退稼还湖，治污除秽，铮铮铁腕铜肩。”（《望海潮·岳阳楼遐想》）“轻松走向深情处，蝶舞丛中，魂舞丛中，好把青春再染红。”（《采桑子·烈士公园》）“大儿媳妇坚贞，分丈夫肩上，岁岁辛勤。冬送暖，夏消暑，一心胜万银。邀朋友，品尝鲜美，点点数家珍。”(《农家乐 · 乡村谷酒坊生活缩影》)“猪肉年年污染，表面盘盘鲜美。蓊菜无心，残留农药一锅烩。试问青铜鼎，却道非常惭愧。寻路再求援，苍天下雨空泪流。”(《盘中味 · 食品安全隐患》)。从他的描写和感怀中读者们可以感受到当下的历史面目和某些社会心理状态，体会到他的儒家民本思想和积极的入世情怀，读之令人感叹不已。韩愈在《原道》中阐述“修身、齐家、治国、平天下”的忧世情怀，这也正是儒家思想的一种“小我”与“大我”的平衡，梓民先生在这一点上当之无愧。

撇开词的内容形式，从李梓民的词中读者们也可以大致感受到词的发展趋势——越来越贴近现代人的生活，符合现代人的生活习惯和审美需求，这一点在传播上更利于词的发展。语言的现代化、题材的时新性、本土化、生活化，不仅有利于传播与记忆，更是反映现实生活的一种倾诉方式。不管是古人还是今人，词的创作是自我意识的表达，同时也反映了一定的民众诉求，折射出大众的社会心理。词本为合乐应歌而制，词体作为音乐文学样式早期被称为“曲子词”，后经过唐宋的不断演变而成为一种规范的格律体。在传播的过程中，受众的需求不同，媒介的不同，也导致词的发展有着不同的样式。从产生到北宋初，词一直是以口头演唱传播为主，这一时期城市化、商业化的繁荣导致词本身附加了经济价值。文人应歌填词，歌伎以歌佐觞。词的主要功能是“娱宾遣兴”。词人是传播者，歌妓是媒介，宾客是受众。商业化程度的加深促进了大量艺伎的出现。名妓苏小小、柳如是、李师师等都与词人有着千丝万缕的联系，民间野史也不乏歌妓与词人之间风流韵事的记载，这更为后世的传播提供了一份吸引人的神秘感。北宋中期到南宋末是口头传播与文本传播并行发展的时期，“靖康之变”的爆发、活字印刷术发明和广泛使用使传播的方式有了新变化。元代以后是以文本为主的传播时期，作词方式的改变，词的音乐属性与文学属性完全分离。“诗词一律”的提出，也为词指未来上发展的道路，所以到宋代中后期出现了文人雅词创作的繁荣。但对文义的要求淡化了词对音乐的依附性，使词抒情言志的文学性得以强化，音乐性开始消减。士大夫文人的审美情怀，把词推至一个雅的境界。从曲子词到格律诗的转变，突破了以往词在音律上的局限，使词更加注重文学的格律技巧。传播方式的转变是感官上从听觉到视觉的延伸。而从格律体再到新制词，可以说是词的现代传播发展的一个大胆创新与跨越。词牌新、语言新、意境新是新制词的三大特征，这更利于词的传播与演进。现代社会传播方式的改变，对于词的传播也有了新的要求——更加注重传者与受众之间的双向互动，不管是情感上的还是内容与形式上的。新制词的出现，能够让更多的受众、更多文化层次的人参与到词的创作、鉴赏与传播中来，它的隐晦程度低于传统词，语言白话程度更高，更利于社会价值观的传递。

李梓民在新制词的创作上功不可没，为未来词的发展提供了思路，指引了方向，其刻苦钻研的精神更是值得后人学习。新制词虽然在语言和形式上没有古典诗词那么典雅、富有韵味和深意，但是在遣词造句上借鉴了今人的语言风格，时代气息浓厚，有自己的创新，坚持格律的结构又不失词的创作典范。李词创作上的本土化，题材的生活化，风格的多样化，更是为现代词的创作提供了新的范本，也是这个时代词的传播发展的必然。希望李梓民在现代词创作的这条道路上越走越好，正如他在《圆梦令・老燕》中所说的："把潇湘剪绿，永葆万年春。"

第四节　慷慨激昂的时代壮歌

舟挥帆先生是衡阳人，现已年过八旬。他出版的诗集有《舟挥帆先生诗选》，诗文集有《爝火集》，译著有小说《难忘的岁月》和《乔治・贾西迪斯》等。他还写下了大量的小品文、杂文、时评、编辑手记等，并且编辑和主编了数十卷上千万字的各类文艺作品，发现、扶持和培养了一大批文学工作者，为文学湘军的发展壮大做出了应有的贡献。他是无怨无悔、勤奋耕耘在文艺春天里的老黄牛。

诗人、作家不仅要写出好的作品，而且要尽可能做好的人，而后者往往是一个文人一辈子要写的大文章。人品与文品合一或德艺双馨应该成为每一个有抱负的诗人、作家自觉的追求，舟挥帆先生就是这样一位文学湘军中的"老战士"。

一、广阔壮美的艺术情境

这位在抗日战火中诞生的舟挥帆先生注定无法成为一名"纯粹"的诗人：民族存亡的忧患局面与国家动荡的时代特征限制了他"自由"的情思，这意味着他无法像古时的文人那样仅是通过诗歌创作这种艺术实践活动来表达个体独特的生命意识与人生体验。在他的心目中，个人的喜怒哀乐与生死荣辱始终与祖国的命运紧密相关、血脉相连。"苟利国家生死以，岂因祸福避趋之"的责任意识与"我死国生，我死犹荣"的报国热忱一道铸成了一颗滚烫的大爱之心，一个不息的爱国诗魂。这是舟挥帆先生创作的时代特征，也是其文本彰显出来的深邃而闳阔的意境之所在。

“意境”是中国古代诗论中的一个重要审美范畴。早在盛唐时期，诗人王昌龄在吸收了前人文论的基础上最先提出了“意境”这一概念，并且对意境的范畴做出了明确的规定，认为诗境主要有“物境”“情境”“意境”三种不同的审美形态。虽然目前学界对于王昌龄所提倡的“诗境”分类方式仍存在不同的审视与探讨，但是将“意境”作为衡量诗歌品质优劣的一个重要标准则是毋庸置疑的。其中，蕴含着诗人特定审美情趣与审美体验的审美意象是诗歌的重要组成部分，它往往能透过文字表层直达现实本质，形成一种极大的思想穿透力，对于诗歌意境的营造与诗歌深层主旨的彰显均具有重要的影响。

在舟挥帆先生的诗歌创作中，其奔涌的情感与广阔的艺术想象力往往就是通过一些具有宏大、壮阔、深远等特性的审美意象呈现在读者面前的。在他的诗作中，无论是现实人文自然景观中的“地铁”“人工湖”“飞蝗”等本体意象，还是“仙子”“蛟龙”“鲲鹏”等富有想象色彩与神话意味的喻体意象，都体现出一种奇特、宏大的特征，这些来源于生活又高于生活的各类意象，有利于文本构建出一种广阔壮美的艺术情境。

例如，在其诗作《难忘九・一八》中，诗人对于日本侵略者的仇视与对和平未来的强烈渴望交织在一起，形成了一种奔放、壮阔的审美意境。诗人直抒胸臆，诗作开篇就指出“九・一八事变”带给中华民族深远而深重的灾难：“黑水白山易虏帜，金瓯从此遍地花”这一句文字深刻地将前期抗战的挫败遭遇与严峻的现实境况呈现在读者面前，透露出一种历史的沧桑感与悲凉性。随后，在“关东军犯似飞蝗，夺了大营夺沈阳”一句中，诗人愤怒地以“飞蝗”这一意象来比喻日本关东军，一方面强调了日本占领东北三省的速度之快，似蝗虫过境般凶猛迅急；另一方面又突显出日本关东军给东三省带来的无边苦难，对其残忍的行径进行强烈的控诉。“九・一八事变”虽然过去了数十年，但忘记历史就意味着背叛。这是诗人目睹家破国难所产生的愤怒情绪，是诗人心中永远的痛，是苦难的中国和特定的时代激起诗人再一次拿起笔，倾诉心中积压的悲伤和愤懑。

再比如，在《沁园春》一词中，首句“靓丽鲲鹏，抖擞升空，此景独好”便带有一种豪迈昂扬的气势，强烈地凸显出诗人的喜悦之情。句中“鲲鹏”这一意象的运用，自然使读者回想起庄子《逍遥游》中提及的“北冥有鱼，其名为鲲。鲲之大，不知其几千里也。化而为鸟，其名为鹏。鹏之背，不知其几千里也”，是诗人想象的放飞和情感的奔涌，这样的开篇使读者一下子被震撼，眼前呈现出一只巨鸟在天际自由遨游的壮阔景象。但是读者接着会产生疑问，鲲鹏展翅、飞行万里毕竟只是一个美好的传说，未必一定具有某种现实景观的真实依照。此处的“鲲鹏”究竟预示着什么呢？诗人没有故弄玄虚，接下来，直抒胸臆“看神舟十一、天宫二号，太空交会，分外妖娆”，很快替读者解开了心中的疑虑，原来此处的“鲲鹏”并非明确的实指，而是用来指代神舟飞船成功升空的一个抽象符号，它形象地传达出“神舟升天”这一事件的重要意义与价值。

由此不难看出，舟挥帆先生诗作中的审美意象充分汲取了我国传统诗词中的意象精华，本体意象构建了诗词的宏大骨架，而喻体意象则使诗词显得血肉丰满。事实上，这两类意象之间有着根深蒂固的文化关联，无论是比喻关系、联想关系还是借代关系都已经通过几千年的文化沉淀深深地扎根于国人的意识中。在某种意义上，与司空图《二十四诗品》中衡量诗歌的标准所表述的“羚羊挂角，无迹可寻”有内在的同质性。总之，借助于两类意象之间的关联性，将时代特征置于广阔的艺术视野下，舟挥帆先生的诗歌创作起到了“留白”的效果，实现了诗人“言有尽而意无穷”的价值追求。

二、激扬感奋的爱国热忱

舟挥帆先生的诗词创作不拘一格，雄厚浑朴，气势壮阔。他擅于从中华古典的美学精神中汲取养料，充分运用丰富、饱满的意象营造出一处处兼具历史韵味与现实风貌、传统气息与现代文化相结合的审美空间，从而将抽象的形态化为具体可感之物，使诗作呈现出一种广阔壮美的艺术质感。同时，舟挥帆先生的诗词又能从时事风云、名人往事、风景古迹中生出感触，进而不懈地探索事物深处隐含的具体原因。其诗作无论是对于过往历史的深切感怀还是对于时代主题的深刻反思，都能使读者自然地感受到诗人内心的那份真诚与坚定、热烈与厚重。

英国著名诗人济慈曾经说过：“我认为我们的一切激情和爱情一样，它们崇高时，都能创造出本质的美。”笔者以为，在抗日战火中出生的诗人舟挥帆先生的创作激情主要在两个维度上凭借着丰沛的精神资源：一个维度是对入侵敌人的刻骨憎恨，这与自古以来“不平则鸣”和“愤怒出诗人”的诗歌美学传统相契合；另一个维度是对于国家民族的炽热情怀，这与“感时忧国”和“慷慨激昂”的人民诗人之创作追求相融和。在舟挥帆先生的诗作中，他始终以爱国精神为诗魂，无论是对历史沉淀的反思、对时代风雨的描绘还是对苦难现实的书写，都深刻地展现出诗人对于祖国炽热的爱。而其诗作中所呈现的民族奋起、勇于反抗的斗争精神也带给读者强烈的心灵震动，是国家之情、民族之爱这种大写情怀的真实写照，这种崇高的思想也使得舟挥帆先生的诗歌在审美层次上得到了进一步的净化和升华。

舟挥帆先生对于特定的时间节点十分敏感，也具有十分强烈的警醒意识。例如在《纪念中国对日宣战》一诗中，诗人开篇就点出了 1937 年 7 月 7 日日军制造卢沟桥事变，开始全面侵华的残酷事实。“长城烽火连天赤”一句展现出中国陷入战乱，大片国土沦陷、国人惨遭杀害的悲惨景象，诗人借“三月亡华野心狂”一句痛斥了日本侵略者的残酷与血腥，一个“狂”字同时暗含着诗人对于日本列强的讽刺之情，指出其膨胀的“野心”终究无法实现，进而反衬出国人内在的韧性精神与保卫国家的坚定信念，这在一定程度上也与“永定河边埋铁骨，保家卫国治沧桑”一句的内在意蕴相吻合，歌颂了爱国将士的无私情怀及百姓期盼恢复故土主权的强烈愿望，体现出诗人深沉的忧患意识。

舟挥帆先生的诗歌主题重大，文字硬朗，没有半点矫揉造作，有的只是慷慨悲歌。他坚持用个人小我与民族大我相结合的创作追求，自觉弘扬主流价值的历史观，努力用自己的所听、所见或所感来铭记日军横行，将士魂归，国土失陷时的失望与忧愤之情，比如“主权丧失明言尽，痛斥《何梅协定》真”（《纪平津、华北大沦陷》）一句就凸显出诗人强烈的忧虑与愤怒之情；但是，面对国家危难的局面，无数仁人志士不惜抛头颅、洒热血，这种无畏生死、奋勇拼搏的精神也令诗人感动不已、热情讴歌。他甚至从普通人的举动中，同样感受到了一种强烈的民族责任感与抗击日寇的坚定信心，于是便在诗中热情地赞颂道：“巧经险阵拔倭帜，勇捣敌巢泣鬼神。”（《赞衡阳沦陷后抗日英豪周忠良》）

列夫·托尔斯泰在《艺术论》中指出：“艺术是这样一项人类活动：一个人用某种外在的标志，有意识地把自己体验过的情感传达给别人，而别人为这些感情所感染，也体验到这些感情。”①诗歌正是这样一种书写的艺术，诗人的悲愤绝非臆想或假设，文字深处蕴涵的都是诗人真实的审美体验与艺术情感，都是诗人直观的心理感受与艺术思考。舟挥帆先生用精辟的文字与真诚的感怀将战争中敌我双方的实况，双方所依存的社会背景与时代风云向读者一一呈现，使得读者不仅能够透过诗人的诗歌观照历史、洞察生活，同时又得以从历史的角度和生活的维度去解析诗歌，这既是其作为一个艺术创作者所必须具备的实践活动，也是其诗歌具有深刻感染力的根本原因所在。

三、生生不息的民族精神

恩格斯在《反杜林论》中说道：“当我们深思熟虑地考察自然界和人类历史

---

① 托尔斯泰. 艺术论[M]. 北京：人民文学出版社，1992：173.

或我们自己的精神活动的时候，首先呈现在我们眼前的，是一幅由种种联系和相互作用无穷无尽地交织起来的图画。”[①]的确如此，世间的一切事物都不是一个孤立的个体，事物与事物之间总是有着复杂而深刻的内在联系。作为一个胸怀祖国、关心国事的诗人，舟挥帆先生在思考、追寻逝去历史时并未浅尝辄止，而是自觉坚守自身的责任意识与求实精神，试图对中华五千年文明的造就、近代抗战的胜利以及国家取得的一系列成绩的深层原因进行细致的探索。

“流年冷对千夫指，惜取精神在此间”，每当中华民族到了最危险的时候，总有一大批仁人志士舍生取义，为了国家和民族的生存发展而英勇奋斗。诗人认为，正是这种不屈不挠，勇敢顽强的民族精神才使得中华民族文明绵延几千年而未曾中断。在诗歌创作中，诗人首先对这种民族精神的形成及演变进行了深入的思考与解读：诗人认为民族精神形成的前提条件是对人类原始的祖先崇拜，因此在诗人的诗作中，他对于中华民族之祖——神农氏表达了由衷的赞扬与崇拜之情“家园四季桑田茂，老祖农功万世褒”；另一方面，诗人也十分敬仰祖先“终为生民献一切，中华始祖仰高风”的人格魅力，还借助“后裔十亿永相亲”一句表达出对于后辈的祝福与希冀。可以说，《鹿陂放歌》组诗是诗人民族自豪感达到巅峰的自然之作，亦是其家国情怀至深处的肺腑之语。

克罗齐云：“一切历史都是当代史。”诗人对先祖进行缅怀的意义不仅在于追溯民族精神形成的过程，更在于借助先祖的精神文化传统来感召、激励后人创造新的辉煌。这在诗人以我国运动健儿取得卓越成绩为主题的诗歌创作中展现的尤为明显。“从个人参与到众多健男披挂出征，东方巨龙苏醒，昂首，灿烂的星辰伴着腾飞。”（《赞中国荣获金牌总数第一》）在诗人的眼中，运动健儿自强不息、顽强拼搏的精神使得中国重新受到了世界的认可，推动了中国的国际地位不断提升。他指出，运动健儿们“以独占鳌头的优势，定格在闪亮的靶心，超越世界，也超越了自己”（《赞庞玮荣获中国军团首次射击冠军》）。这种不断进取、勇于超越的可贵精神同样是民族精神最为珍贵的一部分。诗人通过对民族精神产生的原因与发展进行深入的思考，向读者展现出中华儿女在不断探寻生命存在背后所承载的终极价值的过程中，如何坚守并传承这种民族精神的重要意义。

值得一说的是，舟挥帆先生的诗词创作既有时代特色，又有人文情怀。他的诗歌以旧体诗歌为主，突出韵律和平仄，追求诗歌的韵律美、节奏美；特别是一些词作，既要考虑词牌的格式和特定要求，又要写出新生活、新思想、新

---

① 马克思、恩格斯. 马克思恩格斯选集（第 3 卷）[M]. 北京：人民文学出版社，1972：60.

情感所带来的巨大差异，这实际上可以被看作是另一种风格上的自制新词：即假借古老的词牌，而内容上却是新的主题、新的美学、新的精神。这样的创作，虽然还有这样或那样的不足，比如：一些诗歌口语化太明显，诗味不足；一些词作宏大有余，而精美不足；等等。但总体来说，这样的创作，这样的坚持，这样的努力，对于一个耄耋之年的老人而言，实在难能可贵，令人景仰。

尤其是在当今功利主义盛行的社会，大众的潜意识之中仍然期盼大爱的弘扬和真情的回归。舟挥帆先生的作品无异于盛夏中的清凉，是午后的薄荷，给人警醒、从容和自持。笔者坚信，这些在炮火、愤怒、恐惧、欢欣与希望中孕育出来的作品无疑是“大爱的缩影”和“民族的真情”，它自然真挚的情感与炽热的爱国情怀是民族生命的律动，是民族精神的灵魂。

换言之，舟挥帆先生诗篇中所体现出的澎湃的激情、洋溢的诗意和激扬感奋的爱国热忱与生生不息的民族精神一起，将继续感召和激励着新的一代，号召他们团结一致、不忘国耻、砥砺前行，努力使我们的国家和民族走向更加光辉而美好的未来。

第五节　石灰窑：生命的淬炼场与栖息地

唐朝晖是文学湘军中的“潜伏者”，也是一个被严重低估的作家，虽然他出版了《通灵者》《梦语者》《勾引与抗拒》《心灵物语》《镜像的衍生》《你的神迹》等著作，在文学期刊和出版界摸爬滚打了很长时间，但他把自己安放在被推荐者和被提携者的后面，以“大隐隐于市”的方式，淡然地面对文坛的喧哗与落寞。他没有大起大落，也无法大红大紫，他只是在工作之余，拿起他心爱的笔，写下他对生活的感悟与感恩，写下苦难是如何让他变得更有力量。

2010 年以后，唐朝晖多次深入湖南省江永县，用三年多的时间，全方位了解最后一位女书自然传人何艳新，最终写出了非虚构作品《折扇》，发表在 2016 年第 4 期的《十月 · 长篇小说》杂志上，同年由北京十月文艺出版社推出单行本，引起文坛关注。著名评论家李敬泽认为唐朝晖是用诗意散文的笔法来叙写的，“他是位热烈的旁观者，也是位专注的雕刻家。他笔下的女书人物，简约如中国画，浓淡有致，细腻有趣，她们牵手相依，温暖人心”。而著名作家阎连科则认为，“唐朝晖的耐心和毅力，使他幸运地捕捉到了民间文化的神秘律动。他带你领略女书文化的每一处细节……写女书，写的是历史；为女书立传，即是为女人立传”。

多年来，无论文坛多么热闹与喧嚣，唐朝晖总有着清醒的认知，他不跟风，不盲从，坚持自己对艺术的执着与创新。他的作品很厚重，很扎实，值得细读慢读，特别是散文集《一个人的工厂》①，他以诗意的抒情笔调讲述了自己十年的石灰窑经历，他笔下的厂房、机器、灰尘、火光同普通工人的生命历程和谐地融为一体，向读者诉说着每一个生命个体内心深处的信仰寄托，将他们最真实的生活状态呈现在大众面前。这既是青春涂抹的最初底色，又闪耀着"神性"光辉，展现出了工人群体的生命淬炼与灵魂栖居。本节主要从思想的密语与灵魂的歌吟、格言化写作与隐喻式象征、人民记忆的"厚描写"三个维度对这部作品进行分析，从中可以看出唐朝晖作品的价值承载与时代意义。

一、思想的密语与灵魂的歌吟

与《折扇》的非虚构写作方法不同，唐朝晖的《一个人的工厂》是一部带有自传性的实验性文学作品。如果说《折扇》主要聚焦最后一位女书自然传人何艳新老人，进而直击女书文化，触摸与女书相关的每一个物件，写作方式还是以传统的叙事模式为主，那么，《一个人的工厂》则文本的"实验性"很强，唐朝晖有意打破文体之间的"边界"，并努力将诗歌、散文、小说甚至电影镜头语言熔于一炉，文字之间充满"有形式的意味"，是作者"思想的密语，灵魂的沉吟"。与其说这是一部有个性的散文集，不如说它是一本特色鲜明的诗集，是诗人的低吟浅唱。这里，文字本身成为作者倾诉内心情感诉求的载体，文体界限的模糊恰巧为作者自由描写当下生命个体与时代进程的本真形态提供了方便，还原了作品本身的真实性与审美性。作者自觉地进行文本的自由创作，更能随心所欲地表现当代人的生活、抒发当代人的情感、展示当代人的心灵。正如唐朝晖说的那样，"中国诗歌传统如果说已经到了中年，我们就不可能再回去，再去唱青年时期的古典诗歌的歌，我到这个时代只能唱这个时代的歌"。因此，诗人作为身处工业文明与城乡转型时期的社会群体中的一员，从一名普通的石灰窑工人成长为坚守文学信仰的创作个体，他的文学创作更多地带有当代生活记忆的深刻烙印。如同沈从文以《边城》为读者建构一个纯美原始的湘西世界一样，唐朝晖以《一个人的工厂》为读者展示了一个本色地道的石灰窑世界。诗人以诗意的抒情笔调讲述了自己十年的石灰窑经历，再现了一段真实的生命和真实的情感，一段包裹在灰尘中的温暖人生。那么，石灰窑到底与诗人有着怎样的不解之缘，值得诗人努力"用文字复活着石灰窑的细节"呢？

---

① 唐朝晖. 一个人的工厂[M]. 北京：北京燕山出版社，2009. 本节在分析过程中，所引文字均出自该书，不再一一标注。

在《折扇》中，唐朝晖回忆女书种种与泪与爱相关的动情细节，叙写女书所涉及的建筑、女书字、女书歌、《三朝书》《结交书》、老庚、庙宇、女红等。通过作者的笔端，读者能够看到一位位浓情于姊妹情谊的君子女，一位位日常女子，在重压之下，让天空、大地动容，温暖每一颗孤寂的流星。而《一个人的工厂》虽然也是回忆，却沉重得多，压抑得多。书中抒写的是作者浸泡着血与泪的深沉歌吟，即使命运如此坎坷，生活如此艰难，他仍然有美好的希望在远方闪烁。从中不难看出，石灰窑真真实实地烙在了作者的五脏六腑中，给作者青春时代的生命涂抹了最初的底色。这里见证了作者的爱与恨，笑与泪，平凡与梦想，放纵与坚守。作者行走在飘扬的石灰粉尘中，看着青色硬冷的石灰石在高温的煅烧中逐渐变得柔软火红，再变得轻盈洁白，作者的灵魂与思想同样在时间的沉淀中变得“厚重和沉稳”。作者的文学梦想也在日复一日的工作中萌生并逐渐形成文字出现在厂房的墙壁上，最终变成印刷的铅字展现在读者面前，从朦胧走向真实可见。石灰窑之于作者既是磨砺与煅烧思想深度的“练功房”，又是盛放作者焦躁灵魂的栖息地。十年的历练与积淀使石灰窑成为作者脑海中一段难以抹去的温暖记忆，在作者的生命中“承受着太多的分量”。为此，作者通过文字将这种融化到生命深处的渴望与理想延伸到生活表层，将这段经历真实地书写出来，这样作者才能“更好走下去”，也才能“远距离地来看这段生活”。

作者是出身农村并伴随着工业化时代一步步踏进城市的边缘人，在他的内心，有着一种身份断裂的焦灼感：既无力回归农村淳朴自然的生活，又痛感城市钢筋水泥对人的异化，如同生活的弃儿，在农村和城市的夹缝中艰难地选择着生存所需的“空气、阳光和水”。于是，那段被岁月的尘埃渐渐覆盖的石灰窑生活唤醒了作者内心的生命情感，拭去时间的风尘，冲破记忆的封锁，石灰窑重新进入作者的视野，获得既清晰又模糊的生命体认，成为作者努力构建的一个来自草根世界的全新的精神家园，试图为漂泊躁动的灵魂开辟出一方诗意栖居的乐土。

作者的写作渗透着“神性”。这种“神性”并非是虚无缥缈、难以捉摸的外在物质，而是植根于每个生命个体内心深处的本真形态。作者写道：“仅需清理过多的物化之物，神性自明。”但是不可否认的是，随着乡村文明形态逐渐退出社会文化的中心位置，类似沈从文笔下宁静、祥和的“边城”风光注定只能成为作者内心深处一个美好虚幻的理想世界。唐朝晖笔下的“石灰窑”是工业化进程中新生的物质力量之一，在“石灰窑”里工作的工人们却极少被飞速增长的经济利益蒙蔽双眼，仍然快乐、健康地生活在这处被飘扬的石灰颗粒遮蔽的

"灰色空间"。很大一个原因或许就在于作者笔下的这些小人物总是有"与自然相溶","成为大自然一个分子,一个属性的时候,即是神性'有约'的时候"。正如作者向读者们展示的那样,石灰窑中的工人们不会为了一个职称而斗得头破血流,亦不会因为眼红他人所取得荣誉而生出猜忌之心。更多时候,他们会一同骑着破旧的自行车,翻过一座座山去欣赏"山那边"的风光;会因为远离工厂的喧嚣面对宁静的蓝天和池水而激动得热泪盈眶;甚至向有好感的女性表达自己的心意时也只是送给她一朵芬芳的玉兰花……作者凭借独特的想象力和多文体的艺术结构,以片段式的诗化描述,将石灰窑世界进行艺术的过滤、提纯、净化,直达生活的本真状态。石灰窑的工人,是有真性情的、未被大工业时代挤压变形的一群热血健康、淳朴乐观的热血青年。他们辛勤地劳动、自由地恋爱、成立文学社、畅快地打架、纵情地赌博,在最平凡琐碎的日子里喜怒哀乐,生死婚嫁。他们的一举一动都是最真实、最自然的生存状态,是与我们血脉相通、骨肉相连的最本真的生命形态。他们平凡的生活境遇承载了更多的社会内容,体现出人与自然对话的和谐景观。

二、格言化写作与隐喻式象征

纵观唐朝晖的作品《一个人的工厂》,人们不难发现:作者以格言化、碎片式的写作笔调将工厂里的人和事层层切片,放在艺术的显微镜下,通过对承载了丰富象征意义的"工厂""石灰""时间"等意象符号的运用,努力还原一个真实生动的石灰窑世界,将生活在社会底层人物的生存境况和内心冲动展现在读者面前。具体来说,作者主要表达了以下这些思想:

第一,对"工人"身份的指认与确证。"我始终留在石灰窑,从一名工人到班长,就这样,成为一名永远的石灰窑工人,被人称为'窑工'。"作者总是不断强调自己的工人身份,一方面具有文本叙述的内容所传达的表层意义(称为"能指"),即放低自己的写作姿态,用一种平视的眼光看待同他一起工作、生活的普通人的生命历程和悲欢离合,将人物最本真的生存体验呈现在读者面前。另一方面,揭示出工人身份背后所传达的深层的意义,即潜在的象征的意义(称为"所指")。作为工业社会时代中的一枚"零件",虽然具有活动的空间和自由的思想,却总是无法逃脱限定的场所,努力地付出自己的劳动却只是用来滋养日益加快的市场经济:"我没有想过要挣脱这零件的命运,到哪里都一样,都会成为一个零件。只是形状、形式、服务、工作不同而已。"而这种命运的既定性就在于人一旦踏入,便很难再重归宁静朴素的乡村社会中,这暗示出作者对当下工业化进程消解了乡村文明形态所造成的生存矛盾的一种思考。

第二，对官僚权力的嘲讽与反感。“在张大力的挥舞中，金钱、权力、暴力的主宰者一次次露出它那狂妄的嘴脸。”作者真实地揭露出当下消费时代对人性的冲击与扭曲状态，传统道德伦理与价值规范等在消费社会的“大熔炉”中燃烧着、消解着。出于对金钱、权力的追求，官僚领导阶层持有一种高高在上的姿态，拒绝同普通民众进行平等对话，孤独却欣喜地享受着身处高位的快感。“领导一般到了我们这，他们总要指指点点出一些无关痛痒的问题，让工人感受到他的权力。”作者笔下的“石灰窑”与其说是代表着一个小工厂在工业化进程中的起伏变化，不如说是象征着工业文明形态下的社会缩影。石灰窑的普通工人勤勤恳恳地劳作、生活，一次次与死神擦肩而过却无法换来社会的认同和理解，无疑体现出当下社会中大多数挣扎在时代边缘的底层人物真实的生存困境。

第三，对工厂生活的追忆和珍视。“我真不知道什么叫作轰轰烈烈，我感到工人的日子比起任何人更健康，都比轰轰烈烈有意义。”正如上文提及的，对工厂生活的追忆既是对底层人物生存状态与生存空间的真实写照，又是作者试图摆脱喧嚣浮华的消费社会转而向内心深处寻求一种精神慰藉的探索。“与石灰窑里的石灰相处了十年，我走到哪里，远远地，都能从千百种气味中捕捉到石灰独特的味道。”对石灰气味的追寻成为作者的自觉意识和生命的追求，通过工厂和“石灰窑”表达出作者独特的审美价值和情感诉求。因此，他不仅满足于单纯地同工厂的工人共同体验真实的生活，而且还试图进入“精神的领地”更深切地诉说工厂深处流淌的温暖与深情。

第四，对纯洁率真的男女之情的缅怀与慨叹。作者用温暖轻柔的笔触将男女工人之间的情意直观地展现在读者面前，他笔下人物之间的朦胧爱意是那样简单、纯洁，不带有一丝功利色彩。作者的可贵之处在于他能够以尊重的姿态对待女性人物，无论是主动教“我”接吻的女朋友，还是主动“勾引”“我”的善良的女徒弟，抑或是让“我”看到她青春的身体而主动“献身”的实习生……这些女性都是没有具体姓名的人物群体，她们的共同称呼就是“女性”。

作者并没有利用所谓的“下半身”写作来吸引读者，而是将男女之间纯洁的感情用简单的一两句话轻轻带过，还原出小人物之间纯洁、简单的温情。这些女性更多地象征着引领“我”成长的“老师”，她们大多辛勤、安静、体贴，既是传统家庭中温柔贤惠的妻子，却又好强、勇敢、乐观向上，不断通过自己的努力争取获得同男性平等的地位以及社会的话语权。例如在“我”心中以姐姐形象出现的文映就是这样外表柔弱而内心刚强的人，她不止一次地同几个女孩硬撑着完成一些男性认为女性做不了的任务，因为“她想让同事知道男人能做的事情，她们女孩子同样可以做”。从这里也体现出作者对于女性群体的尊重和平等关照。

第五，对声音、时间、记忆、性等生命因子的诗性理解。阅读唐朝晖先生的作品，不难发现其中充满了众多富有象征意味的意象符号，而且这些符号大多指向一个共同的概念：生命。作者着重于运用“时间”“声音”“记忆”等抽象的意象符号对具体可感的生活场景与人物行为进行描绘，从而化具象为更深层次的抽象概念，以其感性和难以捉摸的特征向读者们揭示出生命的广阔性和流动性：“时间不是线条，是散落在不同地方的点……几乎同一时刻，时间阴谋地流动，生活的点自动串成了线，时空交叉在点与线之间形成，一切交叉相融。”生命最真实的形态就是以其模糊和不确定性为特点，没有人能够准确判断出未来道路的走向；但同时生命又是有限和既定的，就像古希腊人所深信的“命运观”，一切看似毫无关联的因子最终会融为一体，织成一条难以破裂的命运之网。

第六，对文学、艺术的解读与期待。“诗歌是神迹的碎片。”这里的“神迹”与上文提及的“神性”基本具有一致的内涵，蕴涵着作者对于文学与艺术创作的审美追求，即“为一种生活而写，就为精神而写”。在作者的理解中，文学与艺术创作无须带有过多外化的物质色彩，告别商业的狂欢，也不涉及肉体的放纵，只是“行进到自由社会的艺术本身里去”，追求一种无功利的审美和最真实的价值选择。作者之所以在充斥着烟尘和石灰的工厂里快乐地生活，或许也是因为他内心深处始终秉持着一种无功利的快乐，因此无论是对待工作还是文学，他始终能保持着一颗天生天成的心态去感知生活，感知人性。

三、人民记忆的“厚描写”

在湖南江永县上江圩村里，世代流传着一种口传心授的文字——女书字，它纤细瘦长，为女人所独创、独享。与女书字相关的女书文化亦影响深远也相应地完整形式。女书不仅是女性苦难岁月中最温柔的慰藉，同时也深刻地影响了当地婚丧嫁娶、宗教祭祀和男女老幼的日常生活。唐朝晖怀着崇敬和探秘的心情对江永县的自然环境、民俗、民风和女书的历史渊源进行了充满诗意而精细的描写，由此形成了《折扇》非虚构文学的独特风格。这是一种“厚描写”，是作者对描写对象“仰视”的书写，以此表达写作者对被写作对象的敬重与感激。

实际上，“厚描写”这个概念是美国人类学家格尔兹提出来的一种方法论，他着重从文化层面解读来聚焦对象，并从被观察者的文化逻辑出发，而不是从传统的刻板印象出发，其重点在于要找寻真相，就必须放弃既有观点①，因为那些观点与被观察者的文化逻辑相悖，它不仅不会揭示真相，反而会让真相更加模糊。笔者在这里借用“厚描写”是想表明唐朝晖的创作有着自己的承续性和开创性。《一个人的工厂》与《折扇》在文化逻辑上有着血缘般的亲近性，是对人民记忆的新的描写，彰显出一种质朴的美，平淡自然的美，没有任何造作和雕琢的美，其中的汗水、泥味和灰土味像一缕缕青烟从文字中冒了出来，再缓缓地散向空中，氤氲了四周，令人深思。

诚如作者所说：“在长期的机械劳动中，我学会了冥想。”这正是作者与普通工人的不同之处。同样寄居于灰尘扑面的石灰窑，同样每天重复着单调枯燥的工作，作者却把毫无诗意的石灰窑世界写得诗意盎然。可以说，工厂里的每一个角落都是作者眼中的边城，是作者追寻、探究、思考生命真谛与生活本相的边城。在这里，作者淬炼的不仅是钢铁，更熔铸了自己的血液和精魂。作者在文中借一位作者之口破译着石灰窑的冶炼下的命运密码：“人的一生就是煤的一生，燃烧到老死的时候，有些人的煤还沉甸甸的，敲都敲不碎，里面还有很多黑色的渣，并且还很重，这说明他的人生没有烧透。真正烧透了的好煤是那种从煤灶里取出来外表完好，很轻，轻轻一碰，就完全风化，里里外外的颜色是淡淡的黄。我庆幸自己有石灰窑这样一个煅烧场。”在石灰窑的工作生涯中，作者摒弃了外界喧嚣的物质生活所带来的躁动，在高温中不断磨炼着自己的心性和信仰，使得焦虑不安的灵魂逐渐沉静下来。他不断利用琐碎的时间充实自己的知识，提高自己的思想深度，并尝试着用笔将周围的人事一笔一画地记录下来。正是在这种淬炼中，作者的人生阅历才更加充盈，精神境界与文学追求也得到了提高。

此外，在这样一个“煅烧场”中，底层人物最原始最本真的生存命题同样在巨型机器的切割淬炼下得到了充分的阐释和回答。石灰窑的生存定律和巨型机器运转下的工业历史的规律是：挣钱、吃饭、吵闹、恋爱、喝酒、睡觉，每一件流水账式的平常琐事都在这里获得意义的指认和确证；李师傅、肖彪良、刘琴映、文映、唐辉鸿、楚夫子以及那些以第三人称“他/她”指代的工友，每一个默默无闻的普通人都以“工人”的身份出场、离去或死亡。这些最平凡、最渺小的生命个体在巨大的社会洪流下努力地挣扎，每个人的追求和梦想都在机器的轰鸣声中向前发展抑或走向灭亡。他们同“我”一起在工业文明的进程中载沉载

① Geertz Clifford. Thick Description: Toward an Interpretive Theory of Culture[J]// In The Interpretation of Cultures: Selected Essays. New York: Basic Books, 1973: 3-30.

浮，在肉体与机器的碰撞中与死神擦肩而过，在灵魂与生命的呼唤中不屈地生存。石灰窑在作者的笔下，仅仅关涉生命本体的确认，关乎生存真相的揭示。作者以解剖刀般细腻深刻的笔触，深入到工业事件的底层景象，聚焦到平凡工人的心灵世界，向人们展示底层人物的生死悲欢、卑微高尚。

唐朝晖在全书的第二部分“工厂 DV 人物”中，运用细腻的笔触向读者介绍了21位平凡的工友，向读者展示了他们的家庭、工作以及内心深处的情感体验与理想追求。通过对每一位生命个体的生存体验进行不同方位的描绘，揭示出个体生命最本真的原始形态，笔者将其归纳为三种具体表现：

一是工人身份所裹挟的痛感。这一部分的人物具有一个共同的身份指征：工人。而这一身份的限定也使得这些小人物只能在有限的社会空间中生存，享受有限的快乐。这种“有限性”大大压缩了人物选择的空间和范围，这也在一定程度上造成了底层人物因身份局限而面临的艰辛和无奈，导致最终内心深处的理想愿望和价值追求无法实现。作者在作品中向读者们展现了不少怀有读书愿望与文学梦想的青年因过早进入工厂而失去理想追求的无奈遭遇。例如同作者一同进入工厂工作的罗成，虽然学习成绩不好，但内心仍然怀揣着“还是想读书”的梦想，他从离开学校时就想着要自学，也试着摆脱姐夫、表哥、工友等带来的影响，但最终还是陷落在喧嚣的社会中，失去了学习的兴趣。“我知道这辈子是没有机会读书了。”简单的一句话道尽了罗成试图反抗却最终走向失望的痛苦，言语间充满无奈和辛酸；又如“我”的哥哥唐辉鸿，自愿将顶职的机会让给“我”，一心想好好读书考大学。后来虽未如愿以偿但是在他人的帮助下也得以进入工厂上班。进入工厂后，哥哥一有空仍会捧着《百年孤独》等书细细阅读，并和“我”一同交流探讨。不曾想赌博的狂风席卷工厂，哥哥投身到赌博之中难以脱身，终于远离了他曾经那样热爱的文学；同样地，曾任文学社社长的叶军兑曾经广泛收藏图书，和其他文学青年一同谈论文学，后来却为了追逐更高的权力以致被最亲近的人出卖，完全陷入社会的旋涡中……作者与这些工友最终走向了相反的道路，最大的原因或许就是他那份无功利的处世态度：身处工厂中就只安安稳稳地做好自己的工作，不去追求过多的欲望与物质利益，因而能不惧外界的干扰，始终坚持着自己的文学理念和简单的快乐。

二是坚守内心追求的乐感。作者笔下的工友们虽有逐渐被工业文明的喧嚣所吞噬的不幸者，但同时也有不屈从于被限制的命运而执着抗争的“战士”，他们用自己卑微的身躯守护着内心微弱的理想，并从一次次的抗争中体味到了生活中真正的快乐。例如曾经和作者住一间宿舍的李师傅在听说老家的村中发生了鞭炮连环爆炸的悲剧之后，经常努力顶替别人的班，只为了能多换一些假期回家照顾妻儿。他内心深处最朴素的愿望就是家人平安健康，因而他来回奔走于工厂和老家两地，却从没有精神上的疲倦，更多的是一种简单的快乐和满足。在湘乡啤酒厂工作的老廖执着于对文学的热爱，每日徘徊于简单的"东—西"两点却从不抱怨，即使工作繁忙却始终能静下心来阅读，在花草与土地中沉淀自己的思想，最终从自然中领悟到了生活的情理，坚定地离开工厂，成为了一个"彻彻底底靠自己来养活自己的人"。虽然失去了有保障的工作，但是老廖却在不断的摸索中体味到了依靠自己能力所获得的真正的快乐。总厂的摄影师总是窝在一间凌乱、狭小的工作室中冲洗照片，他总是一个人孤独地工作，没有朋友可以交流。尽管孤寂，尽管工作室狭小局促，他仍旧努力保持干净整洁的环境，用心对待每一次摄影。他对于手中相机的虔诚与尊重是他一切行动的动力，虽然他不能够抛头露面，也很难为大部分工人所知，但是他通过手中的相机而欣赏到的天地万物的姿态所获得的快乐同样是他人无法感知的。

三是对于男女之情的温暖守护。"我"和刘卓的感情是"一个在没有入睡，就宣告梦已经结束的梦想"。二人之间并没有发展到恋人的地步，只是一起讨论文学，一起吃饭。只因刘父对"我"身高的不满意，彻底切断了两人发展的可能。但是当刘卓难过时，"我"依然愿意为她提供温暖和庇护，甚至同她一起痛苦，这无疑体现出"我"对这份感情的珍视和在意；"我"与工厂职业大学代表女生的感情始于二人彼此刻意营造的一次次偶遇，但是二人的感情在面临生命的威胁与亲情的压迫下逐渐走向消逝。"我"为了她的身体着想，同时不愿她在爱情与亲情的选择中为难而主动选择远离。这是一种妥协也是一种温情，显露出"我"对于这份情谊的包容与温暖守护。"我"与工厂技校的实习生交往仅八个月，她就主动将自己十八岁的青春的身体完整地展现在"我"面前，却在这种无声的"圣洁"中说出分手。这种举动更多地是建立在"守护"基础上的一种纯粹的渴望，充满了淡淡的温情。

如果说，《折扇》"以诗意的文字、散文化的描写、小说般细节的雕刻、跨文体的写作手法"①体现了唐朝晖精湛的艺术技巧和自觉的文化传承的使命感，那么，《一个人的工厂》不仅是个人的记忆，更是一个国家、一个民族特殊岁月的见证。作者用冷峻细微的眼光，审视工业文明和中国社会的底层经验，文字深入事件底部、生活和工作，充满着汗水、泪水，也饱含着梦想和透明的快乐。这是一部有关心灵的书，一部事关石灰窑工人的青春成长史。书中关乎圣洁的生活、宁静的思绪、青春的伤痛以及对当下物欲迷雾的穿透等等。某种意义

① 马自忠．开在纸上的花朵——读《折扇》[J]．光明日报，2017－02－16.

上，那种简单、质朴、率真的生活，曾经是一代人真实生活的原始写照，如今却成为某种遥远的期盼，只在偶尔袭上心头时，涌出一丝惆怅。是人们走远了吗？还是人们从对真实的怀疑走向了对虚妄的妥协。

见一叶而知秋，窥一斑而知全豹。可以说，石灰窑是一个时代、一个民族、一群工人生命记忆的终极象征。唐朝晖并没有追求宏大的叙事结构，也断然拒绝政治寓言的狂欢和当代诗歌的无病呻吟，而是自觉以一名石灰窑工人的视角，微观透视十年的工厂生活，在肉体和机器、欲望和钢铁的诗意想象中，用文字复活记忆，将底层人物最本真的生命形态展现在读者面前，从而试图建构一个与当下物欲横流、急功近利的商业时代遥相对立的石灰窑世界，期望当代人能从中获得生命的淬炼和灵魂的栖居。

第六节　人类命运的终极关怀

三湘大地自古以来就有忧国忧民的诗歌传统。数千年来，衡山一脉，湘江两岸，洞庭湖畔诗人辈出。在这片大地上行吟过的诗人如屈原、贾谊、陶渊明、杜甫、柳宗元、刘禹锡等，写下了不朽的壮丽诗篇，迄今仍在三湘大地久久回响。当下湖南的政治抒情诗在继承传统的基础上，已融入了对时代的理解和感悟，形成了格调高昂、气势奔放的独特风格。诗人们不再是在书斋中哀怨自怜，愤世嫉俗，而是积极入世，把自己的生命热情和才华融入历史洪流。作为有情怀、有担当的知识分子，他们用诗歌表达自己的心声，抒发时代的情绪，从而形成了政治抒情诗的独特文学景观。进入21世纪以后，以胡丘陵作品为代表的文学湘军中的政治抒情诗都达到了相当高的艺术水准，为湖南诗坛赢得了声誉。

作为文学湘军中的实力派作家，胡丘陵在繁忙的工作之余，保持了难能可贵的文学清醒和创作激情，写下了不少作品，且有多副笔墨，在诗歌和小说都取得了较大的成就。小说《角色》获得湖南省第六届青年文学创作竞赛一等奖。花城出版社推出的他的小说集《苍茫风景》，显示了他视野闳阔和讲述故事的能力。当然，为他赢得更多荣誉的还是诗歌方面的作品，他的诗集《一种过程》《岁月之纹》、长诗《拂拭岁月》、长诗《2001年，9月11日》、长诗《长征》等在全国都产生了较大影响。

胡丘陵的政治抒情诗有着浓重的历史意识，并在历史的褶皱深处发掘人性的光辉。胡丘陵的诗歌创作起步很早，且有很强的自觉意识，他一直执着于提升作品的艺术品质，摆脱了风格固化的窠臼，这使他的诗歌获得了很高的辨识度和一些有影响力的奖项：长诗《拂拭岁月》获 1999 年全国诗歌座谈会“海东杯”诗集评比一等奖、2000 年湖南省“五个一工程”奖；诗歌《沈园》获沈园杯全国青年爱情诗歌大赛一等奖。这些文学奖项的获取，与其说是对胡丘陵的诗歌创作的肯定，不如说是对他一路走来的探索与创新的见证。诗坛评论大家如北京大学谢冕、清华大学蓝棣之、中国人民大学程光炜、首都师大吴思敬、河北师大陈超等人分别在《文艺报》《诗刊》《中国文学研究》等知名报刊发表文章，分析、研究胡丘陵作品的特色和内在力量。

胡丘陵的作品被称为“后政治抒情诗”代表性文本，原因在于他对于人类命运的终极关怀，以及作品艺术性、政治性和抒情性的高度统一，同时还源于他摆脱了之前政治抒情诗板结的审美范式和僵化的思想情感，使他的作品既有历史的深度、现实的厚度和精神的广度，又在保持思想高度和作品纯度的基础上，最大可能地寓含了散发着诗性关辉的生命情怀、悲悯精神与世界意识。

一、中国政治抒情诗回眸

如果把眼光放得长远一些，这里讨论的中国“政治抒情诗”并不是一个“其兴也勃焉，其亡也忽焉”的应景性诗歌文本，而只是发生在 21 世纪 50 年代中后期一直到“文革”结束的孤独但喧闹的“颂歌”式的文学现象。实际上，那些存在于历史世界中与权力纠缠不休的，不管是出于“自觉意识”还是“当局者迷”之人作的“为主子颂”“为盛世歌”的文学作品都是它的前世，而这种在“文革”中发展到前无古人、后无来者的长句、短句或叠句，无论情感是激昂还是婉转，是呐喊还是歌吟，都不过是用革命辞藻包裹的文学骚动时代之转世轮回者。但这并不是论者关注的主题，故恕不详述。论者感兴趣的是，不朽的《离骚》也被冠以“中国古代最长的政治抒情诗”。学界在探究为什么会出现中国当代政治抒情诗（狭义的）时，总会看到这样的话：中华人民共和国的成立，在诗人心中激起政治豪情（想起了“汉赋”），翻天覆地的变化必然会激起无限巨大的热情，从而反映在诗歌创作中。有学者还将惠特曼的《草叶集》和叶赛宁、马雅可夫斯基等诗人的作品作为对中国第一代、第二代政治抒情诗的模仿学习和影响对象。如此这般，就必然引出这样一个问题：到底这种“抒情”是一种自欺式的真诚，即“只缘身在此山中”的“抒情”，还是一种投机式的“抒情”（如郭沫若对斯大林等人肉麻式的颂歌），这两种抒情是否也存在于闻捷、李季以及郭小川和贺敬之等代表诗人的作品中？就字面而言，所谓“政治抒情诗”，如此醒目地将“政治”与“抒情诗”合而为一，且政治排前，诗歌居后，这是否意味着对这类作品的评判标准也是政治功能第一、诗歌审美次之呢？

事实上，诗歌的“宏大话语”当然包括政治抒情诗的抒情对象受到无情拆解，不仅是一个客观事实，而且成为20世纪90年代以来一个值得关注的文学现象。诗歌的个人化、内心化、知识分子化甚至是“身体化”[①]写作早就轰轰烈烈地占领了诗歌写作的高地。在这样的写作语境下，再来谈论有着明显本质主义倾向的政治抒情诗似乎是不合时宜的。

作为中国当代诗歌中最为特殊的一类，“政治抒情诗”的提法诞生于20世纪50年代末60年代初，尽管它实际出现的时间可以再向前推进到20年代与30年代的“左翼”作家蒋光慈、殷夫等人的作品中。一般而言，对于第一代政治抒情诗人来说，政治抒情诗主要强调诗的政治性，即在主题上，诗歌必须反映重大历史事件、必须与人民群众尤其是工农兵相结合、必须表达无产阶级的建设热情与社会主义祖国的伟大成就、必须歌颂党的领导等；艺术风格上，必须要明朗纯净，不允许晦涩难懂；对于作家个人来说，必须融入革命群体之中，即如张继红所言，在“人民性”的阶级话语和国家意识形态双重规约下，“十七年文学”则集中地表达对现代民族、国家的想象与建构，并在个人与群体、民族与世界等二元关系中，书写了诗人见证、参与建设社会主义新中国的主人翁精神。[②] 换言之，第一代政治抒情诗人的任务并不是写诗，而是以文字的方式参与到国家意识形态的阐释之中，诗只是工具和传声筒，是国家意识形态机器上的一颗螺丝钉。在这种语境下，只有符合意识形态的诗[③]才会得到承认，比如郭沫若的《新华颂》、贺敬之的《回延安》、郭小川的《致青年公民》等。这些诗歌曾经轰动一时，因为它们是战歌，是颂歌，是充满建设热情与战斗精神和鼓动性的，它们自身的审美性远远不及它们的政治工具性。

有趣的是，当人们谈论“十七年”期间的政治抒情诗时，谈论的重心往往是落在诸如“巨大的热情”和“伟大的奉献”等宣传性的话语上，而非诗的本质或审美特性上。而实际上，这些政治抒情诗的合法性并非建立于“诗”上，而是建立在异于诗的“其他性”上。这种“其他性”主要表现为诗的政治理念化和现实

---

① “身体化”写作实际上一直没有一个明确的定义。大多数学者认为，所谓的“身体化”写作主要指的是对女性身体的直接，甚至是裸露的描写，比如在网络上极受欢迎和争议的余秀华的《穿越大半个中国去睡你》。“身体化”写作并不是要强调作品中“身体”的在场，因为没有“身体”在场的作品是不存在的。

② 张继红．后革命时代，政治抒情诗何以可能？——从胡丘陵的“后政治抒情诗”创作谈起[J]．芙蓉，2013(3)．

③ 所谓“符合意识形态的诗”，也就是前文提到的以反映重大历史事件等为主题的诗。

附庸化，通过“非诗”的手段获得合法性，而诗人则通过“去诗人化”的手段获得创作权利与传播权利，换言之，诗人和诗歌的双重自我异化共同构成了“十七年”政治抒情诗在诗歌领域的统治地位，这有损诗歌尊严，是荒谬的，背离了诗歌本质的艺术属性。

即使是那些被封为“经典”的“十七年”政治抒情诗，依然无法逃离宣传性质的二元对立。比如臧克家《有的人》一直为人所津津乐道，但实际上整首诗依然是在好人/坏人、奉献/剥削的二元对立的单一框架下进行写作，只不过情感有所节制而已。

从本质上说，“十七年”诗歌的体式和内涵并不是诗人的自觉选择，也不是诗歌自身审美的自然生成，而是特殊历史时代的产物。“十七年”诗歌的主调是狂欢与颂歌，推崇虚妄的崇高美学，情感极富宗教感，采用特征鲜明的意象，从而导致艺术个性不足，情感内涵缺乏。为了把感情推向极致，“十七年”诗歌不断延伸诗歌的长度。在诗歌形式上产生了仿效马雅可夫斯基的“楼梯式”或“阶梯式”诗。因为诗歌的功能不再是感情的自然生发，也不是思想的诗性流泻，而是为政治斗争服务，为具体的政治环境服务，于是颂歌、战歌成了“十七年”诗歌的主调。

对这一段历史过往的回眸不仅是对胡丘陵政治抒情诗书写的背景作了一个铺陈，更重要的是，对作者与读者起到一个积极的警醒意义。

二、历史与现实的精神历险

那么，政治抒情诗是否已缺失了诗的价值而难以留存于当下？答案显然是否定的。胡丘陵的长诗《2001 年，9 月 11 日》和《长征》等作品回归到艺术本身，给政治抒情诗带来了一股新的巨大的活力。

由于传统政治抒情诗中存在的大量“零度象征价值”的文字①占据了本来就狭窄拥挤的诗歌的公共空间，要打破读者偏见与政治抒情诗自身的局限性，从而写出一种新的，尤其是有一定长度的政治抒情诗是十分困难的，就连胡丘陵本人也坦言这是一次“精神历险”②。但从创作实绩来看，胡丘陵的这次“精神历险”是颇有收获的。谢冕、蓝棣之等著名学者把胡丘陵称作“第三代政治抒情

---

① 欧阳江河在《当代诗的升华及其限度》一文中指出，列维·施特劳斯在《生的与熟的》一书中用“能够接受任何一种价值”来评价大洋洲原始宗教用语“Mana”，它“仅会有零度象征价值。”详见：欧阳江河·如此博学的饥饿[M]. 北京：作家出版社，2013.

② 胡丘陵. 长征[M]. 北京昆仑出版社，2007：113.

诗人”的典型代表就很能说明问题。

应当说，胡丘陵十分擅长写长诗，他的诗紧扣当代生活现实却又能超出其中，主题宏大，视野辽阔，并用诗人的精神去观照和关怀现实与历史。《2001年，9月11日》和《长征》就是其中的代表。这两首长诗在“对已有诗歌史的观察”“经验的发现和洞察”“语言的再造”和“日常审美的超越”等方面都做出了积极的探索和可贵的努力。

虽然《2001年，9月11日》和《长征》被定义为政治抒情诗，但由于诗歌本身长度较长以及诗歌具有强烈的历史性和现实性，它们实际上也是叙事的。与第一代政治抒情诗人不同的是，胡丘陵这两部长诗的对象要么是媒体的镜像，要么是历史的尘埃。严格来说，胡丘陵并没有亲身经历过历史上的“长征”和改变世界格局的“9·11”事件。这种“无经历的写作”固然在某种程度上会损害诗歌叙事的真实感，但正是因为这种“缺席的经历”，才使得胡丘陵能够摆脱僵化的“现实主义”观念束缚，创作出具有历史意识和人文情怀的诗歌。

胡丘陵具有很强的历史意识，这种历史意识主要体现为历史参与意识。文学与历史的关系并不是简单的单向对译，而是“通过对这个复杂的文本化世界的阐释，参与历史意义创造的过程，甚至参与对政治话语、权力运作和等级秩序的重新审理”①。也就是说，一个具有高度历史意识的诗人在描写历史事件时，并不会把历史当作客观的事件，而是把它当作文本，把历史“文本化”，这种“文本化”绝不是肆意篡改历史，把历史当作玩具，而是从纷繁复杂的历史中，发掘人性共通之处，以一种高度的责任感，去观照历史。在《2001年，9月11日》中，胡丘陵有这样的诗句：“那股通过卫星传来的浓烟/呛得我喘不过气来/小女孩美妙的琴声/被戛然撞断/老奶奶菜篮里的西红柿/滚落在地/流出血的汁液……”

诗人有着显而易见的当代意识。对于“9·11”这样的重大历史事件，诗人并未从宏大叙事的角度着笔。那些新闻报道中常见的画面——诸如断裂的高楼、慌乱的人群和呼号的警车等，都没有出现在他的笔下。恰恰相反，他写的是极平凡的“女孩的琴声”和“老奶奶篮里的西红柿”，用平凡中的细节突出生活应有的美好，以及这种美好被突然毁掉的伤痛。美妙的琴声固然无法被“撞”断，被“撞”断的是高耸的双子楼，更是女孩沉浸在宁静而和谐的音乐世界之中的安谧氛围。西红柿“滚落在地”，恰似被恐惧与绝望裹挟的四处奔逃的人群，红色汁液与血的联想堪称绝妙。除了“浓烟”二字，诗人对事发现场没有做丝毫

---

① 王岳川. 后殖民主义与新历史主义文论[M]. 济南：山东教育出版社，1999：183.

描写，却让读者自然地联想到了伤重的群众与鲜血淋漓的惨烈场景。除此之外，从老太太与小女孩这一老一幼两个人物的选择，也可对诗人的关注点窥见一斑，灾难来临，她们是最无力和脆弱的群体，也是在历史大背景中最容易被忽视的普通人，选取这两个角色似乎暗含着作者对人性的关注与重视。

人类所面临的生存和精神困境是一个沉重的命题，但是胡丘陵并不回避，而是以滚烫的诗心审视重大历史事件背后的精神向度。《2001 年，9 月 11 日》“贯穿着诗的感悟、诗的追问、诗的祈愿、诗的批判和诗的韵律，诗心跳动的声音，它邀约我们共同省悟这个事件背后更为晦涩的历史—现实—民族—文化—宗教纠结”[①]接下来，诗人独辟蹊径地写道：“我的那些从海中打捞的整整齐齐的诗句/也被撞倒在海里/东一行，西一行/至今，还不知所经的旅途/到处流浪。”[②]这是多大的灾难，连诗句都撞进了海里？诗人笔下的“撞”字再次出现，所撞之物依然不是挺立的高楼，却是诗人的诗句了。隐忍的悲悯与迷茫穿插在字里行间，胡丘陵没有直接抒情，而是说那“整整齐齐的诗句”被撞的“东一行，西一行”，正如诗人难以诉诸文字的复杂情绪。历史是没有感情的，只有诗人在记述历史时投入了感情，文字才能动人。

与第一代、第二代的政治抒情诗不同，胡丘陵的诗歌“冷静、内敛、凝聚，传承了中国古典诗歌含蓄蕴藉、凝练优美的优良传统”[③]。从这个意义上说，胡丘陵的政治抒情诗不再是简单的鼓动色彩和英雄浪漫主义情绪，而是充满了人性关怀，甚至用笔更加细腻。

在《长征》中，诗人有这样的诗句：“将军们，看着自己精心培养的战士/一个一个长成草/自己的头发、眼睛和心都长出草来。”“精心培养的战士”永远地躺在了广袤荒凉的草地上，“将军们”却并没有停下来缅怀的时间。死者埋骨之处日后必然野草丛生，然而生者却无能为力。这首诗没有直写长征的艰难困苦和红军的顽强意志，而是暗含着一种“可怜河边无定骨”式的对于战争的思考，个体的细腻情感汇入历史的洪流之中，发出了清晰可闻的声音。

“手挽手，走过若尔盖/走过这片世界上最不踏实的土地/以后走什么样的路/都踏实无比了。”[④]行军路上险象环生，唯一能依靠的只有身边的战友。过沼泽之时，诗人用词似乎轻松，只写战士们“手挽手”“走过”，并未写艰苦凶险

---

① 陈超．心灵对“废墟”的诗性命名[J]．文学报，2007－02－08．

② 胡丘陵．2001 年，9 月 11 日[M]．台海出版社，2003：5－7．

③ 胡丘陵．诗歌，为什么对我重要[N]．台北：湖南日报，2011－07－06．

④ 胡丘陵．长征[M]．北京：昆仑出版社，2007：73－74．

的细节；而脱险之后他的用词又“重”起来，“踏实无比”恰恰从侧面反映了之前心态的紧张与环境的困苦。一轻一重两相对比，巧妙地还原了长征途中的小片段。需要注意的是，“最不踏实的土地”也在暗示我们，并不是所有人都能感受后来的“踏实无比”，有一些战士永远地留在了若尔盖，诗人以曲笔写死亡，比直写生死更能牵动读者的情绪。

历史已经过去，无论是长征，还是“9·11”，胡丘陵都不可能置身于现场，更不可能看见长征中的细节，也看不到“9·11”中“老奶奶的菜篮”和听见“小女孩美妙的琴声”，他所了解到的这一切，都来源于文献或媒体报道等记录的历史或事实，也就是说，胡丘陵诗歌所面对的历史，本身就是文本的。如果诗人用客观的标准去处理这些素材，那么诗歌势必会显得幼稚可笑。胡丘陵把目光从宏大的历史事件中移开，利用想象，塑造了在“大历史”背景下受难的普通个体的形象，他似乎并不在意历史事件本身，而是在意事件中的人，尤其是没有抵抗能力的鲜活的普通人。

胡丘陵似乎有意把权威意识形态所塑造的历史文本去除，重新塑造一个“人”的历史文本，比如前面提到的《长征》中的诗句。红军过草地一向被权威意识形态塑造为“艰苦”和“牺牲”的代名词，如果胡丘陵继续以此为写作基点，则难免使诗歌流于无聊和重复。好在胡丘陵避开了某些身躯庞大的词语的压迫，重写了这一历史文本，用细腻的情感替代了生硬的呐喊，既维护了诗歌的尊严，又写出了独特的历史体验。

三、生命情怀与世界意识

伊丽莎白·鲍温在《小说家的技巧》中说：“小说不只是叙述一下人们的经历而已，它还要在经历之外添加一些什么……小说决不是新闻报道，它写的并不是什么耸人听闻的重大事件……小说家的想象力具有一种独特的力量。这种想象力不只能创造，而且能洞见。它是一种强化剂，因之，哪怕是平凡普通的日常事物，一经想象的渲染，也具有了力量和特殊的重要性，变得更加真实，更富于内在的现实性。”①小说家如此，诗人的创作同样如此。作者只有依靠想象，才能把社会生活中得来的感性材料化为内涵丰富、生动鲜活的艺术形象。如果没有想象，作者就无法以形象的方式概括生活。不但创作者需要想象，欣赏者也需要借助想象的力量去认识作品丰富生动的艺术形象所包含的深刻内涵及独特的艺术特色。文学形象是用语言塑造的，它更具有间接性，因此对于文

① ［英］伊丽莎白·鲍温．小说家的技巧［M］．傅维兹译．北京：北京大学出版社，1987：190－191．

学欣赏来说，想象也尤为重要。

事实上，对于诗歌，尤其是以历史事件为对象的诗歌来说，想象的真实比起新闻式的真实，更具有艺术的力量。胡丘陵这两部诗的写作，可以说是“想象的胜利”。他完全不拘泥于“客观”，而是尽情发挥想象，构造富于情感的“历史诗句”。《2001 年，9 月 11 日》中有这样的诗句：“听一听小珍妮稚嫩的童声/妈妈，我才俯瞰这/美丽的城市/为什么要成为最后的一瞥”，小女孩的这一问尤为让人心碎——“为什么要成为最后的一瞥”，孩子作为天真、纯洁与希望的代名词，相比于成年人，更能使读者感受到恐怖袭击来临时人们的绝望与恐慌。白纸一样的生命，在刚开始接触世界的时候就结束了，这声“妈妈”叫的不仅仅是诗中想象的母亲，更是诗行之外的诸多读者，经过想象的渲染，有了特殊的力量。

儿童视角的注入为胡丘陵诗歌带来了崭新的审美向度。“妈妈，我要摘取红红的太阳/可太阳，一下子/就倾斜了/太阳好热，我好热/原来不是太阳在燃烧/许多吊灯都成了他的玩具”，单纯的小女孩的眼中的世界仍充溢着天真与童趣，哪怕“红红的太阳”已经不能被“摘取”，女孩却仍觉得“许多吊灯”成为“他的玩具”，这样的天真在“9・11”的大背景下显得更为悲伤。对于爆炸产生的伤害，小女孩只会说“太阳好热，我好热”，“热”字背后的疼痛与灼烧不在诗句里，却可以烙在读者心上。“只是小手/来不及动弹/听一听爱丽丝的电话”。小女孩濒死前所想的也许只是接一通朋友的电话，然而小手却已经“来不及动弹”。这也是选取小女孩而非成年人作为想象对象的高明处之一。成年人的世界被诸多琐事困扰，而孩子的内心相对简单，可是连如此简单的愿望她都不能够实现了，让人何其心痛！生命的最后，甚至只剩下一句话的时间。

胡丘陵擅长用细腻的诗情书写宏大历史。“‘妈妈，我爱你’/然而，这是最后一次”。前面所积累的所有情感，在这里达到爆发式的高潮，“然而，这是最后一次”，她再也没有机会对妈妈说“我爱你”，再也不能听朋友的电话，再也不能伸手去摘太阳，再也不能在高楼俯瞰美丽的城市了。虽然小女孩与母亲是诗人想象的，可是女孩的无助、悲伤与对世界的留恋全都真实地存在于诗歌之外的。[①] 因为想象的小女孩与想象的母亲不一定在灾难的现场，但诗人却把她们放置在现场，通过与恐怖分子暴力行径的对比，这种女性和孩子的柔情更能唤醒读者内心深处的同情与忧虑，这也就是鲍温所说的“内在的现实性”。

胡丘陵曾说：“诗人必须是人类命运峰值的独行者，但又必须与芸芸众生

---

① 胡丘陵. 2001 年，9 月 11 日[M]. 台海出版社，2003：62.

共享空气、雨露和阳光。诗，永远不能游离于社会之外歌唱。”[1]表面上看，胡丘陵要说的似乎是诗歌的社会性和现实性问题，但实际上，他强调的是与芸芸众生的共生性问题，是世界性的，是诗歌的人性问题。在胡丘陵看来，诗歌必须是人性的，而人性是不分地域和国界的。

在《2001 年，9 月 11 日》中，胡丘陵写道：“如果你感到这寒冷的冬天有些漫长/请用我的诗歌取暖/如果你感到被撞的地球还在疼痛/请用我的诗歌疗伤”[2]。“9 · 11”带来的恐惧和伤痕在世界范围内蔓延，诗人感同身受的悲痛和关怀跃然纸上。诗歌是否能用于“疗伤”笔者并不清楚，但是诗人的人性意识是清晰可见的：“养老院里/一位朝鲜战场短腿的老兵/露出了他一生中，最为灿烂的笑容”。从战场上归来的战士，本应是最渴望和平与安定的群体，然而当得知恐怖袭击的发生，他年轻时的自己、年轻时的斗志与激情仿佛被重新唤醒了，他仿佛又整装待发，时刻准备为世界的和平发展而战，这充分彰显出诗人的生命情怀与人类命运共同体的意识。

政治抒情诗的标签在为胡丘陵带来鲜明性的同时，也桎梏了读者对诗歌感情响应的持续升华，窄化了诗歌原有的思想容量。诗人自身也有这样的顾虑，他说，我个人的追求，我不是想写一首政治抒情诗，也不是现代史诗，我当时的追求是想写一部人类的精神史诗。诗人追求的不是标签意义上的政治抒情诗，而是一种精神史诗，这就是为什么诗人会把笔触聚焦到这样的场景上来：“另一位曾用机关枪击毙过 15 名美国大兵的老兵/愤怒地表示/如果需要，他将与 50 年前的敌人一道/走上反击恐怖的战场。”[3]昔日因政治原因而枪炮相加的敌人，在胡丘陵的笔下，成了为人类共同利益而奋战的团体。

在胡丘陵看来，人类的命运本就是一致的，人们只该为共同的敌人而奋战，不应该因其他什么理由而相互厮杀，诗人是关怀人类的。诗人的价值不仅仅是功利化的现实，而且是用智慧之光烛照人类的历史与未来。因此，在《长征》中，胡丘陵能够这样写道：“为了这一山石头/两个用不同刺刀刺倒对方的战士/四只鼓胀的眼睛，发现对方是自己的兄弟”。战争的目的历来被统治者渲染得无比崇高与伟大——为了解放、为了生存、为了平等……为了一切的一切，唯独不会“为了这一山的石头”。然而对战争中的每一个普通的战士，每一个鲜活的血肉之躯来说，他们在为什么而战？不是为了家国大义，而恰恰是为

---

① 胡丘陵．一次精神历险[M]．北京：中国文联出版社，2002：126．

② 胡丘陵．2001 年，9 月 11 日[M]．台北：台海出版社，2003：1．

③ 胡丘陵．2001 年，9 月 11 日[M]．台北：台海出版社，2003：6．

了“这一山的石头”，为了在他们眼中似乎毫无价值的东西而与同胞兵戎相向，把自己的刺刀刺进别人的胸膛。这时情节忽然发生转折，他们“发现对方是自己的兄弟”。关于这一场相见不相识的悲剧的成因，诗人在下文给了读者们答案。“一个被抓走的，不得不上战场的哥哥/一个因为哥哥被抓走/毅然上战场为哥哥报仇的弟弟。”[①]哥哥被抓走，弟弟想为哥哥报仇，深厚的手足之情却被战争异化成插入对方身体的冰冷的刺刀。这样的悲剧是战争造成的，是时代造成的，但更是人自己造成的。有了这样的反思，诗人的悲悯情怀就得到了很好的彰显。

换言之，战争让这场兄弟悲剧雪上加霜，如果没有战争，就不会有被抓走的哥哥，不会有参军的弟弟，更不会有手足相残的惨剧。战争不再被粉饰为“解放”的标签，每一个活生生的人都是这场战争的受害者，都是胡丘陵所同情的，这也是胡丘陵诗歌人性光辉的所在。胡丘陵企图从更高的层面上寻找某种未被既有道德、利益和权威所规定的普遍人性，而战争正是毁灭这种普遍人性的罪魁祸首。

因为，一切血与火和狭隘的“主义”，都在妨碍着诗人寻找普遍人性，因此诗人谴责利用国家机器“公开制造恐怖”[②]；谴责发动战争的人“证明正义还是非正义/命名是战争还是恐怖”[③]。战争是人类的悲哀，现代化战争威胁着人类的存亡。诗人的反战思想在诗歌中展露无遗。但他的思索没有仅仅停留在反战的层面，而是更进一步，把目光投到对全人类的“大爱”之中。他希望“让清澈的河水/都流着牛奶和蜂蜜吧/让坐在坦克上的儿童/都坐在迪斯尼的游乐车里/让揿报话机的小手/敲打电脑/给海洋对面的少女/发出友好的 Email”[④]世界上再也没有饥饿与战争，所有的人类都能友好地交流，对彼此心怀爱意。这种对于人类的“大爱”，跨越一切意识形态偏见的博爱，构成了胡丘陵两部长诗全部的人性。胡丘陵像是一个矿工，坚定地在现实的不完满之中挖掘着金矿，并把这些历尽千辛万苦挖掘出来的闪闪发亮的黄金矿石，一块块放到读者的面前，饱含深情地向读者介绍这些小石头的美好与光亮。

总之，从第一代、第二代充满零度象征的政治抒情诗，到胡丘陵充满历史意识与人性光辉的政治抒情诗，这一类型的诗歌似乎已经走出僵化的模式，走

---

① 胡丘陵. 长征[M]. 北京：昆仑出版社，2007：14.

② 胡丘陵. 2001 年，9 月 11 日[M]. 台北：台海出版社，2003：78.

③ 胡丘陵. 2001 年，9 月 11 日[M]. 台北：台海出版社，2003：59.

④ 胡丘陵. 2001 年，9 月 11 日[M]. 台北：台海出版社，2003：78 – 79.

向了一个更为开放和优秀的未来。但政治抒情诗似乎永远无法摆脱“主题先行”的阴影。这一弊病的去除，将有助于政治抒情诗的创作与传播，而胡丘陵给出了自己的方法与手段——把历史意识嵌到政治的内蕴之中，用人性的光辉照亮它们，用全球化的视野和人类命运的终级关怀，让诗歌插上和平的翅膀，让诗歌带着大爱和光明在世界范围内旅行。

第八章　文学湘军的精神刻痕

第一节　转型时期的精神推手

一、人物谱系中的矛盾观

伟大的时代产生伟大的作品，改革开放以后，社会面貌的日新月异超出了现代人们的想象，转型时期的思想、机遇、困境和挑战以前所未有的速度涌到人们面前。可以说，现代人们每天都要面对许许多多陌生的事物，作家如果对这样一个时代持漠视的态度，让沸腾的生活和真实的细节从自己的身边擦肩而过，那么，许多年以后，当回顾这个辉煌伟大的时代时，如果文学没有留下与之相匹配的精彩文本，那么无疑将会成为后世诟病我们这个时代文学“不作为”的口实。可喜的是，一些有抱负的作家努力做出了积极的尝试，拥抱生活，用心切入时代的内部，认真体会历史在此流过时的脉搏和律动，并尽最大努力留下属于自己的独特的声音。

改革和创新是时代的主题，伴随社会转型所出现的阵痛，在许多行业都得到了体现。而国有企业面临着巨大的困境，更牵动着整个社会的神经。有责任的作家对此做出了积极的回应。例如，20 世纪 90 年代现实主义的冲击波，就非常深刻地刻录了当时国企改革的复杂形势和其面临的诸多严峻的考验。然而，这股文学热潮过去之后，人们对这个题材的关注逐渐沉寂下来，似乎这样一个领域只有报告文学就足够了。从这个意义上说，贺晓彤新近推出的长篇小说《钢铁是这样炼成的》（湖南文艺出版社 2008 年版）再次回到这个曾经热浪滚滚如今却少有问津的板块，这需要足够的勇气，我们有理由为此喝彩。

拜读这样一个厚重的文本，读者们最直接的感受是：整本书布局宏大而严谨，作品人物众多，情节复杂，线索纷繁交错而又严密完整。要把这些元素缝合得绵密无隙，不仅需要有粗大的拉动链条，更需要高超的写作技巧。作者必须找到一个既契合目的又契合内容的“纲”的形式去统领，所谓纲举则目张，有纲就会有脊梁，就会有骨力，就不会零乱，更不会坍塌。作者在“纲”的结构图下，进行了明晰的人物谱系设置，使这样一部五十多万字的小说没有出现长篇小说经常出现的结构松散与情节拖沓的毛病。故事发展的前进动力虽说是由文本主人公强烈的责任意识与担当精神来充当，却是由作家高度的自觉和坚守来实现的。贺晓彤十年磨一剑，写得眼睛痛得流泪，还执意写下去。她要为时代立传，要为改革中的弄潮儿喝彩！小说反映的虽是转型时期的种种阵痛，但这种阵痛的平抚和消除却是由优秀的作家和伟大的时代联手以及由此所迸发出的精神推力来完成的。

必须看到，在中国小说史当中，正/副类型的人物谱系设置相当普遍，即在中心人物身边设置一个辅助性的人物，组成一个核心领导层。《水浒传》是以宋江和吴用作为核心领导层，吴用的作用相当于师爷，起出谋划策的作用，依地位而言，和一百零八将中的普通好汉并没什么区别，但他直接参与重大决策的制定，甚至在很多情况下，他的主张会成为最终决策。这种经常出现的个人主张与最终决策的同一性实质上彰显出吴用的政治地位。

这种人物谱系配置到了近现代，尤其是在革命历史题材小说中得到了广泛应用并有了一定程度的发展。都梁的《亮剑》即是其典型：李云龙和赵刚构成了一对绝佳搭档，在共产党的领导体制当中，军事主官和政治主官在级别上是等同的，过去一直被遮蔽的“师爷”形象从幕后直接走向前台，并与一把手平起平坐，这在一定程度上提高了决策的民主性和知识含量，他们的分工也更加合理，军事主官只需考虑军事的单方面问题，《亮剑》把正/副模式运用到了新的境界。

同样的道理，《钢铁是这样炼成的》成功地运用了这种人物谱系配置：陈大富性格粗犷、豪放、爽直、明快，行事大刀阔斧、敢作敢为，郝明海则小心谨慎稳成持重，大局感强却冲劲不足，两个人性格与行为处事方式上的参差使其相互补充，形成了一个强有力的战斗堡垒。由于楼顶的暗中唆使，爆发了使许港钢厂陷入巨大危机的逼债事件，郝明海毕竟是搞政治工作出身，凭直觉就知道是有人搞鬼，通过电话线索找出了问题所在，对下一步的行动做到了心中有数，副手人物的政治保障作用得到了淋漓尽致的体现。这种人物谱系配置暗合了中国传统的哲学思想：奇正相生，也与现代哲学中的矛盾哲学观不谋而合。在马克思主义的矛盾视域中，矛盾双方是既对立又统一的关系，一方的存在以另一方为基础，既斗争排斥又和谐存在，是所谓的和谐共生。不过，贺晓彤的这部小说对这两个人物做了过于明细的分工，某种程度上弱化了郝明海的思想能力。他们两个人很少发生矛盾抵触，使本该有的叙事张力大大舒缓了。相比之下，《亮剑》中李云龙与赵刚则有几次漂亮的冲突，在冲突中，人物的性格特征更加鲜明地凸显出来：李云龙的山野之气融杂着敢于打破任何规则的莽汉气质，与赵刚知书达理、恪守原则的知识分子气息相迥异，并在冲突中人物的个性表达得十分精彩，显示出各自存在的合理性。倘若陈大富与郝明海也有类似的矛盾和冲突，就会更加突出人物性格，以及时代大潮下个人命运和集体命运的不可分割这一宏大母题。

具体地说，在文本中，郝明海内心深处的矛盾挣扎和灵魂之痛没有出来，他几乎总是认为：只要是陈大富的决定就是对的。在建轧材一事上，小说是这样处理的，郝明海干脆表态："我相信大富和曾总的眼光和判断力，机不可失，没什么犹豫的！"作为权力运作顶端的另一极，郝明海没有任何的解释，赞成的原因仅仅因为它是陈大富的决定。这种对重要决策的弱化打破了双方相互牵制的平衡关系，可能作家的意图在于突出陈大富的核心作用，但恰恰相反，两者是水涨船高的关系，弱化了郝明海，陈大富的强人形象就会显得单薄，而且失去了支撑人物关系的哲学内蕴。

当然，瑕不掩瑜，这部小说有许多可圈可点的地方。特别是陈大富的形象，生动而饱满，立得十分牢靠。他是一个工作狂式的强权人物，彻夜谈工作，重病输液时还在跑原材料，最终使许港钢厂绝处逢生。强权人物的行为常常本身带有双重性，一方面有魄力、能决断、大刀阔斧、强力推进改革，但另一方面，改革的强势推进并非总是势如破竹，势必要触及现行利益所得者，这是强权人物不可避免的衍生物，于是郝明海类型的人物就成为必然，因为后事总是要有人处理的，浩浩荡荡的改革横扫之后，会留下巨大的阵痛，能否以合理的方式抚平这种阵痛直接影响改革的成败。郝明海的个人形象在这个层面上得到了很好的体现。

二、现实主义的穿透力

长篇小说是靠人物的个性特征说话的。作为转型时期锐意进取的改革家形象，陈大富身上有着时代烙下的鲜明特点，小说中不下十次提到陈大富看《新闻联播》，这是他高明的地方，在某种程度上，《新闻联播》是社会大气候的晴雨表，要在许港这样复杂的地方取得成功，不但要关注许港钢厂的小气候，还要了解时代的大气候，小环境必须和大环境一致才能让事情顺利地向前发展。

吴荪甫的失利直接源于对大气候的漠视。与这个人物不同，陈大富是一个既有经济头脑又有政治智慧的人，他一上任就显示出清晰的工作思路，先是在全厂职工大会上讲话，激活死气沉沉的许港人精神面貌，继而以人为本，让工人复员上岗，重点构建技术队伍，生产、销售……方方面面打理得井井有条，但作者并没有将人物平面化、概念化，像《金光大道》中的高大全那样，通身透明，金光四射，不食人间烟火。不是的，陈大富有情有义，有七情六欲，与常人无异。因此，他的妻子俞悦才经常"出现一脸的温柔，依偎着丈夫向卧室奔去"的情形。

为了建构陈大富的性格维度，突出其多面性，以及从而拓宽新的审美空间，以及在工作之外陈大富独到的男性魅力，作家刻意塑造了另外两个人物来彰显陈大富的男性魅力：首先是厂花陆小莉，这里是一个英雄/美女的结构模式。美女的倾慕是男性人物魅力的有力旁证，当陆小莉与陈大富接触时，陆小莉非常紧张：

陆小莉坐下了。这样单独与陈大富面对面坐着，还是第一次。她感觉浑身不自在，甚至口干舌燥的，手心也潮乎乎了。暗自使劲掐了下大腿，刺心的疼痛让自己终于镇静下来。这才顺畅地说出话来。

陆小莉这时的心情非常愉悦，坐在自己心仪的男人身边，仿佛感受到了异性体温的辐射，浑身暖洋洋的。每当车子颠簸时，偶尔碰到了陈大富的身子，她便有一种类似陶醉眩晕的感觉，这感觉真好，她希望车子就这样一直不停地开下去，最好开到下世纪末。更希望车子颠簸得更激烈一些，最好是能将自己颠到身旁这个男人怀里……陆小莉想入非非，呼吸变得急骤起来，丰满的胸脯随着呼吸急骤起伏。

在改革如火如荼得近于斗争的环境里，这两段细腻的女性心理描写类似于万花丛中一点绿，但它的作用绝不仅仅是点缀，它是陈大富区别于以往扁平单面人物的重要情节，陈大富的魅力无形中已经透射出来。可贵的是，他并没有迷失，家庭依旧是陈大富感情的寄托和归宿。现实主义冲击波的代表作品《分享艰难》里的洪塔山，懂得市场经济运作规律，是镇里的经济支柱，虽然他侵犯女孩、道德败坏，但大家依然奈何不了这位财神爷。这就形成了一个悖论：道德和经济似乎水火不相容；《钢铁是这样炼成的》显然打破了这个怪圈。小说的第五章中有一个细节："陈大富这样想着，望着身旁睡熟的妻子，便轻手轻脚地穿衣起床走出了卧室"，轻巧的一处用笔勾勒出激情火热背后的英雄柔情。

这种模式在中外小说中应用得非常普遍，尤其是侠义、言情小说把这种模式推向了顶峰。《钢铁是这样炼成的》借用了这一模式，但并没有机械地照搬，陆小莉的形象只是从侧面烘托出陈大富的魅力，并没有喧宾夺主地进入他的情感生活，这段没有发生的婚外情使小说避免滑入三角恋的陈规俗套，用媚俗的手段挑逗读者，用一堆肉体放纵的文字使读者沉沦于兽性的欢快。相反，作家点到为止，情感的洪水不至于溢出理性的防线，也不至于溢出艺术的边缘。

除了陆小莉，作者还设置了一个杨成安的人物角色，杨成安是许港厂的副厂长，负责宣传、保安和人事工作，但他真正的“使命”是给陈大富当陪衬。这种陪衬主要通过陆小莉的视角来完成，陆小莉喜欢的是陈大富，陈大富和郝明海却把杨成安介绍给陆小莉，陆小莉对杨成安持有成见，认为他是一个蔫儿吧唧酸里酸气的男人。在与闺中密友米莅的谈话中更是把两者做了直接的对比：

杨成安确实算得上一个好男人，要是嫁给他，下半辈子可以过受宠的踏实日子。但是，我对他就是没有热情没有感觉。他根本影响不到我的情绪。哪像陈厂长，他一句话一个举动，就能够让我或喜或忧或怨或恼的。我做梦都老梦见他，可杨成安一次都没走进我的梦境。

杨成安已经很优秀了，但与陈大富比还有一定的差距，陆小莉就是最好的标尺，最后与杨成安喜结良缘，充其量是陆小莉退而求其次的结果，这样就形成了一个双重衬托结构。

陈大富的人物形象在文学史意义上也有新的开拓。茅盾首开社会分析小说的先河，用艺术的方式剖析社会。长篇小说以前所未有的姿态介入社会生活，作为作家对社会方方面面的直接解读。《子夜》中的吴荪甫是一个民族资本家的典型形象，茅盾称他为20世纪机械工业时代的英雄、骑士、王子，他有着发展民族工业的雄才大略，有着活跃的生命力，刚毅、顽强、果断的铁腕和魄力，有着现代科学管理的经营之才，他确实应该是时代英雄传奇理所当然的主角。然而茅盾通过小说告诉读者：他生不逢时。陈大富的身份、性格特点与吴荪甫非常相似，但却有着截然不同的结局。吴荪甫的悲剧命运与悲壮人生显示出个人在历史情势面前的渺小。时代像一面坚盾立在那里，挡住那些想横穿而过的人，人在这面盾前就像一只微不足道的蚂蚁。

吴荪甫的个人能力不能超出历史的规定性，陈大富同样如此。幸运的是，陈大富处在改革开放的汹涌大潮之中，如果说吴荪甫是一厢情愿地逆流而上，陈大富则是在无意中御风而行。相同的历史使命，不同的时代背景，造就了虽特点相似却命运迥然的文学形象。在这方面，《钢铁是这样炼成的》有其自身不可替代的现实价值和标本意义。

问题小说在体式方面也做出了新的尝试。五四时期“为人生”的文学研究会开创了中国现代小说优秀的现实主义传统，之后的问题小说开始切入社会的各个角落。读者要求小说能尖锐地提出他们所关注的社会问题，并不期望文学能够给予多么明确的回答，问题小说涉及当时青年关怀的家族礼教、婚恋家庭、妇女贞操、劳工、战争、知识者等诸多方面。一直以来，文学都以能够提出新的问题作为衡量作品精神力量的标准。关于大作家，有一种说法：大作家就是写大命题的作家。鲁迅提出了“国民劣根性”问题，卡夫卡提出了“人的异化”的命题，但用什么去拯救、怎样避免人的异化，作家没有给出具体的回答。《钢铁是这样炼成的》开创了一种崭新的体式，旗帜鲜明地说：钢铁是这样炼成的。这种自问自答的体式反映出作家的一种自信，用毋庸置疑的口气告诉读者，事实就是这样，这是作者看到的，作者只不过是搬了一块生活压成文字罢了。因为有底气的依托，这种新形式无疑增强了小说的现实主义力度。

当然，改革是一个永不止息的过程，它有着未来不可预知的向度，它是一种现实，更是一种思想。从文中的许多信息看，《钢铁是这样炼成的》属于反映20世纪90年代末国企改革的作品，有其独到的历史价值和文化价值，如几位领导的联系工具是呼机，而后改成手机；用麻袋运现金等，这些都是那个时期的具体写照。但20世纪90年代末到21世纪初的社会经济形势已经出现了新的特点，比如，现代企业制度、产权分离，董事会、监事会、理事会的合理配置，“厂长”已经逐渐成为一个历史的名词，小说在后部分应显现出新的时代信息。陈大富固然取得了成功，但谁能保证他不会成为下一个楼顶？陈大富不再主政许钢，用什么保证许刚的持续繁荣？

毫无疑问，制度是唯一的可行性保障。改革如果仅仅是换了个领导，它的进步性又体现在哪里？如果在制度、思想观念上没有更新，改革可能只是一个皇帝打跑了另一个皇帝，从而出现新王朝的短暂繁荣。贺晓彤的这部小说最后在无限美好的憧憬中结束，反映了作家内心的美好愿望。但改革作为一个长期的历史过程，不可能在所谓的美好中停滞不前。诚然，读者们不能因此苛求作家，米兰·昆德拉说：要求作品具备所有品质是一种不道德的行为。尽管如此，读者们依然期望用严苛的尺度来考量这部作品，尽可能尽善尽美。因为，这部作品已经承担起历史可怕的责任，它有足够的力量和自信接受读者们哪怕是有些挑剔的批评。

第二节 洞庭湖文化的野性生命力

一、不屈的生命寓言

人既是文化的存在，又是历史的存在。站在时空轨道上回望民族历史或者地域历史，往往给人带来某种陌生的熟悉感，这种陌生源于时代生活的不同，这种熟悉则是源于空间的相似以及地域文化强大的磁力。如果读者要近距离了解某时某地表层生活背后的历史，民族史诗式的小说无疑是最佳选择。初读《白吟浪》[①]时便被小说中的禾苗、荷花以及洞庭湖里跳跃的鱼虾所吸引，别样的民情风俗给了笔者不一样的阅读体验，对比迟子建《额尔古纳河右岸》中鲜为人知的鄂伦春族游牧式的原始劳作，笔者在《白吟浪》的文字中走遍了作者笔下的山河，心里的世界越来越丰富，眼里的世界越来越精彩，在民族史诗般的小说中，穿越时间的跨度，了解一定社会历史中、一定地域条件下的朴素生活和原始人性，感慨着时空造就的文化生命力。我对《白吟浪》总的感觉是：在艺术表现上，它比现实主义更浪漫，比浪漫主义更前卫，又比前卫更落后。这看似是一种矛盾，却恰恰表达了笔者在阅读这部小说时的心理变化。

许青山的父亲带着商船闯荡洞庭湖，不幸葬身鱼腹。这是小说首先带给读者们的沉重基调。在悲剧面前，推动故事前进的动力不是许青山向悲剧低头，而是迎难而上，向悲剧挑战，于是有了许青山再闯洞庭的壮举。可是，大自然的神秘力量仍然十分强大，一种名为“白龙吊水”的巨大灾难迎头扑来，许青山乘坐的商船被恶浪吞噬，他强于他的父亲，捡得一条性命，落难到了荒洲。

值得注意的是，这里有一个时间节点，它使故事走向一个新的方向，一个与父辈的生命完全不同的精神走向。从此，许青山的命运与洞庭湖融为一体，他在一个叫白吟浪的地方生儿育女，开荒种地，慢慢成为富甲一方的财主。在人生渐入佳境的时候，命运再次戏弄了他，一场洪水从天而降，为之辛苦一生的家园毁于一旦。

这是一个典型的生命寓言。人们知道，寓言性文本最大的特点就是思维的反常性和主题的抽象性，在曹旦昇的小说中，主题、人物、情节、事件和话语符号不是“一对一”的对应关系，而有着更为丰富的内容。也就是说，文本中的许青山不只是一个人，更是一群人的化身。文本中的白吟浪不只是一个地名，而

---

① 曹旦昇．白吟浪[M]．长沙：湖南文艺出版社，2011．

是一种身份追寻。文本中的“白龙吊水”不只是一个自然灾害，而是一个文化隐喻。在这里，创作者的生产场域张扬着一种“草根般力量”，这种力量游离于主流话语之外。或者说，是主流话语的长期忽视为自生自灭的民间生活提供了充满野性的活力。曹旦昇审美追求表现出强烈的“非典籍化”的倾向，一种对精神漂泊和身份追寻的质疑和批判，这种批判不是田野作业式的文物发掘，而是新闻追踪式的现实直播。其寓言性在于，文化场域的生产越来越像一次突变或新闻事件，创作主体对可读性、时事性、新颖性的世俗标准的大胆追求，使文化生产中的自我空间越来越大。这种自我空间更多的是一种异想天开。

例如，在极其恶劣的生存环境下，瞎子边姑娘竟有着匪夷所思的旺盛的生命力，她一生居然为许青山生育了十八个儿女。头胎就怀上了四胞胎，望着家里的一头名为“白娘子”的母猪：“她在思考着一个深邃的哲学课题，人畜一般同。”这是在极端条件下由一个文盲得出的生命哲学。结果，边姑娘把饿得哇哇直叫的儿女们，一个个送到“白娘子”的怀里，让母猪来喂养。她说：“猪娘也好，狗娘也好，把你们养活了，把你们养大了，你们就是人了！”边姑娘的话，是一个关于生命的隐喻和象征的寓言。

读到这里，笔者不由得想起了刘恒的《狗日的粮食》。我觉得这两篇小说在表现原始的野性生命力方面有着十分相似的精神走向。在《狗日的粮食》中，主人公曹杏花脖子上长着瘿袋(即甲状腺肿瘤)，这个从相貌到心灵都很丑的人，让光棍汉杨天宽花二百斤谷子买了她，都感觉不值。然而这个丑女人竟被先后转卖了六次，她全部的生存活动，只限于动物性的本能：求生的本能使她张着嘴要吃饭，而依靠的却是女性的生殖本能和肉体所换取的。她爱粮食却又憎恨它，连连骂“狗日的粮食”。她清醒地意识到粮食是使她屈从于男人，被男人践踏的祸根，可生存的本能又让她不能不依赖粮食。她自暴自贱，把人性中的丑恶尽情地展露出来。为了一粒稻谷，一条南瓜，甚至一堆骡子粪，她都可以耍泼撒野。她给孩子取的名字全是粮食，大儿子是大谷，四个女儿分别叫大豆、小豆、红豆、绿豆，小儿子叫二谷。最后在灾害年景，靠上级返销的救济粮度日，在去公社粮站时，却将钱和购粮证一并丢了。这就丢了她的命根子，她仿佛得了失癔症，整天哭喊不停，后又吃了有剧毒的杏仁儿渣子，一命归天。临终前还特地示意杨天宽把耳朵凑上去，她最后的遗言仍然是“狗日的！粮……食……”

中国底层的生存状态由此可见一斑，这种野性生命力常常与“食”与“性”有关。在曹旦昇的这篇小说中，有许多看似荒诞的场景和细节，它们可以发生在文本之外，发生在空旷的野地，在潮湿的田间、小屋，在汹涌的波涛，在早晨或黄昏，等等，都不会失去其古朴风情和原始野性的活力。这些场景和细节更多的是中国人关于“性”生活的抽象符码，是“民以食为天”的精神旗帜的自在张扬。同时，文本的零散性和反差极强的诗意的描写也拓宽了“寓言”的历史刻度。小说中特地提到，洞庭湖的儿女有如洞庭湖的杨柳，“倒插倒生根，顺插顺生根，倒下也生根。只要到了洞庭湖，就能在这里生根发叶，成树成林，繁衍生息得黑森森的无边无际，发子发孙”。应该说，作家在民族之根的发掘与暴露、本土文明的认知与拥抱、传统文化的继承与发扬、自我身份的质疑与认同、道德理想的追寻与重建，以及在民俗民风、健康人格和社会新秩序等方面仍然做出了难能可贵的“创造性努力”。

尤其难能可贵的是，小说把高蹈的精神旗帜彰显得异常分明。例如，许青山苦心经营了一辈子，好歹有了五百亩稻田，可是，这些稻田在连续三天三夜的“黑眼雨”中，竟然变成了一片汪洋泽国。作者如果写到这里结束小说，读者们也可以接受，只是接受得有些心酸，有些不甘。因为，读者们可以从尊重大自然，敬畏生命方面来理解作者的突然结束，甚至觉得这样结束，反思性的悲剧色彩更加浓厚了。

然而，曹旦昇没有这样就此罢休，他给读者们一个光明的尾巴。这是一个充满力量的光明的尾巴，一个令人温暖的光明的尾巴。那就是，退水后，许青山意外地发现一围子的鲫鱼，一围子被几千担稻子养得油光泛亮的黑壳鲫鱼，“一围子的银花边”。与其说这是一围子的鲫鱼；不如说这是一种打不败的精神旗帜。

二、洞庭文化的信仰崇拜

鸟瞰湖南省地势，南高而北低，湘资沅澧四水皆源自西南方，向东北灌注，最终汇于洞庭湖，因此从西南云贵高原的斜板至东北最终陷落为盆地，故洞庭湖地区谷野开阔，平川润泽，山明水秀，“得天地清淑之气”。又有“湖南最著之史事，如舜崩苍梧，英皇殉节，贾谊以少年才俊谪死长沙，三闾大夫投其芳洁之骨于汨罗之波，而遗留哀艳之《离骚》，悱恻之《楚辞》，永垂其流风余韵于三湘七泽之间，而曾诸公又蔚起于咸同之交，虽成有清中兴之功，亦启近世文明之绪，此皆造成湖南民俗之元素也”①。湖湘这块魅力神奇而又肥沃丰腴的土地，人杰地灵，物华天宝，养育了独特的湖湘生命群体，并且形成它独特的湖湘文化风貌和风骨，作为湖湘文化内核的洞庭湖文化在此之中则更为绚丽多

① 傅角今．湖南地理志［M］．长沙：湖南教育出版社，2008：13．

彩。以武陵桃花源为中心的洞庭湖西岸不仅有最早隐士的传说，而且是屈原行吟泽畔的地方，因此人们都把“桃花源”作为理想社会的象征，自得其乐的劳动生活让人们认识到自我的人生价值，“花下常迷楚客船，洞中时见秦人宅”[①]的山光水色更使人们寻觅到心灵熨帖和慰藉。而以岳阳楼为中心的东洞庭湖则承载了许多历史的遗憾和“先忧后乐”的哲人理想，以屈原、杜甫、陶渊明忧国伤时的精神为榜样，形成以天下为己任的爱国情怀和不屈不挠的奋斗意识。

何所谓洞庭湖文化？是洞庭湖故乡的感觉，是洞庭湖的自然风光，是洞庭湖人民生活的每一个缝隙，是饱含着洞庭人血汗和温度的精神，因而，洞庭湖文化就是洞庭湖地域的灵魂。人类在创造物质文明的同时，也创造了精神文明，人类在继续创造物质文明时，又需要享受着精神文明的成果，并从中汲取营养。[②] 洞庭湖文化在创造物质文化的同时，也创造了精神文化，它具有特有的野性生命力，它的自由造就了它“霸蛮”的气息，它的灵动激发出敢为人先、坚韧不拔、浩然独立、刚烈务实的精神力量。随着人们对湖湘文化的不断探索和发现，洞庭湖文化也焕发出其鲜活的精神文化光芒，这种光芒像温润的空气，像柔和的阳光，填满了洞庭人生活的角角落落。

生长在洞庭湖畔的曹旦昇，对洞庭湖的一花一草、一湖一洲，都有着由衷的敬爱与详尽的把握，鲜活的生活日常之后是洞庭湖葳蕤的生命和不屈的气息，因此，“二十年心血磨一剑，历尽黄沙始见金”，在八百里洞庭难现，美景渐行渐远之时，他潜心写下《白吟浪》去追溯洞庭湖一段神秘厚重的历史，发掘出令人惊叹的传奇故事，再现了生动迷人的洞庭画卷，吟唱出一曲传统农耕文明的赞歌。曹旦昇以其奇特的想象和大气磅礴的语言功力将生命的欲望与自然大美融合在一起，使生命的原始冲动与本真美尽现于《白吟浪》之中。

由于生产方式的发展和物质生活的丰富，科技引导大众的生活方式有了很大的变化，现代人似乎忘却了对土地和粮食的尊崇，内心那份对自然的诗意审美已被功利主义所窃取。曹旦昇在《白吟浪》中生动地描绘出洞庭农民对土地炽烈的崇拜和对粮食的珍视，从开篇“走！到洞庭湖吃白米饭去！”[③]到小说结

---

① 刘长卿《送郭六侍从之武陵郡》“常爱武陵郡，羡君将远寻。空怜世界迫，孤负桃源心。洛阳遥想桃源隔，野水闲流春自碧。花下常迷楚客船，洞中时见秦人宅。落日相看斗酒前，送君南望但依然。河梁马首随春草，江路猿声愁暮天。丈人别乘佐分忧，才子趋庭兼胜游。澧浦荆门行可见，知君诗兴满沧洲。”

② 董明辉. 环洞庭湖社会发展研究［M］. 长沙：中南大学出版社，2004：256.

③ 曹旦昇. 白吟浪［M］. 长沙：湖南文艺出版社，2011：1.

尾“粮食！凝聚着许青山血汗的成仓成囤的粮食……”[①]很多次地描写到洞庭农民对土地和粮食的深厚感情，再一次叩问现代人对土地和粮食信仰的失落。

在《圣经》的传说中，上帝用泥土造就了亚当，并且对亚当说“你本是泥土，仍要归于泥土。”在中国神话传说中，女娲抟黄土做人，赋予其生命从而繁衍。人类的衣食住行须臾不可脱离土地，人类的精神世界也离不开土地的哺育，土地是人类的生命之源。[②] 尤其在中国这样一个以农业立国的国度中，由于原始的农业生产在生活中占据着重要的地位，人们与土地的关系显得格外紧密，农作物的丰歉直接关系着十三亿人口的温饱问题，生产生活所需要的物质资料紧紧依赖着土地，土地是万物维生的根本，是人生在世最初也是最后的皈依。土地负载并生养万物，在远古先民时代，人们以采集和狩猎为主要生产方式，粮食野菜是从土地中生长的，飞禽走兽是在土地中栖息的，自然的风调雨顺关乎着人类繁衍和生存。但是由于自然因素的影响，农作物的生长并不能每次都如人们希望的那样取得丰收，他们又因缺乏对周围环境变化的了解而无法驾驭农作物的播种，土地对他们来说充满了神秘感，他们认为土地像人类一样有灵魂，有喜怒哀乐，并且有一种神奇的力量控制着作物的生长，支配着依靠土地生存的人们。[③] 千百年来，在这种神秘气氛的笼罩下，各种祭祀、禁忌、礼拜仪式经久不衰。在曹旦昇的笔下，洞庭湖上的水土也被赋予了生命和灵魂，土地和湖泊都成为了人格化的自然。就如拌禾那一场景所述：“闷闷的中午，田间静如处子。他们齐齐双膝跪在水田边，一双双充满渴望的眼睛一眨不眨地盯着淡黄浅绿的禾花和银片般的米囊。张开了，一片米囊张开了，不！不是张开，而是腼腆地翕开了窄窄一隙，细如尘粉般的禾花竟有万种柔情脉脉含情地斜睇着她们胸前的米囊。一头扎进那悄然翕开的米囊里面后，便倏地关闭了，禾穗上少了一朵禾花，天地间多了一粒灌了浆的稻籽。”[④]在这禾穗扬花时，花粒儿钻进米囊的那一瞬，读者们看到的不再是植物，不再是抽穗发芽的粮食 ，读者们似乎在见证一场禾的婚礼，似乎看到的是生命孕育的过程，神圣又美好，令人动容。又如在描写夏秋菊一家逃荒下洞庭所说：“夏秋菊认为他的这群儿女是洞庭湖的杨柳，倒插倒生根，顺插顺生根，倒下也生根。只要到了洞庭湖，就能在这里生根发叶，成树成林，繁衍生息得黑森森的无边无际，发子发孙。

① 曹旦昇. 白吟浪[M]. 长沙：湖南文艺出版社，2011：373.

② 胡序知. 土地崇拜[J]. 散文，2000(8).

③ 纪倩倩，盖翠杰. 论土地崇拜产生的早期文化因素[J]. 理论学刊，2014(8).

④ 曹旦昇. 白吟浪[M]. 长沙：湖南文艺出版社，2011：342.

即使饿死了，即使不能成为洞庭湖的一棵柳，也会成为洞庭湖的一蔸草、绿荒洲、乐缰绹。草民草民，这民就是草，这草就是民。”[1]土地有着超自然的神奇力量，它神秘而美丽，对人们的生活施加影响，有着不可抗拒的力量。就像许青山的父亲闯洞庭，因有违天时而遭遇“白马精”陷身流沙；边姑娘将白米喂食牲畜，浪费粮食而遭“挂雷影”的惩罚；小说最后，许青山辛辛苦苦一辈子闯荡得来的肥水沃田却在天公不作美的“鳌鱼翻身”中屋宇坍塌，化为虚有。人只是自然之子，白吟浪只是浩荡洞庭水中的一滴而已，美丽的土地可以是诗情画意，也可以瞬间樯橹灰飞烟灭，万物皆有灵，只有虔诚崇拜自然，亲近怜惜自然，敬畏尊重自然，才能触摸自然的神韵，才能与自然相濡以沫、相互依存。

农民与土地之间浑然一体，不可分割；土地和粮食之间浑然一体，不可分割。渴望耕者有其田，劳者有所得，既是农民最初始的愿望，也是农民的终极理想。[2] 但是自古农耕生活艰辛困苦，农民流血流汗在这片生养他们的土地上，面对各种不可知的自然灾害时更多的是望洋兴叹，无可奈何。生活在白吟浪上的儿女们秉承着对土地的崇拜之情，躲过了无数次大自然在收回其恩赐时所造成的艰难困境。他们崇拜的不仅是土地，还有粮食。就像闹饥荒的年代许青山开仓赈济时，描述饥饿者吃蚕豆的场景那样，“黑压压的饥民像潮水一般涌向了许家茅屋前面的晒坪里，从巳时开始，一直吃到午饭过后。他们一屁股坐在晒簟上，叉开腿张开嘴，拈起枯蚕豆往口里扔……吃！吃！吃！晒坪里到处都是咔嘣咔嘣嚼蚕豆的声音，那声音真是响彻云霄。那声音真是旷古绝今的乐音”[3]。粮食崇拜的另一渊薮是因为在农民的生活里，很长时间的劳动恰恰是为了短暂的吃饭时间，种植粮食，收获食物。洞庭儿女对于粮食的崇拜来源于饥饿的消除、味觉嗅觉的满足乃至咀嚼的快感，除了这些动物性的基本需要和享受，也有从心底油然而生的对春华秋实的感慨和精神层次上对粮食的感恩和敬畏。食不果腹，痛苦的饥饿感使人们对大自然赐予到手的粮食，怀着感恩之心；经历过多少自然灾害而顽强生存，人们不只是感恩，更是敬畏天地一样敬畏每一粒到手的粮食。[4]《白吟浪》的粮食崇拜并非以祭祀祷告的庄重仪式来表现，而是表现为深入农民骨髓的对土地和粮食的热爱，这种崇拜可以无关宗教，但必然有关于信仰，有关于神圣的宗教精神和流淌在血液里的至爱至真。

---

① 曹旦昇．白吟浪［M］．长沙：湖南文艺出版社，2011：31．

② 朱一帆．传统农耕文明礼赞——评曹旦昇长篇小说《白吟浪》［J］．湖南工业大学学报，2013(8)．

③ 曹旦昇．白吟浪［M］．长沙：湖南文艺出版社，2011：33．

④ 朱一帆．传统农耕文明礼赞—评曹旦昇长篇小说《白吟浪》［J］．湖南工业大学学报，2013(8)．

劳动曾经占据了人类一生当中多数的生命时光，因而，积淀在人们内心中的粮食崇拜不仅是温饱的满足，也是美的体验，在劳动中感受到踏实和熟悉的愉悦。小说《白吟浪》中多次出现东家许青云和各大掌作在地里，种土豆犁地，佝偻着腰扮禾，挑着箩筐上肥的典型场景，他们因为劳动而快乐，因为快乐而热爱劳动。曹二驼背爷曾说："好田土嘞！你想吃什么就种什么。你种什么长什么。长出来的东西就让你吃够，这土里能长出肉来，长出鱼来，长出鸡鸭来，长出酒来，长出金子银子美女来，让你享受到你不愿意死去，这就叫尝到田中之味，做老一世。做到你做不动了，临死了，还望着土地，想着一头扎进去，埋在土里，融在土里。"①而夏秋菊就像曹二驼背爷说的那样，几乎沉迷于田野里，踏踏实实勤勤恳恳打理庄稼，汗淋淋地做活令他从身到心坦荡舒坦，土地就是他生活的中心，也是他生命的魂归处 。

在土地崇拜的影响下，"天王地母"的意识代代延传。曹旦昇在作此文时也时常把人性的繁衍同大地相联系，壮苞的禾"饱满丰腴地微笑在温和的阳光里。顶端，肥硕的顶端，那翠绿色的衣裙终于裹不住她的喜悦，终于，禾衣撑破了，露出一缕银白色的精液来"②。农作物繁殖的过程被赋予了神性，它们不再是单纯的农作物，而是像人一样拥有高贵的生命，它们的灵性散落在田间地头，使得男女间的交合也变得神圣，使人类性欲的表达上升到生命的肯定。就像许青山梦春的场景那样，"秋天早晨的阳光温暖着她的玉体，秋天金色的芦苇和野菊烘托着她的玉体。在这荒洲上，这条原始的河流如明镜般照映着她的玉体，她让许青山陶醉了"③。又如对银婉姐和凤山风雨的描写："在太阳底下，在寂寥无人的沙滩湖，两个赤裸裸的男女就坐在这条名叫小铲子的渔船上，喝着酒，吃着牛角辣椒炒的乌龟肉，天和地融在一起了。"④尤其最后的天地融合，更是人与自然同出一体，同生同荣的升华，虽然在隐晦的描写性欲，却表现得美好而纯净，毫无猥亵之意。许慎在《说文解字》中解释"土，地之吐生物者也。二象地之下、地之中、物出行也"；又解释"也，女阴也，象形"；这样看来土地的"地"便是"土""也"的合体，繁殖万物的土地与繁殖人类的女性也就息息相关了。⑤ 在人类社会早期，天灾人祸使人类的平均寿命很低，原始的先民注重

① 曹旦昇. 白吟浪[M]. 长沙：湖南文艺出版社,2011：87.

② 曹旦昇. 白吟浪[M]. 长沙：湖南文艺出版社,2011：41.

③ 曹旦昇. 白吟浪[M]. 长沙：湖南文艺出版社,2011：18.

④ 曹旦昇. 白吟浪[M]. 长沙：湖南文艺出版社,2011：215.

⑤ 纪倩倩，盖翠杰. 论土地崇拜产生的早期文化因素[J]. 理论学刊，2014(8).

生育，崇拜女性的生殖能力，希望女人就像大地生长万物一样多多繁衍后代，因而，土地崇拜是人类生殖和土地繁殖的渗透和感应，以求得人类子孙绵延不绝与土地五谷丰登的双重硕果。在这样天人合一的理解之下，土地就被人格化和女性化，成为大地母亲，在历史长河的漫延中被人类当作母亲一样爱戴和尊崇。小说《白吟浪》中多处写到原生态生活的情性，披上了“性”的外衣，去探索人性中欲望的本质，作者不仅仅是大自然“生命情色”的发现者，也是大自然“生命情色”的赋予者，从这些原生态生活的影子里，折射出洞庭文化深厚的土地崇拜意识和自然崇拜传统。

三、民族史诗的生动再现

乡音乡景是作家创作的根本生活来源，因为熟悉，因为热爱，他们常常被地域文化所影响，在产生乡土归属感的过程中，他们也常常将自己所感受到的浓郁的地方文化表现在作品中。南有南风，北有北味，若说《白鹿原》置身于黄土高原的文化积层中，古老而深厚的“原”文化孕育了《白鹿原》，那么《白吟浪》则是由八百里洞庭的“水”文化浸润而成。[①] 水丰富着曹旦昇的世界，也丰富着小说《白吟浪》那片土地，温厚的洞庭水在历史的长河里或平静或奔腾，不仅承载着作者的乡情乡绪，也承载着故事中人物喜怒哀乐的各色人生。洞庭湖的水为作者提供了写作素材和写作动机，也使作者笔下的作品有了洞庭水的特色。曹旦昇从最熟悉的生活出发，将湖湘儿女的日常进行加工、创造、升华，通过心理的再现和艺术的再现，描绘出具体、独特而又感人至深的闯洞庭的故事，给读者留下可见、可闻、可触的如身临其境的感受。

海德格尔曾说：“接近故乡就是接近万乐之源。故乡最玄奥、最美丽之处恰恰在于这种对本源的接近，绝非其他。所以，惟有在故乡才可亲近本源，这乃是命中注定的……还乡就是返回与本源的亲近。”[②]所以说，灵感是曹旦昇写《白吟浪》的动力，乡土情结则是曹旦昇作品真实自然的感情源泉。若说在洞庭湖的生活经验是作品的基础材料，它酝酿着文学的发生和创作动机的发生，那么作者本人的思想，对湖区农耕生活的体察和领悟就是作品的灵魂，给灵魂不断供给血液的则是作者对故乡的内在情感，是这种深厚的恋乡情结让整个《白吟浪》充满了生命力。就像他本人在作品访谈中所说的：“当我七八上十岁时，

---

① 杨经建．简论《白吟浪》[J]．湖南工业大学学报，2013(8)．

② 胡进．迟子建的精神原乡与作品中的文化悲歌——读《额尔古纳河右岸》[J]．山东英才学院学报，2012(12)．

我曾在洞庭湖畔当过看牛郎，也在洞庭湖畔当过湖鸭佬，我曾目睹洞庭湖的渔民用麻布网捕捞起一船船的鲜鱼，养活了洞庭湖的老老少少，我曾目睹洞庭湖的农民从水田里收获着一担一担的稻谷，碾出一箩一箩的白米，繁衍着一代又一代的洞庭儿女。生长在洞庭湖畔，我算不上一个好渔民，也不是一个好农民，但我却在渔民的船舱里，在农民水田里踩出的脚眼里找到了那些鲜为人知的故事，捡到了那些触人心魄的细节，她们像一颗颗光彩夺目的宝石，她们像一粒粒浑圆柔润的珠玑，我细心地将她们深深地珍藏在自己的心灵深处。”[①]无论是文学史的发展，还是文学作品的创作，以情为动力的规律是不可取代的。所谓“情发乎诗则诗兴，情发乎词则词兴，情发乎曲则曲兴”，小说《白吟浪》的情全都在许青山和洞庭儿女生活劳作间，是作者对故乡的深情让他用多情的眼睛细腻地看待洞庭湖的一山一水、一花一禾，正是动于中而发于外的，不得不抒发的感情推动他写下每一个细节的美景。例如像火像霞一样从天上倾泻盛开的荷景，“荷之娇贵就在这里。未出水面先准备一柄绿伞遮娇羞。当她的脸蛋儿微红时，那柄伞就撑开一半了。当她绽开笑容，笑开怀了，那绿茵茵的伞就全撑开了”。[②] 夏日的白吟浪，十里湖堤，远远望去，荷花已经弥漫了半个洞庭，“堤坡上面是荷花，荷花中间开荷花，荷花开在荷花上，荷花上面堆荷花，并蒂的荷花挤挨着并蒂的荷花。走进荷花堤，你才会发现，荷花不是长出来的，荷花不是开出来的，而是叠起来的，垒起来的，堆起来的”[③]。这样美到令人沉醉的洞庭湖打动了作者，让作者对洞庭湖山水文化有了由衷的敬畏和敬爱，他才从对生命的认知中获得了精神的超度和回归，从乡音乡情真实而自然的迷离中获得了洗涤和陶冶，所以才勾勒出完整的生活画面，给人们可见、可闻、可触、可感的感觉。

所谓文学，既不是对现实的复制，也不是历史的记录。它是以现实为基础，采用生活素材，融合生活体验，按照审美理想选择、加工和创造。就像《三国演义》不同于《三国志》，曹旦昇笔下的《白吟浪》也并非洞庭湖历史，作者带着情感写作，作品中也就充分地表现出作者的情感体验，读者通过情感体验来达到和作者的共鸣。在《白吟浪》这部作品中，作者解除了理性对情感的束缚，通过描摹简单生动的乡村生活片段使情感得到释放和升华，就像“拌禾佬戴尖角斗笠，打赤膊，腰里系条腰围裙，躬着腰割禾把子的时候，南风就掀起腰围

---

① 曹旦昇. 洞庭挽歌——长篇小说《白吟浪》创作谈[J]. 湖南工业大学学报，2013(8).

② 曹旦昇. 白吟浪[M]. 长沙：湖南文艺出版社，2011：61.

③ 曹旦昇. 白吟浪[M]. 长沙：湖南文艺出版社，2011：62.

裙，亮出他们驴马一样的尻子来。风，穿裆而过，很凉快，东家在田里穿行，也看拌禾佬的功夫”。[①] 又如冰刀一样的冬天，在冰刀一样的湖里，长工们抓冰刀一样的鲫鱼，“无风的夜晚冷得出奇，许家茅屋所有的灯笼全都拎了出来，蘸着桐油的火把插遍了落金围子，成捆成堆的稻草堆放在落金围子的湖堤上，田埂上，燃烧起熊熊的烈火，直舔寒冷的夜空。人们在落金围子里呼喊着，企图赶跑严寒，驱散冰凌。他们高举火焰将水田中的活鱼挑到船上，又从船上一担一担挑往晒场。冰冷的鱼在冻僵的手里十分活跃，它们感觉到了自己势力的强大，人类的弱小，他们得到了快乐，他们不担心死亡”。[②] 曹旦昇根据自己独特的生活体验，以独特的审美理想，进行独特的构思，创造出生命力顽强的白吟浪。

曹旦昇在采访中曾说：“我想表达一种心情，守望洞庭之情……我在岸边，守望着你，洞庭湖！”[③]他熟悉洞庭湖的花草虫鱼，他了解湖区农耕人民的生活习性，他在用认真的目光注视和捕捉着洞庭湖最美的风俗风景。晴好天气的白天，洞庭湖“风平浪静，晴空万里，天穹辽阔深远。蓝天碧水，白帆点点。极目远眺，无边无际的洞庭湖万物宁静，分不清天边的到底是白云还是绢纱，是沙鸥还是浪花”[④]。等傍晚太阳落水，大雁飞行在秋水长天之间，“西方由橘红变成了青黛，在那青黛色的远方，有一望无垠的翡青翡绿的青草地。草地上还零零星星地撒着一些淡蓝、浅红、银白色的野花，几只黑白分明的喜鹊活蹦蹦地在野菊丛中弹跳着。时起时飞的姿势很优雅。整个画面是一处人间仙境。在这仙境中，三三两两的青鬃马和大白马很悠闲地在草地上吃青草。有的还扬尾奋蹄地跑上一阵。顺着那些青鬃马和大白马望过去，是那幽深悠远的藏青色天幕。这仙境的的确确与天相连，与地相接。完完全全是天堂的延伸。人顺着那里走过去，一定可以走到天上去，一定可以步入天堂的”。[⑤] 若是到了重阳节前后刮起风暴来，“西风阵阵紧，波涛阵阵急。滚滚乌云从西北方向腾空而起。银花边似的雨片从空中斜劈下来，砸在人的衣服上，一湿湿一巴掌大一片。刚才还是秋光明媚的洞庭湖面，霎时间已是风高浪急，暗无天日了”。而“白龙吊水”的场景更是神乎其神，正是有对洞庭湖暴风雨的熟识，才能写出震撼人心

---

① 曹旦昇．白吟浪[M]．长沙：湖南文艺出版社，2011：41.

② 曹旦昇．白吟浪[M]．长沙：湖南文艺出版社，2011：59.

③ 伍丹，曹旦昇．洞庭湖的守望者——关于《白吟浪》的对话[J]．芙蓉，2014(4).

④ 曹旦昇．白吟浪[M]．长沙：湖南文艺出版社，2011：2.

⑤ 曹旦昇．白吟浪[M]．长沙：湖南文艺出版社，2011：2.

的狂风骇浪，“在水天相接的边缘地带，伸出一条银白色的像白萝卜根须一样的龙尾来……柱子那般粗的龙又变粗了。龙尾插在水里，龙首隐藏在厚厚的乌云里，整个龙体雪白如银，片片龙鳞闪烁着万道毫光。令人胆颤心惊的呼啸声追逐着许青山的商船。乌云是密不透风的屏障，像城墙、像木桶，挤过来，压过来，箍拢来，压迫的人透不过气来。整个天地只有哗哗的响声，天地一片混沌，周围天旋地转，一场灭顶之灾即将降临。被白龙吊上去的水花，有碗钵那般大，有秤砣那般沉。整个水面有成百上千亩那么大一片，水白哗哗地涌向天空。跌落下来的砸在许青山的身上，比死人的肌肤还要冰凉，简直凉透骨髓”①。守望之情是作者吞天吐地的一点灵明，这一点灵明照亮了作者的世界，丰富和润色了白吟浪的每一寸风景、每一个风和日丽和每一次狂风暴雨，不仅塑造出艺术上的洞庭水家，更是对自然大美的生动再现和讴歌。

四、民间叙事的野性生命力

生活于同一地域的人，经历过相同的经济条件变迁和历史文化重组，他们在生活方式和生活态度上有很大的相似，在长期的繁衍生息中逐渐积淀了特定的思想观念和价值取向，所持的人生理想、思维方式都打上了区域性的烙印，形成了独特的地域人格。地域人格的形成来源于特定地域人群创造的特色文化，文化又是一个群体在一定时期内形成的思想、理念、行为、风俗、习惯及由这个群体整体意识所辐射出来的一切活动。所以，地域文化是当地历史的见证，蕴含着当地民众特有的精神价值、思维方式、想象力和文化意识，体现着不同区域民众的生命力和创造力。②

所谓一方水土养育一方人，传统的地域文化潜移默化地熏陶着当地民众，从精神和物质两个层面影响着人们生活的方方面面，不仅增强了民众的凝聚力和认同感，还形成了相对稳定、相对一致的地域人格，使某个地域的人具有某些相同的精神特性和普遍的文化认同。就像光辉灿烂的洞庭湖文化，在历史的长河中孕育了一代代剽悍爽直的洞庭渔民，形成了敢为人先、勤劳不屈、以天下为己任的地域人格，而“霸蛮”的王者风范，不管是从旧石器时代到新石器时代，还是从商楚文化到后来的湖湘文化，都能找到这种特质的发展轨迹。③

“湖南人物，罕见史传”“惟楚有才，于斯为盛”特殊的文化背景造就了湖

---

① 伍丹，曹旦昇. 洞庭湖的守望者——关于《白吟浪》的对话[J]. 芙蓉，2014(4).，第14.

② 张琦. 地域文化形成与湖湘人格[J]. 求索，2011(8).

③ 施金炎，施瀚文. 论洞庭—湖湘文化[J]. 湖南师范大学社会科学学报，2003(4).

南地域人才蔚起的现象，作为湖湘一角的洞庭湖区域也丝毫不逊色。国学大师钱基博曾这样分析湖南地理位置、自然环境对湖湘文化的影响："湖南之为省，北阻大江，南薄五岭，西接黔蜀，群苗所萃，盖四塞之围。其地水少而山多，重山叠岭，滩河峻激，而舟车不易为交通。顽石（赭）土，地质刚坚，而民性多流于倔强，以故风气锢塞，常不为中原文明所沾被。抑亦风气自创，能别于中原人物以独立，人杰地灵，大儒迭起，前不见古人，后不见来者，宏识孤怀，涵今茹古，罔不有独立自由之思想，有坚强不磨之志节。"①处潇湘之北部的洞庭湖乃湖外有湖，湖中有山，洞庭湖文化作为湖湘文化的源头和内核，更是将血性刚硬，有担当有情义的湖湘气质表现得淋漓尽致。洞庭湖的山水赋予了洞庭湖文化灵动的风韵，所谓"知者乐水，仁者乐山。知者动，仁者静。知者乐，仁者寿"。洞庭湖人民在山水之间，受着水的滋润，山的哺养，形成了动静相宜，刚柔并济，霸气与灵气皆存的性格。

在《白吟浪》的人物画卷中，作者曹旦昇塑造了一批有绝活、有骨气的典型洞庭人。有仁义敦厚的曹二鹏，有悲凉慷慨的许青山，有勤劳蛮干的夏秋菊，有热烈率真的银婉姐，也有交织着美丽和残忍的边瞎子，洞庭湖的男人傲骨铮铮地响，洞庭湖的女人丰腴又勤劳。在浩淼无际、波浪翻滚的洞庭湖上，在荒无人烟，蛇兽出没的滩涂旁，在生死悬于一线的自然灾害里，容得下舍生取义，容得下投桃报李，容得下慷慨解囊，容得下个性张扬，就是容不下阴险算计，容不下怯懦软弱。"霸蛮"二字是洞庭湖地域人格的特质，对男人如此，对女人亦如此。所谓"野火湖湘，霸蛮之邦"，霸气和蛮劲不是人格优劣的判定，它是一方水土养育的秉性，是生来就有的，流在血液中、散在骨子里的个性峥嵘。小说《白吟浪》在洞庭湖的典型环境中塑造了质朴剽悍的典型洞庭儿女，是狂野又温柔，凶狠又仁慈的洞庭湖为典型人物创造了生存条件和命运依据。

在小说中，东家许青山勤俭持家，务实肯干，亲历白吟浪"白马精袭船"而丧父，又在义父曹二舵爷的帮助下义无反顾地走上了闯洞庭的路，途中险遇"白龙吊水"，几近困毙于荒洲，却又在举人徐汉云的指点下开垦荒地，勤劳耕种，成为富甲一方的财主。他乐善好施，精明地挑选掌作和长工，在饥荒年代曾开仓放粮，用豌豆和洋芋救助了挨饿受灾的农民，最后却在倒垸的结局中破碎了兴旺家业救济百姓的梦想。他身上有百折不挠的奋斗精神，有敢为天下先的创业精神，他志存高远，有胸怀天下、以天下为己任的担当，有着湖湘文化中"长太息以掩涕兮，哀民生之多艰"的爱国主义情怀，在忧国忧民的过程中有

① 常建. 湖南人的性格解读[J]. 北京：中国电影出版社，2006(9).

强烈的自我牺牲精神。

“父亲是许青山的神，而义父曹二鹏则是许青山的魂。”①曹二鹏见多识广，机智仁厚，有着长远的眼光和长者的威望，勤勤恳恳为许青山兴家旺业，他吃得苦、有韧性、一勤二俭，不贪财、不苟取，却因教育孩子们多读书知勤俭，屡次和儿媳妇发生矛盾，最后客死庙庵。夏秋菊、刑天喜是许青山家的掌作，夏秋菊不惜力气，憨厚老实，忠义赤忱，在做农活时务实耐劳，如同骡子一般负重行远，是个埋头苦干、拼命硬干、狠心实干的典型农民。而刑天喜冲动好斗，在夏秋菊到来之际因与之一比高下而认输，他有狮子的勇猛和猴子的机灵，敬重强者而对同为掌作的夏秋菊心悦诚服。他的语气中有湖湘人特有的霸气和蛮劲，似乎总是秉承着“我就不信邪，你就是天皇老子，我也不怕”的宣言。他自信而果敢，做事麻麻利利，胸怀坦坦荡荡。他们赞美劳动，崇拜技能，他们尊重用双手向自然讨生活的生存法则。他们身上有着不拘陈俗，博采众长的开放精神，愈摧愈坚而百折不挠，注重实干又勤勉朴实，将洞庭湖文化务实创新、经世致用的精神淋漓尽致地发挥在庄稼地和白吟浪里。

湘女被称为“打天下的主”，美丽而又有缺憾的边瞎子是洞庭女子的典型代表。她敢说敢做，走在哪里，就把旋风刮到哪里，把“辣妹子”演绎得逼真生动。在妓院老鸨口中她是头母驴，带走她等于提走了一个饭桶，丈夫许青山遇到她时，被她那石磙一样健壮的躯体所诱惑，她用情主动，从不遮掩情欲之渴，像块肥沃的良田不断地生育。为了防止饥荒岁月里众人哄抢蚕豆，她像一只“凶恶的母狼”双手操着边杆刀；冬天来临前为了抢收落金围子中的鱼，她像个“水牛婆”一样走进冰刀一样的水中劳作；她豁达而热烈，身上的野性充满了霸蛮的气息，她有种豪气冲天的果敢和无所不能的锐气，因为能干而更显魅力。

小说不仅塑造了许青山、曹二鹏、边瞎子、夏秋菊等典型人物，其他渔夫禾佬也都有他们自己的绝活和鲜明个性，他们有不同的性格、不同的家庭生活，固然也有不同的命运，但是在他们的个性背后，是深刻广泛的共性，这种共性不仅是时代社会的共性，更是“霸蛮”文化烙印的共性。打开洞庭湖地区的地方志，触目皆是起义、暴动、战争，在历史上，湖湘地域带着火和血的造反者形象进入别人的视野，因此作为湖湘文化内核的洞庭湖人民，他们简单直白，自然张扬，粗俗质朴的激情和强悍粗野的生命赋予他们一种野性的蓬勃力量。小说《白吟浪》不仅将洞庭人民朴实勤奋，坚韧不拔、洒脱坦荡、劲直勇悍的地域性格跃然纸上，更将敢为天下先的创新精神，以天下为己任的爱国情怀，不

① 曹旦昇. 白吟浪[M]. 长沙：湖南文艺出版社，2011：12.

屈不挠的奋斗意识等洞庭湖文化个性隐藏其中。

五、洞庭文化中的“楚骚美学”

文学源于劳动，因为劳动，人才有了人的烙印，自然万物才成了人的对象，因而原始的自然界才变成了文学的创造对象和创作结果。文学就是人的对象化和自然人化的过程，在人自觉地、能动性地创造文学之前，巫术才是文学起源的直接原因。在先民的认知和思维里，有很多他们所无法解释和控制的事物，因而他们会把动物或者其他象征物刻在雕塑上，画在面具上，模仿他们的声音并将其融入音乐中，通过舞蹈产生魔力，招引或者驱赶这些神秘的形象和现象。最早的文学一开始是人类生活的一部分，在历史中才逐渐衍化出审美和欣赏功能的。史前艺术通过巫术召唤或者祈求某种神秘力量，借助想象和幻想，使这种神秘的活动对人产生了一定的作用，为人们传授生活的经验，或者组织人群，协调观念，最终使想象与现实相互交织，物我交感，主客体相互渗透。小说《白吟浪》多处描写传奇神话甚至迷信故事，不仅是对湖湘楚地巫觋文化的沿袭，也是对楚骚美学的小说化使用。

楚骚美学主要以精彩绝艳的浪漫诗风、缠绵悱恻的艺术情感、发愤抒情的诗学传统、高韵深情的艺术人格，开启了中国美学与艺术精神的浪漫主义传统。[①] 小说《白吟浪》在语言上有诗的意境和散文的韵味，虽然没有楚骚反复跌宕的语言体式，但也不乏耀艳华美的辞采，丰富奇异的想象和绮靡朗丽的深情。正如宗白华所说：“缠绵悱恻，才能一往情深，深入万物的核心，所谓‘得环其中’。”[②]又如王国维所说：“诗人对宇宙人生，须入乎其内，又须出乎其外。入乎其内，故能写之。出乎其外，故能观之。入乎其内，固有生气，出乎其外，固有高致。”曹旦昇钟情于洞庭湖这片土地，深入观察事物的本质，使物象成为心像和意象，用个体心灵点染了一片奇异瑰丽的洞庭画面。在这芳菲陆离、五音繁会的画面中，奇禽怪兽、神话传说、神秘象征陈杂交织，丰富具体，琳琅满目。

小说开篇就是父亲主航船队下洞庭遭遇“白马精袭船”的情景。“白帆高高扬起来了，船也越跑越欢快了。突然，一批大白马从草地里昂首奋蹄直奔过来，一蹄踏到了父亲那条船的船边上，白马长长的嘴筒插进满载白米的船舱，大口大口地抢吃着白米……大白马身后的那些白马和青鬃马、枣红马成群结队

---

① 杨锋刚. 楚骚美学四题[J]. 美学论坛，2013(7).

② 宗白华. 美学散步[M]. 上海：上海人民出版社，1981：6.

奋蹄昂首扬尾奔涌而至，纷纷将马蹄踏在了船舷上，马嘴筒插进米舱……”[①]白马精的出现使流沙灌满了笨重的商船，夺走了父亲的生命，一场海市蜃楼的情景充满了传奇色彩，就像真正的白马精神秘地出现过一样，惊心动魄。令人唏嘘和震撼的画面描写之后还有遭遇“白龙吊水”困在荒洲上的声音描写：“那声音很遥远，很凄婉。冰凉冰凉的，像从很深很深的地里发出来。开始时，细若游丝。慢慢地临近，那声音就重了起来，而且很清晰，很厚实，就在茅屋的附近。并夹杂着女人和孩子的声音：‘救命啦！救命啦！’”[②]荒洲上了无人烟，无数蓝色的鬼火在滚动，毛骨悚然的声音是鬼叫，本来虚无缥缈的事物在作者笔下生动浮现。有了画面，有了声音，再增添一笔似真似幻的感觉描写：“头晕目眩的许青山不知什么时候松开了自己那双和曹二鹏一齐紧握着船舵的手。在那一瞬间，他隐隐约约感觉到他和他的船一齐被白龙吊到天上去。他仿佛看见父亲和母亲就站在云端里向他招手：‘青山儿，来吧，这里是仙界……’”[③]传神的表达带领读者走进恢宏而又迷离的艺术境界，这样现实与想象相融合的场景有种充满野性的雄强的气势，瞬间将读者带入作品虚实结合的艺术天地，带给读者意外的惊喜和神奇的阅读体验。

除了开篇两个惊险绝妙场景的描写，文中还有袁小姐竹篮挑水、藕蒂牢拖木排、贼牯子扰人梦、鳌鱼翻身致倒垸等多处神秘又生动的传说。就连禾佬渔夫都是个个满怀绝技，有着奇异能力，具有先知和预言能力的曹二鹏、法力高超的袁天光、双眼破瓷的陈波儿、指甲剖鱼的银婉姐、踩脚眼捕鱼的庞元春等人物，他们在农事或者家技上的绝活充满了神秘梦幻的色彩，使变幻莫测的洞庭湖多了一层崇巫敬鬼的地域特色。在洞庭楚地，巫觋文化因生命力强大，色彩斑斓而独树一帜，由于自然环境、经济发展、思想观念等方面的原因，巫风楚俗保存得较为深厚，原始信仰、神话传说、古老迷信在楚地民众心中占有重要地位，除了粮食崇拜、土地崇拜，还有各种图腾崇拜和宗教式的“信鬼神，好淫祠”的民俗特征。在作者看来，洞庭的“巫觋”文化是汪洋泽国孕育出来的，是根植于民众血液里的区域特色，在他眼中，洞庭湖的风土人情本来就是神秘的，本来就具有楚骚奇异瑰丽的唯美遗韵。

就像杨雨在《船山学刊》中指出的楚骚之“炫”包括：“其一为文学艺术形式的浪漫和华丽；其二为想象的奇特瑰丽，上天入地，完全打破了现实生活的束

① 曹旦昇．白吟浪[M]．长沙：湖南文艺出版社，2011：3.

② 曹旦昇．白吟浪[M]．长沙：湖南文艺出版社，2011：16.

③ 曹旦昇．白吟浪[M]．长沙：湖南文艺出版社，2011：15.

缚，呈现出浓厚的神话色彩；其三为楚人的个性张扬高调。”①在曹旦昇的笔下，他带着楚骚遗韵的“炫”吞吐自如，所谓的天上地下、神话传说、神灵鬼魂都绚丽登场，广阔的天宇、壮丽的山川、气象万千的洞庭湖以及平常生活与神通人物，都一一展现着它们无与伦比的魅力和与众不同的个性。作者之所以能做到“神与物游”，是因为形象思维始终伴随着形象画面，结合着自我对洞庭湖深厚的情感进行艺术的想象。在不脱离现实的基础上，紧扣洞庭楚地“楚骚遗韵”的精神和灵魂，用想象来弥补生活经验的不足，在想象中形成具体可感的艺术形象，在细微生动的想象中，强化和深化审美体验，最终在想象的混合贯穿下，将零碎分散的原始素材进行精神创造，组织成完整的艺术形象。

《白吟浪》的楚骚遗韵体现在作者浪漫主义笔调下的朦胧和神奇上。他自己在创作谈中也说道：“我心中一直有着浪漫主义的情怀，《楚辞》美学中奇特迷离的浪漫境界一直让我沉醉。那精彩绝艳的语言形式、缠绵悱恻的情感节奏、回环往复的咏叹风调深深影响着我的创作。”②虽然《白吟浪》虚虚实实，插入了一些荒诞的画面，也在变换叙事视角、打破时间顺序上做足了功夫，曹旦昇想有意识地割裂情节碎片，来达到深化审美的陌生化效果，从而用预言、象征、梦境等手法展现出魔幻现实主义的色彩，但是，我们无法忽视其浪漫情怀，楚辞遗韵支撑着作者的思想，滋润着小说的语言，甚至影响着作者的日常生活体验，正如他自己所言：“《楚辞》已经‘沉淀’在了洞庭湖的土里水里，这种‘浪漫’也已经融入了洞庭湖的生活中。”③

总之，靠水吃水，以土为家，传统的洞庭湖水田垦殖文明赐予了人民对土地和粮食的执迷和敬畏。拥有洞庭文化气质的曹旦昇，站在男性的视角上描绘出跌宕起伏、粗犷豁达的洞庭史诗，虽然故事的枝枝蔓蔓处理显得有些庞杂，但也成功描绘出乡味浓郁、令人动容的白吟浪，带读者走进一个既成熟又新鲜、既复杂又纯净的洞庭世界。此外，他将残酷现实中人性的复杂和命运的不可预知、不可把握凌厉地表现出来，虽然达不到温情的悲悯，却灌注了生命的全部力量，以他特有的思维、认识和感情审视人的存在状况，深入到人的内心深处，关注着人性温润柔软的那一部分，最终将触角伸向人性和洞庭人格气质，无疑使作品丰富而充满魅力。我本洞庭人，唱作洞庭歌！曹旦昇了解洞庭湖，了解洞庭湖的文化精神，他以强烈的文化自觉创作出《白吟浪》，不仅是对

---

① 杨雨. 楚骚之“炫”及其文化透视——兼析《诗经》《楚辞》风格之异同[J]. 船山学刊，2013(4).

② 伍丹，曹旦昇. 洞庭湖的守望者——关于《白吟浪》的对话[J]. 芙蓉，2014(4).

③ 伍丹，曹旦昇. 洞庭湖的守望者——关于《白吟浪》的对话[J]. 芙蓉，2014(4).

洞庭湖文化价值的再发现再挖掘，更是对这种精神文化进行了再创造，他笔下创造出的文化价值不仅提高了小说的高度，使得读者感受到湖湘文化的魅力，更是为湖湘文化注入了新的活力，在湖湘文化的保护、传承以及建设中做出了积极贡献。

第三节 民间叙事的文化承袭

薛媛媛是一个有追求、有诗意、有责任和有情怀的作家。近年来，出版了四部长篇小说：《湘绣女》《我是你老师》《六三班的成长报告》《我开始烦恼了》；两部中短篇小说集：《雕花床》《湘绣旗袍》；两部散文集：《那个女人那个雪》《城域外的呐喊》，等等。小说曾被《新华文摘》《小说选刊》《小说月报》《中华文学选刊》《中篇小说选刊》转载，并被选进《21 世纪中国最佳短篇小说》和各种年度版本；《湘绣旗袍》进入中国小说排行榜和第五届鲁迅文学奖终评；《午夜火车》和《一个人的极限》被翻译到国外。长篇小说《六三班的成长报告》被拍成电视剧；中篇小说《你要去北京》被拍成电影并获得第 13 届《小说月报》百花奖、《草原》文学奖、第四届和第五届毛泽东文学奖、湖南青年文学奖、湖南省“五个一工程”奖等等。

与此同时，她在报告文学方面也有了新收获：2012 年由作家出版社推出的《中国橡胶的红色记忆》，讲述了中华人民共和国成立初期，几万湖南青年男女响应国家号召移民云南边境，为国家种植宝贵战略物资——橡胶的感人故事，虽然再次与鲁迅文学奖擦肩而过，但还是获得了分量极重的徐迟报告文学奖。《中国橡胶的红色记忆》将一群普通人的命运与一个时代、一个国家、一个民族的命运联系起来，努力通过一个个有血有肉的人物塑造出一大批生动感人的报告文学人物形象，组成了身上带有浓重湖南文化特色的边疆橡胶种植场工人的群像。作为一名作家，薛媛媛同作品中的人物一起成长，感受他们的酸甜苦辣，体会着他们的悲欢离合，见证时代的沧海桑田，她在付出了巨大艰辛与苦痛后，也成功地收获了属于自己的鲜花和掌声。

一、“新新人类”的文化符号

“60 后”的特征是信仰，“70 后”的特征是理想，“80 后”的特征是张扬，那么，“90 后”的特征是什么呢？这是网上最近出现的一个热烈讨论，很多人在后面跟帖讨论 90 后究竟有哪些显著的特征。有人说他们是在优越无虑中崛起的一代，有人却批评他们说是比 80 后更没有责任感的一代。

其实，每个时代的新一代（“新新人类”）似乎都受到特别的关注，因为他们身上都被打上了这个时代的鲜明烙印。对于新一代，似乎都（总）有人要来褒贬一番。不同时代人们被赋予的定语都不同，人们可以记起的词语有过去的“迷惘的一代”“愤青的一代”“垮掉的一代”，到现在的“新新人类”。虽然“80后”和“80后现象”作为一种特殊名词（甚至带有一点贬义）被广泛探讨和评论，但一转眼新生代的90后已经将80后挤到了“上一代”的行列里。同样是独生子女，但90后和70后、80后一代却显现得非常不同。不管被关注与否，90后终将有一天会成为中国的主人翁。薛媛媛是一个具有高度社会责任感的作家，她用民生叙事的方式，精细地为读者们展现了90后儿童的生活。值得一提的是，民生叙事在薛媛媛的小说创作里成为一种惯用的手段，她的长篇小说《六三班的成长报告》[①]很好地说明了这一切。

与其说这是一部反映家庭、学生与当今教育中存在诸多问题的长篇小说，毋宁说这是一部市场经济作用下的成长寓言更为确切。作者写的虽是几个家庭、几个人物在当下物化的现实世界里精神层面的深度困惑，但何尝不是普罗大众在风云变幻的时代大潮中之集体镜像？小说始于开学报名。大款父亲开车送调皮的儿子上学。儿子下车就走，父亲在后面喊：“金果，你的衣袋没拿下去。”金果回答：“老爸，那你是干什么的？”就这样，儿子与父亲的角色错位了。父亲成了儿子的司机和佣人。反讽在于，儿子认为理所当然，而父亲也并没有意识到这样做有什么不对。

由于报名的人太多，排队的秩序被破坏了，而破坏的始作俑者竟是金果的同学吴玄，这个喜欢研究石头的“鬼精灵”为了帮同学的忙，让排队很久的母亲帮金果一块报名。事情虽小，却深刻反映了社会大环境对应当有着“纯洁心灵”的小孩产生了怎样的影响。而可怕之处在于，人们对这样的事情竟视而不见。

最具讽刺意味的是，刚刚报完名，上学还没有一个礼拜，这所贵族学校竟然倒闭，董事长和校长携巨款外逃了。这就是成长的代价，它不仅仅是金钱的代价，更是诚信的代价，政府公信力的代价，其背后隐藏的必定是腐败。因为这所国际实验学校是市委市政府批准的。

普通民众对于突然降临的灾难只有默默承受，来不及埋怨，也顾不上舔一下剧痛的伤口，大家又急急忙忙将小孩转到曙光小学。故事由此全面拉开：刘红是下岗女工的女儿，家庭的贫困培养了她坚强的性格，成为班上最优秀的学生，为了让离异的父母重归于好，懂事的她忍受了许多委屈和苦痛；王娅娅是

---

① 薛媛媛. 六三班的成长报告［M］. 长沙：湖南少年儿童出版社，2007.

政府官员的女儿，她在生活中不断克服任性和娇气，慢慢得到大家的接纳和喜欢；张可奇的家庭非常神秘，他有着同龄人不具备的思考问题的方法和独立生活的能力。他们与转学来此的金果与吴玄经历了从不认识到认识，从认识到敌对，最后成为好朋友的心路历程。在这过程中，他们违反交通规则，造成交通事故；上课钻牛角尖，让老师下不了台；为了参加小交警而跳楼；还组织生物探险队，逃学到乡下去采标本……

薛媛媛聚焦的不是表面的生活流向，而是生活深层的精神动态。她借用"遮蔽的方式"显现自身，没有表明叙述者就是作者本身，甚至有意回避，但文本在运行之中，作品生产场域里的"倾向性"——批判或揭露——又"显现"得十分明确。这样做的好处，就是使文本显示出更大的空间性和意义的包容性，一定程度上弥补了民生叙事所带来的意义的单一性和人物性格的扁平化，让读者从话语中分析出"话语性"，从意义中折射出新的"意义"，即话语与意义之间的关系不是直接对应的，而是关系到说者的位置、所处的环境以及话语在这个言说空间所引起的反应，文本的意义更加接近丰富多元的生活本身。因为作者在讲述个人经验的时候浓缩了对整个集体的艰难叙述。这种艰难就是民生叙事的力量与成长寓言的代价所在。

二、多元认知下的"性"意识

与《六三班的成长报告》不同，薛媛媛的《湘绣女》有一股浓郁的时代变迁感和厚重的文化沉淀性。① 在创作长篇小说《湘绣女》之前，作者写了一个短篇小说，叫《湘绣旗袍》，发表于2007年第5期《北京文学》，引起文坛关注，同年分别被《小说选刊》第6期、《小说月报》第6期和《新华文摘》第14期转载。该短篇小说也被评为2007年中国小说十部佳作。这篇小说通过湘绣旗袍的一代名师薛师傅和女儿薛蓝两代人对待湘绣旗袍的传承与发展的理念冲突，通过两代人对艺德、操守的不同行为和态度，反映了社会转型背景下一个普通民众对诚信的坚守，对尊严的敬畏，对荣誉的珍视。小说文本的细节描写十分精致，细腻到一针一线，于工艺制作的形式中，刻画了工艺师的人格魅力和神采。薛师傅对取湘绣旗袍的顾客的至死不移的等待，对湘绣旗袍终身不变的守护，是对渐行渐远的民间艺术的文学缅怀，也是作者自身面对市场经济社会和各种诱惑下对文学精神的执着与坚守。

尝到了成功的喜悦后，薛媛媛继续在这一题材上下功夫，并将视野放大，

---

① 薛媛媛. 湘绣女[M]. 北京：人民文学出版社，2010.

将人物置放在特定的历史时空中，找到新的落笔点，于是有了长篇小说《湘绣女》的出版。与大多数想要去体现历史的变迁或者传统文化传承题材的作品一样，《湘绣女》选择塑造了三湘大地土生土长的绣女红月这一个主要人物形象，通过对人物的铺陈展开牵扯出一系列富有传奇色彩、趣味盎然的故事，透过她的视角来窥探出湘绣作为一种精致的民间手工艺，如何在时代的浪潮中跌宕起伏、挣扎生存和兴衰更迭。从文本中可以看出，薛媛媛对湘绣倾注了大量的心血与情感。这可能与她幼时的经历有关，记忆中外婆身上的精美旗袍，各种布料上绣着的花鸟，为幼小的她打开了一扇湘绣的大门；成年后接触到在国内外表演刺绣及展出作品的工艺美术大师，聆听到很多关于湘绣的故事，因而使她在感动之际萌生了小说创作的冲动。这一融合了很多现实人物原型以及地方特色的小说，经过巧妙的加工后，既蕴含了老长沙原汁原味的风情，也为读者展现了20世纪湘绣这一高端工艺品的典雅庄重及其不平凡的发展历程。

《湘绣女》在人物塑造和情节铺叙上都比较成功，人物个性鲜明，情感表达也比较细腻，每个人物的身上都可以折射出不同的特点，鲜有雷同或者乏味；故事情节的展开则是环环相扣，悬念丛生，在很多事件发生的过程中人物的特色愈发凸显而使人印象深刻。值得一提的是，该文本作为想要去体现传统文化传统工艺——湘绣发展历程的小说，其中囊括了很多关于刺绣的专业术语，也引用了很多资料，有的来自流传已久的民间谚语，有的来自历史典籍中的史料，有的来自历朝历代古诗词人的文章，这些术语资料的穿插使得整篇文章的书卷气和历史感增加了不少，足以看出作者的文字功底和创作此文花费的心血。接下来笔者将从以下三个几个方面来简要分析《湘绣女》。

作为小说的主人公，绣女红月值得浓墨重彩。她符合中国数千年来传统女性的形象，虽然生活坎坷，遭遇不幸与苦楚，但是有着闪光的高尚的品质：勤劳、能干、隐忍、宽容、善良、倔强等。这样的女性形象古往今来似乎从不缺少，然而在这些闪光的面具之后，却鲜有人看到她们内心真正的需求和渴望、憧憬和期许。之前，作家致力于塑造高大全的人物形象，尽可能去掩盖人物背后的阴暗面，导致许多人物形象常常千篇一律，如有雷同也不是巧合。但实际上，只有真正走进人物内心最隐晦的那一端，窥探出她想要掩藏的觉得难堪的一面，这个人物才真是算在读者心里鲜活起来。而有意思的是，红月好像真的给了读者这么一个契机，让读者们看到她最本真、最原始的想法。

她13岁进绣庄，师从绣女大匠罗娘，因貌美灵动，聪慧可人，又小小年纪学得一手好刺绣，被桃花江首富杨午恒少爷看上并嫁给他做姨太太。这应该是红月情窦初开的光景，自此她人生的第一阶段就起航了。而杨午恒这个男人不知是红月的缘还是孽，在她今后的人生中给她希望又让她绝望，其中波澜起伏，饶是心酸。杨午恒因得罪土匪被抓去要活活蒸死，挺着大肚子的红月怒闯土匪山寨救下丈夫，杨老爷怕儿子再遭土匪杀害便瞒着红月把儿子送到长沙读书，不久红月产下一对龙凤胎。杨家遭土地改革，红月儿子死去，她抱着女儿被赶出家门，而后在长沙城艰难求生。机缘巧合，她被招聘为红星湘绣厂的绣女，遇到了人生中至关重要的第二个男人——贾梦贤。贾梦贤就好像阳光穿透了红月生活中层层密布的黑云，照亮了她的精神，温暖了她的心，由一开始目光相接的怦然心动到听到夸赞时的亮丽飞彩，穿着绣花旗袍身材姣好的红月深深攫住了他的心。情感的慢慢升温，男人贴心的关怀，使得红月心里的负担和防线也渐渐卸下，笔者读到这里竟有些迫不及待地希望他们能走到一起，毕竟红月孤儿寡母着实艰辛坎坷，让人看了心存不忍，如能和贾梦贤喜结连理，倒是皆大欢喜。然而作者早已做好让读者大跌眼镜的准备，杨午恒居然“死而复生”，文中此时对红月的描写是极具隐喻意味的，“红月慌乱的心情使她脸色变得惨白，当她听到杨午恒说跟他回去时她的心已碎成几块……”“红月猛然转身，说天意。她歇斯底里地说，你为什么在不该出现的时候出现了。我怎么办？怎么办呀？”“望着杨午恒背影消失在街头红月腿软了下来，她靠扶住墙壁才能站稳。他还活着，他还活着！他还活着我怎么办？贾梦贤怎么办？天意，天意呀……”作者对红月此时的神态、心理、语言描写是极其细腻的，惨白的脸色、混沌的大脑、无助的迷茫和绝望的呐喊，将红月内心的悲苦凄楚发挥得淋漓尽致。失去并不足以击溃一个人，但获得后的抉择却那么磨人。她最终还是选择恪守千年流传下来的妇道传统，选择掩埋内心萌发的关于爱情的浪漫幻想，选择回归家庭回到陌生的丈夫身边。

作为一个传统女性，她完美诠释了什么是隐忍，在丈夫被打成“右派”入狱的黑暗岁月里，更是不离不弃，成为丈夫的精神支柱，但在与贾梦贤相处的时光里，也可以看出她内心对于男人的依赖与期盼意识正在逐渐显现出来。红月去乡下避难，遇到了曾经的管家王德山，亦对他产生一种情愫。为王德山刻意打扮，被女儿发现心事而恼羞成怒；看到光膀子捕鱼的王德山心生冲动，“内心守着的那份孤寂已被他激活，而他又走了”。读到这里，其实还是有些出乎读者的意料的，红月渴求男人的依靠和体贴，这一生理和心理上的需求赤裸裸地展现在读者面前，让大家意识到这个女人其实只是一个普通的女人而已，她也有自我的欲望和诉求，也有软弱脆弱的一面，但最后她还是通过抽烟进行了自我压抑和克制，让不断升温的情感冲动得到冷却。丈夫杨午恒终于回家，却因长年的牢狱生活丧失了男人的本领，红月盼望多年的幸福永远逝去；在女儿金枝的丈夫伟业来家吃饭的时候，红月看到伟业健壮的身躯，富有男人味的衣着，感受到一种快乐的羞耻；丈夫死后，本有机会与贾梦贤再度走到一起，却因众人的流言蜚语，忍痛割爱；临终前的红月躺在一个陌生的男中医怀里，将全部的希冀都寄托在了他身上，这些都是红月内心潜意识中对男性关怀、对性的渴求和流露，终其一生她都在拼命守护与追求男人的依靠，又无数次地压抑这种情感的流露和爆发，在自我矛盾中纠结往复，在不甘中去世。

在中国传统的认知观念中，对于性的表达一向是避讳的，尤其是女性，倘若女性流露出对性的暗示，便会被套上不贞不洁之名头。红月就是在这种桎梏中对自我的性意识进行阉割的，一方面是生理和心理的向往，另一方面却要残忍克制，这是妇女内心最真实的想法，也是最真实的人性展露。这样的红月在读者心中反而多了几分真切，更让人感同身受。

三、湖湘文化的赓续与承继

《湘绣女》穿插着大量关于湘绣专业知识、术语和古籍史料的描写。从绣花的线——丝线、绒线、花线、织花线、挑花线、金银线等让人眼花缭乱，再到绣花的针的拿捏需“两指弯曲如环形，运针全赖两指”的精细，再到各种针法的叠加——接掺针、挖掺针、直掺针、横掺针、排掺针、朋毛针、隐针、游针、花针、打子针、钩针等使人应接不暇，全文读下来颇有一种置身于湘绣历史博物馆和湘绣教学课堂的感觉，让人真正感受到了湘绣文化的博大精深。除却对绣花这一精细活儿的专业叙述，文中也大量铺陈着从一些历史典籍上摘取下来的关于湘绣的记录。以杨老爷提出的《绣线瑶台骑鹤图》为例，即被称为“顾绣”，是明嘉靖年间顾名世中后代妇女的作品。文中这样描绘道：“毛祥麟在《对山书屋墨余录》中说：‘顾氏刺绣，得之内院，其劈丝配色，别有秘传。’顾绣线细于头发，针则如毫毛。”从杨老爷的口中为读者普及湘绣中的“顾绣”在历史上的地位以及其特色。再比如贾梦贤看到红月身上的旗袍，娓娓道来汉代刺绣发展的历史：“汉代绣衣曾被命名为‘绣衣直指’或者‘绣衣御史’……《杜阳杂编》记载：同昌公主出嫁时，光绣被上绣鸳鸯三千，并间以奇花异草……白居易诗‘红楼富女家，金镂刺罗襦’……”类似这样的描写在文中并不少见，通过人物之间的交流对话，把绣花、湘绣等工艺的历史慢慢展现出来，构成一幅流动的湘绣发展图。

为了写出这部体现传统工艺——湘绣多舛的发展历程的小说，作者是下足了功夫的。她对于跟湘绣有关的东西搜罗得很齐全，包括制作工序、品种类型、历史上有名的湘绣作品等，借主人公波澜起伏的命运来暗示湘绣的发展实质上也是一波三折、兴衰交替，既富有浓郁的历史气息，又牢牢紧贴着时代的变迁更迭。但是略有瑕疵的是，笔者认为作者想要详尽细致地为大众描绘出湘绣在历史上的地位和特色的想法固然是好，但是将大量的专业知识的引用穿插到人物的对话中，有些地方还是稍显生硬和牵强。从上文提到的杨老爷和贾梦贤的话语中可以看出，在对话中大段的话是背诵史籍中的描写，偶尔使用一两次会觉得合乎情理，但是使用频率过高则显得有些生搬硬套，有一种为宣讲知识而宣讲知识的感觉，太过生硬。

展现湘绣的发展历程，必须有载体。红月心心念念的旗袍在文中便是一个不容忽略的意象。旗袍成为湘绣的一个具体载体，上面的绣花装饰均是湘绣工艺在细处的体现。无论是遇到何种挫折困难——被批斗被打压，红月都是以一身干净整洁、饶有韵味的旗袍装出现在众人面前，旗袍是她女性审美意识的寄托，跟着她一起起起伏伏几十载，上面的湘绣更是她一辈子的精神寄托。文末提到，红月的女儿玉叶深得绣花的天赋，但是在时代新潮之风的吹拂下，年轻人的审美呈现一种大胆新奇的趋势，她所做的旗袍与红月传统观念中的旗袍大不相同。红月无法理解这种变化，也为传统旗袍的没落而生出深深的无力感。她内心其实固守的还是传统工艺的古韵美，然而对于她来说，传统文化遭遇新潮文化的冲击所不得不进行的自我改革和蜕变的阵痛是她无力改变的，所以在小说结尾她穿着自己做的最后一套旧式旗袍死去的时候，大概也是遗憾中的无憾了吧。

作家对传统文化传统工艺的痴迷，对湘绣多舛的发展历程的留恋，都通过细腻的女性笔触生动灌注在了三湘大地的一出绣女传奇之中。在 20 世纪风云变幻的几十年中，湘绣作为一种精致的高雅工艺经历了跌宕起伏的发展，由享誉全球到几乎覆灭再到由绣女、画师等的倾力振兴，湘绣在国内外又渐渐恢复了以往的神采，这离不开很多基层民间艺术家的呕心沥血。从这部小说中，人们看到的是红月、厂长等人对湘绣的挚爱，跳出这部小说，人们也不难发现，现实中有很多这样的民间艺术保护家正默默无闻倾尽全力地守护着他们引以为傲的精神寄托——传统工艺。从此文中，人们看到的是一种态度，一种对于传统工艺传统文化的反思与承继，也是鞭策世人善待传统文化的一种警醒。

四、民间艺术的时代新变

薛媛媛的《湘绣女》大致可以归入到传统文化的范畴，通过红月展现一代工艺湘绣在风起云涌时代变幻中的兴衰，抒发作者对于传统文化、传统手工艺如何发展生存的反思。不少作家喜欢写民间艺术、传统风俗的文章，致力于唤醒大众对传统文化的意识，这里倒不妨做个比较，看看其中的异同。

作为一代文学大家，冯骥才还有另外一个有趣的身份——民间艺术工作者、民间艺术家。他创作过相当多的作品，描写民间饶有趣味的风俗习惯、特技才艺、工艺手艺，推动了很多民间传统文化保护的宣传。他的文章多以散文为主，短小精悍，语言幽默风趣，十分口语化，有着津京地区特有的口音。他的《刷子李》《快手刘》等短篇散文，描写天津地区民间的一些手工艺人，他们或多或少有着一些本事，能够凭借一身技艺养家糊口，而他们手中的那些技艺都是地道的民间风味的手艺。虽然都是一些不起眼的小人物，但是他们都有着积极的生活态度，老子传儿子，儿子传孙子，一代一代将这些技艺流传下去。因而相较《湘绣女》的长篇，读者们在读冯骥才的短篇散文时，更加感到一种掺杂着市井百姓酸甜苦辣的文化气息，更有代入感。并且《湘绣女》的整体语言风格比较严谨，中规中矩，而冯骥才的文章则更富有趣味。当然长篇与短篇的视角局限性以及文章时代背景的不同，导致文章风格也颇为不同，这无可厚非。从同为展现传统文化发展没落兴盛的角度出发，两者都从自身的阅历、生活经验出发，各有各的感触，化到纸上，各有千秋。

整体来说，薛媛媛的《湘绣女》是近年来为数不多的描写传统文化类的优秀作品，既包含了理性专业的术语性叙述，又运用女性独到的细腻情感和温柔笔触，圆满地塑造出了一个隐忍坚强的女性形象，为读者绘出一幅似平静实则暗流涌动的湘绣历史大河图，在起起伏伏中真切感知传统文化发展的艰辛不易。

第四节　生活的荒诞与精神的救赎

小牛是一个善于思考的作家，更是一个对文字十分敬畏的作家。同时，小牛还是一个十分优雅的人。在文学创作上，他的起点很高，出道也早。自1983年开始发表作品以来，已有《人民文学》《当代》《中国作家》《十月》等权威杂志及国内多家报刊出版、发表文学作品数百万字，计有长篇小说3部、中篇小说40余篇，短篇小说、散文、随笔若干。特别是近年来，他的作品接连在全国颇有影响的刊物上发表并被转载。湘籍文学评论家刘起林在评价小牛的长篇小说《秘方》时认为，小牛凭借着文人式的敏锐与悲悯，在多层次的思维空间中，细细地品味时势变迁中基层社会的生存境况，努力地发掘潜藏其中的卑微、憋屈、韧性与焦躁之中的活力，并通过一种将其风俗化的艺术努力，探索着基层社会生存形态及其人生韵味。而笔者曾在《文艺》报撰文中认为，小牛属于“底层关怀”的代表作家之一。

一、活着的重量与人格的价值

作为文学新湘军的中坚力量之一，小牛的书写追求品质与纯度，他不在乎海量般的体量，更关心作品内在的张力与热度。这也是他的每一篇作品都很有分量，每一篇作品都能够在文坛产生一定影响的原因。特别是笔者在阅读他的中篇小说《进城和去乡下打工的》①，竟然会产生一种难以言说的阅读灼感：活着的重量，一种压迫着心脏的力和悲，一种欲哭无泪的苦与痛。

生活是怎样被割裂的？灵魂是怎样消失的？当自我价值的实现、人格尊严的挺起、情感思维的诉求、生命之路的选择放在"活着"这个实实在在的问题面前时，均显得苍白。同一条路，两个方向的顶端，一样的结果，活着，仅仅为了活着。故事的开局很简单："中巴车与小四轮对峙的时候正是下午五点多钟。"继续读下去，很容易发现，这不仅仅是两辆车的对峙，更是人的对峙，城市与乡村的对峙，对峙的背后是同一种困境。陈跃进坐在中巴车里从城市去乡下打工，邓顺生坐在小四轮里从乡下去城市打工。一次偶然的邂逅，两个人都是心急火燎地登场；擦肩而过之后，故事才真正展开。

在叙事方式上，作者的布局设置很简单，就是陈跃进和邓顺生两个点，以及在这两个点上延伸开的两条线。之所以说是两条线，而且是两条只相交一次的线，是因为，两个人的故事几乎重合，且两个人的经历都显得顺理成章。娓娓道来的叙事方式很有说服力地表明两个人只是这样一种生活的选择，于是，读者毫不怀疑，自然而然地进入故事。

而作者在文中关于两个人的交错叙事，呈现一种反讽的意味，很好地应和了"进城和去乡下打工的"这个题目。卷烟厂原下岗职工陈跃进在城市里没有生计，还要养活老婆孩子，听一陌生人介绍，他去乡下打工，没想到进了一假烟制造作坊，但为了1200元的月薪，他待了下来，结果，没几天作坊被端了，他失魂落魄地逃出来，讨要押金，结果差点成了杀人犯；农民邓顺生则经一远得不能再远的亲戚介绍到城市一工地干活，开工当天就被卷入一场斗殴事件，结果被人打爆了头住进医院，工头跑了，他只能自认倒霉，后来再返回工地，几番纠缠过后，他也差点成了杀人犯。

社会转型期的中国社会存在很多文化断裂，城乡的二元结构是人们讨论的话题。典型的是大批农民工为了生计涌入城市，形成中国社会历史上的一场壮举，不可避免地，农民工身上强烈地凸显出农村文化与城市文化的冲突。而显

---

① 小牛．进城和去乡下打工的［J］．中篇小说选刊，2009(1)．

然，作者并不是将笔触简单地集中在这一命题上。这篇小说里城市与乡村显现出一维性，在我看来，它要表达的是城乡共同的文化背景下底层人物的生存困境。无论是陈跃进还是邓顺生，他们都存在活着这个难题，最基本的物质诉求封锁了他们基本生活需求以上的欲望，表现为人的主体性在某种意义上的消失，比如陈跃进与他的女人行房也变成一种机械的本能，主体性的消失也可以说成生命丧失了可能性，即生者的道路是别人确定下来的，而自己没有选择的权力和能力。

作者用最为夸张和极端的笔触将陈跃进和邓顺生的生存困境放大，将无限可能性集中到最短的时间产生最糟糕的结果。通过陈跃进和邓顺生这两个点开启的是被分割开的统一空间的两部分。在这个空间里人们看到的不是“生命中不能承受之轻”，而是的的确确的生命中不能承受之重，这就是活着的重量。

同时，笔者并不认为作者的标题定位凸显出某种程度的城乡二元结构被打破，或者在社会发展的维度上农村也可以吸引城市的人到农村去打工。作者自己说，在这篇小说之前他另外分别写过描写乡下人进城和城里人下乡的小说，在那两篇小说里作者重点描述了城乡文化的冲突与协调。而对于这篇小说的立意他如是说：“从最初试图打破城乡疆界导致的文化冲突，到今天城乡融合进程中越来越多的冲突却表现在并不需要太多冲突性的生存矛盾。”这一点和笔者对其作品的认知是一样的，也就是说，今天的城市和农村凸显出共同特征的生存困境，换言之就是整个社会面临共同的生存困境。于是城市人到农村去打工并没有任何亮色，反而显出更重的黑色。

笔者更愿意强调作者的意图是为了凸显转型期中的中国社会的整体矛盾。上层生活的人有其生存的困境，用马斯洛的需求层次理论来说，那主要体现在更高层次的自我价值实现的受人尊重的困境；下层社会也有其生存的困境，也就是简单地、最直接地活着的矛盾，可以说这种矛盾是更低的，陈跃进和邓顺生是不会着眼“尊严”二字的。而从生活矛盾的主题中读者们也可以看出中国社会阶层存在着巨大的断裂。这种矛盾和断裂体现在文中的“烟”上，文章从头到尾几乎都有烟的影子，烟成为一个隐性的意象，代表陈、邓二人的社会地位，也代表了他们生存的手段，或者烟就代表了他们自身，而陈、邓二人唯一的一点差别也就是烟的细微差别，是“盖白沙”还是“田野”的问题。

可以说，小说折射的文化内蕴是广阔的，不仅仅是打工文化，而且是以打工文化为依托，描绘了整个社会底层的文化，包括流氓文化、无赖文化等，是这些社会转型期的综合环境造成了陈、邓二人的僵硬生命，于是文本中的人物、故事及其由此带给读者的感觉格外沉重，这种沉重恰恰彰显了作家小牛对于小人物的脉脉温情、心中秉持的人文精神以及对小人物苦难命运的尊重与呼吁，这是小说的价值所在，更是作家责任意识和写作诉求的真实体现。

二、从割爱到自我阉割

小牛不断地拓展自己创作的领域，与中篇小说《进城和去乡下打工的》不同，他创作的《割爱》[①]是一部情感婚恋题材的小说，但又不是常见的一个男人与几个女人的肉体纠葛。原人民文学出版社资深编辑何启治认为，这部小说比《大浴女》好看，比《情爱画廊》深刻，当太多人的美好追求被世俗之欲摧毁时，还有如此为维护理想追求的举动，令人震撼。作者以文人墨客为主角，以情感婚恋为主线，这些让人浮想联翩的小说元素，探讨的却是极其严肃的理想问题。小说的作者提供的这个具有底层叙述意味的文本，通过巧妙的叙事方式依次展开，借助特定历史背景与当下拉开距离，使得小说具有一种独特的诗性超越效果。

小说《割爱》中，“魏真”这个被作家倾注了理想色彩的形象，一直在情感生活的道路上苦苦挣扎，在经历接连不断的旧恨新愁之后，他终于如愿以偿，与昔日的梦中情人白云结成了夫妻。当然，如果仅是这样一个大团圆结局，故事本身就沦为对世俗生活的简单描摹和复写，没有所谓的对平常生活的超越了。并非笔者对小说人物命运有一种先入为主的期待，而是主人公为了维护这份近乎神圣的感情所作出的自我牺牲击中了笔者，并且正是这种渗透着悖论色彩的小说逻辑，才将一个简单、具体的个人性格问题上升到一个复杂、抽象的哲学问题。

《割爱》本身书写的是小地方和小人物，只不过将视角调得更深远，那个决定人物存在的模糊背景，连同存在本身，被赋予了与人物相当的重要性得到表述。从书名开始，小说就渗透了一种明显的悖论色彩，与其说它是诗意的，不如说它是残酷的。“割爱”意味着对现实的无奈与失望，因此当魏真随着人生轨迹的推移向前走时，他也是一步步退回到自己的过去，其原点就是一直存留在他内心深处的一种想象，当无处可退时，“割爱”就从象征意义退回到了理想意义。当然，也正是残酷的自我阉割促成了人物的人性和小说的诗性升华。

作为理想情人的最初模本，一部叫《洛神》的电影中“美丽无比的洛神在魏真幼小的心里就像太阳一样灿烂”。在后来的成长过程中，洛神的形象无数次闯入魏真的梦里，“直到长大成人了才意识到，正是洛神在他幼嫩的心灵里催

---

① 小牛．割爱［M］．长沙：湖南人民出版社，2011．

长了一种美丽而朦胧的早恋情结。虽然这种早恋情结并未导致魏真的任何早恋行为，但成年后的魏真已不知不觉将这份色彩动人的情结和满心涌动的浪漫诗绪糅合到了一起，然后渗入到自己对女性的审美目光中了”。可以说，牢固建立在魏真早期心灵中的美丽镜像，成为了他日后选择异性的一个潜意识标准，这种理想主义式的追求为他坎坷的情路历程增加了一个难以删改的注脚。

童年镜像和现实遭遇之间的反差构成了魏真精神世界中的紧张关系，阴差阳错地与王珍结婚，看起来魏真的情感状态已经获得了一种确定性。然而，他们两人之间的婚姻关系并没有具备婚姻本身所需要的情感基础，是王珍处心积虑用自己的“性感”而促成的结果，这决定了王珍在日后的婚姻生活中一方面缺乏自己的独立人格，她必须通过为人所不齿的方式去敲打，以此去确证婚姻的稳固性和安全性；另一方面，她要在魏真面前树立一种优越感，以弥补自己在追求魏真时的自尊消耗。这种种行为，在魏真看来，都是个人“层次不高”的体现，尤其是因为王珍的失误而失去他们的孩子之后，那根紧绷于理想与现实之间的妥协之弦也就宣告破裂了。

魏真的生命中一共有 6 个女性在其情感世界中打下了深刻的烙印，根据现实逻辑，他可以与任何一个女人白头到老，以非常现实的方式而不是小说的方式讲述完一个男人的故事。所以，小说最不符合现实的逻辑是，为了实现个人的童年镜像，在白云生理机能受损之后，魏真也主动去找鲁医生把自己阉割，彻底去掉自己作为男人的根本性欲望。魏真因为自己完成对现实逻辑的颠覆而倍感轻松：魏真迈着坚定雄健的步子向妇科检查台走去。他脑子里突然就冒出那位穿着火红铁靴昂首阔步的大侠形象。手术顺利而成功，这本身就是非常容易的小手术。当魏真在鲁医生夫妇崇敬的目送下离开“新世纪医院”时，他感觉到浑身轻松。

在《割爱》这部小说中，“摆脱”是两方面的，它既可以是指小说外部的结构方式，也可以指代小说故事中人物的个人命运，两者统一起来，逃离了读者对于小说阅读期待的习惯性控制，从而产生一种强烈的审美接受冲击。

三、在无边的灰色中耸拔

事实上，生活本身无法用二分法来进行简单概括，存在是和历史紧密关联的，从这个意义上说，存在就是合理的。生活既不是白，也不是黑，用小说中的一种说法，是灰色的。小说的背景集中在 20 世纪最后十多年中，中国处在一个经济转型的时期，大多数人面临着一个心态的调整问题，“铁饭碗”被砸破，几乎是每个人都经历着从英雄叙事向平民叙事的过渡，比如鲁医生因为医疗事故之后主动辞职办个体医院，祁红脱离文化馆自立门户开办艺术班，都可以视为那个时代所特有的典型。因此，灰色成为了一种混合色彩，是生活的常态。这种生活状态对于普通人来说或许是受用的，但是对于艺术家而言，则很危险。写诗的邢之远给魏真送了一幅书法“在无边的灰色中耸拔”，勉励之意，不言自明。

诗歌与诗人作为这篇小说里的一个象征代码，被嵌入了丰富的含义。所谓诗歌和诗人，在这里亦只是一个符号，它们可以通过其他的形式来加以取代。然而，恰恰是诗写得比魏真好的邢之远，借助他自己的文学才能敲开了向世俗攫取个人利益的大门。与魏真不一样的是，邢之远是一个把诗歌和生活分得很清楚的“清醒者”，正如小说中邢之远对魏真说的“生活跟诗还是不一样呢，要是像写诗一样地去生活，肯定会将生活弄成一锅粥了，任何人的生活都不会像一首诗。写诗需要激情燃烧灵感；生活呢，许多地方就得用理智去点燃激情了。”邢之远以导师的身份告诫魏真，生活跟诗是有区别的。在邢之远看来，诗歌只是一个用来改变生活的工具，他在北京读作家班时搭上地委组织部长之后，他向魏真表明了自己的人生哲学：“我不是个钻营功利的人，也不是个拒绝功利的人。”去地区卫生局当副科长的机会来临，他毫不犹豫地弃鱼而取熊掌；魏真则放弃财委的工作，即使没有职位，也以办事员的身份去了“清水衙门”文联，为的就是“自己从此算得个专业诗人了”。邢之远走上仕途之后春风得意，向魏真宣扬欲望对于人的“能动性”作用，与以前的人生哲学相比较，已经是“举着欲望出发”了。邢之远对魏真说过：“欲望是什么？欲望就是人的奋斗动力，我不是说过历史就是欲望推动的么！钻木取火也好，四大发明也好，太空研究也好，人类哪一样活动不是围绕让自己生活得更好这个主题？你把欲望烧旺了，你的主观能动性才能出来，别人抓不到的机遇就能被你抓到了。”从这番话中就能看出邢之远已经屈服于现实，沦为欲望的奴隶了。可以说，邢之远的形象只是中国改革开放的时代的缩影，是千千万万中国人的典型而已。最后，这个以欲望为人生第一要义的邢之远，仅仅是为了报复祁红对他的“高傲”，在祁红有求于他时，以手中的权力再次无耻地夺走了祁红和魏真的尊严，魏真终于喊出了内心对于邢之远的鄙视。笔者觉得作者可能想要表明的是，诗歌尽管可以作为一种爱好或者思想的依托，但它本身并不是保持“耸拔”的可靠支撑。

在笔者看来，小说的深刻性正体现在这里，作者借助一个诗人在爱情与婚姻、欲望与肉体中的纠葛，表达出对于人的理想与命运的一种反省。也就是说，在普通人的生命历程中，灰色调无疑是一种最常见的生活状态。如果说魏真在最后那一刻完成的自我阉割是一个非凡的举措，其实在他与其他女性的交往过程中也表现出了一种对于他人幸福的考虑。比如他对小月的感情，本来有机会给小月“上保险”，但他始终没有那么快做。也就是说，魏真对于小月的关爱不是以纯粹的占有为目的的，即使小月后来喜欢上了乖乖虎，愿意以自己的第一次来作为对魏真的回报，魏真仍然表现出一种宽容来拒绝这种“好处”，在关键时刻表现了对自我人性的救赎。

在小说中，人们可以发现王珍其实是一个彻底被灰色所毁灭的人物。当然，这个“层次不高”的女性形象值得读者们同情：王珍有权利追求自己的幸福，虽然她有着令人难以接受的缺点，但是从她的角度来说，她所做出的一切都是对自己幸福维护的结果。假如跳出同情的维度，她的悲剧性的结局又是她自己造成的，从这场婚姻开始的那一刻起，她就不可避免地滑入了自我人格缺陷的深渊。面对危机，王珍没有从自己身上去努力寻找灰色的突破口，因此她注定要被灰色所围困，找不到出口。

笔者认为，作者在这部小说中至少提出了这样一个问题，在当下这个被欲望统摄的消费社会，很多人正是因为无法“割爱”而走向了沦落，人们如何去追寻一种“耸拔”的精神姿态，从而使自己免于被欲望所消费，确实是摆在所有人面前的理想与道德难题。

四、人咬狗与狗吃人

早在战国时期，在《庄子·齐物论》里就有庄周梦蝶之故事。庄子梦到自己变成了一只快乐的蝴蝶，还好他梦到的是蝴蝶，那如果梦到的是狗呢？那究竟是人变成了狗，还是狗变成了人呢？

小牛的《因为狗》[①]直逼读者们思考这个问题。小说以姜敏的口吻来叙述他和何大光从初中到老年的经历。打狗、吃狗肉等行为贯穿了他们的整个人生历程。小牛在他的创作谈《人模不一定狗样》中，引用了《庄子·杂篇·天下》中惠子“犬可以为羊”的论断，从而导出人犬互换的命题：“既然狗和羊的称谓一开始若有互换，即可变成狗在吃草，羊在吃屎，那么同理，人和狗的称谓一开始 亦可以互换而成立，让狗直立行走让人四脚落地。”整部作品也是围绕着人和狗来写的，在人狗关系、人人关系的对抗中，批判着“人不如狗”的社会怪相。

都说狗是最通人性的，它们知恩图报、忠肝义胆、奋不顾身、有情有义，如妖精的狼狗、梅二娘的老白、老红的大黑……它们不仅仅对同类护佑，还对人

---

① 小牛. 因为狗[J]. 当代长篇小说选刊, 2015(2).

类忠心耿耿。妖精说："这世上的高贵和下贱都是虚伪的人划分出来的。"在狗的世界里，从来不存在什么高低贵贱之分。萨摩、苏格兰牧羊犬、秋田犬、哈士奇、金毛……都只是人为的划分出来的品种和价值，然而在狗的世界里，一只狼狗和一只土狗并不存在什么血统上的高下。当妖精的狼狗扯着妖精奔向那被车撞死的瘦小土狗，并守候在它身边防止其他车从土狗尸体上轧过去的时候，笔者看到的不仅仅是狗的仗义，还有人的社会的复杂。这让笔者想起了过去多年的小月月事件，历史总是惊人的相似，哪怕是不同的物种间，然而，选择却是如此不同。作者希望读者看到的是人性的暖色，可是在这人与狗的对比中，显现出的却是人类的不堪。

看过《忠犬八公的故事》的人，都会被八公所感动，《因为狗》里的狗也丝毫不逊于八公。梅二娘的老白、老红的大黑、布尔陈的小黑都是忠义的化身，他们甘心为主人抛头颅、洒热血，纵使付出自己的生命也在所不惜。然而人们却辜负了他们的这般忠贞和信任：先是何大光将怀孕的叶叶生生打死，布尔陈诱导小黑回来"痛打落水狗"，然后是何大光和姜敏误杀老白，接着二飞机打死妖精的狼狗、何大光和姜敏打死老红的狗……打狗的人并不觉残忍，反而觉得激情澎湃，如打鸡血，看的人却是心中万千滋味。唐四姣在何大光打死叶叶后再未理会过何大光，妖精在看完何大光打大黑后再也不提狗鞭的事，觉得打狗残忍的也不是只有女性，包括后来的老红和姜敏都有类似的感触。我们中国人提起南京大屠杀总会觉得义愤填膺，可是再看何大光打狗的行为，又和一场大屠杀有什么两样呢？杀人是恶，难道杀狗就不是恶？何大光起初打狗是为了报复，可是后来呢？他打狗打得红了眼，便再也无法停下了。但是每次打狗他都会给出完美的借口，狗伤了他、嘴馋了、需要狗鞭……

纪伯伦在《沙与沫》中写道："罪恶要么是需要的代名词，要么是疾病的一种表征。"那些借口伪饰下的自私的心，看似无辜，实则罪痕累累。可是，虽所有人都觉残酷，却没有一个人制止。这或许有处于"文革"特殊时代的原因，可是后来呢？有一句话叫作"养不熟的狗"，然而，真正养不熟的是人。国与国之间交往的原则是国家利益优先，狗与狗、人与人、人与狗之间的关系又何尝不是如此？在最后，作者设定了这样的一个场景：妖精衣服被撕破，如一尊雕像般地站在人群中，绝望而无奈，这实在也是一件残酷的事。而姜敏躲在人群中，怀着气愤和同情睁眼欣赏着妖精，姜敏在看妖精窘态的时候，和看"痛打落水狗"又有什么区别？"我认识的人越多，我就越喜欢狗。"人性的恶并不仅仅是在面对狗的时候才显露出的，人性的扭曲也不是在特定场景和特殊时代才有的，它存在于人的内心深处。面对狗被残害而丝毫没有同情心并不是因为这个物种的低下，而是人同情心和悲悯心的丧失。鲁迅在一个世纪前提出的国人的麻木不仁的劣根性从未失去它的现实意义，到今天，它只不过是换了包装，但还是原来的配方，还是原来的味道。在布尔陈的遗书里，有这样一句话："我的丈夫是一条癞皮狗，我的女儿是别人的宠物狗，我的周围全是疯狗。我只好走了。"真的正如布尔陈所言，在小说里，每个人都是一条狗。每个人都有他特定的性格，这是一个人区别于其他人的重要特征。何大光是一个有情有义却也凶狠的狼狗，姜敏是一个趋炎附势、见风使舵的哈巴狗，妖精是宠物狗，老红则是谁都不认的傥子……在人类的词汇里，但凡涉及狗，大多是一些骂人的词，如：狼心狗肺、狗改不了吃屎，走狗……可是反观这个人心如狗的世界，如果狗能言，必然会骂其中败类为：你真是个人！

五、有人的地方，就有江湖

小牛生于1951年，和他同时代的作家有阿城、莫言和韩少功等。虽然他们的创作遥遥相隔了二十多年，但他们都是经历过那个特定时代的人，因而在写作上具有一定的时代烙印，表现出一定的共性。就拿布尔陈的名字来说，和王蒙《布礼》的命名就具有一定的相似性。《布礼》是布尔什维克的敬礼，而布尔陈名字的由来也是出自于"百分之百的布尔什维克"。这是一个共产党员对中国共产党的"忠诚式"的表白，也是一个时代造就的特殊群体。其次是关于吃，书中充斥着强烈的饥饿感。"我们聊得最多的话题是吃。那个年代人们对于吃的渴望是今天的年轻人没法体会的。生产队干活的时候，农民们嘴里说得最多的就是吃(他们'打脑壳牙祭')，其次就是女人。"(《布礼》第四章十二节)这种对吃的钟情在书中多有描绘，尤其是对吃狗肉的描写可谓精妙绝伦，在学校食堂吃狗肉、逼邬成章吃狗肉、在经济场打狗吃狗肉、和妖精一起在小饭店吃狗肉……

关于狗肉的烹调之法，作者的描绘更是细致入微，诸如大味辣炒狗肉、汤盖红烧狗肉、金圈银丝等，应有尽有。这种对吃的近乎痴迷的描写，很容易让读者们想起阿城《棋王》中的王一生。这种对于吃的感受是一种集体的记忆，也是一种无法磨灭的民族记忆。最后是关于社会的进化中"种的退化"。在何大光的身上，有一种原始的无所畏惧，无所束缚的勇气和力量，他在初中的时候就敢打狗，可是在几十年后成为壮年人之后，却没有那种胆量和勇气了。他的身上，有一种狼狗的特质，就像莫言在《生死疲劳》中所阐述的那样："我感到这个杂种身上有一种蓬勃的野精神，这野精神来自山林，来自大地，就像远古的壁画和口头流传的英雄史诗一样，洋溢着一种原始的艺术气息，而这一切，正是那个过分浮夸时代所缺少的，当然也是目前这个矫揉造作、扮嫩伪酷的时代所缺乏的。”正因为如此，才会产生以药毒狗的事情。让人不得不感叹社会“一边进步，一边退化”的现实。“我有时忽发奇想，以为人种的退化与越来越丰富、舒适的生活条件有关。但追求富裕、舒适的生活条件是人类奋斗的目标又是必然要达到的目标，这就不可避免地产生了一个令人胆战心惊的深刻矛盾。人类正在用自身的努力，消除着人类的某些优良的素质。”①

在语言的运用上，作者采用的是一种简单朴素的叙述，没有什么技巧，不搞什么花招，而是把重点放在了故事本身的悲剧性上。作者保留着他们那个年代特定的叙事风格，立足于本土——湖南的某个地方。尽管作者对地域做了模糊化的处理，力图突出其时代特征，但在语言的运用上，则呈现出明显的口语化和地域化色彩。以俗语、俗物写不俗之人性，以小见大。然而在人物性格的塑造上，却并非那么鲜活，每个人自始至终，都保持着同一种面貌出现在读者面前，虽说有“江山易改，本性难移”这样的人性特点，但在小说里，却把这种观点固化了起来，人物角色很单薄，缺乏其内在的张力和生命力。而且人物的行为缺乏其逻辑性。作者把何大光塑造成一个有情有义、敢作敢为的英雄，却又把他设定为依靠情妇而生的人，这样的设定并不符合人物的性格。同时对于妖精为什么会选择做何胖子的情妇也未做明显的交代，仅仅是对力量的钟情吗？

在故事的结尾，这一代人老去了，觉醒了，作者希望带给读者们光明，但下一代怎样终究未可知，“有人的地方，就有江湖”。人性的善恶问题从孟荀一直探讨至今，仍未结束，也必会随着人类社会的发展衍生出新的形式。一个故事结束了，正是另一个故事的开始。

第五节　诗性乡土与善德文化的承继

作为“文学湘军七小虎”之一的少鸿十分勤奋，一直保持着难能可贵的自省意识和创新精神。他的新作《百年不孤》是一部书写“诗性乡土”的现代变迁与“善德文化”“信仰精神”传承的长篇小说。作为一个曾经在农村生活过 8 年之久、在乡村的风雨和泥土中度过了青春期的作家，少鸿对大地与乡村有一种割舍不掉的情怀，故乡是他精神漂泊中的灵魂栖息地与安放所。在《百年不孤》这部文本中，少鸿以自身独特的生命感悟和历史认知为基础，从政治历史、大地

① 莫言. 生死疲劳[M]. 北京：作家出版社，2006：221.

情怀、精神血脉、信仰欲求等多方面进行审美发掘，以充满诗性和清旷的笔触，创造性地建构了一个意味深刻、思想丰厚的艺术境界。

文本以一个清幽秀丽的南方小县城——双龙镇的历史变迁为背景，展现了岑吾之、岑励畲与岑国仁等重义守德的三代乡绅的命运进程，真切细腻地描绘了近百年来中国农民与政治风云、人情世故等不可分离的紧密联系，在一定意义上折射出中国乡土社会乃至整个中国社会变革与发展的历程。其中，“德不孤，必有邻”一语作为统领全书的深层意旨，既揭示出中国传统乡绅文化所遗存的传统美德在历史沉浮中的重要意义，也向读者展现出“向善”“守德”“重义”等传统文化的传承对于丰富人类精神世界的重要价值。此外，文本所采用的时空交错的叙事策略对于表明人类是如何在欲望中坚守崇高的道德信仰同样具有极为深远的历史品格与借鉴作用。

一、立足大地的“原乡况味”

或许是年少时的乡村经历在少鸿的头脑深处留下了极为深刻的印象，他的作品中常常蕴涵着一丝淡淡的乡土“况味”，无论是山水房屋、鸟兽鱼虫还是风俗人情都萦绕着某种诗性与生命力。这些洋溢着乡土“况味”的原始生命因子与少鸿记忆深处的精神“原乡”一道构成了一处充满“原乡况味”的空间，原始文化精神中的诗意与生命力也得以在这个空间里延续、展开。值得一提的是，这种“原乡况味”立足于大地，来源于少鸿对记忆深处那份原始精神的理性思考与感性认知。少鸿从未忘记自己脚下的土地，在他的心目中，故乡永远是与他生命相通、血脉相连的“精神胎盘”。他时常在大地上静静前行，用目光去寻觅亘古岁月中积淀的文化印记，用心去体悟生命旅程中的一切悲悯和温情。

米兰·昆德拉在《不能承受的生命之轻》一书中提道：“看来，人脑中有一个专门的区域，我们可称之为诗化记忆，它记录的，是让我们陶醉，令我们感动，赋予我们的生活以美丽的一切。”①在《百年不孤》一书中，少鸿对双龙镇的描述在一定程度上就呈现出这种诗性的质地，这种诗意植根于大地深处的生命本性，源自双龙镇百年历史滋养的诗意特质。

“一路上他总觉有不明物在身后追赶，脚步匆忙而凌乱。看到镇子里参差排列着的黑瓦屋，双龙河边转动的水车，以及路边尚未插秧的白水田，他的心情终于舒缓下来。”②文本开篇少鸿就有意着重渲染了主人公岑国仁凌乱而匆忙

---

① ［捷克］米兰·昆德拉. 不能承受的生命之轻［M］. 许钧，译. 上海：上海译文出版社，2014，376.

② 少鸿. 百年不孤［M］. 长沙：湖南文艺出版社，2016：1.

的脚步声与紧张不安的心情，过快的叙事节奏一方面带给读者一种好奇的心理体悟，引导读者更好地进入文本深处去探求其背后的原因，另一方面也与下文所叙写的双龙镇祥和、安宁的气氛形成了鲜明的反差，带给读者一种诗意的审美体验。“水车”是贯穿这部文本始终的一个特殊意象，始终与主人公的命运发展紧密相连。从某种意义上来说，它是岑国仁近百年人生轨迹的“见证者”：岑国仁年少时外出读书，它像个老朋友似的站在镇口迎送岑国仁离去归来；岑国仁成年后面临迷茫与无措，它像母亲一般给予岑国仁安定与踏实的力量；岑国仁历经人世沧桑走到岁月尽头，水车也因年久失修被拆除了。“水车”不仅磨砺了岑国仁坚韧的心志，而且滋养了生活在双龙镇这片土地上的儿女们，当它不知疲倦地转动着，日复一日地将双龙河中的水舀起再倒下，将生命力传递给生活在这片大地上的人们时，也将其与生俱来的包容与无私的优秀品质输送到人们的心中。

所谓“一切景语皆情语”，“水车”这类诗意之物象并非是游离于文本叙事之外的无关点缀，相反，它恰恰是经过作者精心选择的，与文本中人物的心性或事件发展的境况相吻合的必然要素，而这一点也恰恰是一种综合了作者审美意蕴与审美趣味的诗性思考。文中林小梅去世后，何大闰向岑国仁抱怨说人生在世，匆忙一场，没有什么意思。而岑国仁则感叹人生还是很有意思的，不过这种“有意思”更多地与自身看待万事万物的心境与方式有关：“有时候你看到一粒露水滴落，一只鸟儿飞过，一根瓜藤开花，一条泥鳅溜走，一架水车在转动，都觉得有意思。”①很明显，这段话实际上蕴含着少鸿本人对生命自然的真切感悟与诗性判断，大地上的一切物体在他眼中均是富有生命力的珍贵存在，它们自在地生长与运动着，每一个物体都有自己的生命姿态与生存方式，都在按照自然界运行的规律生长，然后死亡。当然，诚如《管子》所云：“地者，万物之本原，诸生之根菀也。”这些充满诗性与生命力的自然物像归根结底是与大地、“原乡”、故土联结的。这是人类无法摆脱的一种既定情结，是原始精神的根性与生命归宿的直接显现。在《百年不孤》一书中，双龙镇的人们通常将打棺材一事称为“合长生”，单从字面上分析，这无疑寄托着人们对于长寿与永生的美好企盼，寄寓着人们对“逸出肉身之外的东西”的一种留存与延续。一副上等的“杉木长生”同样来自于大地的恩赐，从王贵祥在砍伐杉木前对山神的虔诚敬拜这一举动也可以看出人们对自然生命的敬畏与尊崇，展现出一丝溢出于文本之外的诗意之美。因此，土地、生命力、诗性三位一体的意识也成为了少鸿把

---

① 少鸿. 百年不孤[M]. 长沙：湖南文艺出版社，2016：437.

握“原乡况味”的基本感知和表达方式。

二、审美视域中的乡绅叙事

法国哲学家丹纳认为：“我们要对种族有个正确的认识，第一步先考察他的乡土。”[①]从这个层面来看待少鸿的《百年不孤》，读者们可以认为这同样是一部叙述中国乡村社会中乡绅阶层兴衰历史的文本。乡绅是中国农村一个古老的阶层，在过去几千年的中国封建社会发展史上，“乡绅”是一种既独特又无法忽视的文化现象：他们虽没有有形的权力，却能凭借自身丰富的人脉与特殊的地位获得乡民的尊重与推崇。他们一方面深受儒家传统道德伦理的滋养，具备一定的文化修养与思想深度；另一方面又在乡村享有极高的威望与名声，实际承担着维护乡村平安与稳定的重要作用。20 世纪以来的乡土小说中也有作家对“乡绅”这一阶层进行了一定程度的叙写，但在他们的笔下或将乡绅作为落后的封建余孽，比如鲁迅作品中的“鲁四老爷”(《祝福》)、“赵七爷”(《风波》)、“赵举人”(《孔乙己》)等，还有作者将“乡坤”塑造为正直敦厚、善良大方的“完人”，比如沈从文笔下的船总“顺顺”(《边城》)。无论是批判还是赞颂，实际上都呈现出一种爱憎分明的单一性色彩。而在《百年不孤》这部文本中，少鸿秉持着“塑造一个全面、完整、真实的乡绅形象”这一初衷，在向读者展示一个更为客观多样的“新乡绅”形象的同时，也致力于挖掘他们传承下来的“向善”“重义”“守德”等优秀美好的精神文化，从而展现出中国现代“乡绅”叙事的多元化审美形态。

文化一直以来常常被看作是一个民族思想积淀与实践经验的产品，是连接一个民族过去记忆与现实交往的重要线索。英国文化人类学家爱德华·泰勒在《原始文化》一书中认为，“文化，或文明，就其广泛的民族学意义来说，是包括全部的知识、信仰、艺术、道德、法律、风俗以及作为社会成员的人所掌握和接受的任何其他的才能和习惯的复合体”[②]。换言之，文化是社会群体间互相约束与制约的一种“契约”符号，个体长期浸润在一定的文化环境中总是会不自觉地受到相关文化因子的影响，表现出趋向某种文化的显性特征。在《百年不孤》一书中，岑励畲、岑国仁父子深受儒家传统道德文化的滋养，始终将“向善”与“守德”作为人生实践的基础，即使是在风雨飘荡、饱受折磨的年代，仍然坚守着“己所不欲，勿施于人”的传统价值观，以自身的实践赢得了乡邻的尊重与

---

① ［法］丹纳. 艺术哲学［M］. 傅雷，译. 北京：人民文学出版社，1963：243.

② ［英］爱德华·泰勒. 原始文化［M］. 赵树声，译. 上海：上海文艺出版社，1992：1.

敬仰。

旧时乡绅阶层作为乡村伦理与社会秩序的维护者，时常扮演着维系社会安宁与稳定的重要角色。在《百年不孤》一书中，少鸿则通过设置“中人”这一细节从侧面反映出以岑励畲、岑国仁父子为代表的乡绅在乡邻心目中的身份和地位。在双龙镇里，“中人”一般由德高望重的人担任，多帮忙调解乡邻纠纷或见证财产买卖等事宜。“中人”的身份既象征着正义与公平，也代表着高尚、谦和的品德。面对李旺才家大、小儿子分家不均的争执，岑励畲的想法中带有“谦让”的倾向，更多则是劝说兄弟二人学会为对方思考，谦让为上；而岑国仁则是从客观实际出发，以公正为主要原则，提出抽签与补偿的方式巧妙地化解了兄弟二人的矛盾。虽然父子二人面对这一问题采取的方式并不相同，但究其本质而言都是“善德文化”的具体表现形式，也在一定程度上展现出二人“重义”“求善”的思想倾向。在另一处有关“中人”的情节中，岑国仁接过父亲的担子作为一个独立的“中人”来评判王李两家端午划龙船的比赛胜负。面对王李两家为了夺取比赛胜利而在日常操练中大打出手的行为，岑国仁说道：“要比，就要比划船的真本事，不能比打架。人只能比好，不能比坏，人若比坏，越比越坏。”[①]这同样显示出其浓厚的“重德”意识，体现出以岑国仁为首的乡绅对于道德行为的坚守。此外，岑氏一族为了方便村民行走与躲雨捐资修建了青龙桥；为救济灾民而设立了义仓；为了防止溺婴现象滋生而建立了育婴会……这些都是“新乡绅”阶层坚持“向善”与“守德”的直接体现，他们的行为也在双龙镇的人们心中树立起了一座道义、善德的生命丰碑。

然而，在“土地改革”时期，乡绅阶层因占有较大比重的土地而被划分为剥削农民的“万恶”地主，不但被没收了财产和土地，还要经常接受批斗和改造。《百年不孤》中的岑励畲、岑国仁父子在这个时期同样难逃厄运。然而当岑国仁的二弟岑国义提出能否通过卖掉田产山林以求摆脱地主的“头衔”时，岑励畲轻声说道：“只怕迟了，这个时候哪个敢买？再说谁买了谁就当地主挨批斗，那不是害人家吗？”[②]即使身处最艰难的时期，岑氏父子依然秉持着“己所不欲，勿施于人”的传统美德，始终从他人的角度出发去思考问题，将“善德”作为行为的最高标准。同样地，当作为“地主分子”的岑国仁与林小梅、孟九莲一同遭受批斗时，他真诚地请求乡邻放过这两个女人，自愿代替她们来承担所有的罪责：“女人是母亲，她们是生我们的人，纵有千错万错，生我们没有错。若非母亲怀

① 少鸿. 百年不孤[M]. 长沙：湖南文艺出版社，2016：190.

② 少鸿. 百年不孤[M]. 长沙：湖南文艺出版社，2016：257.

胎苦，哪有世上相亲人？养育之恩不能忘。”[①]一席话触动了在场乡人的心弦，人们都为其大义与体贴的操守而震动不已。

可以说，以岑氏父子为代表的乡绅身上深刻地体现出“守望相助”“与人为善”“重义守德”等优秀文化和精神。岑氏父子身上所展现的种种优良品行不仅“来自《论语》，来自《增广贤文》，来自祖辈的教诲，也来自人情世故”[②]。因此，笔者以为，少鸿的乡绅叙事从更深层面为读者建构了一个“善德文化”与儒家伦理的精神与审美空间，人们在其中感受着“善行”与“德义”的同时，自身的精神也在其间得到塑造和滋养，并以此为基础，强化与传承着优秀文化的精神内核。

三、时空记忆的信仰与爱情

杨义先生认为一篇叙事作品的结构“超越了具体的文字，而在文字所表述的叙事单元之间或叙事单元之外，蕴藏着作者对于世界、人生以及艺术的理解”[③]。因此，一篇文本的叙事结构同样蕴含着作者深刻的思想意蕴与艺术经验，是读者诠释一部文本不可缺少的重要部分。少鸿的《百年不孤》虽然在思想内容上着重于展现诗性乡土与“善德文化”的精神内质，但若从叙事结构上进行整体观照，对于领悟少鸿思想深处的价值指归同样具有重要的意义。

从叙事策略上来分析，《百年不孤》虽然有着历史叙事的宏大架构，并融合了革命与爱情的相关内蕴资源，向读者展现了抗日战争、土地改革、“大跃进”、“文化大革命”、改革开放等中国近现代百年历史变迁的重要事件，但是这些事件的发展并非由作者直接讲述，而是通过不同叙事主体与叙事视角的转换，从不同叙述者的生活与情感变迁中体现出来的。作品开篇就写道：“岑国仁逃离县政府回到双龙镇的那天，是民国十六年农历四月二十二，节气小满。”[④]在这里，作者采取了倒叙的方式，以岑国仁的个体记忆复现了下文中国乡绅百年兴衰历史的书写。这种叙事方式在文本中并不少见，基本与岑国仁、岑佩琪、宋子觉等相关人物的命运变迁紧密相关。在文本的后半部分，作者运用了较多的笔墨对宋子觉的人生经历进行了叙写，“后来的后来，宋子觉想起被蜈蚣咬，觉出那还只是命运多舛的先兆。他真正的痛苦和人生，要五年之后

---

① 少鸿. 百年不孤[M]. 长沙：湖南文艺出版社，2016：374.

② 少鸿. 百年不孤[M]. 长沙：湖南文艺出版社，2016：480.

③ 杨义. 中国叙事学[M]. 北京：人民文学出版社，1997：39.

④ 少鸿. 百年不孤[M]. 长沙：湖南文艺出版社，2016：1.

才开启”[1]。作者通过描写宋子觉被蜈蚣咬伤这一事件巧妙地暗示出下文宋子觉多舛的命运与不顺的人生，带给读者一种提前预知文本发展的奇特体验，更好地拉进了作者与文本叙事之间的审美距离。

值得一提的是，少鸿打破了传统历史叙事中的“革命＋爱情”的模式，通过叙述岑国仁三弟岑国安与杨霖之间的爱情记忆辐射出中国革命期间许多如他们一般忠心于革命却不得不学会忍耐、学会将美好的爱意埋藏在心底的革命人士。实际上，这从更深层面上探讨了人类在面对欲望与信仰之间的冲突时该如何选择的重要问题。在这部文本中，作者通过时间与空间、叙述主体与叙事视角的不断转换，使用了将近一个章节的篇幅细腻、深入地叙写了岑国安对待信仰与欲望的矛盾心态。然而最令笔者感到奇特的是，这份动人的记忆感悟并非由叙述者直接讲述，而是通过岑国安创作的小说《伊》中的第一人称叙事者“我”的口吻直接呈现在读者面前。

岑国安的爱情故事首先通过岑国仁的叙事视角加以展开。在文本的第三十一章《伊》中一开篇，作者就写到岑国仁因为无意间发现了已逝三弟的遗物而心中一直有所惦记，于是他坐在书房细细思索：“长生是黑色的，血凝固之后是黑色的，闭眼之后的世界是黑色的。三弟为何用黑色笔记本？他会记下些什么？”[2]在此处，“黑色”一词的重复使用在一定程度上带给读者一丝压抑与紧张不安的心理感受，从而为读者设置了心理障碍，引导着读者进入故事中。

三弟岑国安的小说《伊》以第一人称“我”为叙述主体，将“我”对“伊”的深层记忆与隐秘情意进行了细致的描绘，从而把“我”对“伊”强烈的爱意与精神深处的信仰之间的矛盾与冲突直观地呈现在读者面前，“但我内心固执地以为，爱与信仰并行不悖。你可以把信仰当成爱，也可以把爱当成信仰”[3]。这段内心独白表面上看无疑代表着中国革命人士所面临的复杂心境，但从更深的角度来分析，实际也隐含着作者对于信仰与欲望关系的理性思考。最令笔者印象深刻的是二人最终都做到了隐忍、克制自己内心的欲望而将信仰作为一生的最高追求，“你若爱，请忍耐，请等待，请克制，请勤勉，请怜悯众生之艰辛，请遍尝天下之苦楚，请怒踏世间之不平。尔后让你的爱如甘露普降原野，似星火点亮黑夜。你若爱我，请先爱我们的信仰，以及我们的事业，不惜以心奉祭，不

---

① 少鸿. 百年不孤[M]. 长沙：湖南文艺出版社，2016：355.

② 少鸿. 百年不孤[M]. 长沙：湖南文艺出版社，2016：379.

③ 少鸿. 百年不孤[M]. 长沙：湖南文艺出版社，2016：382.

吝以血滋养"[①]。少鸿精心书写的这段文字将岑国安与杨霖二者面对内心信仰与欲望冲突的理智回应淋漓尽致地展现在读者面前，在更深层面上揭示出人类群体面临欲望与理性信仰的冲突时应该坚信信仰的重要价值判断。著名学者王岳川曾经指出："历史意识作为一种深沉的'根'，既表现在历史维度中，也表现在个体上，在历史那里就是传统，在个体身上表现为记忆。"[②]这里的"个体记忆"是指少鸿通过岑国安与杨霖之间的感情记忆来辐射全人类发展进程中面对欲望与信仰的冲突该如何选择的理性思考。这种"个体记忆"不仅回应着以往时间的流逝，而且对于展现当下欲望横流的社会现实具有极大的借鉴意义。因此，笔者以为，从这个层面上来分析，少鸿这种时空交错的叙事策略呈现出历史与现实并置的意义，使其小说创作具有极为深远的历史品格。

总之，诚如周作人所说："人总是'地之子'不能离地而生活，所以忠于地可以说是人生的正当的道路。"[③]少鸿的文艺创作也是如此，他通过审视中国乡绅的百年兴衰史，不仅阐释并弘扬了以"善德文化"为核心的民族传统文化，也注意到了现实生活中应该如何对待信仰与欲望之间的矛盾冲突。而关于这些中华民族特有的精神文化与民族性格的理性思考，都与少鸿扎根大地，从故土中汲取诗性与生命力密不可分。因此，从某种意义上来说，《百年不孤》对双龙镇的相关文化环境与习俗现象的书写同样反映了原始的民族文化传统与生命意识，从那一句句原始本真的话语或虔诚的礼仪活动中，读者们也能感受到少鸿对于重现精神"原乡"所做出的不倦探求。文中有这样一段叙述："他忽然感悟到，天地之间，有许多令他肃然起敬的东西。那些东西是什么，却不甚了了。或许，去寻找并体味到它的真谛，才是庸常人生中意义之所在吧？"[④]这段文字实际也能很好地体现少鸿文学创作的出发点：从对乡绅历史的书写回归到民族文化传统，在敬仰大地与原始生命的同时进一步探索民族生存与发展的轨迹，这既是对已逝历史与文化的苦苦追寻也是观照现实，继承传统的必然归宿。

---

① 少鸿. 百年不孤[M]. 长沙：湖南文艺出版社，2016：385.

② 王岳川. 后殖民主义与新历史主义文论[M]. 济南：山东教育出版社，2001：106.

③ 周作人. 地方与文艺[M]. 上海：上海文艺出版社，1999：303.

④ 少鸿. 百年不孤[M]. 长沙：湖南文艺出版社，2016：141.

第九章　以人民为终端的时代候鸟

新世纪文学湘军回归“人的文学”，在时代变化和人文浪潮中牢牢把握住文学的本质，以人民为核心，以不同类型的笔触讲述并揭露不同生态场域中的个体生存，本章主要从卢年初、曾祥彪、胡小平和邓建华四位作家的作品入手，聚焦“人的文学”，基于一种类似回归式的结构模式对新世纪文学湘军进行深度剖析，从乡土中国中奋斗个体的欲望与情感的种种矛盾，到盛世背景下的时代强音呐喊以及个体精神和情感上的空虚，进而到时代具象中社会场域里的情感诉求和价值追问，最终再转回民俗乡愁的寂寥心境和情感寄托，实现在“乡土出发—盛世呐喊—社会追问—乡土回归”结构下对芸芸个体的生存状态和精神需求的探寻和审视。

第一节　乡土中国的基本情感

一、乡村后视镜中的欲望书写

卢年初的机关生态散文写得十分老到，文字淡泊，情绪宁静，平和中蕴含感悟，从容中蕴藏哲理。他不仅精致细腻地描绘出机关生态的精神原貌，而且入木三分地雕刻出深层的文化根基。他没有把自己零距离地置于官场的险恶和纷争之中，而是与之保持审美的距离与约束，努力拉向个体生存的日常经验，使政治话语获得一种隐秘的回归。

伊格尔顿认为，“伟大的作品总是包含着强烈的政治性”，这话不无道理。政治是一种文化生态，与人生哲学和日常经验联系在一起，彰显着人的精神追求和价值选择。如果把政治转化为心理深度，这样的书写不仅强化欲望的展示，更为文本前行注入了动力。卢年初的作品就是巧妙地把政治话语转化为心理深度，他把机关视为一个原始的生态场，他的责任就是刻画出人的挣扎与呼喊，记录人的内在渴求，诠释人的灵魂痛苦与灵魂扭曲等变化。在机关供职的卢年初有着真实的切身体验，清楚洞悉“官场”的形态和权力的虚实。机关永远是耐人寻味的场所，总上演着理想和幻灭、欢笑与泪水。

值得注意的是，卢年初写的虽然是机关，但其生态场域的主角却是县乡级、甚至是村级干部，所写的故事要么是乡村的亲朋好友到县城办事，要么是从乡村来到城市的漂泊者奋斗的艰辛与生存的困惑。这个视角很独特，与传统意义上大多聚焦于地市级、省级甚至是京城的大机关、大人物的官场生态完全不同。不少作家写机关，用的是高于机关人的视角，或是机关零距离的视角。卢年初书写的却是机关沉淀的乡村记忆以及这种记忆对于机关生态的潜在影响，从这个意义上说，卢年初的视角仍然是乡土化的，与他前期的《带着村庄上路》等作品在精神上有着一脉相承的血缘关系。

之所以采用这样的视角写作，是因为卢年初使用了一种“后视镜”式的叙事手段。后视镜既是对自身的警醒，又是对环境和他人的审视，它使自我与客体保持一种距离并形成对峙状态。后视镜凸现的是一种真实，同时又是一种拟真实或超真实，是最接近审美质感(泥土深层)的温润表达。后视镜的本质是把乡村置于城市的大后方，乡村不是贫穷落后的代名词，而是城里人喧嚣生存之外的灵魂净土，是可以触摸和回归的精神港湾。因为有了这样的后视镜，卢年初叙事的视角不再是作家本人，而是转变为故里乡亲。在乡亲们看来，机关大院成了高权重位的文化符号，做官的如若不在机关大院，就意味着犯了错误、被降职处理。这种讽刺性的误读恰恰反映出长期以来“机关”二字在老百姓心目中的文化定位。于乡下人来说，他们有着自己的文化想象，认为国家就是由住在“石狮威严，朱门大院”里的人掌管的，这是传统文化中政治符号的具象表征。有了这种表征，你的一切言行乃至一举一动都带有机关印痕，即便“站队”也大有讲究：“站队之人的来路和心态不一。如果和队中的核心成员有关联的，不站也站了，人家必然说你是一伙儿的，人在江湖，身不由己。”但站完队之后进了队也辛苦，某些时候见不着人，忠诚就会被怀疑。如果跟领导关系稍稍有些紧密，别人就会眼红，对手就会伺机作乱。如果跟领导不紧不松，又怕会背上一个机会主义者之名，一旦有机会晋升，没有人帮你说话，落了个竹篮打水一场空。诸如此类，矛盾和惶恐伴随着站队者左右。这就是毛泽东所说的路线问题。于政治而言，路线就是方向，就是旗帜。方向是否正确，旗帜是否变了颜色那都是容不得丝毫马虎之事。但是，作者清醒地认识到：再坚强的队伍也经不住时间的冲击，“队”与“队”之间的相斥，于个人、于地方、于历史都是一种内在消耗。这样的文字呼唤一种赤诚，张扬精神还乡。作者观察、体验和表述的意义，不仅仅停留于文学范围，还有现实需求；不仅仅局限于经验领域，还有审美效果；不仅仅拘泥于原初层面，还有提升和敬畏之思。

因为在中国，按照行政区划分有3206个市县。这些县市的机关日常运作和它们的生态表现是社会进步的动力层。它们的诸多存在和品质优劣与一个国家所梦想建构的政治文明息息相关。卢年初用散文的方式书写中国乡土机关的沉重话题，具有开拓性的意义，其行文的简洁、明淡、独具性令人感佩。如果说卢年初的笔触始于显现机关现象的话，那么随着叙事的全方位深入，读者渐渐靠近并进入受叙对象的内心世界。这样，一方面增加文本的真实性和生动性；另一方面，使读者与作者产生共鸣，在感喟主人公命运的同时进一步反观现实世界与生存处境。比如《乡干部》中提道："上半身像城里人，下半身是乡里人"，这是对乡干部高度凝练的概括，在既形象又不失趣味的概括背后，是乡干部工作环境的真实写照，老百姓往往以乡干部的外在打扮为判断依据，如果乡干部的鞋子锃亮没泥巴，那么老百姓就只远观之。而对于村干部，卢年初观察得更加细致："村干部现在换得频了。有的人是进城又回村当干部，有的当了村干部进了几次城又动了心，不管怎么着，这是好事，他们是农村的先行军，在乡村的梦里，有着城市的花朵，这花朵属于文明，很香。"(《村干部》)转型时期的乡村中国何去何从？卢年初用自己的方式做出了回答。

品读卢年初的机关生态散文，有一条贯穿始终的母题：社会前进途中的个体挣扎。在多棱镜般的欲望放射中，个体的行为更加充满了无奈、不由自主的意味。卢年初不动声色地展示了形式更加多样、程度更加剧烈的个体抗争，他的叙事焦点也更多地从物质层面进入到个体的精神世界。《应酬》一文可谓代表："如果有人问我，你整天说是忙，都忙些啥呀？我会毫不迟疑地答：应酬。"接着，作者分析了如何应酬和如何憎恨应酬：先要应酬的是上级领导，然后是同僚、朋友，再是下属。应酬也分三六九等、上中下三级，作者借此形象地描绘出了官场风云的无可奈何。而应酬的结果"更多的时候是一种疲态，觉得什么都无聊，看见事烦，看见人烦，甚至听到声音也烦。我喜欢应酬之后把应酬彻底忘掉"。卢年初的文字不仅潇洒自在，而且老辣，貌似随意散淡，实则气定神闲、挥洒自如。他塑造的人物形象跃然纸上，他叙述的事件趣味盎然，他表述的胸臆余味无穷，他传达的道理引人深思。卢年初对他笔下的人、物、景等有一种"前理解"，这种理解表现在叙述者进行叙述前有一种情感回放的心灵体验。即是说，作者所写必是他所熟悉的，下笔前胸有成竹，写作只是洞穿黑暗的精神抵达。于是，卢年初在聚散、开合之际舒缓有度，充分表达出坚定的理念和乡村的精神气质。

与此同时，卢年初十分注重对结构圆满的个性追求。在机关生态场域里，叙述者可以对文本中的时间进行改造。叙事的一个重要功能就是把一种时间兑换成另一种时间，叙述者有办法把现实中单向的不可逆的时间转变为叙事中多维的和可逆的时间。叙述者总是在充满无限可能性的多维世界中选择一定的时间节点，从而进一步确定地点、人物和事件。

不妨看看卢年初机关生态散文的代表作《撮舞台》。全书共分三辑，依次为布景、脸谱和唱腔。第一辑是《布景》，聚焦的是机关大院、会议室、办公室、值班室、机关路、快餐店诊所等，这是从空间上对机关生态给予定位，即：这是一个表演的舞台。有了舞台这一载体，还要有表演的主体，于是，各类身份的人汇集到第二辑《脸谱》：乡干部、女干部、小干部、村干部、另类干部、借用干部、文秘、司机、官太太等，总而言之都是些从乡土出发的官们。标题是“脸谱”，进一步说明了个人的身份处于不断的变换之中，今天是乡干部，明天可能就是县官了；今天是文秘，明天可能就是科长了，这种变化是机关生态的真实写照。至于如何才能实现升迁，取决于戏唱得如何，唱得好自然晋升得快。那么，唱的内容究竟都是些什么呢？第三辑的《唱腔》回答得精彩纷呈：应酬、摆平、活动、称呼、批评、研究、待遇、站队、签字、招呼、城府、休闲和官话等，这些唱腔都是机关生态的原始风景，有一些只可意会、不可言说，否则就有道破天机之嫌。

卢年初写机关，写的是乡村后视镜中的小机关，以及小机关里的小人物。一个“撮”字贯穿中心，这是对“欲望”二字最具动感的具象写真，它意味着承载人生百态的舞台随时都在变化，当官不是一辈子的事，做人才是终身的职业。同时，这个“撮”字表明舞台是人为搭建起来的，并非天然如此，人人都可以在舞台上表演，人人都可以搭建自己心中的舞台。在卢年初眼里，无论布景、脸谱还是唱腔，都只是实现人生价值的手段而非目的，即便有朝一日小说里的人物成为局长、成为县太爷，骨子里依然是地地道道的乡里“伢子”。这是泥土里的欲望书写：机关路漫漫。故乡的天底下，风干的心事堆成了草垛。儿时的戏班子，走调的唢呐声成了人生宿命的隐喻。

二、“亚都市叙事”的文化关怀与精神还乡

卢年初曾经用洁净优美、富于诗意和理性的文字来描写记忆中的乡村，那些远离都市的柴火、水井、稻草、老屋、犬吠、木板桥和牌匾等在作者冲淡的笔下一天天老去又一次次新生，他出版的散文集《带着村庄上路》受到了彭见明、

蔡测海、王跃文和陶少鸿等诸多名家好评。作为从农村来到城市的“漂泊者”，在乡村俚语里怀想、在民间小调里解词，是许多写作者最为常见的创作模式，但初尝甜果的卢年初是个“不安分”的人，确切地说，是个不愿重复、喜欢挑战、寻求超越的人。正因为此，他没有沿着轻车熟路的写作方向走下去，而是把目光投向当下、投向身处其间的机关。在他的叙事中，生活向人们展现出另外一番景象，既不是简单地对乡村岁月的无情颠覆，也不是改变一种视角对官场生活进行现场直播，而是从文化关怀的维度对机关生态进行还原性解读。

作为对过去宏大叙事的一种扬弃，卢年初的写作不是出于功名的目的，而是出于精神着陆的需要，因为从农村进入城市的漂泊，不仅是一次地理上的迁徙，更是一次文化心理上的迁徙，卢年初要做的就是对“在途中”的人生迷茫、灵魂挣扎和精神痛苦的深度叙述。可贵的是，作者不是依靠纯粹的想象和虚无的梦呓，而是依靠生活的积累和心灵的感悟，使自己的艺术才情和内心冲动在文本里得到集中爆发和充分表达。

威廉·福克纳曾说：“人类之所以永存，不在于万物之中唯有他可以连绵不绝地发出声音，而在于他有灵魂，有一种同情、奉献和忍耐的精神。”卢年初的散文就有这种灵魂，有同情，更有忍耐。他的文字干净，张力充足，不是简单地依赖形式、技巧和语词的新颖，而是由在场的真实情感来引导思想的穿越和精神的抵达。文本的心理向度是古朴的、简约的，是有品格、有质感、有味道和有气韵的，呈示个人的文化特征和审美追求。在这里，写作变成了一种具体的“我”隐身于物象之中和思想之后的自觉发现和清晰表达，而不再是一种物我的远离和“我”的遁场或隐身。例如，在《一个人的诊所》中，机关浓缩在一个人的经验中。诊所是一个人的诊所，这里的一个人既是指一个具象的看病医生（马医生），又是指抽象的“当官者”这一患病的群体，这个诊所不是对外的，只是对内的，是专门给机关里那些患小病小恙的人设立的，冥冥之中这个诊所成为了官场的晴雨表。而给领导拿药不仅是一种信任和器重，同时也是一种待遇。作者由不熟悉到熟悉，这种心路历程就像从农村来到城市一样，有过挣扎和困惑。后来到诊所的次数多了，马医生给了点好处，自己就想着回报，有一回得病本可以去大医院的，却为了给马医生回报而去她那儿打点滴。这就是农民质朴的报恩思想，是可贵的精神还乡。文中最为精彩的是作者的心灵感悟：“领导有时还想得病，不是为收几个东西，是想检验下别人的忠心；再者就是自己对组织有情绪了，往医院一躺，拉倒不干。”这简直是一种泄露天机的写法。

诗人于坚说过：“散文是一些语言的痕迹，就像生活，只是各种痕迹、碎片、瞬间、局部，它们只在老子的‘道’这个意义上是有机的。”笔者认为这里所说的“道”就是一种文化关怀和价值取向，而所谓的“机”也不是粘合，而是一种自由的构成，是“我”在物象之中的自由跳跃和穿梭、分解和成型、催发和举证。卢年初的这种写作是属于原生态的，是在场的直面生活的写作，笔者将它命名为“亚都市叙事”，其文本向度是开放的也是多元的，其精神深度是当下的也是久远的，其心理广度是个人的也是大众的。这是机关生态的精神原貌，它与日常化的、平庸化的、商业化的时代有着密切的联系。

具体而言，“亚都市叙事”与“亚乡土叙事”是一个镍币的正反两面，按照评论家雷达的解释，就是指当前一大批笔触伸向城市，不再显得“纯粹”的类型文学(既非乡土文学亦非都市文学)，这类作品一般聚焦于城乡接合部或者都市边缘地带，描写乡下人进城过程中的灵魂漂浮状态，展示现代化进程中劳苦大众所必然经历的精神变迁。叙事中的主体已经由被动地驱入城市变为主动地奔赴城市，由生计的压迫变为追逐城市的繁华梦，由焦虑地漂泊变为自觉地融入城市文化，体现出一种既是乡民又是非乡民、既是市民又是非市民的迷惘与期待，他们的身体不愿意回去，精神也不愿意回去，他们的感觉永远“在路上”。他们能够回去的只有一份乡愁、一份发黄的记忆，即便是这份记忆，也在强大的现代化冲击下变得支离破碎。乡土记忆的祛魅化使得原初的乡民们也大量地丧失了农民性，成为城市欲望主体的异型。“亚都市叙事”聚焦的核心就是诞生这类欲望主体异型的机关。卢年初要表达的是作为人生竞技场的机关，有着怎样的酸甜苦辣，有着怎样的浅愁低吟，有着怎样的生存玄秘和心灵冲突。

例如，《退位干部》开篇即是：“一个领导谈话，一个秘书作记录，三分钟功夫，你就从一个官成了一个不管事的人。车不再属于你了，司机的眼神游离着一种隔膜，心思已到新的主人那里去了……”在机关奋斗了一辈子，在官场打拼了一生，到头来不过“三分钟功夫”，一切都被颠覆，你不在意吗？你能看淡吗？“可再淡也不会有人家看得淡，他们计算这个时辰要比你早得多，看到整理东西，人家只问：要不要帮什么忙？好像你什么也不会做，什么小事也该你自己做了，大有同情之意。”可是尽管机关退休了还像影子一样追寻着“你”，又或者是“你”的魂还像影子一样追寻着机关的肉体。你“作为一部典故，偶尔还要被人翻一翻”，这一翻必定会翻出“你”无限感慨，翻出“你”心酸气短，“你”有气没地方出，有苦没地方诉。那些在位的干部都是“你”培养或提拔的，可现在人家都太忙了，忙得顾不上“你”的生老病死，“你”体会到的只是一种“人走茶凉”的悲哀，“有一次，你突然想起有很久未去拜望一位老领导了，那是一种大大的不义，也可以满足一下自己表达的欲望。老领导的手握得很紧，把你瞧得专注而仔细，好像瞧自己的一件作品，一件流失已久的作品，还兴奋地道：

我早知道你会有大出息的。唉，他居然还不知你也退下来了”。最后这一句，真是一个莫大的讽刺！

散文应该是“活性的、音乐性的、解放性的”，卢年初的散文独抒性灵，表达真我，传递个人生命的体验和思考。当散文写作日益成为文人自恋和养病的方式时，卢年初的散文却依旧保持着锐利、沉着、优雅的面貌，他那鲜明的散文文体意识、语言探索精神和形式与结构的创新，使他的写作在当代散文界已经成为“一道别样的风景”。

在《文秘》一文中，作者写道：“机关里有一种人大概永远欠缺，那就是文秘。”他把文秘的生存境遇、写作状态、等待领导审阅的心情以及领导讲话时是否用稿等忐忑不安的情绪入木三分地刻画出来：“有一次某位秘书在报告的开头引用了《圣经》里的故事，审阅时还是被砍掉，文秘后悔不迭，报告和文学的形象是两回事，怎么就不长记性呢？可到了真听报告时，领导却还是用那故事作了开场白，文秘一时懵懂，那是领导的高招，有些插科打诨的东西是不必印出来的，讲出来却是一种水平，说白了报告写得再好大家也心照不宣。”领导的英明体现在哪里？领导的高度如何呈现出来？文秘哪里是领导肚里的一条蛔虫啊！卢年初这样写，是带着深切的同情和人文关怀的，他把处于机关生态链上最底层的浮游生物活灵活现地还原出来，让人看到了真实的机关以及机关里来来往往的人。作者将机关人的生存状态放在广阔的现实语境中，既体现了作者对官场生态的温情疼痛，也表现了作者对社会与政治文化的沉痛反思，这样的写作带给读者的不是欢声笑语，而是洒满纸面的沉重叹息和无限感慨。

再如《司机》：“机关里有一种人轻易不要得罪，那就是司机。”因为司机就是领导的影子，是领导接触世界的一个气孔，领导因为司机而多了一份自由，司机因为领导而多了一种权力：“司机的能耐全在于坐在他旁边的人，看到了司机就看到了领导，他们组合在一起，就好像是一个整除不尽的数字，领导是前面的整数，而司机则是小数点后面的那么个小不点。可是你得罪了司机，也就等于把领导的那点能够绵延的余味舍弃了。”卢年初讲述的并非是虚无之物，也不是空洞的诗意，他所有阐述和追问的是理性地描绘当下社会的真实，这种描绘是对历史的触摸和对乡村的抚慰。

如果说，《一个人的诊所》《退位干部》《文秘》和《司机》是对机关在场的亲历、感悟、回忆和记录的话，那么，《官太太》一文则是另辟蹊径，从男权文化的对立面出发，强调一种经验的转变，一种漂泊主体在政治身份和文化身份发生改变之后家庭文化和夫妻关系的变化，以及社会大家庭和都市民众对这种变化所应当承担的责任：“所有的官太太最初把丈夫也就当个男人，有的还是个窝囊的男人，有一天却变了，周围的许多人把他当作一尊神像，她才纳闷是不是有眼无珠……官太太是笔了不起的财富，有心者会抢着接纳。汇报工作是个捷径，联络感情是个话题，乃至单位出了什么麻烦事儿，官太太也是块挡箭牌。这样单位的日子就很滋润，上班无须赶时间，人家的事儿不光在此，还得为领导服务，来得迟点，离得早点，才叫正常。”正是这种转变的身份和漂泊的状态构成了一种“散文的语境”，也正是生活本身的介入，让官太太们远离情感，走进中心，直到铅华洗尽、浮躁全无，她才让生命真正沉潜下来。直到此刻她才幡然醒悟：“时光能流转出许多，官太太渐渐老去时，才感到自己像只用久了的茶杯，积上了一层污垢，才感到和别的女人也没两样，对男人的最好服务莫过于美丽常在。”

这不仅是一种生命的过程，更是一种文化上的乡愁。这种乡愁同样表现在《签字》中：“签字只是公务中一个简短的细节，其文字功夫却粗糙不得，要遵循诸多游戏规则，可称官场文化的一个缩影。”在这里，作者展示的是一个文化他者的冷静观察，是对传统汉文化“超稳定结构”的再发现。卢年初的再发现带着批判的锋芒，主要是对不同地区、种族、群体中那些具有“超稳定”意义的文化结构，对支配、控制机关人群的生活方式、行为方式、思维方式以及道德准则的汉文化深度模式的发现和表达、反思与批判。这种具有“超稳定”意义的文化，虽然也处在不断被建构或重构之中，但在本质上并不因时代或社会制度的转型或变迁而发生变化。无论官太太是由不适应到适应还是再到理所当然，最后的醒悟总是发人深省。家庭关系的变化或平衡与丈夫在机关（社会）地位的变化或平衡是成反比的，丈夫在单位的地位越高，自己在家庭的地位越低，而这种家庭的“低地位”又从社会上的“高地位”中得到补偿；丈夫退休后，家庭的关系重新调整过来，而此时两人却都老了。

作为文化意义的签名也是如此。官当得越大，签名的艺术也越讲究，写出的字越含糊，内容越易引发歧义，结果也就越让人捉摸不透。所有这一切，都是从积弊已深的“仕文化”中衍生出来的，都已成为民族心理“超稳定结构”的重要组织部分。正因为此，机关生态的最终认识是统一的，那就是：“当官当不了一辈子，做人才是一辈子的事。”这是一种自嘲，也是一种无奈，一种经历风雨之后的淡定。这种淡定是“亚都市叙事”的精神还乡，其文化表征是：当追梦不得或者所得之梦不是欲得之梦，事业受到挫折，心情感到压抑时就会产生强烈的回乡意愿，就希望在熟悉而陌生的故土上寻找属于自己的精神栖息地。从这个意义上说，卢年初的机关生态散文与他先前的乡土散文在精神深处是一致的，在价值指归上是同源的，在血脉谱系上是同质的。这也正是卢年初机关生态散文以小见大、以滴水折射阳光的意义之所在。

第二节 盛世叙事的精神气质

从宏观上看，20 世纪 90 年代以来，报告文学中的“盛世叙事”比较流行，可以说，它属于中国主流话语和民间文化磨合相融之后，在全球化时代语境中构建出的关于现代民族国家的话语期待。与 20 世纪 80 年代的“危世叙事”不同，“盛世叙事”主要着眼于国家、民族和集体等巨型对象的审美聚焦，弘扬正气，表现不懈奋斗和高昂向上的精神风貌，具有激励斗志和凝聚人心的现实意义。这种叙事力图表征受叙个体的文化差异和叙事主体的文化力。

有学者指出，文化及文化力是“社会发展的强大驱动力，其作用是经济力、政治力所不能替代的。它是促进人的解放的重要杠杆，是影响与整合社会政治、经济等发展的重要因素，是推动社会经济发展的强大驱动力。”因而一定意义上，中国报告文学在文化层面呈现出一种主体意愿，这种主体包括创作的主体、受叙的叙体和阅读的主体，主体意愿则指奏响时代强音的诉求，而时代强音恰恰是“盛世叙事”的精神气质。

根据清史专家戴逸对“盛世”的基本理解：“盛世是我国社会发展中的一个特定的历史阶段，是国家从大乱走向大治，在较长时间内保持繁荣而稳定的一个时期。”换言之，“盛世应该具备的条件是，国家统一、经济繁荣、政治稳定、国力强大、文化昌盛等等”。由上可知，“盛世”首先是一个具有中国特色的历史学和社会学范畴，反映的是在特殊的中国历史文化语境中形成的一种介于理想与现实之间的民族国家的想象。

一、发现精神的眼睛

曾祥彪是文学湘军中在报告文学领域收获颇丰的作家。他的创作方法很实诚，书写的主要是盛世情结和国家想象，往往能于细微处发现一种精神，读完他的报告文学集《脊梁》，这种感觉尤为深刻。例如，在收录该书中的《美梦与现实》一文中，作者开篇就写道：“你，一张瘦瘦的晒得黑黑的脸，常挂着微笑，一脑平头，头发直笃笃地竖着，一双大眼，深邃而明亮，折射出你对事业的执着追求的光环，一件白衬衫还有点打皱，看上去像个老实农民，额头上的那深深皱纹，仿佛像你在绿色王国里走过的一条条曲折坎坷之路。”

而在《流动的生活旋律》中，作者写到一个细节：“有一次，一只波斯猫病了，你还亲自抱去医院给它治病，你非常热爱有生命的东西。”当问及袁隆平成就事业的信条是什么时，“‘八个字——知识、汗水、灵感、机遇。’你胸有成竹地回答”。曾祥彪力图要发掘袁隆平的精神气质，发掘盛世条件下受叙对象的成长历程，时代造就英雄，只因有这样的时代与背景才能成长出这样的伟人。这种“盛世叙事”凸显出袁隆平对这个世界所做出的巨大贡献，以及国家、民族对袁隆平等精英人才的尊重和敬意。

当今盛世社会依然难掩浮躁与喧嚣，在众声喧哗的时代背景下抵挡世俗的诱惑、保持内心的执着并非易事，而要将这种抵挡、这份执着用平实的文字清风迎面似的张扬出来更非易事，但曾祥彪做到了。通读他的作品总是让人联想到“静水流深”，所谓静者，是生命的完满，是积极的追求；所谓水者，是生命的本源，是梦想的根基；所谓流者，是生命的体现，是过程的升华；所谓深者，是生命的底蕴，是价值的归属。正因为如此，曾祥彪能够力戒浮躁，用敏锐的心忠实地感悟一棵树、一声鸟鸣、一段音乐、一次远足、一种火花甚至细微到一个字，在此基础上，他凭借着丰富的人生历练和发散性的思维方式，加之深厚的文学功底和哲学意蕴，以生命为基点，以生存为核心，以生活为背景，从小处入手，从细节落笔，尽力展示时间、空间和人生哲学的大境界。

新时代报告文学的先声要追溯到徐迟发表于《人民文学》1978 年第 1 期的《哥德巴赫猜想》，这是报告文学的一座“里程碑”。他以歌颂陈景润在极其恶劣的环境下刻苦研究之后终于摘取了数学王国王冠上的“明珠”为主题而展开，可是另一方面由于作者内心深处的“危世意识”，文本同时还批判了“特殊时期”整个社会对知识分子的不尊敬、不重视甚至任意摧残。21 世纪迎来的是翻天覆地的盛世时代，无论是国家、集体还是个人都发生了巨变，如何深刻地把握时代背景下的变化，透过这种变化生发出一种全新的精神，并将这种精神恰如其分地表现出来，曾祥彪用文学创作实践给出了回答，《流动的生活旋律》中“盛世叙事”下的袁隆平与徐迟的《哥德巴赫猜想》中“危世叙事”下的陈景润形成了巨大的反差，这也正是对时代变迁和历史进步的见证。

曾祥彪以温情的态度对待古人，以真情的态度对待每一个受叙者，跨越身份的界限，无论是名人还是普通人，这显示了他的唯物辩证观以及他对历史人物和当下生活的精准把握。不仅如此，他还坚持用眼睛去观察、用耳朵去聆听、用心灵去体会转型时期社会万花园中的每一个人、每一件事、每一个地方和生活中每一个闪光的细节，并把它真实地记录下来。在他看来，写作是一件严肃的事，但同样是一件能够尽情发挥的事，是一件叫作能够“逞能”的事，更是一件可以自由遐想、叫人想入非非的事。与以往“著书只为稻粱谋”不同的是，如今物质生活的高度发达早已使人们摆脱了“食不果腹，衣不蔽体”的窘境，人们有更多的时间和精力寻求并实现个人精神方面的提升，而写作就是精神提升的具体表达，是真正意义上的内在倾诉，是心灵深处的遥远呼唤。在文本《跳水名将熊倪》和《万里长风壮画魂——记国画大师关山月》等篇什中所显示出来的生活哲理，往往就是作者对现实生活的深刻总结与精神提升，对于读者来说具有重要的参照价值和借鉴意义。作者努力表现当今社会不同层次、不同境遇和不同经历的个体，他们都在努力寻找适合自己的位置，寻求适合自己的生存方式，他们“像天空流浪的候鸟，像深海遨游的鱼群”，都在寻找一种可以感受到的“爱的温度”“情的宽度”和“诗的厚度”。

曾祥彪的作品落笔轻巧，视角也不大，但他绝没有因为其篇幅短小和叙事精细而放弃对民族、时代、社会乃至整个人类世界和宇宙等巨型话语的关注。相反，他举轻若重，常常把观照现实人生的崇高与伟大、观照人世间的玄机和奥秘等置放在创作的首位。这些元素无疑对于读者精神的提升和灵魂的纯净具有很大的催化作用，特别是作家对人类生命的深入思考，对人性迷乱与缺陷的准确暗示，不禁让那些滚滚红尘中过分追求实惠和浮躁的人震颤心弦，同时也给那些在现代繁荣包裹下的势利与浮华注入了一剂清醒和冷静。因此，这样的作品具有超越时间的魅力，超越空间的价值。居安思危，危而思变，在现实与未来之间架设攀升的阶梯，这是20世纪最后20年文化忧患意识在报告文学中的艺术投影。而今看来，就原创意义而言，报告文学的至美首先不在形式，而在其锄奸挞恶、追求超越的动天地、惊鬼神的救赎力量，正是这种力量和时代强音直接催生了“盛世叙事”的形成。例如，在《贺绿汀的眼泪》中有这样的描述：“当90高龄的贺绿汀出现在舞台上向观众挥手时，经久不息的掌声把他带回到那艰苦跋涉的岁月，那雪山，那草地，那窑洞，那峡谷，那草根，那树皮……还有生与死的搏斗，情与火的较量。他又一次掉下了激动而又欢欣的泪。”

这样的作品让人感到心灵的激荡和灵魂的净化，与时下一些“贿赂”式的报告文学不同，曾祥彪行走在青山绿水之间，他与人民同呼吸、共命运，他不是生活的旁观者，而是生活的参与者、推动者和见证者，他笔下的各色人物和风土人情宛如一个故土和异乡的交界处；一个过去、未来与现在的临界点；一个时空的漩涡，亦真亦幻，似乎随时会掉进时光倒转的回忆之中。无论是袁隆平、关山月，还是熊倪以及诸多无名人士，这些主人公大多带着对逝去岁月的无限追忆，怀着对乡情故土的深沉眷恋，和所有漂泊于奋斗途中的人们一样步履匆匆却又始终小心翼翼地避开无法回避的时空旋涡，而人生并无岁月可回头，迫于生活和工作现实需要而浪迹天涯的人们尤为如此。

曾祥彪作品带给人们的启示在于：当下的生活并不缺乏优秀的创作元素，

而是缺乏发现精神的眼睛——那些在黑暗里聆听人们耳语的守夜人，那些用细腻的笔触去记载内心生活的智者，用激情来培植人们品性的行动者。著名散文家贾宝泉先生曾经说过："好散文是人的心灵的滋润剂和调和剂，登上智慧峰岭的便捷航梯。阅读散文是心灵同心灵握手、叙旧。通过阅读散文认识一个'心灵的人'，同在扰攘的世间通过辨识面貌认识一个'实际的人'大不相同。"因为读一个人的文字就是在走进他的世界，这是一个纯净的精神世界，一个没有面具的裸露的世界，一个更为真实的丰富的世界。曾祥彪被盛世时代的强音所感动，他以一颗灵动的心感知大地上的诸多神秘，以探寻的眼睛捕捉生活的点点闪光，以勇往直前的执着与努力在精神探索的道路上勇敢前行。

二、爱情的沧桑与生活的沉重

很少有一个作家，一生当中只专注于一种文体的创作。作家们常常率性而为，进行各种文体的尝试，从而最大可能实现个人的创作诉求。曾祥彪也不例外。他在报告文学之外，也写出了较有分量的长篇情感类小说《爱情是什么》。

作为文学作品永恒的主题之一，作家们对于爱情的书写总是摄人心魄，爱情的发生总是神秘莫测，爱情的光芒也总是魅力四射的。生活中，有人声称找到了爱情，有人标榜正在享受爱情，而更多的人似乎浑然不觉爱情的滋味。一声"问世间，情为何物"道出了芸芸众生对于爱情的向往与质疑、痛苦和无奈。著名作家刘震云在他的成名作《塔铺》中异常逼真地展示了爱情的沧桑与沉重。

正如托尔斯泰所指出的："幸福的生活家家相似，不幸的生活各有各的不幸。"爱情的表现尤其如此。如果说，刘震云笔下的爱莲渴望的情感是一份单纯而执着的爱情，那么曾祥彪在他的长篇小说《爱情是什么》中展示的情感则更为复杂和暧昧，这部小说着眼的不是道德的拷问和人性的完善，而是赤裸裸地展示权力、金钱和种种诱惑对于爱情的干扰和逼杀。在作家笔下，年轻貌美、富有现代意识的鄢然，为了逃避内心的苦闷和情感的纠葛，毅然决然地从富饶的西桥乡来到贫穷的大马桩乡担任乡党委书记，她勾勒着美好的蓝图，希望改变农村的落后面貌，并希望这种沸腾的生活让她忘记烙在身心上的情感的不快，她想用全新的生活来洗涤自己，用物质的"他者"和脱胎换骨的精神的"主我"来面对传统文化的挑战。为了尽快找到人生价值的情感原点，她把目标放在果山村农场的改造上，在她的精心安排和全体村民的努力下，贫穷的果山村农场很快变了样。

如果按照正常的思维逻辑，鄢然不仅在事业上取得了成功，在情感上也有了一定满足，甚至能获得一份令人惊喜的爱情。然而，小说的发展却远远超出了读者的阅读期待。事实上，果山村只是一个象征，一个爱情符号场域。首先，这里流传着一个爱情悲剧：一个叫红梅的姑娘与一个叫板凳的小伙子自幼青梅竹马、相亲相爱，谁知来了一个货郎，红梅的心一下子被俘虏了，义无反顾地跟他私奔，结局是红梅被村民抓住并课以最原始的“沉塘”惩罚，而板凳也在绝望中投水自尽。

这个传说为果山村的爱情悲剧奠定了基调，也为鄢然的情感走向埋下了伏笔。值得注意的是，果山村的爱情传说昭示着一种现实，即不动声色的山里人对山外的世界有着显而易见的美丽向往和本能的情感冲动。否则，青梅竹马的爱情怎会如此不堪一击？某种意义上，货郎代表的其实是山外的符号，是一种梦的写真，是整个山外世界的缩影。红梅对山外世界并不了解，她爱的不一定是货郎本身，而只是货郎的山外背景，这也注定了她的爱情是无望的，这就是悲剧的深刻所在。

昆德拉说：生活在别处。爱情在别处。但现实的诠释并不尽然，中华人民共和国成立之初，果山村有一个叫柯美云的女青年，与同村的施长安好上了。柯美云认为爱情就在身边，但在特定的历史条件下，她和施长安都无法主宰自己的命运，爱情并没有让她如愿以偿。“一只看不见的大手”将柯美云和施长安分开，施长安去当兵，柯美云与下山改造的知识青年田恒新结了婚。这看似有了结果的婚姻并没有给柯美云带来幸福，施长安回来后不肯原谅柯美云，而田恒新在政策落实后扔下柯美云母子回城去了。柯美云陷入了爱情的尴尬境地：她既爱两小无猜的施长安，也爱让她做了母亲的田恒新，但同时道德和良心的双重标杆以及由此产生的深深负罪感也折磨着她。小说让爱情传说、过往的故事和当下的生活杂糅一起，并且不时发生文本互涉，使鄢然不仅看到了红梅愁怨的背影，也看到了柯美云含悲的眼神。这种故事中套故事，小说中有小说，乍一看有逻辑混乱和结构松弛之嫌，但恰恰是这种多重叙事拓展了文本的心理空间和精神空间，使小说更具立体化，也更加接近生活的真实。

在审美追求上，曾祥彪在写作探索中有着类似于经济学上所谓的“全息性预设”和“共益性预设”的创作特点，即在“共有的经验”的虚构叙事中喜欢“以统摄的、全盘掌握的信息”对当下生活进行事无巨细般的描写。这种创作距离现实太近，它不是指导人们干什么，而是给读者以真切的感受。作家代表了时代的自我表达能力，写的恰恰是生活中人们说不清、道不明的东西，作家的思想反映在对生活的独特体验与文学表达上。曾祥彪的写作诉求与改革开放之初“伤痕文学”中张贤亮对于“为民代言”的追求有着一脉相承的内在血缘关系。而鲁迅先生对他所处时代的作家则有过这样的评价：“他确能替平民抱不平，把平民的苦痛告诉大众……文艺家的话其实还是社会的话，他不过感觉灵敏，早感到早说出来。”

曾祥彪与张贤亮不属于一个年代，他们与鲁迅先生相比更是处于完全相异的生活背景。为什么中国作家的心灵冲动有着如此惊人的相似？造成这种“隐秘的融合”和“历时的共振”的关键点，除了历史的积淀外，更重要的是凸现了中国作家创作群体有一种“为时代写作”“为主流文化写作”的审美趋势。这样的写作让作家用如椽之笔，努力切开生活的果核，让情感肆意倾泻出来，加深了爱情沧桑感的力度，也增加了生活沉重的真实性和可靠性。

值得深思的是，尽管在小说文本中鄢然要改造果山村贫穷的愿景得到了实现，但事实上鄢然的出场早已注定了她无望的结局。作为新到任的乡党委书记，在第一次党委会议上她没有对新生活满怀希望，也没有热情洋溢地投身于当下的生活洪流中去，相反，她看见的是“一张张死气沉沉的麻木的脸，脑海里乱哄哄的”，她感受到的是一种“莫名其妙”的心情。这种细节的描写为她压抑的情感做了生动的注释。作家如此精细地描绘生活的细节，是因为细节能够产生力量并凸显艺术的张力和思想的倾向性。例如，以细节描写见长的池莉在谈到《烦恼人生》的创作体会时就坦承，作品中的“细节是非常真实的，时间、地点都是真实的，我不篡改客观现实”。在这种境况下，历史感消解于琐碎的生活流，人们可以借此忘记曾经有过的伤痛或当下正在经历的伤痛，开始生活在恒定的现在和永恒的变化之中，而抹去了以往社会曾经以诸类方式保留信息的种种传统，最后在类似鲁迅先生曾经诅咒过的“以备不虞”的年代中成为托夫勒所说的“‘一时性’时代的居民”。

美国剧作家艾比说，艺术家在作品里要表明两个方面立场：对人生的立场和对艺术的立场，前者是内容，后者是形式。曾祥彪在自己的作品中试图将两者黏到一起。叙述者从不用自己的声音说话，而仅仅记录事件，从而给读者这样的印象，即构建这一正被讲述的故事的不是任何主观判断或具体化。在这里，与语言与事物，意符与意指互为指涉的关系一样，身体、社会与国家是某种内蕴资源的外在体现，构成一种情境交融的话语体系。作为其基础的个人身体和精神维度却大大萎缩，反映了更高“阶序”之象征关系的倾圮。

可以说，《爱情是什么》将所有对理想、人生、情感等日常话语都挤压成了青菜豆腐一般的脆弱状态。家庭的维持不再依靠情感、道义或责任，而是靠一种“妥协精神”：即使同床异梦，也妥协屈从；即使跟爱人没有感情，宁可逃离，也懒得离婚。这其实也是一种“妥协中的反抗”：既是对传统文化中道义、责任充当维持家庭的权力之反抗；又是对当下生活中爱情成为婚姻（家庭）基本要素之颠覆，是个人对爱情、婚姻和家庭的逃避与屈从——这是一种“沧桑”和“沉重”，但也正是这种“尴尬”才使村民们有了活下去的力量。

换言之，曾祥彪的长篇小说《爱情是什么》，既是一种拒绝，也是一种宣言，那些滋生着的超越意向已经被合并到它无所不在的日常现实中，它注定要成为支配古老村民生活的内在力量。书的最后有这样一段话：“爱情可以天长地久吗？可以不食人间烟火吗？金钱是实实在在的，权力是实实在在的，生活更是实实在在的，爱情……爱情是什么，看到这吹过来的风了吗？没有，它是不能单独存在的，必须依附在别的东西上而存在，它只是一种感觉，一种虚无缥缈的感觉。”爱情的乌托邦在现实面前却是如此的脆弱和不堪一击。

也许，连作家本人也弄不清爱情究竟是什么，他把这个问题真实地呈现给读者，让读者去深思和体味。而小说发展的结果更是颇具讽刺性和戏剧性，显然，生活并没有改善鄢然，或者说生活将她改造得更实际、更功利、更世俗，将她曾经依稀拥有过的对美好爱情的向往与憧憬磨得干干净净，这是爱情的不幸，是生活的历练，而爱情的不幸产生的沧桑和生活的历练形成的沉重不仅互为因果，而且存在着更深的内在关系，这恰恰是这部爱情悲剧的力量所在。

第三节　社会场域中的文化镜像

一、人文和谐的生命之歌

胡小平的散文透露出一种敬重生命、珍惜时间、崇尚自然和寄情山水的创作冲动。这种创作冲动主要通过两种途径来释放：一是对乐观豁达、积极进取等中国传统文化精神的自觉追求；二是对得与失、喜与悲、生与死、入世与出世、生命有限与追求无限的深度思考。显而易见，建立在这种自觉追求和深度思考基础上的文学作品是一曲张扬人文和谐的生命之歌。

作者从由大到小、由外到内、由整体到局部、由宏观到微观等多维度出发，展开叙事、言说和分析。例如，《四季放歌》是从自然景观的艺术原点切入，着眼的是外部世界和整体环境，带有宏大叙事的写作意蕴，张扬的却是个人对大自然的生命体验。作品以《新年好》开头，表达了对一年的期待、设想和祝愿；而以《过年随想》作结，是象征，更是隐语，是结尾总结，更是新的开端。在这里，一年的四季被书写得十分明朗。其中，直接以“春”为题、描写春天的作品就有9篇之多，另外还有3篇关于桃花，这同样也是描写春天的。单从数量上来说，就足以表明作者对春天的热情、热爱、热心，而春天预示着勃勃生机、蕴含着希望和美好，春天和种子在一起，和鸟语花香在一起，和心情愉快在一起，这也彰显了作者高昂的乐观主义精神。

而在《真情无限》里，作者着眼的是亲情、真情、挚情，是父母情、兄弟情、夫妻情、儿女情，以及对南竹的自然情怀，对屈原等人的人文的情怀，等等。这里的情，不是虚情而是实情，不是假情而是真情。这一辑，既有外部世界的描写，又有自我的感悟。如果把《四季放歌》看作是摄影中的远景聚焦的话，那么这一辑则类似于摄影中的中景聚焦，镜头拉近了，创作主体的精神追求和审美特征也就更加明朗和清晰了。

《心灵感悟》则主要基于作者内心情感的大面积的张扬，无论是对生命的感悟、对生活的体验、对青春的留恋、对工作的设想，还是对劳动、道德、诚信的思考，以及个人潜能的激发等，都是内在的东西，是将对大自然的所见所闻所思所想内化成自我的东西，具有很强的哲理意味。他的作品既有类似于摄影中的远景和中景，也有近景，还有局部的特写，有对人与自然、人与社会、人与集体以及人与人自身之和谐建构的感悟和体验。

在创作中，作者善于使用逆向思维，善于打破受众的阅读期待，给读者以赏心悦目的陌生感和新鲜感。例如，在《春天的联想》一文中，作者写道："春天播下的种子不一定都能发芽，不一定都能有收成，但只要我们播了种，就有发芽的希望，就有收成的憧憬。同时，只有我们播了种，就是没有发芽，就是没有收成，但我们还是有收获，因为我们会去思考，为什么没有发芽，为什么没有收成。"这段文字至少含有三层逆向思维：第一，人们常说，春天播种，秋天收割，好像这是天经地义的事，播下的种子就能发芽就能有收成，但作者并不这样认为，因为事实上，也有种子不发芽、播了种也没有收成的情况。第二，既然如此，为了防止可能的没有收成，那是不是春天不应该播种呢，作者又次告诉人们，即便没有收成，仍然要去播种，因为，"只要我们播了种，就有发芽的希望"，就有收成的可能，人们收割的是"希望"。可能一般的读者也就想到这一层止步了。但作者进一步走向深入，纵使真的没有发芽、没有收成，也会有收获，因为它会促使人们去思考，"为什么没有发芽，为什么没有收成"，这种思考能够提升生命的质量，这种思考本身就是收获。之所以对这一段进行详细解读，是因为类似的文本在书中还有很多，这已经构成了该书的一大特色——多视角的描写、多维度的阐释和多层次的张显，即将同一个事件放在不同的情景中，反复地推敲，立体地审视，不懈地探究，从而全面深入地接近事情的本质，文本也就更加富有艺术创造力和感染力。

不妨再看《过年随想》，作者写道："过年，是一年之终结，也是一年之开端，而这终结与开端之过渡是如此之和谐，如此之自然，绝没有一丝之缝隙，没有一毫之裂纹，是和谐与自然之至极。”作者摊开来写，深入来写，由此及彼来写：“如果把人的生命历程比之链条，那么每一年就是链条上的一个环，过一年，生命的链条上就多了一个环。”而后讲述生命链上的链环之多少、之明暗、之强弱都有自然法则。作者张扬人文和谐的深意在于：一方面人们要遵循自然法则；另一方面，也要靠自己去把握，调动主观能动性，因为机会只青睐有准备的人，命运终究掌握在自己手里。

作者在文本中传达的对人生的诸多感悟令人感佩。作者在后记中有这样一段夫子自道：“人生即使百年也只是天地间之一匆匆过客”，尽管如此，但如果“不管春夏秋冬，不管风霜雨雪，一路不滞不止，路就会越走越长，越走越宽……就能看到更多美景”。这就是书名《客路匆匆》的由来。从书名中可以感悟到作者可贵的“载道”：珍爱生命，生命不息，追求不止，让有限的人生充满无限的可能和永久的意义。

“文以载道”是中国文人的传统，而胡小平没有载“大道”，他载的是“小道”，是更真实、更感人的以“自然”“亲情”“爱”为主题的生命之“道”。正如作者在《写作的动力》一文中所指出的那样，“爱”，是他写作的原动力。同时，他认为：写作需要激情，写作是一种责任，写作是一种任务。这三个观点道出了写作的真正内涵，许多专业的写作者，都未必真正认识到写作的责任与担当。对写作者而言，激情只是创作之源，责任才是创作之本，而任务则是针对写作的功效而言的。意识到写作的功效后，作家就不会乱写，不会信笔涂鸦，就不会制造一大堆文字垃圾，这是作者的“自警意识”，它与张扬人文和谐的生命意识是紧密相连的。

二、消费时代的价值追问

21 世纪以来中国文学生态发生了深刻变化，作家们在对现实关注的深度、广度和题材的多样性等方面都做出了新的努力。湖南作家胡小平的长篇小说《催收》①就是在这种背景下创作出版并成为金融文学领域的新亮点的。这部小说切入了消费文化的本质特征，在欲望叙事维度上进行了淋漓尽致的生动表达。

所谓欲望叙事，就是指以对人的欲望为基本视角或叙述核心的书写方式。

① 胡小平. 催收[M]. 北京：中国金融出版社，2015. 本节分析过程中所引文本皆出自该书，不再一一注明。

《催收》聚焦的主题是社会热点题材即贷款、催收，这种题材一般作家不去触碰，因为难以写出亮点。胡小平在银行基层机构工作多年，有直接从事贷款催收的经历，正因为如此，他很好地把握了小说的叙事节奏，抓住了文本前行的内驱力。他将故事背景置于银行股改前后，以环球银行麻南支行和隆兴公司在贷款催收方面的博弈为主线，叙述了双方不断探索创新、努力变革，经过对立到合作并最终获得银企双赢的故事。但是小说又不仅仅局限于银行与企业的发展变化，也不局限在“催收”这个重要“爆破节点”上，而是拥有一个更大的社会场域。作者试图通过这部小说，真实地再现银行、企业、政府等之间以及各类人物之间纷繁复杂的社会关系图与金融生态图。在《催收》中，有银行、企业和政府之间的角力，也有商场、情场和官场之间的博弈，但小说的题旨并不在暴露与批判，而是想要说明诚信的重要性。不论是银行还是企业，集体还是个人，都必须重视诚信、珍爱诚信，并讲求诚信。越是在市场经济条件下，银行和企业越要承担起自身的社会责任，真诚合作，才能实现双赢，体现自身价值。

小说中，有一张巨大的网，就像北岛的诗歌“生活就是一张网”所理解的一样，胡小平笔下的金钱权责也罢，情感利益也好，通通交织在这张或明或暗的网中。不管是催收一方的吴天明、江海涛，还是被催款的企业家王一鸣、麻胜利，抑或是政府官员如袁书记、方县长等，都没能够逃出这张沉重的生活之网。虽然在这场催收的博弈之中，利益各方针锋相对、咄咄逼人，甚至手法过激、不近人情，但客观上却是真实生活的展示，即每个人的生活都不容易，不是谁有意要和谁过不去，也不是谁故意要为难谁，而是生活本身矛盾密布，危机重重。

《催收》只是观察社会的一个窗口。透过这个窗口，人们看到的是欲望与诱惑，以及如何战胜欲望、抵制诱惑，从而实现内心的平和与宁静。作者立足当代社会文化语境，通过消费、欲望、伦理三个维度，真实地展示了欲望的膨胀和消费的异化必然导致伦理的失衡，这种失衡具有相当的普遍性。因为生和死，苦难和苍老，都蕴含在每一个人的体内，总有一天人们会与之相逢，并终将与之浑然难分，像水溶于水中，但每个人对幸福的愿望一样，对自身的完整的需要也一样。书中南麻支行的员工们为了催收忙得不可开交，忍气吞声甚至挨打挨骂，在被催收方看来，显得不近人情也好态度强硬也罢，其实他们只是在做分内的工作。被催收的企业，拖延还款避之不见也好，甚至有威胁和暴力行为也罢，都是迫于生计问题。

那么既然这样，解决问题之路在哪里？小说在尾声部分借汪海洋之口道来："说起来，银行和企业本来就是一家，而天宇公司、隆兴公司、养殖公司也在一个产业链上，休戚相关。因此，我们理当友好合作，亲如一家。大家只有真诚合作，才能形成强大力量，只有真诚合作，才能实现互惠互利，只有真诚合作，才能更快更好地共同发展。"卒章明志，虽不免有喊口号的感觉，或迎合主流文化而摆出的"光明尾巴"，但是却也自有其道理。小说中张若水与孙大发、王一鸣之间，银行与养殖公司、隆兴公司之间，都曾有过不愉快。最后依靠真诚、信任，赢得了彼此，化解了矛盾。小说暗示着：人心是复杂多变的，如何将自己的信任托付给对方，如何不计前嫌牵手合作，关键在于宽容和理解。宽容的基础是理解，万物流变千百万年，谁都是嵌在这世界秩序当中的微尘，人们了解他人越深也就了解自己越深，反之亦然。当人能感受别人的时候，心就变得柔软了，这种柔软不是脆弱，而是韧性，是力量。人若了解他人越多，自己的悲酸也就越发微不足道。南麻支行员工们和被催收方最终站在对方的立场上思考，共渡难关，才有了创新催收办法，政企合作共赢的新局面。

叔本华指出，人是千百种欲求的凝聚体。人的欲望是一个立体的多维的存在，既有动物性的原初欲望，如食欲、性欲；也有人性得以确立之后产生的世俗的理性的欲望，包括占有的欲望和禁止的欲望。如果说，原初欲望是合理的欲望，那么，超越合理之上的占有和禁止的欲望便是不合理的欲望。对于这种欲望，人们就应该用责任和诚信加以抵制。

在胡小平的小说中，欲望展示的路径在于：要想催收成功，则必须处理好银行与企业的关系，企业活了银行才能收回贷款，银行能收回贷款，企业才能获得再次贷款的资本，如果银行一味强收贷款，不顾企业死活，那么之后企业倒闭、员工失业，最后两败俱伤。说到底，银行或企业的欲望其实就是人的欲望。如今，贷款已不仅仅用于企业融资，而是被广泛用于个人买房、购车等消费行为中，从公司、集体，走进了个体和家庭，成为了一个复杂而敏感的社会话题。这是市场经济条件下欲望彰显的关键所在。企业和个人都与银行建立了信贷关系，这种关系需要借贷双方共同的维护，而诚信和责任无疑是维护这一关系的基础。无论是银行和企业，还是集体和个人，讲诚信、担责任，都是一种解决问题的前提。应当说，诚信和责任是贯穿《催收》的主题，也是作者大力倡导和弘扬的美德和正能量。小说一开始，江海涛与王雪飞的对话就体现出了这一点。王雪飞说："诚信是有基础有条件的……现在欠着，暂时不讲诚信，将来有讲诚信的资本，要不将来想诚信的资本都没了。"而江海涛却认为："诚信是一种态度，更是一种精神。想讲诚信的话，在任何时候，任何情况下都是可以做到，也是可以体现出来的。"诚信不能拖欠，不能讲客观条件，如果诚信可以拖欠，欲望就有借口，问题就无法解决，这是小说价值倾向之所在。江海涛对徐一欣说他欣赏清代大商人胡雪岩，不是因为别的，而是因为他落魄后的光明磊落。胡雪岩被革职抄家之后，家财几乎全部散尽。他遣散妻妾，赠薄银，还积债，黯然老矣，却始终没有背弃诚信的原则。因为信用是人的第二生命，失去了诚信，也就失去了生命的价值。这一点，对当今社会有着较大的针对性和重要的启迪意义。《催收》中每个人都跟金钱打着交道，每个人都有自己的欲望，面对利益和内心的欲望，我们何去何从，作者已然给出了答案。

从小说《催收》中，人们看到了身体、欲望与消费是紧密结合在一起的，人们试图通过“借与还”这一原始消费符号的把握，来确证个体的存在、身份的价值和欲望的满足。整个故事跌宕起伏，叙述生动形象，注重细节描写与人物语言的提炼，小说充满浓郁的生活气息，人物形象鲜明，亲切感人，读来真实、真切，仿佛就是发生在自己身边，甚至是自己身上的故事。不管是吴天明的正直，江海涛的圆滑，王小珍的快言快语，王雪飞的可爱痴情，还是汪海洋的老练，徐一欣的聪颖，黄力达的忠心，等等，都跃然纸上，人性的复杂性也得到了充分的体现，小说中没有绝对的好人与坏人之分，只有做了好事和做了坏事的人，有时甚至没有绝对的好事和绝对的坏事之分，重要的是立于何种角度。

尤其令人称道的是，作者的女性角色拿捏得十分到位。拿王小珍来说，“她虽然没有妩媚动人的脸蛋，没有高挑纤细的腰身，却有一个浑圆而富有张力的臀部，一双深不见底的一湾秋水似的眼睛，而且那眼睛的深处是藏着沟的，那沟一旦抛出来，是能钩了人的心魄的。”这样的描述十分细腻，为接下来的故事做了铺垫。王小珍的出场很喧闹，因办事没有原则而捅了娄子，她因为关系户心里憋屈，而性格泼辣的她嘴上绝不饶人，让读者一开始对她并无什么好感。但是随着故事的发展，读者看到的是立体的王小珍，她快言快语，爱憎分明，敢做敢当，身为女孩却有几分男孩子的大方和勇气。当吴天明被人打时，路人们纷纷远离或者站在远处围观，只有她上前去吓退了打手们；支行牌子被抢走，她勇敢地跟着一起去抢牌子；让麻胜利还款的事情也更体现了她的机智和聪慧，等等。作者通过诸多事件刻画了人物的立体性，进而以人物的立体感展现人性的复杂性和多面性。

王雪飞也是一个出彩的角色，她与江海涛的第一次见面令人印象深刻。江海涛为催收而去，作者用对话的方式，生动地勾勒了不同人物的不同性格。

“你到底要干什么呢?”她将毛衣一放，抬起头，盯着他说，“你是盼着我不舒服就好了，是不是?”

“不开心的样子？不好看是吗？不好看就别看啊！”

“告诉你，我是不开心。公司这个样子，我能开心吗？我不开心你就开心了是吗？你……”

这话里既有她对江海涛的真情实感，又有怨愤他逼着还款导致公司生计困难，还体现了她性格上的执拗与可爱。但王雪飞并不仅是个痴情女儿，她有胸怀有眼光，一手促成了“统一战线”的建立，为催收成功和公司发展立下大功。她在感情方面，懂得点到为止，明事理，晓分寸，即便自己再喜欢江海涛，也只是喜欢而已，从不逾矩。与小说中拒绝了石佑祥的林慧敏一样，她们都是聪明的女人。因现实有太多无奈，人不能只为自己的开心而活，还有责任、道义。

小说中还有一些看似不起眼的女配角，作者也对她们进行了生动刻画，如天生丽质却因家境贫寒最终流落风尘的唐一宁，她在现实面前被迫低头，却又不放弃尊严……小说中展现了人生百态，浓缩了诸多现实中的影子，这是小说的魅力和成功之处。人的身体不仅是肉体、性和欲望的集合体，更具有灵魂、伦理和尊严，任何抛弃精神和伦理的人，必将成为欲望化和符号化的物件，也必然丧失人之为人的价值与意义。人的价值与意义不是建立在物质上的无限享受，而应当是理智与精神境界不断提升的产物，即通过人的个性、独特性和心灵的追求所表现出来的精神上的自我实现和道德上的不断完善。

作为欲望叙事的真实而生动的书写，胡小平通过小说《催收》意在告诫人们：对欲望的过分追逐，必然会剥夺人的自由，破坏人与人、人与社会、人与自然的和谐关系，消弭人们生理与心理、自然与本能、现实与想象，直至理智与激情之间的脆弱界限，不仅会给个人、家庭、社会造成悲剧，而且也会给人类赖以生存的自然带来创伤与损害。小说展示的借款与还贷，不仅仅是一种经济关系，而且是关乎诚信与欺诈、担当与逃离、责任与推诿之社会价值体系的深度建构。人一旦沦为欲望的奴隶，为满足自己贪婪的欲望而不择手段地进行疯狂地榨取，并沉湎于奢侈、挥霍型的消费方式而不能自拔，就必然会陷入严重的生存困境，甚至引发严重的生态危机①，这是小说《催收》提出的宏大命题，值得当下每个人深思和警醒。

① 毛凌滢．消费伦理与欲望叙事：德莱塞《美国悲剧》的当代启示[J]．外国文学研究，2008(3)．

第四节　明月之下的浮世绘

一、清冷寂寥的民俗风情

在诗歌和散文的创作中，以月为题的作品很多。明月总给人诗意的朦胧与清澈，一抹银辉泄于世，喧嚣戛然而止，一轮明月之下，朦胧夜色之中，多少人在半梦半醒间抚慰心灵，舔舐伤口，那牵心动情的痛楚或抑不住的一丝得意、愉悦，也便在月色下清澈可见——清澈的岁月河中一张张脸，凝成一幅浮世绘，织进了时空的经纬里。

邓建华对明月有着特别的偏爱。他的《床前明月》虽可归入官场小说，但书名特地以月为名，诗意十足。他的《乡村候鸟》是湖南省首部以农民工返乡创业为题材的长篇小说。这两部小说内容和风格迥异，但仔细读来，又颇有互通之处，尤其是都有对“月”的描写。

邓建华长期从事基层文化工作，观察细致入微，熟谙政府工作的方方面面，所以对于类型人物的把握与拿捏恰到好处。例如《床前明月》中的关子夫是某市副市长，政治新宠，官场春风得意，哪料长期以来由于夫妻之间的性事不调激起了他内心的潜在欲求，在说不清道不明的床前明月中，心中纠缠着西清、田小禾、孟菲菲的身影，于是，官场之外的关子夫在情场也是春意盎然。整部小说脉络清晰，幽默随处可见，铺陈峰回路转，人物性格鲜明，可读性极强。他对小说的建构不动声色，以他者的冷静审视笔下的芸芸众生。在写作艺术上，他将各种创作手法运用得丰富娴熟，赏心悦目，恰到好处。

大多数官场小说的写作都争奇猎艳，哗众取宠，而邓建华把人性本原的欲望和冲动戏剧化、生活化，借以展示出一个个鲜活形象，或批判，或讽刺，臧否尽在不言中。法国大胆反叛的著名诗人波德莱尔曾在代表作《恶之花》中歌唱醇酒、美人，强调官能陶醉，似乎诗人愤世嫉俗，对现实生活采取厌倦和逃避的态度。实质上作者对现实生活不满，对客观世界采取了绝望的反抗态度。他揭露生活的阴暗面，歌唱丑恶事物，甚至不厌其烦地描写一具《腐尸》，以蛆虫成堆、恶臭触鼻来表现其独特的爱情观——“那时，我的美人，请告诉它们，那些吻吃你的蛆子，旧爱虽已分解，可是，我已保存爱的形姿和爱的神髓！”他的诗是对传统美学观点的冲击。诗人雨果曾给波德莱尔去信称赞这些诗篇“像星星一般闪耀在高空”。雨果说：“《恶之花》的作者创作了一个新的寒颤。”这样的评价是切中肯綮的。同样，邓建华表达的正是这样一个寒颤。官场上的人性

“恶”与“原罪”显性存在，任何欲盖弥彰的粉饰都无法掩其腐臭，正视并揭示其本原，才能回归与净化现实。毫无疑问，《床前明月》中的美也建构在批判现实的“恶”之上，有着强烈的对道德底线的冲击与拷问。假设一个命题，如果关子夫的夫妻性生活协调，无欲无求，那么他的生命中还会出现田小禾、孟菲菲吗？

现代主义认为，美学上的善恶美丑与一般世俗的美丑善恶概念不同。现代主义所谓美与善，是指诗人用最适合于表现内心隐秘和真实的感情的艺术手法，独特而完美地显示自己的精神境界。用恶来填充残缺的美，继而追求更多残缺的美，惑矣！也许，这就是《床前明月》留给我们更多的思索。

《乡村候鸟》是以冷月市为背景，这又与明月有关，而且平添一份清冷与寂寥。这是邓建华有意为之，还是巧合呢？小说文本中，邓建华怀着对底层的关怀和深深的责任意识，从以醉鱼为代表的一群底层小人物的命运沉浮说起，以此作为切入点，来观照社会转型期各种小人物在时代风云变幻下的命运挣扎与辛酸历程。《乡村候鸟》主要讲述了两代底层小人物的故事：一是以刁满爹、花步铼、柒婆婆、独臂老头和罗悟神仙等为代表的上一代小人物的悲欢离合；二是以醉鱼、黑马、斑点狗、花逢春、来米、米良、米粒为代表的年轻一代小人物的命运跌宕。醉鱼最终“觉醒”，离开冷月市回老家仰湖创办“候鸟驿站”度假村，候鸟终于回归，冷月市没有一轮暖月，唯有家乡才能找到心灵的憩园。

邓建华从小在农村长大，对乡下的传统习俗了然于心。《乡村候鸟》颇注重民俗风情的描写，小说中不少民俗文化的内容，把读者带入一幅炊烟弥漫的乡村水墨画中：柒婆婆的老公做棺材时，乡下人称这为“千年屋”，木匠师傅进屋，恰好柒公公提着锄头、箢箕到后面山上挖黄泥，这可是触犯了乡下人的禁忌——“做棺材的师傅进门，不得有人背着挖土的工具出去，那不是去给死人挖坑吗”；米加心情不舒畅，她的父母以为冲犯了“土煞”，拿着她的一件贴身内衣，包上一把米，找人“退土煞”。这些生动的细节随处可见，给整部小说烙上了鲜明的地缘文化印象，更具乡土气息。

刘绍棠在《县报记者》中写道：“想把它擦得窗明几净，映照着窗外那棵盛开的碧桃，一定会很富有诗意。”《乡村候鸟》不过是一组社会底层小人物命运的群像，在冷月市清冷的月光下清醒过来的民工醉鱼们，他们正是窗外那株生机盎然的碧桃，邓建华把那扇窗擦得窗明几净，让读者看到他们的生活也一样富有诗意。明月如明镜，高悬人世间，不动声色地打量着世人的俗世凡心，不过惊鸿掠波，无论是关子夫们，还是醉鱼们，沉重与优雅都将只留下轻浅的记忆。明月黏上候鸟羽，无论趔趄与轻盈，明月之下，总是疾疾赶路不绝的候鸟，毅然前行，奔向日出后的光明。

二、乌鸦的征兆与诗歌的乡愁

邓建华先后出版过4部长篇小说、8部中短篇小说集以及散文集，凭借诸多创作实绩，他当之无愧地进入到后湘军时代湖南文坛实力派作家的队列中。笔者与邓建华交往并不多，但他给笔者的印象是敦厚而聪慧，勤奋而谦逊。笔者曾为他的长篇小说写过小评，感觉他的小说创作跟他的为人一样扎实、质朴、文静，其字里行间，气韵生动，诗意闪烁，笔者本以为那是他审美风格的有意追求，没想到他骨子里原本就是一个诗人，他小说中的诗意是一种自然流露。这一回，当他把《下落不明的乌鸦》这本诗集的电子版发给笔者，并希望笔者写几句话的时候，笔者才发现，他已经出版了《抱头鼠窜的年份》和《蓄谋已久的幸福》两部诗集，他野心勃勃，发誓要重新做诗人。看来这些年写小说、写散文让他压抑了诗歌的创作冲动。对邓建华而言，诗歌的乡愁一直在他的内心蠢蠢欲动，就像一个苦恋者，夜深人静的时候，他无法做到不去想它。

乌鸦，就这样下落不明，世界从此没了悲情？
诗歌，这个留守的孩子，还惦记苦楝树上的鸟窝。

这是邓建华在诗集的扉页上写下来的两行文字，足以反映出他内心的彷徨与纠结。乌鸦为什么会下落不明？诗歌为什么是留守的孩子？世界为什么有如此多的悲情？苦楝树上的鸟窝象征了什么？所有这些疑问，诗人并没有直接回答，而是设为悬念，留下空白，让读者去思考、去想象。邓建华的诗歌直白而不空洞，简短而不干瘦，他习惯于从现实生活的点滴写起，却没有拘泥于日常事务的精致描绘，往往一个场景、一个细节、一个感悟，都能引发他穿越时空的想象，构建出一个戏剧化的拟态环境，他在以乌鸦为隐喻、以诗歌为乡愁的时空交错中，使历史与现实、戏仿与模拟、生活与创作在陌生化的语境中达到了谐和的统一。

邓建华以乌鸦意象作为他的诗集书名含有深意。在传统中国文化中，乌鸦叫凶是民间笃信的动物禁忌，以为乌鸦是凶鸟，遇之不祥；如当头鸣叫，更是灾祸发生的预兆。谚云“乌鸦头上过，无灾必有祸”“老鸦叫，祸事到”等等，均是此类观念的反映。但在北欧的神话中，两只乌鸦分别站在奥丁的左肩与右肩，代表着知识与记忆。而在日本作家村上春树的小说《海边的卡夫卡》中，卡夫卡就是乌鸦的意思，既隐含了奥地利作家弗兰茨·卡夫卡固有的感觉，也代表着主人公自我的矛盾、孤独、自省、坚强、勇敢。英国当代杰出诗人泰德·休斯的代表作《乌鸦》更是被认为堪与《尤利西斯》《荒原》和《诗章》这些现代派作品比肩的杰作，该书的主题就是要揭示当今人类全面异化的处境并实现对异化的超越，在诗集中乌鸦是人类的象征，其历经自然人、异化人的历史变迁，正朝着新人——生态人的目标迈进。那么，邓建华使用了一个类似的书名，是不是有同休斯相似的考虑呢？在现实生活中，乌鸦看不到自己，但它充满智慧，敢于抓住黑暗，它的号子虽然凄厉，却理直气壮，它带来的不是光明，而是更深的黑暗。对诗人邓建华而言，乌鸦有如征兆符号，虽然下落不明，却可以突然出现，它像幽灵，在不经意的时候，划着一道孤光，闪痛诗人的眼睛。这是否隐喻着对现实生活的某种批判？当许多可怕的事情一再发生，焦虑的情绪潮水般涌来，对灵魂救赎的唯有艺术，唯有诗歌，唯有苦楝树上的那一个鸟窝。谁敢说，那鸟窝就不是乌鸦心中的家园；谁敢说，那鸟窝不是诗歌留下的孩子？

笔者认真翻看了他发过来的这本诗集的未定稿，总体感觉是，编辑比较随意，或者没有刻意编辑。全书一共 105 首诗歌，从时间上看，写于 2013 年 1 月 1 日至 2013 年 11 月 1 日，整整 10 个月；从数量上看，每个月写 10 首左右，平均每 3 天就得写出 1 首以上。这种写作，叫作“不间断地书写”，或者如沈从文所说叫作“情绪的操练”。难得的是邓建华不是职业作家，更不是靠写作谋生的自由撰稿人，他还有一份繁忙的公务要张罗打理，这是饭碗，更是职责。他的写作必须是利用一切可以利用的空隙，以鲁迅先生说的“挤海绵”的方式，把别人闲聊、打牌、喝酒或洗脚按摩所花费的时间用在了读书和写作上。这至少说明他的心很宁静、很平和、很欢喜。他在做自己喜欢做的写作，否则他是做不到天天想写并且实实在在地写出一系列作品来的。也许是为了保持生活的原态，他在编排这本诗集时，采取了日记体的叙事章法，以最简单也是最省事的方式进行诗题的排列。他的无意识或下意识的做法，在笔者这个阅读者看来，倒是产生了另外一种奇特的效果——必定超出了诗人本身的想法，那就是，光从诗集的目录来看，就完全可以做成好几首“现代味”十足的诗歌。

比方说，前面五首诗歌的题目，笔者姑且把它叫作《作品 1 号》吧：“一个点两个点三个点/我不认识那个钩鼻子糟老头儿/不问/那栋楼是把剃须刀/一条泥鳅挽不回内分泌失调的农桑”，这难道不是一首颇富想象力的现代派诗歌吗？诗歌的含蓄、诗歌的跳跃、诗歌的空间、诗歌的张力、诗歌的内在逻辑都具备了阐释的价值与欣赏的可能。

接下来，从《风景》一直到《赶路的鸟带不走一片竹叶》这 12 首诗歌的题目合在一起，也恰到好处地组成了一首现代诗，诗题就叫《风景》或者《作品 2 号》。这样的诗歌昭示着：现存的乡村文明或都市文化包容了巨大的多变性和复杂性，而这种复杂性只有通过诗人敏锐而朦胧的感受和文本持续推动的暗示性，并将这种感受和暗示让读者有效地接受，才能使错乱无序的语言产生真实的意义。

再看《作品 3 号》：“摇晃/为什么出发/在车水马龙里寻找氧分子/在某个村庄白日的妄想/被漂亮的风景击伤”。

以及《作品 4 号》：“躲藏在童话和昨天里的乌鸦/好好念经/或许某道菜就叫连根拔起/听说你的伤痛回来过/笨童话/曲项向天歌……”。

如果再这样写下去读者可能不高兴了，因为，笔者毕竟要真正解读的是邓建华诗歌的本质，而不仅仅是诗歌题目所带来的偶然性。但是诗题就是一首诗的诗眼，是心灵之窗，把诗题解读出来也是必不可少的。实际上，前面所讲的这些诗题可以组成诗歌一说看似有一些游戏的成分，却实实在在是诗歌的组成部分，甚至是重要的一部分，它是诗人灵魂深处创作冲动的无意彰显。他渴望一种象征系统或语言序列，可以充分激发和释放读者的想象力，让它想创造什么就创造什么，并使它所创造出来的文字成为生活的一部分，诗歌的一部分，历史的一部分，思想的一部分。这种象征系统或语言序列在笔者看来，就是诗歌中最常见、却也最考验创作者功力的陌生化书写。

所谓“陌生化书写”，是指不断更新人们对精神和物质世界已有的感受，把人们从日常关系的逻辑框架中剥离出来，摆脱习以为常的惯性思维，不再采用自动化、程序化的方式，而是采用创造性的独特方式，使人们即使面对熟视无睹的事物也能够不断有新的发现、新的感受。陌生化的意义在于瓦解固有的语言方式和艺术形式，重构人们对于世界的感觉和认识。它对平常的事物赋予一种不平常的气氛，而读者恰恰喜欢被不平常的东西所打动。王维的诗句“大漠孤烟直，长河落日圆”是意象陌生化的经典案例，王安石的“春风又绿江南岸”同样是成功之一例，而宋祁的名句“红杏枝头春意闹”更是陌生化手法运用的经典之作。古人在运用陌生化技巧时的可贵之处在于心胸洞然，丘壑秩序，没有分毫差舛，令人回味，发人深思。

邓建华的诗歌创作在这方面做出了努力。他的文本大都像一个谜，颇有博尔赫斯笔下“交叉花园的小径”之余韵，目的并不是让读者一下子猜出谜底，而是让读者感觉到这就是诗，就是在诗人心底令其蠢蠢欲动的精灵。诗集中的内容既不是对城市现状简单的临摹与关注，也不是对农村逝去生活的诗意挽留，更多地是聚焦在个体自我的内心与精神的安宁。他追求的是一种历时性与共时性的统一，也就是艾略特所说的“永久的意识”与“暂时的意识”的统一。有了这两种“意识”的统一，诗歌也就具备了人们通常所说的时代厚度和历史深度。邓建华清醒地写道：“我的晚年/就是一个书店/我的书 枕着自己提不起的梦/安抚 一辈子不安分的灵魂”(《我不认识那个钩鼻子糟老头儿》)。这是诗人当下的想象，一种对未来真实世界的打捞，一种对诗意幻想的提前预支，以此揭示出日常生活世界所带来的精神不安与现象学式的原始意义。

诗歌首先是诗，然后才是文化、政治等意识形态有意无意的渗透，作为转型时期社会前进的一分子，邓建华虽然有了自觉的疏离意识，保持创作上的审美距离，但他毕竟不能只作为旁观者而是要参与其中，成为见证者和纪录者。诗歌的艺术性就源于这种对现实境遇的投射，诗人的创作意义也在这种投射中得到实现。正如邓建华在《那栋楼是把剃须刀》中写道：“乡村就这样活着/一纸文书/给他发了老年证/一山灌木经久蓄留/乡村苍老的胡须 日渐暗淡/高楼来了/这是新买的剃须刀”。这样的诗歌是生活的再现，写得很机巧，但诗人内心的焦虑却一望便知。它与《理发后的家园》属于同一种类型，都是关注都市化进程中现代人的惶恐与无措，这些乡村、老屋以及装修一新的城市住宅，能留住人们的根吗？就像颇具讽刺意义的乌鸦的窝还在，可作为实体的乌鸦却已经变得下落不明了一样。这正是社会转型期中现代人的惶恐，而这种惶恐让诗歌充满了更多的乡愁与留恋。

邓建华的诗歌努力追求情感的暗示与思想的抵达，通过直觉、灵感，挖掘潜意识的能量与超我形态，在语言的想象中去支配自我的情绪，直逼灵魂深处：

“要多宽/你才能够走稳”(《家事宽厚》)；

“还会有许多的叶片/走过年迈的钢琴/像猫走过青灰的屋脊/悄无声息”(《在看不见的地方等你》)；

“忙过这一段/有时间吗/你不去/那树也会慢慢地/返青”(《返青》)；

“乱不了池塘和诗歌/这样的请求与生俱来”(《蜓和荷被唐诗指婚》)；

“一湖水/打通所有的灵感/惊飞的鱼鹰/衔一两颗泪作别/水无波/圆月在水里筑巢(《圆月在水里筑巢》)”。

这样的诗句，也许是邓建华内在的紧迫和仓促间留下来的即时歌吟，他希望透过各类生存经验以文字的生动表达自身的感受，让自己进入真实的存在。同时引导读者走向生活的广阔，他希望自己被看到、被感觉到、被确认为某种有意义的情感在读者那里引起共鸣。正如有人指出的那样：一首诗的文、句，不是一个可以圈定的死义，而是开向许多既有的声音的交响，编织、叠变的意义的活动。诗人写诗，无疑是要呈现他所观和所感得到的心象，但这个心象的全部存在事实与活动，不是文字可以规划固定的。就上述所引的诗歌而言，邓建华把中国古代优美的意境如屋脊、湖水、月光、荷花、池塘与现代西方密集的意象群如叶、琴、猫、蜓、树、鹰、泪、巢等很好地结合起来，使诗歌的精神深度得以拓展，文本的心理空间得以加大，让读者在细细品味的同时，也会沉入到对自我生存处境的想象中，进而深入到诗歌乡愁的肌理中。

在一首题为《钓者何人》的小诗中，邓建华为读者们生动地描写了一个钓鱼人的尴尬与荒诞，这首诗简直就像一个十分滑稽的情景剧，令人联想到当下社会的生存环境是多么地令人“绝望”。

为约会一条鱼
休闲的汉子
被江边的垃圾
围困了整整一个星期天
一棵倔强的树
不愿意陪了
从分叉处枯黄
怕他绝望
有人 用镜头给他鼓励

为钓到一条鱼，作者可以在垃圾成堆的江边等候一个星期，连身旁“一棵倔强的树”都“不愿意陪了”，这条“休闲的汉子”仍然守在江边，颇有一种不达目标不罢休的气概。如果说，贝克特的《等待戈多》中的“戈多”是一个飘忽不定的符号般的人物的话，那么，邓建华笔下的“鱼”却是实实在在的活物。遗憾的是，在垃圾成堆的江里，这样的“鱼坚强”还能坚强地活下去吗？而即便好不容易活下来了，仍然会惨遭“休闲的汉子”固执地垂钓。鱼的生存处境其实又何尝不是“垂钓者”自身生存处境的真实写照呢？可悲的是他自己居然不知道。不仅如此，作为同类的他者，还以同情的方式用“镜头给他鼓励”。也就是说，垂钓者身处其中而不自知，旁观者生活在另外的垃圾场域也麻木于对自身痛苦处境的切肤感受，这样的讽刺足以引起每个人的警醒。诗歌如同一个浩瀚的词语大地，一条生生不息的江河，当一个诗人在忙于做这做那的时候，他离故乡的风景最远，离生活的本质最远，离诗歌的呼吸最远，只有在真正反观自我的时候，只有抓住那只下落不明的乌鸦的时候，灵魂才能在符号和文字的周游中呈现自己。

邓建华放飞的这只乌鸦让读者产生无限丰富的联想，所有这些征兆及其联想本身，都足以成为垂钓者的池塘、清水中的鱼以及诗歌的乡愁。

结语：大国崛起中的文学湘军与中国智慧

在中华民族伟大复兴的大背景下，回溯历史，面对当下，文学湘军以丰厚的创作实绩为大国崛起的沧海桑田做了生动的注释，留下了深刻的时代印痕。新时代以来，社会的巨大变革和经济的快速发展为作家们带来极为丰富的生活经验和创作来源的同时，也给他们带来了一系列冲击。后现代社会的碎片化、历史虚无主义和解构大潮此起彼伏，新媒体的去中心化、眼球经济和日常生活中的犬儒之旗高高飘扬，在各领风骚三五年的历史观和价值观的多元哗变下，文学湘军同样面临着各种诱惑和冲击，创作风格呈现出十分复杂的态势，但总体上，坚持人民文学、民族精神、地域特色等大方向始终没变，这是充满智慧的道路选择，也是令人欣慰和值得尊敬的文学自觉。

一、人民文学——中国经验的书写方向

为人民服务、为社会主义服务，这是中国特色社会主义文学的本质属性；与人民心心相印、血肉相连，这是包括文学湘军在内的中国文学生命力和创造力的根本所在。以人民为中心，过去、现在和将来都是每一个心怀祖国与人民的中国作家的根本选择和坚定信念。

以人民为中心，就要深入生活、扎根人民。习近平指出："文艺创作方法有一百条、一千条，但最根本的方法是扎根人民。只有永远同人民在一起，艺术之树才能常青。"在我们脚下的大地上，中国正在经历着巨大的社会变革，中国人民正在进行着创造历史的伟大实践，广大人民群众正在追求幸福生活的道路上经历着悲欢与忧乐、挫折与奋起、困惑与执着，这一切都是文学湘军的生命之源。作家应该成为伟大变革的在场者、参与者、书写者，而绝不应成为旁观者和局外人。只有像赵树理、柳青、周立波那样，走进生活深处，走到人民中间，才能深刻地体会到鲁迅先生所说的"无穷的远方，无数的人们，都与我

有关”，才能深刻地认识到“我是谁”，认识到个人和创作都属于宏大的历史进程和壮阔的创造实践。只有确立了这样的视野和胸怀，才能真正体悟生活本质、吃透生活底蕴，才能和人民共同承担起对未来的责任，才能真心诚意地把人民作为文学表现的主体，才能把人民作为文学的鉴赏家和评判者，才能把为人民服务作为自己的天职。

以人民为中心，归根结底就是要热爱人民。人民不是抽象的符号，作家对时代、历史、生活和人民的体认必然是在走近一个个有血有肉、活生生的人的过程中实现的。当作家对人民的感情饱含着鲜血、泪水、汗水和温度，饱含着在共同的生活和斗争中凝成的情谊和理解，他才不仅能从理性上，更能从情感上体认到与人民的血肉联系，自觉地与人民同呼吸、共命运、心连心。所以，深入生活不仅要“身入”，更要“心入”“情入”。只有这样，才能拆除“心”的围墙，才能走进人民群众的心坎。文学使人心相通，伟大的文学作品之所以成为民族精神生活的宝贵财富，正在于其能够唤起人们心灵深处的深刻认同。文学湘军的成功，无论是古华、莫应丰、叶蔚林、孙健忠等人的作品，还是韩少功、残雪、王跃文等人的创作，说到底，其出发点就是以充沛的激情反映普通人和劳动者的生活，反映群众的幸福与尊严、期冀与梦想、艰难与奋斗，用现实主义精神和浪漫主义情怀观照现实，自觉地为人民抒写、为人民抒情、为人民抒怀。

美国作家威廉·福克纳在 1950 年接受诺贝尔文学奖的演讲中指出：“人类是不朽的，这不是因为万物当中仅仅他拥有发言权，而是因为他有一个灵魂，一种有同情心、牺牲精神和忍耐力的精神。诗人、作家的责任就是书写这种精神。他们有权利升华人类的心灵，使人类回忆起过去曾经使他无比光荣的东西——勇气、荣誉、希望、自尊、同情、怜悯和牺牲，从而帮助人类生存下去。”中国文学要想更好地展现国家和民族的精神，就要先深入了解和表达人民身边的事情。以人民为中心进行创作，从现实社会生活中汲取经验，把握时代的律动，反映时代的变革以及人民命运的变迁，这是中国作家特别是文学湘军应该始终牢记、探寻和实践的历史使命。

二、民族精神——全球化视野下的文学选择

很长一段时间，中国是处在资本主义全球体系边缘位置的第三世界国家，鸦片战争以后又屡遭侵略，几经战火，最后终于独立。中华人民共和国成立后经历的一系列政治运动给中国的经济、文化等造成的灾难是不言而喻的。直到中国踏上了改革开放道路，经历了数十年的发展，“巨狮终于从沉睡中醒来”，

在大国崛起的路上披荆斩棘，昂首前行。从世界范围内来看，全球化浪潮汹涌，经济和科技的全球化日益加剧，而在文化方面，以发达国家为主导的西方文化给发展中国家的文化格局带来巨大影响。但同时，在现代化的刺激下，各国民族文化意识不断觉醒，在世界全球化进程日益加快的形势下，民族精神和本土文化更加凸显，呈现出全球化与多极化共存的格局。实际上，长期以来形成的民族情感和民族文化传统已经深深地熔铸在各民族人民的民族性格中，现代化的进程使得人们重新认识自我以应对现代化浪潮中的挑战，世界文化没有因为经济全球化而逐渐趋同，反而呈现更加绚丽和丰富多彩的文化景象。

随着社会的不断发展，先是电视和报纸取代了文学的部分领地，紧接着开启的互联网时代又以高昂的态势取代了传统文学的大部分阵地，文学的巅峰时代似乎已经过去。但是真正优秀的作家总能够在新的时代开拓出新的创作天地。文学湘军深深懂得，中国作为拥有五千年历史的文明古国，蕴藏着丰富而庞大的文学创作矿藏，如何拥有同大国崛起相匹配的文化价值观，是他们必须深入思考和认真探索的一个问题。全球化和现代化为中国当代作家提供了更多的可能。文学湘军见证了时代的巨变，他们在本民族文化的传统精神与多元化世界文化中广泛择取，兼收并蓄，用实际行动和创作实绩，把中国文学的独特魅力呈现于世界文学的格局中。

从某种意义上来说，文学湘军对以古代传统文化、社会主义传统以及改革开放以来的新传统为主的中国人民的共同经验和情感体验的积极书写，是体现民族特质与命运共同体的自觉实践，他们对传统文化精神的重新发掘与阐释可以凝聚民族精神，从而一定程度上抵消现代化所带来的冲击，并且把本民族文化传递到世界其他国家。文运连着国运。包括文学湘军在内的中国作家应该自觉承担起重新发掘和展现本土文化魅力、弘扬本民族传统精神的使命，扎根于民族文化和文学传统，以开阔的胸怀，开辟中国文学广阔的道路，表达当代作家对本民族文化的坚守和对世界文化发展的关怀，唯有如此，湖南作家才能真正创造出具有世界性的文学作品，从而在全球化的时代下，对世界文学做出新的贡献。例如，沈从文对湘西纯美自然风光与淳朴人性的讴歌曾在文坛引起轰动；而韩少功早在 20 世纪 80 代初就提出了“文化寻根”，并坚信“文学之根应深植于民族传统文化的土壤里”。在他们的影响下，文学湘军不断地展现着“楚魂”的风采，他们自觉地以人民为中心，不断发掘民族文化，重铸民族之魂，这也是文学湘军一直都是中国文坛极富特色且充满生命力的队伍之根源所在。

三、地域文化——中国经验的湘军书写

文学思想家泰纳曾提出文学创作与发展的“三要素”：种族、环境、时代。他指出：“作品的产生取决于时代精神和周围的风俗。”湖湘大地自古以来就是文学的沃土，钟灵毓秀的自然环境滋养出许多极具灵性的文学作品，古代传统文化的较完整保存和众多少数民族文化的共存造就了一个兼具传统性与多民族性的丰富多元的文化氛围。湖南作家的作品中大都散发着清新的湖南山乡气息，展现着一幅幅湖南山乡风俗画。相对于风云变幻的时代来说，地域文化中的自然和人文景观具有相对的持久性，因而以其为基础的文学作品也常常可以超越时代的局限，更多体现出民族性和传统性，尤其在如今现代化的浪潮中，地域文化更是体现着民族文化的生命力。文学湘军中的地域文化意识是民族意识的重要组成部分。

湘楚文化有一种内在的力量——“楚魂”，古有“楚虽三户，亡秦必楚”，近代有曾国藩与湘军的崛起，湖南也是近代革命的发生地。不同的历史文化孕育出不同的山水气韵，赋予作家不同的情怀。不同的地域文化和文学作品的不同地域特色，归根结底是中华民族传统文化的丰富性和多元性的表现。新时代以来文学湘军如孙健忠、石太瑞、蔡测海、彭学明、张心平、吴雪恼等，作品都以湘西为背景，构成了文学湘军民族作家的中坚力量。孙健忠、蔡测海、邓宏顺等人的《醉乡》《远处伐木声》《家园万岁》《红魂灵》等体现出含蓄蕴藉、刚柔相济的风格，深入到了湘西的精神内核。薛媛媛的《湘绣女》中红月身上所体现出的聪慧、勇敢，倔强、顽强都是典型的湘人特点，而她的多情、对美的热爱和追求也是湖南女性的特质。薛媛媛把人物置身于历史洪流中，探讨时代变迁与人物命运的变幻，反映了社会生活的方方面面。不仅如此，她还在小说中展现了大量的关于湘绣的历史、工艺、针法，让小说更具民间文化特色。王跃文的中篇小说《漫水》曾获第六届鲁迅文学奖，小说讲述了漫水村余公公、慧娘娘两家和其他村民几十年间的温情故事，人物形象都取材于乡村人民，对乡间文化、语言的描写自然而流畅，让人感受到淳朴的乡情和质朴的温暖。尤其是余公公和慧娘娘身上所体现出的乡村朴素生活下中国传统的真善美品质和为人处世的宽容理解，不仅给人们带来感动，同时也让人们深深反思在当今复杂的社会利益面前什么才是真正的价值所在。

文学湘军注重在文学作品中对湖湘大地上的中国经验的书写，打造具有人民性的文学。作家通过中国经验的书写所传达出来的中国精神是中国文学的根本所在，而这种中国经验的直接来源就是人民生活的方方面面。作家把握好

时代的脉搏，通过鲜活的形象、生动的语言，丰富的情节所展现的贴近人民大众的故事，才是真正的兼具艺术性和思想性的好作品。文学湘军坚持以人民文学为创作方向，奉献给了读者众多优秀的作品。

四、审美趣味——人民文学的艺术性显现

此外，文学湘军还有着丰富的审美风格与趣味追求，作家作品既勾连着世界先进文化的精神血脉，又有着中国鲜明的时代印记。

残雪的作品历来因极具先锋特色而广为人知，她在《我心目中的伟大作品》一文中这样写道："作家可以从地域的体验起飞，但是绝不应该停留在地域这个表面的经验之上，有野心的作家应该有着更深更广的追求。"[①]残雪就是这样一位有着对"灵魂的文学"追求的作家。她的创作一直着眼于深层次的精神境界，对潜在的精神王国进行探寻。此外，她也深受莎士比亚、卡夫卡等很多国外作家的影响，借助自己的人生体验起飞，向陌生的领域不断突进，从而成为了中国文学界一个独具特色的存在，也吸引了世界的目光。

韩少功的作品则更多地包含传统的特色，显示着古老的东方智慧。韩少功曾提到过两种文化意识："一个是大文化，即全球意识，全局观念，整个人类文化的优秀成果都可吸收过来，充实我们自己。另一个是小文化，比如说东方文化，再细一点说是楚文化。"[②]这两种文化意识在他的作品中以对中国传统文化和民间文化的言说表现出来。在传统文化的书写上，韩少功在《山南水北》一书中有很多带有中国古典文化的描写与思索，比如《窗前一轴山水》就运用了诸多水墨意象与元素，在《怀旧的成本》中则体现出对"青砖"这一具有古代色彩物件的情怀，同时也抒发了对现代情感的商业化、欲望化、价值化的批判。除了对乡村自然生活方式的喜爱之外，书中还透露着对民间生活智慧的赞赏。如《每步见药》中，作者对用乡间草药解决了来势汹汹的"背花"之痛感触颇深，《青龙偃月刀》中对乡间老剃匠剃头功夫行云流水的描写饱含赞叹。而长篇小说《日夜书》则以知青年代为背景，关注青年知识分子、工人、个体户乃至官员，描绘了一代知青的群像和命运。作品讲述"50后"从知青年代到转型时期的人生轨迹和恩怨纠葛，折射出人性的光辉和时代的变迁。通过人物各自的人生轨迹和命运之间的交集，聚焦于性格、情感及价值观的冲突，栩栩如生地刻画了"后知青"官员、工人、民营企业家、艺术家、流亡者等各种人物形象，用

---

① 残雪．我心目中的伟大作品[J]．桂林：广西师范大学出版社，2007：122．

② 林伟平．文学和人格——访作家韩少功[J]．上海文学，1986(11)．

他们各自的一生回答了时代的精神之问。

本书以马克思主义为指导，综合运用社会学、文化学、文艺学和传播学等多种方法，全面概括了中国新时代以来文学湘军的总体特征和创作规律，阐发各种文化现象及其多元价值的中国道路与时代意义，通过对文学湘军中小说、散文、诗歌等不同领域重要作家的专题分析，带着强烈的问题意识，坚持以文学创作为中心，以文学类别为区分，以历史发展为线索，阐述了文学湘军的发展、变迁与面临的诸多挑战，深入探究了伴随经济崛起，文学湘军为什么会有人民文学这样的价值选择以及中国经验对文学湘军在作品进行中国智慧的展示起到了怎样的支撑作用等一系列深层次问题。

文艺的繁荣、文化的兴盛、文明的前进离不开点点滴滴的积累与创造，文学创作则记录着在此过程中中华民族的魅力与智慧，这也是中华文化得以代代承袭的重要保障。人民的文学需要人民的作家，人民的作家需要人民的文学。文学湘军置身其中，与人民同呼吸，共命运，把人民的梦想、痛苦，乃至身上的泥味、汗味和油烟味真实而丰富地呈现出来，这是时代的选择，更是文学湘军的选择。

参考文献

[1]孙健忠. 乡愁[M]. 长沙：湖南人民出版社，1983.
[2]吴正峰、毛炳汉. 孙健忠评传[M]. 长沙：湖南文艺出版社，2008.
[3]萧元. 圣殿的倾倾绝—残雪之谜[M]. 贵州人民出版社，1993.
[4]洪治纲. 守望先锋：兼论中国当代文学的发展[M]. 桂林：广西师范出版社，2005.
[5]残雪. 残雪文学观[M]. 桂林：广西师范大学出版社，2007.
[6]残雪. 趋光运动：回溯童年的精神图景[M]. 上海：上海文艺出版社，2008.
[7]残雪. 为了报仇写小说——残雪访谈录[M]. 长沙：湖南文艺出版社，2003.
[8]残雪. 我心目中的伟大作品[M]. 桂林：广西师范大学出版社，2007.
[9]残雪. 残雪自选集[M]. 海口：海南出版社，2004.
[10]残雪. 艺术复仇—残雪文学笔记[M]. 桂林：广西师范大学出版社，2003.
[11]阎真. 百年文学与后现代主义[M]. 长沙：湖南教育出版社，2003.
[12]吴晓东. 从卡夫卡到昆德拉[M]. 北京：北京三联书店 2003.
[13]欧阳友权. 文学理论[M]. 北京：北京大学出版社，2006.
[14]陈思和. 中国当代文学史教程[M]. 上海：复旦大学出版社，2008.
[15]邓晓芒. 灵魂之旅[M]. 武汉：湖北人民出版社，1998.
[16]洪子诚. 中国当代文学史[M]. 北京：北京大学出版社，2010.
[17]加缪. 西西弗神话[M]. 上海：上海译文出版社，2010.
[18]刘纳. 诗：激情与策略——后现代主义与当代诗歌[M]. 北京：中国社会出版社，1996.
[19]洪子诚. 中国当代文学史(修订版)[M]. 北京：北京大学出版社，2007：328.
[20]郑崇选. 镜中之舞——当代消费文化语境中的文学叙述[M]. 上海：华东师范大学出版社，2006.
[21]吴义勤. 文学评论：当代历史小说的明清叙事——中国新时代小说研究资料(上)[M]. 济南：山东文艺出版社，2006.
[22]王跃文. 国画[M]. 北京：人民文学出版社，1999.
[23]王跃文. 大清相国[M]. 石家庄：花山文艺出版社，2007.

[24]王跃文. 苍黄[M]. 长沙：湖南文艺出版社，2012.
[25]王跃文. 爱历元年[M]. 长沙：湖南文艺出版社，2014.
[26]王跃文，龚旭东. 对该书推荐语[M]. 北京：中国金融出版社，2015.
[27]吴思. 潜规则：中国历史中的真实游戏[M]. 上海：复旦大学出版社，2009.
[28][宋]惠洪. 冷斋夜话：六一诗话 冷斋诗话[M]. 南京：凤凰出版社，2009.
[29]蒋承勇. 欧美自然主义文学的现代阐释[M]. 上海：复旦大学出版社，2002.
[30]曾繁亭. 文学自然主义研究[M]. 北京：中国社会科学出版社，2008.
[31]蒋祖烜. 香樟年记[M]. 长沙：湖南科学技术出版社，2011.
[32]程虹. 宁静无价[M]. 上海：上海人民出版社，2009.
[33]朱雯等编. 文学中的自然主义[M]. 上海：上海文艺出版社，1992.
[34][宋]叶梦得. 石林诗话[M]. 长春：时代文艺出版社，2000.
[35][清]叶燮. 原诗[M]. 济南：山东文艺出版社，，1991.
[36]姚子珩. 梦绕故楼[M]. 长沙：湖南人民出版社，2011.
[37]姚子珩. 足涯无疆[M]. 长沙：湖南人民出版社，2011.
[38]刘永学. 心灵的风景[M]. 长沙：湖南人民出版社，2006.
[39]刘永学. 天凉好个秋[M]. 长沙：湖南文艺出版社，2014.
[40]刘永学. 寻找金玫瑰[M]. 长沙：湖南文艺出版社，2002.
[41]王充闾. 沧桑无语[M]. 上海：东方出版中心，1999.
[42]谢地坤. 走向精神科学之路：狄尔泰哲学思想研究[M]. 南京：江苏人民出版社，2008.
[43]刘明. 大题小论[M]. 北京：人民出版社，2010.
[44]刘东. 路遇艾青[M]. 沈阳：辽宁教育出版社，1996.
[45]胡丘陵. 长征[M]. 北京：昆仑出版社，2007.
[46]胡丘陵. 一次精神历险[M]. 北京：中国文联出版社，2002.
[47]胡丘陵. 2001 年，9 月 11 日[M]. 台北：台海出版社，2003.
[48]王岳川. 后殖民主义与新历史主义文论[M] 济南：山东教育出版社，1999.
[49][英]伊丽莎白・鲍温. 小说家的技巧[M]. 傅维兹译，北京：北京大学出版社，1987.
[50]曹旦昇. 白吟浪[M]. 长沙：湖南文艺出版社，2011.
[51]傅角今. 湖南地理志[M]. 长沙：湖南教育出版社，2008.
[52]董明辉. 环洞庭湖社，会发展研究[M]. 长沙：中南大学出版社，2004.
[53]宗白华. 美学散步[M]. 上海：上海人民出版社，1981.
[54]薛媛媛. 六三班的成长报告[M]. 长沙：湖南少年儿童出版社，2007.
[55]莫言. 生死疲劳[M]. 北京：作家出版社，2006.
[56]胡小平. 催收[M]. 北京：中国金融出版社，2015.
[57]俞平伯. 诗底自由和普遍[M]. 上海：上海书店，1986.
[58]谭仲池. 敬礼 以生命的名义[M]. 长沙：湖南人民出版社，2008.
[59]叶维廉. 与叶维廉谈现代诗的传统和语言——叶维廉访问记 诗的语言[M]. 合肥：安徽

教育出版社，2002.
[60]布罗茨基. 诺贝尔文学奖获奖词[M]. 长沙：新世界出版社，2003.
[61][美]托马斯·沃尔夫. 一部小说的故事[M]. 黄雨石，译. 北京：三联书店，1991.
[62][俄罗斯]帕乌斯托夫斯基. 面向秋野[M]. 张铁夫，译. 长沙：湖南文艺出版社，2008.
[63]卓今. 残雪评传[M]. 长沙：湖南文艺出版社，2008.
[64]陈晓明. 现代性与中国当代文学的转型[M]. 昆明：云南人民出版社，2003.
[65]韩少功. 爸爸爸[M]. 北京：作家出版社，出版 1989.
[66]曹础基. 庄子浅注[M]. 北京：中华书局 2007.
[67]廖述务. 韩少功研究资料[M]. 天津：天津人民出版社，2008.
[68]张正明. 楚文化[M]. 上海：上海人民出版社，1987.
[69]沈从文. 沈从文集[M]. 广州：花城出版社，1984.
[70]孙健忠. 甜甜的刺莓[M]. 长沙：湖南文艺出版社，1997.
[71]孙健忠：魔幻湘西[M]. 长沙：湖南文艺出版社，2013.
[72]孙健忠. 娜珠[M]. 长沙：湖南人民文学出版社，. 1979.
[73]孙健忠. 醉乡[M]. 上海：上海文艺出版社，1986.
[74]彭继宽，姚纪新. 土家族文学史[M]. 长沙：湖南文艺出版社，1989.
[75]韩少功、王雪瑛. 文学的核心创造力[J]. 文学报，2016(9).
[76]林伟平. 文学和人格——访作家韩少功[J]. 上海文学，1986(11).
[77]韩少功、夏云. 答美洲《华侨日报》记者问[J]. 钟山，987(5).
[78]林伟平. 文学和人格——访作家韩少功[J]. 上海文学，1986(11).
[79]孔令俐.《爸爸爸》中丙崽与刑天的形象意义解读[J]. 文学研究，2013(6).
[80]方克强. 阿 Q 和丙崽：原始心态的重塑[J]. 文艺理论研究，1987(2).
[81]崔研，丙崽. 文化与时代发展不同步的产物[J]. 东疆学刊，1992(4).
[82]勃洛克. 人民与知识份子[J]. 象征与叙事——论梅烈日柯夫斯基的象征主义[J]. 浙江学刊，2002(1).
[83]方维保. 人民？人民性与文学良知——对王晓华先生批评的回复[J]. 二十一世纪，2006(46).
[84]旷新年. 小说的精神——读韩少功的<暗示>[J]. 文学评论，2003(4).
[85]卓今. 残雪海外传播及研究情况[J]. 湖南文学，. 2015(11).
[86]吴亮. 马原的叙述圈套[J]. 当代作家评论，1987(3).
[87]曾艳兵. 卡夫卡研究在中国[J]. 外国文学研究[M]. 2003(2).
[88]张群. 花自飘落水自流——论亨利. 米勒的超现实主义“自动写作”法[J]. 英美文学研究论丛，2008(2).
[89]蔡之国. 黑夜中的灵魂之舞——试探残雪的公牛[J]. 阅读与写作，2001(4).
[90]孙德喜. 病入膏肓世界的梦呓[J]. 中南大学学报，2005(1).
[91]戴锦华，残雪. 梦魇萦绕的小屋[J]. 南方文坛，2000(5).

[92]高玉. 论残雪小说的“读不懂”与文学阅读的“反懂”[J]. 中国现代文学研究丛，2012(6).
[93]阮南燕. 孤独者的自我毁灭—先锋之悖论[J]. 当代文坛，2005(2).
[94]佘丹清. 从读者期待视野看残雪及其创作[J]. 广西社会科学，2005(3).
[95]阎真. 迷宫里到底有什么——残雪后期小说析疑[J]. 文艺争鸣，2003(5).
[96]王小迈. “官性”是如何抹杀人性的[J]. 黄金书屋，2007.

[97]夏榆. 王跃文：我不在意什么标签[J]. 南方周末，2005.
[98]李颖慧. 论王跃文〈国画〉事业情节模式[J]. 才智，2008.
[99]施战军. 论中国式成长小说的生成[J]. 文艺研究，2006.
[101]徐秀明，葛红兵. 成长小说的西方渊源与中国衍变[J]. 上海师范大学学报(社会科学版)，2011.
[102]步蓬勃，韩秋红. 现代性的救赎——谈哈贝马斯“交往理性”范式转换的哲学逻辑[J]. 中南大学学报(社会科学版)，2014.
[103]钟润生. 面对尴尬而强大的现实，文学不能漠视[J]. 深圳特区报，2012-8-16.
[104]李京文，程虹. 低调治学不留影[J]. 香港脸谱，2013(13).
[105]王充闾. 作为现代性表意实践的王充闾历史散文[J]. 文化学刊，2012(1).
[106]陈剑晖. 论 20 世纪中国散文的文体变革[J]. 中国社会科学，2001(5).
[107]林尤超. 韩少功散文随笔的艺术魅力[J]. 新东方，2011(1).
[108]陈子善. 朱自清《诗言志辨》[J]. 文汇读书周报，2008.
[109]桂杰. 灾难面前，诗歌成为全民“心灵火把”[J]. 中国青年报，2008.
[110]三耳. 用饱满的激情磨砺诗歌的锋芒[J]. 中国朗诵诗，2008.
[111]张继红. 后革命时代，政治抒情诗何以可能？——从胡丘陵的“后政治抒情诗”创作谈起[J]. 芙蓉，2013(3).
[112]胡序知. 土地崇拜[J]. 散文，2000(8).
[113]纪倩倩，盖翠杰. 论土地崇拜产生的早期文化因素[J]. 理论学刊，2014(8).
[114]杨经建. 简论《白呤浪》[J]. 湖南工业大学学报，2013(8).
[115]胡进. 迟子建的精神原乡与作品中的文化悲歌——读《额尔古纳河右岸》[J]. 山东英才学院学报，2012.
[116]伍丹，曹旦昇. 洞庭湖的守望者——关于《白呤浪》的对话[J]. 芙蓉，2014(4).
[117]张琦. 地域文化形成与湖湘人格[J]. 求索，2011(8).
[118]施金炎，施瀚文. 论洞庭—湖湘文化[J]. 湖南师范大学社会科学学报，2003(4).
[119]常建. 湖南人的性格解读[M]. 北京：中国电影出版社，2006.
[120]杨锋刚. 楚骚美学四题[J]. 美学论坛，2013(7).
[121]毛凌滢. 消费伦理与欲望叙事：德莱塞《美国悲剧》的当代启示[J]. 外国文学研究，2008(3).

[122]王跃文. 王跃文官场小说的六个关键词[J]. 湖南工业大学学报，2010.
[123]易清华. 王跃文. 我是最不像作家的作家[J]. 芙蓉，2009.
[124]吴义勤，方奕. 官场的“政治”——评王跃文长篇小说《大清相国》[J]. 理论与创作，2007.
[125]聂茂. 日常生活的寓言特质与政治文化的诗性消解——与王跃文对话[J]. 芙蓉，2007.
[126]杨雨. 楚骚之“炫”及其文化透视——兼析《诗经》《楚辞》风格之异同[J]. 船山学刊，2013(4).
[127]彭文忠. 灵魂自啮的内部风景——残雪与鲁迅的比较研究[J]. 黄冈师范学院学报，2008(4).
[128]赵树勤、黄海阔. 开启梦魇的迷宫——残雪研究评述[J]. 湖南师范大学社会科学学报，2004.
[129]栗丹. 当代小说视域中的“另类”作家——残雪小说创作论[D]. 济南：山东师范大学博士论文，2007.
[130]肖毅. 审丑的残雪[D]. 长沙：湖南师范大学硕士学位论文，2010.
[131]高玉秋. 残雪文学的意义空间[D]. 大连：东北师范大学博士学位论文，2013.
[132]杨欢欢. 中国当代先锋派小说家的文学批评研究——以余华、格非、马原、残雪的“文学笔记”为例[D]. 南昌：江西师范大学硕士学位论文，2014.
[133]杨新友. 植根湘西大地　演绎民族进程——论孙健忠小说的土家族主题[D]. 成都：西南大学硕士学位论文，2008.

总跋：阳光多灿烂，生命就有多灿烂

人生有许多意想不到的事情发生，于我而言，这种意想不到的事情发生的频率还颇高。直到今天，我仍然感觉在做梦：一个地地道道的农家孩子，跳出农门，一脸兴奋地来到城里，吃上了“皇粮”；一个不安分的乡村医院的检验士，怀着对文学的无比向往，毅然辞掉工作，热情鲁莽地到北京、上海等地求学、漂泊；一个研习唐宋诗词的年轻学子，在“铁肩担道义”之现实力量的感召下，排除众多诱惑和其他选择，欣然成为省城第一大主流媒体的编辑、记者；一个在新闻战线上崭露头角、在文学创作上渐入佳境的“土疙瘩”，竟然放弃好不容易争来的一切，操着浓重的乡音，奔赴“长白云的故乡”新西兰，在The University of Waikato（怀卡托大学）这所刚刚诞生过80后美女总理Jacinda Arden（杰辛达·阿德恩）的综合性大学，攻读博士，并且破天荒获得全额奖学金，成为该校自建校以来第一位在人文社会科学院获此殊荣的亚洲学生；一位慢慢适应了异国他乡“慢生活”的游子，在顺利地取得学位后，又毫不犹豫地返回中国，手执教鞭，供职于中南大学，由助教直接破格晋升为教授、学科带头人……所有这一切，在我的人生履历上，都没有任何的暗示或预见，也许这就是命运吧，它将生命中看似偶然、实则必然的点点滴滴，以跌宕起伏的神奇方式，天衣无缝地嵌联起来，使之成为完整的、丰富的和真实的“我”，而这个“我”原本也可以是破碎的、单薄的和虚幻的“他者”，只要任何一次选择出现偏差，任何一次行动出现失误，任何一次前进出现犹疑，都不可能成为“现在的我”。

为此，我深深感恩。我庆幸变成“现在的我”。没有大福大贵，没有声名显赫，我只是一个走在大街上不会被任何人追着签名的普通人，身材矮小，长相平平，既不要出门时戴着口罩，又不用担心归来时被人拍照。上有老，下有小，每日三餐，粗茶淡饭。简单的生活，真实的情怀。山清水白，云卷云舒。

这一切，我都看见，体味，并且感悟。我欢喜。

人生苦短。人的一生有许多设想，但真正把设想变成现实的并不多，而愿意花费十年甚至更长时间对待一个设想并把它做出来的更是鲜见。我有幸成为这“鲜见者”中的一员。我常常想：我究竟有什么功德，让老天如此垂爱于我？特别是今天，当我面对《中国经验与文学湘军发展研究》这个宏大工程的最终成果：七卷本文集、三百余万字厚厚的作品，这份感恩尤其强烈。我十分惊讶：这是我的作品，是我的汗水、心血和智慧的结晶吗？

想想还真不容易。这十余年来，除了正常的教学，其余绝大部分时间，包括春节、中秋和双休日等几乎所有的节假日，我都义无反顾地坚守在故纸堆和自己的陋室里，查找，阅读，整理，写作。我像一个着了魔的人，强迫自己以一当十地往前走。肩膀痛，脑袋胀，眼睛涩，腰椎突出，都不能阻止我昂首挺进的步伐。

记得1980年诺贝尔文学奖获得者、波兰著名诗人米沃什曾经说过：“直接锁定一个目标，拒绝被那些提出各种要求的声音转移你的注意力。”是的，这些年来，外面的诱惑、喧嚣和纷扰，包括应酬、闲聊、茶会、聚餐等等，都最大限度地从我的生活中清除出去。我明白自己在做什么，也明白拒绝的是什么。我的生活只有两点：学校与家，我每天往返于这两点之间，从容不迫，少有例外。别人的誉毁或议论都无法改变我内心的召唤。在奔向目标的过程中，我一直很清醒，不为热闹所动，不为喧嚣所困，不为得失所扰，守得住初心，耐得住寂寞。花开花落，冬去春来。我像一个辛劳的农民，守护自己的一亩耕地，日出而作，日落而息；我又像一棵倔强的水稻，忠诚于脚下的这片土地，纵然风吹雨打，也能淡然面对。

回首自己的学术生涯，我似乎一直行走在边缘甚至是荆棘丛中，没有鲜花和掌声，唯有自己给自己鼓劲，其间酸甜苦辣，冷暖自知，不足为外人道。十多年前，“中国经验”这个话题并没有像今天这样受到普遍关注。有关“文学湘军”的研究也断断续续地有过一些，但系统性和整合性或者说深度和广度都远远不够。而把“中国经验”和“文学湘军”关联起来，做全方位考察和研究的更是少之又少。因为热爱，也因为熟悉，我毅然决然投身其中，像一个苦行僧，手持油灯，怀揣自己的心跳，倾听文字敲打的声音，不计后果，默然前行。

我希望《中国经验与文学湘军发展研究》能够站在世界文学视野下，以“中国经验”为轴心，全面立体、客观真实地对新时期以来的湖南作家及其作品进行归纳、梳理、分析与整合，形成较为系统、相互独立又相互联系、完善又详细的“湖南作家创作图库”或“文学湘军精神谱系”。这样做，首先要突破的是“区域规制”和“专题研究”的单一视阈，我积极借助中华美学、传播学、心理学、社会学和民族学等跨学科理论知识，对全球化语境下中国特色的文学湘军进行全景式的还原、检示和呈现。这里所说的“中国特色”，是指文学湘军固有的地域底蕴、文化传统、时代背景、政治觉悟和创作诉求等宏大叙事所彰显出来的文本特质和品相；这里所说的“全景式”，是指本书系既有对文学湘军中的老作家或知名作家的历时性研究，又有对文学湘军中的中坚力量、新锐作家的共时性的阐释，还有是对名不见经传、但颇有潜力的文学新人或文学“票友”的“发现性”考察与分析，力图涵盖文学湘军的方方面面，带有较强的史料性和体系性，其中主要包括：人民文学的道路选择，家国情怀的叙事冲动，民族作家的生命寻根，文学湘军的湖湘气派，官场书写的价值重建，70后写作的艺术追求，诗性解蔽的精神原乡，等等。整个研究既聚焦文学湘军的总体气质和思想特性如人民文学和家国情怀等，又分析江华作家、湘军点将和政治叙事的文化传统和精神亮度，还对文学湘军五少将和阎真小说等进行文本细读和深入阐释。与此同时，本研究十分重视和充分吸纳国内外学术前沿最新研究成果，尤其是新时期文学研究中学术同行的立场观点和思维方法，通过作家及其作品的内在逻辑与话语建构，以及“镜与灯”式的对话与互证，努力从价值承载、中国智慧、闳阔意境、灵魂拷问、文化认同和个性追求等“文学深描”的多个维度上，对文学湘军书写中国经验的作品风格、人文关怀和内在特质进行从上到下、从局部到整体、从内到外的独到准确而富有深度的审美、品鉴、观照和把握。

古人云：非穷愁不能著书。此话在今天似乎不大成立。我们的生活早已走出了“菜色脸孔、营养不良”等物质上的贫困。比照鲁迅先生“一要生存、二要温饱、三要发展”的人生观，我做研究的动因更多的是为了“挑战”：一份或明或暗的责任或“自恃”，一种若有若无的担当或“自赌”，一缕时隐时显的对自我才情的检验与“自期”。因此，摆在面前的这七大本厚厚的书稿，既不是“穷则思变”的结果，也不是“不平则鸣”的见证，更不是“为赋新词强说愁”的镜像。

实际上，我有很多理由来说服自己走了一条并非贸然选择的道路，除了身在争创世界一流大学和一流学科的“双一流”这样氛围的全国重点大学，就得按照学院派的规制进行自我提升和创新发展，以确保“为稻粱谋”的高枕无忧以及“我行我素”的理直气壮，从更深层次上则可以实现我的另一份雄心或验证我的另一种企图：即在小说、散文、诗歌和报告文学或纪实文学等创作样式的书写之外，在文学评论的场域里我是否也可以有一番作为？这样均衡发展，固然损害了我在某一文体创作方面可能取得的应有成就，但人生的历练比某个方向的高度更令我满怀憧憬或心存异想。我希望用各类尝试、积极创新、不断“挑战”和体量庞大的超负荷“驾驭”来让自己的内心暴露得更为完整，也许这样的“完整”反而显得更为破碎。那又如何？没有经历，何谈成败？不经风雨，哪有彩虹？何况文学的马拉松赛不在于一时的成功或失败。既然命中注定，此生无法弃书远行，也不能特立独行，我乐意做一介抱书笃定的“穷困”书生或一只携书奋飞的“多栖”候鸟。不管怎样，是持续不断的写作向我提供了对于人生的丰富、深邃、充盈、真实的一切。我只有深入这一切，才能触摸真正的人生，探究命运的真谛，找到“现在的我”。我欢喜。

我笃信：奔跑的姿势离目标最近。时间是公平的，它会告诉我，未来是什么。

饮水思源。此时此刻，我要衷心感谢一直以来鼓励和支持我的领导、师长、同行和朋友们：

原湖南省委宣传部的魏委部长，湖南省社科基金规划办的骆辉主任，湖南省文联党组书记夏义生、原负责纪检工作的管群华书记，湖南省作家协会原主席唐浩明、现任主席王跃文和党组书记龚爱林，湖南省广播电视出版局的尹飞舟局长，湖南省社会科学院的周小毛院长，长沙市委常委、宣传部部长高山，长沙市文联党组书记王俏，等等。魏委部长高度的责任感和强烈的担当精神，骆辉主任的大局意识和对人文社科工作深沉的爱，夏义生书记“腹有诗书”的气质和丰沛的学术情怀，以及管群华书记的敬业精神、唐浩明主席的儒雅大度、王跃文主席的风趣洒脱、龚爱林书记的勤勉刻苦、尹飞舟局长的静水流深、周小毛院长的上善若水、高山部长的沉稳睿智、王俏书记的兰心蕙质，都给我留下了极其深刻的美好印象。他们都是学者型领导，是我的良师益友，不仅非常重视我的学术研究，而且嘘寒问暖，热情鼓励，同时高屋建瓴，提出许多中肯意见，令人感动。

中南大学校长田红旗，校党委副书记蒋建湘，校党委常委、副校长周科朝，以及校科研部人文社科处处长彭忠益等等，他们站在建设世界一流大学和一流学科之国家战略的宏观层面上，为中南大学的长远发展日夜操劳，竭忠尽智，不仅对重点院系、重点学科和重点人才给予应有的支持，以确保中南大学在中国乃至世界范围内的影响力和美誉度，而且对中南大学一般院系的学科和人才也给予了不遗余力的关心和爱护。在我的印象中，田红旗校长平易近人，虚怀若谷，锐意进取；蒋建湘书记严于律己，勇于担当；周科朝校长温文尔雅，谦卑正直；彭忠益处长热情大方，谦逊有加。他们怀着高度的职业操守、敬业精神和忧患意识，对中南大学的学科建设和发展，竭尽全力，积极作为，彰显了领导的魄力与担当，弥足珍贵。不仅如此，这些领导对我个人的教学、科研乃至日常生活等，都给予了足够的关心和爱护，充满着人情味和人文关怀。

文学与新闻传播学院原院长欧阳友权、原书记胡光华，现任院长刘泽民、书记肖来荣，以及副院长阎真、白寅、范明献，副书记马国荣，包括以晏杰雄为代表的诸多同事，都无一例外地对我伸出友爱之手，令我感受到集体的温暖和生活的美好。欧阳友权教授将我引入中南大学，对我有知遇之恩，作为国内知名学者，他不仅在教学和生活上给予我无微不至的关怀，在科研工作上给予我无私的支持，而且在最初当别人用怀疑的眼光看待我时，他一直强调学术的积累，坚信"是金子终会有发光的时候"。胡光华书记谦逊有加，无论台前幕后，一有相求，必鼎力相助。刘泽民院长宽厚真诚，温敦儒雅，待我如一名兄长。肖来荣书记虽是典型的"理工男"，骨子里却有着诗人气质和人文情怀。阎真童心永驻，白寅英俊豪气，范明献任劳任怨，马国荣宅心仁厚，晏杰雄才华横溢，其他同事都十分优秀，乐于助人，保持了文新院一直以来的"包容、自由、个性"的优良传统。

一路走来，风雨兼程。我要特别感谢的还有：硕士生导师刘庆云先生，博士生导师林敏先生和副导师玛丽娅女士，他们对我的职业规则和人生目标产生了极其重要的影响，都是我生命中的"贵人"和"恩人",没有他们的悉心栽培和倾力扶持就没有我的今天。著名文学评论家雷达先生出于对后学的关爱和提携，欣然拨冗，写下热情洋溢的总序，令我终生难忘。撰写封底推荐语的14位名家都是我的良师益友，都对我的创作与研究给予大力支持，令我感动和自豪。青年作家唐朝晖为书系的后期制作献智献策；从未谋面的作家和书法家诸荣会题写了书名，并在封面设计上提了许多建设性意见，让我领略了作品和人品合而为一的人格魅力。

此外，我的师妹贺慧宇为人正直、善良、真诚，重情重义，诗文均佳，她和她的先生对我的科研工作给予温暖如春的可贵支持，让我深怀感激之情。以社长吴湘华和责任编辑浦石为代表的中南大学出版社的朋友们，他们的细心与耐心、效率与责任，以及对本书系所付出的辛勤劳动，我都看在眼里，感铭在心。以刘朝勋、李磊、曹雪冬、陈畅、徐宁、向柯树等为代表的弟子们也为这套书系贡献了自己的心血和智慧，在此一并谢过。

当然，最应该感谢的还是我平凡而温馨的家人：92岁高龄的老父亲，在生活条件极其简陋的老家，以顽强的生命力和乐观精神，健康地活着，让我倍感欣慰；而以劳动模范著称的岳母几乎包下了所有家务，起早摸黑，任劳任怨，虽然很少阅读我创作的文字，包括我对她由衷的赞美，但她知道我在做正经事，做有意义的事情，毫不犹豫，全力支持；我的岳父性格温和，虽中风两次，留下后遗症，但努力锻炼，做到生活自理，不给晚辈增添压力；我的妻子，低调内敛，性格温柔，美丽善良，淑兰香远，是我一生最大的骄傲和成功，她不仅默默地支持我的工作，而且承担了耐心教育女儿、陪伴女儿成长的关键角色；我的女儿，聪明伶俐，活泼可爱，每每以出其不意的精彩和“创造性”的言语逗得我捧腹大笑，让我感受到学术枯燥中的亮丽，生活沉重中的轻盈。这些生命中的缘，我都珍惜，并深深感恩。

阳光有多灿烂，生命就有多灿烂；
内心有多愉悦，生命就有多愉悦；
境界有多辽阔，生命就有多辽阔。

眼下正是金秋十月。窗外小鸟啾啾。我伫立窗前，天高地远，心旷神怡。空气中弥漫一股淡淡的甜味，远处的山峦朦胧着一片黛色，一团火光突然闪亮出来，像一颗红豆，种在遥远的天际上。那难道不是新的起点吗？命运之神再次向我招手，新的征程、新的挑战已经出现，我审视“现在的我”，白发慢慢增多，这是岁月的沉淀和时间老人打磨的结果。我自嘲一下，卸下疲惫，收拾行囊，从零开始，准备出发。这一切，我欢喜。

2017 年 10 月 31 日于岳麓山下抱虚斋

图书在版编目（CIP）数据

人民文学：道路选择与价值承载／聂茂著．--长沙：中南大学出版社，2018.11

ISBN 978-7-5487-3065-1

Ⅰ．①人… Ⅱ．①聂… Ⅲ．①文学研究—湖南—当代 Ⅳ．①I209.964

中国版本图书馆 CIP 数据核字(2017)第 275495 号

人民文学：道路选择与价值承载

RENMIN WENXUE: DAOLU XUANZE YU JIAZHI CHENGZAI

聂茂 著

□责任编辑 浦 石
□责任印制 易红卫
□出版发行 中南大学出版社
社址：长沙市麓山南路 邮编：410083
发行科电话：0731-88876770 传真：0731-88710482
□印 装 长沙市宏发印刷有限公司

□开 本 710×1000 1/16 □印张 22.75 □字数 416 千字
□版 次 2018 年 11 月第 1 版 □2018 年 11 月第 1 次印刷
□书 号 ISBN 978-7-5487-3065-1
□定 价 73.00 元

图书出现印装问题，请与经销商调换